ANN BENSON

Ann Benson vit dans le Connecticut avec son mari et ses deux filles.
Le Voleur d'âmes (Cherche Midi, 2011) est son premier roman publié en France.

LE VOLEUR D'ÂMES

ANN BENSON

LE VOLEUR D'ÂMES

*Traduit de l'anglais (États-Unis)
par Danièle Mazingarbe*

CHERCHE MIDI

Titre original :
THIEF OF SOULS

Pocket, une marque d'Univers Poche,
est un éditeur qui s'engage pour la
préservation de son environnement et
qui utilise du papier fabriqué à partir
de bois provenant de forêts gérées de
manière responsable.

Le Code de la propriété intellectuelle n'autorisant, aux termes de l'article L. 122-5 (2ᵉ et 3ᵉ a), d'une part, que les « copies ou reproductions strictement réservées à l'usage privé du copiste et non destinées à une utilisation collective » et, d'autre part, que les analyses et les courtes citations dans un but d'exemple ou d'illustration, « toute représentation ou reproduction intégrale ou partielle faite sans le consentement de l'auteur ou de ses ayants droit ou ayants cause est illicite » (art. L. 122-4).
Cette représentation ou reproduction, par quelque procédé que ce soit, constituerait donc une contrefaçon sanctionnée par les articles L. 335-2 et suivants du Code de la propriété intellectuelle.

© Ann Benson, 2002
© le cherche midi, 2011, pour la traduction française
ISBN : 978-2-266-21696-8

1

Les maisonnettes qui montaient la garde aux portes de Nantes s'estompaient rapidement à mesure que je m'enfonçais sous la voûte des arbres. C'est le pire moment du voyage vers Machecoul. Après la lumière, l'obscurité. On se sent minuscule au milieu de ces géants couverts d'écorce : à tout instant, ils pourraient déployer leurs branches noueuses pour me happer, comme les doigts du diable, et me précipiter dans un trou noir à la gueule béante où je disparaîtrais, en proie pour l'éternité à la souffrance de mes propres péchés.

Comme toujours, je prie, car c'est à peu près la seule chose à faire. Mon Dieu, ne les laissez pas me prendre mes pouces, parce que, sans mes pouces, je ne pourrais plus tenir l'aiguille, et une vie sans broderie est impensable.

À chaque pas, j'enfonce mes mains un peu plus profondément dans les poches de mes manches. Mes doigts précieux disparaissent entièrement, ils sont de nouveau en sécurité. Ils atteignent la lettre. Du bout des doigts, je reconnais les endroits usés le long des plis du parchemin, bien qu'elle me soit parvenue depuis peu d'Avignon. Elle est arrivée au milieu d'autres papiers importants envoyés par Sa Sainteté à mon propre maître, Jean de Malestroit, qui, en tant qu'évêque de Nantes, partage les grands secrets de Dieu. Bien que je sois son plus proche compagnon, je ne comprends pas grand-chose aux problèmes importants que Sa Sainteté soumet à Son Éminence ; d'ailleurs, à vrai dire, cela m'est égal. Animée d'un instinct maternel tout-puissant, j'en finis par négliger les soucis du monde pour ne penser qu'à mon premier-né. La date, écrite dans un coin de la main bienveillante et forte de mon fils, était le 10 mars 1440 – sept jours auparavant. Je passe sur sa bénédiction interminable – digne du prêtre qu'il est – et, tout en marchant, je me récite le reste dans ma tête.

Les nouvelles sont excellentes, soudaines et imprévues. Je suis maintenant pleinement scribe de Sa Grâce. J'en ai fini de travailler sous les ordres d'un autre frère, j'en réponds directement au cardinal lui-même. Il m'appelle de plus en plus souvent dans ses appartements pour consigner des affaires importantes. Il semble m'avoir, par miracle, pris sous son aile, bien que je ne comprenne pas ce qui me vaut un tel honneur. Cela me donne l'espoir d'être consacré par l'onction à une promotion officielle plus tôt que plus tard...

Comme c'est merveilleux, comme c'est précieux, comme... comme c'est terriblement insuffisant ; j'aurais préféré qu'il soit là, en personne, près de moi. Mais Son Éminence, Jean de Malestroit, déteste qu'on se plaigne, et je ne me laisserai pas aller à cela. Que Dieu l'empêche de me détester pour une telle faiblesse. Je continue mon récit, qui n'est peut-être pas du goût des renards et des écureuils qui constituent mon auditoire. Cela me rassure et raffermit mon pas, même si ce n'est qu'une illusion.

Je pense à toi chaque jour et me réjouis de savoir que dans quelques mois seulement tu seras ici, en Avignon, pour constater à quel point ma vie est devenue riche. Je suis éternellement reconnaissant à monseigneur Gilles d'avoir usé de son influence pour m'obtenir ce poste alors que je n'étais qu'un jeune frère sans grandes perspectives...

Ma propre gratitude est entachée d'amertume. La bienveillance du seigneur Gilles de Rais a fait que moi, jadis sa nourrice, je suis obligée de rester ici en Bretagne, et que mon fils, presque son propre frère, est en Avignon, à plusieurs jours de voyage. On dirait qu'il avait une raison pour nous séparer.

Mais pourquoi ?

Dans ta prochaine lettre, maman, tu dois me donner davantage de détails sur ce qui se passe à Nantes. Un pèlerin est passé ici récemment, et nous a parlé d'événements survenus dans le nord, des tourments de tel noble, des triomphes de tel seigneur, des amours de telle dame. Nous sommes friands de ce genre de petites nouvelles, mais je suis surtout intrigué par la signification d'une chansonnette qu'il chantait – la totalité des paroles m'échappe, mais je me souviens de ce passage : « Sur ce, l'on lui avait dit, en s'émerveillant, qu'on y mangeait les petits enfants. »

J'ignorais ce que cela signifiait et, en vérité, je ne souhaitais même pas le savoir. En tout cas, pas en cet instant où j'étais certainement en danger d'être moi-même dévorée par Dieu seul sait quelle bête monstrueuse. Plus que quiconque, je sais que de telles créatures nous guettent, invisibles la plupart du temps, patientes, leurs mâchoires sataniques grandes ouvertes.

Un rayon de lumière béni s'insinua à travers les arbres et vacilla – un oiseau s'était-il posé sur une branche ou bien était-ce moi qui avais expiré trop vite après avoir retenu trop longtemps mon souffle ? Je recherche constamment la lumière ; le monde entier évoque avec espoir le moment où, les guerres finies, si jamais cela arrive, l'éclairage ne sera pas le luxe qu'il est maintenant. Nous gaspillons rarement la lumière artificielle pour nous regarder les uns les autres, tant qu'il y a encore le moindre petit rayon de lumière du jour, car il en existe une meilleure utilisation – bien entendu, il y en a toujours pour les petits plaisirs de la vie plutôt que ce pour quoi nous l'utilisons bêtement.

Il fut un temps où la lumière était fournie en abondance, pour le plaisir du seigneur de Rais dans sa résidence de Champtocé, et moi, qui étais à cette époque Mme Guillemette La Drappière, épouse d'Étienne, le loyal serviteur de monseigneur, je pouvais en profiter, presque à volonté. Maintenant, je dépends de la volonté de Dieu pour fournir le rayonnement du soleil, bien que je n'aime plus Dieu autant que je l'aimais, avant que je devienne *la mère supérieure*, ou bien, comme le sévère Jean de Malestroit se plaît à m'appeler, *ma sœur en Dieu*. Une meilleure femme que moi apprécierait sans doute la sécurité que m'offre cette existence confortable – je dirais même de nantie. Alors que tant de femmes perdent leurs dents, faute de nourriture, je devrais me réjouir de ma chance. Mais ce n'est pas la vie que je souhaitais, ni celle que j'avais et que j'aimais. Pourtant, quand mon mari bien-aimé est mort, presque tous, sauf moi, ont pensé que c'était préférable pour moi.

Mon gentil Étienne a combattu vaillamment avec le seigneur de Rais sous la bannière de la Vierge dans la grande bataille d'Orléans, un jour où beaucoup d'hommes braves ont péri. Un archer anglais l'a transpercé à la cuisse, que Dieu maudisse leur incroyable adresse. Sa blessure s'envenima, comme cela arrive souvent avec des blessures profondes. La sage-femme – hélas, nous n'avions pas de médecin, mais elle était, sans aucun doute, presque aussi compétente – insista : pour lui sauver la vie, il fallait lui couper la jambe. Mais il refusa.

Comment puis-je, en tant que soldat et bûcheron, servir convenablement monseigneur de Rais si je suis mutilé ? me dit-il.

Sa mort ne fut pas la fin honorable sur le champ de bataille dont tout guerrier rêve dans le secret de son cœur, mais une pénible descente dans la douleur et la dégradation physique. Quand, enfin, il reçut la récompense suprême du soldat, ma place au service du seigneur de Rais, que j'avais tellement négligée, avait déjà été donnée à une femme plus soucieuse que moi de son travail. Si j'avais hérité de biens, j'aurais été assurée de trouver un autre mari. Au lieu de cela, ce fut Dieu qui m'obtint.

À présent, je veille à me rendre utile, car je ne pourrais pas supporter d'être changée de nouveau de place. Je vis sans bruit dans l'ombre de Son Éminence, qui, en tant qu'évêque de Nantes et chancelier de Bretagne, sert deux maîtres exigeants : l'un indiciblement divin, et l'autre effroyablement mortel. Lequel des deux maîtres a la plus grande emprise sur lui dépend souvent des intérêts qui sont les plus compatibles avec les siens à un moment donné. Mais au cours de mes treize années de service ici, j'ai acquis pour lui un grand respect, malgré ce regrettable défaut de caractère, assez peu discernable par d'autres que moi.

Mais ce n'est pas la vie dont je rêve.

« Je dois aller à Machecoul, lui ai-je dit ce matin-là. Quelques petites courses, quelques denrées... expliquai-je. On trouve de tout au marché là-bas.

— Eh bien, Machecoul n'est pas un trop long voyage, mais peut-être devriez-vous penser à y envoyer une des femmes plus jeunes. »

Je parvins à dissimuler mon agacement.

« C'est une bonne marche, mais la journée s'annonce belle, et je suis sûre que tout ira bien. J'aime autant choisir moi-même les choses dont j'ai besoin plutôt que de me fier à quelqu'un d'autre.

— Frère Demien peut être dispensé de ses devoirs habituels aujourd'hui... Peut-être pourrait-il vous aider à porter vos achats. »

J'avais bien assez de place dans mes manches pour porter mes emplettes.

« Il n'aime pas être loin de ses arbres. Et il n'y aura rien de lourd – j'ai besoin d'aiguilles, et de quelques fils. Certains de vos surplus nécessitent des réparations avec des couleurs que nous ne pouvons pas obtenir correctement nous-mêmes.

— Ah oui, eh bien, ce sont des choses auxquelles je comprends peu, Dieu soit loué. Je m'en remets volontiers à vous. »

Il leva un sourcil.

« Ainsi que pour toute autre affaire que vous auriez à mener à bien, en dehors de vos acquisitions. »

Il attendit ma réaction. De toute évidence, il brûlait d'envie d'en savoir plus, mais je me contentai d'un discret signe de tête.

« Eh bien, allez-y, mais faites attention à ne pas vous surmener.

— Bien entendu, Éminence. Je ne ferai rien qui puisse me détourner de mes devoirs ici.

— En effet », grogna-t-il.

Il me donna congé en se replongeant dans le texte devant lui, mais à peine avais-je franchi la porte, j'entendis :

« Que Dieu vous accompagne. »

Cela me fit sourire.

Notre abbaye est un édifice ancien et, quand elle a été érigée, les gens étaient plus petits que maintenant, ou, tout au moins, c'est ce que nous pouvons en déduire des ossements qui se décomposent dans nos cryptes. On peut beaucoup apprendre de l'étude des os et des dents – un de mes fils avait une dent ébréchée que je reconnaîtrais partout. En tout cas, les dimensions de ma chambre et celles de mon lit sont très proches. Je l'avais choisie en raison de sa situation à l'intérieur de la cour, où la lumière est toujours plus intense. En hiver, un des frères attache un parchemin huilé sur l'ouverture pour empêcher les courants d'air, car je ne supporterais pas qu'elle soit obscurcie par une tapisserie pendant plusieurs mois. En vérité, il n'y a pas grand-chose à voir, mais j'ai de la lumière, et je ne subis pas le bruit des charrettes sur les pavés, aux petites heures de l'aube, lorsque les fermiers vont au marché le long du mur extérieur.

Mais ce ne sont pas toujours les agressions venant du dehors qui vous gâchent le sommeil. Des choses auxquelles je ne voulais pas penser ont perturbé mon repos pendant toute une nuit, longue et agitée – fantômes, démons, monstres cruels dans la forêt sombre –, cauchemars d'un enfant prisonnier d'une sorcière imaginaire. J'ai depuis longtemps passé l'âge des règles débilitantes qui poussent une femme à se lever, les yeux grands ouverts, dans le petit matin, et à faire les cent pas dans un état d'agitation extrême jusqu'au chant du coq ; ces moments indignes sont survenus et s'en sont allés, et mon sommeil aujourd'hui est rarement interrompu, que ce soit par une insomnie ou par des rêves. Mais quand je me suis réveillée ce matin, mes yeux étaient collés. J'avais dû pleurer dans mon peu de sommeil, mais je ne me rappelais pas l'avoir fait.

Souvent, au coucher, je m'agenouille à côté de ma paillasse, puis je ferme les yeux très fort, et je joins les mains comme le ferait un enfant. Je laisse ouverte la porte de ma chambre, afin que si quelqu'un passe par là, on me voie dans ce qui pourrait sembler être un état de profonde dévotion. La plupart du temps, je le fais pour l'apparence, mais hier soir ma prière était pleine de ferveur lorsque je suppliai Dieu d'aider Mme Le Barbier à retrouver son fils, à condition que Dieu ne soit pas la plaisanterie cruelle que je Le soupçonne d'être ces derniers temps.

Alors que je ramenais au couvent quelques-unes de mes sœurs marchant en colonne pour rompre le jeûne, frère Demien me rattrapa.

« Que Dieu vous bénisse, ma mère. »

Il disait toujours « ma mère » comme s'il le pensait vraiment. J'en étais infiniment touchée.

« Et vous aussi, frère.

— C'est une belle journée, n'est-ce pas ? Bien qu'il y ait un soupçon de froid dans l'air. La nuit dernière aussi. »

Il affichait une exubérance effrontée, mais c'était simplement l'expression de sa vitalité juvénile, et donc totalement pardonnable. J'oubliais souvent qu'il était prêtre ; la robe en moins, il aurait été un jeune châtelain dans la fleur de l'âge. Et si sa famille avait eu davantage de biens, il aurait pu hériter d'un petit domaine. Pour un homme qui n'avait pas choisi sa vocation, il s'acquittait admirablement de ses devoirs, avec une énergie parfois agaçante.

« Quand vous aurez mon âge, vous apprécierez moins la fraîcheur du matin que maintenant, lui promis-je. Mais le soleil la dissipera assez vite.

— C'est une bonne chose. Son Éminence dit que vous allez aujourd'hui à Saint-Honoré. Une paroisse charmante. Mais j'ai été surpris d'apprendre que notre maître vous libérait. »

Jean de Malestroit avait donc déjà engagé mon jeune confrère pour m'accompagner. Curieusement, j'éprouvai d'abord un certain plaisir – jusqu'à ce que mon mécontentement reprenne le dessus.

« Ceci est un voile et non une chaîne, dis-je. Ne puis-je pas entreprendre un voyage de mon choix ?

— Eh bien, avec Pâques si proche, je me demandais quelle en était la raison. »

Je marquai un temps d'arrêt.

« Aucune raison, en dehors de quelques achats.

— Ah », dit-il.

Il esquissa un petit sourire entendu.

« Je m'inquiète seulement parce que, ce matin, vous me semblez... épuisée. Fatiguée, peut-être. Comme si vous portiez un fardeau. »

Je ne m'étais pas regardée dans notre unique miroir – mais les larmes de la nuit précédente avaient dû marquer mon visage. Je baissai le regard et me tus pendant que nous marchions.

« Y a-t-il quelque chose que vous aimeriez confesser, ma mère ? »

Bénissez-moi, frère, vous qui êtes plus jeune que mon propre fils, car j'ai commis une terrible transgression en manifestant une curiosité excessive, ainsi que le péché d'une émotion débordante.

« Non, frère, mais je vous remercie. Mes péchés ne sont pas d'une importance capitale aujourd'hui.

— La journée ne fait que commencer, dit-il.

— Et il y a encore de l'espoir de ne pas être sage. »

Nous éclatâmes de rire en nous quittant.

Ensuite, les tâches domestiques du matin furent rondement expédiées, ce qui me valut maints regards noirs de la part des jeunes épouses du Christ qui travaillaient sous mes ordres pour l'église. En traversant les marchés de Nantes, avant de quitter la ville, je ne pus m'empêcher de constater que tout ce dont j'avais supposément besoin y était disponible, avec probablement un assortiment plus vaste que ce que je trouverais à Machecoul. Jean de Malestroit le savait certainement, malgré ses déclarations d'une parfaite ignorance. *J'aurais dû me montrer plus rusée.*

Le gros morceau de fromage et la tranche de pain dont j'avais fait provision dans ma manche rebondissaient contre ma jambe. Je cessai de me réciter la lettre de mon fils Jean pour entonner un petit air cadencé. Des sons sortaient d'entre les arbres, des branches craquaient, des feuilles frémissaient, avec, de temps à autre, le chant d'un oiseau. À chaque pas, je m'attendais presque à ce que l'inconnu sorte des fourrés bordant le chemin et me saute dessus. Je pensais à Mme Le Barbier, qui avait dû traverser ce bois la nuit précédant sa vaine requête auprès de Jean de Malestroit ; les hébergements étaient rares le long de cette route, et vraisemblablement trop chers, même pour une commerçante prospère. Elle avait quitté l'abbaye bien après le coucher du soleil, à la lumière d'un simple flambeau. Son bras devait lui faire horriblement mal quand elle était arrivée à cet endroit.

J'avais peur, ce qui n'avait rien d'extraordinaire dans ces bois, car il y avait des bêtes partout. Non pas les lions légendaires dorés d'Éthiopie, ni les ours blancs des pays du Nord que nos courageux chevaliers avaient abattus avec leurs épées incrustées de pierres précieuses, eux dont les récits nous passionnent, quand nous sommes assis devant la cheminée par des nuits froides. Ici, dans la forêt, ce sont des bêtes ignobles avec des défenses et des poils couverts de boue, qui grognent et griffent la terre, et dont les yeux humides, trop petits pour leurs énormes têtes difformes, brillent d'une féroce colère.

C'est dans de tels fourrés, proches du palais de Champtocé, que Guy de Laval, le père de monseigneur Gilles de Rais, rencontra le sanglier qui l'acheva.

Son excursion dans la forêt ce jour-là s'annonçait mal depuis le départ, ou tout au moins c'est ainsi qu'Étienne me le raconta plus tard. Un cheval qu'il aimait s'était foulé une cheville, et son garde-chasse habituel, terrassé par la grippe, ne pouvait même pas sortir des latrines le temps de prier pour sa guérison, et encore moins partir à la chasse. Par la suite, tout le monde fut persuadé que ces circonstances cruelles avaient été l'œuvre du diable. Comme ce devait être le cas de l'assaillant, un sanglier agressif. C'était un animal à la peau épaisse, couvert de cicatrices, que Guy de Laval mourait d'envie de capturer dans la mesure où il lui avait longtemps échappé. Si monseigneur Guy n'avait pas été si désireux de surmonter la frustration de cette journée, il n'aurait pas fait ce que même un chasseur novice ne saurait faire, permettre au sanglier de lui faire face avec sa défense et devenir ainsi lui-même la proie.

Ses deux malheureux gardes-chasse l'ont traîné sur le terrain accidenté après l'avoir placé sur un traîneau rudimentaire, pendant qu'il maintenait ses propres viscères en place. *Il ne voulait pas retirer les mains de son ventre ! Nous ne pouvions pas le mettre sur un cheval...* Je n'oublierai jamais son visage, sa douleur et sa terreur, vision insolite pour un valeureux chasseur, qui avait toujours apporté à nos tables tant de succulents trésors. Des rumeurs couraient de partout, avec beaucoup de responsabilités à endosser, mais personne en particulier à qui les faire supporter.

Étienne, lui avais-je dit lorsque le scandale était arrivé jusqu'à nous, *est-ce vrai ce que l'on raconte ? Jean de Craon aurait-il pu manigancer cela ?*

Cela aurait très bien pu être le fait de cet homme, brutal et avide, dont la fille, Marie, avait eu ensuite le malheur de regarder mourir son mari. J'entendis dire des choses que je ne voulais pas croire, des chuchotements de traîtrise. *Jean de Craon a mis un peu d'or dans la main des gardes-chasse, et, au moment voulu, ils ont tourné la tête...*

Gilles allait hériter des biens considérables de son père, à l'exception de ceux apportés par sa mère, laquelle, en tant que fille soumise de Jean de Craon, ferait ce que son père lui dirait de faire avec ses propriétés en l'absence de son mari. Le tyran qu'était monseigneur Jean de Craon savait qu'il lui serait plus facile de contrôler le jeune et inexpérimenté Gilles de Rais, plutôt que son père, mûr et intelligent. Spéculations, rumeurs et accusations allaient bon train ; aucun de nous ne savait que croire, sinon que le pouvoir à Champtocé allait bientôt changer de main, une perspective pour le moins inquiétante.

Il était difficile de croire que Jean de Craon n'était en rien impliqué dans le décès de Guy de Laval, et que le mal sous toutes ses formes ne peut prospérer en secret dans le cœur d'un homme. Comment ces gardes-chasse et ces châtelains, tous irréprochables pendant des années de service, s'étaient-ils soudain trouvés trop loin pour venir en aide ?

Mais l'animal était un démon et devait savoir que ses vieilles blessures lui avaient été infligées par monseigneur Guy.

Comme possédée par un démon de la pire espèce, la bête déchira encore plus profondément le ventre de monseigneur Guy, et fouilla violemment avec sa défense, en sortant quantité d'entrailles... que monseigneur Guy repoussa désespérément à l'intérieur.

Puis, selon ces témoins, le sanglier disparut tout à coup, son horrible besogne terminée.

Bien que j'aie vu aussi mourir mon Étienne de nombreuses années plus tard, j'avoue que je ne comprendrai jamais la terreur qu'on éprouve au seuil de la mort avant que mon temps soit venu. *Mère de Dieu*, quelle horreur ce fut ! Pendant les deux premiers jours, Guy de Laval se désespérait de trouver les services de quiconque pourrait l'aider et envoya des cavaliers dans toutes les directions. Lui qui avait tant de pouvoir, de richesse et d'influence, ne trouvait personne qui puisse lui donner le moindre espoir, même pas pour tout l'or de Bretagne. Notre merveilleuse sage-femme lui donnait de l'opium pour soulager sa douleur, mais elle refusait de lui mentir. Il allait mourir, dit-elle, aussi sûrement que le soleil se levait et se couchait. Et il ne lui restait plus beaucoup de levers et de couchers de soleil à savourer.

Quand cette vérité lui devint évidente, il se mit

à se comporter comme le grand combattant qu'il avait toujours été. Monseigneur Guy se prépara à mourir avec une grande détermination. Malgré sa douleur, il réunit tous les hommes sur qui il pourrait compter pour faire respecter ses volontés à l'égard de ses fils, y compris ses fils eux-mêmes.

Le jeune René de La Suze était encore un enfant et comprenait à peine la portée des événements qui se déroulaient autour de lui. Il se contenta de regarder son père sans la moindre expression, incapable de comprendre ce qui l'attendait.

Mais l'aîné des fils de Guy, Gilles de Rais, qui n'avait que 11 ans, semblait tout comprendre, avec une maturité bien supérieure à son âge. Alors que René était apeuré en la présence de son père mutilé, son frère, Gilles, refusa de s'en aller, et regarda même pendant les moments les plus terribles. Il fit savoir que, lorsque les pansements devaient être changés, il voulait être présent. Alors que tous les autres commençaient à délaisser Guy de Laval pour se rapprocher de Jean de Craon, Gilles resta au chevet de son père.

Moi, qui le connaissais si bien, j'étais probablement la seule personne à se rendre compte que le noble dévouement qu'il manifestait envers son père mourant était entaché d'une fascination inquiétante. Et malgré ma tolérance pour ce qui aurait pu être une mésestimation de la situation due à sa jeunesse, j'étais troublée d'observer chez lui ce trait de caractère.

Le garçon est bien trop fasciné par toute cette atrocité, et je crains pour la pureté de son âme, dis-je à Étienne. *La sage-femme se plaint qu'il ne la laisse pas faire son travail et veut poser sa main sur la blessure pendant qu'elle la panse.*

Je fus prise d'un grand frisson en me rappelant cette curiosité de la part de quelqu'un de si jeune, qui aurait dû être préservé de ces préoccupations morbides. Toutes les femmes du château disaient du mal de Marie de Craon dans son dos, comme si c'était elle qui avait suscité chez son fils un si étrange intérêt.

Cela dura jusqu'à ce qu'elle-même mourût, brusquement et sans raison, à peine un mois après son mari. Elle devint alors une sainte, et moi, son infirmière, le monstre qui avait gâté son fils.

Tout à coup, je me rendis compte que je m'étais arrêtée dans la forêt, et je me demandai depuis combien de temps. Le bruissement des feuilles et le vent faible me firent frissonner et me tirèrent de mes sombres souvenirs. Des images indélébiles de ce sanglier puissant me traversaient encore l'esprit – sa tête lourde qui remuait violemment, avec son groin long et pointu qui en faisait une arme parfaite, ses sabots fourchus et acérés, capables de soulever d'énormes mottes de terre d'un seul mouvement et de déchiqueter la chair en lambeaux.

Le bruissement des feuilles, le craquement des brindilles et, derrière moi, les bruits dans les arbres...

Je lui avais dit qu'elle aurait dû envoyer une des femmes plus jeunes. C'est ce que dirait Son Éminence quand on découvrirait enfin mon corps déchiqueté et sanguinolent. *Elle aurait pu se faire accompagner par frère Demien. Mais elle a refusé d'écouter. Guillemette n'écoutait jamais.*

Penser à lui se délectant d'un tel discours moralisateur suffisait à me faire retrouver mes jambes, lesquelles me portèrent sans peine loin de cet endroit dangereux, jusqu'à une petite clairière, délicieusement inondée de soleil. Je me reposai dans ce havre de lumière jusqu'à ce que mon cœur se soit calmé et que j'aie repris assez de souffle pour me remettre en route, ce que je fis avec une ardeur retrouvée. Le soleil était déjà assez haut dans le ciel quand j'émergeai enfin de la route de la forêt et m'engageai dans la prairie devant Machecoul. Non loin se trouvait la place du marché où l'agitation de la journée aurait atteint son comble, et je retrouverais la sécurité de la foule : fermiers, mercières, forgerons et boulangers, vantant leurs marchandises, femmes marchandant pour obtenir de meilleurs prix, une prostituée occasionnelle que je n'étais pas censée remarquer. On pouvait patauger à travers une mare de boue pour aller acheter un savon qu'on utiliserait plus tard pour enlever cette boue de l'ourlet d'une robe ou d'un manteau, le genre de voyage stupide que toute femme, sauf celles de la noblesse, fera à un moment ou un autre de sa vie. Ces mêmes femmes pouvaient être en train de papoter devant une de leurs échoppes préférées ou bien à un étal du marché, ou plus probablement encore près du puits du village. Ce sentiment de familiarité me rendait toujours nostalgique de ces jours d'autrefois, quand j'avais des choses à raconter sur mon mari, mes fils, ou les intrigues du château.

Je me réprimandai d'éprouver ce sentiment illusoire. Après tant d'années d'isolement, je n'étais plus capable d'une telle civilité. Je m'arrêtai, et restai, seule, dans l'herbe haute. Comme il n'y avait personne autour de moi, j'enlevai mon voile et ôtai l'épingle de mes cheveux. Ils retombèrent dans mon dos en vagues couleur d'orage. Je penchai la tête en arrière, fermai les yeux et secouai mes cheveux.

Ah, Guillemette, me disait mon mari, *tes cheveux... ils peuvent faire chanter les oiseaux...*

J'ouvris les yeux : ce n'était pas des oiseaux chanteurs, mais un faucon qui tournait lentement dans le ciel. Il plongea pour fondre sur quelque malheureuse souris ou une musaraigne, inconsciente de son rendez-vous imminent avec un bec. Comment Étienne pouvait-il supporter d'avoir, perchée sur son bras, une créature aussi froide qu'un faucon ? Cela me dépassait complètement, mais à mesure que monseigneur Gilles se passionnait de plus en plus pour la chasse au faucon, il incomba à Étienne de veiller à ce qu'il puisse satisfaire son goût pour ce sport.

Il était trop facile de penser à ce genre de souvenir quand la coiffe de Dieu n'était pas sur ma tête. Aussi, bien qu'avoir la tête nue fût un bonheur, je remis le voile et rectifiai ma tenue. Je bannis toute pensée concernant les désirs de monseigneur, et continuai vers le village.

L'animation que j'avais anticipée était partout évidente, car Pâques approchait, et il y avait beaucoup à préparer. Je m'adressai au premier homme à l'air avenant, en lui souhaitant une bonne journée.

« Bonjour à vous, ma mère, répondit-il plaisamment.

— Je cherche une femme, une certaine Mme Le Barbier, une couturière de la paroisse Saint-Honoré. Pouvez-vous me dire, je vous prie, où je pourrais la trouver ? »

L'homme rougit presque instantanément, et, d'après son expression, je m'attendais presque à le voir faire le signe de la croix.

« Là-bas », répondit-il après un long silence.

Il montra la direction de l'est, et je dus m'abriter les yeux pour voir, tellement le soleil brillait.

« Passez devant le puits et ensuite entre les deux premières maisons sur votre gauche. Juste après, vous verrez une chaumière ronde. C'est là qu'elle habite », dit-il.

J'acquiesçai en signe de compréhension et commençai à le remercier, mais il m'interrompit.

« Que Dieu veille sur elle, dit-il, et sur vous. »

Il s'écarta en hâte. J'avais la main levée et la bouche ouverte. Je lui adressai des remerciements confus, mais il n'en entendit pas une seule car il chuchotait nerveusement quelque chose qui ressemblait à un chant.

Quelque chose à propos de petits enfants...

J'aurais aimé le questionner davantage ; je tentai sans grand enthousiasme de le héler, mais il était déjà trop loin, et je ne connaissais pas son nom. Crier « Monsieur ! » aurait fait se retourner une douzaine de têtes, et je ne voulais pas attirer l'attention sur moi.

Ses indications se révélèrent excellentes. La maison ronde en question donnait sur une cour commune à deux autres, celles-ci construites en longueur et susceptibles d'abriter des animaux aussi bien que des personnes. Le commerce de Mme Le Barbier pouvait être lucratif comme c'est le cas de commerces bourgeois, et, à une certaine époque, elle avait probablement eu suffisamment de moyens pour se dispenser d'avoir des animaux à l'intérieur de sa maison. La femme dont je me souvenais, de nombreuses années auparavant, aurait été fière de sa réussite.

Mais aujourd'hui, sa cour était pleine de boue, comme c'était le cas pour tous les autres habitants du village de Machecoul ; c'était une plaie universelle, surtout maintenant, au printemps. Je traversai la cour sur la pointe des pieds en relevant mes jupes, et frappai à la porte en bois, puis j'attendis, en serrant ma robe autour de moi.

Et j'attendis encore.

« Qui est là ? entendis-je finalement crier de l'intérieur.

— Madame Le Barbier ? »

Après un moment, j'entendis répéter la même question, d'une voix moins étouffée cette fois.

Toute cérémonie me semblait inutile.

« C'est sœur Guillemette. J'étais présente lorsque vous êtes venue voir Son Éminence hier soir. J'aimerais vous parler de la chose en question. »

Une grande agitation se produisit à l'intérieur, puis la porte s'ouvrit. Mme Le Barbier paraissait débraillée, comme si elle venait de se lever de sa paillasse ; était-elle encore couchée à une heure où le travail et non pas le sommeil devait être de rigueur ? C'était fort probable.

« Que voulez-vous ? demanda-t-elle, d'une voix soupçonneuse.

— J'aimerais vous parler de l'affaire qui vous a amenée à l'abbaye hier soir. »

Nous nous préparions pour les vêpres, mais n'avions pas encore allumé les cierges dans la cathédrale, lorsque Mme Le Barbier arriva. L'évêque n'allume aucune bougie dans la maison de Dieu tant qu'il peut encore distinguer sa main devant lui, car il soutient que Dieu voit tout, même dans le noir. Quelle différence avec monseigneur Gilles, qui adore être remarqué et baignerait dans la lumière toute la nuit en dépit du coût. Son énorme fortune lui permettait de se comporter de manière aussi désinvolte, une attitude que je désapprouvais totalement. Il se moquait affectueusement de cette préoccupation de ma part. Il avait, pour les gens communs comme moi, une étrange affinité, ce qui n'était pas étonnant car il était venu au monde et avait grandi aux soins de mains communes, les miennes en l'occurrence. Lady Marie n'avait pas pu ralentir ses contractions ; la sage-femme avait été convoquée trop tardivement. Si je n'avais pas été là pour le recueillir, son entrée dans le monde n'aurait guère été digne pour un enfant qui, à l'âge adulte, posséderait davantage de la France et de la Bretagne que leurs régents respectifs.

Cette naissance fut une des plus violentes à laquelle j'avais jamais assisté ; nous pensions tous que c'était un terrible présage. Quand elle arriva enfin, la sage-femme eut bien du travail pour revigorer sa pauvre mère épuisée. Toutefois, c'était le bébé le plus parfait qu'on pouvait espérer, symbole de l'union de deux familles puissantes dont la richesse et les biens étaient déjà incommensurables.

Mon visage fut le premier sur lequel il posa son regard, et mon sein, le premier sur lequel sa petite bouche affamée se posa. Je me souviens d'avoir pensé à cet instant que ses yeux étaient très noirs et très profonds, et que si la nature jouait son rôle, il deviendrait un grand et beau jeune homme, comme il siérait à son rang fortuné. C'étaient des jours pleins de grandes promesses et de joie.

Mme Agathe Le Barbier, avait dit frère Demien pour l'annoncer.

Et je m'étais aussitôt remémoré une femme chaleureuse avec beaucoup d'esprit. Mais la femme qui entra était plus petite que dans mon souvenir, sans rien de chaleureux. Elle portait des vêtements en loques, ce qui était incompréhensible chez une femme qui avait été une commerçante prospère. Sous les couches volumineuses de ses jupes, elle n'avait que des os.

Quand je nourrissais un enfant – de nombreuses années durant, me semblait-il, puisque, outre monseigneur Gilles, j'avais aussi nourri mes deux propres enfants –, je ne pouvais pas garder la moindre once de chair sur mes os. Mes hanches semblaient fondre, et mes jupes auraient traîné par terre si je ne les avais pas resserrées autour de ma taille. Étienne avait réussi à me remplumer un peu avec de la bière, béni soit-il – il me préférait bien en chair. Mais Mme Le Barbier n'avait plus l'âge d'allaiter des bébés.

Je m'étais sentie obligée de parler. *Votre Éminence, un mot avant de commencer.*

Il avait aussitôt froncé ses beaux sourcils, sûrement le siège de son pouvoir, en signe de désapprobation. Dommage que tant de beauté ait été gâchée sur un ecclésiastique. Il aurait dû être courtisan.

Je connais cette femme, lui avais-je susurré sans qu'elle puisse entendre. *Une couturière habile, assez pour s'attirer la clientèle de monseigneur lui-même, un homme si fier de son apparence.*

« Trop fier, dit-il dans un grognement.

— Elle a vieilli plus qu'elle n'aurait dû, poursuivis-je. C'était autrefois une belle femme robuste. On se demande... »

L'impatience de l'évêque prit le dessus.

« Guillemette, si vous n'avez rien de mieux à me raconter que des commérages, j'irai l'entendre. »

Sans qu'il me le demande, je lui donnai alors mon opinion sur la raison de sa visite.

« Son fils aurait 15 ou 16 ans maintenant, dis-je, surprise que tant de temps se soit déjà écoulé. C'était un si bel enfant, et si vigoureux ! Si l'enfance l'avait traité correctement, il serait devenu un bel adolescent, peut-être même d'une beauté peu commune. »

Cette femme se rendait souvent dans les appartements du seigneur de Rais, avec des rouleaux de tissu et des échantillons de boutons et d'autres garnitures, car, comme l'avait souligné Son Éminence avec désapprobation, monseigneur aimait les parures. Un événement me restait en mémoire et me hantait encore. Monseigneur était en retard pour le rendez-vous qu'il avait avec l'employeur de madame – ce qui n'était pas inhabituel pour un homme qui adorait les manières que l'on faisait autour de lui quand il arrivait de façon impromptue. Mme Le Barbier avait confié le petit garçon à une jeune fille pour le surveiller, mais, ce jour-là, l'enfant était malade et ne voulait pas se calmer. La jeune fille avait été obligée de l'emmener à l'intérieur. À peine madame l'avait-elle calmé, que le sieur de Rais fit brusquement son entrée dans la pièce. Elle se détourna pour dissimuler l'enfant à sa vue afin de ne pas l'offenser, mais monseigneur Gilles l'aperçut. Il se dirigea droit vers madame et l'arracha à son sein. Le garçon se remit à pleurer, mais cette fois, comme si on le torturait.

Le sieur de Rais fit sauter le garçon de haut en bas avec une fascination qui m'angoissait, sans que je puisse m'expliquer pourquoi.

« Allons, petit ange, dit-il, de quoi as-tu peur ? Je ne suis pas un démon. »

Puis il rit et ébouriffa la fine chevelure blonde du garçon.

Tant d'attention paraissait indécente, quand on y pensait – un seigneur important, en pleine maturité, faisant sauter dans ses bras le bébé d'une commerçante, alors que tellement d'autres choses sollicitaient son attention. Mais à l'époque, je n'y prêtai pas plus attention, car la jeune fille emmena l'enfant de madame hors de la pièce, et, après tout, n'en avais-je pas fait autant avec le seigneur lui-même lorsqu'il était petit ? Plus que sa propre mère, dois-je dire. Ensuite, nous fûmes pris dans le tourbillon des tâches : prendre les mesures, essayer, choisir les accessoires et autres garnitures – c'était si accaparant que mes soucis s'estompèrent. Il y avait également la garde-robe de dame Catherine dont il fallait s'occuper. Il n'aurait pas été envisageable que monseigneur soit bien habillé et que sa femme porte des vêtements élimés, bien que, de l'opinion générale, il ne lui prêtât guère d'attention.

Comme c'était souvent le cas, Mme Le Barbier et moi avions échangé quelques civilités ce jour-là – du moins quand elle eut repris ses esprits à la suite de l'incident. Elle n'était pas impressionnée par les gens de haut rang, ayant vu assez souvent la noblesse nue pour se sentir à l'aise parmi eux. Maintenant, tant d'années plus tard, elle semblait avoir perdu cette aisance. Elle commença par bégayer lorsqu'elle fut priée de parler.

« Mon fils est un garçon qui a eu 16 ans le mois dernier. »

J'avais donc correctement estimé son âge.

L'évêque avait paru perplexe, à juste titre – ce n'était pas une affaire pour lui, mais pour le juge. Il s'enquit toutefois. « Que se passe-t-il avec le garçon ?

— Je ne sais pas. Il a tout simplement disparu. Il y a treize jours, je l'ai envoyé livrer une paire de pantalons et il n'est jamais revenu. »

Je m'apprêtais à parler, mais le regard sévère de Jean de Malestroit m'arrêta. Je savais ce qu'il pensait, que le garçon avait fait une fugue comme le font parfois les jeunes, ou bien que l'argent qu'il devait encaisser avait été dépensé ou perdu. Je restai silencieuse, contrairement à ma nature. Puis il fit exactement ce qu'il devait faire : il lui conseilla d'aller voir le juge.

Arrivée à la porte, elle s'était retournée pour dire :

« D'autres enfants ont disparu et le juge n'a pas répondu aux plaintes de leurs parents. »

Là-bas, ils mangent des petits enfants, avait écrit Jean.

Pendant quelques instants, l'évêque et moi étions restés silencieux.

Finalement, je trouvai le courage de parler. Mais je n'en eus pas le temps.

« Votre grande sympathie pour cette femme ne m'a pas échappé, dit-il. Mais elle doit faire ce que je lui ai recommandé de faire. Vous devriez le savoir mieux que quiconque. À présent, continuons, car Dieu s'impatiente. »

On ne fait pas attendre une divinité.

Il y eut un autre moment de silence troublant, cette fois devant la porte de Mme Le Barbier.

« Possédez-vous quelque autorité dont il n'a pas été fait mention hier soir ? demanda-t-elle enfin.

— Rien de plus, je dois l'avouer. Mais je viens en toute sympathie avec le désir de vous aider, si je le peux.

— Que Dieu me pardonne mon impertinence, ma mère, mais vous avez déjà eu l'occasion de m'aider et vous ne l'avez pas fait. »

Ses mots étaient durs, son visage courroucé, et je n'avais pas grand-chose à dire pour ma défense. Mon silence pendant sa plaidoirie m'avait également déplu.

« Je suis autant une subalterne de Son Éminence que toute autre personne. Mais j'ai quand même parlé en votre faveur après votre départ. »

L'argument n'était pas très convaincant, mais son expression s'adoucit en l'entendant.

« Et avec succès ?
— Eh bien, pas tout à fait.
— Alors pourquoi êtes-vous ici ? Vous ne ferez que me railler davantage.
— Non, madame, je vous le jure, il n'est pas question de raillerie. Ce serait cruel. »

Nous campions toujours sur nos positions, elle, juste à l'intérieur, et moi, dans la boue dehors.

« Je vous en prie, dis-je, puis-je entrer pour vous parler ? »

Une amertume profonde sembla la saisir ; elle me regarda durement.

« À quoi cela servirait-il ? demanda-t-elle. Vous, une abbesse, avez dit que vous ne pouviez pas grand-chose pour moi, et vous ne pouvez pas comprendre suffisamment à quel point j'ai le cœur brisé pour m'offrir une véritable sympathie. »

Elle commença à refermer la porte.

Je tendis la main pour l'arrêter, et, à ma grande surprise, y parvins. Mes jupes tombèrent dans la boue.

« Vous vous trompez, madame, dis-je. Je suis ici parce que je comprends fort bien. Et que j'aimerais savoir certaines choses. »

2

Comme certains mots ont exactement le même son que leur signification.

Luuuuguuuubre.

Le chant funèbre *Scotland the Brave* tournait dans ma tête, scandé par des caisses claires et de gros tambours. Je sentais venir un mal de tête. Mais, en cet instant, notre collègue, l'inspecteur Terry Donnolly, frappait aux portes bleues du paradis des flics, où il avait été expédié en ce jour de grisaille, si rare à Los Angeles. Tout le monde reconnaissait que c'était un jour idéal pour un enterrement. Dieu merci, parce que, pour moi, le soleil à un enterrement n'a aucun sens.

Les proches du défunt s'étaient dispersés et se dirigeaient vers les nombreux véhicules garés le long des allées étroites du cimetière. Benicio Escobar se tenait à côté de moi, et secouait la tête. Nous passâmes lentement devant un groupe de grands pontes, tous serrés les uns contre les autres et partageant un important secret, connu seulement de ceux qui avaient un rang élevé.

De leurs chuchotements, nous parvint seulement

lui-même. C'est lui-même qui s'est donné la mort en buvant.

« À les entendre, on a la curieuse impression qu'il s'est tué. C'est faux. C'est le boulot qui l'a tué.

— Ben... allons. Arrête. Ça ne va rien changer. »

L'autopsie avait été effectuée immédiatement. Les échantillons de tissus et de fluides avaient été soigneusement recueillis et analysés, et les résultats arrivaient les uns après les autres.

« Il a fait une crise cardiaque, nom de Dieu. Il n'y a aucun doute là-dessus. »

Quand c'était arrivé, la nouvelle s'était vite répandue dans la brigade. On avait pu maintenir sa respiration jusqu'au centre de traumatologie, où l'un des médecins lui avait immédiatement ouvert le thorax.

Son cœur avait purement et simplement éclaté. Les dommages étaient considérables, et, qu'il ait ou non continué à respirer, il était mort dans l'instant. Son cœur avait été irrémédiablement brisé.

« Tu sais, quand on a commencé à faire équipe, je détestais ce grand Irlandais, mais il gagnait vraiment à être connu. On est devenu amis. *Bons* amis. »

Je touchai le bras de Ben en signe de réconfort.

« Laisse tomber. »

Escobar renifla et essuya quelques larmes du bout des doigts.

« Peut-être que si Terry avait laissé tomber certaines choses, il serait encore là aujourd'hui. »

Je n'avais pas d'argument à lui opposer.

Nous marchions en cadence au son des cornemuses. Les musiciens avaient remballé leurs instruments et étaient partis, mais leur musique était toujours dans l'air. Le temps d'arriver à la voiture, et *Scotland the Brave* avait disparu, aussitôt remplacé par *Minstrel Boy*.

Il fallut que la radio diffuse *She Loves You* pour que je puisse m'en débarrasser pour de bon. Je rentrai à la maison pour essayer de me détendre avant mon service qui commençait à dix-huit heures.

De retour à la salle de police, tout me sembla étrangement calme. Pas de sonneries de téléphone, pas d'échanges sarcastiques, pas de radios bruyantes ou de portables stridents. C'est souvent le cas lorsqu'il se produit un événement triste ; curieusement, les pervers semblent arrêter leurs activités, comme si leur code d'honneur leur interdisait d'enlever un enfant pendant que la brigade des crimes contre les mineurs assistait à un enterrement.

Ça ne dura pas longtemps. Le téléphone sur le bureau de Terry Donnolly sonna.

« Qui est là ? » demanda le sergent de garde.

Je regardai autour de moi. Escobar était dans les toilettes et il semblait n'y avoir personne d'autre.

« Dunbar, criai-je, un peu réticente.

— Eh bien, réponds donc au téléphone, Pandore. »

J'aurais préféré qu'on cesse de m'appeler comme ça. Mais, malheureusement, ce n'est pas par hasard : il semble que je récolte toujours les affaires les plus compliquées. Je regardai le téléphone en me disant : *Ne touche pas à cet appareil, ça va encore être un bâton merdeux*, une idée stupide parce les gens ne nous appellent jamais pour nous dire : *Salut, comment allez-vous ?* Ils doivent franchir d'abord de nombreux filtres, passer par la patrouille de flics, des inspecteurs, peut-être même un sergent ou deux avant qu'on les entende : *Ils ont volé ma voiture et mon bébé était sur le siège arrière ; mes voisins font une tambouille qui empeste et il y a un enfant de 4 ans dans l'appartement*, ou bien : *Quelqu'un prend son gosse pour un punching-ball.* Jamais : *Bonjour, madame, comment allez-vous aujourd'hui ? Aimeriez-vous essayer gratuitement et sans engagement pendant quatre-vingt-dix jours notre aspirateur qui ne pèse que deux kilos et demi ?* Toujours quelque chose, jamais agréable.

À entendre sonner le téléphone sur le bureau de Donnolly, juste après qu'on l'eut enterré, j'en avais la chair de poule.

« Crimes contre mineurs, inspecteur Lany Dunbar, dis-je.

— Mon fils a disparu. »

Problème.

« Qu'entendez-vous par disparu ? demandai-je à la femme.

— Pas là. Disparu. Parti, tout simplement. »

Je n'ose pas vous dire ce qui nous vient à l'idée quand nous entendons pour la première fois « gosse disparu », et je n'ose pas vous dire non plus combien de fois nous l'entendons. Les gosses prennent la tangente pour toutes sortes de raisons, et ce ne sont pas toujours ceux qui sont mal dans leurs baskets. Beaucoup de gosses bien et normaux fuguent, et sous les prétextes les plus étranges. C'est pour cette raison que nous n'entrons pas tout de suite en action et que nous éliminons d'abord quelques-unes des éventualités les plus communes.

Je demandai à la personne qui appelait de me dire son nom.

« Ellen Leeds, dit-elle sèchement. Mme Leeds. »

On pouvait comprendre qu'elle soit un peu tendue.

« Madame Leeds, est-ce qu'un policier est venu chez vous ?

— Non. J'ai appelé le 911 et ils m'ont aussitôt dirigée vers vous. »

Ce devait être une nouvelle standardiste.

« Donnez-moi votre adresse et votre numéro de téléphone, s'il vous plaît. »

Elle les débita à toute vitesse.

Le bureau d'Escobar était à côté. Je dus fouiller pour trouver un morceau de papier. Sa surface de travail est toujours en désordre, mais, contre toute attente, il est extraordinairement efficace. J'écrivis, avant de reprendre.

« Je vous mets en attente quelques instants. Je reviens tout de suite. »

J'appelai le sergent de garde pour ce district et lui demandai d'envoyer quelqu'un à l'adresse indiquée et de m'y attendre. Cela lui donnerait le temps de se calmer, mais je ne voulais pas la faire attendre trop longtemps. Elle allait subir toute une série de questions éminemment blessantes conçues pour couper court à toutes les conneries – *quelle est la dernière fois que vous avez puni votre enfant physiquement* est une de leurs préférées.

Mon propre bureau était horriblement bien rangé. Quand j'ai besoin d'un crayon, je sais exactement où mettre la main, et, s'il n'est pas impeccablement taillé, il y a un taille-crayon électrique dans le tiroir de droite. Avant, je le laissais sur le coin de mon bureau, mais il a disparu une ou deux fois. C'est mon flair d'inspecteur qui me permit de le retrouver dans le box de Frazee.

Dans le tiroir en bas à droite, qui ne grince plus parce que je l'ai graissé hier, il y a une pile de carnets neufs. Il émit un joli bruit tout doux quand je l'ouvris, ce qui me fit sourire.

Cela aurait pu être ma dernière occasion de sourire.

Carnet ouvert, crayon taillé, je poussai le bouton du téléphone.

« Madame Leeds, dis-je, désolée de vous avoir fait attendre.

— Inspecteur Dunbar, mon fils est quelque part dans la nature, tout seul et terrifié. Chaque seconde compte. »

Des phrases comme celles-là me touchent toujours, mais nous devons respecter les procédures, surtout dans des cas semblables, car, hélas, le fait est que c'est toujours un ami proche ou un intime – nous ne disons plus « parent » parce que les structures familiales ont tellement changé – qui sont à la base de la disparition du gosse.

« Je comprends votre inquiétude. Je suis désolée, mais il va falloir que je vous pose quelques questions, dont certaines risquent de vous indisposer. J'espère que vous comprendrez aussi que nous devons déterminer d'abord un certain nombre d'éléments pour savoir comment procéder dans un cas d'enfant disparu. Cela nous évite de patauger par la suite.

— Alors, allez-y. Mais je peux vous dire tout

de suite que quelqu'un l'a enlevé. Tout bonnement enlevé. »

Voilà au moins qui était direct.

« Qu'est-ce qui vous fait dire ça ?

— Ce n'est pas le genre de gosse à fuguer. »

Ce n'est jamais le genre.

« Je vous crois, mais il faut quand même que nous éliminions cette possibilité. Alors, je vous en prie, soyez patiente avec moi. Ça ne prendra que quelques minutes et nous pourrons ensuite nous pencher sur les détails. Le garçon vit-il avec vous ?

— Nathan, oui, bien sûr.

— Et son père ?

— Nous sommes divorcés. Il habite à Tucson.

— Avez-vous d'autres enfants ?

— Non, répondit-elle, après un instant d'hésitation.

— Y a-t-il d'autres adultes chez vous ?

— Non. Juste lui et moi.

— Quel âge a Nathan ?

— Douze ans, en juillet dernier.

— En quelle classe est-il ?

— Cinquième.

— Vous dites que vous êtes divorcée. Quels sont vos rapports avec le père de Nathan ?

— Plutôt cordiaux. »

On lui avait déjà posé cette question et elle avait une réponse toute prête. Je me demandai qui l'avait interrogée et griffonnai une note sur mon carnet pour ne pas oublier de le lui demander.

« Quelle est sa relation avec Nathan ?

— Ils s'adorent.

— À quelle fréquence se voient-ils ?

— Pas assez souvent. Peut-être une fois par mois. Mon ex vient en avion aussi souvent que possible. Et Nathan passe ses étés en Arizona.

— Quand se sont-ils vus pour la dernière fois ?

— Une semaine environ. Le père de Nathan est venu ici.

— Il faudra me donner ses coordonnées avant que nous finissions.

— Bien sûr. »

J'inspirai profondément avant de lui poser la question suivante. Je suis certaine qu'elle m'entendit.

« Madame Leeds, avez-vous un compagnon régulier ? »

Je déteste cette question. Je préférerais *petit ami*, mais nous n'avons plus le droit de dire ça non plus. Notre façon de nous exprimer devient idiote. Frazee a reçu un jour un appel mémorable – une voix féminine dit : *Mon amant a disparu*. Après avoir posé les questions habituelles, Frazee demande qu'on lui en fasse une description. Il lui a fallu vingt bonnes minutes pour se rendre compte que son interlocuteur était un travesti, et que l'amant disparu était en réalité une femme qu'on décrivait comme un homme. Tout cela pour dire qu'on ne peut pas toujours se fier à l'apparence des gens ou à leur discours, parce qu'ils se donnent parfois un mal fou pour ne pas ressembler à ce qu'ils sont en réalité.

« Je n'ai pas de petit ami, si c'est ce que vous voulez savoir. Il m'arrive de sortir, mais il n'y a personne en particulier. Et personne qui ait eu le moindre contact avec Nathan.

— Il ne serait donc pas parti avec quelqu'un d'autre sans vous le dire.

— Non. Personne auquel je pourrais penser. »
Puis sa voix se durcit.

« Inspecteur, ne pensez-vous pas que j'ai déjà passé en revue toutes les éventualités ? »

Je ne relevai pas le commentaire.

« Quand avez-vous commencé à soupçonner quelque chose d'anormal ?

— Il n'y a pas très longtemps. Il est parti au collège ce matin à l'heure habituelle et c'est la dernière fois qu'on l'a vu. Habituellement, il retrouve deux autres gosses qui habitent à côté, mais pas toujours. Quand ils se retrouvent, ils font le reste du chemin ensemble. C'est à trois rues d'ici. »

Quand elle me donna l'adresse, je la reconnus comme étant celle d'un immeuble résidentiel dans un des meilleurs quartiers de l'arrondissement. Il y avait eu un suicide il y a deux ans, avant que je rejoigne la brigade des crimes contre les mineurs, et c'est moi qui avais mené l'enquête.

« Je connais cet immeuble. »

Je ne lui dis pas pourquoi.

« Il est plaisant et bien tenu.

— Et sûr, ou du moins c'est ce que je croyais », dit Ellen Leeds.

Mais pas assez.

C'est ainsi que débuta une nouvelle quête pour l'aiguille proverbiale, celle qui a la mauvaise habitude de sauter dans la meule de foin au pire moment. La description de Nathan fut envoyée immédiatement à toutes les patrouilles et aux commissariats : adolescent, environ un mètre soixante-huit, corpulence mince, cheveux blond foncé, yeux bleus. Portant probablement un blouson rouge ou bordeaux et des jeans. Baskets, mais ils portent tous des baskets – ça aurait été plus intéressant s'il avait eu autre chose aux pieds. Les flics en patrouille dans toute la ville entendraient cette description par la radio, et, pendant deux ou trois heures, ils seraient particulièrement vigilants. Arriveraient ensuite un autre appel et une autre description pour une autre aiguille, et le portrait de Nathan se mélangerait peu à peu avec celui de tous les autres adolescents disparus. Il rejoindrait ce grand ensemble indéterminé d'enfants jamais retrouvés, ces enfants dont l'image souriante imprimée sur les briques de lait nous rend tellement contents d'avoir bien élevé nos propres enfants.

Juste à la fin de notre première conversation téléphonique, Ellen Leeds me demanda :

« Combien de temps pensez-vous qu'il faudra pour le retrouver ?

— Impossible de répondre à cette question. Nous ferons de notre mieux. »

Toute autre réponse aurait été un horrible mensonge, non pas que la vérité probable fût particulièrement agréable à entendre.

Tout au long du chemin en allant chez elle, je ruminai cette vérité. Parfois, on a de la chance et on les retrouve. Parfois, ils franchissent la porte après avoir passé la nuit dehors, et nous recevons un appel des parents du genre : « Plus la peine de vous en occuper », lesquels parents sont non seulement fâchés mais vraiment gênés de ne pas avoir perçu les signes précurseurs indiquant que le gosse en était capable. Plus souvent qu'à leur tour, aussi, et je regrette de devoir le dire, ils ne nous préviennent pas quand ils reviennent à la maison, et nous déployons des efforts considérables pour chercher un petit oisillon égaré qui est déjà de retour au nid. Et ça, ça m'énerve au plus haut point.

Mais quand il s'agit de vrais cas, notre taux de réussite est lamentable. Les chances de retrouver Nathan Leeds, s'il ne voulait pas être retrouvé, étaient vraiment faibles. Nous n'avons tout simplement pas les moyens nécessaires de mettre sur pied une recherche d'envergure permettant de retrouver un gosse kidnappé s'il est encore vivant – avec un grand *si*. Les bénévoles sont notre meilleur atout, mais il faut encore qu'ils soient organisés, et cela demande des moyens humains. Que nous n'avons pas.

Deux voitures de police étaient garées devant l'immeuble d'Ellen Leeds. Je discutai brièvement avec les gars – j'en connaissais un, mais l'autre était nouveau. Quand j'étais moi-même en patrouille, j'avais toutes les raisons de fraterniser avec mes frères et sœurs d'armes. Les vestiaires étaient un endroit idéal pour traîner. Mais les inspecteurs sont en civil, et je n'y vais plus que rarement.

Il y avait quelques personnes autour, attirées par la présence des voitures de police. Le niveau de sécurité était bon. Il fallait sonner deux fois pour franchir l'entrée. L'appartement des Leeds était au cinquième étage, à l'arrière de l'immeuble, ce qui devait être le côté tranquille, puisque la rue derrière était étroite et à sens unique.

Un panneau de bienvenue peint à la main ornait la porte, un élément gai, fait maison. La femme qui répondit au *ding dong* était étonnamment petite et mince, et je me demandai si c'était elle qui m'avait appelée. Sa voix m'avait paru plus forte.

« Madame Leeds ?

— Oui.

— Je suis l'inspecteur Dunbar. »

Je lui tendis ma carte. Elle la prit d'un geste rapide mais ne se donna pas la peine de la regarder.

« Entrez. »

Je pénétrai dans l'appartement ; l'endroit était immaculé et décoré de couleurs chaudes. Très accueillant et dégageant une impression de sérénité. Elle referma la porte derrière moi, et j'entendis fermer un verrou et une chaîne de sécurité que l'on mettait en place. Elle faisait attention.

« Vous disposez d'un bon niveau de sécurité dans l'immeuble, et ici également, dis-je.

— J'aurais aimé qu'ils mettent un gardien à l'entrée, au moins une fois la nuit tombée. J'ai choisi cet immeuble en partie parce qu'il est sûr. Et j'ai demandé un étage élevé pour que personne ne puisse venir enlever mon fils par une fenêtre ouverte. »

Je reconnus la référence amère et ironique à l'enlèvement très médiatisé de Polly Klaas, 12 ans, qui avait été kidnappée par la fenêtre de sa chambre à coucher sous le regard horrifié de trois de ses amies qui avaient été invitées à passer la nuit chez elle. La mère dormait dans la chambre d'à côté. Vous imaginez le culot de cet individu ? Ce qui lui était arrivé ne faisait aucun doute : elle n'avait pas cherché à échapper un moment au : « Pas de jeux vidéo avant d'avoir fini tes devoirs ». Ses parents s'exprimaient bien et avaient des relations ; aussitôt de nombreuses personnes connues se sont associées à la recherche. Le pire, c'est qu'elle était probablement encore vivante et à peine à cinquante mètres pendant que les deux policiers interrogeaient son ravisseur après qu'il a eu un problème de voiture. Salaud de veinard. On a fini par l'attraper. Trop tard pour Polly, mais lui, on l'a eu.

Si Ellen Leeds pensait que la disparition de son fils susciterait le même intérêt, j'allais la décevoir.

Elle me dirigea vers le canapé et m'offrit à boire, ce que je déclinai poliment. Il faut garder ses distances, sinon il devient difficile de conserver le contrôle de la situation si on se comporte comme un visiteur ou un invité, surtout lorsqu'on est une femme. Elle s'assit en face de moi sur un autre canapé, et j'ouvris mon carnet.

« Racontez-moi les événements de la journée, s'il vous plaît. »

Je la regardai parler. Parfois, on peut deviner si les gens mentent : leur regard devient fuyant et leurs visages se crispent. Nous sommes formés à observer certains signes au cours de nos entretiens. Quelqu'un qui ne dit pas toute la vérité détournera son regard, parce qu'il est difficile de regarder quelqu'un droit dans les yeux en proférant un mensonge éhonté à moins d'être un véritable sociopathe, et, contrairement à ce que l'on croit, ils sont assez rares.

Mais chez des parents dont les enfants ont disparu, un autre facteur intervient : ils s'accusent eux-mêmes, que ce soit légitime ou non, et ce genre de culpabilité trouble le tableau. Ellen Leeds regardait ses mains en parlant, ce qui la rendait plus difficile à décrypter.

« Je suis rentrée du travail ce soir à l'heure habituelle. Nathan a un camarade de classe dont la mère et moi nous partageons la garde des enfants. Aujourd'hui, c'était son tour d'aller chez Georges. Nous avons organisé nos emplois du temps de façon que l'une ou l'autre soit toujours disponible l'après-midi. Dieu merci, nous pouvons toutes les deux travailler chez nous. Les gosses n'ont pas besoin d'une surveillance stricte, ils ont juste besoin d'avoir un adulte à proximité. Cette organisation a très bien fonctionné. Jusqu'à maintenant.

— Comment Nathan revient-il chez lui de là-bas. ?

— Il m'appelle et je vais le chercher. En général vers dix-huit heures trente, dix-neuf heures, parce que le dîner est compris dans notre organisation.

— C'est bien.

— Effectivement. »

Elle sortit un mouchoir en papier d'une boîte sur la table basse entre nous et s'essuya le nez.

« C'est agréable de ne pas avoir à se dépêcher pour rentrer préparer un dîner. »

J'aurais voulu lui sourire et lui dire que je la comprenais, parce que c'était exactement ce que je faisais quand j'étais de service de jour. Cette dernière semaine, j'avais été mutée temporairement au service de nuit en raison de l'absence de tout un groupe d'inspecteurs, partis pour une formation sur le bioterrorisme. Il fallait bien assurer la nuit. Demain, je reprendrais la journée. Mes propres enfants passaient la semaine chez leur père, et c'était lui qui, pour une fois, se précipitait à la maison pour préparer leur dîner. J'étais ravie à la pensée qu'il allait devoir subir le « Je n'aime pas le hachis parmentier ni le poulet au fromage » repris en chœur. Evan est affreusement difficile ; il déteste à peu près tout. Frannie mange tout ce qui est à portée sauf ce qui est bon pour elle. Julia, je ne l'ai toujours pas comprise. Dieu merci, ils ne sont allergiques à rien, sinon je devrais rendre mon tablier.

Ce n'était pas le moment de laisser mes propres soucis m'envahir.

« Il devait être presque huit heures, dit Mme Leeds.
— Il vous téléphonait plus tôt d'habitude ? »

Elle prit un air coupable et acquiesça, le visage encore plus sombre.

« Je ne l'ai pas appelé parce que, je dois l'avouer, j'appréciais le silence. Comme je travaille à plein-temps, je finis par négliger complètement ma propre vie, vous comprenez ? Je n'ai jamais le loisir de faire les choses qui me font plaisir à *moi*. Pour la première fois depuis des mois, j'avais sorti ma broderie. »

La pauvre ; elle ne ferait probablement plus jamais de broderie.

« Mais quand il a commencé à se faire tard, j'ai appelé chez Georges et sa mère m'a dit... »

Elle s'étrangla d'émotion pendant quelques secondes. Je n'intervins pas et me contentai de la regarder.

« Elle m'a dit que, d'après Georges, Nathan n'était pas du tout venu à l'école aujourd'hui.

— Dans ces cas-là, vous vous tenez généralement au courant ?

— Non. En tout cas, pas d'habitude. Quand le gosse n'est pas à l'école, on suppose automatiquement qu'il est chez lui malade, et que le parent le sait, non ? »

C'était l'erreur avec laquelle elle devrait vivre pour le restant de ses jours.

« En effet, dis-je tout bas. Nous allons devoir établir un emploi du temps pour tous ceux qui ont vu Nathan aujourd'hui. Et pour tous ceux qui s'attendaient à le voir et ne l'ont pas vu.

— J'ai appelé le directeur dès que j'ai raccroché avec Nancy – la mère de Georges. Il a téléphoné au professeur principal de Nathan qui lui a dit que Nathan n'était jamais venu à l'école.

— Tout cela n'est pas sur ordinateur ?

— Pas encore. »

Directeur, professeur, je notai dans mon carnet.

« Nous devrons établir une liste de contacts. Mais je vous en prie, continuez.

— C'est tout. Il n'est pas allé là où il aurait dû.

— L'école ne contacte pas automatiquement les parents dans une telle situation ?

— Non. »

C'était difficile à croire, mais les règlements ne l'avaient pas encore rendu obligatoire. Cette politique serait instaurée demain. J'y veillerais.

Ellen Leeds me montra le chemin que Nathan aurait dû prendre pour aller à l'école. Je voulais qu'elle le parcoure une fois avec moi ; je la ramènerais ensuite et le referais sans qu'elle me regarde. Cela ne prit qu'une minute ou deux en voiture, et, pendant ce temps, j'observai Mme Leeds pour voir si elle réagissait à quelque chose en particulier. Mais son visage n'exprimait rien d'autre qu'une terrible détresse.

En arrivant à son immeuble, elle me demanda :
« Voulez-vous remonter ? »

C'était presque une supplication.

« Pas tout de suite. Il faut que je m'occupe de certaines choses rapidement. Mais je reprendrai contact demain, et dès que nous avons des indices. »

Je pris soin de ne pas lui dire *si* nous avons des indices.

« Je vous appellerai pour d'autres détails.

— Mais qu'allez-vous faire dans l'immédiat alors que mon fils est Dieu sait où, peut-être blessé, peut-être entre les mains d'un monstre ? »

Je serai en train de me gratter la tête en me demandant quoi faire.

« Madame Leeds, je vous en supplie, ne tirez pas de conclusions hâtives. »

Malheureusement, c'était une conclusion logique.

« J'ai déjà envoyé la photo de Nathan au policier responsable de la patrouille. Il la fera parvenir en quelques minutes aux ordinateurs des voitures, avec une description. Elle sera également envoyée à tous les autres postes de police des communes adjacentes. Tous ces policiers vont ouvrir l'œil.

— Vous n'allez pas organiser une vraie recherche ? »

Je pris quelques secondes pour formuler ma réponse.

« Demain matin, quand ce sera plus efficace,

nous organiserons quelque chose, si les indices que nous trouvons ce soir le justifient.

— J'aimerais venir avec vous au poste de police. Je veux aider autant que possible. »

Non, non, non.

« Je ne crois pas que ce serait une bonne idée, madame Leeds.

— Mais si quelque chose surgissait et que vous ayez besoin de moi, je serais là...

— Je vous téléphonerai et vous enverrai une voiture s'il y a du nouveau. Dans l'instant, je vous le promets. Ce que je vais vous dire ne vous fera peut-être pas plaisir, mais la meilleure chose que vous ayez à faire maintenant, c'est de rentrer chez vous et d'essayer de vous reposer.

— Croyez-vous vraiment que je vais pouvoir dormir ? »

Je ne le croyais pas

« Je sais combien c'est difficile, madame Leeds. Mais pour l'instant, vous devez simplement attendre.

— Attendre.

— Oui. Et si Nathan appelle... »

Elle me coupa la parole.

« Je suis donc censée retourner dans mon appartement, où mon fils habite avec moi, et je suis censée attendre jusqu'à ce qu'il revienne ou bien qu'il appelle.

— Madame, je prendrai contact avec vous dès que je le pourrai. Mais j'ai des choses à faire pour que cette enquête soit correctement mise en route. »

Elle sortit de la voiture, mais avant de refermer

la porte elle se tourna vers moi, me regarda avec colère.

« Que dois-je faire maintenant, dites-moi ? Je vais remonter et faire le tour de ma maison, et rien ne me sera familier, parce que tout a changé.

— Je suis vraiment désolée, madame Leeds, mais nous avons certaines procédures à lancer... »

La portière claqua violemment. Elle courut en direction de l'entrée principale de l'immeuble. Je la regardai ouvrir la porte extérieure, puis l'intérieure. Le grand immeuble moderne l'engloutit.

Il était minuit. Trop tard pour appeler mes enfants chez leur père pour leur dire que je les aimais à la folie. Leur père, saint Kevin, serait furieux. Et eux persisteraient à penser que leur mère était un peu dingue. Il ne me restait plus qu'à faire ce que j'aimais le plus après mes enfants, me mettre au travail.

Je demandai à deux voitures de me rejoindre dans le parking. Nous y laissâmes nos véhicules et, à l'aide de torches, explorâmes les deux côtés de la première rue. Je n'étais pas sûre de ce que nous cherchions ; s'il y avait la moindre trace de sang, nous ne la verrions pas dans le noir. Mais nous savions tous que le lieu du crime ne serait jamais aussi frais que maintenant, à condition qu'il s'agisse bien du lieu du crime. Le sentiment de chercher une aiguille dans une botte de foin m'envahit de nouveau. Avançant à toute allure à travers l'espace à la recherche d'un astéroïde particulier. Ça me donne toujours l'impression d'être minuscule et idiote.

Mais il faut bien commencer quelque part. Nous ramassâmes des tas de bouts de papier, mais rien qui pouvait se rapporter à un élève de collège, aucune notice officielle de l'école, rien qui pouvait ressembler à un devoir jeté. Nous entassâmes tous ces papiers dans un sac, au cas où. Un bon inspecteur a presque toujours la manie de tout garder – c'est mon cas, même si je le fais avec soin.

Ce dernier jour, il n'y avait presque pas eu de vent. Dieu merci, il était encore trop tôt pour les vents de Santa Ana, ce qui ne nous empêchait pas de nous plaindre quand même. En cet instant, j'étais reconnaissante que le temps soit calme, sinon tout ce qu'on aurait pu trouver se serait déjà envolé.

Nous entamâmes la recherche dans la deuxième des trois rues. De l'endroit où nous étions, je voyais encore les deux tiers supérieurs de l'immeuble d'où Nathan était parti ce matin, ce qui voulait dire que quelqu'un aurait pu voir quelque chose.

Cette rue était plus résidentielle que la première que nous avions fouillée – avec des clôtures, des buissons et des trottoirs plus larges. Nous nous partageâmes le territoire avant de nous séparer. Je braquai ma lumière dans les broussailles et écartai des branches d'une main pour scruter des endroits généralement réservés aux écureuils. J'avais mal au dos à force de me baisser, mais j'ignorai la douleur et me concentrai. Une ou deux fois, je captai la lueur rouge d'un œil. Il y avait des bruits de fuite quand les petits quadrupèdes se mettaient à l'abri. Un hanneton troubla le calme que j'avais réussi à maintenir. J'écartai les feuilles de palmier séchées qui se glissaient sous les broussailles, mais avec précaution pour éviter leurs bords coupants. Elles bruissaient comme des coquilles de cacahouètes.

Un grand silence se fit lorsqu'un des policiers cria : « J'ai trouvé quelque chose. »

3

De nombreuses années s'étaient écoulées depuis cette journée funeste où mon Michel avait disparu dans toute la vigueur et la beauté de son jeune âge, et il n'y avait pas si longtemps que j'avais réussi à estomper quelque peu ma douleur, à force d'une flagellation quasi permanente de mon âme. On n'oublie jamais la souffrance atroce que procure la perte d'un enfant ; on peut seulement espérer que, avec le temps, ce souvenir s'effacera. Il en va ainsi – l'esprit d'un enfant perdu doit demeurer à jamais dans les cœurs de ceux qui l'ont aimé, afin qu'il reste en vie. Je me suis souvent demandé pourquoi Dieu m'a fait subir cette épreuve, que me soit donnée l'âme du garçon que fut Michel La Drappière pour que je la conserve. Comment faire pour préserver la douce innocence, la belle curiosité, la profondeur croissante de sa personnalité ? Je n'avais même pas un seul portrait de lui, sauf celui qui traverse chaque jour mon esprit qui s'éveille en chemin vers les rêves de mon cœur. Il est grand et mince, mais ses jambes laissent augurer de leur force à venir. Ses yeux ont la couleur d'un ciel d'avril limpide. Comment saisir sa chaleur, la tendresse qui se dégage de lui quand il vous serre dans ses bras, l'humour de sa voix qui mue ? Il y a des moments où je pense ne plus avoir la force.

Mme Le Barbier en eut le souffle coupé quand je le lui dis, puis elle jura avec amertume ; elle me saisit la main si farouchement que je crus qu'elle allait me rompre les doigts. La femme en haillons me prit dans ses bras avec une violence surprenante tandis qu'elle éclatait en sanglots, incapable d'exprimer autrement la douleur qu'elle éprouvait pour moi, pour elle-même, pour nos fils perdus, pour tous les jours de torture que j'avais connus et qu'elle allait maintenant connaître. Elle fut prise d'un étourdissement à tel point que je crus qu'elle allait s'effondrer. Je la conduisis à l'intérieur jusqu'à un banc couvert de coussins, où elle s'affala contre mon épaule et se laissa aller à ses sanglots. Quand elle n'eut plus la force de pleurer, elle posa sa tête sur mes genoux, soupira longuement à plusieurs reprises et finit par s'endormir.

Je savais, à la différence d'autres personnes, que les mots étaient inutiles pour soulager sa peine, qu'aucune marque de sympathie ne pourrait apaiser la douleur due à la perte qu'elle venait d'éprouver et qui, à en juger par mon propre parcours, ne cesserait jamais complètement. Ce dont elle avait besoin, c'était que quelqu'un reste assis sans rien dire à côté d'elle pendant qu'elle s'efforçait de délivrer son âme de son malheur, ce qui, pendant longtemps, risquait de lui paraître un effort dénué de sens. Une bonté semblable m'avait été témoignée durant mes moments de désespoir par, ironie du sort, une épouse du Christ entrée dans les ordres volontairement – contrairement à moi – à la mort de son mari. Elle était connue pour sa générosité et le montra en me consacrant du temps, sans marquer la moindre critique à mon égard, alors que les autres femmes du château n'avaient plus la patience de supporter mes pleurs et mes lamentations, et alors même que l'indulgence d'Étienne était entamée. C'était la seule dont la présence m'apportait toujours du réconfort. Elle me força à regagner la lumière que j'avais tellement aimée, en refusant tout bonnement de me laisser sombrer dans l'obscurité confortable et douce qui m'attirait depuis la disparition de Michel. Vivre en pleine lumière me paraissait alors insupportable : j'avais l'impression que je serais à jamais marquée par une honte inexprimable, qui me mettrait à l'écart des autres qui ne portaient pas la même cicatrice.

Je m'étais persuadée que la disparition de Michel résultait d'une faute que j'avais commise, un manquement terrible, et que la tragédie aurait pu être évitée si j'avais été plus vigilante, plus attentive, meilleure mère. Tel un faucon pour son oisillon de fils. Croire que ce n'était qu'un hasard, que, pour une raison quelconque, Dieu avait épargné monseigneur Gilles et posé la main sur mon fils à la place, m'était insupportable, car cela éliminait tout espoir de sécurité dans ce monde. C'était tellement plus rassurant de me dire qu'il y avait une raison à cela et que mon propre manquement à la surveillance en était la cause. Après tout, nous devons toujours trouver quelqu'un sur qui rejeter la faute. Mais ma chère sœur en Dieu m'a fait comprendre que ce qu'Il met en marche ne peut être modifié, malgré tous nos efforts pour contrarier Sa volonté avec nos bonnes actions. Avec le temps, j'ai réussi à me pardonner moi-même dans une certaine mesure, mais cela a été extrêmement long.

Ma main était posée sur la tête de Mme Le Barbier, et j'avais l'impression de sentir à travers ses cheveux ces mêmes reproches envers elle-même. J'étais déterminée à faire pour elle ce qu'on avait fait pour moi, tant d'années auparavant, comme si nous étions deux maillons dans une longue chaîne de tristesse. Je restai assise pendant qu'elle dormait, sa tête abandonnée sur mes genoux, tout en pensant que, certains jours, ma douleur était aussi forte qu'au début, bien qu'elle parût ancienne aux yeux des autres.

Quand elle se réveilla enfin et se redressa, son visage était strié de traces de larmes, et ses yeux gonflés. Avec un coin de son tablier, j'essuyai ce qui était encore mouillé. En même temps, elle me regardait avec des yeux implorants : *Cela s'arrêtera-t-il un jour ?* J'aurais voulu pouvoir lui répondre *oui*. Mais cela aurait été un mensonge.

Elle se leva du banc, et se mit à faire les cent pas. Je l'observai en silence, bien que j'eusse de nombreuses choses à lui dire et à lui demander. Quand elle s'exprima enfin, sa voix tremblait, mais cela ne m'inquiéta pas beaucoup – tant de mois s'écoulèrent après la mort de mon fils avant que ma voix ne fût assez ferme pour franchir la limite de mes propres oreilles. Étienne me disait toujours de hausser le ton, parfois plus brusquement que nécessaire. Grâce aux caractéristiques naturelles de son sexe, il sembla récupérer plus rapidement que moi, même si, après la mort de Michel, il devint plus dur. Je ne suis jamais parvenue à la percer totalement, cette carapace dont les hommes arrivent à s'entourer qui empêche les grandes émotions de les atteindre, et de les desservir dans les tâches qu'ils doivent accomplir, en particulier celle de la guerre. Comment un homme peut-il s'apitoyer sur un guerrier dont il doit couper la tête et s'acquitter malgré tout de la blessure sanglante ? Cela serait impossible.

« Votre fils, chuchota-t-elle, comment s'appelait-il ?

— Michel, répondis-je. La Drappière. »

J'attendis ; elle ne semblait pas me reconnaître.

« Vous ne vous souvenez donc pas de moi ? » dis-je au bout de quelques instants.

Elle scruta mon visage.

« Non, dit-elle. Je suis désolée, mais non. Est-ce que nous nous connaissons, ma mère ? »

Certes, nous avions toutes deux beaucoup changé – treize années vous marquent, naturellement. Dieu ne veut pas que nous soyons aussi séduisantes que les jeunes veuves, qui peuvent encore avoir des enfants et devraient avoir priorité sur les hommes qui ont échappé à la guerre.

« Nous nous sommes rencontrées de temps à autre, lorsque mon mari était employé à Champtocé, et que j'étais avec lui », lui dis-je.

Mes doigts étaient raides d'avoir été serrés par Mme Le Barbier, mais cela ne m'empêcha pas d'enlever mon voile. Je le posai sur la table, et remis en place quelques mèches de cheveux.

Elle me regarda, et je vis peu à peu son regard s'éclairer.

« Madame La Drappière, souffla-t-elle. Bien sûr.
— Oui, dis-je. C'est moi. Il fut un temps où vous m'appeliez Guillemette.
— Mais... je n'aurais pas pensé que vous... »

... *auriez pu supporter de passer votre vie au service de l'église*, complétai-je dans ma tête. Curieusement, ce sentiment me donnait l'impression d'un compliment.

« Je ne l'ai pas vraiment choisi. »

J'ouvris et fermai plusieurs fois mes doigts pour les dégourdir.

« Mon mari est mort de ses blessures après Orléans. »

Aucune autre explication n'était nécessaire.

Mme Le Barbier secoua lentement la tête tout en continuant à renifler.

« Au moins, vous êtes pourvue.
— C'est vrai, dis-je. Et je ne suis pas aussi seule que je l'étais pendant les derniers temps au service de monseigneur. Tous ceux que je connaissais et aimais là-bas étaient partis. L'abbaye est un endroit agréable où je peux être utile ; je suis la confidente de Son Éminence, qui, d'une certaine façon, dépend de moi.
— En effet. Je m'en suis aperçue hier soir. »

J'étais étonnée qu'elle ait pu observer quoi que ce soit dans son état de détresse, mais le fait de me reconnaître activa sa mémoire, et elle commença à se remémorer d'autres choses.

« Je me souviens de votre fils... dit-elle, mais il paraissait plus jeune que son âge.

— Vous pensez à mon aîné, Jean, lui dis-je. Il est – *était* – plus âgé que Michel. Il est prêtre maintenant. En Avignon.
— Un prêtre ? s'exclama-t-elle, surprise. Ce fut autorisé ? »

Impensable, avait dit Étienne lorsque Jean avait exprimé pour la première fois son désir d'entrer dans les ordres. *Ce ne sera pas pris en considération. Tu seras soldat, comme je l'ai été. Laisse ton frère, Michel, entrer au service de Dieu, ainsi que cela convient à sa position de second.*

« Il n'avait aucune aptitude pour les arts de la guerre, dis-je, ni le moindre intérêt... »

Michel prendrait avec plaisir les armes. Je t'en supplie, Étienne, pour le bien de nos fils, laisse Jean devenir membre du clergé.

« Ce fut une tâche monumentale, mais j'ai réussi à convaincre mon mari de laisser Michel, plutôt que notre aîné, apprendre le maniement des armes. Avec le temps, il s'aperçut que ce choix leur convenait à tous deux. Michel commençait à peine à pratiquer les armes lorsqu'il... »

Tant d'années s'étaient écoulées et j'avais encore du mal à en parler.

« Lorsqu'il... *disparut* », chuchotai-je.

Ma voix me lâcha quelques instants, pendant lesquels Mme Le Barbier observa en même temps que moi un silence salutaire.

« Ainsi Jean est en Avignon... dit-elle enfin, une belle ville, où il fait bon vivre, m'a-t-on dit. Mais si loin...
— Je n'y suis jamais allée, bien que, au cours de mon service, Son Éminence y a eu de nombreuses

audiences avec le Saint-Père. Il dit que c'est en effet un endroit charmant, surtout le palais où réside Sa Sainteté. Jean me manque terriblement, mais il semble heureux dans son travail – et j'ai enfin le projet d'aller lui rendre visite dans quelques mois, lorsque Son Éminence se rendra en Avignon. »

Je lus dans son regard un plaisir évident.

« Quelle joie d'avoir un tel voyage en perspective ! Le voyage sera rude, mais…

— Je n'ai jamais craint de me lancer dans le monde – je l'ai toujours perçu comme un plaisir. Ce qui m'attend au bout de cette route rend le désagrément du voyage insignifiant en comparaison. »

Je tapotai ma manche.

« Il écrit souvent ; je garde ses lettres sur moi jusqu'à ce que je les connaisse par cœur. Mais ce n'est pas la même chose, madame, que de pouvoir étendre la main et lui toucher la joue.

— Je vous en prie, dit-elle, mon prénom est Agathe. »

Puis elle sourit de nouveau avec amertume.

« Nous sommes de vraies sœurs, n'est-ce pas ? Avec quelque chose d'aussi fort que les âmes de nos fils entre nous, nous devrions être intimes. »

Ses larmes se remirent à couler. Je gardai mon bras autour de ses épaules jusqu'à ce qu'elle arrête de pleurer.

« Eh bien, Agathe, lui dis-je, vous devez me raconter tout ce qui est arrivé à Georges. »

Elle se mordit la lèvre.

« Ah, ma mère…

— Guillemette, corrigeai-je.

— Guillemette. »

Elle esquissa un sourire, sans grande réussite.

« Il y a des moments où je ne peux pas m'arrêter d'en parler, mais, en ce moment, c'est comme si vous m'aviez dit de marcher jusqu'à la Terre sainte et d'en revenir en deux semaines. »

Je ne dis rien, mais lui touchai doucement la main pour la rassurer. Elle renifla de nouveau, puis entama son triste récit.

« Mon employeur – le tailleur Jean Peletier, un homme très respecté – habille encore parfois Dame Catherine, bien que, pour moi, elle ressemble plus à un fantôme, tellement nous la voyons rarement. Parfois, quand l'occasion s'en présente, il habille le seigneur Gilles lui-même, bien que plus rarement depuis que monseigneur s'est mis à beaucoup voyager. »

Les histoires courant sur son entourage étaient légendaires : cortèges somptueux, multitude de domestiques et de valets, tous habillés de façon impressionnante.

« Il ne semble jamais rester longtemps dans ses propres châteaux, dis-je. Ses tendances de nomade laissent rêveurs. On ne l'aurait jamais cru lorsqu'il était enfant.

— Ah, mais lui le voyait... chez son père. Nous étions sans arrêt en train d'habiller le seigneur Guy pour un voyage ou un autre. Je ne comprendrai jamais comment ses vêtements de voyage pouvaient s'user si vite. Mais maintenant, monseigneur Gilles passe de longs moments à Champtocé, ou tout au moins c'est ce que dit M. Peletier ; il l'a appris d'un tailleur qu'il connaît là-bas. Nous le servons seulement quand il est à Machecoul. »

Et elle ajouta, hésitante :

« Comme il est difficile de se faire payer ce qu'il doit, nous ne sollicitons plus ses commandes. »

Dieu merci, cela ne m'incombait pas d'apprendre au jeune Gilles comment gérer l'argent – je n'ose pas imaginer les batailles que nous aurions eues. Cette tâche terrible revint à Jean de Craon, qui terrorisa son petit-fils pour le faire obéir dans tous les domaines avec une cruauté maîtresse, sans toutefois réussir à lui transmettre un bon sens financier. Je pouvais presque entendre Jean de Malestroit dire : *Si on donne un poisson à un homme, il le mangera et aura faim de nouveau, mais si on lui apprend à pêcher, il ne sera plus jamais dans le besoin.* Cette maxime s'appliquait parfaitement à la fortune de monseigneur, laquelle lui fut transmise sans tutelle, si bien que, lorsqu'il atteignit sa majorité et échappa à toute surveillance, il devint aussi prodigue qu'on puisse l'être.

« Peut-être tous ses voyages ne sont-ils qu'une façon d'échapper à ses créanciers, suggérai-je.

— Sans doute. Néanmoins, M. Peletier consentira encore à travailler de temps à autre pour monseigneur. Il dit qu'ainsi sa marchandise restera visible aux yeux de la noblesse et qu'il pourra alors faire des affaires avec ceux qui paient. Il considère cela comme un investissement. Mon Georges est... »

Elle s'arrêta au milieu de la phrase et retint son souffle comme je l'avais fait en parlant de Michel, puis expira doucement avant de continuer, plus attentive au choix de ses mots cette fois.

« M. Peletier avait pris mon Georges comme apprenti, avant... »

De nouveau, elle bégaya en cherchant les mots justes.

« En tout cas, le garçon allait régulièrement avec lui au château de monseigneur ici à Machecoul. Ce qu'il m'a dit est dérangeant – des histoires incroyables sur la façon dont il est traité à l'intérieur, parfois par le page nommé Poitou, parfois par le seigneur Gilles lui-même. L'homme ne paie pas ses dettes, mais il vit luxueusement et traite ses invités, même des roturiers, comme des princes. Et pourquoi un tel intérêt pour un simple apprenti... »

Elle ne se souvenait plus de ce jour, tant d'années auparavant, où monseigneur lui enleva le jeune Georges.

Allons, petit ange, qu'as-tu à craindre ?

Je refoulai mon propre souvenir et déclarai : « C'est curieux, en effet.

— Georges commençait à parler avec convoitise de tout le luxe qu'il voyait. Je n'approuvais pas et lui dis d'accepter son heureuse situation avec bonne grâce. Bien entendu, il rejeta mes conseils, mais que pouvais-je faire ? Il était en apprentissage. Presque un homme. Hors de mon contrôle.

— Quand on est commerçant, il est difficile de ne pas convoiter une vie comme celle de monseigneur.

— Moi, je voyais tout, mais je savais garder ma place. Mais la jeunesse d'aujourd'hui semble avoir oublié que la prospérité vient avec le travail et l'assiduité. »

Elle haussa les épaules avec lassitude.

« Que connaît-on à cet âge en dehors de ses

désirs ? Il pouvait être influencé par le chatouillement d'une plume. Il l'a certainement été par un homme appelé Poitou – un personnage que je ne saurais décrire, sinon qu'il me mettait mal à l'aise, me donnant l'impression que j'avais mille araignées rampant sur moi. Georges rentrait à la maison et évoquait les promesses de gains que le page lui faisait de la part de monseigneur, de la compensation qu'il pourrait avoir comme tailleur, bien que mon fils ne fût pas entièrement formé. De tissus et de biens, d'aiguilles, de ciseaux onéreux – je trouvais tout cela trop exagéré pour y croire. La dernière promesse qu'il me répéta fut qu'on lui donnerait un cheval.

— Un cheval ? »

C'était effectivement exagéré.

« Un magnifique cadeau.

— Oui, mère, ça l'est. Trop magnifique. Naturellement, il était enthousiaste.

— Comme le serait tout jeune homme.

— Je lui dis de se méfier d'une telle générosité gratuite. Mais le jour prévu, il se rendit quand même au château, contre ma volonté, pour prendre possession de l'animal. Il y a deux semaines. Avant son départ, je lui confiai une paire de pantalons à livrer en route en le priant d'encaisser l'argent. Il rit en me disant qu'il ferait la livraison sur son nouveau cheval, que ce genre de tâche serait dorénavant un plaisir qu'il ferait pour moi avec joie. »

Elle baissa la tête, et une larme glissa le long de sa joue.

« C'est un bon garçon. Un bon fils. »

Soucieuse de ne pas dissiper les souvenirs heureux

qui lui restaient après sa disparition, je gardai le silence. À un moment que je jugeai propice, je lui demandai : « Depuis, il n'y a plus aucune trace de lui ?

— Pas la moindre.

— Avez-vous demandé au château ?

— Mon mari ne m'y a pas autorisée. Il m'a dit que c'était à lui de le faire en tant que père du garçon. Il alla à Machecoul et revint, avec comme seule information que Georges n'était jamais venu au château chercher son cheval et que l'animal avait été donné à quelqu'un d'autre.

— Lui avez-vous demandé qui lui avait dit cela ?

— De nouveau ce Poitou, le page de monseigneur.

— Et il ne l'a pas questionné davantage ?

— Mon mari ne juge pas nécessaire de mettre en doute quelqu'un d'autre que son propre fils. »

Son ressentiment était évident. Non seulement elle avait perdu son fils, mais aussi la confiance en son mari. Une bien triste situation.

« Avez-vous demandé si quelqu'un d'autre l'avait vu ce jour-là ?

— Mais oui, ma mère. Bien sûr. »

Pas Guillemette cette fois, ou bien le familier sœur, mais mère. Notre intimité naissante était déjà mise à mal par mes questions directes. Et quelle bêtise de ma part de lui avoir posé cette question. Moi-même, j'avais harcelé tout le monde autour de Champtocé, jusqu'à ce qu'on finisse par me fuir comme la peste.

« André Barbé m'a dit qu'il avait vu Georges cueillir des pommes en début d'après-midi. Il l'avait vu derrière la maison de la famille Rondeau, dans leur verger. Il n'aimait pas particulièrement les pommes. En entendant cela, je m'étais dit qu'il devait les cueillir pour le cheval.

— Et personne d'autre ne dit l'avoir vu...
— Personne. »

Combien de fois avais-je retracé les dernières heures de Michel d'après ce que l'on m'avait dit ? Trop de fois pour pouvoir les compter.

« Ce Barbé, vous a-t-il dit autre chose à propos de Georges ?

— C'est tout ce qu'il avait vu. Il n'a pas vu Georges quitter le verger. Ni personne d'autre, d'ailleurs. Et j'ai demandé à beaucoup de gens. Mais Barbé avait en fait autre chose à me dire. »

Elle inspira longuement.

« Il me dit avoir rencontré un homme, un étranger, sur la route entre Machecoul et Nantes. Lorsque Barbé lui dit être de Machecoul, l'étranger parut inquiet et lui dit de surveiller ses enfants, car ils étaient en danger d'être enlevés. Il lui chanta cette petite chanson qu'il avait entendue dont les paroles étaient : "Sur ce, l'on lui avait dit, en se merveillant, qu'on y mangeoit les petits enfants." »

J'étais abasourdie. C'était la phrase exacte que Jean m'avait écrite, les mots qui avaient suscité mon intérêt pour sa détresse, les mêmes mots que j'avais vaguement entendus de la part de l'étranger nerveux qui m'avait dirigée jusqu'ici. Mais Georges avait 16 ans ; il n'était plus un petit enfant, en tout cas pas assez petit pour être mangé. Mais les garçons de cet âge n'ont pas tous la taille d'un homme.

« Agathe, dis-je, Georges était-il petit ?
— Il n'avait pas encore fini de grandir.

— Barbé vous a-t-il dit d'où venait cet étranger ?
— Saint-Jean-d'Angély. »
À bonne distance. Mais il est vrai que les nouvelles choquantes voyagent rapidement, surtout sur les routes obscures.

Sur son insistance, je restai encore une heure avec Agathe Le Barbier, bien que nous ayons épuisé le sujet qui m'avait amenée chez elle. Elle trouva de quoi me nourrir, et j'acceptai son offre ; c'eût été une insulte de refuser. Aux heures les plus sombres de mon chagrin pour Michel, rien que de faire dix pas était pratiquement impensable, jusqu'à ce que quelqu'un m'oblige à le faire. Mme Le Barbier était venue à pied depuis le village, à travers la forêt, jusqu'à l'abbaye ; elle s'était présentée, bien que pauvrement habillée, à l'évêque et à moi pour raconter son histoire sans obtenir le moindre écho. Puis elle avait retrouvé sa route dans le noir. Aujourd'hui, elle avait subi l'affront de mes questions. C'était une femme admirable, qui méritait tout mon respect.

Maintenant, c'était à moi de faire preuve de la même force. En me hâtant de traverser la forêt qui s'obscurcissait pour regagner l'abbaye, bravant les ombres, les pièges et les branches qui vous happaient, je contenais ma propre terreur en pensant à tout autre chose : quelle forme désagréable prendraient les magnifiques sourcils de Jean de Malestroit lorsque je lui parlerais tout à l'heure ?

« ... quelqu'un lui a dit en s'étonnant que, là-bas, on mangeait des petits enfants.

— Vous avez entendu dire cela ?

— Oui, Votre Éminence, dans une petite chanson, de la part d'un homme qui m'indiqua le chemin. Et cela me fut dit par quelqu'un à qui on l'avait dit, qui l'avait entendu d'un autre... »

Je ne fis aucune mention du rôle de Mme Le Barbier dans cette succession d'informations, ni de Jean : cela me paraissait superflu et risquait de faire diversion.

« Mais c'était exactement ce que l'homme lui a dit, sans un mot de différent de ce qu'il m'a dit, ainsi que le jure le témoin...

— Guillemette, je vous ai souvent dit que les rumeurs ne peuvent être tolérées...

— Ce n'était *pas* une rumeur, dis-je avec fermeté, malgré mes genoux qui tremblaient. Cela me fut rapporté dans le cours de mes enquêtes. »

Finalement, je sortis de ma manche la lettre de Jean et la dépliai, plus brusquement que je n'aurais dû.

« Et regardez, tout y est, écrit par mon cher fils, depuis Avignon. Tout concorde et c'est la raison pour laquelle j'y suis allée en premier lieu. »

J'en eus le souffle coupé. Je m'étais trahie. Un petit sourire malin se forma sur le visage de l'évêque.

« J'ai dû mal entendre, dit-il. Il m'a semblé que vous m'aviez dit que vous alliez à Machecoul pour acheter du fil et des aiguilles. »

Prise en plein délit de mensonge, je cherchais désespérément une explication.

« En effet, Votre Éminence. C'était mon but, au départ.

— Guillemette, vous n'avez pas besoin de me mentir. Je ne suis pas un de ces hommes difficiles avec qui une femme doit s'arranger avec la vérité. »

Par tous les saints, l'homme suscitait le mensonge par sa sévérité. Mais ce n'était pas le moment d'aborder ce sujet ; cela ne pouvait être fait que dans un moment de calme et de détente, lorsqu'il serait d'une humeur plus réceptive à la critique. Je baissai la tête en guise de soumission avec l'espoir que cela suffirait.

« Acceptez mes excuses, Éminence, pour avoir douté de votre impartialité. Je dois confesser que j'avais très envie de parler une nouvelle fois à Mme Le Barbier, et j'aurais dû vous le dire. »

Son visage s'adoucit.

« Oui, vous auriez dû.

— Mais j'avais quand même besoin de fil et d'aiguilles. Et puisque j'allais à Machecoul, je pensais que ce serait plus efficace de me renseigner en même temps sur cet autre sujet. »

Il regarda mes mains vides.

« Dans ce cas, vous avez rangé vos achats avant de venir ici. »

Sainte Vierge, aidez-moi !

« Non...

— Où sont-ils alors ?

— Il n'y en a pas ! criai-je impatiemment. Il n'y avait rien à mon goût. Le marché m'a paru plutôt vide. »

Le sourcil baissa de nouveau d'un côté.

« Rien du tout ?

— Rien, répondis-je d'un air penaud.

— Hum. Peut-être que tous les marchands

étaient ici à Nantes aujourd'hui. Quel dommage. Vous revenez souvent de vos expéditions avec davantage d'achats que vous n'avez besoin. Ensuite, vous passez des heures à commenter vos merveilles, ce que j'ai fini par comprendre comme étant une manière de justifier les dépenses faites avec l'argent de l'abbaye. J'anticipe toujours ce moment avec joie, car c'est un plaisir de vous écouter expliquer l'usage que vous allez faire des choses que vous achetez. Aujourd'hui, vous revenez bredouille et sans histoires à raconter, sinon cet épouvantable récit d'enfants qu'on mange.

— Au moins ces histoires ne coûtent rien…

— C'est sans doute qu'elles ne valent pas plus. »

Pendant un instant, je me demandai, ébahie, si Étienne me connaissait aussi bien que cet homme.

« Je reconnais avoir été quelque peu distraite par cette affaire d'enfant disparu. Mais au moins je n'ai rien dépensé.

— Non. Seulement du temps. Et ce *quelque peu* me semble un peu faible par rapport à la distraction dont vous avez fait montre aujourd'hui. Reste à espérer que ce soit seulement un état passager.

— Éminence, j'avais accompli mes tâches avant de partir. Je dois avouer qu'un de mes objectifs a pris le dessus au cours de la journée. Mais vous devez bien comprendre que cette affaire mérite d'être approfondie – des enfants ont disparu dans des circonstances incompréhensibles. *Des enfants*. Il est vrai que ce ne sont pas des enfants nobles, mais…

— Nous n'en sommes certains que pour un seul enfant.

— Il y a de fortes présomptions pour d'autres. »

Ma voix était devenue stridente, presque gênante, même pour moi.

« Vous savez tout ce qui se passe dans ce royaume. Vos conseillers vous en ont certainement parlé.

— Vous exagérez. Il y a beaucoup de choses dont je n'ai pas connaissance. Et mes "conseillers", comme vous les appelez si aimablement, ne m'ont rien dit. »

Un homme avec autant de pouvoir, avec autant à protéger pour lui-même et pour d'autres, devait certainement avoir de nombreux espions pour lui rapporter des informations. Il pouvait savoir sans peine ce qu'il avait besoin de savoir et ce qu'il voulait savoir.

« Ce n'est pas dans l'ordre naturel des choses que des enfants disparaissent, dis-je. Vous pouvez certainement arriver à savoir ce qui leur arrive.

— Sœur, suggérez-vous que quelque chose de *pas naturel* leur arrive, pour autant que cela se reproduise ? On pourrait supposer que ces jeunes se soient enfuis ou aient disparu sous quelque prétexte malheureux et que leurs dépouilles n'aient pas été encore retrouvées. Et nous parlons de quelques enfants, non pas de dizaines. Si dizaines il y avait, ce serait différent.

— Peut-être y en a-t-il des dizaines. Ce serait bien de le savoir avant de traiter ces disparitions comme des événements négligeables.

— Bah, dit-il. Une perte de temps. »

Un silence glacial tomba entre nous.

« Vous ne diriez pas la même chose s'il s'agissait de *votre* enfant, dis-je au bout d'un moment. »

Je jetai un coup d'œil sur les objets de culte qui étaient disposés sur le plateau.

« Tout est prêt pour l'office. Avec votre permission, Éminence, je vais me retirer dans ma chambre. Pour faire mes prières de mon côté. Ce voyage m'a exténuée. »

Sans attendre sa réponse, je baissai la tête et me dirigeai vers la porte. Je sentis alors sa main sur mon épaule. Je me retournai et le regardai avec colère.

« Pardonnez-moi, Guillemette. »

Il était tout contrit, du moins dans l'instant.

« Vous avez raison, dit-il. Je suis mal placé pour comprendre vos sentiments à ce propos. »

Réprimant un sourire de gratitude, je voulus profiter de mon avantage en cet instant stratégique – même la Pucelle d'Orléans n'aurait rien pu m'apprendre dans ce domaine.

« Éminence, laissez-moi essayer de savoir s'il y en a d'autres, et si c'est le cas, je solliciterai alors votre bénédiction pour poursuivre mes enquêtes. »

Apparemment, sa contrition n'irait peut-être pas jusqu'à sanctionner une telle requête.

« Vous avez des devoirs ici, dois-je vous le rappeler ?

— Ce n'est pas nécessaire.

— Cela impliquerait que vous alliez dans la campagne, ce qui est dangereux.

— Je suis une abbesse. Personne ne me fera de mal.

— Une abbesse est une femme. Certains hommes

ne se gêneraient pas pour violer la Vierge Marie, si l'occasion leur était donnée. »

Je respirai un grand coup.

« J'irai quand même, dis-je. Et si vous me l'interdisez, j'enlèverai ce voile, et vous ne pourrez plus rien m'interdire en dehors des sacrements. »

Hum !

« Que Dieu vous maudisse pour cet entêtement.

— Au contraire, mon frère, Dieu me récompensera pour mon courage. Vous verrez.

— Lui seul sait si l'une ou l'autre de ces deux caractéristiques Le satisfait. Faites comme vous voulez, Guillemette. De toute façon vous le ferez. »

Puis il ajouta comme à regret : « Si vous trouvez que cela mérite de lui consacrer votre temps, alors il ne me reste plus qu'à me fier à votre jugement. Mais je vous en supplie, soyez discrète. Nous ne devons pas créer de bouleversement inutile parmi la population. »

C'était un cadeau, mais pas un cadeau gratuit, car après m'avoir donné sa bénédiction en même temps que sa permission, il se crut obligé de terminer sur une recommandation sévère : « Ne vous laissez pas dévorer par cette affaire, dit-il.

— Je ferai de mon mieux. »

Je m'inclinai légèrement et m'apprêtai à partir, mais Jean de Malestroit me retint doucement par le bras.

« Cela ferait plaisir à Dieu si vous vouliez bien Le célébrer ici plutôt que dans votre chambre. »

Dieu, bien sûr. C'était Son évêque qui voulait que je reste. J'acquiesçai avec autant de dignité que possible.

« Bien », dit Jean de Malestroit. Il prit le plateau et se dirigea vers la porte, avant de le reposer.

« Un jour, Dieu me punira pour mes absences de mémoire, dit-il avec un soupir. Il y a une lettre pour vous en provenance d'Avignon. »

Il montra un rouleau.

Jean. Mon cœur fit un bond pendant que ma main s'emparait avec avidité du parchemin. Son Éminence avait raison. Il ne pourrait jamais comprendre ma passion.

4

Ellen Leeds avait dit rouge, mais ce blouson me paraissait plutôt bordeaux avec le peu de lumière, aussi j'essayai de ne pas trop me réjouir. La formation basique en matière d'enquête que tous les flics en patrouille devaient subir portait vraiment ses fruits : celui-ci n'avait pas fait l'erreur de le ramasser. Cela s'avéra doublement important dans cette affaire ; quand je me mis à genoux pour regarder de près avec ma torche, je vis un petit morceau de papier froissé sur le blouson.

Une bande étroite, peut-être un reçu jeté. Le vent aurait pu l'apporter, mais, avec un temps si calme, cela semblait improbable. Je regardai autour de moi : il n'y avait pas le moindre mouvement de feuilles dans les arbres le long du trottoir. Le petit bout de papier tenait en équilibre précaire sur une des manches, près du coude. S'il avait été apporté par le vent, il se serait probablement accroché à un pli ou dans un creux de l'étoffe. Mais il restait là, perché sur une partie lisse du tissu. Il devait avoir atterri à cet endroit après que le blouson était tombé, et s'il s'agissait d'un reçu, comme je le pensais, il devait comporter l'heure.

Nous laissâmes le tout en place. Un des policiers sortit le mesureur et me dicta les chiffres. Je m'allongeai sur le sol et pris plusieurs photos en espérant qu'elles seraient bonnes. Quelque chose s'enfuit quand le flash se déclencha. Je dessinai une carte approximative dans mon carnet, indiquant la distance entre les deux repères fixes – l'un, une bouche d'incendie, l'autre, un réverbère. Aucun des deux ne risquait d'être déplacé dans les jours à venir. Lorsque tout eut été répertorié, je mis les deux éléments dans des sacs en plastique et les étiquetai. À l'exception de quelques brindilles et de feuilles qui ne voulaient pas se détacher, le blouson semblait propre et en parfait état.

Comme je le pensais, le morceau de papier était un ticket de caisse. L'imprimante devait avoir besoin d'une nouvelle cartouche d'encre, car l'impression était à peine visible. Pendant quelques instants, je me demandai si le papier n'avait pu rester dehors quelque temps, et avoir été transporté malgré tout sur le blouson par le vent. Je parvins tout juste à lire les chiffres et les lettres – cela correspondait à l'achat d'un pack de lait et d'un paquet de cigarettes dans un magasin à une rue de là, achat effectué le matin même à huit heures deux, heure à laquelle le blouson était déjà probablement par terre.

Je ne trouvai pas grand-chose dans les poches, tout du moins rien indiquant que le blouson aurait pu appartenir à Nathan Leeds. Sur l'étiquette ne figurait aucun nom, ni cousu ni écrit à la main.

À 12 ans, il n'aurait pas laissé sa mère le faire, comme mon propre fils, Evan, qui, à cet âge-là, avait failli me maudire en me voyant avec un marqueur dans une main, et son coupe-vent dans l'autre.

Maman, vraiment, je ne suis plus un bébé… la mère de Jeff a arrêté de faire ça depuis deux ans déjà.

Je trouvai deux emballages de chewing-gum vides et trois cents. Mais pas de portefeuille ; il se trouvait probablement dans son cartable. Tandis que les flics continuaient à fouiller les environs, je retournai à la voiture pour y déposer les indices, et pour regarder encore une fois la photo de Nathan que sa mère m'avait donnée. La photo avait été prise à l'extérieur, et je ne me souvenais plus de ce qu'il portait. Ce n'était pas le blouson en question, mais un T-shirt sur lequel était imprimée la silhouette d'une bête malveillante, tout en dents, avec, inscrit autour, « La Brea Tar Pits ». Ça avait l'air très effrayant.

À cette heure-ci, il devait être effrayé. S'il était encore en vie.

D'autres membres de la patrouille arrivèrent, et toute la zone fut bientôt entourée de cordons de police. Un pauvre bleu finirait par passer la nuit dans une voiture à une extrémité de la zone condamnée pour la protéger de l'éventuelle intrusion des passants. Je reviendrais à la première heure le lendemain avec une équipe de recherche pour réexaminer le tout à la lumière du jour. J'aurais pu demander qu'on apporte des projecteurs, mais la lumière du jour est préférable pour une fouille méthodique car on ne voit pas les mêmes choses à la lumière artificielle. Et l'enlèvement, s'il s'agissait bien de cela, s'était produit dans la journée, pour autant que je puisse le déterminer. Il y a tellement plus à trouver – peut-être *sentir* convient-il mieux – lorsqu'on peut reproduire les conditions dans lesquelles un crime a été commis.

Il était plus d'une heure du matin, et je savais que la mère de Nathan serait encore réveillée, probablement assise à côté du téléphone. C'est ce que j'aurais fait à sa place. Lorsqu'Ellen Leeds m'ouvrit la porte, je sentis l'odeur du tabac. Un filet de fumée montait paresseusement depuis le bout rougeoyant de la cigarette qu'elle tenait dans sa main gauche. Elle cacha aussitôt sa main derrière le dos. Peut-être avais-je froncé le nez sans m'en apercevoir.

« D'habitude, je ne fume pas dans l'appartement.
— Je fumerais comme une cheminée en ce moment, si j'étais vous. »

De sa main libre, elle me fit le signe d'entrer et referma la porte derrière moi, avec ce même bruit de serrures que j'avais entendu précédemment.

« Je sais qu'il est très tard, dis-je, en guise d'excuse, mais je pensais que vous voudriez qu'on vous informe immédiatement s'il y avait quelque chose. »

Elle ne pouvait pas voir le sac en plastique et son contenu. Il était enfoui dans un grand fourre-tout que je laisse dans la voiture et que j'utilise afin de ne pas exposer devant le monde entier des indices pouvant faire mal au cœur : je préfère les cacher, à condition que cela soit possible.

L'espoir envahit son visage, la rajeunissant de plusieurs années.

« Vous l'avez retrouvé ?

— Non, je suis désolée de vous dire que ce n'est pas le cas. Mais il y a des indices que j'aimerais vous montrer. »

L'âge revint avec une abominable cruauté.

« Quel genre d'indice ? chuchota-t-elle avec crainte.

— Un blouson. »

Elle ferma les yeux et se tut pendant quelques secondes. Puis elle les rouvrit et demanda : « Y a-t-il du sang dessus ?

— Non. Pour autant que je puisse voir. Un examen plus approfondi pourrait révéler quelque chose, et nous allons procéder à des analyses, mais il me semble propre. Ce n'est, évidemment, qu'une première impression. »

Elle étendit la main vers le sac. Je le retins et le gardai fermé.

« Désolée, mais je ne peux pas vous permettre encore de le toucher, une contamination étrangère diminuerait sa valeur de preuve devant le tribunal. Mais j'ai besoin que vous l'identifiiez, si possible, comme appartenant à Nathan. »

J'ouvris la fermeture à glissière plastique du sac pour lui montrer une partie du blouson. Elle tendit la main machinalement avant de se reprendre et de la retirer.

« Il faut que je voie l'étiquette, dit-elle. Le blouson de Nathan a été fabriqué par une société qui s'appelle Harmony. Il devrait y avoir une étiquette noire avec quelques notes de musique, et le mot

"Harmony" imprimé dessus. Je crois que les coutures sont faites en bleu. »

C'était le cas.

Trois heures de sommeil, ce n'est pas le Pérou, mais, entre les gosses qui me réveillent et mon boulot – qui me tire hors de chez moi ou me réveille régulièrement –, j'ai dû finir par m'y habituer. Evan était un bon dormeur, et Frannie n'était pas trop embêtante, mais Julia n'avait pas dormi jusqu'à l'âge de 5 ans. Elle ne pleurait pas mais elle voulait jouer et, depuis son lit d'enfant, elle ne s'arrêtait pas de parler jusqu'à ce que toute la maisonnée soit réveillée. Tout ce qu'elle voulait en réalité, c'était qu'on lui tienne un peu compagnie, mais que le ciel empêche son père de se lever pour aller jouer avec elle. C'était toujours sur moi que ça retombait. Mais plus je vieillis, plus j'ai du mal à rattraper les heures de sommeil perdues. Une fois revenue au poste, quand j'eus déposé tous les rapports nécessaires, envoyé un nouveau fax, rempli l'étiquette sur le sac d'indice, j'étais remontée comme si je venais de boire une cafetière entière.

Je retournai sur les lieux le lendemain vers sept heures, une heure avant que j'arrive généralement au poste. Les spécialistes des indices n'étaient pas encore arrivés, mais la brigade de patrouille était encore là. Je montrai mon badge au jeune flic et lui dis que j'étais l'inspecteur principal chargé de cette affaire. Il me fit signe d'entrer, ce qui n'était pas vraiment nécessaire.

Chaque scène de crime a sa propre personnalité. J'aime bien rester au milieu et m'imprégner de l'atmosphère dans toutes ses nuances. Certains de mes collègues me prennent pour une folle, mais mon taux de réussite est bien supérieur à tous ceux de la division, alors ils préfèrent se taire.

La rue offrait un mélange paisible de petites maisons et de commerces. Ça ne bougeait pas beaucoup, même autour de la zone condamnée. La plupart des boutiques étaient du genre à ouvrir tard – un traiteur, un salon de beauté avec coiffeur et manucure, un caviste. J'aurais préféré une pâtisserie, d'où quelqu'un aurait pu voir quelque chose. Sur le trottoir en face de l'endroit où nous avions trouvé le blouson, il y avait un ancien cinéma fermé par des planches avec des pancartes faisant état d'une prochaine rénovation. Quelques personnes passèrent, se rendant de bonne heure à leur travail, mais une seule s'arrêta pour poser des questions. Je lui dis ce qui s'était passé et l'interrogeai sur le quartier.

« La plupart des maisons sont occupées par des personnes qui travaillent ; il n'y a pas de mauvais coucheurs, et chacun se mêle de ses propres affaires.
— À quelle heure la plupart des résidents partent-ils travailler ? »

Elle n'en savait rien. Mais c'était l'heure approximative à laquelle Nathan aurait été enlevé, et l'endroit était pratiquement désert. Il était probable qu'aucune personne habitant le quartier n'ait vu quoi que ce soit.

Quand je revins au poste, il était à peine huit heures, mais je me sentais épuisée. La nuit avait été courte, assortie de mon cauchemar habituel : je suis bloquée dehors par un froid polaire et ma morve est gelée. Je porte des sandales et un débardeur, avec de la neige jusqu'aux genoux. J'avance tant bien que mal, Dieu sait dans quelle direction. Je cours, et, avec la neige, mes jambes me font mal. Cette fois, j'avais un cheval, une espèce de mutant à la *Guerre des étoiles*, comme la bête que Luke Skywalker avait éventrée pour se cacher au chaud à l'intérieur, en attendant que Han Solo vienne le secourir. Je vous jure que j'avais senti cette puanteur dans mon rêve.

Où était George Lucas quand on avait besoin de lui ? Quelques effets spéciaux n'auraient pas été superflus ce matin-là. Des poches sous les yeux, une coiffure à la mords-moi-le-nœud. Je marchais à l'adrénaline, et encore en quantité insuffisante. Lorsque je me levai pour parler de l'affaire au cours de la réunion du matin, j'avais peur de vomir en plein milieu. Un des gars me dit ensuite : « Tu as l'air crevée.

— Effectivement, lui répondis-je. Tu ne serais pas détective, par hasard ? »

De là, je me rendis tout droit dans le bureau du lieutenant Fred Vuska pour lui fournir un rapport plus détaillé. Fred est un homme foncièrement bon qui prend notre parti à tous auprès de ses supérieurs, lesquels sont parfois de véritables abrutis. Mais le pauvre subit une pression politique constante. Il a toujours servi de lien entre ceux qui font le travail – nous – et ceux qui émettent des théories sur la façon dont le travail devrait être fait, ceux qui deviennent « eux » dans nos conversations. La dernière chose dont il avait besoin était une demande de ma part de personnel supplémentaire pour cibler encore un peu plus la recherche de Nathan Leeds.

« Hier soir, toutes les patrouilles étaient sur la trace de ce gosse. Personne ne l'a vu. De toute façon, vous ne savez pas s'il a été enlevé ou non. Il pourrait simplement avoir fait une fugue.

— On a retrouvé son blouson.

— Il l'a probablement laissé tomber. Ou jeté parce qu'il n'était pas assez branché pour lui. Je ne vous dis pas le nombre de blousons que mes enfants perdent.

— J'ai le sentiment que ce gosse n'est pas un fugueur.

— Pour quelle raison ? »

Je faillis lui répondre : *Cette spécificité féminine que vous ne pouvez pas comprendre qu'on appelle l'intuition.* Mais cela aurait été discourtois et sexiste, et ma formation m'avait fait perdre tout sectarisme.

« J'ai vu où il habitait, j'ai parlé à la mère...

— Avez-vous interrogé d'autres gens ?

— Juste une des résidentes de la rue, mais ce fut très rapide, et elle n'avait pas grand-chose à me dire. »

Il me regarda, incrédule.

« Lany, allez faire vos interviews. Si vous dénichez quelque chose d'autre qui vous permette de croire qu'il n'a pas fugué, alors venez me voir. Nous regarderons les choses de plus près.

— Le gosse a 12 ans, bon Dieu.

— Vous voulez que je vous en montre, des gosses de 12 ans ? demanda-t-il d'un air cynique. Venez. Je vous emmène jusqu'à Venice Beach, et nous demanderons aux punks qui traînent là-bas quel âge ils ont. Bougez-vous les fesses et trouvez-nous quelque chose. »

De toute évidence, la formation n'avait pas porté ses fruits avec Fred.

J'aurais bien voulu avoir une clé pour entrer dans l'immeuble d'Ellen Leeds. Je pouvais toujours sonner chez elle et lui demander de m'ouvrir, mais elle s'attendrait à ce que je vienne lui apporter les dernières nouvelles, et, pour l'instant, je n'étais pas d'humeur à faire preuve de diplomatie. J'attendis donc que quelqu'un sorte, lui montrai mon insigne, et entrai.

Il me fallut quelques minutes pour m'orienter et déterminer quel escalier je voulais. Au-dessus du troisième étage, tous les logements occupaient un coin ; tout le reste était trop bas ou mal positionné. Cela me facilitait le travail. Je n'aurais pas à prospecter la partie ouest de l'immeuble.

J'étais arrivée vers neuf heures et demie, donc il n'y aurait pas beaucoup de gens chez eux. Je n'avais pas d'autre choix que de faire de mon mieux et espérer que quelque chose surgirait. Le premier appartement où je sonnai était vide ; j'écrivis : « Veuillez m'appeler » sur une de mes cartes et la coinçai dans la porte. L'occupant du troisième était chez lui, mais il me parut profondément agacé, étant donné qu'il travaillait de minuit à huit heures du matin et venait juste de se mettre au lit pour la journée. Il me dit n'être rentré qu'à neuf heures trente la veille, heure à laquelle le crime (pour autant que ça en soit un) avait déjà été commis et son auteur déjà loin. Je relevai son nom et le numéro de son employeur pour vérifier, le remerciai et m'excusai de l'avoir réveillé.

Au quatrième, personne, ai laissé une carte. Au cinquième, je commençais à en avoir assez d'écrire : « Téléphonez-moi » sur une carte lorsque la porte s'ouvrit sur une femme très âgée portant un parfum douceâtre et un peu écœurant qui me ramena en un éclair dans les années soixante. Elle était bien habillée et ses cheveux bleutés semblaient avoir tout juste été coiffés. Elle avait déjà son collier de perles autour du cou, et du rouge à lèvres – comme jamais je n'aurais osé en porter. De petites coulures de rouge s'étaient insinuées dans les rides de sa lèvre supérieure.

« Oh, entrez ! » dit-elle en voyant mon insigne.

Je ne lui avais pas encore exposé le motif de ma visite, mais, à première vue, cela lui semblait parfaitement égal. Une visite était une visite, et, comme j'étais flic, elle était en sécurité. C'est ce que pensent les vieux et les enfants.

« Puis-je vous offrir un café ou du thé, madame l'agent ?

— Non merci, madame. »

Je ne lui avais pas encore demandé son nom. Elle me regarda me diriger lentement vers la baie. La rue que je voulais voir était parfaitement visible. Sur une petite table à côté d'un fauteuil capitonné étaient posées des jumelles du genre que l'on utilise pour observer les oiseaux.

« Vous avez une très belle vue d'ici, dis-je.

— C'est vrai. C'est d'ailleurs pour quoi j'ai loué un appartement dans cet immeuble. »

Pour Ellen Leeds, la raison était toute autre.

« J'ai été à peu près la première locataire ici, continua-t-elle. C'était, voyons, il y a vingt ans. Ils attendent que je meure pour pouvoir louer cet appartement bien plus cher à quelqu'un de plus jeune.

— Je m'en doute », dis-je avec un sourire.

Je ramassai ses jumelles.

« Vous observez les oiseaux ?

— Ça m'arrive, mais je ne le fais pas sérieusement. J'avais un ami – il est mort il y a une dizaine d'années – qui aimait beaucoup ça. Ce sont ses jumelles. »

Je les reposai respectueusement sur la table.

« À présent, je me cantonne à ce qui se passe dans le monde au-dehors. »

Espérons, priai-je en silence, *espérons*.

« Madame...

— Mme Paulsen. »

Je notai son nom sur mon carnet.

« Est-ce que par hasard vous regardiez par votre fenêtre hier matin vers sept heures trente ? Un petit garçon qui habite dans cet immeuble est porté disparu, et la dernière fois qu'on l'a vu, c'est hier matin, il allait à l'école. »

Elle haussa légèrement les sourcils.

« Alors c'est pour cela, tout le brouhaha.

— Oui.

— Laissez-moi réfléchir. »

Elle s'assit avec détermination dans son fauteuil.

« Voyons, hier matin... je me suis levée à mon heure habituelle, six heures quinze, et j'ai pris ma douche. Puis j'ai bu mon café et j'ai récupéré mon journal devant la porte – vous savez, un jeune garçon me l'apporte jusque sur mon tapis-brosse – et je l'ai lu pendant un petit moment. Je me rappelle avoir allumé la télévision pour regarder "Today", à sept heures – j'aime tellement cet Al Roker... »

Elle continua à détailler minutieusement sa routine matinale, qui me semblait tellement paisible... un pur bonheur.

« Vous savez, je devais être à ma fenêtre vers cette heure-là. Je me souviens d'avoir vu des enfants aller à l'école. Il y a cette petite fille toujours si mignonne, sa mère l'habille tellement bien, et elle sautille en allant à l'école, ça me rappelle quand j'allais moi-même à l'école. Nous portions toujours des robes, pas comme aujourd'hui où ils n'ont presque rien sur le dos...

— Vous dites que vous regardiez "Today" ; vous rappelez-vous de ce dont ils parlaient ou ce qu'ils faisaient au moment où vous avez regardé dehors et vu les enfants ?

— En fait, oui. La femme qui a tout ce linge et des tas d'objets était sur le plateau et faisait un genre de décoration. »

Martha Stewart. Je pourrais appeler la station locale et lui demander l'heure précise de cette séquence. Je sortis les photos de Nathan Leeds et de sa mère de mon dossier et les lui tendis.

« Est-ce que par hasard vous auriez vu ce jeune garçon en route vers l'école ? »

Elle considéra la photo pendant un moment.

« Eh bien oui, je l'ai vu. Mais il n'est pas allé jusqu'au bout de la rue comme il le fait d'habitude. »

Je vous en supplie, je vous en supplie. Mon cœur se mit à battre plus vite.

« Que voulez-vous dire, madame Paulsen ?
— Eh bien, il est monté dans la voiture à peu près à mi-chemin, devant la petite maison blanche. »

Exactement l'endroit où nous avions trouvé son blouson. Mais elle avait dit *la* voiture et non *une* voiture.

« Décrivez la voiture, s'il vous plaît.
— Oh, ce ne sera pas la peine. Vous n'avez qu'à descendre au garage et la regarder vous-même. Évidemment, il faudra que vous attendiez. Les jours où elle sort, elle ne revient pas avant l'heure du dîner. »

Elle ? Je ne comprenais pas.

« Voulez-vous dire que quelqu'un de cet immeuble l'a embarqué en pleine rue ?
— Pas n'importe qui. Sa mère. »

Je me demande pourquoi j'étais tellement furieuse. Elle aurait dû être une des premières personnes que j'aurais dû soupçonner. Mais elle n'était pas du genre à faire ça.

Mais Susan Smith non plus, tout au moins pour le monde extérieur. Et Andrea Yates... que peut-on dire d'elle ? Smith, elle au moins, était saine d'esprit. Elle avait mis au point un sacré numéro. Un voleur de voiture noir, mon cul, mais les flics chargés de l'enquête l'avaient bien comprise. J'avais lu que les enquêteurs avaient commencé à la soupçonner de mentir le premier jour après la disparition de ses fils. *Son histoire collait trop bien*, avait dit l'un d'eux. Elle avait pleuré, mais pas quand elle aurait dû. À mon avis, pour qu'une mère veuille faire du mal à ses propres enfants, il faut que quelque chose aille complètement de travers. Pour arriver à les tuer, il faut venir d'une autre planète.

Un document sur Smith figurait dans une de nos séances de formation sur le profilage de suspects. Un psy avait passé beaucoup de temps à l'interroger et à analyser les raisons d'un acte aussi inimaginable que ligoter ses enfants dans une voiture et la précipiter ensuite dans un lac alors qu'ils hurlent et sanglotent à l'intérieur. Il avait échafaudé toutes sortes de théories sur les héritages génétiques et les compulsions profondément enracinées. D'après lui, elle avait tué ses deux enfants parce que l'homme qu'elle voulait épouser ne voulait pas s'en occuper. Il ne tolérait que les siens.

Le psy avait continué en disant que c'était un « comportement biologique logique » de la part de l'homme. Ce sont ses mots exacts. Je m'en souviens parce que ça m'avait rendue furieuse. Les mâles, avait-il assuré, avaient un « besoin reproductif d'éliminer des rivaux » au bénéfice de leurs propres enfants. Si la mère avait d'autres enfants d'un autre homme, elle s'en occuperait davantage que de ceux qu'elle pourrait avoir avec le nouvel homme, et cela mettrait en danger la transmission de son propre capital génétique.

Pour moi, c'étaient des conneries. Les hommes valent mieux que ça. Au moins, le type avait été honnête avec elle. Mais un salopard honnête n'en est pas moins un salopard, et il aurait dû savoir qu'il ne fallait pas s'engager auprès d'une femme mariée qui avait des enfants en bas âge et que cela ne ferait que des malheureux. En ce qui concerne

Susan Smith, je n'ai pas de mots assez durs pour quelqu'un qui commet un infanticide.

Mais pour parler avec Ellen Leeds, je trouverais les mots. Tous les mots. Et au diable la formation – je ne me montrerais ni sensible ni respectueuse.

5

Le printemps est déjà bien avancé ici en Avignon, maman.

La rivière a été gonflée par les dernières pluies et tout a pris des couleurs. La terre se prépare à accueillir la renaissance glorieuse de notre Seigneur, et je suis rempli de joie, chaque matin en quittant mon lit, car il y a tellement de choses pour lesquelles nous Lui sommes reconnaissants.

Je sais que, dans le Nord, il doit encore faire frais, mais ici, nous avons déjà eu quelques jours de chaleur. J'attends avec impatience de pouvoir changer cette lourde robe pour des vêtements plus légers…

Personne n'était à portée de voix. Je saisis l'ourlet de mon voile et dis à haute voix :

« Oh, mon cher fils, je comprends fort bien ce désir de se dévêtir. »

Ses lettres étaient toujours remplies de plaisanteries, prolixes et intimes, mais elles contenaient rarement de vraies nouvelles parce que sa situation exigeait de la discrétion. Néanmoins, par rapport à ce qu'il avait écrit précédemment, cette missive traduisait de merveilleux progrès :

J'assume chaque jour de nouvelles responsabilités, et tout indique qu'on me fait entièrement confiance : on chuchote que je serais bientôt promu... Parfois, je me demande à quoi je dois cette bonne fortune... Une fois de plus, je me sens obligé de dire à mon frère de lait, Gilles, à quel point je lui suis reconnaissant pour l'influence qu'il a exercée...

Serviteurs reconnaissants de monseigneur l'un comme l'autre – Jean et moi, nous nous ressemblions tellement. Bien plus que lui et son père, qui était le guerrier que Jean n'aurait jamais pu être. Mais Étienne et Michel avaient été père et fils jusqu'à la moelle – dans leurs manies, ce qu'ils aimaient et ce qu'ils n'aimaient pas, leurs expressions. La ressemblance entre eux était si frappante que monseigneur Gilles continuait à y faire allusion, bien longtemps après que Michel ne fut plus de ce monde.

Des jumeaux, me disait-il, *bien plus que père et fils – et tous deux si beaux et si blonds. Votre Michel avait un visage d'ange.*

Étienne aussi, mais c'était une question d'opinion. Pourtant, je devais reconnaître que la description qu'en faisait monseigneur était parfaitement exacte.

Mon cher fils, écrivis-je avant de partir, *je suis si fière de savoir que tu seras promu. Mais je n'ai aucun doute sur la raison de cet avancement. Tu ne devrais pas tarder à m'écrire pour m'informer de ton intronisation au rang de monseigneur, et mon cœur exulte en pensant aux honneurs que tu recevras à l'avenir. Le parrainage de seigneur Gilles t'a certainement aidé pour l'obtention de ta place en Avignon, mais toutes ces marques de reconnaissance ne sont dues qu'à ton travail, et non à l'influence de monseigneur, qui est d'ailleurs, depuis peu, en déclin. Il y a des intrigues ici à Nantes.*

Je lui racontai de bout en bout ce qui s'était passé avec Mme Le Barbier :

J'ai de nouveau entendu la chansonnette que tu avais mentionnée dans ta dernière lettre, concernant les petits enfants que l'on mange ! Son Éminence a essayé de m'en décourager mais ne me l'a pas interdit formellement, aussi je vais parcourir la campagne à cheval et parler aux gens afin de voir ce qui se cache derrière.

J'ai dû sembler très bizarre à ceux que je rencontrai et que j'interrogeai – une abbesse se promenant aux environs de Nantes en demandant si des enfants avaient disparu. Bien que Son Éminence ait qualifié de rumeur le point de départ de ma recherche, j'étais persuadée que j'en susciterais autant que j'en rapporterais.

Par tous les saints, ne manquerait-on pas de commenter sous quelque devanture ou devant quelque étal de marché, *la révérende mère a fini par perdre la tête je l'ai constaté de mes propres yeux*

Peu importe. Je quittai le couvent du palais de l'évêque à Nantes le mardi avant Pâques, pour découvrir si l'histoire du voyageur de Saint-Jean-d'Angély, celle qui avait déjà atteint Avignon sous la forme d'une chansonnette, provenait de faits réels ou n'était que l'invention d'un pauvre fou. Que Dieu ait pitié de ceux qui sont trop influencés par la lune. Pour me déplacer, on m'avait donné un âne et non un cheval – *vous serez plus tranquille avec cet animal si vous voyagez seule*, m'avait assuré le garçon d'écurie. *Personne n'essaiera de vous le voler.* Cela me fit réfléchir ; pendant quelques instants, je me demandai si je devais enlever la fine chaîne en or que m'avait laissée ma mère et que je porte toujours à mon cou. Lorsque ma mère s'en remit aux mains de Dieu, du vivant de mon Étienne, cette chaîne était toujours autour de *son* cou. Elle n'avait jamais dit d'où elle venait – de mon père, ou peut-être sa dot. Ces dernières années, alors que la chaîne semblait faire désormais partie de moi, je m'étais demandé si cela avait pu être un cadeau de quelqu'un d'autre que mon père – un admirateur fidèle peut-être, ou bien un ancien fiancé dont elle ne parlait jamais. Ma mère avait toujours été une belle femme, tout au moins jusqu'à ce que sa maladie lui ôte toute sa chair, la faisant ressembler à un sac d'os.

Sa mort passa presque inaperçue, car, ce jour-là, un incident troublant se produisit dans la famille de Rais. Dame Marie de Craon de Laval avait un petit chien au poil ras, couleur sable, et à la queue en tire-bouchon, qui lui avait été apporté par un marchand venu de l'autre côté de la mer du sud, au-delà de la Terre sainte, un endroit où les gens étaient réputés pour avoir une peau plus foncée encore que les plus foncés des Maures, bien que je ne me fie pas tellement à une affirmation aussi folle. Elle le chérissait à un point presque écœurant. Apparemment, l'animal ne pouvait pas aboyer mais émettait un jappement plaintif qui déplaisait au jeune seigneur Gilles, lequel se vengeait en taquinant cruellement le chien. Il était jaloux de l'animal qui était l'objet de toute l'affection de Dame Marie, bien plus que lui. Quand on retrouva le chien mort, pendu par sa queue en spirale, l'auteur de ce méfait ne faisait aucun doute. Le corps de l'animal ne présentait pas d'autres marques, aussi nous ne pouvions pas dire immédiatement comment il était mort. Mais il l'était, sans aucun doute.

Il l'a étranglé, assura notre sage-femme.

Mais comment pouvait-elle le savoir ?

Regardez sous les poils de son cou – vous verrez des marques de contusions sombres. J'ai vu de telles contusions chez des hommes qui se sont battus corps à corps après avoir perdu leurs armes.

Je m'étais souvent demandé pourquoi Mme Catherine Karle semblait observer monseigneur si attentivement. C'est elle qui était arrivée en retard lors de sa naissance soudaine. Tant de fois, elle avait répété que son arrivée était profane, pleine de mauvais augures.

Bien entendu, Dame Marie était complètement affolée, non pas par le comportement inquiétant de son fils, mais par la perte de son chien. *C'est un garçon*, disait-elle toujours, comme si cela pouvait excuser ses comportements abjects qui semblaient survenir chez lui sans crier gare. Étant une servante consciencieuse, je pris sur moi les reproches qu'elle aurait dû se faire, et m'accusai, comme l'aurait fait toute nourrice, de n'avoir pas été assez vigilante quant à sa fibre morale, ni assez ferme lors de ses explosions de violence, bref, de n'avoir pas été meilleure formatrice.

Ce n'est pas à toi de le former, me disait toujours Étienne. Je ne le contredisais jamais ; ce n'était pas *vraiment* mon rôle.

Guy de Laval ne fit rien pour punir son fils. Il fallut l'impressionnant Jean de Craon pour lui faire enfin avouer. Le jeune Gilles tremblait devant son grand-père, qui ne tolérait aucune bêtise de qui que ce soit. Tout en sanglotant, il exposa les raisons qui l'avaient poussé à abandonner la pauvre chose pour que sa mère la trouve avec les yeux fixes, la langue pendant de sa gueule ouverte.

Le chien faisait tellement de bruit que c'en était impie ; il était impossible de contrôler le chien ; le chien avait été enfanté par le diable lui-même.

J'aurais tellement voulu entendre ne serait-ce qu'un seul mot de remords ; il n'y en eut aucun, et Gilles de Rais ne fut soumis à aucune pénitence pour sa sauvagerie. Et moi, je n'eus pas l'occasion de le corriger à ce sujet : je devais laver la dépouille de ma mère, l'habiller et la préparer pour son repos éternel. D'ailleurs, une telle leçon de ma part aurait dû être donnée discrètement, car le patriarche, Jean de Craon, n'aurait pas plus toléré d'interférence de ma part que de quiconque.

La chaîne en or que j'avais ôtée du cou de maman ce jour-là se balançait doucement contre ma peau pendant que l'âne montait la route accidentée. Je ne regrettais plus de n'avoir pas eu de monture plus élégante en voyant ma bête négocier les montées et descentes avec une assurance tout asinienne. Mais à mesure que la journée avançait, ce sentiment de bonne fortune commençait à s'estomper – elle brayait de plus en plus car le terrain devenait plus difficile, et, à la fin de l'après-midi, elle avait fini par me donner un mal de tête effroyable.

Mais je n'aurais jamais pensé à l'étrangler pour obtenir le silence.

J'errai un peu, m'arrêtant dans de petits villages pour faire boire ma bête, et m'accorder un moment de répit après le balancement sur son dos. Partout où je trouvais un puits, il y avait aussi une histoire à raconter.

Sept ans, beau comme un chérubin, envolé – et un si bon garçon, jamais une déception pour ses parents...

Nous ne savons pas ce qu'il est devenu, s'il est mort ou vivant, car il n'y a plus aucune trace de lui depuis le jour où il est parti mendier...

J'avais des lettres de Jean de Malestroit dans ma sacoche, comportant des demandes généreuses pour moi, demandes qui furent non seulement respectées, mais souvent dépassées. Il avait essayé, à la dernière minute, de me dissuader de nouveau, en raison du danger. Mais les épouses du Christ étaient rarement violées – pourquoi risquer l'âme éternelle alors qu'il y a tant de vierges ordinaires à posséder, et toutes plus jeunes ? Les mères des rois sont des proies idéales – Yolande d'Aragon elle-même fut la victime du banditisme de monseigneur Gilles dans une de ses phases les plus stupides, lorsqu'il décida d'être un « homme libre » et de la dépouiller pendant qu'elle voyageait – mais une nonne, une abbesse en tout cas, était en sécurité.

Dans la paroisse de Bourgneuf, non loin de

Machecoul, il y a un couvent confortable, si l'on peut parler de confortable en matière de couvent. J'y étais descendue une fois, de nombreuses années auparavant, lors d'un voyage avec l'entourage du seigneur de Rais. Ce n'était pas un édifice très grand, mais je pus l'apercevoir à une certaine distance, tandis que le soleil brillait au-dessus des arbres. La pensée d'un sanctuaire me semblait si plaisante que je poussai ma bête en avant en lui chuchotant des promesses qu'elle semblait comprendre.

Je fus accueillie dans la cour par une mère supérieure étonnamment jeune, juste au moment où le soleil descendait derrière le dernier des murs extérieurs. Après avoir lu mes lettres d'introduction, elle se présenta respectueusement comme sœur Claire, bien que tous les autres l'appelassent mère. Je lui expliquai brièvement la nature de ma mission, ce qui suscita visiblement sa curiosité, et me fit soupçonner que son intérêt n'était pas une simple coïncidence.

Avait-elle également entendu des choses ? J'espérais qu'elle m'en apprendrait plus.

Comme prévu, elle m'invita à passer la nuit là. Quand j'eus accepté, elle me conduisit elle-même vers la salle principale de l'abbaye, une pièce spacieuse avec un plafond voûté et de hautes fenêtres. Il n'y avait personne d'autre que nous, toutes les autres étant occupées à leurs dernières tâches de la journée dans la lumière déclinante. Elle me guida vers une petite chambre, à peu près de la taille de la mienne à Nantes, et m'y installa.

« Le logement est parfait, dis-je pour la remercier.

— Nous ne jouissons pas du même confort que vous à Nantes, mais cela nous suffit amplement. À présent, voulez-vous dîner ?

— S'il reste quelque chose, ce sera avec plaisir. Nul besoin de préparer quoi que ce soit de spécial pour moi.

— Balivernes, dit-elle. Un voyageur trouvera toujours à se nourrir ici. »

Un merveilleux repas composé d'une soupe de navets épaisse et de pain me fut servi par une jeune novice, qui ne prononça pas un seul mot en disposant le tout devant moi. L'abbesse observait chaque mouvement de la fille avec des yeux d'aigle, et j'étais sûre que, plus tard, toutes les erreurs dans son service lui seraient signalées pour être corrigées – avec gentillesse, bien entendu. Le repas fut suivi par un verre d'hypocras, qui, malheureusement, n'était pas de la qualité de celui qu'on servait à la table de l'évêque. Mais je le bus avec plaisir malgré tout et appréciai la détente qu'il me procura. Lorsque notre conversation en arriva aux détails de mon affaire, sœur Claire m'écouta avec grande attention et ne dit pas un mot pendant que je lui relatais la visite de Mme Le Barbier.

« En quoi cela devrait-il concerner l'évêque ? me demanda l'abbesse. Des enfants disparaissent parfois. Surtout par les temps maléfiques qui courent.

— C'est exactement ce qu'il a dit. Il lui a dit de s'adresser au juge.

— Sage conseil, peut-être...

— Elle l'avait déjà fait, lui dis-je, sans obtenir la moindre aide. L'évêque a consenti à me laisser enquêter dans les alentours, et quand j'aurai recueilli des rapports de partout, je lui ferai part de ce que j'ai trouvé. »

Elle fit le signe de la croix sur sa poitrine.

« Tâche épouvantable, s'il en est.

— En effet, dis-je, terrible. Mais voyager ne me gêne pas. »

Je goûtai lentement le vin épicé, de peur qu'il ne me délie trop la langue.

« J'espère que cela ne me prendra pas trop longtemps. J'ai des devoirs, dont vous connaissez bien l'étendue. J'espère finir mon enquête en quelques jours – et je devrais pouvoir le faire, étant donné qu'aujourd'hui, auprès de chaque puits, j'ai entendu une histoire ou une autre concernant un enfant disparu. »

À ces mots, l'abbesse haussa un sourcil.

« Si cette tâche m'était confiée, je préférerais ne pas réussir », dit-elle.

Le vin me rendait plus téméraire que je n'aurais dû l'être. Je me penchai en avant et lui dis, avec le plus grand sérieux :

« Je l'ai pris sur moi, j'ai presque dû supplier pour l'obtenir. J'ai eu très peu de soutien de la part de Son Éminence.

— C'est vraiment un travail pour le juge, dit-elle. Mais tout de même, on peut se demander pourquoi l'évêque n'a pas voulu insister auprès de lui. Si ce que vous avez entendu est vrai, et que des innocents disparaissent… eh bien, alors, quelque chose devrait être fait. »

L'approbation de la part de ma sœur me parut si réconfortante !

« On se le demande vraiment, dis-je. Des voyageurs

à Saint-Jean-d'Angély racontent librement, au hasard de rencontres, que des enfants sont mangés à Machecoul. Des histoires racontées par des inconnus en guise d'avertissement et qu'on retrouve dans des lettres venant d'Avignon. Ce phénomène est pris très au sérieux par le peuple, mais nous autres, qui dansons sur les marches du ciel, l'avons ignoré de façon bien commode.

— Si la vérité se fait jour, il y aura peut-être des conséquences. Certaines difficiles à prévoir pour le moment. » Une fois encore, elle avait dit tout haut ce que je pensais tout bas.

« Je serais heureuse d'interroger les gens des environs de votre part, dit-elle. Vous n'aurez pas besoin de gagner leur confiance. Les gens d'ici ont tendance à rester entre eux et ne font pas confiance aux étrangers. »

C'était une offre généreuse, et je l'acceptai volontiers. « Si cela ne causait pas un trop grand dérangement, pourrais-je recevoir, ici dans l'abbaye, les visiteurs apportant des informations concernant des enfants disparus ?

— Cela me paraît aussi avisé que commode. »
Elle se leva avec grâce.

« Et maintenant, vous devez être très fatiguée... »
Je l'étais. Sœur Claire me prit par le bras, me raccompagna à ma chambre et me souhaita une bonne nuit. Le lit étroit avait été fraîchement rempaillé et recouvert d'un bon matelas de plumes. Je pris soudain conscience de la fatigue que j'avais accumulée au cours de cette journée de voyage quelque peu heurté. Aussi rembourrée que pouvait être ma croupe, elle ne pouvait pas résister au trot d'un

âne ; demain matin, je serais toute raide, en tout cas pendant un bon moment. J'avais probablement encore deux journées comme celles-là devant moi.

Contre un mur il y avait une chaise, et au-dessus la fente d'une fenêtre d'où provenait la lumière d'une lune presque pleine. Je pris soin de l'éviter en allant jusqu'à la chaise pour enlever mes chaussures poussiéreuses, afin qu'elle ne puisse me rendre folle comme elle l'avait fait à tant d'autres. J'enlevai mon voile et ma robe, jusqu'à ce qu'il ne me reste plus que ma chemise de lin blanc. Une croix en argent était suspendue au-dessus du lit, me rappelant où je me trouvais, même si je n'en avais aucun besoin pour me remémorer la raison de mon séjour ici.

Mon Dieu, priai-je – presque sincèrement –, *faites que ce ne soient que rumeurs et conjectures...*

Je me couchai sur le lit, tirai ma robe sur moi et sombrai dans un sommeil profond. À un moment pendant la longue nuit, mon repos fut interrompu par un rêve : le chien de Marie pendu, sauf que, maintenant, c'était Cerbère, le gardien des portes de l'Enfer, qui m'obligeait par ses aboiements furieux à traverser le Styx pour le suivre. Et je comprenais que je n'avais pas d'autre choix que de lui obéir.

Le petit déjeuner était plus que copieux – lait chaud, pain croustillant, pommes, et des poires d'un vert doré, sorties du sable du cellier en l'honneur de ma visite. Notre conversation fut remarquablement candide et amicale, compte tenu du peu de temps depuis lequel nous nous connaissions. J'attribue cela en partie aux effets du merveilleux cadeau de l'abbesse, un flacon rempli d'une décoction parfumée et délicieuse, à base de certaines plantes d'Orient macérées dans de l'eau fraîchement bouillie. Elle l'avait adoucie avec du miel pour équilibrer son parfum naturel, qu'elle trouvait un peu amer. Je trouvai cette boisson très plaisante et appréciai la petite sensation d'exaltation qu'elle me donnait.

« Quel plaisir rare et tellement bien de ce monde », commentai-je.

Le tissu de sa longue manche bruissa contre le bord de la table lorsqu'elle tendit la main pour poser un autre morceau de poire sur mon assiette.

« J'ai été autrefois une femme du monde, dit-elle avec un sourire chaleureux, c'est-à-dire, lorsque j'étais plus jeune. »

Je lui demandai alors, peut-être à tort :

« Êtes-vous veuve ?

— Oh, non, répondit-elle, avec un petit rire. Je suis venue à ce voile vieille fille.

— De votre propre choix ?

— Cela ne me parut pas le cas à l'époque, dit-elle après un temps d'hésitation. Dès l'enfance, j'avais été promise. À un excellent parti selon ma famille, très avantageux pour nous tous. Sauf que mon fiancé s'est révélé être l'homme le plus répugnant que Dieu ait jamais créé. Une bête ignoble avec des habitudes abjectes. J'aurais préféré mourir plutôt que de mettre ses enfants au monde. »

Cette femme, franche et ouverte, avait-elle abusé de l'hypocras, si tôt le matin ? Je ne pouvais le croire, ce devait être le thé au miel qui lui avait délié la langue.

« Vous avez donc décidé de venir ici ? »

Elle eut un sourire complice. « Avez-vous décidé d'aller à Nantes ? » me demanda-t-elle.

C'était une question très directe, et je pensai qu'elle en connaissait déjà la réponse.

« Non, dis-je. Mon mari était mort, le seul fils qui me restait était prêtre, et il ne pouvait pas m'entretenir.

— Ah, oui. Comme c'est souvent le cas. Mais j'ai remarqué que les sœurs qui viennent ici après avoir vécu dans le vrai monde sont infiniment plus sages et plus utiles que celles qui prennent le voile comme jeunes vierges. »

Il était difficile de ne pas être de son avis.

« Lorsque je suis arrivée ici, c'était bien moins – elle fit un geste de la main en cherchant un mot – confortable. Mon père voulait me faire comprendre les conséquences de mon refus de l'alliance qu'il avait nouée pour moi, alors il m'envoya dans le pire endroit qu'il pût trouver. Mais il m'avait appris à me servir de mon intelligence, et je suis rapidement montée en grade parmi les jeunes filles. Ce couvent était presque en ruine. Quand je l'ai repris, j'ai veillé à sa restauration.

— Et superbement », dis-je, en regardant autour de moi.

Les murs de pierre étaient remarquablement propres et les joints de mortier récemment refaits. Les surfaces en bois avaient été huilées avec soin, ce qui leur donnait une teinte chaude et dégageait une odeur agréable. Les fenêtres en verre multicolore étaient d'une propreté impeccable. Bien que nos abbayes et nos couvents aient été bien plus grandioses, rien de ce que nous avions à Nantes n'était dans un état comparable. Elle avait déployé ses talents ici bien mieux que je ne l'avais fait dans mon propre royaume.

« Ma soumission et ma loyauté m'ont été bien utiles, lui dis-je, mais chaque fois que j'essaie de faire preuve d'intelligence, cela se retourne toujours contre moi.

— Je n'ai pas d'évêque ici pour m'ennuyer.

— Ah, dis-je. C'est vrai.

— Son Éminence, Jean de Malestroit, est bien connu pour sa fermeté.

— Encore vrai, dis-je d'un ton songeur. Mais il m'a quand même laissée faire ce voyage, et ce, contre son propre avis. Mais je suppose que, étant également chancelier, il aurait pu me faire cette concession parce qu'elle était dans son intérêt ou celui du duc Jean.

— Vous avez tout compris, ma sœur. »

Sur ce, elle se pencha en avant pour me chuchoter un conseil.

« Vous devez l'observer et découvrir ce qui motive ses actes à ce propos ; vous trouverez comment lui faire vous accorder ce que vous voulez. En cela, tous les hommes – même les prêtres – sont comme des maris. »

Elle rit discrètement, puis ajouta :

« C'est en tout cas ce que l'on me dit, n'en ayant jamais eu moi-même. »

Première chose le matin, bien avant que nous prenions notre repas, l'abbesse avait envoyé une jeune nonne en mission. La fille était allée tout droit au premier village et s'était postée à côté du puits, comme l'aurait fait n'importe quel bon crieur, pour annoncer que j'enquêtais sur la disparition d'enfants. C'était une jeune fille de la région et elle se révéla la meilleure des émissaires, car une heure ne s'était pas encore écoulée qu'une femme du village arriva. Le temps me parut encore plus court parce que l'abbesse m'avait servi un autre flacon de son merveilleux thé, qui avait l'étrange pouvoir de me donner le vertige sans m'enivrer. Je traçais un chemin sur les belles pierres entre la table et le lieu d'aisances, mais je me sentais merveilleusement vivante malgré ma sombre mission et reçus ma visiteuse avec enthousiasme.

« Marguerite Sorin, annonça l'abbesse lorsque la femme entra. Madame est femme de chambre. Elle travaille parfois dans la maison qui est rattachée à notre couvent, aussi bien que pour de nombreuses familles locales éminentes. »

Mme Sorin s'inclina et s'assit sur la chaise qu'on lui indiqua ; l'abbesse, ma sœur en Dieu, fit discrètement demi-tour pour partir.

« Mère, je vous prie, restez si vous le voulez », dis-je.

Elle sembla ravie d'être ainsi conviée et reprit son propre siège.

« Madame Sorin, commençai-je, comme c'est aimable à vous d'être venue. »

La femme acquiesça énergiquement.

« Je ne pouvais pas ne pas venir, après ce que la jeune sœur a dit. »

J'imaginais facilement comment elle avait brodé pour embellir son récit.

« Vous avez une histoire à raconter concernant un enfant disparu.

— Oui, mère. En effet.

— Comment s'appelle l'enfant ? » lui demandai-je d'abord.

Cela n'avait pas beaucoup d'importance, mais j'espérais que, en, connaissant son nom, il prendrait forme pour moi.

« Bernard Le Camus, dit-elle. Ce n'est pas – ou ce *n'était* pas, comme je le crains – un garçon de la région. Il était – *est* – je ne sais pas quoi dire – de Bretagne. Il est arrivé l'année dernière de Brest, où habite sa famille, pour vivre chez M. Rodigo. Le garçon était venu pour apprendre le français car il ne parlait que le breton, et son père pensait que ne connaître qu'une seule langue, particulièrement celle-là, serait un grand handicap. Il avait de l'ambition pour le garçon, comme nous l'avons appris depuis.

— Un père intelligent, tout au moins pour avoir fait ce choix. »

Parler uniquement le breton ne le mènerait nulle part.

« Quel âge a ce garçon ?

— Treize ans quand il a disparu, d'après le père. Il est venu l'année dernière pour rechercher son fils, à peu près un mois après la disparition de l'enfant. Aujourd'hui, je pense qu'il aurait 14 ans, bien que je n'aie pas demandé au père la date de sa naissance. La dernière fois que nous avons parlé, il était très mal en point. »

Je pouvais le comprendre.

« Comment avez-vous connu ce garçon ?

— M. Rodigo m'avait engagée pour m'en occuper pendant qu'il était ici. Je venais tous les matins pour lui servir son petit déjeuner, vider le pot de chambre, m'occuper de son linge et raccommoder, faire tout ce que sa mère ou sa nourrice aurait fait, et, bien entendu, le garçon et moi nous sommes liés d'amitié. Son français était médiocre mais s'améliorait rapidement. Nous arrivions à nous comprendre. Je n'ai pas de fils – mais de nombreuses filles – et c'était pour moi un agréable changement.

— On a l'impression que vous avez pris son bien-être très à cœur.

— Je m'occupais de lui du mieux possible. Mais je ne pouvais pas être présente en permanence pour le surveiller. »

Sur son visage, on pouvait lire sa souffrance et son profond regret. Ce sentiment m'était familier, et je m'efforçai de la réconforter.

« Bien sûr, ma fille. Vous ne devez pas vous réprimander. Dieu n'attendait pas de vous une parfaite vigilance.

— Ce n'est pas Dieu qui l'attend, mais moi, dit-elle avec tristesse. Un jour, j'ai vu Bernard parler à un étranger ; ce devait être en août, mais vers la fin du mois, je crois. Les cigognes s'agitaient déjà sur les toits et se préparaient à partir. L'homme paraissait bizarre – bien que *homme* ne soit pas vraiment le mot approprié –, il était très menu avec un corps presque féminin. J'ai cru d'abord que c'était une femme habillée en homme – mais, *mon Dieu*, qui ferait pareille chose en dehors des fêtes et des tournois, où c'est parfois la mode des bien nés ? Plus tard, j'appris le nom de cet homme – il s'appelle Poitou. Mais on m'a dit que c'était un nom d'emprunt d'après la ville où il est né, et que son vrai nom est Corrilaut. Ses manières avec Bernard me mirent mal à l'aise, car il semblait poser ses mains sur lui de façon trop amicale à mon goût. Ce garçon avait un air angélique, et il était d'une bonne nature et docile. Il aurait été facile pour quelqu'un de profiter de lui. Après le départ de ce Poitou, je demandai à Bernard : *Que te voulait cet homme ?* Et il répondit... »

Sa voix trahit une grande frustration.

« Rien. Pas la moindre chose. Sauf qu'il avait été prévenu de ne pas parler de sa rencontre avec Poitou. Je lui redemandai, plus fermement qu'avant, de me dire ce qui s'était passé entre eux, mais le garçon refusait toujours de parler. Je le prévins que des étrangers pouvaient proposer des choses à de jeunes enfants pour leur tourner la tête, mais qu'il ne devait pas croire à toutes les belles promesses, car il était peu probable qu'elles se réalisent. Une fois de plus, il me repoussa et ne me révéla rien. Je n'ai jamais eu d'autre occasion de lui parler, car ce fut la dernière fois que je le vis. »

L'abbesse et moi, nous nous regardâmes.

« Quand avez-vous compris que le garçon était parti ?

— Ce n'est pas moi, mais M. Rodigo qui s'en est aperçu. Un soir, il alla chercher le garçon dans la chambre où on l'avait installé ; son capuchon, sa robe et ses chaussures étaient encore là. Mais pas le garçon. »

Je m'enfonçai dans mon siège et réfléchis

tout haut : « Où un enfant peut-il aller sans ses chaussures ? »

Ce fut l'abbesse qui répondit.

« Sans doute là où on lui avait promis d'en avoir des neuves ? Pour un garçon qui n'a pas grand-chose, des chaussures ne sont pas un cadeau négligeable. »

Puis elle soupira profondément et ajouta :

« S'il ne s'agit pas de chaussures, il a été attiré par quelque chose qu'il n'aurait pas pu espérer posséder par ailleurs, tout au moins avant d'être mieux établi. »

Poitou. Le nom résonnait dans ma tête comme une cloche.

« Madame, vous dites ne pas avoir vu le garçon partir avec ce Poitou, mais vous avez suggéré qu'il aurait eu des intentions néfastes envers le garçon. Comment en êtes-vous arrivée à cette conclusion ? »

Sa voix s'éleva.

« C'était évident, mère, la façon dont il avait tripoté le gamin était tellement honteuse et impie… et quoi d'autre pouvait-il obtenir de cet enfant ? Je suis persuadée qu'il avait l'intention de lui faire du mal. Une femme sait ces choses. »

C'est vrai, sans qu'on puisse comprendre pourquoi. Tâchant de ne pas la bouleverser davantage, je continuai : « Pensez-vous, madame, que Bernard aurait tout simplement pu s'enfuir ? Des garçons de cet âge le font souvent. Surtout ceux qui sont pleins d'énergie, comme cela semble être le cas de ce jeune homme.

— Ceux qui le font reviennent presque toujours

après s'être amusés, mère. Ce monde est cruel quand on le traverse seul. »

Comme elle avait raison.

« Peut-être détestait-il ses études et ne souhaitait-il pas faire part à son père de son insatisfaction. »

Elle secoua vigoureusement la tête.

« Il disait souvent à quel point il aimait ses études. Il voulait apprendre aussi le latin. Il était aussi ambitieux pour lui-même que son père l'était pour lui.

— Pouvait-il y avoir une autre raison pour son départ soudain – est-ce que M. Rodigo aurait été cruel avec lui, ou trop strict quant aux règles de son hébergement ?

— M. Rodigo est le plus gentil et le plus courtois des hommes du village. Il avait été parfaitement correct et généreux envers Bernard, et fut bouleversé par la disparition du garçon. »

Je lui posai encore quelques questions, toutes banales. Nous n'arrivâmes à aucune conclusion quant au garçon disparu. Je remerciai Mme Sorin d'être venue me raconter son histoire et elle s'en alla en s'inclinant.

La rencontre m'avait épuisée. Cela devait se voir sur mon visage, car l'abbesse se dépêcha de m'offrir un rafraîchissement – en particulier une autre tasse de son infusion.

« Il y a aussi des biscuits », me dit-elle.

Je refusai le tout.

« Mon estomac est un peu dérangé pour le moment.

— Il est préférable de vous rafraîchir pendant que vous en avez l'occasion, dit l'abbesse.

— Je n'ai pas faim.
— Cela viendra. Sinon, vous risquez de perdre totalement votre goût pour la nourriture. »

C'était un nouveau mystère.

« Pourquoi ? »

Elle croisa les mains.

« Il y a quelques personnes qui attendent pour vous voir.

— *Quelques* personnes ? »

Elle poussa un profond soupir et me dit combien. Je me signai pour ne pas m'évanouir.

6

Un nuage de fumée s'échappa de l'appartement d'Ellen Leeds lorsqu'elle ouvrit la porte. Ses cheveux étaient en désordre et elle portait les mêmes vêtements que la veille.

Elle ne s'était pas couchée, la garce.

« Bonjour, madame Leeds. Je suis désolée de vous déranger si tôt, mais je voulais être certaine de vous trouver chez vous, dis-je d'un ton plein de sollicitude.

— Où irais-je ? Je n'avais pas l'intention d'aller travailler aujourd'hui. Que se passerait-il si Nathan essayait de m'appeler, ou si quelqu'un l'avait retrouvé et essayait de prendre contact avec moi ? »

Cette actrice accomplie avait de toute évidence appris par cœur le *Manuel des parents d'enfants disparus*, la version écrite par Susan Smith. J'acquiesçai avec sympathie devant ce dilemme douloureux et entrai directement sans y être invitée.

« Hier soir, je voulais vous poser d'autres questions concernant votre travail, mais il y avait d'autres priorités. Je suis curieuse de connaître les dispositions que vous avez prises avec votre employeur. »

Traduction : *Je veux vérifier avec votre patron l'heure exacte de votre arrivée et de votre départ hier.*

« Je travaille au Rameau d'Olivier.

— Ah, dis-je. Ce doit être intéressant. »

C'était une célèbre organisation à but non lucratif dont la mission était de financer la création de petites entreprises dans les pays du tiers-monde, la théorie étant que lorsque les pauvres s'enrichissent et pèsent plus lourd, ils deviennent très pacifiques et leurs sociétés se stabilisent. Leurs méthodes de collecte étaient agressives, suscitant parfois des plaintes. Je me demandai si, pour elle, il s'agissait simplement d'un boulot, ou si son choix avait été motivé par ses convictions.

Elle répondit à la question avant même que j'aie pu la poser.

« Je suppose que certains postes sont intéressants. Le mien s'apparente plus à du télémarketing. Je gère toutes les listes de donateurs et supervise le système informatique que nous utilisons pour saisir les informations sur les donateurs. Je ne suis pas sur le terrain en train d'enseigner aux veuves éthiopiennes comment faire leur compta. Mais il y a des avantages, le principal étant que, quand il y a beaucoup de travail, je peux le faire chez moi.

— Vous y étiez hier pourtant...

— Oui, dit-elle, avec une certaine amertume. Autrement j'aurais été ici, et j'aurais su beaucoup plus tôt pour Nathan. »

J'aurais voulu insister, pour voir si je pouvais la prendre en défaut sur quelque chose, mais c'était encore prématuré. Il fallait qu'elle soit pleinement en confiance.

« Vous souvenez-vous, par hasard, de l'heure à laquelle vous êtes partie d'ici hier, madame Leeds ? J'essaye de déterminer une chronologie précise des événements de la matinée. »

Elle ne broncha pas, pas plus qu'elle ne montra de signes de nervosité, et ne parut même pas troublée par la question.

« Je n'ai pas d'heure précise pour partir parce que je ne dois pas être sur place avant neuf heures et ce n'est pas loin, un quart d'heure en voiture, vingt minutes s'il y a de la circulation. Mais j'aime bien être un peu seule au bureau – je peux abattre davantage de travail si je ne suis pas dérangée. J'arrive donc généralement à huit heures. Nathan part avant, donc rien ne me retient. Hier, je suis probablement partie vers sept heures quarante-cinq. Je n'en suis pas certaine, mais ça devait être à peu près cela. Nathan était parti quelques minutes avant que je parte moi-même.

— Par où passez-vous pour aller au travail ?

— Je tourne à gauche en sortant du parking de l'immeuble et je prends ensuite à droite dans Montana Boulevard. »

C'était à l'est. Elle n'aurait pas pu passer à côté de Nathan en chemin pour l'école. Mais cela me fit réfléchir – s'ils étaient partis à peu près à la même heure, pourquoi Nathan est-il allé à l'école à pied ?

« Il aime bien marcher, me dit-elle. Ça lui donne un sentiment d'indépendance. Il a de la chance d'être très près de son école. Beaucoup d'autres enfants sont obligés de prendre le bus, mais lui, il aime y aller à pied. Il est assez tête en l'air – toujours rêvassant –, il réfléchit et marmonne en marchant. Parfois, son comportement me paraît vraiment étrange, mais cela semble lui convenir. Je veux qu'il ait toute la liberté possible. »

Je me souvenais de mes trajets à pied pour aller à l'école dans le Minnesota. Quand mes enfants se plaignaient, Evan en particulier, je leur racontais que je faisais treize kilomètres à pied, toujours en montant, toujours dans la neige. Rien à voir avec les trois rues qu'ils avaient à parcourir sous un soleil permanent. Mais je comprenais ce qu'elle voulait dire : avoir du temps à soi pour réfléchir était quelque chose de précieux.

Si elle voulait le faire disparaître pour une raison quelconque – l'affaire Susan Smith resurgit dans ma tête –, pourquoi ne pas l'emmener tout simplement au garage et accomplir le forfait en secret ? Pourquoi diable l'aurait-elle enlevé en plein jour, en milieu de semaine ?

Je commençais à croire que Mme Paulsen avait eu des visions.

J'étais assez furieuse après moi pour ne pas avoir remarqué lors ma visite matinale si elle portait des lunettes. Quand elle m'avait ouvert la porte, elle n'en portait pas, mais une paire de lunettes de grand-mère pendait à un cordon autour de son cou.

« Pardonnez-moi de vous déranger de nouveau, madame Paulsen, mais je voulais juste passer en revue quelques détails avec vous, si vous avez le temps.

— Oh, vous ne me dérangez pas du tout, entrez donc. »

Elle sourit et me fit un clin d'œil.

« Tout ce qui me reste, ma chère, c'est le temps. J'étais en train de faire mes mots croisés. »

Elle désigna la chaise près de la fenêtre. Près des jumelles sur la petite table à côté de la chaise, il y avait une partie de journal pliée et un gros dictionnaire, ce qui expliquait le besoin de lunettes.

« Il s'agit seulement d'une ou deux choses que j'aimerais clarifier. Pouvons-nous nous approcher de la fenêtre ?

— Elle ne lui a pas fait de mal, j'espère ? »

Je fus un peu surprise par cette question à brûle-pourpoint. Mais elle avait eu du temps pour réfléchir aux questions que je lui avais posées et de passer en revue ses propres souvenirs pour arriver à une conclusion logique, similaire à la mienne.

« Je ne peux pas encore dire ce qui s'est passé, répondis-je, ce serait seulement des suppositions. C'est pourquoi je suis revenue. Les circonstances de la disparition du garçon sont un peu embrouillées et je dois mettre les choses au clair. À ce stade, Mme Leeds n'est pas considérée comme suspect dans la disparition de son fils. »

La vieille Mme Paulsen émit un petit « hum » et haussa les sourcils. Je m'attendais presque à ce qu'elle se mette à chuchoter des racontars sur le compte d'Ellen Leeds. Je la devinais sur le point de m'interpeller à tout instant avec une phrase du genre : « Laissez-moi vous dire quelque chose. »

Exprès, je me retins de réagir.

« Si nous pouvions aller jusqu'à la fenêtre... »

Elle s'en approcha à petits pas, mais sa démarche semblait assurée. Je me demandai si elle sortait parfois, ou si cet appartement et cet immeuble constituaient tout son univers.

« Pourriez-vous me montrer à peu près où vous étiez hier matin lorsque vous avez vu la mère de Nathan le prendre en voiture ?

— Nathan ? Je ne connaissais pas son nom. C'était le deuxième prénom de mon défunt mari.

— Le monde est petit.

— Oui, n'est-ce pas ? Eh bien, j'étais à peu près là. »

Elle se tourna vers l'extérieur et je m'approchai d'elle pour regarder.

« Quand avez-vous remarqué la voiture pour la première fois ? »

Elle réfléchit un instant à la question.

« Je ne peux pas dire que j'aie vraiment remarqué la voiture. Je regardais avec les jumelles et elle est apparue dans mon champ de vision. Je ne l'ai pas vraiment vue s'approcher du garçon. Elle s'est simplement glissée dans l'objectif des jumelles. »

Je fis un geste en direction des jumelles.

« Vous permettez ? »

Elle les prit et me les tendit. J'avais déjà oublié combien elles étaient lourdes. Je passai la lanière autour de mon cou – elles risquaient de vous faire très mal si elles vous tombaient sur le pied – et les approchai de mes yeux. Je fis la mise au point.

« À partir d'où avez-vous commencé à suivre Nathan ?

— Vous voyez la bouche d'incendie ? »

Je la cherchai.

« Je l'ai, dis-je.

— Comptez trois réverbères. C'est à peu près là. »

C'était bien avant la zone entourée par le cordon de police. Le lieu supposé de l'enlèvement se trouvait à la moitié du pâté de maisons.

Comme si elle se sentait obligée de justifier sa curiosité, elle reprit :

« J'aime bien regarder ce petit garçon. Il a une drôle de façon de marcher, et c'est intéressant. Il touche tout sur sa route, toutes les clôtures, certains buissons... quand il tourne sa tête, ses lèvres bougent. Je crois qu'il chantonne. »

J'éloignai les jumelles et laissai ma vision se réajuster, puis je sortis mon carnet et notai de me renseigner sur une éventuelle dyslexie de Nathan. Comme mon fils, qui avait sensiblement les mêmes manies.

« La voiture est donc entrée dans le champ de vision. De quelle direction ?

— De par ici. »

La portière du passager était donc du côté du trottoir.

« Et pendant que vous regardiez avec les jumelles, le garçon est monté dans la voiture.

— Oui. C'est exactement ainsi que c'est arrivé. Mais... c'est peut-être bête, et je ne sais même pas si ça a de l'importance...

— Tout a une signification potentielle, madame Paulsen. Exprimez-vous librement, je vous en prie, et ne vous demandez pas si quelqu'un pense que c'est bête.

— Eh bien, c'était curieux – il a hésité un peu. Comme s'il n'était pas sûr de quelque chose. Et j'ai vu qu'il avait fait tomber son blouson de son sac. »

Oui, oui, oui...

« Et il l'a laissé là ?

— Eh bien, oui. On avait l'impression qu'il s'était pris dans les buissons. En fait, j'ai trouvé curieux que sa mère ne l'oblige pas à le ramasser. Mais les enfants d'aujourd'hui n'apprécient pas à leur juste valeur les choses que leurs parents leur achètent, comme nous le faisions. J'avais l'intention de descendre et de laisser un mot sur leur porte disant qu'il l'avait laissé tomber. Mais ça a dû me sortir de la tête. »

Quelqu'un avait dû passer par là, plus tard et l'avait poussé à coups de pied sous les buissons. Probablement un autre gosse. Peut-être le pollueur qui avait laissé tomber le ticket de caisse dessus.

« Y a-t-il autre chose dont vous vous souvenez ? Le moindre détail, même si vous ne pensez pas que c'est important... »

Elle posa la main sur son menton et se concentra quelques instants.

« Non, je suis désolée. C'est tout ce dont je me souviens. Tout au moins dans l'immédiat. Parfois, il me faut un peu de temps pour que les choses me reviennent. Pas comme quand j'étais jeune. J'avais une très bonne mémoire, surtout pour les chiffres. »

J'étais prête à parier qu'elle se souvenait de son premier numéro de téléphone, mais pas de ce qu'elle avait pris au petit déjeuner ce jour-là.

« Merci, madame Paulsen. Vous m'avez été d'une grande aide.

— Oh, je suis ravie de pouvoir être utile. Je déteste entendre parler de familles qui ont des problèmes. C'est terrible ce qu'on voit aujourd'hui. »

N'importe quel avocat de la défense n'en aurait fait qu'une bouchée. Mais ce n'était qu'un début.

Fred Vuska était en rogne : il déteste ce genre d'affaire tout autant que moi.

« Vous voulez que Frazee intervienne ? Il la fera cracher comme un rien. »

Spence Frazee était notre père confesseur : il pouvait, en cinq minutes, faire admettre à un Eskimo qu'il transpirait. Il fallait parfois le surveiller car il arrivait à donner aux gens une telle envie de se confesser qu'ils auraient fini par avouer des choses qu'ils n'avaient pas faites.

« Pas encore. Je suis en train de m'en faire une amie. Je ne veux pas qu'elle ait peur.

— Et le gosse ? Il y a du nouveau ? »

Je secouai lentement la tête. Nous restâmes assis tous les deux sans rien dire pendant quelques instants, à contempler nos mains.

« Soit il est sain et sauf et caché quelque part, soit il est mort.

— Oui, c'est aussi la façon dont je vois les choses.

— Notre budget nous permet-il encore d'engager un profileur ? Cela m'aiderait à comprendre ce qui peut inciter quelqu'un à agir ainsi. Je pourrais ensuite reprendre contact avec elle et arriver à quelque chose.

— Il y a de l'argent, beaucoup, en fait. Nous ne l'avons pas dépensé parce que tous ces gourous sont occupés à écrire des livres grassement payés ou bien à coincer des terroristes. Vous pourrez peut-être vous débrouiller pour en avoir un pour l'année prochaine, mais il faudra le supplier.

— Je n'avais pas pensé à ça.

— Essayez quand même de parler avec Erkinnen. Il s'y connaît bien dans ce genre de cas. »

Notre psychologue était plus connu pour son étourderie que pour son expertise, en tout cas auprès des troupes.

« Je n'y avais pas pensé.

— Oui. Il suit bien les choses. Appelez-le. »

Je ne risquais rien, compte tenu de la rareté des profileurs dans cette époque d'après-guerre.

« D'accord, mais en attendant, je vais lancer la recherche sur Ellen Leeds pour voir si ça donne quelque chose.

— Le plus tôt sera le mieux. J'aimerais bien clore cette affaire rapidement. »

Il disait ça pour toutes les affaires, et nous avions l'habitude de l'ignorer. Mais cette fois-ci, je crois qu'il était sincère. Un certain malaise s'installe par ici quand un gentil gosse disparaît. Cela nous force à envisager toutes sortes de choses déplaisantes, mais notre travail consiste à ne négliger aucune possibilité. Les statistiques concernant les abus sont implacables – ils sont perpétrés en grande majorité par l'un des proches de l'enfant. C'est ce qui les rend tellement inconcevables ; comment un être humain peut-il trahir la confiance que lui fait un enfant, une confiance si sacrée ? Autrement dit, votre propre enfant ou celui de votre sœur, votre petite-fille ou votre neveu... quelle ordure faut-il être ? Je comprendrais plus volontiers – en fait, pas si volontiers que ça – s'il s'agissait de problèmes d'agressivité ou de contrôle de ses pulsions ; cela peut éventuellement se soigner. Les enfants peuvent vous pousser à bout exprès ; les miens le font, en tout cas. Parfois, je ne peux pas m'empêcher de leur donner une bonne correction. Même si je suis flic. Et aussi adulte ; beaucoup de gens ne se rendent pas compte de ce qui se passe chez leurs enfants faute d'être, eux-mêmes, de vrais adultes quand ils les mettent au monde.

Mais ceux qui mettent en confiance un enfant, puis lui font mal intentionnellement, ceux-là ont leur place réservée en enfer. En tout cas, je prie Dieu pour que ce soit le cas.

Je n'avais pas souvent travaillé avec Errol Erkinnen, le psychologue de notre département. Je me souvenais qu'il avait un doctorat en psychologie criminalistique et qu'il avait écrit un certain nombre de livres universitaires sur le sujet, mais j'avais oublié à quel point il était chaleureux.

« Ah, je serais très heureux de vous parler, inspecteur, dit-il. Vraiment très heureux. »

Ravi même. Il faut être soi-même un peu fou pour diagnostiquer et juger ceux qui font des insanités pareilles, et si mes souvenirs étaient bons, Erkinnen correspondait à ce profil.

« Aujourd'hui, je suis libre à déjeuner seulement. Curieusement, ces deux dernières semaines, j'ai été très occupé. Tout le monde veut une consultation *tout de suite*. Une espèce d'épidémie de comportements bizarres. »

Je n'avais pas le cœur de lui dire qu'il servait de déversoir aux garçons surbookés du FBI.

« J'apporterai des sandwiches.
— Formidable. »

En saisissant les informations sur Ellen Leeds, je m'aperçus que je ne lui avais pas demandé son nom de jeune fille. Si rien n'apparaissait, je devrais l'appeler et le lui demander, ce qui risquait de la rendre méfiante quant à ma méthodologie. Mais cela ne s'avéra pas nécessaire.

Je posai le document imprimé sur le bureau de Fred.

« Il y a quatorze ans, Ellen Leeds a fait l'objet d'une enquête pour abus d'enfant quand son premier enfant de 8 mois a été retrouvé mort dans son berceau. La mort a finalement été jugée comme étant due à des causes naturelles.

— Mort subite du nourrisson ? demanda-t-il.

— Probablement. L'enquêteur dit qu'elle lui avait raconté que l'enfant ne s'était pas réveillé quand il aurait dû, et, en allant le voir, elle s'était aperçue qu'il ne respirait plus. Est-ce facile de simuler une mort subite ?

— Je ne sais pas. Il n'y avait aucune marque sur le corps du bébé, d'après le rapport du médecin légiste. Mais il y a cette femme à New York qui s'en est tirée huit fois.

— Ça, c'était à New York. »

Je fis la moue sans rien dire.

« Oui, je sais bien que vous détestez ce lanceur au gros cul et à la grande gueule qui est là-bas, dit Fred. Mais, même à New York, on ne laisse pas les joueurs de base-ball faire des autopsies. Ils ont des médecins légistes, tout comme nous. Il y a eu un grand mouvement de sympathie. Tout le monde disait : "Pauvre femme, elle a perdu huit enfants de mort subite." Finalement, quelqu'un commença à avoir des doutes. Il devint évident qu'elle aimait l'attention dont elle était l'objet quand quelque chose leur arrivait.

— Je me demande si c'est ce qui se passe ici aussi. Le gamin est trop grand pour une mort subite, mais tout à fait en âge d'être attrapé par le croque-mitaine. Mais la mère fait profil bas. Elle ne se répand pas dans les journaux pas plus qu'elle ne frappe à la porte du maire. Elle ne semble pas vouloir attirer l'attention sur elle.

— Peut-être s'est-elle rendu compte trop tard de l'importance que ça allait prendre.

— Dans ce cas, elle aurait fait réapparaître Nathan avec une excuse bidon à notre intention. En le menaçant s'il ne jouait pas le jeu. On peut faire taire un gosse.

— S'il resurgit, je voudrais que Spence lui parle.

— Moi aussi. »

Quand je revins à mon bureau pour prendre mon sac et mon arme, une lampe clignotait sur mon téléphone. C'était un message de ma fille Frannie. Elle avait oublié d'emporter ses chaussures de claquettes chez son père, et en avait besoin pour son cours de l'après-midi. Est-ce que je pouvais les lui apporter à l'école avant quinze heures ? D'abord agacée, je finis par me demander ce que je ressentirais si elle disparaissait soudain de la surface de la Terre.

Errol Erkinnen, le psychologue conseil du département, était un grand Finlandais maigre, séduisant avec son visage taillé à la serpe, très anguleux, très nordique. Sa mère avait été une admiratrice d'Errol Flynn, d'où son prénom. De toute façon, nous l'appelons tous Doc. Il a une très bonne écoute, et un seul exposé des faits lui suffit pour comprendre l'affaire et ce qui me préoccupait. On ne s'en serait jamais douté, à voir son bureau. Une vraie jungle, avec des papiers et des journaux éparpillés partout et pas une seule surface libre. Une quantité de boîtes en carton, débordant de dossiers, étaient empilées contre un mur. Des étagères pleines jusqu'au plafond. Mais il n'avait jamais de problème pour trouver un document dont nous avions besoin. Il devait être très structuré mentalement, d'une façon qui échappe à la plupart d'entre nous. Les gens intelligents sont comme ça.

Il alla droit au but.

« OK, première chose, si vous avez une mère qui a fait disparaître son propre enfant, il y a des chances qu'on se trouve devant une maladie mentale. Dépression, syndrome de Münchhausen par procuration, peut-être, mais ce n'est pas forcément quelque chose d'aussi évident. Vous souvenez-vous de la femme au Texas qui a noyé ses cinq enfants dans la baignoire, l'un après l'autre ?

— Il va de soit qu'elle était folle.

— Oui, et tout le monde le voyait, et elle était supposément sous traitement. Mais cette évidence en faisait une exception. La plupart le cachent. Il faut garder ça à l'esprit quand vous l'interrogez.

— Voulez-vous dire que je devrais être particulièrement tendre avec elle ? »

Il sourit.

« Seulement si c'est votre tendance. »

Je me hérissai.

« Allons, Doc. Vous savez bien ce que je veux dire.

— Je sais. Pardonnez-moi. Je voulais dire que vous ne devez jamais oublier que les questions que vous posez et la façon dont vous les posez pourraient la faire se refermer.

— J'ai lu deux trois choses à propos de ce truc de Münchhausen, mais je ne m'y connais pas vraiment.

— C'est un syndrome assez rare, malgré tout ce qui a été écrit récemment. Pour résumer, le parent ou le gardien – c'est presque toujours une femme, généralement la mère – apprécie tellement l'attention qu'on lui porte lorsqu'elle a un enfant malade qu'elle en fait une fixation. Alors elle s'arrange pour rendre l'enfant malade pour s'attirer cette attention. Avez-vous vu le film *Le Sixième sens* ?

— Oui.

— La petite fille qui avait été empoisonnée par sa mère, laquelle poursuivait le gosse pour qu'il raconte son histoire afin que sa petite sœur soit sauvée : il s'agit d'une fiction, mais très véridique, nous sommes devant un cas classique de la mère avec un syndrome de Münchhausen par procuration. Mais on pourrait envisager d'autres diagnostics ici. La mère pourrait être psychotique, ou déprimée, ou bien encore sujette à des hallucinations, ou souffrir de toute autre pathologie susceptible de l'inciter à faire du mal à son enfant ou à le cacher. Dans certains cas, elle pourrait même ne pas être consciente de l'avoir fait. »

Je réfléchis un moment à ce qu'il venait de me dire, pendant qu'il mangeait son sandwich.

« Elle a l'air vraiment trop normale pour tout ça. Il devrait quand même y avoir certains signes apparents de déséquilibre mental. Avec ce truc de Münchhausen, peut-être ne verrait-on rien à moins de le rechercher précisément, mais, dans les autres cas, on devrait remarquer quelque chose dans son comportement.

— Pas nécessairement. Certains auteurs de crimes contre les mineurs réussissent à paraître tout à fait normaux. Beaucoup de pédophiles ressemblent au voisin d'à côté. »

C'était malheureusement vrai.

« N'oubliez pas non plus que vous ne la voyez pas dans des circonstances normales. Son fils a disparu. C'est une situation stressante, même pour une personne en plein épisode psychotique, et *même* si elle est la cause de sa disparition.

— Cela pourrait être le cas.

— Y a-t-il la moindre possibilité que son ex soit impliqué ?

— J'ai fait une vérification rapide, et il m'a l'air innocent.

— À votre place, je l'interrogerais tout de suite. Il pourrait vous apporter tout un tas d'éléments à partir de sa vision personnelle des choses, s'il est disposé à parler. Sans compter qu'il vous permettra de comprendre ce qui s'est passé à la mort du premier. Avec un peu de chance, vous pourrez déterminer s'il la juge responsable ou non. Est-il là en ce moment ?

— Il est en route. Il devrait arriver d'ici deux heures environ.

— Bien. Quand vous lui parlerez, vous observerez bien son visage. »

Un visage que je préférerais ne jamais revoir – Daniel Leeds avait une énorme verrue sur la joue. J'avais du mal à regarder quoi que ce soit d'autre pendant que nous parlions, peu après son arrivée à Los Angeles.

Ayant vu son ex-femme, qui était petite et énergique, j'avais du mal à les imaginer ensemble. Il pénétra dans le hall d'entrée du poste en se dandinant, comme une ourse polaire enceinte, d'une pâleur blanchâtre, avec des rouleaux de gras retombant au-dessus de son énorme ceinture. Quand il se retournait, on voyait la raie de ses fesses.

Mais il s'exprimait bien, d'une voix douce, avec intelligence, et était visiblement bouleversé par la disparition de son fils. Avant d'aborder les questions difficiles, j'avais besoin de le rassurer. Et donc, après un échange tendu de civilités et l'expression de ma sympathie pour ses ennuis, j'entamai l'interview avec une question généralement plutôt anodine.

« Que faites-vous comme travail ?

— Je suis spécialisé dans les fusées. »

Je faillis éclater de rire. Il n'en avait pas du tout l'air.

« Vraiment ? dis-je bêtement.

— Oui. *Vraiment*. La définition officielle de ma fonction est ingénieur de propulsion de fusées. La société pour laquelle je travaille met au point des systèmes de propulsion pour des armes et des avions de haute technologie. L'armée est notre plus gros client.

— Alors, vous devez être très occupé ces temps-ci.

— Oui.

— Vous avez d'autres clients pour ce type de chose ?

— Malheureusement, oui.

— En tout cas, ça doit être un travail très intéressant, et je parie que vous...

— Je ne peux pas vous dire quoi que ce soit concernant mon travail, inspecteur. Il implique des questions de sécurité et je suis lié par nos contrats avec le gouvernement et ne peux rien révéler de ce que je fais. »

Après ces échanges anodins, j'allai droit au but ; il me paraissait vain d'essayer d'établir un meilleur contact. J'avais déjà déterminé au cours d'une conversation téléphonique qu'il travaillait dans l'Arizona quand Nathan avait été enlevé. Avec le niveau de sécurité qui devait régner chez son employeur, il me paraissait presque insultant de vérifier ses dires. Je le ferais, bien sûr, mais ce n'était pas ma priorité.

« Parlez-moi de votre relation avec Nathan, monsieur Leeds. »

Il s'agita un peu. Il était difficile de savoir si la chaise était trop petite pour son gabarit, ou si la question le dérangeait.

« Je ne le vois pas assez souvent, bien entendu. J'essaie de maintenir avec lui une relation suivie, d'être un vrai père et tout, mais c'est difficile à une telle distance. C'est un garçon formidable. Il me manque beaucoup.

— Avez-vous eu des problèmes avec lui, récemment ? Parents et enfants traversent parfois des périodes houleuses, même s'ils s'aiment beaucoup. Ça m'arrive avec les miens.

— Non, rien de particulier. Il travaille bien à l'école, il est encore assez respectueux des règles, bien que certains signes m'indiquent qu'il entre dans l'âge difficile, alors ça va peut-être changer bientôt. »

Je souris, en pensant à Evan avec ses réflexions de petit malin.

« C'est probable. Ça s'arrange si on fait le nécessaire.

— Je n'ai rien remarqué de précis. On s'entend assez bien. C'est dû en partie, je le sais bien, à la distance qui nous sépare. Si j'étais sur le pont avec lui tous les jours comme Ellen, je suis sûr que j'aurais une ou deux choses à redire. »

Grâce à lui, je n'avais même plus besoin de changer de sujet.

« Je voulais aussi vous poser des questions sur votre relation avec la mère de Nathan. »

Il soupira.

« Elle est aussi bonne qu'on peut l'espérer en cas de divorce. Nous nous efforçons de ne pas nous pourrir la vie, si c'est le sens de votre question.

— Pourquoi vous êtes-vous séparés, si vous me permettez cette question ? »

Il hésita, puis reprit doucement :

« Il y avait une autre femme. »

Le goût est décidément une chose impossible à

expliquer. Qu'une femme ait pu désirer cet homme dépassait mon entendement. Même s'il était de toute évidence intelligent, qu'il s'exprimait bien, qu'il était bienveillant et un père dévoué, aucune de ces qualités ne pouvait le rendre plus agréable à regarder.

« Y a-t-il du ressentiment entre vous à cause de cela ?

— Il y en a eu, au début, mais, une fois le choc passé, je crois qu'elle en avait assez de moi de toute façon. Rien ne montre qu'elle m'en tient encore rigueur. Ça s'est passé il y a presque dix ans, et nous avons tous les deux beaucoup évolué depuis.

— Avez-vous vécu en Arizona tout ce temps ?

— Non. J'y suis parti il y a cinq ans. Ce fut une décision difficile à cause de Nathan, mais la proposition de travail était trop tentante.

— Êtes-vous régulièrement en contact avec Ellen ?

— Assez régulièrement. Elle me tient informé de tout ce qu'il fait ; lui ne le fait pas, parce que c'est dans sa nature. Il est un peu tête en l'air. »

La mère avait dit *rêveur*.

« J'en ai l'impression. Vos rapports avec Ellen sont donc agréables.

— Disons plutôt *cordiaux*. Elle tient à ce que j'aie une bonne relation avec Nathan. Je lui en ai toujours été reconnaissant. C'est une femme bien.

— Et récemment, comment vous a-t-elle paru ?

— Que voulez-vous dire ?

— Semblait-elle nerveuse ou particulièrement inquiète ?

— Enfin, son fils a disparu, nom de...

— Je voulais dire avant.
— Ah ! non, pas du tout.
— J'ai appris que vous aviez perdu un enfant de mort subite auparavant.
— Oui. C'est vrai. Avant la naissance de Nathan.
— Je suis désolée.
— Merci. Ce fut une épreuve horrible.
— Je comprends. Lorsque vous avez traversé cette épreuve, comment était Ellen ? »
Il s'agita de nouveau sur sa chaise. Son visage s'assombrit car il commençait à comprendre où je voulais en venir. Son ton de voix devint plus acerbe.
« Que voulez-vous dire par comment *était-elle ?*
— Était-elle bouleversée, fâchée, résignée, quoi ?
— Inspecteur, elle avait perdu un bébé. Comment pouvait-elle être, à votre avis ?
— Je l'ignore, monsieur Leeds. Ce n'est pas quelque chose que j'ai vécu moi-même, et j'essaie donc de comprendre. Je me demande également si cette épreuve n'influence pas sa réaction à la situation actuelle.
— En quoi cela va-t-il vous aider à retrouver Nathan ?
— Eh bien... »
Il fit un effort pour s'extirper de sa chaise et se redressa.
« Écoutez, si vous pensez qu'Ellen a quoi que ce soit à faire avec cette disparition, vous vous trompez. Elle adore ce garçon, et elle a été une mère formidable. Ôtez-vous de l'esprit qu'elle puisse être impliquée. Ne perdez pas votre temps, ni celui de mon fils. S'il lui en reste encore. »

En arrivant chez Ellen, il lui raconterait la façon dont je l'avais interrogé sur elle, et qu'il avait eu l'impression que je la soupçonnais. Pourquoi ne pouvais-je pas être davantage comme Spence Frazee, parfaitement lisse, posant uniquement les bonnes questions ?

7

Continuer mes recherches un jour de plus dans la paroisse de Bourgneuf n'avait aucun sens, et, d'ailleurs, il ne me semblait pas nécessaire de chercher d'autres histoires d'enfants dévorés par des démons inconnus dans d'autres paroisses. Entre Bourgneuf et les autres villages où j'étais passée, j'avais tout le bois nécessaire pour allumer un bon feu, aussi, après une autre nuit agitée, tôt le matin, je repris la route vers Nantes. L'impression de vivre une aventure, qui avait rendu le voyage aller à peu près supportable, s'était dissipée. Elle avait été remplacée par un sentiment d'urgence.

Je ne rencontrai aucun brigand sur ma route, mais même le plus audacieux des maraudeurs n'aurait pas osé s'affronter à moi – le nuage noir qui flottait au-dessus de moi aurait suffi à dissuader le coupe-jarret le plus déterminé. Toutefois, même si je le niais, je savais que le danger me guettait. *Le chaos règne partout*, m'avait écrit mon fils dans une de ses lettres les plus sombres. *Nous ne savons pas, d'un jour à l'autre, quel duc ou baron pourrait arriver et exiger que son usurpation d'un territoire soit légitimée par une bénédiction.*

Dans le Sud, la situation s'était améliorée depuis à peu près un an, mais elle était encore instable dans le Nord : nous sommes une proie facile pour les Anglais, qui préfèrent naturellement assiéger la Normandie et la Bretagne plutôt que de gâcher armes et provisions pour une longue incursion en Provence, malgré le temps remarquablement plus clément qu'on rencontre toujours au sud. Il est infiniment plus plaisant de ravager la campagne quand l'air vous caresse la peau comme les doigts d'un amant que lorsque la pluie vous pique comme des flèches ou des épingles. Le duc Jean, que ce soit par sagesse ou par dureté, avait réussi à tenir les Anglais à distance en Bretagne, grâce à une alliance fragile, dont les termes semblaient changer presque chaque mois, au grand dam de Son Éminence quand il portait son chapeau d'homme d'État.

C'était peut-être grâce à ce réajustement permanent que la situation était meilleure ici en Bretagne qu'en France. Mais même une paix relative peut engendrer des difficultés inattendues – par exemple, le problème des corporations libres : avec les guerres provisoirement tenues à distance, des chevaliers et des châtelains, jadis au service de leurs seigneurs, erraient maintenant à travers la campagne à la recherche de victimes à piller dont le butin pouvait rapporter suffisamment pour assurer la continuité de la corporation. C'était l'ironie de la paix.

On pouvait à peine distinguer un soldat d'un criminel, tant la différence était devenue ténue.

Mes propres compatriotes n'avaient pas mieux réussi à purifier leur âme de leur soif de sang que les Anglais méprisés – ils menaçaient aussi bien les enfants que les vieux ou les infirmes, et toute personne sans arme – leur faisant subir des actes de brutalité qui auraient fait pleurer le Seigneur Lui-même. Dans son délire avant de mourir, mon mari, Étienne, avait dit des choses qu'il ne m'aurait jamais avouées quand il avait tous ses esprits. Il avait vu des hommes enchaînés et brûlés sous les yeux de leurs femmes et de leurs enfants, contraints de regarder, des dents arrachées une par une jusqu'à ce que le dernier sou ait été remis, des tortures et des mutilations d'innocents. Des atrocités qui dépassent l'imagination.

À présent, comme si la torture ne suffisait pas, le peu d'innocents qui restaient commençaient à disparaître. En fait, ils disparaissaient depuis quelque temps déjà, sous notre nez, et, pourtant, sans que l'on s'en aperçoive.

J'arrivai à l'abbaye en fin d'après-midi et remisai mon âne dans sa propre petite demeure. Je lui dis tendrement adieu ; il s'était montré un valeureux compagnon, toujours prêt à écouter mais jamais à contredire. Je le remerciai de ne s'être pas trop balancé sur le retour et lui donnai une poignée de paille à manger.

Dans les champs, derrière l'écurie, de jeunes moines, les manches retroussées, et des novices avec leur voile attaché en arrière, étaient occupés aux plantations du printemps. Frère Demien devrait être là pour superviser ces travaux, allant de l'un à l'autre pour donner des instructions quant à la meilleure façon de traiter chaque culture. Plus tard, pendant la période de croissance, lorsque les plantes avaient atteint leur maturité et laissaient augurer d'une première récolte, je le trouvais souvent penché sur une de ses préférées, lui chuchotant des mots d'encouragement comme un sorcier ou, mieux encore, comme une mère. Parfois, je me demandais comment il pouvait ensuite manger ces plantes, ses petits enfants qu'il avait si soigneusement guidés vers la fertilité, et le faire avec autant de délectation.

Quant à cela, ils mangent des petits enfants là-bas...

Comme toujours dans le jardin, il était d'une humeur sereine, contrairement à moi que mon voyage avait perturbée. Le sourire chaleureux avec lequel il m'accueillit me fit l'effet du miel sur une gorge enflammée, et j'y puisai un grand réconfort.

Il essuya des petits fragments de terre noire de ses mains et redescendit ses manches.

« Mère, nous ne vous attendions pas avant un jour ou deux, dit-il. Mais je suis content que vous soyez revenue. Son Éminence a été assez grincheuse en votre absence. »

J'éprouvai un plaisir coupable à savoir qu'on m'avait regrettée, bien que je n'aimasse pas savoir que Jean de Malestroit souffrait en quoi que ce soit.

« Je suis contente d'être de retour, dis-je, avec lassitude.

— Avez-vous rencontré des difficultés qui vous ont obligée à revenir plus tôt ?

— La seule, dis-je, a été d'avoir eu trop de succès en trop peu de temps. Je n'avais aucune raison de ne pas revenir immédiatement, surtout avec Pâques si proche. »

Il s'abstint de tout commentaire mais prit le petit sac dans lequel j'avais mes affaires de voyage et désigna l'abbaye d'un geste. Nous nous mîmes en marche dans cette direction, bras dessus, bras dessous, tranquillement.

« Naturellement, vous allez aussitôt faire un compte rendu à Son Éminence.

— Naturellement.

— Les affaires d'État sont bien compliquées en ce moment, à en juger par l'humeur de notre évêque ces derniers temps.

— Dans ce cas, je crains d'ajouter encore à ses soucis. »

« Onze, dis-je à Jean de Malestroit. Et Bernard Le Camus – donc douze en tout. Durant une période de deux ans, et autour de Bourgneuf seulement. Sans parler des histoires que j'ai entendu raconter sur mon chemin. Je ne suis pas allée plus loin ; cela ne me semblait pas nécessaire, ayant déjà tellement à vous rapporter de ce seul voyage. »

Je guettais impatiemment sa réponse, mais il se tut.

« On ne peut pas ignorer cela », insistai-je.

Après un long silence pendant lequel j'imaginai qu'il réfléchissait, il dit :

« Eh bien, une fois de plus, vous m'avez donné matière à réflexion. Non pas que je manquais de soucis. Dites-moi, Guillemette, vous qui avez rencontré ces personnes, pensez-vous que leurs plaintes soient sincères ? »

J'en restai presque muette.

« Certainement, Éminence, je les crois sincères, et je ne peux pas m'imaginer qu'un groupe de personnes aussi diverses ait pu conspirer pour inventer des histoires comme celles que j'ai entendues. Cela supposerait qu'ils se soient concertés et qu'ils aient fait preuve de bien plus d'imagination qu'ils n'en ont.

— Et quelle réponse estimeriez-vous appropriée à leurs doléances ? »

Par tous les saints, à quoi pensait-il ? Une telle décision ne pouvait pas venir de quelqu'un comme moi. Ma démarche visait seulement à réunir suffisamment d'informations pour l'obliger *lui* à agir. Je n'avais pas oublié son peu d'enthousiasme pour mon expédition, mais à présent le manque d'intérêt de Jean de Malestroit me paraissait tel que je commençais à me sentir vexée. Mais je préférai tenir ma langue : quelque chose pouvait m'échapper. Ce n'était pas un homme sans cœur ni insensible.

« De toute évidence, Éminence, dis-je doucement, quelqu'un devrait enquêter sur chacune de ces disparitions pour déterminer si elles ont des points communs. Vous feriez bien de choisir quelqu'un d'intelligent, susceptible de manifester de l'enthousiasme pour cette tâche.

— Oui, certes, mais je n'ai pas pléthore de gens intelligents et enthousiastes à ma disposition en ce moment pour entreprendre une telle tâche.

— Il suffit d'un seul. »

J'attendis un moment puis plongeai.

« Et comme c'est moi qui ai initié cette enquête, il serait juste que je la mène jusqu'au bout.

— Guillemette, vous êtes une femme. Et qui plus est, vous êtes une abbesse. Ce serait une activité très inconvenante eu égard à votre position.

— Peut-être, mais personne d'autre n'y mettrait autant de passion que moi.

— Votre passion pourrait aussi obscurcir votre réflexion. Quelqu'un de plus impartial, peut-être... »

Comme cela était exaspérant ! *Son Éminence donne et Son Éminence reprend.*

« Je crois au contraire que mon profond intérêt pour cette affaire me donnerait une perspicacité toute particulière. J'ai une capacité à comprendre ce genre de situation qui l'emporterait nettement sur les avantages d'une impartialité candide. »

N'ayant pu me dissuader par la raison, il me rappela ensuite mes responsabilités.

« Vous ne pouvez pas être dispensée de vos devoirs.

— Allons, dis-je, il y a partout ici des mains désœuvrées qui ne demandent qu'à travailler.

— Très bien, alors, dit-il, c'est *moi* qui ne peux me passer de vous.

— Dans ce cas, j'organiserai mes recherches pour que vous n'ayez pas *besoin* de vous passer de moi. »

Un coin de sa bouche se releva imperceptiblement.

« D'accord, dit-il. Si vous souhaitez approfondir vos recherches, vous avez mon accord. »

Je voulais sa bénédiction, mais l'accord était suffisant.

« Nous confierons vos tâches régulières à sœur Élène, dit-il. Elle est très compétente et impatiente d'avoir une promotion. Elle prendra très bien votre place. »

Il avait toujours besoin d'avoir le dernier mot. Jean de Malestroit vit mon visage s'assombrir et il s'empressa d'ajouter :

« Bien sûr, elle ne pourra pas vraiment vous remplacer, et nous souffrirons tous en votre absence. Soyez assurée que le changement ne durera que le temps de vous laisser finir votre travail. Quand vous reviendrez de votre quête, nous serons très heureux de vous avoir à nouveau parmi nous.

— Alors, avec votre permission, je vais commencer de suite, dis-je.

— Ah, Guillemette, ne soyez pas si pressée. Ce serait mieux si vous attendiez après Pâques, dit-il. Après tout, je vais avoir, comme toujours, besoin de vous. »

Pour rester debout contre le mur pendant les préparatifs, un devoir pour lequel j'étais irremplaçable.

« Bien sûr, Éminence. Cela me semble très judicieux. »

Évidemment, c'était tout, sauf judicieux.

Ainsi, la semaine la plus sacrée de l'année commença par me paraître la plus longue. J'avais hâte d'avancer, mais je ne pouvais pas le faire – il fallait réussir à inspirer la sainteté, une tâche décourageante dans une paroisse aussi importante que la nôtre, où beaucoup de nos fidèles préféreraient un bon repas plutôt qu'un nouveau plat de nourriture spirituelle. Malgré sa richesse et sa prospérité, Nantes comptait beaucoup de pauvres, qui avaient tous été mis à mal par les guerres incessantes et les impôts qui en résultaient et qui venaient encore amputer leur maigre trésorerie.

Vendredi saint arriva et passa ; sa tristesse infinie déferla sur nous comme une vague, puis, sous l'effet glorieux de la Résurrection, s'estompa rapidement. Pâques était tôt cette année-là, avant fin mars, et le fond de l'air était frais tandis que nous marchions en procession vers l'église. Tout au long du chemin, d'interminables files de fidèles s'alignaient dans les rues boueuses, certains avec seulement des chiffons autour des pieds, dans l'espoir de voir l'évêque et son entourage dans le faste et la dignité de la sainte procession. Les rares chaussures portées par les badauds seraient inévitablement mouillées et deviendraient raides en séchant. De grosses mottes de terre joncheraient le sol en pierre du sanctuaire, ce dont sœur Élène serait à présent responsable.

Le sanctuaire débordait déjà de fidèles vêtus de leurs plus beaux habits, sortis seulement en de telles occasions. Mais aucune parure n'était vraiment digne de ce nom ; Mme Le Barbier aurait pu être utile parmi ces fidèles. Je tendis le cou pour voir si elle était venue de Machecoul, mais je ne la vis pas dans la congrégation.

Malgré le désespoir et la pauvreté, la plupart de ces gens faisaient leurs dévotions, remplis d'espérance. C'était un jour de renouveau, de renaissance, de promesse de printemps. L'air avait une fraîcheur toute particulière à cette période de l'année. La lumière du soleil était faible mais claire et annonçait la douce chaleur à venir. Les oiseaux chantaient comme si Dieu en personne leur avait caressé l'aile.

Dans le grenier, à l'arrière de l'église, nous avions

nos propres oiseaux chanteurs touchés par Dieu, mais c'étaient tous des humains – plus précisément des hommes et des garçons. Certains avaient même des voix qui auraient pu avoir été volées aux anges. Je fermai les yeux et laissai leur chant sacré m'envahir.

Kyrie eleison, Christe eleison.

O Domine, Jesu Christe, rex gloriae, libera animas omnium fidelium de functorum, de poenis inferni, et de profundo lacu.

Je m'abandonnai à la douceur du chant. Mais j'ouvris les yeux de surprise lorsqu'une des voix chanta seule. Je l'avais déjà souvent entendue.

Hostias, te preces tibi Domine, laudi suferium, tu suscipe animas iras...

D'où je me trouvais, à l'avant de l'église, je me retournai pour regarder les chanteurs.

« Par tous les saints... » dis-je tout bas.

Quarum hodie, memoriam, et jus...

Je tirai sur la manche de frère Demien, qui était assis juste devant moi. Apparemment, je l'avais dérangé en pleine prière véritable, car il se retourna et me jeta un regard consterné.

Je lui indiquai quelque chose vers le haut.

« Regardez... dans le chœur », dis-je.

Il mit une main devant ses yeux pour se protéger du soleil qui entrait par la fenêtre derrière.

« Dieu soit loué, chuchota-t-il, Buchet ! Mais... pourquoi n'est-il pas à Machecoul ? Mon Dieu ! » Il parut stupéfait. « Le duc a dû l'éloigner de monseigneur Gilles. »

Cela paraissait improbable.

« On se demande comment monseigneur et Buchet auraient pu avoir des relations intimes.

— Apparemment, ce n'est plus le cas. »

André Buchet était, à juste titre, connu à travers le pays – il était jeune et beau et avait une voix si parfaite qu'elle aurait pu courroucer Dieu, si elle n'avait pas été créée par Dieu Lui-même, et si Buchet ne l'avait pas utilisée surtout pour glorifier son créateur. Un jour, Gilles de Rais l'avait entendu chanter dans la paroisse de Saint-Étienne, paroisse qui lui appartenait, et l'avait immédiatement emmené rejoindre le chœur de sa propre chapelle des Saints-Innocents. La cérémonie d'intronisation avait été remarquable et souvent contée, mais n'avait jamais pu être exactement répétée, y compris par les mêmes chanteurs et les mêmes musiciens. L'atmosphère qui y régnait était très particulière. Buchet était encore un jeune garçon à l'époque, et naturel. À présent, après avoir été choyé et après avoir reçu toutes sortes d'avantages, il s'attendait à être toujours traité de la même manière et était connu pour son caractère impétueux quand les choses n'étaient pas exactement à son goût.

Pendant longtemps, nous nous indignâmes en silence de la façon dont monseigneur gâtait Buchet. René de La Suze s'était opposé aux dépenses somptuaires de son frère pour entretenir ce garçon.

De bons sopranos sont rares et doivent être chéris, avait dit monseigneur pour se défendre.

Plus difficiles encore à garder. C'est donc un gâchis, avait protesté le frère de monseigneur. *Ils grandissent et leurs voix deviennent plus graves.*

Mais pas Buchet.

« Quel âge a-t-il maintenant à votre avis ? demandai-je à frère Demien.

— Vingt-deux, peut-être.

— Il chante encore comme quand il en avait douze. »

Ce n'était pas tellement exagéré. Je me demandai si on n'en avait pas fait un castrat ; si oui, cela aurait même pu être de son propre choix. Il aurait dû décider très jeune, avant que les caractéristiques mâles aient commencé à s'imposer.

Nous ne devions pas être les seuls à nous étonner de la présence d'André Buchet, car, tout autour de nous, des murmures s'élevaient. Mais quand il se mit à chanter, la congrégation devint totalement silencieuse. Le chant se déversait de ses lèvres comme de la soie ; la mélodie était douce et sainte, mystérieuse – nous étions tous complètement fascinés.

Libera me Domine, de morte eternal. In die ila tremenda, quando celli movendisunt et terra, dum veneris, judicare seculum, per ignem.

Puis une autre voix se joignit à lui et puis une autre et d'autres encore jusqu'à ce que le chœur entier chante à l'unisson de façon si exquise qu'on aurait cru une *sola voce*, à l'exception de la voix de Buchet qui flottait au-dessus de l'ensemble. Ils priaient Dieu pour nous, pour qu'Il nous libère de la mort éternelle, et qu'Il nous préserve du jugement par le feu. Dans le sanctuaire, on n'entendait pas une toux, pas un chuchotement, pas le moindre pleur de bébé, tellement nous étions captivés par la beauté qui régnait dans l'air.

Mais au milieu de la stance finale, des têtes se

mirent à se retourner. Le chuchotement de curiosité qui semblait être né au fond de l'église se propageait comme une vague vers l'avant, à la vitesse de marche d'un homme. Des premiers rangs de la congrégation, je ne pouvais pas voir ce qui provoquait une telle agitation. Tout le long de l'allée centrale, les gens faisaient des signes de tête pendant qu'une petite procession s'avançait au milieu de la foule.

Lorsqu'ils arrivèrent en vue, je distinguai tout d'abord un prêtre en robe blanche – monseigneur Olivier des Ferrières. Cela suffisait déjà à susciter des commentaires, car il était connu pour être indépendant, peu ancré dans ses croyances, et fréquentant des éléments plus que douteux au goût de ses supérieurs. Plus d'une fois Son Éminence avait pensé le défroquer.

« Il n'est pas attaché à cette paroisse, me chuchota frère Demien, surpris. À aucune paroisse pour autant que je sache. »

Je haussai les épaules en signe d'étonnement. Je me mis sur la pointe des pieds et tendis le cou pour voir plus loin derrière. La dernière note de chant du chœur flottait dans l'air au-dessus de nous, en une résonance douce-amère.

« Mon Dieu », m'entendis-je dire.

Je sentis mes mains faire le geste protecteur familier, croisant d'abord en haut et en bas, puis d'un côté à l'autre.

Ma gorge se serra. Le seigneur Gilles de Rais marchait lentement derrière des Ferrières, et progressait d'un pas hésitant vers l'avant de l'église. On le remarquait parmi ceux qui l'entouraient en vertu de caractéristiques indéfinissables qui tenaient plus à son statut de noble et de héros de la France qu'à un attribut physique précis. Il n'était pas particulièrement grand, à peine au-dessus de la moyenne, mais il avait une présence qui attirait l'attention. Ses cheveux noirs, coupés à la mode, juste au-dessus du col de sa tunique, contrastaient avec la pâleur de son visage, qui n'avait pas été récemment hâlé par la guerre. Ce jour-là, il portait du rouge, d'un ton se rapprochant de celui du sang frais. L'expression de son visage était plus adaptée au jour de la crucifixion du Seigneur qu'à Sa renaissance. Pour autant que j'aie pu voir, monseigneur n'était pas loin de verser des larmes.

Personne ne s'attendait à le voir ici pour célébrer la résurrection de notre Seigneur.

« Pourquoi n'est-il pas à Machecoul dans sa propre chapelle ? me demandai-je à haute voix.

— Il est libre de faire ses dévotions où il veut, ma sœur.

— Mais ici, aujourd'hui, sous le nez de Jean de Malestroit, alors qu'il règne un tel mépris entre eux ? »

Vers le milieu de l'allée, il s'arrêta et se retourna. Son regard monta vers la galerie où se trouvait le chœur, et, quand il vit André Buchet, le corps entier de monseigneur sembla s'affaisser, comme sous l'effet d'un grand poids.

C'était là que se trouvait la réponse à la question concernant sa présence inattendue.

Frère Demien se pencha vers moi et dit : « Je regrette, Guillemette, je sais que vous aimez bien monseigneur. Mais même vous devez admettre qu'il regarde Buchet d'une façon honteuse. »

Je détournai les yeux de ce grand seigneur qui, étant enfant, avait passé tant d'heures sur mes genoux, et dirigeai mon regard vers le chanteur qui retenait toute son attention. L'affection et la tristesse que trahissait l'expression de monseigneur étaient quelque chose de troublant.

« Regardez, mon frère, dis-je. Buchet reste de glace, là-haut dans la galerie. Il ne veut pas regarder monseigneur. »

La tête de monseigneur s'affaissa de nouveau, comme si toute la misère du monde s'était abattue sur lui. Il se retourna et continua sa route le long de l'allée centrale, en suivant le disgracieux des Ferrières vers le confessionnal, comme un paon tiré par un pigeonneau.

Oh, Guillemette, m'avait murmuré Étienne un peu rêveur, dans ses derniers jours, quand il ne pouvait plus faire grand-chose d'autre, *tu aurais dû le voir à Orléans ! Nous étions tous en admiration devant lui. Son armure était d'un noir brillant et superbement ajustée à son corps, et, quand il poussait son cheval en avant, la plume blanche à la pointe de son heaume se mettait tout droit en arrière. Je te le dis, femme, il était en même temps féroce et élégant ; mais sa nature violente pouvait reprendre le dessus n'importe quand, bien plus rapidement que chez aucun d'entre nous. Je l'ai vu plonger son épée dans le ventre de plus d'un Anglais – peu en réchappaient quand il pouvait porter son coup profondément. Pas un homme dans cette armée n'a combattu avec autant de férocité que Gilles de Rais.*

Ce fut à la suite de cette grande bataille sanglante qu'il fut élevé au grade de maréchal de France. Gilles chevaucha aux côtés de Jeanne la Pucelle en personne, elle dans son armure blanche immaculée, lui si magnifique en noir.

Charbon et neige, avait dit Étienne. *Comment deux êtres peuvent être si semblables et pourtant si différents, c'est inconcevable.*

Mon mari n'était pas le seul à avoir remarqué leur différence évidente, en même temps que leur camaraderie affichée. La légende de chacun s'amplifia : elle, une fille de paysans innocente, incitée à prendre les armes par des « voix » (que certains pensaient impies, peut-être le chuchotement de sorcières à ses oreilles) et lui, attaché comme personne aux biens de ce monde, avec tout le panache que sa position lui apportait. Tous deux étaient libres d'esprit et d'action, bien que cette liberté se manifestât de façons bien différentes. Tout ce que fit Jeanne d'Arc était justifié par sa croyance que Dieu lui avait donné la mission et les moyens pour unifier la France sous le règne du bâtard Charles ; Gilles de Rais ne se justifiait jamais en rien, et aucune justification ne lui fut jamais demandée. Il était né avec des droits et faisait ce qu'il voulait.

Ils étaient tous deux complètement fous, disait Étienne. Au vu de ce qu'ils firent ensemble et séparément, il ne pouvait en aller autrement. Pourtant, l'affinité toute simple qui existait entre eux ressemblait curieusement à de l'affection. Tant qu'ils étaient compagnons, ils furent inséparables. On parla même d'« amour », et cela fit scandale.

Mais Jeanne d'Arc était vierge. Yolande d'Aragon

le détermina elle-même en l'examinant si complètement qu'on dit que la Pucelle en fut profondément offensée et même blessée dans ses parties intimes – et monseigneur était un homme marié qui n'avait pas une réputation de coureur de jupons. Je n'ai jamais entendu dire qu'il avait emmené au lit une autre femme que Dame Catherine ; on disait plus souvent qu'il n'emmenait aucune femme au lit, ce qui me troublait plus que si on avait dit le contraire. Et bien que Dame Catherine ait été une belle femme, elle n'était pas du même genre que monseigneur. Elle était discrète, polie, courtoise et aimable, contrairement à son coléreux de mari qui aimait l'aventure. J'avais l'impression qu'il était disposé à tout essayer.

Pour Étienne, cette période était si glorieuse qu'il ne pouvait pas s'arrêter de parler des choses qu'il avait vues. *Comme tout cela était grandiose, comme nous étions tous remarquables, à la fois dans notre cœur et dans notre corps, un ensemble considérable de soldats et de nobles, des guerriers réunis enfin en une seule armée. Fines lames, archers, fantassins, et lanciers, tous alignés en ordre, prêts pour la bataille.*

La soif du sang régnait, disait-il, d'autant plus que ce jour-là, comme par miracle, les troupes allaient recevoir leur solde, grâce à la contribution provenant des coffres de nombreux nobles, dont celui de monseigneur. Toutes sortes d'hommes suivirent cette petite bonne femme dans la bataille : des bons, des méchants, des voleurs, des mendiants, des pères, des fils et des frères, parmi eux des hommes dont Dieu seul connaissait les secrets. De nombreux bons à rien partirent, dont deux dans l'entourage de monseigneur : ses cousins Robert de Briqueville et Gilles de Sille – qui n'étaient pas mes préférés, pas plus en tant qu'enfants, qu'en tant qu'hommes. Il y avait peu à admirer chez les deux : ils avaient un esprit qui me rebutait et je n'étais pas la seule à le penser. Personne à Champtocé ou à Machecoul ne semblait les apprécier, séparément ou ensemble.

Mais malgré tous leurs méfaits, les cousins restèrent toujours dans l'ombre de Gilles. Déjà, lorsqu'il était enfant, il les menait comme des chèvres au bout d'une longe. Tant de fois, lorsque je m'en occupais, j'avais souhaité que Gilles de Rais ait choisi d'autres camarades de jeux ; il semblait s'entendre si bien avec mon Michel, et si mal avec les fils Briqueville et Sille. Avec Michel, il pouvait se montrer gentil ; avec ses cousins, c'était toujours un filou, vicieux et rusé.

Mais, d'après les dires, ces deux cousins s'étaient distingués à Orléans ; la Pucelle semblait inspirer tous ceux qui chevauchaient sous sa bannière, depuis le plus modeste paysan jusqu'au plus grand des nobles. Comme ce souvenir était glorieux ; comme nous en étions tous fiers, comme nous avions vite fait de prendre part à l'honneur qui était fait à monseigneur.

« À cette époque, il était très bien », chuchotai-je à part moi, interloquée.

Frère Demien me regarda, inquiet.

« Comment ? » dit-il.

Je n'avais pas l'impression d'avoir parlé si fort.

« Je disais, répondis-je en hâte et d'une voix tremblante, qu'il n'a pas l'air très bien.

— Vous avez dit autre chose. »

Je restai silencieuse. Puis je tournai mon regard de nouveau vers monseigneur.

Sans le vouloir, j'avais dit quelque chose de vrai : il n'avait pas l'air très bien cette fois. Ses superbes habits ne pouvaient pas cacher ce qui se lisait sur son visage. Il avait les traits tirés, l'air fatigué, et il paraissait plus âgé que ses 36 ans. La foule continuait à le laisser passer, à la fois étonnée par sa présence et respectueuse de son rang. Le livre saint qu'il portait était relié en cuir doré. Le pommeau de son épée qu'il ne quittait pas était incrusté de pierres précieuses de toutes les couleurs et de toutes les formes. Mais le détenteur de toutes ces parures était un homme usé et fatigué, un homme sur qui pesait une angoisse indéfinissable.

Depuis un certain temps, des rumeurs pénibles circulaient sur son compte, disant qu'il avait confié son sort à un jeune sorcier, un séduisant gredin que le prêtre Eustache Blanchet lui avait trouvé au cours d'un voyage en Italie. Ce n'était pas la peine d'aller aussi loin pour trouver des charlatans, alors que nous en avions beaucoup par ici, mais il est vrai qu'aucun de nos ensorceleurs locaux n'aurait été assez envoûtant pour monseigneur, qui préférait l'exotique plutôt que l'ordinaire.

Ce sorcier s'appelait François Prelati. Je les vis une fois ensemble au château de Machecoul quand Son Éminence m'avait demandé de l'accompagner pour une affaire d'État. Bien que captivée par l'environnement familier, je ne pus m'empêcher de remarquer le jeune homme qui avait trouvé sa place au côté de monseigneur et ne le quittait que rarement. Il paraissait plus jeune que monseigneur, 24 ans peut-être, un gaillard élancé d'une beauté frappante. Monseigneur le suivait comme un jeune chien sans la moindre honte. Cela me mit mal à l'aise de les voir ensemble, car on sentait entre ces deux êtres une familiarité contre nature, bien supérieure à ce que Dieu permet entre deux hommes d'honneur. Monseigneur était rayonnant, comme si la présence de ce Prelati l'avait rajeuni.

Voilà maintenant que ce même seigneur se rapprochait de moi à pas lourds. J'avais envie, sans pouvoir me l'expliquer, de détourner mon regard – devant moi se trouvait un homme qui était quasiment mon fils, mais, pour une raison innommable, je ne voulais pas croiser son regard s'il se tournait vers moi. Mais la tentation fut trop grande, l'attirance trop forte ; je le regardai bien en face, et, pendant un court instant, nos regards se croisèrent. Il me reconnut aussitôt – comment ne pas reconnaître sa nourrice – puis il s'arrêta. Son regard était tendre, presque enfantin. Comme s'il était nostalgique du temps où je m'occupais de lui. Une bonne partie de l'assistance s'était également tournée vers moi. Puis monseigneur finit par rompre le fil du temps qui nous reliait et continua son chemin tandis que les gens autour de moi ne me quittaient pas des yeux. Je cherchai un refuge à proximité, mais, devant tant de regards insistants, je préférai me tourner vers lui de nouveau.

Mais il était déjà trop loin pour voir mes gestes désespérés ; il eût été inconvenant pour une femme dans ma position de l'appeler. Surtout en ce jour, le plus saint des saints. J'aurais voulu dire à mon fils de lait : *Attendez, revenez vers moi, il faut que nous parlions.* Mais il était trop tard – j'étais de nouveau perdue dans la foule qui regardait, fascinée, notre seigneur marcher vers le confessionnal.

Monseigneur et son monseigneur d'importation se dirigeaient vers l'avant du sanctuaire. Lorsqu'ils atteignirent le bout de la queue formée par ceux qui souhaitaient recevoir l'absolution, les gens s'écartèrent pour le laisser passer. Il leur fit signe de reprendre leur place dans la queue. Mais nombre de ces paysans et de ces gens du peuple avaient l'air perplexe et indécis : allaient-ils être punis pour être passés devant leur seigneur ?

À la fin, comme s'il avait compris leur dilemme, Gilles de Rais s'adressa à eux :

« Reprenez vos places, dit-il d'une voix mal assurée et sans conviction. J'attendrai parmi vous et me confesserai à mon tour. »

L'église entière se mit à chuchoter. Aucun de ses prédécesseurs n'avait montré un tel égard pour ses sujets. Le père de Gilles, Guy de Laval, était connu pour la façon colérique dont il traitait les ecclésiastiques, mais même le seigneur Guy n'arrivait pas à la hauteur de son odieux beau-père, Jean de Craon – pour lequel une absolution permanente et sans réserve n'aurait même pas suffi à sauver l'âme malfaisante.

J'aurais tellement voulu trouver le courage de le sermonner publiquement avant sa mort ; ma proximité avec la famille m'assurait d'une certaine impunité, et, de toute façon, le vieil homme ne m'aimait pas beaucoup. Son Éminence considérait que c'était un despote, et aurait été secrètement ravi de savoir que Jean de Craon entendrait ses quatre vérités avant d'entreprendre son voyage vers l'au-delà, voyage qui ne le mènerait certainement pas au ciel.

Mais en ce jour des plus saints des jours saints, Gilles de Rais, le petit-fils, fils, et maintenant père, bien que sa fille ne fût pas présente ce matin, ne se montra pas impatient comme ces ancêtres. Il attendit son tour en toute humilité parmi le petit peuple pour demander le pardon. Il est impossible de décrire le sentiment qui s'empara du sanctuaire lorsque le seigneur de Champtocé, de Machecoul, et d'autres domaines, un homme craint et vénéré, s'assit parmi ses serfs tremblants, et attendit pour confier tous ses regrets au représentant de Dieu. Je craignais que ceux qui le précédaient ne se sentent obligés d'expédier leur confession pour ne pas le faire attendre et n'obtiennent qu'un pardon partiel. On imagine ces pauvres gens débitant leurs péchés comme autant d'abeilles en colère.

Mais Gilles ne parut jamais impatient ou nerveux, seulement accablé et sombre. Son tour venu, il pénétra dans le confessionnal, et monseigneur des Ferrières prit place de l'autre côté de la grille. Un bon moment s'écoula avant qu'ils ressortent, monseigneur pâle comme un linge, et le Monsignor le visage particulièrement solennel. La pénitence fut brève, mais les péchés des bien nés ont toujours été plus facilement pardonnés que les péchés de ceux qui les servent. À moins que les transgressions n'aient été si terribles qu'une pénitence ne pouvait être que symbolique. En tout cas, Gilles de Rais ne resta pas longtemps à genoux, et il se releva pour s'approcher de notre frère Simon Loisel pour recevoir la communion. Il s'agenouilla et ne quitta plus ses mains croisées des yeux en attendant son tour.

Jean de Malestroit, stoïque et froid, regarda Loisel poser l'hostie sur la langue du maréchal de France. Le visage de mon évêque était d'une dureté inhabituelle. Il savait se montrer habile quand il le fallait, et manifestait souvent du dédain envers ceux qu'il jugeait moins intelligents, mais j'avais rarement vu sur son visage une telle expression de dégoût. À quoi pouvait-il bien penser en ce moment ?

Je résolus de lui poser cette question plus tard, lorsque le mystère et l'excitation causés par les événements du jour se seraient dissipés.

Ce qui n'arriva jamais.

8

Les claquettes de ma fille avaient été heureusement livrées. Quand je revins à mon bureau, je trouvai une note, placée en évidence. Un nom était écrit de la main de Fred, de sa petite écriture hâtive, suivi par les mots : « Avocat d'Ellen Leeds ». Le mot « avocat » était souligné.

Je jetai un coup d'œil vers le téléphone : il ne signalait aucun message. Pour une raison quelconque, cet avocat m'avait court-circuitée pour s'adresser directement à Fred.

« Il semble que vous ayez un petit problème, Dunbar. Le type a appelé il y a quelques minutes pour dire qu'il ne voulait plus que vous parliez à Ellen Leeds. Il proférait des menaces de procès après que, je reprends ses mots, "nous aurons arrêté le vrai suspect". Pourquoi n'avez-vous pas dit que vous soupçonniez la mère ? »

Devant mon silence, il insista :

« Parlez. »

Je lui fis part de ce que Mme Paulsen avait d'abord dit, puis lui expliquai l'ambiguïté que présentait l'alibi d'Ellen Leeds.

« L'ex était furieux quand il est parti d'ici pour aller chez elle. Il m'a bel et bien réprimandée puis a fichu le camp. Ils se parlent encore, et je suppose qu'il lui a dit que j'avais l'air de la soupçonner.

— Peut-être se posait-il la même question, suggéra Fred.

— Je ne le crois pas. Il l'a défendue très énergiquement. »

Puis je m'assis.

« Vous savez quoi ? J'étais prête à lui passer les menottes. Maintenant, je me demande. Il y a quelque chose qui cloche là-dedans.

— Comme quoi ? Vous avez un témoin qui a vu le gosse monter dans la voiture de sa mère, et ce qui pose problème, c'est l'endroit où elle disait être au moment où ça s'est passé.

— Oui, je sais. Mais je n'arrive pas à la voir dans ce rôle.

— Allons, Lany. Passez les faits en revue en faisant abstraction de toute passion. C'est comme ça qu'on prend les décisions ici, vous ne l'avez pas oublié ?

— Je sais, je sais. Mais la vieille dame... je ne suis pas certaine de ce qu'elle m'a dit.

— Est-elle sénile ?

— Non, pas vraiment. Nous avons eu une conversation cohérente et elle était très lucide. C'est entre-temps que cela pose problème. C'est une gentille dame qui se mêle des affaires de tout le monde, avec l'air très crédible. Exactement le genre de témoin qu'on aime avoir, à condition de faire abstraction de son âge. Elle risque de se faire manger toute crue par un avocat si on la fait témoigner.

— Si on en arrive là. »

Je croyais presque l'entendre : *À la vitesse à laquelle vous allez, de toute façon, elle sera morte.*

« Prend-elle des médicaments ? demanda-t-il.

— Je ne me suis pas renseignée.

— Pourquoi pas ?

— J'essaie d'être en bons termes avec elle. Et on ne pose pas ce genre de question à une dame âgée. Elle la jugerait impolie. Elle m'aime bien, je crois, mais je ne suis pas sûre qu'elle me fasse encore entièrement confiance.

— En tant qu'employée du peuple, vous avez sa permission d'être impolie. D'ailleurs, les contribuables comptent sur vous pour l'être. Appelez-la et posez-lui les questions qu'un avocat de la défense poserait.

— Si elle prend quelque chose, je n'ai rien d'autre que le blouson. Et après ?

— J'en sais rien ; je suis seulement superviseur. Ce genre de problème, je vous le délègue, inspecteur.

— Dans ce cas, *supervisez*. Dites-moi ce que je dois faire. »

On aurait dit qu'il attendait que je lui ouvre cette porte.

« Je crois avoir quelque chose ici qui vous fera peut-être avancer. »

Il fit pivoter son fauteuil et prit une boîte en carton sur la table derrière son bureau. Il se tourna de nouveau et posa la boîte devant moi.

Sur le côté de la boîte, était griffonné un nom : « Donnolly ».

Le son des cornemuses à son enterrement résonnait encore dans ma tête.

« Oh, putain. »

Les dernières semaines de son existence, avant que son cœur explose, Terry Donnolly avait paru stressé et anxieux. Parfois même, déprimé. Il parlait constamment de prendre sa retraite. *Je ne supporte plus ces affaires pénibles*, répétait-il quand on lui demandait pourquoi.

« Ses deux dernières enquêtes. Les deux sont au point mort. Je me suis replongé dedans cet après-midi pendant votre absence. Ce qui me les a remises en mémoire – et ça l'avait beaucoup frustré – était que, dans les deux cas, le suspect initial était un intime, à en juger par le récit d'un témoin oculaire apparemment fiable. Exactement comme dans votre enquête. Mais les apparences étaient en complète contradiction avec ce que disait le témoin, et Donnolly en avait conclu, assez rapidement, que les intimes n'étaient pas impliqués. Il ne savait plus où aller dans ces deux affaires. Un des parents sait que Donnolly est mort et voudrait que l'enquête soit rouverte. »

Quand je posai la main sur la boîte, je crus l'entendre crier : *Pandore, Pandore, Pandore, ouvre-moi, ouvre-moi*. Fred ne semblait pas l'entendre. Le carton commençait à brûler, comme si, en le touchant, j'avais déclenché une espèce de réaction chimique. Je retirai ma main.

Fred le vit et fronça les sourcils.

« J'ai fait réunir tout ça, pensant que cela

pourrait vous aider. Je crois que vous devriez y jeter un coup d'œil. »

Autrement dit, on venait de rouvrir l'enquête.

Notre brigade est importante. J'ai déjà assez de mal à suivre mes propres enquêtes, sans m'occuper de celles des autres. Je savais que Donnolly avait deux cas de disparition en cours, mais j'en ignorais les détails. Les dossiers étaient assez fournis, à en juger par le poids de la boîte. Dans mon bureau, le tiroir du bas contenait deux classeurs en accordéon restés vides après des affaires précédentes, deux affaires parfaitement résolues. Et si la chance était contagieuse ? Cela contribuerait-il à faire avancer les choses si je rangeais les enquêtes de Donnolly dans le même tiroir ?

Les noms des victimes étaient inscrits sur la couverture et sur la tranche de chacun des dossiers épais de Donnolly. Il était trop tard pour que je puisse m'asseoir et les étudier en détail, mais je pus en lire assez pour comprendre ce qui s'était passé. Le premier cas concernait la disparition de Lawrence Wilder, garçon de 13 ans, de type caucasien, mesurant un mètre soixante, de corpulence menue. Cheveux châtain clair tirant sur le blond, yeux bleus, nombreuses taches de rousseur. Vu pour la dernière fois il y a à peu près un an, montant dans la voiture du frère de sa mère, qui, selon trois témoins assis à la terrasse d'un café, était conduite par ce même homme. Le problème était que l'oncle avait un alibi irréfutable – c'était un pompier, en service à ce moment-là. Carte de pointage, collègues de travail, tout concordait. Pas d'indices physiques à part des traces de la présence de Larry dans la voiture de l'oncle, où nous trouvâmes des fibres de vêtements que l'on savait appartenir au jeune garçon. Mais cela ne voulait rien dire – Larry était monté dans cette voiture des dizaines de fois. Persuadée que l'oncle était innocent, la famille du garçon avait fait apposer une affiche promettant une récompense pour toute information permettant de le retrouver. Des milliers d'appels étaient parvenus – il y en a toujours quand il y a de l'argent à la clé – mais aucune piste sérieuse n'en avait résulté.

La majeure partie des documents semblait se rapporter aux entretiens réalisés par Donnolly avec les témoins, la famille, les amis, les copains de classe, les professeurs et les entraîneurs. Un travail très complet. Certaines de ces personnes avaient été interviewées plusieurs fois, peut-être pour obtenir des éclaircissements, mais aussi parce que Donnolly ne voulait pas abandonner l'enquête. C'est ce que nous faisons tous quand nous n'avons rien de nouveau – nous retournons vers les témoins précédents. Parfois, la chance nous sourit, mais en général il n'en résulte pas grand-chose. Cela nous donne le sentiment que nous ne lâchons pas prise. Il est difficile d'abandonner, surtout quand on veut à tout prix résoudre une enquête et que rien n'avance.

D'avoir simplement parcouru les dossiers, je ressentais la frustration de Terry Donnolly. Il écrivait de bons rapports, clairs, concis, et, quand c'était possible, bien documentés. Mais on sentait, derrière, poindre la vérité amère que tout cela ne menait nulle part.

Le deuxième garçon dont il était question dans les dossiers de Donnolly s'appelait Jared McKenzie. Il était parti sans explication, environ six mois avant Wilder. Quand je lus le rapport concernant la disparition d'enfant, je dus m'y reprendre à deux fois. Je crus d'abord que les deux affaires avaient été en partie mélangées. Les caractéristiques physiques des deux jeunes gens étaient étonnamment similaires, à la différence près que les cheveux de Jared étaient plus roux que blonds. Il avait été vu pour la dernière fois quittant un terrain de foot en compagnie de son entraîneur, un adulte ami de longue date qui passait beaucoup de temps avec les McKenzie, et qui ramenait souvent Jared en voiture. Pourtant, le jour de la disparition, l'entraîneur avait affirmé être retourné à son cabinet de comptable, après l'entraînement, pour récupérer des documents en vue d'un rendez-vous avec un client. Un autre parent avait dit avoir vu les deux partir ensemble dans la voiture de l'entraîneur. Elle se souvenait de l'heure exacte car elle venait d'utiliser son téléphone portable, qui affichait l'heure d'appel. Mais le gardien assurant la sécurité sur le lieu de travail de l'entraîneur avait confirmé son arrivée exactement cinq minutes après que l'autre parent eut dit l'avoir vu. Le trajet entre le terrain de foot et son bureau était d'au moins dix minutes en voiture. Impossible.

Pas étonnant que Terry Donnolly ait fait une crise cardiaque. Que pouvait-il faire dans de telles circonstances ?

Que devais-je faire *moi* avec tout cela ?

Trois affaires dans lesquelles les suspects initiaux

et les victimes étaient étonnamment similaires – tous des adolescents blancs, menus. Dans les trois cas, les indices étaient maigres, ce qui voulait dire que les trois auteurs faisaient très attention.

À moins qu'il ne s'agisse que d'un seul auteur.

Je dis à Fred ce que je pensais et lui demandai de me donner quelqu'un pour m'aider à entrer les données dans l'ordinateur.

« Vous croyez que nous avons un ravisseur en série sur les bras ?

— On peut facilement voir les choses comme ça...

— Il est encore un peu tôt pour en être sûr. »

Le baiser de la mort, mais donné avec une telle tendresse.

J'avais maintenant la tâche peu enviable de retourner voir des gens déjà affectés d'une terrible perte et de rouvrir d'anciennes plaies. Les rapports de Donnolly étaient excellents, mais je voulais parler moi-même à ces gens.

Quand je l'appelai, Nancy Wilder fut surprise d'apprendre que Terry Donnolly était mort, ce qui m'épargna le besoin de demander à Fred quelle famille avait demandé la réouverture de l'enquête, un détail que nous n'avions pas abordé.

« Je pensais qu'il n'avançait pas et que c'était pour cela que nous n'en avions pas entendu parler depuis deux semaines, dit-elle quand je le lui dis. Je suis désolée d'apprendre qu'il est décédé. Avait-il une famille ?

— Une femme et deux enfants.

— C'est terrible.

— Nous en sommes tous désolés. Il nous manquera.

— Je dois dire que c'était un inspecteur très prévenant. Très minutieux. Je l'appréciais. »

Elle soupira et se tut pendant quelques instants.

« Oh, mon Dieu, dit-elle finalement, ça me bouleverse. Un homme si gentil. C'est vous qui allez reprendre l'enquête ?

— On m'a chargée d'éclaircir quelques petits détails. Nous devons examiner les enquêtes de Terry, afin qu'elles soient ou bien closes ou bien confiées à quelqu'un d'autre pour être poursuivies. Je recueille les informations nécessaires pour que cette décision puisse être prise. »

Un semblant de vérité, dont j'espérais qu'il lui semblerait plus convaincant qu'à moi.

« J'aimerais seulement vous entendre moi-même. L'inspecteur Donnolly a effectué un travail de vérification remarquable, mais, pour moi, ça fait vraiment une grande différence de pouvoir parler aux familles. Je regrette d'avoir à rouvrir des plaies anciennes, mais j'espère que vous comprendrez que c'est dans le seul intérêt de l'enquête.

— Je le comprends fort bien, dit Mme Wilder. Et j'apprécie vos scrupules. Mais vous n'avez pas de souci à vous faire, la plaie n'est pas encore guérie, et vous ne rouvrez donc rien. Elle ne s'est jamais refermée, tout au moins pour moi. Le père de Larry est prêt à abandonner, à croire que Larry est mort quelque part et que nous ne le retrouverons jamais. Mais je n'en suis pas encore là. »

Le père de Larry avait probablement raison, mais ce serait cruel d'enlever aux gens l'espoir qui leur reste. Il est fréquent qu'un couple ait des difficultés à la suite de la disparition d'un enfant. Même si on ne le dit pas, il y a toujours un membre du couple qui accuse l'autre.

« J'aimerais vous rencontrer chez vous, si ce n'est pas trop vous demander. »

Je pris rendez-vous pour le lendemain. Je parvins à un arrangement similaire avec la famille McKenzie, bien que la mère de Jared fût beaucoup moins aimable. Elle jugeait déplacé que Donnolly soit mort de frustration, et qu'il l'avait mérité pour n'avoir pas remué ciel et terre pour elle. Je dois admettre que certains d'entre nous classent des enquêtes comme étant « insolubles » juste pour s'en débarrasser, mais Terry Donnolly se mettait toujours en quatre, surtout quand il s'agissait d'un gosse. La pression était celle qu'il s'imposait lui-même. Et il en avait payé le prix.

Je menai quelques recherches discrètes auprès des secteurs proches pour savoir s'il y avait des enquêtes en panne concernant des garçons disparus. Puis je fis des copies des comptes rendus des interviews de Terry Donnolly et les mis dans un dossier. Quand j'arrivai, Evan m'attendait au bord du trottoir. Jeff Samuels, son meilleur ami et son ombre, était à côté de lui.

Il lança son cartable et son sac de foot au fond du van et se glissa à l'avant à côté de moi. Il était tout en bras et en jambes avec des cheveux raides comme de la paille. Comme son père.

« L'entraînement a fini plus tôt ?

— Non, c'est toi qui es en retard. »

Je regardai ma montre. Il avait raison.

« Désolé, Evan. Il va falloir que je remplace une nouvelle fois la pile. »

Je me penchai vers lui, espérant qu'il oublierait son adolescence le temps de me faire un petit baiser sur la joue. Il acquiesça en roulant des yeux.

« Allons, ce n'était pas si pénible que ça, non ? Un petit baiser de temps en temps fait le bonheur des vieilles dames.

— Maman, arrête... tu n'es pas vraiment vieille. »

J'aurais pu me passer de l'accent qu'il mit sur *vraiment*.

« Il y a quoi pour le dîner ?

— Je n'en ai pas la moindre idée. Je trouverai quand on sera à la maison.

— Jeff peut rester ?

— Bien sûr. Tu adores les repas mystères, n'est-ce pas, Jeff ?

— Oui, madame Dunbar. »

Frannie et Julia étaient toutes les deux au cours de danse, où Kevin avait déposé Julia pour que je ne sois pas obligée de la récupérer chez lui. Il devait y avoir une femme à présent, une de celles qui semblaient se succéder dans sa vie. Je me fichais de le voir changer sans arrêt, mais je ne voulais pas qu'elles se montrent devant les enfants. Jusque-là, il s'était très bien comporté, en tout cas sur ce plan.

Frannie ressemblait comme deux gouttes d'eau à ma mère, alors que Julia défiait toute comparaison. Sans que je le leur demande, elles se penchèrent vers l'avant pour m'embrasser avant de s'installer et d'attacher leurs ceintures. Je lançai un sourire de triomphe à leur frère.

« Ce sont des filles, protesta-t-il. Elles sont censées embrasser leur mère.
— Qu'est-ce qu'on mange ? dit Frannie.
— Oui, quoi ? fit sa sœur.
— C'est Jeff qui décide. »
Elles débordaient de suggestions pour lui. Je finis par donner mon accord pour des spaghettis et des haricots verts en boîte, le repas classique à quatre instruments : ouvre-boîte, micro-ondes, poubelle, lave-vaisselle. Jeff rentra chez ses parents dont l'appartement était dans le même complexe, puis le reste d'entre nous, moi incluse, fit ses devoirs autour de la table de la cuisine. Je me réveillai, après m'être assoupie, avec Julia debout à côté de moi, essayant de lire le rapport de Donnolly sur lequel je m'étais échinée. Elle posa son doigt sur un mot très long et me regarda avec une curiosité candide.

Je le prononçai, syllabe par syllabe, comme on m'avait appris à le faire :
« Res-pon-sa-ble, dis-je.
— Ça veut dire méchant ? »
Béni soit le contexte.

Quand j'arrivai au bureau le lendemain après avoir dormi dix heures d'affilée, il y avait une pile de fax qui m'attendait. Au-dessus de la pile, il y avait un Post-it de Fred. Avec, écrit dessus, en tout et pour tout : « Hum ».
Il s'agissait d'enquêtes considérées comme « en cours ». En fait, elles étaient toutes en attente, bien que personne ne le reconnaisse officiellement. L'une d'elles remontait à plus de trois ans. Après un tel

délai, une enquête de cette nature était à peu près insoluble, sauf si des preuves capitales surgissaient de nulle part. Les témoins déménagent, leurs souvenirs du crime s'estompent. Aucune de ces disparitions n'était particulièrement horrible, du moins à première vue. *La voiture s'est arrêtée et le garçon est monté dedans. Et ensuite, ce jour-là, je ne les ai plus revus, ni le garçon ni l'intime en question.*

Toutes ces affaires étaient restées dans l'impasse, sauf une, ce qui me surprit. Le cas avait été « résolu ». Un garçon de 12 ans avait été enlevé, apparemment par l'ami de sa mère, un certain Jesse Garamond, qui avait déjà été condamné pour attentat à la pudeur sur mineur. Le corps du garçon disparu ne fut jamais retrouvé, mais Garamond fut quand même jugé pour le crime, et condamné sur le seul témoignage d'un curé d'une cinquantaine d'années, qui avait prétendu avoir vu l'homme et le garçon ensemble, une heure environ avant que la mère appelle la police pour déclarer sa « disparition », alors qu'il était en retard pour rentrer.

Le crime avait été commis en violation de la liberté conditionnelle de Garamond, et il était retourné immédiatement en prison pour effectuer le reste de sa condamnation initiale. La nouvelle étant venue s'ajouter à la première, il n'aurait plus de dents au moment de sortir.

Cette enquête attira mon attention pour deux raisons : premièrement, parce qu'il est très rare d'obtenir une condamnation en l'absence de corps, et deuxièmement, parce que c'était Spence Frazee qui avait interrogé ce type.

Je fus plutôt surprise de trouver Spence à son bureau, car il déteste y rester. Nous ne sommes pas au bord d'un lac, et les cannes à pêche ne sont pas autorisées. Quand il est obligé de travailler dans son box, il ne tient pas en place, devient irascible, et personne ne peut l'approcher. Sinon, c'est un type très sympa. Si la différence de salaire n'était pas si importante, je crois qu'il serait encore dans la rue. Nous gagnons tous beaucoup mieux notre vie derrière un bureau qu'au volant d'une voiture de patrouille, et nous entrons beaucoup moins en contact avec les ordures en tout genre qu'en étant dans la rue. Cela finit par compter, surtout quand on a des enfants. Avant, j'avais toujours l'impression que je devais m'épouiller avant de rentrer chez moi pour ne rien contaminer.

Je posai le fax devant lui.

« C'est quoi ça ? demanda-t-il.

— L'enquête Garamond.

— Ah, dit-il.

— Eh bien... »

Spence s'était occupé de Jesse Garamond comme un pro. Il avait réussi à gagner sa confiance, lui avait redonné un véritable sens de ses responsabilités, tout ce que nous sommes formés à faire avec un suspect pour l'amener à parler librement. Quand il en eut terminé, ce Garamond lui dit qu'il aurait bien aimé se confesser et avouer à Spence qu'il avait enlevé le fils de son amie et l'avait tué.

« Le problème, avait-il ajouté, c'est que je n'y suis pour rien. Si je pouvais vraiment vous dire que j'ai commis ce crime, je le dirais. Mais je ne l'ai pas commis. »

Évidemment, ils disent tous ça. Mais Garamond ne s'est pas arrêté là, et il a donné des arguments pour le croire.

« J'écoperai pour le premier, pardon pour l'expression. Celui pour lequel on m'a envoyé en prison. Mais je n'ai pas commis celui-là. Il y a un cinglé quelque part dans la nature que vous n'aurez pas parce que vous voulez que ce soit moi, et vous allez tout faire pour que ce soit moi. Alors un autre gosse va souffrir parce que vous n'avez pas le bon type. »

Il n'avait pas d'alibi, car, au moment où l'enlèvement avait probablement eu lieu, il trompait son amie – la mère du gosse disparu – avec la femme de son frère.

« Qu'est-ce que vous voulez que je fasse ? J'aime mon frère. Je ne veux pas que ses enfants souffrent à cause de tout ça. Il risquerait de la quitter s'il savait que je me l'envoyais. Je ne veux pas être responsable de ça. Pas question. Je préfère aller en prison. »

Le code d'honneur des voleurs. Ou ce qui s'en rapproche, celui des amants adultères, peut-être. Mais, encore une fois, c'était une histoire qui avait beaucoup servi : *J'ai un alibi formidable, mais je ne peux pas en faire état parce que quelqu'un risque d'en souffrir ou d'être compromis*. Ça ne tenait pas longtemps. Généralement, ça nous fait bâiller et rigoler quand on l'entend.

Mais Spence ne riait pas.

« Je ne sais pas, Lany, quelque chose ne colle pas là-dedans. Je n'imagine pas ce type impliqué dans ce crime. Ce n'est pas son style. C'est un sale type, mais pas ce genre de cinglé. »

En lui promettant de garder le secret, Spence obtint de la femme du frère de corroborer l'histoire. Mais elle refusa de témoigner pour son beau-frère, pas plus qu'elle ne nous autorisera à parler à son mari. Quand on parle de loyauté fraternelle.

Spence me tendit les documents.

« Allons prendre l'air », dit-il.

La prison du comté de Los Angeles se trouve à Lancaster, à une heure et demie environ à travers les premières montagnes. Quelque quatre-vingt-dix kilomètres, avec la moitié du temps du parcours pour les quinze premiers. La deuxième partie du voyage est assez pittoresque, mais, auparavant, il faut traverser une forêt de panneaux publicitaires. J'ai parfois l'impression que Los Angeles est un musée de panneaux publicitaires avec des expositions qui changent fréquemment. Quand on finit par s'habituer au dernier panneau de mauvais goût, un autre le remplace.

Spence conduisait une voiture de police banalisée. J'étais assise devant. La radio de la police était allumée et j'essayais d'entendre ce qui se disait, malgré le bruit du ventilateur de l'air conditionné. J'étais totalement captivée par la retransmission grésillante lorsqu'un nouveau panneau attira mon regard. Sur un fond noir, se détachait une dague en argent au pommeau incrusté de pierres précieuses. Tout autour, écrit en écriture gothique, on lisait : ICI, ON MANGE LES PETITS ENFANTS. Une sorte de liquide rouge – probablement quelques litres de faux sang – tombait goutte à goutte des lettres.

« Regarde-moi ça, dis-je à Spence. Merde alors. Maintenant, on fait des effets spéciaux sur les panneaux publicitaires. »

Spence jeta un œil de derrière son volant.

« Ah, oui. J'ai vu ça l'autre jour. Il ne nous manquait plus que ça, encore un film bizarre pour donner des idées à des malades afin d'occuper leur temps. »

À mon corps défendant, je dois reconnaître que ce genre de spectacle me fascine toujours. Il fut un temps, avant que ce soit la mode de reproduire dans la réalité des crimes inspirés de certains de ces films, j'étais plutôt fan des films d'horreur. Qui sait pourquoi, j'adorais avoir peur. Je suivis longuement le panneau des yeux, profitant de la circulation ralentie de l'après-midi. J'en avais froid dans le dos.

« Le liquide rouge doit sortir d'un tuyau et tomber dans une goulotte, là où sont installées les lampes. Il doit aussi y avoir une sorte de pompe qui le fait remonter pour qu'il puisse de nouveau dégouliner. »

Spence secoua la tête et soupira.

Nous dûmes laisser nos pistolets au gardien à la porte de la prison ; je n'aime vraiment pas ça, surtout quand j'entre dans un endroit rempli de criminels. Cette arme pèse une tonne sur ma hanche, mais elle procure un certain confort, surtout quand une main passe à travers les barreaux et vous saisit au cou.

Garamond nous attendait dans un box au parloir, et non dans une de ces cages de haute sécurité divisées par une paroi en verre où le contact se fait seulement par téléphone.

« Il se comporte sûrement bien, dis-je tout bas.

— Autant se rendre le séjour agréable », souffla Spence.

Jesse Garamond portait la salopette orange vif familière, si rare dans le monde extérieur où personne ne voudrait être vu avec. Il avait quelques tatouages de plus que la dernière fois que je l'avais vu, le jour où il avait été condamné et qu'on le sortait du tribunal. Ses cheveux fins qui se raréfiaient étaient rassemblés en queue-de-cheval, et il portait un anneau de bonne taille à une oreille. Je me demandais pourquoi on ne la lui avait pas arrachée. Sa moustache recouvrait presque entièrement sa bouche.

Il accueillit Spence avec un grand sourire.

« Mec, tu fais presque partie de la famille maintenant.

— Comment ça va, Jesse ?

— Ça va, y a pas à se plaindre. En général, on me laisse tranquille parce que je ne me mêle pas des affaires des autres. J'écris un roman, tu comprends, et j'ai besoin de calme. Les autres types ne veulent pas que j'écrive du mal d'eux, alors ils me foutent la paix. »

Spence grogna.

« Voilà qui est intéressant. »

Jesse n'était pas dupe.

« Que me vaut cette visite inattendue, non que ça m'ennuie d'avoir de la compagnie, surtout que tu as eu la bonne idée de venir avec une dame agréable à regarder...

— L'inspecteur Dunbar travaille sur une enquête similaire à la tienne, et elle veut te poser quelques questions, dit Spence.

— Ah oui ? dit-il. On me soupçonne ? Dans ce cas, il me faut mon avocat. »

Il se mit à rire en voyant notre réaction. Une dent en or scintillait d'un côté de sa bouche. Il m'examina de haut en bas avec un regard lubrique ; c'était désagréable et assez déplacé. Puis il prit un air glacial.

« Mon cul qu'elle travaille sur une enquête similaire. Tout ce que tu veux, c'est que je te dise que je me suis fait le gosse pour que tu puisses mieux dormir. Écoute, mec. Ne perds pas ton temps et l'argent du contribuable. Je ne l'ai pas fait. Je te l'ai dit cent fois. Et je vais te le redire. T'es bien assis, alors voilà : je n'ai pas tué le gosse. Je me suis tapé le premier, mais je ne suis pas un tueur d'enfant. Combien de fois faut-il te le répéter ? Tu devrais avoir honte de te cacher derrière un jupon avec ce genre de conneries. À présent, bouge-toi le cul d'ici et trouve le mec qui l'a fait, compris ? Sois productif. Mérite mon respect.

— Monsieur Garamond, interrompis-je.

— Tu peux m'appeler Jesse, ma jolie. Et ne perds pas ton temps à me poser des questions sur ces autres enquêtes. J'étais bouclé ici, pas vrai ? Je n'ai rien pu faire. Et je n'ai rien entendu, non plus.

— Monsieur Garamond, répétai-je, je sais que vous avez déjà parlé abondamment de votre affaire à l'inspecteur Frazee, mais laissez-moi seulement vous poser la question une dernière fois. Auriez-vous omis de lui dire quelque chose à ce moment-là ? Je sais que vous avez passé un mauvais quart d'heure. Un stress pareil peut vous faire oublier.

— J'ai rien oublié. J'ai raconté à M. l'inspecteur ici présent tout ce que je savais. J'étais avec la femme de mon frère. Elle vous l'a dit. À présent, je suis en taule pour quelque chose que je n'ai pas fait parce que je ne voulais pas causer de problèmes entre mon frère et sa femme.

— C'est tout à votre honneur, dis-je. Mais il devait déjà y avoir des problèmes entre eux si vous couchiez avec elle.

— Non, dit-il. Je l'ai sautée plusieurs fois pour lui rendre service quand mon frère devait s'absenter plusieurs semaines pour cette connerie de période militaire. Je ne sais pas pourquoi, il laissait sa bonne femme et ses gosses seuls. Elle s'ennuyait, c'est tout. Je m'en occupais à sa place.

— C'est très fraternel de votre part.

— Ouais. Rien que pour ça, ils devraient me laisser sortir plus tôt.

— Tu as l'air de bien te débrouiller ici, dit Spence. La dernière fois que je suis venu, tu étais dans une cage.

— Ce n'est pas ce que tu penses », dit-il.

Il jeta un regard furtif autour pour voir si aucun prisonnier n'était susceptible de l'entendre.

« J'ai dit aux types ici qu'on m'avait renvoyé au trou parce que je n'avais pas respecté ma liberté conditionnelle. La plupart de ces types n'ont pas la moindre idée de ce qui se passe dehors. Et puis un type arrive pour cause de détournement de fonds. Le genre à lire les journaux. La plupart des mecs ici utilisaient les journaux pour ramasser les merdes de leurs chiens. Mais celui-là les lit. Il se rappelait m'avoir vu dans les journaux. Il a commencé à tout raconter sur ma condamnation.

— Et alors ? dis-je. Vous êtes innocent, non ? »
Il ricana.

« Ma petite dame, c'est ce qu'ils disent tous ici, vous le savez bien. Sauf que, dans mon cas, c'est la vérité. Le problème, c'est que les gars commencent à me prendre pour quelqu'un que je ne suis pas. Ma première condamnation était pour avoir couché avec une fille de 13 ans. Ils ont tous fait ça, mais ils ne se sont pas fait pincer. À présent, ils pensent que j'ai zigouillé un garçon. Vous savez ce qu'on fait ici à ce genre de type ? »

J'en avais eu des échos.

« Pardonnez mon langage, ma mère ne m'a pas élevé pour parler comme ça devant des dames. Mais vous devez le savoir, pour comprendre ma position ici : ils font de la saucisse avec ta bite et te la font manger ensuite. »

Spence croisait et décroisait les jambes. Ce genre d'interrogatoire ne nous menait nulle part. Je me levai.

« Eh bien, monsieur Garamond, j'apprécie votre franchise, et je vous remercie d'avoir bien voulu nous voir. Même si ça n'a rien donné.

— Pas de problème, dit-il. Vous, en tout cas, vous pouvez revenir quand vous voulez. N'importe quand. »

Nous parcourûmes les interminables couloirs menant du parloir jusqu'à l'entrée principale sans dire grand-chose. Les lieux étaient bien éclairés et les murs d'un blanc cassé, le tout simple et propre. Les barreaux en acier brossé rappelaient les mains courantes d'un hôpital moderne. Mais il ne fallait pas se faire d'illusion : c'était un donjon, ni plus ni moins. La lumière du jour n'y pénétrait pas, et si quelqu'un avait décidé que nous ne sortirions *pas*, nous ne pourrions pas sortir.

Dès que nous eûmes repris nos pistolets, Spence se redressa, heureux d'avoir retrouvé la capacité de tirer sur quiconque voudrait transformer la moindre partie de son corps en saucisse. Quant à moi, je fus soulagée de retrouver le jour en sortant par le portail principal afin d'aller retrouver notre voiture.

« Quelle perte de temps, finit par dire Spence.

— Pas du tout. Maintenant, je crois que Garamond dit la vérité. Malheureusement, ça signifie que j'ai probablement une autre enquête sur les bras à présent. Avec un innocent – peut-être pas innocent, mais sûrement pas coupable – qui pourrit dans cette prison. Ce n'est pas juste. Un de ces jours, il va falloir qu'on y remédie.

— Tu ne peux encore rien dire, Lany, ce type a été condamné par un jury composé de ses pairs. Et le procureur est au courant de tout, la belle-sœur, tous les détails. Je n'ai pas caché mes sentiments sur tout ça, mais personne n'a fait quoi que ce soit pour remettre en cause l'issue du procès.

— Dans ce cas, il faudra que nous fassions davantage de bruit autour. Ce n'est pas juste, Spence.

— Je le sais. Mais ce serait suicidaire pour notre

carrière à tous les deux de remuer quoi que ce soit maintenant. Tu sais comme moi qu'il a été condamné pour le crime qui l'a envoyé en prison la première fois, et il n'aurait jamais dû se trouver en liberté quand le garçon a été enlevé. Ne crois pas non plus qu'il n'ait pas agressé cette fille. La seule raison pour laquelle il n'a pas été condamné pour viol est qu'il a plaidé coupable pour détournement de mineur. Quand tu trouveras le vrai coupable, tout rentrera dans l'ordre.

— *Si* je trouve le vrai coupable.

— Tu le trouveras, Lany. Comme tu l'as dit, tu as pour toi cette fameuse intuition féminine. Ça se voit sur ton visage. Mais d'ici là, il ne faut pas toucher à ça. Il n'y a pas la moindre preuve pour réfuter le témoignage oculaire, sauf s'il balance la belle-sœur. Nous n'avons rien. »

Hélas, il avait raison et je le savais. J'avais maintenant une nouvelle enquête, une enquête perturbante, difficile, avec un dossier pratiquement vide.

9

Je gâchais une journée parfaite en ressassant les terribles événements qui m'étaient arrivés tant d'années auparavant. À ma décharge, il faut dire que, après mes dernières découvertes, la douleur de la perte de mon fils s'était ravivée. Passées deux décennies, cela n'aurait peut-être pas dû être le cas, mais ce l'était pourtant.

Le soleil, haut dans le ciel, brillait sur le château, la cour et les alentours, mais je ne ressentais pas sa chaleur. Les fleurs dans le jardin témoignaient leur satisfaction en diffusant dans l'air de grandes vagues de parfum. J'étais assise entre une pivoine et une rose sur un banc dont le socle en marbre sculpté comportait des angelots qui levaient leurs petits bras grassouillets pour soutenir le siège de bois destiné à accueillir les gens fatigués malgré la dureté de ses planches. Quelques boutons de roses jaunes venaient de s'ouvrir, comme si elles avaient reçu un signal de leurs cousines orientales qui commençaient à se faner pour prendre le relais et continuer à séduire insectes et passants. Sur mes genoux reposait un ancien surplis, encore utilisable, celui-là même dont la réparation m'avait servi d'excuse pour aller à Machecoul chercher des fournitures que j'avais omis d'acheter. Dieu soit loué, je trouvai les fils nécessaires au fond de mon panier et ne fus donc pas empêchée de mener à bien ma tâche. Mais j'avais du mal à couler mes propres points dans ceux, maladroits, de celle qui m'avait précédée.

En ce jour, où j'aurais dû profiter de la douceur de l'air et apprécier mon plaisant travail (au lieu de me livrer à celui, tant détesté, de la comptabilisation des dépenses), je n'avais dans mon cœur et dans ma tête autre chose que le triste passé, en particulier mon fils Michel, et ce qui aurait pu arriver si on ne me l'avait pas enlevé. Une autre lettre était arrivée d'Avignon, de la part de son frère, ou, tout au moins, c'était ce que m'avait dit un messager ce matin ; mon désespoir était si profond que je n'avais même pas envie de la lire.

Les lettres de Michel auraient été bien différentes de celles que je recevais de son frère, surtout par leur fréquence. Celles de Michel auraient été, au mieux, sporadiques, contrairement à celles de Jean qui étaient encore plus prévisibles que mes menstrues d'antan. Mais si Michel avait survécu jusqu'à atteindre l'âge adulte, Jean n'aurait peut-être pas été aussi assidu pour compenser, par des missives fréquentes, l'absence de son frère. Qui peut dire ce qu'il aurait fait dans des circonstances normales ? Je me suis souvent demandé ce qu'auraient été les lettres de mon fils cadet. Elles auraient été probablement pleines de joie et de l'ironie qui caractérisait son comportement de tous les jours. Il y aurait eu beaucoup de bonnes nouvelles et peu de tristes, pour compenser mes soucis d'avoir un fils qui gagnait sa vie à faire la guerre. Toutes les mères de fils nés pour la selle et l'épée se font de tels soucis, mais, évidemment, le seul qui m'importerait serait le mien. Ses parchemins couverts de suie arriveraient en lambeaux, en provenance d'un champ de bataille ou bien d'un avant-poste auquel il aurait été envoyé par son maître et seigneur, quel qu'il ait été.

Aurait-il servi Gilles de Rais, son camarade de jeux d'enfance ? Peut-être, mais je ne le crois pas. J'ai toujours pensé que leurs personnalités divergentes leur auraient fait prendre des chemins différents. Michel était profondément bon, alors que monseigneur Gilles n'avait jamais connu sa propre valeur qui lui avait été arrachée par les châtiments de son grand-père, cet homme brutal.

Juste avant la disparition de Michel, j'avais remarqué que monseigneur était souvent perdu dans ses pensées. À cette époque-là, il avait pris l'habitude de rester seul le plus souvent possible, bien que ses cousins flagorneurs, Sille et Briqueville, essayassent toujours de s'accrocher à lui. Quand mon jeune maître semblait être absorbé dans une de ses rêveries moroses, je lui demandais à quoi il pensait, mais il arrivait à l'âge où il me rejetterait, moi, sa vieille nourrice, tout comme un serpent qui fait sa mue et se débarrasse de la peau devenue trop étroite. Généralement il m'ignorait, mais quand il répondait, il prétendait souvent être plongé dans ses visions personnelles, pourtant, il ne me révéla presque jamais ce que ces visions pouvaient être.

Tant de fois je lui répondis « Ah », comme si je le comprenais, ce qui n'était pas le cas.

Michel voulut distraire monseigneur de sa peine, après que son père et sa mère eurent disparu pour l'éternité. Il lui proposait des activités tentantes comme la chasse ou le maniement de l'épée. Mais ses propositions sincères étaient généralement ignorées : *Pourquoi t'amuses-tu à faire des tours de prestidigitation, frère, alors que le soleil brille si fort ? Viens, partons à cheval effrayer quelques renards avec le bruit de nos épées.* C'est probablement normal quand on a été abandonné par quelqu'un d'aussi proche et aimé – pour monseigneur, ce fut deux personnes en même temps. On aimerait un peu de solitude pour réfléchir à l'essence de la mort et de la vie entre autres choses, ou tout ce qui peut frapper l'imagination de quelqu'un de triste. Cela, je le sais autant que quiconque.

Quand son principal compagnon était d'humeur noire et ne voulait pas être dérangé, Michel était obligé de s'amuser seul. Alors il lisait, ou se battait à l'épée contre son ombre, ou faisait des combats martiaux avec son père, si Étienne se trouvait dans le château et n'était pas occupé à autre chose. Il y eut de nombreux moments d'incertitude après le décès de monseigneur Guy, car Jean de Craon était occupé à assurer le patrimoine de sa fille. Il était farouchement déterminé à ce que les domaines ne forment qu'une seule entité, ce que personne ne lui reprochait. Nous comprenions tous que ce père veillait aux intérêts de sa fille, laquelle était complètement paralysée par la mort inattendue de son mari. Dame Marie eut alors l'audace (j'ai entendu un jour Jean de Craon la maudire pour ce désagrément) de mourir à son tour.

Monseigneur Gilles, à l'âge tendre de 11 ans, se retrouva tiraillé entre deux positions contradictoires. Aux yeux du monde, il était devenu le maître incontestable d'un immense royaume, dans lequel on satisfaisait le moindre de ses caprices. Et pendant tout ce temps, il n'était qu'une marionnette entre les mains de son ignoble grand-père. C'est à cette période que se produisit la rupture entre lui et Michel. Avant, leur différence de rang ne comptait pas, ils étaient comme deux frères. Mais je suppose que tout change avec le temps : certains s'élèvent dans la société, d'autres descendent, selon le bon vouloir de dame fortune. Ceux qu'on aime vont et viennent ; ceux qui partent envoient des lettres s'ils en ont les moyens et le savoir pour le faire.

Des lettres de Michel... si Dieu ne m'en accordait qu'une seule, et si, entre les lignes, je trouvais une explication plausible à ce qui lui est arrivé, je m'engagerais à vivre le restant de mes jours sans péché pour rembourser. À quoi ressemblerait son écriture d'adulte ? Lorsqu'il était enfant, il avait une écriture décousue et pleine de vivacité. Je connaissais les inscriptions ordonnées de Jean ; si vous mettiez devant moi une pile de mille parchemins, je parierais mon âme que je pourrais trouver celui qu'il avait écrit. Les lignes de prose qui coulaient sur la page de gauche à droite avaient la même perfection rectiligne que l'horizon de la mer. Je ne sais pas si celles de Michel auraient progressé de la même manière ordonnée que celles de Jean ; c'était un enfant plus chahuteur que Jean au même âge, destiné à se battre, comme son père, contrairement à l'ordre de naissance dicté par l'Église : l'Église pour lui et la bataille pour Jean. À mon avis, on ne peut pas forcer un enfant à être ce qu'il ne peut pas être, bien que cela soit une pratique courante. Mais l'époque est moderne, et nous laissons dans l'ensemble nos fils décider pour eux-mêmes. Michel n'était pas destiné à entrer dans les ordres, et s'il avait pris l'épée, Jean serait certainement mort au cours de sa première bataille. Si Michel était réellement mort, et si l'on peut vraiment parler d'une mort correcte, j'aurais voulu qu'il puisse mourir comme un guerrier, ce qui aurait dû être.

Plongée dans mes sombres réflexions, j'entendis appeler mon nom, ou, plus précisément, mon titre. « Mère », prononça timidement un jeune prêtre que j'avais vu dans l'abbaye, mais que je ne connaissais pas. Il me fit sursauter, et tous mes fils de broderie tombèrent par terre. Le jeune homme se confondit en excuses et dit qu'il ne m'aurait dérangée pour rien au monde si ce n'avait été à la demande de Son Éminence. Je mis quelques instants à recouvrer mes esprits après avoir ramassé tous les fils. Affreusement gêné, il attendait patiemment. J'aurais préféré qu'il me laisse seule – j'aurais trouvé mon chemin jusqu'à Jean de Malestroit aussi facilement que s'il avait semé des miettes pour m'indiquer le chemin.

De quoi aurait-il besoin aujourd'hui ? L'heure me donna une indication (avant le déjeuner, il était occupé par les affaires d'État) autant que l'expression de son visage lorsque j'entrai dans son repaire sacré. Jean de Malestroit me tendit tout d'abord la lettre qui était arrivée d'Avignon à mon intention. J'acquiesçai pour le remercier et serrai la lettre entre mes mains pour m'en imprégner, mais, au lieu de m'éclipser aussitôt pour briser le sceau et dévorer les mots comme je l'aurais fait d'habitude, je l'enfouis dans ma manche et attendis que l'évêque me donne la raison pour laquelle il m'avait fait venir toutes affaires cessantes. Il était nerveux lorsque j'arrivai ; il faisait les cent pas dans sa chambre et ne semblait pas pouvoir mettre de l'ordre dans ses pensées.

« Éminence, dis-je, comment avez-vous réussi à devenir un homme d'État, je ne le comprendrai jamais. »

Il s'assit brusquement dans sa chaise à haut dossier, et inspira profondément pour se calmer.

« Ah, Guillemette, parfois je ne le comprends pas non plus. Je préfère de loin la mitre au chapeau de diplomate. » Il sourit avec philosophie et haussa les épaules.

« Il faut aussi dire qu'aucun homme n'a jamais porté deux chapeaux en même temps avec aisance et grâce. Cela demanderait d'avoir deux têtes. Je me trouve souvent déchiré entre l'obligation de décevoir Dieu ou le duc Jean, alors que ni l'un ni l'autre n'aime particulièrement être déçu. »

Mais je l'avais vu passer d'un chapeau à l'autre avec une facilité déconcertante. Je n'aurais pas été surprise de découvrir que Jean de Malestroit avait une tête de rechange pour son autre chapeau, cachée dans un endroit où personne ne penserait la chercher. J'imaginai tomber par hasard sur la sinistre chose dans une armoire avec des gonds qui grincent. J'ouvrirais la porte pour chercher une chandelle ou un fil ou une pierre à aiguiser, et la tête serait là, me regardant avec son unique sourcil, et me rappelant aussitôt que je devais remédier au grincement des gonds dès que possible.

À moins que sœur Élène ne puisse s'en occuper... dirait la tête avec un sourire méchant.

Le porteur de chapeau du moment me fit bientôt revenir à la réalité.

« J'ai quelque chose à vous dire.

— À vous entendre, dis-je après un instant, vous devez penser que ça ne me plaira pas.

— Je ne peux pas prédire votre réaction... sinon que vous en aurez certainement une.

— Parlez, dis-je. Ne me taquinez pas.

— Très bien. Vous ne serez plus autorisée à poursuivre vos recherches sur les disparitions d'enfants. »

En guise de réaction, je sentis mon estomac se nouer. Mon âne resterait dans l'étable. Je ne m'aventurerais plus au-dehors mais resterais dans l'abbaye pour reprendre mes devoirs au lieu de les laisser à sœur Élène, ce qui, je dois l'admettre, m'avait apporté un certain soulagement. Néanmoins, j'étais très déçue. Ma voix monta d'un ton quand je voulus protester.

« Éminence, vous m'avez accordé ce privilège pour de bonnes raisons. Je suis particulièrement peinée par votre revirement si rapide. »

Il se leva et me fit un grand sourire.

« Il y a une explication valable. Le duc Jean a diligenté une enquête beaucoup plus importante, et il a désigné quelqu'un pour la superviser. »

Une nouvelle fois, il m'avait surprise.

« Mais c'est merveilleux, dis-je, ravie. Qui a été nommé ? »

Il hésita le temps d'une respiration.

« Le duc a nommé quelqu'un dont il pense qu'il sera un enquêteur habile. »

En raison de mon précédent emploi, je connaissais de nombreux hommes qui pourraient être à la hauteur d'une telle tâche ; peut-être pourrais-je exercer une influence quelconque sur le travail.

« *Qui ?* insistai-je.

— Restons-en là pour le moment. J'ai encore beaucoup à faire aujourd'hui. Je voulais simplement vous faire savoir que vous n'aurez pas besoin de vous préparer pour un autre voyage. Nous en parlerons demain et continuerons à conspirer.

— Éminence, vous êtes cruel. Vous me condamnez à me perdre en conjectures pour le reste de la journée et à passer ensuite une nuit agitée sans sommeil. »

Il commençait à s'énerver.

« Ma sœur, vous êtes une épine dans la rose de ma vie. »

J'étais tout aussi agacée, mais à juste titre.

« Pardonnez-moi, mon cher frère, mais que serait une rose sans épines !

— En effet, que serait-ce... eh bien, on pourrait décrire cela comme l'exemple même de la perfection.

— Mais hélas, comme ce serait insipide et dépourvu de toute inspiration.

— Parfois, un peu moins d'inspiration pourrait être plaisant.

— L'inspiration ne doit jamais être oubliée, Éminence. Ce serait un péché grave de le faire, aussi digne de votre colère qu'un autre péché.

— Oui... eh bien... peut-être. » Puis il ajouta, l'air préoccupé :

« Vous n'allez vraiment pas dormir ?

— Pas une seule seconde. »

Il soupira.

« Je ne voudrais pas en être la cause. Très bien. Mais vous devez me jurer de ne rien dire.

— Je le jure.

— Le duc Jean m'a nommé *moi* pour poursuivre l'enquête. »

Son caractère difficile, sa rigueur moralisatrice, son entêtement, l'attitude distante qu'il affichait si souvent pour tenir les autres à l'écart, ne manqueraient pas d'affecter les découvertes.

D'un autre côté, mon influence était assurée.

En fin de compte, je remis entre les mains habiles de sœur Élène la tâche de superviser l'enlèvement de la boue séchée sur le sol en pierre du sanctuaire ; la femme m'en parut sincèrement reconnaissante, ce qui dépassait l'entendement. Cette boue marron était pleine de petits morceaux d'excrément qui souillaient le sol partout, venant des chevaux, du bétail et des chèvres qui erraient en permanence à travers les rues du village. Je cédais volontiers cette tâche à quelqu'un d'autre. Les novices ramasseraient les ordures séchées sous sa direction et les déposeraient dans le jardin, où elles seraient répandues sous l'œil vigilant de frère Demien ; celui-ci, entre-temps, n'aurait cessé de remercier Dieu pour Sa grande générosité et l'abondance de *merde* qu'Il voulait bien lui confier. Nous ne perdions jamais rien, par crainte de déplaire à notre créateur.

J'étais de nouveau convoquée par Jean de Malestroit, au moment même où les jeunes sœurs quittaient le sanctuaire avec leurs cuvettes et leurs balais.

« Je suis prêt à commencer, me dit-il lorsque j'arrivai.

— Déjà ?

— Comme vous le savez, ma sœur, je ne compte pas mes heures. Ni les vôtres, si j'ose dire. Je voudrais maintenant que vous me répétiez les histoires qui vous ont été relatées à Bourgneuf, avec le plus de détails possible, dit-il. Cela m'aidera à déterminer le chemin à prendre. »

Les ombres se raccourciraient puis s'allongeraient de nouveau, avant que nous en ayons fini. On ne pouvait pas prévoir combien de jours cela prendrait.

Trois ans auparavant, une femme du nom de Catherine Thierry avait confié son frère à un Parisien transplanté, un certain Henriet Griart, afin que l'enfant puisse être admis à la chapelle de Machecoul. D'après sa sœur, on ne revit plus jamais le garçon, pas plus qu'il ne devint membre de la chapelle, sans qu'aucune explication lui fût donnée quant à ce qui aurait pu lui arriver.

Puis il y eut Guillaume, le fils au visage d'ange de Guibelet Delit, qui aidait le chef du seigneur de Rais à rôtir sa viande. Le maître chef lui-même,

Jean du Château de Briand, avait dit à la mère de l'enfant que ce n'était pas une bonne idée de le laisser là, car des petits enfants étaient enlevés et tués dans la région autour de Nantes. La mère se plaignit ultérieurement à la femme du chef que deux hommes étaient venus la voir, peu après ses premières réclamations, et l'avaient admonestée, lui disant qu'il valait mieux ne pas se plaindre, que cela ne lui apporterait rien, ni à elle ni à son fils.

Le fils de Jean Jenvret était un écolier de 9 ans qui s'amusait souvent aux alentours de l'Hôtel de la Suze à Nantes. Sa famille vivait dans la paroisse de Sainte-Croix à Nantes, mais avait des parents proches à Bourgneuf. Deux ans auparavant, m'avait dit sa sœur, huit jours avant la fête de la Saint-Jean-Baptiste, l'enfant Jenvret s'était évanoui dans la nature sans mot dire.

Et dans la paroisse Notre-Dame à Nantes, le fils de Jeanne Degrepie disparut aux environs de la Saint-Jean, quelques jours seulement après la disparition de Sainte-Croix. Sa mère parle d'une femme nommée Perrine Martin, qu'on aurait vue emmener l'enfant, et qu'on aurait de nouveau aperçue avec lui sur la route de Machecoul. Personne ne sait pourquoi cette Perrine aurait emmené l'enfant à Machecoul.

Un écolier de la paroisse de Saint-Donatien près de Nantes, un bel enfant de la famille Fougère, s'est envolé il y a deux ans à peine, au mois d'août. Aucune trace de lui n'a jamais été retrouvée, et personne ne l'a vu.

Et au cours du mois de septembre suivant, à

Roche-Bernard, le fils de 10 ans de Perrone Loessart fut confié à un homme avec un drôle de nom – Poitou – qui promit à sa mère que son fils doué pour l'étude continuerait à aller à l'école. Plus tard, ce garçon fut aperçu en compagnie de ce Poitou sur la route de Machecoul, tout comme le fils de Jean Jenvret avec la femme Perrine.

Un monsieur de Port-Launay évoque une famille qu'il connaît, appelée Bernard, dont le fils se mit un jour en route pour Machecoul, en compagnie d'un autre garçon du même âge, tous deux allant chercher l'aumône, car là-bas, disait-on, régnait une grande générosité. L'espoir de recevoir la charité devait être très fort pour pousser deux enfants de 12 ans à faire un tel voyage : il faut franchir la Loire à Nantes et continuer encore pendant de nombreux kilomètres. Le garçon avec qui il avait voyagé l'avait attendu à l'endroit convenu, mais, au bout de trois heures, il avait été obligé de rentrer seul à Port-Launay. C'est ce que prétend la mère de l'enfant disparu, qui dit s'être plainte amèrement de la disparition de son fils à un prêtre et à un juge.

À Saint-Cyr-en-Rais, un village avoisinant Bourgneuf, le fils de Micheau et de Guillemette Bouer s'en alla mendier à Machecoul, le premier dimanche après Pâques de l'année dernière. Ne le voyant pas revenir, le père s'enquit aussitôt à plusieurs endroits pour savoir où était son fils, ayant entendu dire que d'autres enfants avaient disparu, et craignant qu'un sort similaire ne soit arrivé à son propre fils. Mais le jour suivant, un homme grand, habillé tout en noir, rendit visite à la mère angoissée pendant que le père était sorti pour poursuivre ses recherches. Elle ne connaissait pas l'homme, mais quand il lui demanda où étaient ses enfants, elle lui répondit qu'ils étaient allés à Machecoul pour mendier. Sur ce, l'étranger s'en alla pour ne plus jamais réapparaître.

Ysabeau Hamelin, qui avait vécu un an dans la commune de Fresnay, après avoir déménagé l'année précédente de Pouance, envoya deux de ses fils, âgés de 15 et 7 ans, à Machecoul avec de l'argent pour acheter du pain. Quand elle ne les vit pas revenir, elle pensa d'abord qu'on leur avait volé l'argent et qu'ils avaient été laissés pour morts. Mais aucun indice d'agression ne subsistait sur la route lorsque, avec d'autres membres de sa famille, elle se mit à la recherche des enfants. Le jour suivant, deux hommes vinrent la voir en demandant des nouvelles de ses fils. Elle prit peur et ne mentionna pas leur disparition. Alors qu'ils s'apprêtaient à partir, elle entendit l'un dire à l'autre que deux des enfants venaient de cette maison, ce qui lui fit soupçonner qu'ils savaient ce qui était arrivé à ses fils.

Juste avant Noël dernier, Jeannette Drouet, la femme d'Eustache, envoya ses fils de 11 et 7 ans à Machecoul pour chercher l'aumône. Elle dit que plusieurs personnes les avaient vus pendant les quelques jours qui suivirent, mais qu'ils n'étaient plus jamais revenus à la maison, et quand elle et son mari s'y rendirent pour faire des recherches, ils ne purent rien apprendre.

Notre dîner était resté intact devant nous. Une fine tranche d'agneau, pourtant bienvenue après six longues semaines sans viande, demeurait froide et gélatineuse sur le plat. Ni l'un ni l'autre, nous n'aurions pu avaler la moindre bouchée.

« Pas *une seule* de ces disparitions n'a été résolue ? demanda sèchement Son Éminence.

— Non. Aucune n'a pu donner lieu à une conclusion.

— Pas de restes ? De vêtements abandonnés ?

— Rien. »

Il se redressa sur sa chaise à haut dossier, me cachant le coussin superbement brodé que j'admirais tant. Il se tapota les genoux et dit :

« Cela paraît impossible.

— En effet. Ou pour le moins improbable.

— Dans ce cas… dit-il d'un air songeur, nous allons devoir faire en sorte que la vérité soit découverte. À mon avis, le mieux serait que je commence par approfondir mon enquête à Machecoul.

— Oui, Éminence.

— Nous irons là-bas dans trois jours, dit-il d'un ton décidé. »

On ne pouvait pas attendre jusque-là.

« Éminence, d'autres auront disparu si nous attendons.

— Guillemette, j'ai des choses importantes à faire d'abord…

— Des enfants, Éminence, que peut-il y avoir de plus important que les âmes des petits ? »

Il blêmit sous le poids de la culpabilité.

« Très bien. Je remettrai à plus tard mes autres obligations. À demain donc. »

J'acquiesçai. Mon influence était intacte.

Nous nous occupâmes des vêpres comme à l'accoutumée, puis Jean de Malestroit me donna la permission de me retirer. Je me rendis à l'écurie de l'abbaye où je trouvai mon petit âne mâchonnant paisiblement une tige de foin. Sa mâchoire travaillait en cadence, allant d'un côté à l'autre, tandis que la paille jaune diminuait au fur et à mesure, jusqu'à disparaître enfin dans sa grande bouche. Je me baissai pour ramasser quelques nouvelles tiges et les lui tendis. De ses pauvres dents usées, elle les prit avec douceur dans ma main tendue et mâcha pendant que je lui caressais tendrement le cou.

« Vous êtes une bête très compréhensive, mademoiselle », roucoulai-je.

Pourquoi parle-t-on à un animal comme à un enfant ? Elle secoua la tête pour se débarrasser d'une mouche qui l'agaçait et m'arrosa de quelques gouttes de crachat. J'essuyai mon visage avec ma manche.

« Et exubérante avec ça, ajoutai-je. Mais ça m'est égal. Tu vas m'écouter sans te plaindre, comme peu de bêtes à deux jambes le feraient. La raison pour laquelle je te rends cette visite, mon petit ami, c'est que je voudrais ton opinion sur un sujet qui me préoccupe. »

Comme si elle me comprenait, elle leva et baissa la tête en signe d'acquiescement.

« Bien. Permets-moi de te demander ceci : pourquoi, chaque fois qu'un de ces enfants disparaît, cela se produit toujours dans le royaume du seigneur de Rais ? Et pourquoi, chaque fois, ses serviteurs sont-ils présents ? »

Elle devint tout à coup nerveuse et se mit à braire.

« C'est exactement mon sentiment », dis-je.

Je posai mon front contre le sien et restai ainsi sans bouger pendant qu'une larme coulait le long de ma joue.

10

Ce fut un de ces moments où je regrettai de ne pas avoir mieux écouté au collège. Pour nous, à l'époque, les statistiques étaient une perte de temps, une de ces choses que nous n'utiliserions jamais, sauf, peut-être, au cours d'une virée à Las Vegas, la ville du péché où les natifs du Minnesota n'iraient pour rien au monde parce qu'elle est réputée pour vous enlever tout ce qu'il y a de sain en vous.

Quelles étaient les chances statistiques dans une ville comme Los Angeles, où les Caucasiens étaient minoritaires, pour que treize garçons disparus soient tous blancs, blonds aux yeux clairs, menus, et avec un visage angélique ?

« À mon avis, nous avons une anomalie sur les bras », dit Fred Vuska.

Je me tus pendant un moment, puis dis :

« Je crois surtout que ce que nous avons sur les bras, Fred, c'est un kidnappeur en série. »

Le bref silence qui s'ensuivit fut lourd de considérations politiques et d'inquiétudes budgétaires. Avec une surveillance accrue de la sécurité dans les transports utilisant la majeure partie du budget consacré aux heures supplémentaires, la pénurie de main-d'œuvre aggravée par un gel de l'emploi, Fred était dans la même impasse qu'à peu près tous les superviseurs municipaux de Los Angeles.

« Ne tirez pas de conclusions hâtives », dit-il enfin.

Sa volte-face ne me surprit pas ; chaque fois qu'on prononçait le mot *série* à propos d'un ensemble de crimes, les dépenses se multipliaient, parfois même exponentiellement. Mais sa réticence était, pour le moins, agaçante.

« Je ne vois pas quoi penser d'autre. Il y a un schéma répétitif évident, un schéma qui crève les yeux, inattendu, surtout ici. Si les rapts étaient faits au hasard, vous auriez parmi eux des gosses hispaniques, afro-américains. Vous l'avez constaté aussi, sinon vous ne m'auriez pas donné les enquêtes de Donnolly. Voilà que, tout à coup, ça n'a plus l'air de vous plaire. »

Un instant, Fred eut l'air troublé. Puis il dit :

« Il ne m'appartient pas de dire que ça me plaît ou que ça me déplaît, Dunbar ; je dois le gérer. Et en ce moment, la gestion est un sacré boulot.

— Je le sais. Mais ce genre de chose n'arrive pas toujours quand ça vous convient.

— Ce n'est jamais le cas. »

Il tapota des doigts sur son bureau, réfléchissant aux différentes alternatives possibles. Celle qu'il choisit n'était pas vraiment à mon goût.

« Vous avez des photos de tous ces enfants ? »

Il voulait faire celui qui était difficile à convaincre.

« Oui, dans les dossiers.

— Regardons-les ensemble. »

Il me faudrait un peu de temps pour m'organiser.
« Laissez-moi une demi-heure.
— Vous pouvez prendre la journée entière. J'ai des choses à faire et ne rentrerai que vers quatre heures et demie.
— Je serai partie à cette heure-là.
— Très bien. Nous le ferons demain. »
Il mit ses lunettes, puis prit quelques documents sur son bureau et fit semblant de les lire. Il m'invitait à partir. Ce que je fis. En m'abstenant de lui cracher le juron que j'avais sur le bout de la langue.

Il m'en coûta encore un déjeuner de ma poche, mais j'étais contente qu'Errol Erkinnen ait pu se libérer pour moi. Je ne l'avais prévenu qu'une heure avant.
Comme ce serait le cas avec n'importe qui, les yeux de Doc s'écarquillèrent quand je lui dis pourquoi j'étais là. Quand on dit *en série*, le jeu prend une tout autre dimension. Sa réaction fut tellement immédiate que je me sentis un peu mal à l'aise. Il était visiblement intrigué, comme Halley, découvrant sa comète ; le grand moment dont on rêve dans une carrière, mais qui n'arrive que très rarement.
« Un kidnappeur en série, inspecteur. *Très* intéressant. Dites-moi ce qui vous fait penser cela.
— Des similarités pour une série de victimes, dans des enquêtes qui n'ont jamais été résolues. Jusqu'à maintenant, aucun lien n'a été établi entre elles, sinon vaguement. Le cas pour lequel je suis venu vous voir l'autre jour – Nathan Leeds – est le plus récent, mais il y en a eu d'autres depuis pas

mal de temps, plusieurs années, à vrai dire. Donc, si je ne me trompe pas, nous avons quelqu'un qui agit depuis longtemps et qui continue d'être une menace. On m'a confié les deux dernières enquêtes de Terry Donnolly parce que Fred Vuska pensait qu'il y avait des similitudes, et quand j'ai diffusé une demande pour des cas répondant à un tel schéma – je laissai tomber une pile de copies de fax sur son bureau –, voilà ce que j'ai reçu. Un paquet d'affaires similaires dans l'impasse venant d'inspecteurs qui ne savent plus quoi en faire. »

Il ramassa la pile comme s'il voulait deviner son poids.

« Combien ?

— Encore dix. En tout treize garçons disparus, tous à peu près du même âge – préadolescent –, tous blancs, tous menus, avec l'air gentil. Un cas a été officiellement résolu, mais l'accusé crie son innocence depuis le premier jour. Il a admis être l'auteur d'un autre crime mais n'admet pas celui-ci. J'aurais tendance à le croire.

— Pourquoi cela ?

— Très honnêtement ? Je ne sais pas. Mais il n'a pas les caractéristiques – ni physiques, ni psychologiques – d'un menteur. Et mon instinct me dit qu'il ne l'est pas.

— Hum. »

Il se leva et se mit à faire les cent pas avec la moitié d'un sandwich dans la main.

« Des ressemblances frappantes entre les victimes – c'est un bon indicateur. »

Sa voix prit un ton ronronnant, comme s'il était en transe, et il se mit à me faire un cours.

« Un schéma de similitude entre les victimes est un phénomène courant. Les choix de Ted Bundy étaient tous très ressemblants, tout au moins pour ceux que l'on connaît... beaucoup de gens pensent qu'il aurait tué au moins deux fois plus de femmes que celles qu'il a admis avoir tuées. On a toujours pensé que ses critères étaient basés sur une jeune femme de Seattle, à laquelle il avait été brièvement fiancé. Elle était jolie, intelligente, d'une famille respectée – une bonne affaire pour un homme comme Bundy. Il est né hors mariage, vous savez.

— Oui, je crois l'avoir lu.

— Toute sa vie n'était qu'une quête désespérée de légitimité. Donc, quand sa fiancée a rompu, il s'effondra. Il confia un jour à une connaissance qu'il pensait que sa famille avait fait pression sur elle. Il n'est pas surprenant que les tueries aient commencé à peu près à cette époque. Elle avait de longs cheveux noirs avec une raie au milieu. »

Comme ce fut le cas pour la plupart de ses victimes.

« Ainsi, il n'arrêtait pas de la tuer.

— Symboliquement, oui.

— Je ne me souviens pas très bien de cette époque. J'étais très jeune, dis-je, mais une de mes tantes m'a raconté que beaucoup de femmes avaient changé de coiffure.

— C'est vrai. J'étais à l'université à ce moment-là et je commençais vraiment à me focaliser sur la psychologie. Comme tout le monde, j'étais fasciné par cette affaire. Le cas Bundy m'a beaucoup influencé, je crois, dans le choix de l'expertise médico-légale. Ce qui effrayait les gens, c'est qu'il n'arrêtait pas de s'évader de prison et de se déplacer – commençant à Seattle, et réapparaissant ensuite au Colorado, puis dans l'Utah, et pour finir en Floride. Il ne servait à rien pour une jeune fille d'être de la Nouvelle-Angleterre pour avoir une garantie de sécurité. »

Il sourit, non sans une certaine tristesse.

« En fait, il n'y a jamais aucune garantie. Parfois, il suffit seulement de se trouver au mauvais endroit au mauvais moment.

— Mais ces gosses ne semblent pas avoir été choisis au hasard, et c'est justement là où je veux en venir.

— Probablement pas. Il est vraisemblable qu'ils ont été *sélectionnés*. Votre suspect – si vous pensez qu'il s'agit d'une seule et même personne, comme cela semble *a priori* le cas – a une raison pour aimer les petits garçons blonds. Ce que vous ne savez pas, *c'est pourquoi.* »

Je fis un geste pour dire : *C'est justement pour ça que je suis là.*

Il sourit.

« Une fixation quelconque, probablement. Faute d'avoir l'original, on prend la copie la plus proche.

— Ça n'a pas vraiment marché pour Bundy, dis-je. Il a recommencé des dizaines de fois.

— La copie, qui ne peut pas être autre chose qu'un substitut, comble rarement le besoin initial qui a engendré la fixation de départ. Il a éprouvé un soulagement temporaire, mais le besoin de légitimité demeurait. Il était obligé de continuer à tuer. C'est pourquoi les intervalles diminuent dans des cas comme ça. Ce qui se passe, avec le temps, c'est que l'acte, quel qu'il soit – assassinat, viol ou enlèvement –, perd de son pouvoir et doit être répété plus fréquemment. Avez-vous établi un tableau de dates pour ces cas ? »

C'est ça, pendant mes heures de loisir.

« Non, pas encore.

— Ce serait ma prochaine tâche, si j'étais vous.

— Dans quel but ?

— Aucun. Soyez vigilante pour voir ce qui en sort, et non pas ce que vous aimeriez voir. Le schéma d'un tueur n'est pas toujours aussi régulier qu'on l'aimerait. S'il l'est, ça peut aider, bien sûr. »

Il disait *tueur*. Personnellement, je n'employais pas encore ce terme parce qu'on n'avait pas trouvé de corps. Néanmoins, le mot résonnait dans ma tête, et il le sentait.

« Oui, répondis-je. Ça aiderait.

— Désolé. C'est tout ce que je peux vous dire. Les schémas varient et dépendent d'un certain nombre de facteurs. »

Il s'approcha d'une de ses étagères bourrées de livres, et, pendant quelques secondes, il parcourut en silence les tranches à la verticale. Il devait avoir une sorte de radar, car je n'aurais jamais pu retrouver quoi que ce soit dans ce désordre.

« Ah, voilà », marmonna-t-il dans sa barbe.

Il sortit un livre et me le tendit.

« Ce n'est pas exactement le genre de livre à lire au lit, mais c'est une très bonne étude sur le psychisme des tueurs en série. Vous en apprendrez beaucoup. Dans l'immédiat, pour vous permettre d'accélérer, je peux vous dire que les intervalles deviennent de plus en plus courts. Si l'intervalle initial est de deux semaines ou d'un mois, il passera à deux semaines puis à dix jours probablement, *et cætera*. Quand ils en sont à quelques jours, on les attrape généralement parce qu'ils perdent tout contrôle, et se mettent à faire des erreurs.

— J'adore le moment où ils font ces erreurs.

— Oui, dit-il. Des erreurs de la part d'un tueur peuvent s'avérer particulièrement bien venues. Mais on n'a pas l'impression que votre suspect en est encore là. D'après ce que vous avez dit, ce dernier rapt s'est produit sans hic, comme ce fut le cas pour les deux autres sur lesquels vous manquez totalement de renseignements. Je serais curieux de savoir ce qui ressort des autres cas en termes d'intervalles. Quand vous aurez établi le schéma de son rythme, vous aurez deux informations sur ce type. Vous connaissez déjà sa fixation, vous connaîtrez alors son niveau de désespoir. »

Je commençais à me demander s'il se rappelait notre conversation précédente, celle au cours de laquelle nous avions évoqué la mère de Nathan Leeds.

« Doc, lui dis-je, si j'ai bien un kidnappeur en série sur les bras, je ne suis pas sûre que ce soit un homme. »

Il me dévisagea.

« Avez-vous la moindre raison de penser que ça peut être une femme ?

— L'affaire Leeds, vous vous souvenez ? La mère que nous pensions atteinte d'un syndrome de Münchhausen par procuration, parce qu'elle semblait avoir enlevé son propre enfant ?

— Ah, oui... » dit-il distraitement. Il semblait être passé à l'hypothèse suivante sans me le dire.

« Que ce soit une femme me paraît hautement improbable. »

J'avais du mal à suivre.

« J'ai vu sa mère de près, déclarai-je, c'est vraiment une femme.

— Regardez un peu plus loin pendant un instant, inspecteur. Ces crimes ne sont presque jamais commis par des femmes, et vous avez dit vous-même, si je me souviens bien, que vous ne pensiez pas qu'elle était "ce genre-là". Vous avez changé d'avis ?

— Non. »

Il écrasa l'emballage du sandwich et le jeta en douceur dans la poubelle.

« Les statistiques militent de manière écrasante en faveur d'un homme. Ça ne fait tout simplement pas partie du psychisme normal d'une femme de faire ce genre de chose. »

Tout à coup, j'eus l'impression que nos rôles s'étaient inversés.

« Il n'est pas question ici d'un psychisme normal.

— Ça n'a pas d'importance. Même les psychés féminines les plus aberrantes en arrivent rarement à ce stade-là.

— Et cette femme en Floride... »

Je bégayai, ne pouvant pas me rappeler son nom, puis il me revint tout à coup.

« Wuornos. Elle a tué une douzaine d'hommes, à notre connaissance.

— Je ne connais pas bien ce cas. Mais je sais qu'elle était très atypique. Et je me rappelle avoir lu qu'il y avait des problèmes d'identité sexuelle dans cette affaire.

— Cela pourrait être le cas ici aussi. On est en Californie.

— Le pays de la liberté », dit-il avec un sourire blasé.

Il se leva, fit le tour de son bureau et vint s'asseoir devant, sur le bord. Il me regarda d'en haut d'un air professoral, et dit :

« Écoutez-moi, inspecteur Dunbar, bien sûr qu'il est techniquement possible que votre suspect soit une femme. Il est également *techniquement* possible, mais pas vraisemblable, qu'O. J. Simpson soit innocent. Je ne veux pas vous voir partir sur les chapeaux de roue, surtout quand nous nous trouvons devant une situation en évolution. Je ne peux que vous conseiller vivement de continuer votre enquête en assumant que votre coupable est un homme.

— Mais la dernière fois, l'agresseur semblait être une femme... »

Il m'interrompit d'un signe négatif de la tête.

« Rappelez-vous ce que je viens de vous dire : de voir ce qui *est* et non pas ce que vous aimeriez voir. Ce qui vous semble avoir été une femme n'est peut-être qu'une illusion de femme. Si c'est le cas, ce que je crois, vous connaissez maintenant *trois* choses sur ce type : sa fixation sur des petits garçons blancs et blonds, son rythme – lorsque vous l'aurez déterminé – et son *modus operandi*, du genre loup déguisé en mouton. Il est possible qu'il se donne l'apparence de ce qu'il n'est pas pour obtenir la confiance de ses victimes. Femme ou homme, il les approche comme quelqu'un à qui ils font confiance. Ce n'est pas étonnant qu'il n'ait pas été repéré. Malin, très malin. J'aimerais être tenu au courant de cette enquête, inspecteur Dunbar. C'est un cas très intéressant, c'est le moins qu'on puisse dire. »

Il était évident que les notions de *copyright* et de *royalties*, ainsi que de *notoriété nationale* comptaient plus pour lui que tout le reste. À ses yeux, c'était un cas clinique et théorique, et je voyais bien qu'il jouissait de cet exercice académique. Mais c'était à moi de retrouver cette personne à l'apparence changeante, susceptible, d'une circonstance à l'autre, de prendre un visage différent.

Je me rendis tout droit aux fichiers pour sortir les photos des victimes et les scanner. Une fois cette tâche accomplie, je les classai par ordre chronologique de disparition, dans une visionneuse. Je pourrais ainsi montrer à Fred leurs similarités, mais aussi établir la chronologie des disparitions. D'une pierre deux coups.

Mais le temps de finir, la situation s'était retournée contre moi. Les intervalles entre les rapts étaient très longs et irréguliers – ni quelques semaines, ni un mois, comme Doc l'avait pensé, mais de nombreux mois avec des intervalles imprévisibles, le plus court étant de huit semaines. Il n'y avait aucun schéma prévisible.

Voir ce qui est réellement là, non pas ce que vous voulez voir. Facile à dire pour Errol Erkinnen.

Je pris Spence et Escobar par le bras et les emmenai de force jusqu'à mon bureau.

« Jetez un coup d'œil là-dessus, dis-je, en les suppliant presque.

— Qu'est-ce qu'on cherche ? demanda Spence.

— Rien. Dis-moi seulement ce que tu vois.

— Je vois des tas de dates. Tu dois rechercher un schéma là-dedans.

— Bravo.

— Désolé de te le dire, Lany, mais je n'en vois aucun. »

Devant mon désarroi, Escobar ajouta :

« Ça peut aussi vouloir dire qu'il y a des enlèvements qui n'ont pas été signalés entre ceux que nous connaissons. Ou bien que ton type opère ailleurs. Peut-être se déplace-t-il d'une côte à l'autre. »

Je me demandai comment j'avais pu passer, d'un jour à l'autre, d'une mère avec un syndrome de Münchhausen par procuration, à un kidnappeur en série opérant sur les deux côtes. Mais c'était une bonne question à laquelle je n'avais pas de réponse.

Fred traversait la salle de la brigade. Il voulait attendre jusqu'à demain, mais j'avais les photos en main à présent. Je me jetai pratiquement sur lui lorsqu'il passa devant mon box.

« J'ai les photos ! » criai-je pour couvrir le bruit des voix et les sonneries de téléphone.

Cela semblait l'ennuyer au plus haut point, mais il accéda à ma demande ; je devais avoir l'air au bord des larmes.

« Dans ce cas, allons-y. »

Je ramassai mon tableau avec les photos, et le suivis dans son bureau. J'installai mes affaires sur sa table pendant qu'il examinait une pile de messages téléphoniques. Il regarda le tableau pendant quelques instants, passant d'une photo à l'autre d'un œil critique.

« Je vois ce que vous voulez dire, dit-il. On dirait une naissance multiple.

— Alors ? »

Un bref silence s'ensuivit.

« Alors je vais le prendre en considération, dit-il finalement.

— Fred, j'ai vraiment besoin d'aide. »

Il réfléchit de nouveau pendant quelques instants.

« S'il s'agit *vraiment* d'un seul type, il vient de s'emparer d'un gosse, et nous avons donc le temps avant le suivant. Soyez patiente, et continuez à enquêter.

— Je ne manquerai pas de dire au prochain parent que c'est ce que je fais.

— C'est ça. Réunion terminée. »

Je sortis en rampant comme un serpent, cherchant quelqu'un pour lui enfoncer mes crochets. Quelques minutes plus tard, Fred entra dans mon bureau.

« Écoutez, voilà ce que je peux faire : je vous libère pour que vous puissiez vous concentrer sur ce cas. Redonnez-moi tous vos autres dossiers et je les redistribuerai. »

J'avais du mal à dissimiler ma déception.

« J'espérais davantage.

— Pas encore, Dunbar. Il vous faudra trouver quelque chose de plus convaincant à montrer à mes supérieurs, avant que je puisse vous trouver de l'aide. Mais je ne laisserai personne vous donner autre chose. »

Pour l'instant, il fallait bien que je fasse avec.

Ce soir-là, mes enfants devaient aller voir une exposition avec leur père et rester coucher chez lui les deux nuits suivantes. Je décidai donc, dès que Fred m'eut dicté sa loi, de consacrer toute ma matinée du samedi et du dimanche à passer en revue les nouveaux cas, peut-être même de contacter certaines familles dont les enfants avaient disparu. Avant de quitter le bureau, je téléphonai à la vieille Mme Paulsen pour lui poser la question à propos de son médicament.

« Je dois vous poser une question plutôt personnelle, dis-je pour commencer.

— Je ferai de mon mieux pour vous répondre.

— Si nous trouvons la personne qui a enlevé Nathan Leeds, nous allons devoir bâtir l'accusation. Une partie de cette accusation reposera sur votre témoignage. N'importe quel avocat digne de ce nom essaiera d'ébranler votre crédibilité au procès. Je dois savoir, avant de poursuivre, si vous prenez des médicaments qui pourraient affecter votre mémoire.

— Oh, mon Dieu. Ça n'a rien de personnel. Je craignais que vous ne vouliez m'interroger sur ma vie sexuelle. »

Mon Dieu, faites en sorte que je puisse vieillir comme ça.

« Non, non. Rien de tel.

— Inspecteur, je ne prends même pas de l'aspirine.

— Vous n'avez pas de médication pour la tension, pour un glaucome, ou bien pour le diabète ? demandai-je, en passant en revue les problèmes typiques que peuvent avoir des gens âgés.

— Je suis en aussi bonne santé que ce vieux cheval dont on parle toujours.

— Quel âge avez-vous, si je peux me permettre ?
— *À présent*, vous me posez une question personnelle. »
Cela la fit rire.
« Quatre-vingt-quatre, et il m'en reste encore seize.
— C'est toujours bien d'avoir des objectifs.
— C'est vrai, inspecteur. Ça vous force à continuer. »
Je venais de récolter un nouvel objectif, un qui me forcerait certainement à continuer ; la seule question était pour combien de temps.
« Merci beaucoup, madame Paulsen. Quelqu'un du bureau du procureur se mettra en contact avec vous, le moment venu. »
C'était ma dernière tâche officielle de la journée. J'ai l'habitude, le vendredi soir, de mettre de l'ordre sur mon bureau, pour que, en arrivant lundi matin, je ne le trouve pas trop en désordre. Je prévoyais d'y revenir samedi, mais les habitudes ont la vie dure, et je mis donc tout en ordre, sachant malgré tout que j'allais y remettre du bazar. Je suppose que le fouillis est quelque chose de relatif – pour moi, c'est un crayon qui n'est pas à sa place, ou un carnet qui n'est pas aligné avec le coin de la table. Lorsque rien ne va, je nettoie.
La circulation était moins dense que celle que je devais affronter à mon heure normale de départ. En rentrant chez moi à l'heure de pointe, j'avais souvent été tentée de mettre mon gyrophare sur mon tableau de bord pour passer en force. Mais je ne l'avais jamais fait. J'ai une réticence à profiter de mon métier. D'autres flics le font : je l'ai vu

une ou deux fois sur l'autoroute. Mais pas moi. Manque de testostérone probablement.

Je mangeai un reste de chili pour mon dîner. Les enfants me manquaient, mais ils étaient probablement ravis parce que Kevin était moins strict et avait une bien plus belle collection de jeux vidéo. Je m'inquiétais parfois qu'ils ne fassent pas leurs devoirs et succombent à l'influence de la culture ambiante, contre laquelle je me battais depuis toujours. Non sans succès d'ailleurs – Frannie a toujours le nez dans un livre, tandis que Julia est plutôt créative ; elles débordent l'une et l'autre d'activités utiles. Mais Evan pouvait s'immerger totalement dans sa PlayStation, et il était beaucoup plus vulnérable aux pressions de la société. C'est lui dont je me souciais le plus. Je l'ai eu en premier et je suis sûre que j'ai commis beaucoup d'erreurs en l'élevant.

Mais ce week-end, leurs cerveaux pouvaient se transformer en bouillie, cela m'était égal. Leur père en prendrait bien soin et ils me reviendraient dimanche soir bien nourris et gonflés d'amour. C'était ça le plus important.

Après une douche rapide et un verre de vin rouge, je me mis au lit avec le livre d'Erkinnen.

Tueurs en série : le livre de référence.

Une fois mes oreillers installés à mon gré, j'ouvris le livre et parcourus la table des matières. Les études de cas concernaient des tueurs qui m'étaient malheureusement familiers. Deux d'entre eux au moins devaient être comblés d'arriver à ce niveau de notoriété et d'immortalité. Une partie du livre concernait les tueurs historiques : certains dont j'avais entendu parler, d'autres pas. Jack l'Éventreur – qui ne le connaît pas ? Le légendaire Vlad Tepes, qui empalait ses victimes et dont s'inspire le personnage de Dracula ; Elizabeth Bathory, la comtesse qui pensait que le sang d'une vierge empêcherait sa peau de se rider et qui s'y baignait régulièrement. Gilles de Rais, un nom que je ne connaissais pas, que l'histoire nous a transmis sous le nom de Barbe-Bleue, d'après le sous-titre du chapitre.

J'avais toujours pensé que Barbe-Bleue était un pirate, mais il doit plutôt s'agir de Barbe-Noire.

Un des chapitres donnait une vue d'ensemble des méthodes, un autre des descriptions détaillées des conditions dans lesquelles des hommes ayant des tendances violentes se transforment en monstres de la pire espèce. Je réfléchis à cela quelques instants et compris que dans ce chapitre je trouverais certainement des choses que j'avais faites à mes propres enfants, raison de plus pour me culpabiliser. Pas une très bonne idée, pendant qu'ils étaient avec leur père. Mais je ne pouvais apparemment pas m'en empêcher.

Une grande partie de ce livre n'était que du bon sens. Prenez toutes les caractéristiques généralement considérées comme étranges et réunissez-les dans une seule et même personne. Quatre-vingt-dix pour cent faisaient pipi au lit, et la plupart d'entre eux disaient avoir eu de sérieux conflits à ce sujet avec leurs parents ou la personne qui les gardait. Plus de 80 % avaient été des enfants mal traités. La plupart étaient de nature timide, ou, plus exactement, se tenaient à l'écart de la société. L'auteur émettait l'hypothèse que l'abus sexuel ou physique, généralement commis par le mâle dominant dans leur entourage, était à la base de ces dysfonctionnements. Certains des tueurs étudiés avaient dit que leur mère ou leur grand-mère les avaient caressés ou les avaient forcés à avoir des relations sexuelles avec elles.

Des salopes complètement malades.

Erkinnen avait raison – le meilleur indicateur chez un individu qu'il deviendrait un tueur en série, du moins d'après l'auteur, était simplement d'être né avec un chromosome Y. Bien sûr, c'était plus compliqué que ça, ou sinon le monde entier serait en danger : il y avait aussi les pyromanes, les drogués, les alcooliques et les obsédés sexuels. Mais le fait d'être un homme était de loin l'élément le plus répandu !

Ils tuaient de petits animaux étant enfants et adolescents, et fuyaient la compagnie des autres en société. C'étaient des solitaires qui évitaient tout contact inutile. Ils avaient des problèmes à l'école et apprenaient difficilement malgré une certaine intelligence. C'étaient des sociopathes qui n'éprouvaient aucun remords et des psychopathes incontrôlables.

Mais surtout, ils aimaient fantasmer. Ils pensaient à ce qu'ils allaient faire avant de trouver le courage de le faire. Certains disaient se livrer à des préparations internes très élaborées en vue de leurs crimes…

Pendant un moment, je refermai le livre, tenant ma page avec le doigt. *Préparations internes élaborées*. Mon type avait dû procéder ainsi – deux mois semblaient s'écouler entre deux rapts, donc il devait faire quelque chose entre-temps. Mais en quoi consistait cette préparation physique ? Si Doc avait raison, ça devait jouer un rôle important.

Je glissai une pince à cheveux en haut de la page à laquelle j'étais arrivée et posai le livre. Ce n'était pas la lecture de chevet idéale, et, à présent, j'étais imprégnée par des choses auxquelles je n'arrêterais pas de penser jusqu'à ce que je les comprenne. Et j'en rêverais probablement cette nuit.

Juste avant de perdre conscience, je pensai que je n'allais pas tarder à offrir un autre déjeuner à Doc.

Une véritable impression de légèreté m'envahit le samedi matin lorsque je regardai la pile bien rangée de dossiers en cours que j'allais rendre lundi à Fred. L'une des enquêtes concernant une agression n'arriverait probablement jamais jusqu'au tribunal. Il y avait des témoins oculaires crédibles et des indices physiques bien établis. Si l'auteur avait la moindre jugeote et même s'il disposait d'un avocat médiocre, il plaiderait coupable et nous économiserait l'effort d'être obligés de le confondre. D'une manière ou d'une autre, il sortirait trop tôt et recommencerait à la première occasion. Certains jours, je me demande pourquoi je viens travailler.

Mais au fond, je sais bien pourquoi. La raison, ou, pour être plus précise, les raisons ont pour noms Nathan Leeds, Larry Wilder, Jared McKenzie, et les dix autres qui leur ressemblent. Le sentiment de légèreté que j'avais éprouvé s'était dissipé, laissant la place à un mauvais pressentiment.

Bien entendu, les treize cas étaient traités individuellement et tous séparés sur le plan légal, mais je savais au fond de mon cœur qu'ils étaient liés, même si Fred le niait. Le seul qui sortait du lot dans cette pile de dossiers était ce joli petit bâton dans les rouages, le cas Garamond. Un coin déchiqueté dépassait de ma pile en me narguant. Je le repoussai et rectifiai l'alignement des bords.

Allais-je reconnaître dans ce fatras l'indice crucial quand je tomberais dessus ? *Gardez l'esprit ouvert*, m'avait dit Erkinnen ; un bon conseil, plus facile à donner qu'à suivre.

Les boîtes aux lettres de notre brigade étaient commodément situées à côté de la salle des casiers. Un bon nombre de dossiers complets m'attendaient déjà, comme si ceux qui me les avaient transmis avaient hâte de se débarrasser de ces patates chaudes. Je m'arrêtai là un moment, les bras chargés, me rappelant les jours anciens, quand mon boulot, si dur fût-il, s'arrêtait à la fin de mon service. J'ouvris les portes battantes avec mon arrière-train et entrai dans la salle des casiers. Les bancs avaient été remplacés depuis ma dernière visite ; les nouveaux étaient beaucoup plus larges et recouverts d'une matière antidérapante. Les femmes flics devenaient-elles plus large de hanches, et avaient-elles besoin de faire des tractions sur leurs bancs ? De mon temps, quand on patrouillait, on devait répondre à certaines caractéristiques physiques bien spécifiques.

Il n'y avait personne – le changement d'équipes n'aurait lieu que dans quelques heures et l'endroit serait alors encombré de flics allant dans tous les sens. Du temps où je travaillais dans la rue, le vestiaire était un endroit où on parlait beaucoup

– où on chantait les louanges de nos enfants, où on se plaignait de nos maris ou de nos jules, et où on se vantait d'avoir fait une bonne affaire. Maintenant, d'après ce que m'a dit une nouvelle – la fille d'un flic qui était déjà là quand je suis entrée –, ce sont surtout des ragots, parfois assez méchants. Les choses changent. Mais une chose qui n'avait pas changé, c'était la solitude qui régnait entre deux prises de service. Pas de téléphone. Si quelqu'un voulait me parler, il fallait qu'il m'appelle sur mon *pager*. Je m'assis sur un banc et posai la pile d'enveloppes à côté de moi, pensant en regarder une ou deux avant de retourner dans la salle de brigade.

Quatre heures environ s'écoulèrent avant que je remonte.

À chaque nouveau dossier, c'était le même scénario. Un jeune garçon blanc avait disparu soudainement sans la moindre explication. Ce garçon était menu, blond ou châtain clair, avec un joli visage et une peau très blanche. Des témoins oculaires l'auraient vu en compagnie d'un intime juste avant son enlèvement, mais l'intime (hormis l'estimé M. Garamond) semblait toujours avoir un alibi irréfutable. J'étais prête à parier ma pension alimentaire que, quand les autres dossiers arriveraient, le même schéma se reproduirait.

Je commençais à comprendre l'intérêt de Doc. Ces horreurs vous font toujours enrager, mais quand les choses tombent en place comme maintenant, une sorte d'excitation coupable s'insinue en vous. Je passai rapidement devant la case « départ » pour aller tout droit à la case « la vengeance sera mienne, dit l'inspecteur ». Je me métamorphosai en chasseresse en peau de lion. J'aiguisai ma lance et, la tenant à bout de bras, je partis au petit trot. J'avais faim, j'allais manger.

11

Ce que je craignais arriva – au cours de nos recherches, qui avaient pris beaucoup plus de temps que je ne l'aurais souhaité, d'autres enfants disparurent. Un garçon fut enlevé juste avant la Pentecôte. La veuve d'Yvon Kerguen, un excellent maçon de la paroisse de Sainte-Croix, à Nantes, remit son fils entre les mains du perfide Poitou, dont la réputation aurait déjà dû être faite, alors qu'on continuait de l'ignorer. Le garçon ne réapparut jamais.
Là-bas, on mange des petits enfants.
Mais pourquoi les gens persistaient-ils à lui confier leurs fils ?
On nous a promis des avantages. La même histoire se répétait chaque fois. Comment pouvait-on le croire ? Par quel espoir fou pouvait-on croire qu'un seul garçon ne subirait pas le même sort que les autres, qu'un seul enfant serait épargné en vertu de quelque qualité spécifique que tous les parents pensent avoir inculquée à leurs enfants mais ne le font que rarement ? Il aurait fallu que ce soit l'immortalité, car, sinon, rien ne pouvait les protéger.

Le jeune Kerguen avait 15 ans, et, à ce que l'on dit, il était très beau. Ce serait bientôt un homme. Petit, l'air presque enfantin, il avait le teint clair comme celui d'une fille et la voix douce.

Mon Michel était avenant, mais loin d'être petit – il avait de longues jambes bien droites, et toute la grâce que confèrent des membres aussi élégants. J'avais toujours plaisir à regarder cette créature que Dieu avait bien voulu faire entrer dans le monde à travers moi. Il approchait de l'âge d'homme avec bien plus de dignité que la plupart des garçons : il n'avait pas cette maladresse qui affecte si cruellement son sexe quand la voix devient grave et les épaules s'élargissent. Il venait souvent passer ses bras autour de moi et me serrait étroitement avec une adoration sans bornes. L'heureuse femme qui l'aurait comme mari ne manquerait pas d'affection. À ce jour, je me souviens encore de ce que je ressentais quand il mettait ses bras autour de mon cou ; je n'ai nul besoin de quelque exotique sorcier italien pour me rappeler la force de son étreinte, la chaleur de sa joue contre la mienne, la joie indicible de l'avoir tout près, ou tout simplement de le savoir là.

Mais, évidemment, je ne pouvais pas le garder. Aucune mère ne garde son fils pour toujours, bien que j'aie abandonné le mien beaucoup trop tôt, et dans des circonstances infiniment plus douloureuses.

Début mai, un autre garçon fut encore enlevé près de Machecoul ; il était parti avec de nombreux enfants de son village demander l'aumône au château, les parents pensant qu'ils seraient en sécurité à plusieurs. Les filles recevaient leur aumône d'abord, puis repartaient, laissant les garçons tenter leur chance. Le jour en question, un fils du pauvre Thomas Aise et de sa femme, qui vivaient à Port-Saint-Père, était parti au château avec le groupe, mais, pour une raison ou une autre, se trouva ignoré lors de la distribution des dons. À la fin, après que tous les autres eurent reçu leur part, on lui donna son aumône.

Mais cette fois-ci, il y eut un témoin de son enlèvement. Une jeune fille du nom de Dominique était restée en arrière pour attendre le fils Aise pour lequel elle avait le béguin et avec qui elle espérait rentrer. Sa tante s'était présentée devant le juge pour lui faire part de l'histoire que sa petite-nièce lui avait racontée, désemparée d'avoir été obligée de rentrer toute seule dans le noir, le garçon n'étant pas revenu. La petite était trop jeune pour se rendre compte des dangers qui la guettaient, et je dois admettre qu'elle me parut un peu simplette – pas vraiment simple d'esprit, mais lente à comprendre.

J'admets volontiers, et que Dieu me le pardonne, que j'ai profité de cette faiblesse. On nous l'amena discrètement un après-midi, par l'intermédiaire du juge, après que Son Éminence eut demandé à la voir. Nous avions déjà décidé qu'il valait mieux que ce soit moi qui lui parle, plutôt que l'évêque, car, d'après sa mère, c'était une enfant timide quand elle était en présence d'adultes. Je me demandais comment elle avait pu être assez effrontée pour attendre un garçon plus âgé qu'elle.

Je compris quand sa mère nous la présenta.

« Avance, Dominique », lui dit sa mère sévèrement, tout en la poussant vers nous.

Je me demandai si ce n'était pas la mère autoritaire qui avait suggéré à sa fille d'attendre le garçon. Il était jeune, mais pas au point d'ignorer les manœuvres de séduction d'une fille. Elle devait avoir 13 ou 14 ans, légèrement plus âgée que le garçon. Se faire mettre enceinte était peut-être le seul espoir pour une telle fille de trouver un mari.

Jean de Malestroit resta au fond de la pièce pendant que je parlais à la jeune fille. Si je ne parvenais pas à obtenir d'elle ce que je voulais, il pourrait toujours intervenir.

« Bonjour, ma chérie », dis-je.

La mère lui donna aussitôt une tape sur l'épaule. La fille fit une révérence, et dit :

« Bonjour, mère. »

Puis elle serra les mains devant son tablier blanc, qui parut avoir été soigneusement lavé pour sa visite au palais de l'évêque.

« Merci d'être venue ici aujourd'hui.

— Oui, mère, dit-elle, en s'inclinant de nouveau.

— On m'a dit que tu savais quelque chose concernant le fils de Thomas Aise. D'après ta tante, tu l'as vu entrer dans le château de Machecoul.

— C'est vrai, ma mère.

— Est-il entré seul ou bien en compagnie de quelqu'un d'autre ?

— En compagnie d'un homme.

— Connais-tu cet homme ?

— Non. Mais je l'ai déjà vu à Machecoul. On dit qu'il s'appelle Henriet. »

Je dus me contenir pour ne pas laisser paraître ma détresse. Ni mon excitation impie et honteuse ! Je n'avais pas encore dit à Jean de Malestroit ce que je pensais de monseigneur de Rais et de toutes ces disparitions.

« As-tu entendu ce que cet Henriet a dit au fils Aise ?

— Il s'appelle Denis, mère.

— Bien, Denis, alors. M. Henriet lui a-t-il dit quelque chose ?

— Oui, mère. »

Elle fit de nouveau une brève révérence, parfaitement inutile, avant de continuer.

« Il lui a dit que si Denis n'avait pas eu de viande, il pouvait entrer dans le château et on lui en donnerait. »

La viande pouvait constituer un attrait efficace pour un enfant affamé.

« Est-ce que Denis lui a répondu quelque chose ?

— Non, il est entré directement.

— Est-ce qu'il t'a parlé avant d'entrer ? »

Elle baissa un peu la tête.

« Non. »

Elle raconta ensuite comment il avait été emmené. Elle était la dernière personne à l'avoir vu à l'extérieur du château.

Tous ces nouveaux renseignements furent couchés sur parchemin, avec ceux concernant les précédentes disparitions. Il y avait partout des liasses empilées, certaines réunies en volumes. Je m'étonnais qu'elles ne prennent pas feu au contact des informations brûlantes qui y figuraient.

Un jour, nous nous trouvions devant ces liasses lorsque la situation se retourna subitement.

« Guillemette. »

Il prononça mon nom avec une infinie résignation.
« Oui, Éminence...
— Un schéma général se dégage.
— En effet, Éminence. C'est tout à fait ce que je pensais aussi. »

Un moment passa, pendant lequel chacun de nous soupesa le problème que nous avions mis au jour.

« Qu'allons-nous faire ? » dit-il enfin.

Je ne peux pas décrire les pensées qui traversèrent mon cœur et mon âme à ce moment-là, car elles sont trop diffuses et embrouillées. Je ne voulais pas qu'elles prennent forme dans mon esprit. Mais elles le firent tout de même, malgré moi.

« Je suis la dernière à qui cette question devrait être posée, dis-je tout bas. Je ne peux pas avoir de jugement impartial. »

Je n'avais pas besoin de m'expliquer davantage. Il savait très bien ce qui était dans mon cœur. Mais il ne pouvait pas comprendre la véritable nature de mon angoisse – elle ne peut pas être comprise par quelqu'un qui n'a pas élevé un enfant avec amour et patience pour le voir s'écarter du droit chemin.

« Il me semble évident que monseigneur de Rais vole ces enfants, ou tout au moins que quelqu'un à son service le fait. Peut-il être à tel point aveugle aux agissements de ses domestiques pour ne pas le savoir ?
— Espérons qu'il le soit », dis-je.

Je respirai plusieurs fois avant que sa remarque parvienne jusqu'à mes oreilles.

« Mais vous ne le croyez pas.
— Je ne sais plus que croire, criai-je d'une

voix presque plaintive. Peut-être profitent-ils de la confiance dont ils jouissent pour les affriander sans qu'il le sache. Cela est toujours possible, Éminence. »

Jean de Malestroit me jeta un regard troublé.

« C'est effectivement possible, nous ne pouvons pas l'ignorer. »

Je voyais que l'évêque essayait de se contenir. Mais je n'avais pas à m'imposer la même réserve.

« Je ne peux pas croire cela de lui, continuai-je. Mon intellect me dit une chose et mon cœur une autre. »

C'était un mensonge. Dans le fond de mon cœur, je connaissais la vérité. Déjà à ce moment-là.

Son Éminence me stupéfia alors par une déclaration brutale.

« Quant à moi, dit-il d'un ton rageur, mon intellect n'éprouve aucune difficulté à penser que Gilles de Rais pourrait aussi facilement faire fi de toute décence pour se livrer à des plaisirs malsains. »

Je restai sans voix pendant quelques instants, puis je croisai les bras sur ma poitrine pour défendre mon cœur.

« Éminence, c'est un noble – il n'est pas contraint de se plier aux règles de la vie ordinaire. Vous connaissez son histoire – vous le connaissez depuis toujours.

— Comme vous. De façon bien plus intime que moi. Mais cette moindre connaissance me donne une vision plus claire que la vôtre. Vous me semblez aveuglée par vos émotions, de manière très féminine. J'avais espéré une autre attitude de votre part dans cette affaire. »

L'insulte m'avait piquée au vif, mais je ne la relevai pas : la moquerie pouvait se révéler une arme dans une situation difficile.

« On ne peut pas nier que sa vie, si on fait exception de sa noblesse, a été toute sauf ordinaire.

— Cela, je l'admets, ma sœur, aussi bien le bon que le mal. Mais il n'est ni plus ni moins ordinaire qu'un autre homme aux yeux de Dieu. Or, il se comporte comme s'il n'était soumis qu'à sa propre loi. Il ne répond de ses actes devant personne. »

Bien que les crimes sur lesquels nous faisions nos recherches fussent dignes de ce même mépris, nous n'étions en rien sûrs que l'homme à qui nous les attribuions en était responsable. J'étais très surprise d'entendre une telle invective de la part de Son Éminence, un homme dont j'admirais tellement l'intellect irréprochable et sur l'amitié duquel je pouvais toujours compter. À tort ou à raison, je me sentais obligée de réfuter ces allégations.

« Je le connais bien, Éminence, je l'ai vu prier à Pâques. Ses prières étaient bien plus sincères que les miennes, à vrai dire.

— Guillemette... »

Je levai la main, plus résolument sans doute que je n'aurais dû.

« Écoutez-moi, insistai-je, même si cela vous déplaît. Il répond à Dieu, Éminence, comme nous le faisons tous. Vous-même étiez présent lorsqu'il a confié ses péchés à Dieu et fut absous. Nous ignorons la nature de ces péchés, quels actes il... »

Je dus m'arrêter au milieu de ma phrase – surprise par le brutal changement d'expression de Jean de Malestroit. Ses yeux roulaient dans tous les sens, son regard était plein de culpabilité. Il avait dû obtenir d'Olivier des Ferrières que celui-ci lui révèle ce qui s'était dit dans le confessionnal, et connaissait donc toutes les transgressions de Gilles de Rais. Je ne voulais même pas imaginer par quel moyen il avait extirpé ces révélations intimes à ce prêtre de moindre rang.

Je fis demi-tour pour partir ; mon indignation était à son comble devant la tournure que prenaient les événements. Il me rattrapa par la manche.

« Guillemette, il y a beaucoup de choses que vous ignorez sur cet homme. »

Je me dégageai et me dirigeai lentement vers la fenêtre. De jeunes garçons, dont je reconnaissais certains comme étant les fils de nobles éminents, traversaient la cour pavée, sous la houlette d'un de nos frères enseignants. Les premiers marchaient un par un derrière le frère qui serrait contre sa poitrine un livre précieux et regardait droit devant lui. Les derniers avaient un comportement bien moins convenable : ils sautillaient et se tapaient les uns sur les autres. Gilles de Rais se serait glissé parmi eux pour participer à ces jeux ; il n'aurait pas accepté l'austérité imposée à ceux qui étaient devant. D'ailleurs, il n'y aurait pas été obligé. Monseigneur Guy n'aurait pas accepté que son fils reçoive une éducation collective ; il tolérait seulement la présence de mes fils Jean et Michel, et tout était donc spéculation de ma part. Mais cette spéculation était fondée sur une connaissance profonde, comme toutes mes suppositions à son égard.

« Éminence, dis-je doucement, je connais son âme mieux que toute personne vivante, peut-être même mieux que sa femme. Je l'ai *formé*.

— Je comprends que cela vous affecte, dit-il lentement. Mais vous, plus que toute autre, devriez savoir que l'homme défie les règles existantes. Un jour viendra où il défiera Dieu Lui-même, et cela causera sa perte finale. Rappelez-vous mes paroles – cela arrivera comme je le prédis. »

Au milieu du mois de mai, par une chaude journée ensoleillée, alors que le monde aurait dû être un endroit idéal, monseigneur Gilles se conduisit comme cela était prédit. Il partit de Champtocé à cheval vers l'abbaye de Saint-Étienne-de-Mer-Morte, en compagnie d'une soixantaine d'hommes en armure et lourdement armés comme s'ils devaient conquérir un petit pays, plutôt que de se rendre à une abbaye ou à une église. Monseigneur lui-même brandissait une pique longue et pointue, bien que peu de soldats sachent utiliser une telle arme aussi efficacement que celles ayant une apparence plus inoffensive, comme me l'avait expliqué mon mari. *C'est l'apparence redoutable de ces armes qui effraie les adversaires et les pousse à se rendre*, assurait Étienne. Il devait avoir raison, car Gilles de Rais ne trouva aucune résistance ; il ne risquait d'ailleurs pas d'en rencontrer car le « maître » du château était un ecclésiastique tonsuré, Jean Le Ferron, un homme connu pour sa générosité et la douceur de son caractère.

La nouvelle arriva par un coursier rapide, dont le cheval écumant faillit s'effondrer lorsque l'homme en descendit. Frère Demien et moi-même étions dans le jardin à ce moment-là, occupés à conspirer pour déterminer le positionnement de certaines plantes. Ces discussions étaient toujours dominées par mon frère en Christ en vertu de ses connaissances et de sa passion. Mais passion ou pas, lorsque mon frère le bavard vit le messager se précipiter dans le palais de l'évêque, il s'excusa, en me promettant d'un regard complice de revenir dès qu'il aurait eu des éclaircissements sur ce mystère naissant.

Le récit dont il me gratifia à son retour me fit me précipiter en relevant mes jupes auprès de Jean de Malestroit, lequel confirma aussitôt les dires de frère Demien.

« Mais pourquoi s'emparer par la force d'une propriété dont on a hérité ? m'étonnai-je.

— Il ne la possède plus.

— Il ne vendrait jamais Saint-Étienne !

— Apparemment, il l'a fait. Il l'a vendue à Geoffroy Le Ferron. »

Autrement dit le trésorier du duc Jean, qui n'aimait guère la famille de Rais.

« Vous osez dire...

— Calmez-vous, Guillemette – je sais que c'est vrai. Tout a été réglé à Machecoul. »

Affaires d'État, c'était tout ce que m'avait répondu Jean de Malestroit quand je l'avais interrogé sur sa mission lors d'un voyage que nous y avions fait l'automne dernier. Les réunions qui s'étaient tenues portes closes étaient restées secrètes et, à en juger par l'expression des participants qui en sortaient, elles avaient été difficiles. À présent, tout devenait clair. Je comprenais pourquoi les représentants de monseigneur avaient l'air si sombre, ayant été forcés d'abandonner un joyau comme Saint-Étienne.

« Le Ferron aurait dû y placer des troupes. Son frère est tout à fait capable de surveiller ce qui se passe au palais, mais certainement pas de le défendre. Évidemment, il ne pouvait s'attendre à un tel double jeu de la part du seigneur de Rais, sinon il n'aurait pas laissé le domaine si exposé. »

La scène avait dû être grotesque – Gilles de Rais, féroce et en armure sur son énorme monture, insultant et menaçant cet homme timide de coups et blessures, après que le marquis de Ceva l'eut fait sortir, enchaîné, et jeté à terre. Un acte confondant et désespéré.

« Mais pourquoi se séparerait-il de Saint-Étienne ? demandais-je en gémissant presque. Il y a été baptisé.

— Apparemment, il pense, lui aussi, que c'était une erreur, ma sœur. Il l'a reprise impitoyablement. La vente avait été conclue pour remplir les coffres que ses dépenses avaient vidés.

— Sa situation s'est-elle à ce point aggravée ?

— On vend ce que l'on peut, ma sœur, lorsqu'il n'y a pas d'autre moyen de faire rentrer de l'or. Mais de là à commettre un acte de brigandage aussi vil... »

Il y aurait des représailles, et elles seraient rapidement menées. Pendant un bref moment, j'essayai de convaincre Son Éminence de faire preuve de prudence jusqu'à ce que nous ayons de plus amples renseignements. Nous n'avions que les premiers rapports, et sûrement, lorsque toutes les parties auraient été entendues, l'affaire prendrait un tour moins ignoble. En tout cas, c'est ce que j'espérais.

Jean de Malestroit ne manifestait pas la même indulgence.

« Je suis certain de la véracité du rapport, et je suis absolument scandalisé que de telles horreurs soient perpétrées sur un frère du Christ sans armes, un homme qui ne fait qu'accomplir son devoir filial.

— Vous n'avez qu'un seul témoignage.

— Un témoignage fiable.

— Si vous alliez vérifier vous-même, votre esprit serait plus tranquille, dis-je.

— Je crois que ce sera plutôt *votre* esprit qui serait tranquille. »

À force de suppliques de ma part, il finit par acquiescer. Il fut décidé que nous partirions tôt le lendemain matin. Pendant le reste de la journée, tandis que nous nous préparions en hâte, l'évêque ne cessa de fulminer contre monseigneur Gilles, le maudissant pour ses excès honteux. *L'homme ne connaît aucune limite – aucune ! Il dépense l'or sans compter comme s'il poussait sur les arbres. Et quand il en a épuisé un, il en dépouille un autre. Il fait commerce avec le diable et se complaît dans la compagnie d'alchimistes.*

« Éminence ! criai-je en entendant cela. Ce sont de graves accusations – vous parlez de blasphème.

— Oui, dit-il calmement.

— Vous ne vous êtes quand même pas abaissé jusqu'à croire le... *ouï-dire*.

— J'ai toutes les raisons de penser qu'il ne s'agit pas d'ouï-dire, mais tout simplement de la terrible vérité. Des témoins fiables m'ont assuré que l'homme prend part à des cultes des plus sataniques. J'en arrive à croire que c'est vrai. »

Il prit un air tendre, presque compatissant, car il savait bien l'effet que ces nouvelles auraient sur moi.

« On m'a posé des questions à Machecoul, dit-il. Avec prudence et discrétion. Beaucoup de domestiques y vivent, certains dans les profondeurs mêmes du château. Aucun secret ne peut leur échapper – leur vie est tellement simple et rude qu'ils doivent prendre du plaisir à observer ceux qui les régissent. Et on parle beaucoup. *Beaucoup*. On m'a répété je ne sais combien de fois que monseigneur ne quitte pas cet Italien, Prelati, et que, ensemble, ils se livrent aux sciences occultes. »

Je fis le signe de la croix pour me défendre contre l'impensable.

« Mais... c'est totalement interdit.

— Toutes choses interdites sont pratiquées en secret, Guillemette. Elles sont interdites parce qu'elles sont trop tentantes pour les faibles et qu'elles attirent les innocents et causent leur ruine. Nous les interdisons pour protéger ceux qui ne peuvent pas se protéger eux-mêmes. Le seigneur de Rais héberge ce chaman Prelati depuis qu'Eustache Blanchet l'a fait venir ici. »

Jean de Malestroit avait mené des recherches approfondies sur monseigneur sans me dire ce qu'il avait trouvé. Bien que ce fût son droit – et même, sa responsabilité –, j'étais vexée d'avoir été tenue à l'écart. Mais je dois dire que je n'avais pas envie d'entendre ce qu'il me disait. Je serrai les paupières de toutes mes forces, oubliant que ce n'étaient pas les yeux mais les oreilles qui entendent, comme si, faute de voir celui qui parlait, ses paroles, comme par miracle, se révéleraient fausses.

« Blanchet lui-même ne quitte presque jamais monseigneur, continua-t-il. Non qu'il soit tellement estimé. Monseigneur craint plutôt qu'il ne s'en aille raconter à ses ennemis tout ce qu'il sait. »

Puis il baissa la voix.

« On parle même de sodomie parmi eux.

— Assez ! criai-je presque. Vous qui détestez tant les rumeurs, comment pouvez-vous dire ces choses, surtout à moi ?

— Vous, plus que quiconque, savez à quel point je respecte la vérité, dit-il doucement. Je ne me risquerais pas à ce genre de déclaration si je n'étais pas certain de leur authenticité. Mes recherches ont été menées avec beaucoup de soin. J'ai appris de nombreuses choses inquiétantes. »

Cette fois, c'en était trop pour moi ; les larmes inondèrent mes joues, et, de sa main libre, Jean de Malestroit les essuya avec une grande tendresse.

« Guillemette, chuchota-t-il, je vous en prie, ne pleurez pas. »

J'étais incapable de lui obéir.

« Je vous en prie », répéta-t-il. Il me prit le menton et releva mon visage.

« Ouvrez les yeux. Vous devez accepter la vérité. Je vous dis ces choses parce que je sais que vous aimez cet homme comme un fils. Ce serait terrible que vous les appreniez de la bouche d'un étranger. Je sais que vous avez déjà perdu un fils et ne voulez pas en perdre un autre. Mais il est devenu mauvais, Guillemette. Il n'est pas digne d'être votre fils. Il n'est pas digne de vos larmes.

— Vous ne comprenez pas... vous ne *pouvez pas*...

— Vous avez raison, dit-il d'une voix conciliante. Je ne peux pas. Je ne peux pas comprendre comment un être si vil mérite votre considération. Quand vous avez voulu entreprendre cette tâche, j'ai essayé de vous décourager, de vous protéger pour ne pas raviver votre douleur. »

Il soupira et retira sa main de mon visage.

« Vous êtes une femme forte et déterminée, ma sœur, des qualités que j'admire depuis longtemps chez vous. Vous me donnez l'envie d'être pareil quand je ne peux pas trouver l'inspiration en moi. Quand je sens que je n'ai plus la force de remplir mes obligations, je me rappelle que vous avez beaucoup souffert, et pourtant vous continuez à donner tellement. Vous vouliez aider ces gens qui ont perdu leurs fils. Vous ne pouviez pas savoir où cela vous mènerait... »

Évidemment, il se trompait : au fond de mon cœur, j'avais toujours su. Mais le fait de savoir m'avait conduite dans une zone sombre où je ne pensais pas avoir le courage d'aller et à laquelle je m'opposerais de toute mon âme. Jean de Malestroit, ayant mal interprété mon expression de douleur, essayait désespérément de me consoler.

« Je suis désolé, dit-il au comble de la compassion. Tellement désolé. »

Je pris sa main dans la mienne.

« Je le sais. Et cela soulage mon cœur douloureux de l'entendre. Mais, pour moi, il y a encore tellement de moments de torture à venir. Promettez-moi, suppliai-je, que, au fur et à mesure que les choses avancent, vous me garderez à votre côté et pleinement informée.

— Certaines choses risquent de ne pas être convenables pour une femme... je ne vous ai pas tout dit.

— Comment voulez-vous que quoi que ce soit puisse encore me choquer ?

— Guillemette, supplia-t-il doucement, ne me demandez pas cela.

— Vous me le devez, et pas seulement cela. »

À bout d'arguments, il finit par acquiescer.

12

La mère de Larry Wilder avait tout autant le droit de se comporter comme un chien enragé que Mme McKenzie, mais, en fait, elle se montra tout à fait aimable et accepta volontiers de me recevoir. En route vers leur maison située dans un quartier juste au sud de Brentwood, je m'arrêtai au Third Street Promenade à Santa Monica pour m'acheter de quoi déjeuner. J'aimais beaucoup venir ici avec mes enfants parce que c'est une zone piétonnière et qu'on s'y sentait en sécurité – jusqu'au jour où un agent de la brigade des stups m'a fait la visite et m'a montré tous les bons à rien déguisés en honnêtes citoyens. Pendant qu'on préparait ma commande au stand de tacos, j'observai les jeunes qui fréquentaient l'endroit. Il y avait un groupe de garçons dont tous semblaient avoir le même âge que mes victimes – sachant ce que je sais maintenant, je dirais qu'ils sont trop jeunes pour être là sans leurs parents. Ils manifestaient ce comportement de groupe si typique des *teen-agers*. Quand le leader se déplaçait, les autres suivaient comme si l'on avait chorégraphié un vol d'étourneaux. J'ai toujours pensé qu'être le premier à se déplacer dans un tel groupe suppose de réelles qualités de meneur d'hommes chez un gosse. Mais comment faire figurer cela sur un questionnaire d'embauche ? *J'étais chef d'un gang, je faisais régner la discipline, alors donnez-moi illico un putain de job.*

Personne n'avait disparu dans ce quartier, en tout cas pas à mon souvenir, ce qui est surprenant au vu de ces foules dégénérées. Les chefs de bande ne risquaient pas de se faire enlever. Ce serait plutôt le cas de l'un des suiveurs, plus effacé. Si j'étais un kidnappeur, qu'est-ce que je chercherais chez une victime ? J'observai le groupe pendant un moment puis focalisai mon attention sur un garçon précis, que je sentais, au fond de moi, comme étant le plus vulnérable.

Je m'imaginai le séparer du groupe pendant quelques instants pour pouvoir l'approcher. *Hé, mec, qu'est-ce que tu cherches ? Cigarette ? Fumette ? Ecstasy ?* Puis je pourrais l'attirer encore plus loin du groupe. Et voilà, il serait à moi.

Un peu exagéré peut-être. Ce ne serait pas si facile, mais pas impossible non plus.

Je mangeai mon chili avec plaisir, assise sur un banc, tout en observant d'autres passants, dont beaucoup étaient chargés de sacs de courses. Je leur enviais ce moment de loisir. Ensuite, le trajet fut bref jusqu'à la maison des Wilder. Mme Wilder ouvrit la porte presque immédiatement. Elle avait un visage plaisant et l'air chaleureux, mais un regard infiniment triste. La mère de Larry paraissait plus âgée que je ne l'avais imaginé, mais une épreuve comme celle qu'elle avait subie et subissait encore peut faire vieillir quelqu'un. Nous l'avons tous constaté plus d'une fois.

Je sortais mon insigne quand elle me dit :

« Inspecteur Dunbar ? Je vous en prie, entrez. »

Et si je n'avais pas été l'inspecteur Dunbar ? Les gens sont trop négligents avec la sécurité. Je préférai ne rien dire. Inutile de mettre du sel sur la plaie.

« Oui. Madame Wilder ?

— Entrez donc. »

Elle me tendit la main.

« Je suis heureuse de vous connaître », dit-elle aimablement.

Elle était si charmante et polie.

Une fois dans le salon, mon regard se dirigea tout droit vers une photo de famille posée sur un petit piano à queue dans un coin. Mère, père, et quatre enfants. Le blond, Larry, était le plus petit, probablement le plus jeune.

Cette mère, comme toutes les autres, devait se sentir atrocement coupable. Larry était son bébé, et nous sommes tous beaucoup moins à cheval sur la discipline et moins vigilants avec nos enfants plus jeunes qu'avec les premiers. Évidemment, nous avons tendance à exagérer avec nos aînés, mais quand le dernier arrive, nous sommes devenus des pros très relax ayant réponse à tout. Elle était probablement plus encline à laisser Larry sans surveillance qu'elle ne le faisait quand elle était un parent novice.

Je m'approchai du piano et désignai la photo.

« Je peux ?

— Je vous en prie », dit-elle.

Mon doigt s'arrêta sur la poitrine de Larry.

« Il a l'air différent ici. Ce n'est pas le même que sur la photo que vous nous avez donnée.

— Je sais. L'autre était plus vraie. Il déteste qu'on le prenne en photo, et il n'a jamais l'air naturel quand il pose. C'est pourquoi j'ai donné la photo instantanée à l'inspecteur Donnolly. Elle ressemble davantage au vrai Larry.

— Ah, c'est typique de cet âge-là, je crois.

— Oui, dit-elle doucement. Et voici mes autres enfants. »

Ses enfants survivants, pensai-je. Je m'en voulus d'être aussi négative, pendant qu'elle me désignait deux garçons et une fille, dont j'oubliai aussitôt les noms car je n'en aurais plus jamais besoin. Mais leur âge présentait un certain intérêt pour moi.

« Vingt, dix-huit et quinze », me dit-elle en montrant chaque enfant.

Nous nous assîmes ; je lui rappelai les détails de l'enquête tels que je les avais lus dans le dossier de Donnolly. L'oncle avait été vu et identifié par des témoins, mais, au moment du rapt, il était à la caserne des sapeurs-pompiers en présence de six autres pompiers qui avaient témoigné pour lui. Mme Wilder n'avait rien de nouveau à ajouter aux informations que Donnolly avait rassemblées. Le moment était venu pour moi de me mettre au boulot.

« Larry avait sa propre chambre ?

— Oui.

— Pourrais-je y jeter un coup d'œil ? »

Je vis son visage s'affaisser : la chambre devait être pour elle une sorte de sanctuaire. Elle ne prit même pas la peine de répondre, poussa un profond soupir et, d'un signe de tête, me fit signe de la suivre.

Nous montâmes les marches, tournâmes à droite et longeâmes un long couloir bien éclairé. La maison était claire et aérée avec de nombreuses fenêtres. Elle n'avait pas l'air d'une maison en deuil. Le sol était couvert d'une moquette saumon si épaisse qu'elle étouffait le bruit du moindre pas, et les murs décorés de toutes sortes de photos d'animaux sauvages, chacune dans un cadre d'une couleur primaire différente. Les gosses devaient adorer cela.

La chambre de Larry, au contraire, était encombrée et en désordre. Il y avait des vêtements éparpillés sur le lit et des chaussures jetées par terre. On avait l'impression que Mme Wilder n'avait touché à rien. Je fis semblant de perdre l'équilibre en me frayant un chemin à travers les piles de vidéos et de bandes dessinées, et posai une main sur le bureau comme pour me soutenir. Profitant de ce que Mme Wilder détournait les yeux un instant, je regardai le bout de mes doigts – ils étaient propres. Le désordre semblait bien être celui d'un garçon. Elle avait dû tout soulever, dépoussiérer, puis remettre les choses en place.

D'après tout ce qui jonchait sa chambre, Larry devait être du genre dingue d'informatique. Il y avait tout un tas de trucs high-tech, dont un *joystick*.

« Votre fils jouait beaucoup aux jeux vidéo ?
— Sur l'ordinateur, oui. Mais nous n'avons pas un de ces – de ces gadgets, je ne sais pas comment ils s'appellent – pour jouer sur la télévision. »

Elle me dit cela avec un petit air triomphal et je pensai : *Bravo*.

« Nous avions également limité le temps qu'il passait sur l'Internet. Le modem est relié à un minuteur. Nous avions toujours peur... »

Elle ne parvint pas à finir sa phrase, mais je devinai en gros ce qu'elle allait dire. Les parents de Larry avaient peur qu'un mutant électronique, un pédophile se faisant passer pour un autre *teenager*, n'attire leur fils dans ce vide inconcevable. Une crainte légitime. Nous étions constamment en alerte à la brigade et nous passions beaucoup de temps à traquer les pervers et les pédophiles utilisant cette nouvelle méthode. Se faire passer en ligne pour quelqu'un d'autre leur permettait d'appâter facilement leurs victimes.

Je commençais à penser que j'avais affaire à un imposteur, mais il ne semblait pas contacter ses victimes sur un *chat*. C'était un soulagement dans un sens, car ces types sont parmi les pires des prédateurs – ils font un mal fou aux enfants qu'ils attirent, sans parler du fait que, pendant la phase de séduction, ils les détournent d'autres activités bénéfiques, même si ces enfants ne mordent pas complètement à l'hameçon.

Mais j'étais également déçue. Car nous avons nos propres prédateurs, des flics qui se font passer pour des enfants et qui font marcher ces sales types. Nous avons eu récemment un cas – un jour où, pour une fois, Escobar avait pu prendre un appel. Un père avait fini par avoir des soupçons en voyant sa facture Internet grimper anormalement pendant un mois. Avant d'en parler à son fils, il téléphona à son fournisseur Internet pour le menacer de prendre un avocat, parce que son fils était mineur. Ensuite, pendant quelques jours, quand le gosse essayait de se connecter sur le *chat* en question, il recevait le message « SITE EN COURS DE RÉPARATION », sans se rendre compte que, en réalité, il avait été bloqué. Le père transmit les renseignements à Escobar qui se fit passer pour le gosse, et réussit, en moins d'une semaine, à prendre rendez-vous avec le suspect. Nous l'avons coincé dans le parking d'un fast-food du coin. Il s'était mis à hurler à l'incitation au délit, mais cela avait fait rire le juge qui l'avait gardé en détention. J'en étais presque redevenue croyante.

« Une minuterie, dis-je d'un air songeur. Sur la connexion elle-même ?

— Oui. La ligne est interrompue s'il reste sur le même site plus d'un certain temps. Seuls son père et moi savons comment passer outre.

— C'est une façon originale de garder le contrôle, dis-je. Je n'avais jamais entendu parler de ça, mais quelle bonne idée.

— Ça a très bien fonctionné. C'était devenu un tel problème. Une fois l'appareil installé, Larry savait exactement de combien de temps il disposait et pouvait planifier ses devoirs et ses autres activités en conséquence. Cela nous évitait beaucoup de disputes.

— J'aimerais bien essayer avec mon propre fils. Je trouve qu'il passe bien trop de temps sur l'ordinateur. »

Cela parut lui faire plaisir.

« Je demanderai à mon mari de vous téléphoner

– c'est lui qui connaît tous les détails techniques. Mais c'est moi qui jouais les cerbères. »

Je souris.

« N'est-ce pas toujours le cas ? remarquai-je.

— Au début, c'était dur, mais quand tout le monde a été habitué, nous n'avons plus eu trop de problèmes. Nous avions également un bloqueur de sites que nous avions programmé pour l'empêcher d'aller sur les *chats*. Son école en sponsorisait bien un, mais il fallait avoir un mot de passe pour y entrer, et les contrôles étaient effectués au hasard. »

Mme Wilder essuya machinalement un débris sur la table de la chambre de son fils, mais sa détermination me confirma ce que je soupçonnais : la chambre était devenue un endroit sacré pour elle. C'était tellement triste – cette femme proche de la cinquantaine, soignée, impeccablement mise et cultivée, voulait me convaincre qu'elle avait été une bonne mère, vigilante, un rôle qui lui collerait à la peau pour le restant de ses jours. Sans même en avoir conscience, elle ne cesserait jamais de plaider pour son propre cas auprès de toute personne qui évoquerait la disparition de son fils. Si seulement elle parvenait à se convaincre elle-même, le regard des autres aurait probablement moins d'importance pour elle.

« D'après les notes de l'inspecteur Donnolly, il ne croyait pas vraiment à la possibilité d'un enlèvement par Internet. Je présume que vous étiez d'accord et que cette hypothèse ne devait pas être privilégiée.

— En effet.

— Avez-vous changé d'avis ?

— Non. » Je désignai le lit de Larry. « Puis-je m'asseoir ?

— Je vous en prie. Allez-y. »

Je me posai au bord du matelas et parcourus du regard le sol parqueté. Il y avait un tapis au milieu de la pièce, plein de traces d'aspirateur, avec une seule empreinte de chaussures : les miennes – Mme Wilder aspirait probablement ses propres empreintes en sortant de la chambre. Puis je levai les yeux pour examiner les murs. Ils étaient d'un vert plus clair que le tapis, une couleur dénommée « vert hôpital » censée être reposante. Sur un tableau d'affichage, des dizaines de petites notes étaient punaisées, ainsi qu'un calendrier de l'année précédente avec le mois de la disparition de Larry. Il y avait un emploi du temps pour les séances d'entraînement de foot et une note pour un rendez-vous de dentiste, ainsi que deux cartes d'anniversaire sans doute envoyées par les grands-mères. Il y avait un devoir de mathématiques avec un grand 20/20 encerclé. Rien d'anormal.

Mais si les murs étaient supposés être reposants, ce qui y était accroché ne l'était pas. Il y avait deux posters géants de *Star Trek*, un de Bruce Willis, couvert de sang, dans un de ses *Die Hard*, puis un assortiment de posters plus petits avec des dinosaures. Deux publicités pour WrestleMania avaient été arrachées à des magazines et fixées un peu n'importe comment avec du ruban adhésif, pas par un parent en tout cas.

Ni Farrah ni Britney encore.

Mais le poster qui attira surtout mon attention se rapportait à une exposition, au musée Tar Pits à La Brea, de bêtes préhistoriques animées électroniquement. L'exposition avait fermé l'année précédente après être restée longtemps à l'affiche. Le grand rectangle sombre occupait la place d'honneur, juste au pied du lit, de façon à être bien visible. Evan était allé voir cette exposition avec Jeff – je ne me souviens plus quels parents les avaient accompagnés – et il n'avait pas cessé de s'extasier dessus pendant des semaines. Toutes sortes d'effets spéciaux, m'avait-il dit, avec ces bêtes incroyables d'il y a cent millions d'années. Ce qui avait surtout plu à Evan, c'est qu'il y avait des chevaliers et des guerriers qui chevauchaient les bêtes, comme dans les jeux électroniques. Des puristes en matière de science avaient lancé toute une polémique à propos de l'inexactitude chronologique ; je me souviens que ça m'avait amusée parce que, petite, je regardais tout le temps *Les Pierrafeu*. Eux aussi chevauchaient des dinosaures ! Ce qui m'importait le plus, c'est que ça avait poussé Evan à se documenter sur la réalité.

En regardant le poster, je comprenais encore mieux. On y voyait un horrible sanglier couvert de verrues, dégoulinant d'une substance gluante répugnante, trop pourpre pour être du sang normal, mais que l'artiste voulait sans doute vous faire prendre pour le sang de la bête. Sur le dos de ce sanglier, un guerrier, en armure sombre abondamment décorée et d'allure médiévale, brandissait une épée courte en tenant sa monture par la crinière – l'animal avait un collier de poils autour du cou, un peu comme un lion. La position et l'angle de l'épée laissaient penser que ce chevalier allait tuer la bête tout en la chevauchant. Il abattrait le démon, mais tomberait du même coup, au risque de sa vie. Cette image forte était dérangeante, mais je continuai pourtant à examiner tous les petits détails que l'artiste avait introduits, les pierres précieuses sur le manche de l'épée, les décorations recherchées sur l'armure, les rivets scintillants sur les gants métalliques.

Pourtant, en dépit de tous ces détails minutieux, on ne voyait aucun visage dans l'ouverture étroite ménagée sur le devant du heaume.

« Hum, dis-je sans quitter le poster des yeux.

— Eh oui, constata la mère de Larry », d'une voix presque inaudible.

Devant cette curieuse réaction, je préférai ne rien dire.

Je quittai la maison des Wilder avec l'impression de mieux connaître le garçon. Reconstituer une image à partir de photos et de descriptions est très difficile. En revanche, passer du temps dans la chambre de cet enfant assise sur le bord de son lit, voir l'endroit où il jetait ses baskets et ses jeans, contempler les choses qu'il aimait, m'avaient permis de conclure qu'il s'agissait d'un garçon gentil et normal, et pas le genre à traîner du côté de la Promenade. Je promis à sa mère que je la contacterais si j'avais besoin d'autre chose, et que je la tiendrais au courant quand il y aurait du nouveau. Elle savait bien que *quand* voulait en réalité dire *si ;* en partant, je vis à son expression qu'elle ne se faisait guère d'illusions. Mais elle eut la bonté de ne pas me le faire remarquer.

Je ne reçus pas le même accueil chez les McKenzie. J'étais en retard pour m'être arrêtée au café près de l'endroit où Larry avait été enlevé. Je me garai sur une place de livraison et me retrouvai aussitôt face à un garçon renfrogné qui me demanda d'un ton agacé de me déplacer. Mon insigne plus l'assurance que je repartirais très vite le firent battre en retraite.

J'arpentai plusieurs fois le trottoir pendant que le garçon m'observait impatiemment. Quand je me fus imprégnée de l'atmosphère de l'endroit, je passai devant lui, entrai dans le café et demandai à voir la gérante. Elle sortit de la cuisine, vêtue d'une veste blanche et d'un tablier souillé sur lequel elle s'essuya les mains avant de m'en tendre une pour me saluer. Ce devait être aussi le chef, et peut-être même la propriétaire. Elle me dit qu'elle était là le jour de l'enlèvement, mais qu'elle n'avait rien vu, puis elle ajouta que les deux témoins éventuels, des serveuses, ne travaillaient plus au café, et que je devrais me rendre chez elles, si toutefois elles habitaient toujours au même endroit. D'après elle, une au moins était restée dans le quartier, parce qu'elle passait de temps en temps et n'avait pas parlé de déménagement.

Je la remerciai, sortis, et agaçai encore davantage le garçon anxieux en lui souriant bien en face et en m'asseyant à une table dehors. Pauvre chou, il allait bien être obligé de faire attention à moi. À ce moment-là, une voiture arriva lentement et se gara à côté de la mienne. Le conducteur fit un signe au garçon qui jeta un coup d'œil dans ma direction et tourna lentement la tête de gauche à droite. La voiture redémarra doucement. Une classique et discrète manœuvre de renvoi, quand la voie n'est pas libre.

Pas étonnant que le petit abruti n'ait voulu de personne, et surtout pas d'un flic, sur cette zone de livraison. Il attendait une livraison de drogue. Probablement pour sa consommation personnelle : il n'avait pas l'air de taille à dealer. Je mémorisai le numéro de la plaque d'immatriculation du véhicule qui s'éloignait pour la transmettre à la brigade des stups. J'allais lui donner une vraie bonne raison d'être énervé par moi.

J'eus l'impression que la mauvaise humeur de Marcia McKenzie était son état naturel en dépit de son chagrin, tout comme la nature de Mme Wilder la portait à être aimable.

« Je ne comprends pas pourquoi je dois encore subir tout ça, gémit-elle quand nous eûmes enfin commencé à parler. »

J'avais déjà l'impression d'être une intruse dans cet endroit : la maison était si parfaitement décorée que je ne me sentais pas digne de ces lieux. J'imaginais les meubles recouverts de housses de plastique en l'absence de visite. Je n'osai pas marcher sur le tapis d'Orient dans la salle de séjour : il avait probablement coûté plusieurs mois de mon salaire.

Hélas, la richesse de cette famille n'avait pas suffi à la protéger. La disparition de Jared McKenzie leur était tombée dessus comme une maison qui s'écroule, et ils s'efforçaient encore de sortir des décombres. Les gens qui se croient à l'abri des crimes sont en permanence en colère, ils se sentent frustrés, menacés, violés, et ne parviennent pas à comprendre comment le monde a pu, en une seconde, leur devenir aussi étranger. Marcia McKenzie était habituée à ce qu'on lui manifeste un respect total, mais elle devait maintenant s'effacer et apprendre à se soumettre à un système pesant qui donnait automatiquement la priorité à un criminel anonyme. Tout ce qu'elle subissait actuellement était en parfaite contradiction avec sa conception de la justice. Au regard de sa position sociale, le système aurait dû la traiter avec plus d'égards, mais cela ne lui donnait pas le droit d'être si désagréable avec moi. Une bonne dizaine de fois au cours de notre entretien, je faillis me lever et partir, si elle répétait encore une fois le mot « scandaleux ». On aurait dit que Terry Donnolly et moi-même étions la cause directe de son malheur.

Elle n'arrêtait pas.

« Une absence totale de réaction, une négation humiliante des besoins de ma famille... »

Oui, je comprends ce que vous ressentez, que nous vous avons laissée tomber pendant que les enquêtes de l'inspecteur Donnolly étaient en cours de réorganisation. Mais tout cela va s'arranger maintenant. Je devais rester prudente ; si j'abondais trop dans son sens, elle risquait de devenir exigeante, encore plus exigeante qu'avant. Il me fallut plus d'une heure pour faire retomber toute cette colère et parvenir à la chambre de Jared. Puis – miracle – le téléphone sonna. Elle me laissa seule pour aller répondre dans une autre chambre au bout du couloir.

Elle resta partie un bon moment ; lasse de rester debout, je m'assis sur le bord du lit sans attendre sa permission. Contrairement à celle de Larry Wilder, la chambre avait été refaite : cette mère particulièrement anxieuse entendait bien maintenir une forme de contrôle sur son fils absent. Autant commencer par son espace privé, qui avait probablement été un de leurs terrains de bataille favoris avant qu'il ne disparaisse. Je me sentais plus à l'aise dans la chambre de Jared où je me mis aussitôt à toucher des objets, en ramassai certains, les retournai et les examinai soigneusement. La chambre de Larry Wilder était un sanctuaire, celle de Jared un foutoir, chacune reflétant l'influence des mères respectives, et, dans le cas de Marcia McKenzie, celle d'une mère irrespectueuse.

Je me mis à fouiller les tiroirs, m'attendant à les trouver rangés. Heureusement, ils étaient en fouillis, comme chez la plupart des garçons. Feutres desséchés, cailloux, trombones déformés, crayons rongés, lacets cassés, cartes de base-ball, pièces de monnaie étrangères, billets de cinéma...

Et une trousse d'écolier venant de la boutique du Tar Pits de La Brea.

13

    Le cheval qui me fut donné pour aller à Saint-Étienne était un bai docile, en dépit de quoi, à mesure que nous avancions, je commençai à redouter le lendemain quand mes jambes et mes flancs seraient si endoloris que je pourrais à peine marcher. Il fut un temps où j'adorais monter à cheval, surtout lorsque nous partions en excursion dans la campagne avec Étienne et nos deux fils. Nous suppliions le palefrenier de Champtocé de nous confier quatre montures ; il ne devait en principe pas le faire, mais nous obligeait volontiers, surtout quand les membres de la maisonnée étaient installés à Machecoul, et ne risquaient pas de le savoir. Michel et le jeune Gilles s'en allaient souvent seuls sur des chevaux bien trop grands pour eux chasser des petites bêtes dans la forêt, ou jouer à la fauconnerie avec l'oisillon que monseigneur formait à son bras. Ils étaient souvent partis pendant des heures, nous causant de l'inquiétude à moi et à Jean de Craon, qui avait tellement investi dans la réussite de son petit-fils qu'un seul cheveu en désordre le faisait rager contre tous ceux qui s'occupaient du garçon.

Mais parmi nous tous, aucun n'était capable de leur imposer une escorte, car ils s'échappaient souvent à notre insu.

J'imaginais la fureur de Jean de Craon s'il apprenait ce qu'on m'avait dit hier sur son petit-fils.

Maintenant que nous approchions de Saint-Étienne, je ne comprenais pas comment j'avais pu aimer cette torture lancinante. À mon malaise physique s'ajoutait un mauvais pressentiment. Il n'y aurait pas d'affrontement entre nous et monseigneur, tout au moins aucun de prévu ; nous étions un petit groupe sans armes, et Son Éminence voulait seulement observer la situation à une distance confortable. Nous ne nous ferions pas connaître à moins que cela ne devienne absolument nécessaire, mais nous chercherions plutôt à obtenir des témoignages quant à la prise du château. Et nous attendrions pour voir ce qui se passerait. Tout cela avait été organisé par Son Éminence pour m'amadouer. La veille, une fois les préparatifs terminés, Jean de Malestroit avait commandé un léger dîner que nous mangeâmes dans la solitude de sa chambre. La soirée était agréable, compte tenu des circonstances, mais l'ambiance changea quand il prétendit de nouveau que nous ne devions pas faire ce voyage.

J'étais à présent juchée sur un cheval, en plein jour, tous mes sens en alerte, une situation rare pour moi, car une femme de Dieu a rarement l'occasion d'exercer de tels talents, à moins qu'elle ne soit Jeanne d'Arc. À l'abri des arbres, je voyais la forteresse de Saint-Étienne, imaginant ce que pouvait ressentir un guerrier sur le point de mener une attaque surprise, bien qu'aucune attaque de la sorte ne fût imminente. J'étais excitée, vaguement apeurée, dans l'attente de la gloire. Je voyais tout : les fantassins, bien armés et prêts, qui se tenaient tout autour du château près de l'ancienne église, les troupes montées dont les chevaux se déplaçaient en raison du poids de l'armure. Je reconnus le marquis de Ceva – un fichu vaurien s'il en fut jamais un sur terre.

« Monseigneur n'est nulle part en vue. Il doit encore être à l'intérieur du château », dis-je à Son Éminence.

Il acquiesça d'un air grave sans pouvoir dissimuler son sourire. Cela devait l'amuser de me voir ainsi en combattant. Pour moi, c'était surtout une façon de passer le temps, car je me fatiguais à regarder au loin pendant que les soldats grouillaient autour de l'entrée de l'église en pleine confusion.

Le soleil était haut dans le ciel. Je scandalisai la compagnie en enlevant mon voile et en secouant mes cheveux, mais je le remis sans délai lorsque tous les regards se tournèrent dans ma direction. Jean de Malestroit laissa échapper un petit rire, puis haussa le sourcil. Il se pencha vers moi.

« Si cela peut vous réconforter, chuchota-t-il, sachez qu'un heaume n'est pas moins gênant. Je suppose que vous réclamerez bientôt votre épée. »

J'aurais préféré un siège plus confortable. J'étais obligée, à intervalles réguliers, de changer de position sur le cheval pour ne pas m'ankyloser. Ce n'était pas facile avec toutes ces étoffes encombrantes. Sinon, je ne manquais pas de distractions avec tout ce qui bougeait autour, et que l'œil capte d'autant mieux lorsque le regard n'est pas focalisé sur une chose en particulier. Le plus fascinant était un chat qu'on n'avait sans doute pas réussi à chasser : il – ou elle, difficile à distinguer à une telle distance – se frottait contre les jambes des chevaux pour les faire hennir, au risque d'agacer leur cavalier. À maintes reprises, le marquis de Ceva chassa l'importun de la pointe de son épée, mais le chat revenait toujours, comme le font les chats, surtout quand ils sont affamés.

Ce petit jeu continua un bon moment, puis, soudain, monseigneur Gilles en personne apparut au portail de l'église.

« Éminence, chuchotai-je.

— Je le vois », me dit-il.

Nous nous assîmes tous pour observer monseigneur dans son armure noire, qui arpentait furieusement le plancher de bois, en brandissant son épée à tout-va. Il portait son heaume de l'autre main et le jeta à un de ses hommes, qui l'attrapa au vol. En voyant le visage sombre de monseigneur, je me demandai ce que cela aurait coûté à l'homme s'il l'avait laissé tomber et qu'il ait été cabossé.

Peut-être Jean Le Ferron se méfiait-il plus que prévu. Monseigneur fit les cent pas parmi ses hommes pendant quelques minutes, visiblement furieux, une scène qui me rappelait son enfance. Puis le chat se mit en travers de son chemin, manquant le faire trébucher dans son habit de métal encombrant ; il éleva la voix et lança un chapelet de jurons des plus grossiers, comme les femmes en entendent rarement, mais il ne savait pas qu'il y avait une femme à proximité.

J'aurais pu lui pardonner. On attend des hommes,

et des nobles en particulier, qu'ils se comportent ainsi à l'occasion. Mais il commit alors l'impardonnable sous mes yeux incrédules – il empoigna son épée des deux mains, et, d'un coup net, trancha le félin gênant par moitié.

Je n'ai aucun amour particulier pour les chats. Mais je ne peux pas non plus cautionner leur massacre. Les deux morceaux se tordaient aux pieds des chevaux tandis que les troupes de Gilles de Rais riaient de son sort. Ce qui en restait serait certainement réduit en bouillie avant la fin de la journée. Je revoyais le pauvre petit chien de Dame Marie, si cruellement pendu.

Je me retournai pour vomir ; les restes de mon petit déjeuner, déjà chahutés par la chevauchée, avaient maintenant un goût amer. Chancelante, je me cramponnai au pommeau de ma selle et crachai le résidu de mon mieux. Jean de Malestroit, le visage impassible, me prit par le bras pour m'aider à garder mon équilibre. Il ne dit rien, mais, du coin de l'œil, je le vis faire un signe de la tête à frère Demien, qui lui transmit rapidement un flacon.

« Buvez », insista gentiment Son Éminence.

Je m'attendais à de l'eau, cela se révéla être du vin, et de bonne qualité. Mais le fait qu'il soit excellent m'importait peu car je ne pus rien avaler ; je remuai le liquide fruité dans ma bouche puis le recrachai. Rien n'aurait été assez doux pour effacer cette amertume.

Sur ce, frère Demien prit un des cavaliers de notre escorte et s'éloigna, par un chemin détourné pour ne pas se faire remarquer, en direction du village de Saint-Étienne, à l'ouest. Jean de Malestroit l'avait chargé de questionner les paroissiens de Le Ferron sur ce qui s'était réellement passé dans l'église. Nous restâmes à l'arrière avec le reste de l'escorte à observer les allées et venues à l'extérieur du château. Quand mon estomac fut un peu calmé, je sortis le pain et le fromage que j'avais mis dans ma sacoche de selle et le partageai avec notre entourage, en prenant soin d'en garder pour ceux qui étaient partis, au cas où on ne leur donnerait pas l'hospitalité au village. Quant à moi, je n'avais pas vraiment d'appétit. Je me demandai si je retrouverais jamais le goût de la nourriture.

Le soleil déclinait déjà depuis un moment lorsque les autres revinrent. Ils se faufilèrent à travers les bois derrière nous et sortirent furtivement d'entre les arbres.

Quand il surgit, Demien avait le visage sévère ; apparemment, notre frère tonsuré en Christ, Jean Le Ferron, avait été traîné hors du sanctuaire, forcé de se mettre à genoux au vu de tout le monde, et battu avec un gourdin.

« Il avait les mains et les pieds enchaînés, dit frère Demien. Après quoi, on l'a de nouveau tiré à l'intérieur de son église, alors qu'il était blessé et tout couvert de sang, comme un vulgaire prisonnier. Certains témoins pleuraient en me le racontant. D'autres, qui avaient assisté à cet événement impie, ne pouvaient même pas en parler.

— Scandaleux, s'indigna Son Éminence. Que cette propriété ait été saisie de manière aussi vile. Une action immédiate sera entamée. »

La colère se lisait dans son regard, tandis qu'il ne

quittait pas son interlocuteur des yeux. Je n'avais jamais connu personne qui prêtait autant d'attention à ce qu'on lui disait, ni quelqu'un qui pouvait le répéter de façon aussi précise. *Le savoir est mon arme*, disait-il souvent, *puisque je ne porte pas d'épée*. Mais autant j'admirais cet homme, autant je l'aimais même – des sentiments mal venus, quoi qu'il en soit – et trouvais que la colère pouvait se justifier, autant je contestais la raison de son courroux.

« Jean », dis-je doucement.

Il se retourna aussitôt vers moi en m'entendant prononcer son prénom.

« Oui, Guillemette ?

— Ne trouvez-vous pas regrettable, comme moi, que, quand un château est occupé, nous poursuivions le voleur avec plus de détermination que nous le faisons pour le violeur de nos enfants ? »

Il détourna de nouveau le regard et grommela quelque chose. J'étais furieuse.

Je priai pour l'âme de Gilles de Rais aussi sincèrement que ma conscience quasi païenne me le permettait, et demandai à Dieu de me montrer qu'il n'était pas ce qu'il semblait être devenu – un monstre, un démon, un adorateur de Satan. Je suppliai Dieu pour que, contre toute logique, nous nous apercevions que ces allégations étaient fausses, et que monseigneur, sur qui j'avais exercé une influence maternelle, soit blanchi de tout soupçon. Une telle issue semblait de plus en plus improbable avec chaque nouvelle révélation le concernant. Mais il y avait au moins une chose dont j'étais certaine : le duc Jean se préoccupait plus des châteaux de ses alliés que des enfants du peuple qui vivaient dans leur ombre. Et j'en éprouvais infiniment de colère.

Au milieu de l'après-midi, nous relâchâmes quelque peu notre vigilance ; il semblait peu probable que nous puissions être repérés derrière notre abri boisé. Les hommes de Gilles étaient trop préoccupés par leurs propres affaires (et la destruction totale des deux moitiés du chat) pour jeter le moindre regard dans notre direction. Nos chevaux, bien plus réjouis que nous de ne rien faire, restaient parfaitement tranquilles. Le silence était total, et pourtant je fus la seule à entendre un homme s'approcher à travers les arbres. J'étais un peu en arrière, occupée à chercher quelque chose dans mes sacoches quand j'entendis un léger bruit venant des buissons.

Je gardai mon calme, finis de chercher dans la sacoche, et retournai vers les autres. Je fis alors semblant de m'évanouir et Son Éminence se pencha vers moi pour me rattraper.

« Un homme est aux aguets derrière nous, chuchotai-je à son intention. Je ne l'ai pas vu, mais je sais qu'il est là. »

Sans perdre son sang-froid, l'évêque se redressa, lentement pour ne pas inquiéter l'intrus, et se tourna vers un de nos gardes. Il regarda de façon explicite son épée, et fit un discret signe de tête vers l'arrière.

« Derrière, dans les broussailles », dit-il tout bas.

Le garde ferma lentement les yeux, puis les rouvrit, en signe d'acquiescement.

« Avec votre permission, Éminence, dit l'homme

au bout de quelques secondes, pourrais-je descendre un petit moment ? »

Jean de Malestroit hocha la tête avec emphase.

« Bien sûr », répondit-il.

L'homme descendit de son cheval et fit mine de rajuster son haut-de-chausses, comme s'il allait partir pour se soulager, et se dirigea vers les buissons derrière moi.

« Mère, je réclame votre indulgence...

— Je ne regarderai pas », dis-je.

Il s'enfonça dans les buissons, la main près de son bas-ventre, mais en réalité à portée du pommeau de son épée. J'entendis le frottement de l'épée sortant de son fourreau, puis une vague échauffourée. Je me retournai pour voir ce qui se passait ; mon instinct m'incitait plutôt à me précipiter hors du bois pour regagner la clairière, mais ce n'était pas digne d'un guerrier voulant rester discret. Je restai donc assise sur ma monture, apeurée, et regardai les branches s'agiter violemment. On n'entendait aucun cri, rien qu'un échange animé de phrases sèches prononcées à voix basse, comme si l'intrus souhaitait également ne pas être remarqué par les hommes du seigneur de Rais. Puis le calme revint.

Tout resta tranquille pendant quelques instants jusqu'à ce que le garde ressorte avec son prisonnier devant lui, les mains attachées dans le dos. Il poussa le captif vers nous. L'homme fit quelques pas en trébuchant, puis retrouva son équilibre en arrivant devant Son Éminence. Il leva les yeux vers le visage sévère de l'évêque et s'inclina immédiatement.

C'était un prêtre !

« Parlez, frère, mais il y a intérêt que ce soit

important, ordonna Jean de Malestroit à voix basse.

— Pardonnez-moi, Éminence », dit l'homme, toujours incliné.

Sa voix tremblait légèrement.

« De quel péché êtes-vous coupable ?

— Mes péchés sont nombreux, chuchota le prêtre en hâte, mais je voulais d'abord implorer votre pardon pour vous avoir surpris de la sorte. Je ne voulais pas révéler votre position à monseigneur en traversant la clairière pour vous parler.

— Ce dont nous vous sommes reconnaissants, dit Son Éminence. À présent, comment saviez-vous que nous étions ici ?

— J'ai suivi le jeune prêtre depuis le village.

— Il n'avait pas remarqué votre présence ?

— Non, Éminence. »

Jean de Malestroit jeta un regard mécontent en direction de frère Demien, puis se retourna vers notre homme.

« Comment vous appelez-vous ? demanda-t-il.

— La Roche, répondit l'homme. Guy.

— Eh bien, frère Guy, pourquoi ne vous êtes-vous pas directement adressé à frère Demien quand il était dans votre village ?

— Je n'avais rien à dire concernant la prise de l'église, ce qui me semblait être son propos. Je sers une paroisse bien plus petite de l'autre côté du village et n'étais pas présent lors des atrocités. Mais un de nos jeunes hommes a vu votre groupe approcher de loin.

— Nous n'avons vu aucun jeune homme sur notre route. »

La Roche esquissa un sourire.

« Alors, c'est qu'il était bien dissimulé. Nous nous demandions si c'était le cas.

— Un espion ? »

Le prêtre acquiesça.

« Nous avons placé des hommes dans les bois tout autour. Mais, continua-t-il, devant le regard interrogateur de l'évêque, nous n'osons pas les laisser sans surveillance. Des démons enlèvent nos enfants. »

Jean de Malestroit gardait le silence.

« Notre homme nous a dit que *l'abbesse* était parmi vous », continua le prêtre.

Pas *une* abbesse quelconque, mais une bien précise – moi. Il me regarda pendant que je détournais les yeux, perplexe.

Jean de Malestroit me considérait avec attention.

« Il semble que vous ayez acquis une certaine réputation, ma sœur, dit-il tout bas.

— En effet, mon seigneur, répondis-je en chuchotant. Que Dieu me le pardonne. »

Visiblement mécontent, il grommela quelque chose.

« Nous verrons », murmura-t-il ensuite.

Le prêtre fit un pas dans ma direction. Le garde voulut le retenir en arrière, mais un signe de la part de Jean de Malestroit l'en empêcha.

« Puis-je parler, mère ? »

Quand, instinctivement, je me tournai vers Jean de Malestroit, il détourna le regard, me laissant libre de répondre selon ma volonté.

« Vous pouvez », dis-je.

Je me redressai sur ma selle, profitant de ce moment d'autorité.

« Mais faites vite, l'avertis-je, car la lumière baisse.

— Nous avons appris qu'à Bourgneuf vous aviez recueilli de nombreux récits d'enfants disparus. Nous aussi, nous avons des choses à dire.

— Nous ? demandai-je.

— Oui. D'autres m'attendent, bien cachés dans les bois. »

Il désigna la forêt derrière lui.

« Combien ? demanda Son Éminence prudemment.

— Sept », répondit le prêtre.

Suffisamment pour nous surprendre. Mais pourquoi nous dire combien ils étaient si leurs intentions étaient mauvaises ? À moins qu'il n'ait minimisé leur nombre pour nous mettre en confiance. Je regardai Jean de Malestroit mais il restait imperturbable. Aussi je donnai mon avis sans attendre : « S'il vous plaît, écoutons ce qu'ils ont à dire. »

Finalement, il acquiesça. Nous fîmes faire volte-face à nos chevaux et suivîmes La Roche.

En fait, nous n'avions rien à craindre : le groupe comptait trois femmes, un homme âgé, et le prêtre, plus deux hommes robustes, mais aucun n'était armé.

Les hommes s'inclinèrent pendant que les femmes faisaient la révérence.

« Vous êtes venus à pied de loin, pour faire part de votre histoire, dit Son Éminence.

— Nous venons en mémoire d'un enfant. La distance ne nous a pas paru longue. »

Jean de Malestroit observa un moment le groupe.

« L'un de vous est-il le parent de l'enfant ? demanda-t-il enfin.

— Non, dit le prêtre. Il était orphelin.

— Sa mère est morte en couches », dit une des femmes.

C'était la crainte de toute femme dès que le travail commençait.

« Qu'en est-il du père ? demandai-je.

— Il est mort d'épuisement voilà deux ans, répondit La Roche. Pendant quelque temps, il s'efforça de s'occuper de l'enfant, et tout semblait bien aller jusqu'à ce que la maladie le frappe.

— Le père était mon beau-frère, dit une autre femme, et quand il a su que sa propre mort était proche, il m'a demandé de m'occuper du garçon, ou bien de lui trouver une bonne famille si je ne pouvais pas le garder. Mais je n'avais pas les moyens de nourrir une autre bouche. »

Elle baissa les yeux de honte.

« Toute notre paroisse s'en occupait, dit le prêtre. L'enfant s'était fait aimer de tout le monde. Il était intelligent et s'était mis à apprendre le latin avec grand enthousiasme. Je pensais même qu'il ferait un bon prêtre. Il était très pieux. »

Jean de Malestroit semblait réfléchir à tout cela, mais il ne disait rien.

« Nous avons perdu un fils, dit La Roche, mais Dieu a peut-être perdu un serviteur.

— Nous sommes tous les serviteurs de Dieu, frère. »

Le prêtre me regarda, puis continua.

« Cette démarche de notre part peut vous paraître

insolite, mère, mais personne d'autre ne peut parler pour lui.

— Dans ce cas, il vous incombe de le faire », dis-je.

Alors ils se mirent tous à parler ensemble.

C'était un bon garçon en dépit de ses inconvénients. Toujours un plaisir pour ceux qui le connaissaient. Un bon garçon, un garçon de valeur.

Et une jeune femme conclut : « Nous savons que d'autres ont été enlevés. On ne peut plus le nier. »

Là-bas, on mange des petits enfants.

« Comment s'appelait-il ? demanda enfin l'évêque.

— Jacques était son nom de baptême, dit le prêtre, mais nous l'appelions Jamet par affection. Son père s'appelait Guillaume Brice.

— Quand a-t-il disparu ? »

Le prêtre me regarda de nouveau, sans répondre directement à l'évêque. Sœur Claire lui avait peut-être assuré que je l'écouterais d'une oreille plus compatissante.

« La dernière fois qu'on l'a vu, c'était il y a plus d'un an, dit-il. En février. Il aimait toujours rapporter quelque chose pour nous autres qui le nourrissions. Un jour, il est parti mendier et n'est jamais revenu.

— A-t-on fait des recherches ?

— Partout dans la région, dit la tante par alliance du garçon, et bien au-delà, mère. Il était le dernier de notre lignée, le dernier à porter le nom de son père, et celui de mon père. Nous ne voulons pas qu'on l'oublie comme les autres qui n'ont jamais été retrouvés. Nous voulons que justice soit faite pour sa disparition. »

C'était la même amertume, la même frustration que j'avais perçues dans les autres plaintes. Mais cette fois, une communauté tout entière s'était manifestée pour un garçon qui, en vérité, n'était le fils de personne. Leurs espoirs et leurs attentes flottaient dans l'air comme une brume, et nous enveloppaient.

« Je vais mener mon enquête », dit finalement Son Éminence.

La tante de l'enfant s'avança.

« Quand nous donnerez-vous des informations ? »

Jean de Malestroit fut surpris. Il n'était pas habitué à une approche aussi directe de la part de ses plaignants, même s'il comprenait fort bien la force que pouvait avoir un peuple outragé.

« Il y a des choses plus urgentes auxquelles je dois me consacrer, répondit-il, mais vous avez ma promesse, je m'en occuperai rapidement. »

Un murmure de gratitude parcourut le groupe.

« Éminence, dit alors La Roche, permettez-moi de m'entretenir un moment avec mes gens, après quoi, j'aimerais vous parler de nouveau.

— Comme vous le souhaitez, frère. »

Ils discutèrent à voix basse pendant quelques instants. Puis le prêtre s'écarta du groupe.

« Nous avons nos soupçons quant à celui qui serait responsable de ces disparitions, dit-il.

— Je n'en doute pas », répondit laconiquement Jean de Malestroit.

Sagement, La Roche préféra ne rien dire.

« Mais je tirerai mes propres conclusions au terme d'une enquête équitable, continua l'évêque après un moment de silence. Si un procès se tient ensuite, vous saurez tous ce que j'aurais appris. »

La réponse parut les satisfaire. Après force remerciements, ils nous dirent au revoir et s'enfoncèrent de nouveau dans les bois.

Pendant tout le voyage de retour vers Nantes à la lumière de nos torches, je repassai dans ma tête les événements de la journée. En traversant la zone forestière, juste avant d'arriver à la ville, j'entendis la voix de Jean de Malestroit. Il était à côté de moi, mais j'avais l'impression qu'on m'appelait de loin.

« Il y a enfin matière à agir contre le seigneur de Rais. »

Je ne répondis rien. La vérité était amère, car nos enfants disparus comptaient moins pour le duc Jean que le titre de Saint-Étienne. Le seigneur de Rais avait dû mesurer la folie de sa tentative pour en reprendre la propriété – combien de temps s'écoulerait-il avant que le duc Jean envoie un détachement plus important et mieux équipé, composé de troupes plus loyales, pour écraser monseigneur dans la boue de Saint-Étienne ?

Le principal crime de monseigneur était qu'il se considérait comme l'égal du duc Jean. Il tenait cela de son grand-père, qui avait plus de richesses, plus de propriétés, plus de domestiques, et qui était plus avisé et certainement plus audacieux que le duc. Monseigneur avait commis l'erreur de penser qu'une telle égalité lui avait été transmise de fait. Et les accusations démentes qu'on lui prêtait lors de l'attaque étaient encore plus stupéfiantes.

« Bande de vauriens, de voleurs, aurait-il crié à Jean Le Ferron. Vous avez battu mes hommes et vous leur avez extorqué de l'argent. Sortez de l'église sinon je vous tuerai ! »

Personne ne pouvait croire un seul instant que Jean ou Geoffrey Le Ferron avaient extorqué quoi que ce soit. Et personne d'entre nous ne pouvait comprendre comment un homme qui avait montré une telle humilité et une telle piété à Pâques pouvait tout à coup perdre le contrôle de son âme comme l'avait fait Gilles de Rais à Saint-Étienne. Au cours de sa brève pénitence à Pâques, et plus tard dans d'autres situations, on l'avait entendu exprimer le vœu de faire un pèlerinage en Terre sainte, de renoncer à sa vie malfaisante, et de supplier pour obtenir le pardon. Pourtant, seul son confesseur, ainsi que peut-être Jean de Malestroit, connaissait la nature de ses péchés passibles de l'absolution. Et ni l'un ni l'autre ne voulaient en parler.

Jean de Malestroit en savait assez pour mettre un terme aux agissements de monseigneur Gilles au nom du duc Jean. Mais s'il n'avait pas stupidement assiégé une église, Gilles de Rais n'aurait peut-être jamais été jugé en dépit des supplications de tant de parents.

C'est que monseigneur était des nôtres.

Mais cela n'allait plus durer longtemps.

14

Dans ma famille luthérienne du Minnesota, nous passions quelque huit heures à l'église tous les dimanches matin. C'est en tout cas l'impression que j'en avais. Après quoi, nous partagions un bon gros repas copieux qui occupait le restant de la journée. Je ne vis plus ainsi, mais je m'abstins d'appeler aucune des sept familles sur lesquelles j'enquêtais, au cas où, par le plus minuscule des hasards, ils en fassent autant. Je passai donc un dimanche tranquille, à lire et à relire les dossiers, en essayant d'en avoir une vision générale.

C'est une drôle de vie que de passer son temps à fouiner. Seules trois de ces familles savaient qu'une parfaite étrangère était en train de se pénétrer des moindres détails de leur vie, et que, tout en s'efforçant de rester neutre, elle se forgerait une opinion sur eux à partir de ces informations.

À mon avis, Votre Honneur, d'après ma formation et mon expérience professionnelle, si la mère avait mieux surveillé son enfant, il serait peut-être encore en vie.

Ou bien : *J'en suis arrivée à la conclusion, compte*

tenu de l'abondance d'indices, que, malgré son alibi, l'oncle du garçon est en réalité un pervers.

On ne peut pas s'en empêcher parfois. Je veux me montrer charitable et accorder aux gens le bénéfice du doute, mais on voit tellement de choses – trop de choses.

Une ribambelle de questions n'avait pas tardé à surgir, dont celle-là pour commencer : l'enfant disparu était-il allé au musée Tar Pits peu de temps avant sa disparition ? Et si oui, avec qui ?

S'il y avait une telle similarité entre les victimes, ne pourrait-il pas y avoir aussi un comportement récurrent de la part des intimes ? Jusque-là, le seul fil conducteur évident entre les suspects initiaux, dont tous avaient été innocentés par leurs alibis – y compris Garamond, même s'il ne voulait pas l'admettre –, était qu'ils étaient des proches des victimes à qui les unissaient des liens de confiance.

Pas vraiment la découverte du siècle.

La plupart des dossiers ne comportaient même pas de photos des intimes car aucun n'avait été mis en garde à vue, à part Jesse Garamond. Lequel commençait à m'énerver sérieusement. Moisir en prison simplement pour protéger son frère, c'était un truc digne d'une de ces tragédies grecques qu'on lisait au lycée en cours d'art dramatique. Parmi les quelques photos dont je disposais, l'une m'attristait particulièrement. Le suspect – toujours un oncle – avait le bras autour de la victime. Ils se tenaient devant un panneau de base-ball, le gosse était en tenue, tout dégoûtant, comme s'il avait passé la journée à s'entraîner à faire des glissades. La photo avait dû être prise par un amateur car l'arrière-plan avait trop d'importance, et l'image était légèrement de travers. Mais ces deux-là s'adoraient, c'était évident : le gosse était heureux, l'oncle était heureux, et le photographe avait parfaitement saisi l'instant. À voir le type sur la photo, on ne pouvait s'empêcher de penser : *Impossible qu'il ait fait ça.* Et pourtant, je n'avais aucune raison valable de parvenir à cette conclusion. Où était passée ma neutralité professionnelle ?

Jamais je n'avais été aussi heureuse de revoir mes enfants qu'à leur retour, cet après-midi-là. Tout rentrait dans l'ordre. Ils avaient dû passer un bon moment, car Kevin avait l'air épuisé en les déposant ; c'est toujours bon signe.

Croyez-le ou non, j'adore laver le linge avec eux, parce que c'est une entreprise collective. Kevin alla chercher un panier dans ce taudis qu'il appelle sa chambre, et nous nous assîmes tous par terre dans le salon autour d'une montagne de chaussettes, de sous-vêtements, de tenues de sport et de T-shirts, pour tenter d'y introduire un peu de logique. Julia sortit le blanc, Frannie le clair, et Evan le foncé – il refuse de faire le blanc parce que les petits soutiens-gorge de Frannie s'y trouvent, et il ne veut pas y toucher.

« T'es vraiment un lâche, lui dit-elle pour le taquiner. Jules doit s'occuper de tes dessous minables, alors que toi, tu as peur d'un petit soutien-gorge.

— Ça, c'est vrai, ils ne sont pas grands, miss Poitrine plate », rétorqua-t-il.

Des hurlements s'ensuivirent. Le linge se mit à voler partout dans la pièce. Pour ne pas rester à l'écart de la fête, je ramassai une serviette et en fouettai mon fils, qui explosa de rire de sa voix de fausset et fit un bond de côté.

« Voyou ! Sans cœur ! dis-je, au bord du fou rire. Tu as intérêt à ce qu'elle ne devienne pas plus grande que toi.

— Parfaitement », ajouta Frannie.

Elle fit jouer ses biceps à la Schwartzie.

« Tu crois que c'est de la danse que je fais au studio, espèce d'abruti ? C'est du *karaté*. »

Elle fouetta l'air du bras maladroitement, et Evan lui saisit le poignet. Hurlant de rire, Julia entra dans la bataille en sautant sur le dos d'Evan pour commencer à lutter avec lui, ce qui acheva de mettre les cheveux de tout le monde en bataille. Nous nous retrouvâmes par terre sur le dos, secoués par le fou rire et hors d'haleine.

Au bout d'un moment, nous réussîmes enfin à finir de trier le linge et pûmes démarrer une première machine. Je mis un CD des Beatles, ce qui faisait partie de ma mission consistant à inculquer à mes enfants l'amour de la musique des années soixante que m'avait transmis mon frère aîné. J'étais toujours enchantée de constater que mes enfants connaissaient suffisamment bien les paroles de la plupart des chansons pour pouvoir chanter en même temps. Nous vérifiâmes ensuite que tous les devoirs étaient faits, et préparâmes des croque-monsieur.

Julie et Frannie s'endormirent devant la télévision. Je pris Frannie sur mon épaule. D'ici peu, elle serait trop lourde. Sur le chemin de sa chambre, je m'arrêtai et me retournai en direction du salon. Mon adorable fils avait eu une idée merveilleuse

– il avait soulevé sa petite sœur, comme j'avais fait avec Frannie, et me suivait dans le couloir.

Je faillis me mettre à pleurer.

Évidemment, je me sentis obligée de le couvrir de baisers quand il alla se coucher quelques minutes plus tard. Et, bien entendu, il fut horrifié par ce trop-plein d'amour maternel. Tant pis. Quand tout le monde fut endormi, je nettoyai la cuisine, parce qu'il y a quelque chose de l'ordre du péché à se réveiller un lundi matin parmi les restes des croque-monsieur du dimanche soir. Cela terminé, j'empilai tous mes classeurs et mes dossiers, et en bourrai ma sacoche.

Lorsque je me glissai entre les draps, je vis le livre d'Erkinnen sur ma table de nuit. J'en avais déjà assez par avance. Mais je le pris quand même, et me mis à lire. Au bout de quelques minutes, je commençai à prendre des notes. Le lendemain, je me réveillai avec des marques de papier froissé sur la joue. J'avais tellement de choses à apprendre.

Deux des trois dossiers qui me manquaient furent glissés dans ma boîte aux lettres le lundi matin. Je me demandai si j'aurais pu abandonner ces enquêtes aussi vite que semblaient l'avoir fait ces inspecteurs novices. Sur le plan carrière, ce n'était pas bête, étant donné qu'il valait mieux ne pas avoir trop d'affaires non résolues dans son CV. Prises individuellement, ces enquêtes ne conduisaient nulle part, en tout cas rapidement. Même si le lien entre elles était maintenant établi, il n'était pas certain que je puisse les résoudre. Mon taux de réussite retomberait à un niveau normal pour la première fois de ma carrière.

Je me mis à téléphoner aux familles des victimes pour me présenter. J'expliquai le changement d'inspecteur par de « nouvelles répartitions des charges de travail ». La majorité d'entre eux se montrèrent très compréhensifs et impatients de coopérer. Je réussis à prendre un rendez-vous en fin d'après-midi avec la mère d'une des victimes, quand j'aurais déposé Frannie à son cours de danse. La plupart des appels se déroulèrent sans problème, compte tenu des circonstances, à part une conversation très tendue qui me déprima. L'auteur présumé du crime, le père du garçon disparu, avait sombré dans la dépression après avoir été interrogé en tant que suspect. Son alibi était probablement le plus fragile de tous : il était en voyage pour son travail. Un mois s'écoula avant qu'on découvre qu'il avait été filmé par une caméra vidéo à un péage, caméra qui venait d'être installée pour confondre les fraudeurs. La mère me dit que les inspecteurs avaient mené leur enquête de manière très agressive, ce que nous sommes supposés faire, surtout quand il y a une forte présomption – en l'occurrence, un témoin oculaire très crédible. Quelque trois mois après, il se suicida, laissant une femme veuve mais aussi probablement sans enfant, le garçon disparu étant leur seule progéniture.

Je voulais tellement coincer ce monstre. *Tellement.*

« Avant tout, ramassez tous les auteurs de délits sexuels, me dit Fred.

— Allons, Fred, ça ne nous mènera nulle part. C'est du temps perdu.

— Gare à vos fesses, Dunbar, parce que je suis

votre lieutenant, et vos fesses sont un prolongement des miennes. Si votre suspect – et je ne suis toujours pas sûr qu'il s'agisse d'un seul type – s'avère être un de ceux que nous connaissons, il y aura des explications sévères à fournir quand quelqu'un s'apercevra que vous ne les avez pas convoqués immédiatement. »

Il avait raison, bien entendu ; c'était la chose raisonnable à faire, et cela nous couvrait côté politique, mais ça me semblait une telle perte de temps. Il y a des milliers d'auteurs de délits sexuels à Los Angeles, et les faire venir tous pour les questionner nous prendrait un temps fou.

« Est-ce que je peux d'abord essayer de faire une sélection ?

— Comment ? »

Je fis une nouvelle tentative.

« Pourquoi ne pas faire appel à un profileur ? »

J'aurais pu prévoir sa réponse.

« Continuez avec Erkinnen. »

Cette fois, il m'emmena déjeuner dans un petit restaurant agréable de l'ouest de Los Angeles, du côté sud de Melrose.

« Vous ne serez pas remboursée. Je les connais.

— Pour le premier, j'ai pris de l'argent dans la caisse, lui dis-je. Le deuxième était de ma poche. Mais ça m'est égal. Vous avez été d'une aide formidable.

— Dans ce cas, l'addition est pour moi aujourd'hui, et la prochaine fois aussi. »

Nous nous installâmes. L'endroit offrait une décoration bistrot jusque dans les moindres détails, y compris des box privés. Il ne manquait plus que la fumée de cigarette pour se croire dans un film noir et blanc des années quarante. C'était une façon élégante de nous procurer un peu d'intimité, mais je ne pouvais rien lui reprocher – le but était honorable et la compagnie très agréable.

Jusqu'à ce qu'il se mette à parler de pervers sexuels, sujet que je lui avais pourtant demandé d'aborder.

« Les statistiques montrent sans équivoque que le taux de récidive des auteurs de délits sexuels est bien plus élevé que dans toutes les autres catégories criminelles. Plusieurs études solidement structurées, et scientifiquement valables, sont venues confirmer cette idée. Au-delà de ça, les résultats de deux métaétudes...

— En français, Doc.

— Désolé. »

Il marqua une pause.

« Vous savez, reprit-il, ça me ferait plaisir que vous m'appeliez Errol. »

Voyant mon étonnement, il ajouta :

« S'il vous plaît.

— Évidemment. Ce serait bien. »

C'était une réponse parfaitement stupide.

« Donc, Errol, une métaétude est...

— Oui. Bon. C'est une étude où nous prenons les résultats d'une ribambelle de petites études et les assemblons pour voir si cela révèle quoi que ce soit de différent des résultats individuels de ces petites études.

— Ah, comme si vous deviez publier rapidement un document.

— C'est ce qui arrive parfois : quelqu'un doit compléter son doctorat et se trouve bloqué dans sa recherche. Mais elles peuvent être parfois vraiment utiles, parce que les échantillonnages sont plus larges. Parfois je trouve que les petites études sont conçues de façon trop étroite. Il faut comprendre que nous sommes censés mener une recherche originale quand nous obtenons nos subventions, et nous ne pouvons pas toujours faire mieux que ce qui a déjà été fait. Il faut découper l'œuf d'une façon totalement différente. »

J'avais l'impression d'avoir compris.

« Donc, au lieu de mener une recherche sur les habitudes de sommeil des buveurs de café, vous devez faire une étude sur les habitudes de sommeil des buveurs de café qui boivent dans des gobelets en polystyrène expansé.

— Très bien vu, inspecteur.

— Moi aussi, j'aimerais bien que vous m'appeliez Lany.

— Pardonnez-moi. Bien sûr. Je ne voulais pas vous paraître grossier. Disons donc Lany. En tout cas, le récidivisme est très régulièrement étudié. Trop régulièrement d'ailleurs, pour beaucoup d'entre nous. Mais l'espoir fait vivre. »

Il parlait d'une façon un peu trop pédante pour moi, et je me demandai s'il n'était pas de ces professionnels qui pensent que les flics sont trop bêtes pour avoir le droit d'exister.

« Nous espérons toujours que la vérité qui nous gêne va changer, ou bien nous attendons qu'émerge un facteur qui améliore la tendance établie pour que nous puissions remettre en question la crédibilité de cette tendance.

— Attendez un instant. »

Peut-être que tous ces gens avaient raison de trouver les flics stupides.

« Je suis perdue.

— Nous avons des traitements pour ce genre de chose. Nous aimerions pouvoir dire qu'ils réussissent, non seulement par fierté, mais aussi pour justifier les sommes dépensées à étudier et à traiter ces types. Personnellement, j'aimerais croire que nos efforts pour réhabiliter les auteurs de crimes sexuels sont suivis d'un bénéfice notable. Mais je n'en suis pas tellement sûr et, quelle que soit la façon dont on lit les statistiques, le résultat est toujours le même : le taux de récidive chez les auteurs de crimes sexuels sur des enfants est extrêmement élevé. Une étude récente le situe à 50 %.

— J'aurais probablement pu le deviner. Nous arrêtons toujours les mêmes suspects pour ce genre de chose.

— Eh oui, c'est toujours la même histoire triste. Mais nous essayons de montrer les choses sous leur meilleur jour. J'ai lu récemment un article dans un magazine de psychologie criminelle qui prétendait vouloir instaurer une nouvelle définition du récidivisme. D'après l'auteur, ce taux de 50 % est gonflé à tort parce qu'il correspond au taux de récidive d'auteurs de crimes sexuels sortis de prison depuis dix ans ou plus. Ils préfèrent les statistiques à cinq ans – un taux de récidive de 30 %, ce qui paraît plus acceptable. »

J'avais du mal à comprendre comment un taux de récidive de 30 % pourrait jamais être acceptable.

« Cela fait un gros écart en seulement cinq ans. »

C'est tout ce que je trouvai à dire. Mais Erkinnen, lui, était particulièrement inspiré.

« Ce que cela signifie en réalité, c'est que, avec le temps, la capacité de l'auteur de crimes sexuels à surmonter ses pulsions disparaîtra dans plus de la moitié des cas. Autrement dit, si on lui laisse le temps, un criminel qui agit pour la première fois est susceptible de récidiver. »

Il se pencha vers moi, bien que le serveur se soit éloigné depuis longtemps après nous avoir apporté notre repas, et qu'il n'y ait personne autour de nous.

« En fait, c'est encore plus triste que ça. Le taux réel dépasse peut-être les 50 %, parce que nous ne prenons pas en compte ces hommes qui reproduisent leurs crimes mais ne sont jamais appréhendés. Et n'oubliez pas non plus ce que je vous ai déjà dit – la plupart des études visent à prouver que les traitements ont un effet bénéfique sur le taux de récidive d'agresseurs ayant commis leur premier crime. Tous ceux qui ont récidivé ne seraient pas inclus. Les statistiques n'incluraient donc pas leur récidive. Et malheureusement, les victimes n'ont pas toutes le courage de venir déclarer un attentat à la pudeur, de sorte que ces incidents ne sont pas comptabilisés. »

Ce discours était vraiment déprimant, et j'étais certaine que, une fois rentrée à la maison, je ne pourrais pas m'empêcher d'y penser.

« Y a-t-il la moindre bonne nouvelle ? demandai-je.

— Oh, si, quelques-unes, bien sûr. Les auteurs de crimes sexuels qui reçoivent un traitement en prison auraient effectivement un taux de récidive moins élevé. Moins élevé n'est peut-être pas le terme exact. La récidive survient moins vite. Chez les récidivistes, et nous savons qu'ils sont nombreux, le délai entre la sortie de prison avec traitement et la récidive est plus long.

— Voilà au moins un début, dis-je, d'un ton presque sarcastique. Cela fait du travail en moins. »

Il étouffa un petit rire.

« Sans doute. »

Puis il redevint sérieux.

« Je vais vous dire ce que je crois vraiment : nous aurons beau tout faire, ces types vont quand même récidiver. Je pense que la plupart des éminents psychologues spécialisés dans la recherche concernant les auteurs de crimes sexuels seraient d'accord pour reconnaître que ces criminels ne peuvent jamais être totalement guéris de leurs pulsions. La violence sexuelle peut, dans une certaine mesure, être contrôlée par un traitement de choc et une thérapie, mais ces hommes auront toujours au fond d'eux ce même désir urgent, et tout ce que nous pouvons espérer, c'est de le maîtriser. Mais tôt ou tard, il resurgit.

— Doux Jésus. Et pourquoi ?

— Nous n'en savons rien. Vous êtes en train de lire ce livre, non ?

— Bien sûr.

— On y explique avec force détails pourquoi ces types agissent ainsi. L'inné et l'acquis, les facteurs biologiques, tout ça.

— Ça ne m'aide pas beaucoup. Ce n'est pas comme si mon suspect risquait de passer à l'acte, et que je puisse l'en empêcher en ayant la chance de savoir quoi chercher. Il est *déjà* actif, et, pour l'instant, j'essaie simplement de mettre la main dessus.

— Dans ce cas, nous pouvons essayer de dresser un profil généralisé comme le ferait le FBI, mais je préfère plutôt en parler avec vous de façon informelle.

— Je préfère, moi aussi. Et autant le faire maintenant.

— Ça ne prendra pas longtemps, dit-il. C'est beaucoup plus simple qu'on ne le croit. En un mot, ils sont tout simplement mal connectés. Leurs âmes sont à l'envers.

— Leurs *âmes*.

— Parfaitement. Ou bien elles sont absentes. On les leur a dérobées quelque part en cours de route. »

Je n'étais pas habituée à entendre ce mot dans le cadre de mon travail.

« Ça complique singulièrement les choses.

— C'est vrai. Ce serait plus simple s'il existait une méthodologie structurée, reconnue, pour examiner l'âme de quelqu'un, mais ça n'existe pas. Même pas pour une âme saine et fonctionnelle. Et il me semble que vous avez affaire à quelqu'un dont l'âme est profondément déconnectée du reste du monde.

— Si vous arriviez à savoir ce qui se cache à l'intérieur de ces types, je pense que ça ne vous réjouirait pas beaucoup.

— Probablement pas », me dit-il.

De retour à son bureau, nous dressâmes un profil

approximatif de mon kidnappeur. Ce devait être un homme, comme nous l'avions déjà déterminé, et probablement blanc.

« Je ne comprends pas, lui dis-je alors.

— Personne ne le comprend non plus. La vérité, c'est que 95 % des pédophiles en série sont blancs. Toutefois, il n'y a pas eu beaucoup d'études faites à ce propos.

— Je me demande pourquoi.

— Cela donne lieu à beaucoup de spéculations, la plupart naturellement sujettes à controverse. Un sociologue connu a émis une théorie selon laquelle les mâles blancs se sentent davantage légitimés dans notre société que les mâles d'autres races ; je reconnais que ce point de vue ne manque pas d'intérêt.

— Vous, les mecs, vous avez toutes les cartes en main.

— Ne commencez pas à jouer les féministes avec moi, inspecteur. Oh, pardon, je veux dire Lany. Je commençais à vous apprécier. »

Je commençais également à l'apprécier, moi aussi. Ce non-dit un peu embarrassant flotta entre nous pendant quelques secondes, puis nous nous remîmes au travail.

« Une autre théorie a été avancée pour expliquer le déséquilibre racial chez les tueurs en série. Un théoricien de la société, quelque peu extrémiste, pense que les mâles de couleur n'ont pas le loisir de développer des schémas d'homicide à répétition parce qu'ils sont plus activement poursuivis que les Blancs par les autorités.

— Vous voulez dire qu'ils ne peuvent pas agir en série parce qu'ils sont plus souvent appréhendés ?
— Précisément.
— Quelle connerie, dis-je, en oubliant ma bonne éducation. Aucun policier, quelle que soit sa couleur, poursuivrait moins un Blanc qu'un Noir, s'il pensait que ce type avait coupé la tête d'un gamin. Quelle idiotie.
— Effectivement. Je serais plutôt de cet avis. Et n'oubliez pas, le 15 avril, lorsque vous paierez vos impôts, que l'étude qui a abouti à cette conclusion a probablement été financée par une subvention du gouvernement.
— C'est de la foutaise, Doc. On ne protège pas les siens à n'importe quel prix.
— C'est ce que j'ai toujours pensé, et je suis ravi de vous l'entendre dire. Cette théorie m'a toujours paru spécieuse, à la limite scandaleuse.
— Si le type voulait scandaliser quelqu'un, il a réussi avec moi, dis-je. Je cherche donc un mâle blanc. Quel âge ?
— Entre 18 et 40, dit-il, mais l'âge moyen des pédophiles en série se situe autour de la trentaine.
— Pas exactement de *vieux* vicieux.
— En général, vous leur avez mis la main dessus avant qu'ils atteignent cet âge-là.
— Nous essayons.
— Autre chose à ne pas oublier, c'est que votre type est plutôt du genre solitaire. Il veut rester anonyme parce que la perspective de se retrouver sous les feux de la rampe l'angoisse.
— Mais ce kidnappeur commet ses crimes en plein jour, devant témoins.

— Ce n'est pas vraiment lui qui agit, insista Erkinnen avec un sourire. Ce qui concorde, car ces types vivent en permanence dans les fantasmes.

— Le livre en parle. Abondamment.

— À juste titre. Chaque ravisseur ou tueur en série qui a fait l'objet d'études approfondies avoue avoir commencé par des fantasmes avant de passer à l'acte, quand les fantasmes ne suffisaient plus. Le passage à l'acte est généralement déclenché par un événement particulier.

— Tel que...

— Une mort, un accident, un déménagement, une maladie... toute circonstance susceptible de traumatiser un individu. Le rejet et l'abandon viennent en tête de cette liste. La plupart de ces types font preuve d'intelligence, peut-être pas du point de vue intellectuel, mais, en tout cas, ils sont très malins. »

Je commençais à avoir le tournis. Ce genre d'information aurait été préférable à petites doses. D'ailleurs, je me réjouissais par avance de revenir voir Erkinnen. Il me faudrait juste une bonne excuse. Je me levai.

« Je dois y aller, Errol. Merci pour le déjeuner et pour les informations. Ça m'aide énormément.

— Je le fais bien volontiers. Cette enquête me plaît. C'est un vrai plaisir de travailler avec vous. »

Un silence embarrassant s'ensuivit.

« Il y a autre chose que je voudrais quand même ajouter », dit-il.

Au lieu de l'invitation à dîner que j'avais espérée, il me mit en garde.

« Le type que vous recherchez n'a pas encore été

appréhendé pour ce genre de crime. En tout cas, pas dans cette région. »

Décidément, les psys eux-mêmes ne doivent pas savoir très bien conclure.

« De quel droit dit-il ça ? me demanda Fred. Comment peut-il savoir si ce type a déjà été appréhendé ou non ?

— Il n'en sait rien, il le devine à partir de ce que je lui ai raconté, d'après les preuves.

— Vous n'avez aucune preuve.

— J'ai des schémas de comportement.

— Autrement dit, que dalle pour le tribunal, et vous le savez bien.

— Autant utiliser mon temps à découvrir qui il est. Deviner ce qu'il n'est pas ne m'intéresse pas. Erkinnen m'a donné quelques lignes directrices.

— Formidable. Je suis impatient de les connaître.

— D'abord, ce type n'est probablement pas intelligent, mais malin. Pas le genre d'étudiant dont un professeur se souviendra, plutôt du genre débrouillard.

— S'ils étaient si malins, dit Fred, ils devraient bien savoir que, en fin de compte, on finit toujours par les avoir.

— Oui, mais certains adorent être l'objet d'autant d'attentions. Bundy en est un bon exemple. Il n'a suscité aucune attention particulière au cours de sa vie normale. Il a failli décrocher le gros lot, mais n'a jamais vraiment réussi.

— En tout cas, son ego l'a perdu. Imaginez être votre propre avocat et assurer votre défense dans un État comme la Floride. Ils adorent les barbecues là-bas. De toute façon, Bundy avait tué près d'une quarantaine de femmes, à ce qu'on dit. Nous ne parlons pas des mêmes chiffres.

— Au début, on pensait que Bundy en avait tué seize ou dix-sept. Ces trous dans la période d'activité de mon suspect pourraient correspondre à des cas *non signalés*.

— Avec tout le respect que je vous dois, Lany, votre type ne prend pas en chasse des paumés. Les gosses qu'il enlève sont plutôt du genre dont on signale la disparition.

— Combien de gamins de 14 ans fuguent chaque année ?

— On ne les compte plus, mais...

— Je crois pouvoir parier sans grand risque que certains de ceux dont l'enlèvement n'a pas été signalé sont blonds avec un visage angélique. Une sorte de répétition, peut-être, pour ceux qui seront signalés. »

Fred ne trouva rien à répondre.

« Erkinnen dit que ce type doit beaucoup fantasmer, continuai-je. Et c'est pourquoi il se fait passer pour un intime – il fantasme sur l'intimité. Il se donne l'illusion d'être quelqu'un d'autre. »

Vuska restait coi, le cerveau visiblement en ébullition.

« Et alors ? finit-il par dire. Comment allez-vous faire pour identifier tous les types qui fantasment ?

— Il doit bien avoir une forme de talent pour mettre tout ça en œuvre, non ? Il invente des faux-semblants. C'est par là que nous devons commencer. »

La salle de la brigade était devenue un vrai zoo – un véritable cauchemar peuplé de fous de race blanche, qui gagnaient leur vie en faisant semblant d'être ce qu'ils n'étaient pas, ou auraient aimé la gagner ainsi. Il va sans dire que le degré de succès et d'efficacité variait de l'un à l'autre. Certains étaient pathétiques, mais les bons arrivaient quand même à vous faire rire.

Nous rassemblâmes tous les imitateurs et les magiciens patentés de Los Angeles, du moins ceux qui n'étaient pas en tournée. J'en connaissais certains par ouï-dire, ou je les avais déjà vus, dont un à la télévision, au « Tonight Show ». Il était assez célèbre, probablement trop connu pour être mon pervers. Quelqu'un jouissant d'une telle notoriété risquait d'être trop facilement repéré pour commettre ce genre de crime élaboré.

C'est du moins ce que je pensais à ce moment-là.

Cela prit trois jours pour rassembler tout le monde et mener à bien tous les entretiens ; les îlotiers qui avaient dû débusquer tous ces types n'arrêtaient pas d'en parler. Quand ce fut terminé, j'étais devenue la risée de la brigade. En arrivant le troisième jour, je trouvai sur ma chaise un papier sur lequel était écrit « CLUB DU RIRE ». Effectivement, c'était très amusant. Malheureusement, et surtout pour moi, nous n'étions pas plus avancés en fin de compte.

Juste pour me couvrir, j'obéis à Vuska et ramassai encore quelques pervers connus dans la région. Mais je restais persuadée que cela ne rimait à rien. La plupart des types dans notre zone étaient des agresseurs, mais ni des kidnappeurs ni des assassins.

Non qu'une agression ne soit pas un véritable délit, mais de là à tuer, il y a une grande marge. Les hommes que j'interrogeai étaient de vrais salauds avec des personnalités déviantes, mais pas vraiment mauvais. La plupart étaient gênés et honteux d'avoir été encore une fois arrêtés pour subir ce genre d'interrogatoire. L'un d'eux me supplia qu'on le laisse tranquille, étant déjà passé par là sept ou huit fois. Pendant quelques secondes, il me fit même de la peine. Puis je repris mes esprits.

Je cherchais un sociopathe, quelqu'un incapable d'éprouver la moindre honte, alors que les pervers du coin crevaient tous de honte, ce qui les éliminait de ma liste. Mon type n'était probablement pas un magicien, mais il pouvait se transformer chaque fois en personnage à qui ses victimes faisaient confiance. Suffisamment en tout cas pour les faire monter dans sa voiture sans esclandre. Son pouvoir d'illusion devait être incroyable, quasi imparable. Il devait avoir un lien quelconque avec eux : il ne pouvait pas réussir ses coups sans s'être livré à des observations préalables. La quantité de recherches que faisait ce suspect devait être phénoménale, sa préparation impeccable. Où trouvait-il le temps d'être à ce point minutieux ? Je n'arrivais pas à comprendre comment quelqu'un pouvait avoir un emploi, une vie privée, et consacrer autant de temps à une telle *activité*.

À moins que son travail et cette activité n'aient un rapport ensemble. À moins que le travail n'ait occupé toute sa vie.

Il existe à Los Angeles un groupe de jeunes flics en civil, dont le boulot consiste à rester en contact étroit avec les jeunes de la rue. On les prend directement à la sortie de l'académie pour qu'ils aillent se mélanger aux jeunes âmes perdues de la Ville des Anges, à certains coins de rue particulièrement malfamés. Leur uniforme compte peu, tout est chez eux une question d'attitude. Ils gèrent des informateurs et récoltent des tuyaux sur les différents lieux du trafic de drogue, dans le vague espoir, totalement irréaliste, qu'ils pourront empêcher un de ces gosses de la rue de se charger des sales drogues qui arrivent inévitablement en ville. Ils ne sont pas faciles à localiser, mais Vuska réussit par l'intermédiaire d'un de leurs sergents à obtenir que l'on m'appelle.

Le jeune flic à qui je parlai me prévint d'emblée que j'en demandais beaucoup, et qu'il lui faudrait sans doute pas mal de temps pour pouvoir m'apporter une réponse. À mon grand étonnement, il me rappela quelques jours plus tard pour me dire que quatre ou cinq gosses avaient déserté leurs repaires habituels sans prévenir. Des gosses allaient et venaient tout le temps dans les parages, m'expliqua-t-il, mais la plupart du temps, quand un gamin avait l'intention de changer d'horizon, il en parlait d'abord. Ces garçons avaient tous disparu du jour au lendemain depuis un an.

La date de leur disparition était vague, comme on pouvait s'y attendre. *Le jour où on a eu ce gros orage.* Ou bien : *Au moment des vacances, vers Thanksgiving ou Noël peut-être.* Quelle tristesse de penser qu'un enfant, à peu près du même âge que mon fils, puisse disparaître corps et âme sans qu'on s'en soucie le moins du monde.

Mon suspect s'était mis en chasse.

« Quelqu'un a peut-être vu quelque chose, dis-je au jeune flic. Peut-être un des autres gosses...

— Ne vous faites pas d'illusions », répondit-il.

Tout cela était tellement démoralisant. Partout, je trouvais des motifs de découragement. Seul Errol Erkinnen semblait s'investir dans ces disparitions, mais il ne pouvait pas déplacer des flics affectés à la sécurité après le 11-Septembre, pour les envoyer passer au peigne fin les quartiers où les enlèvements avaient eu lieu, et discuter avec les copains des garçons disparus, tout le boulot que nous faisons habituellement. À chaque fois que nous faisions le point au cours de la journée, Escobar et Frazee n'arrêtaient pas de me manifester leur encouragement, mais leur charge de travail et leurs emplois du temps étaient déjà à peine supportables. Je ne pouvais pas compter sur leur aide. Dans un film, il se serait produit un coup de théâtre, un indice inattendu aurait surgi, ou une erreur grossière de la part du kidnappeur. J'aurais cent vingt minutes et pas une de plus pour résoudre l'énigme, parce que les spectateurs ne supportent plus d'attendre. Il devenait de plus en plus évident que, pour pénétrer dans le monde de ce nouveau Barbe-Bleue, il me faudrait comprendre comment il choisissait ses victimes. Je dessinai un de mes fameux tableaux, passai beaucoup de temps à trier les origines ethniques, les statuts socio-économiques, la santé, toutes les caractéristiques apparentes. Deux des gosses avaient le même pédiatre, et alors ? Ils vivaient dans le même quartier. Trois des familles étaient végétariennes. Encore une fois, c'était intéressant, mais sans grande signification, sinon que les mères auraient pu faire leurs courses dans les mêmes magasins, ou se servir des mêmes livres de cuisine. Je traquais la moindre analogie. S'étaient-ils tous trouvés un jour au même marché aux puces, et avait-il relevé leurs plaques d'immatriculation ?

Étaient-ils tous allés au musée Tar Pits de La Brea, un jour où il y était présent ?

J'allais devoir interroger toutes les familles de nouveau sous un angle différent. Quel sale boulot en perspective – certaines de ces familles avaient perdu leurs enfants depuis longtemps, et peut-être leurs blessures avaient-elles tout juste commencé à se refermer.

Mais j'eus une bonne surprise. Seule Mme McKenzie se montra difficile. La veuve du suicidé se révéla plutôt discrète, mais extrêmement coopérative. La plupart des autres étaient prêts à m'aider et collaborèrent de leur mieux.

Au début, je trouvai que c'était une heureuse coïncidence que toutes les familles soient restées dans le même quartier, jusqu'à ce que je comprenne que, tant qu'il restait un espoir de revoir leur enfant, la plupart des parents n'auraient jamais voulu déménager. C'était autant de vies en suspens ; seules deux familles avaient refait de façon notable la chambre de leur enfant disparu. Je retournai une nouvelle fois dans les chambres à coucher. La variété des décorations était hallucinante, chacune reflétant les espoirs et les rêves des parents pour leur enfant. L'écossais du papier mural dans une chambre me laissait perplexe. Le gosse passait son temps entouré d'innombrables lignes perpendiculaires, rouges et vertes, et c'était la dernière chose qu'il devait voir avant de s'endormir. À quoi pouvait-il bien rêver ?

Dans une autre, un tableau noir occupait un mur, du sol au plafond, avec, au pied, un plateau rempli de craies de toutes les couleurs. La dernière œuvre du gosse était restée intacte – un monstre plein de dents qui se dressait sur toute la hauteur du tableau, et soufflait par le nez une sorte de rayon, comme un dragon électronique. Elle ressemblait étrangement au poster du chevalier noir. Le rayon de lumière rouge orange vif était braqué sur un petit méchant aux yeux globuleux, relégué au bas du tableau. Ce bon à rien était sur le point de fondre, si j'interprétais correctement les intentions de l'artiste. Malgré le côté sanguinolent de l'œuvre, j'éprouvai un certain plaisir en pensant à ce gosse avec toutes ces couleurs dans un seau en train de se déchaîner sur le tableau noir. Quel régal, même pour un adulte.

La chambre d'un des garçons, décorée de nuages bleus et blancs, me rappelait celle du gosse dans *Kramer contre Kramer*. Un silence stupéfiant régnait dans cette chambre d'où se dégageait une impression de conflit, comme si les choses n'étaient pas simples dans cette famille à l'époque de l'enlèvement, et que les parents avaient projeté leur sentiment de culpabilité dans l'espace personnel de leur fils. Mais hélas, aucun souvenir de Tar Pits, ce qui fut un motif de déception passager. Peut-être faisais-je fausse route en voulant en faire un dénominateur commun.

Parmi tous ces enfants disparus, un seul partageait sa chambre avec son frère. Je ne m'y attardai pas ; cela me semblait inutile. Le frère qui occupait toujours la chambre était plus âgé que l'autre – 17 ans, un âge souvent difficile. C'était effectivement un gosse désagréable avec un regard sournois qui vous faisait comprendre qu'il valait mieux décamper. Il répondit à mes questions sur son frère de façon laconique. Je le remerciai pour son aide et m'apprêtai à partir quand il reprit : « Vous voulez regarder dans sa boîte de trucs ? »

Les *trucs*, c'était juste ce dont je crevais d'envie.

« Bien sûr, si cela ne vous dérange pas.

— Il vaut quand même mieux demander à ma mère. »

Son conseil se révéla judicieux. La mère commença par s'agiter, avant de me laisser prendre la boîte à condition que j'en fasse un inventaire et que je la rapporte quand j'aurais fini de l'examiner.

En quittant cette dernière maison avec la boîte, je me sentais plutôt déprimée. Ma prochaine tâche allait être de mettre au point un nouveau chef-d'œuvre, un tableau exhaustif comportant tout ce que je savais des victimes, de leurs habitudes et, pour chacune, de son facteur Tar Pits. À quelle pancarte aurais-je droit sur mon bureau quand j'en aurais terminé ? « Entrée du musée », peut-être.

D'habitude, ce genre de travail m'excitait plutôt, me donnait le sentiment d'être sur le point de faire une trouvaille extraordinaire. D'accord, certains étaient allés au musée Tar Pits, mais ça n'avait pas forcément de signification. Ils avaient d'autres points communs évidents : un mépris général pour les portemanteaux, et préféraient nettement les jeux vidéo aux livres. Sans compter les chaussettes dépareillées, les papiers de bonbon, et les bâtons de glace.

Je revins à mon bureau et posai la boîte derrière ma chaise. Il y avait une douzaine de messages sur ma boîte vocale, dont un ou deux de la part d'avocats, qui, je l'aurais parié, avaient des magiciens ou des illusionnistes comme clients. Rien que l'idée de les rappeler me donnait la nausée. Je préférais me concentrer sur cette question exaspérante qui obsède toutes les mères à l'approche de Noël, dans l'espoir que cela clarifierait certains points de cette enquête.

Qu'est-ce qui plaît aux adolescents ?

Au comble de la frustration, j'éloignai ma chaise à roulettes du bureau. Je butai alors contre la boîte et fus renvoyée vers l'avant.

Ça ne me mènerait nulle part, alors pourquoi me donner ce mal ? Je n'allais rien trouver de renversant là-dedans.

Je l'ouvris. C'était encore une fois une vraie boîte de Pandore. Des baskets, un gant de base-ball, une pile de bandes dessinées réunies par des élastiques. Un tube bleu d'oxyde de zinc pour se protéger le nez, enfoui dans une casquette de base-ball de la même couleur. Des cartes de collection de tous les super héros dans une boîte en plastique. Trois posters enroulés, l'un d'une star du rock, l'autre d'un catcheur célèbre...

La réponse à la question que je me posais pour Noël me sauta soudain aux yeux : les adolescents adorent les bêtes, les monstres, les diablotins, les satyres, les centaures, les reptiles, les chimères, les dragons, les cyclopes, les serpents et les loups-garous – pour ne citer que ceux-là. Le dernier poster que je déroulai était le même que celui que j'avais déjà vu : la même bête, montée par le chevalier noir du musée Tar Pits de La Brea. Le chevalier n'avait toujours pas de visage.

Mais cette fois, je n'avais plus le moindre doute : c'était bien le monstre que je recherchais.

15

Chère maman,
Le mois de juin a commencé sous un ciel bleu radieux, des vents chauds, et un air embaumé de jasmin. Son abondance cette année nous réjouit, car une sœur d'un des couvents proches réussit, à partir d'un bouquet, à en extraire le parfum comme une vraie sorcière, une hérésie utile et bienvenue si cela peut exister. Elle l'utilise comme base pour composer des fragrances plus complexes, ce qui contribue à donner plus de ferveur au culte en provoquant chez le fidèle un état de calme et de paix.
Il y a trois jours, Sa Sainteté s'est foulé la cheville, qui est devenue, dit-on, toute bleue et jaune à la suite de la blessure, mais par ailleurs il est indemne. Évidemment, on ne peut pas s'en tenir à cela : le cardinal, qui était avec lui au moment de l'incident, assure qu'il s'est tout bonnement effondré, mais un évêque, également présent, dit qu'il semble avoir pris l'ourlet de sa robe dans le bout d'un de ses escarpins. Nous avons maintenant une rivalité entre un cardinal et un évêque au sein du

cercle intime du pape ; il n'est pas difficile de deviner qui triomphera dans cette lutte ! Nous devrions avoir des échos sur l'état de santé de Sa Sainteté vers le coucher du soleil.

J'espère que ces quelques petites nouvelles te distrairont des terribles événements qui se déroulent autour de toi. Aucune de nos intrigues dérisoires ne peut se comparer à ce que tu vis en Bretagne. Courage, chère mère, et sois forte, comme tu l'es toujours ; Dieu agira comme Il agira, et nous devons accepter Sa volonté comme faisant partie d'un vaste plan, dont nous ne comprendrons peut-être jamais la sagesse, mais dont nous pouvons être certains.

Quelle sagesse ? Je n'en voyais pas la moindre dans le déroulement de ces événements.

Le jasmin dont Jean parlait avec tant de tendresse n'était même pas encore en fleur dans le Nord, mais cela ne me dérangeait pas, car j'avais toujours trouvé son odeur écœurante, particulièrement sous forme de parfum ; mieux vaut l'odeur du corps, et son honnêteté admirable. Le soleil de Bretagne est toujours moins fort que celui dont profite le Sud. L'air est plus frais, et les senteurs plus atténuées. Ici, ce dont nous pouvons nous féliciter, ce sont les vergers qui prospèrent entre les mains habiles de frère Demien. Ce qui restait des fleurs de poiriers était tombé par terre, balayé par les brises de Bretagne, comme autant de neige arrivée au mauvais moment, et, si l'été perdurait, nous aurions une récolte généreuse. Je goûte déjà les pots de fruits qui honoreront notre table quand la récolte sera faite.

Cher Jean,
À travers tes yeux et tes mots, je devine la beauté d'Avignon, ce qui m'aide à oublier mes malheurs, ne serait-ce qu'un court instant. Quand j'y viendrai en automne, tout me paraîtra si familier. Sans doute te souviens-tu à quoi ressemble le mois de juin ici, mais, cette année, les fleurs et les arbres me semblent plus glorieux que jamais, une munificence pour laquelle je suis reconnaissante, car je me sens si impuissante après nos découvertes. J'ai l'impression que mon âme a été volée de mon corps. Cette quête, entamée par moi avec tant de bonnes intentions, semble maintenant avoir acquis le souffle, le sang et la volonté requise pour se perpétuer toute seule, sans tenir compte de mes vœux. Je suis si profondément déchirée : je veux, et en même temps je le redoute, connaître les faits terribles que Jean de Malestroit est en train de découvrir, et qu'il doit, comme je le lui ai fait promettre, partager avec moi. Mon désir de connaître le sort des jeunes disparus est vite éclipsé par ma crainte de savoir qui les a enlevés. Chaque jour, une nouvelle flèche se plante dans mon cœur et, malgré tous mes efforts, je ne puis en arracher les pointes qui suppurent en moi, et qui m'empoisonneront si je n'arrive pas à les extraire rapidement.

La plus acérée de ces flèches venait de la certitude croissante que monseigneur Gilles n'était pas l'homme que je croyais. Un temps, il avait été le véritable frère de mon fils, avec ses défauts, certes, mais faisant tout de même partie de ma famille. Il était un des derniers liens que j'avais avec cet enfant disparu, et j'allais maintenant le perdre.

Des rumeurs concernant toute cette affaire se propagent comme une nouvelle peste bubonique, me dit un matin Jean de Malestroit. *Nous devons nous montrer discrets afin que monseigneur Gilles n'ait pas vent de tout cela. Nous ne devons pas le contrarier sans raison.*

Autrement dit, il ne voulait pas que monseigneur sache qu'il était soupçonné. En fait, mon évêque n'avait pas lieu de s'inquiéter, car monseigneur était très préoccupé par ses propres affaires et n'allait pas se laisser distraire par la moindre rumeur. Il avait fort à faire pour calmer la fureur du duc Jean, à la suite de l'incident survenu à Saint-Étienne-de-Mer-Morte.

« Cinquante mille écus ? Mon Dieu ! »

La lettre du duc Jean autorisant cette amende énorme se trouvait sur la table de Jean de Malestroit ; celui-ci pouvait difficilement cacher sa satisfaction.

« Presque impossible à payer pour qui que ce soit, dis-je. Tous les bijoux du roi n'y suffiraient pas. Même au plus haut de sa fortune, seigneur Gilles aurait eu du mal à réunir une telle somme. »

Les mots manquaient à Son Éminence pour traduire le plaisir qu'il éprouvait à ce nouveau développement. Avec sa mine réjouie, il ressemblait à un chat qui venait d'avaler un oiseau.

Je me dirigeai vers la fenêtre, là où l'air me paraissait moins vicié que celui qui semblait soudain m'entourer. Le triste ciel gris ne me fut d'aucun réconfort. Pendant que je regardais au-dehors, j'entendis Jean de Malestroit se lever de sa chaise. Il vint derrière moi et posa une main sur mon épaule, dans ce qui me sembla être un geste de sympathie.

« Personne ne se réjouit jamais vraiment de voir quelqu'un d'autre tomber en disgrâce, Guillemette, mais cette fois, vous devez reconnaître que c'est tout à fait mérité. »

J'aurais apprécié sa tentative de réconfort si sa jubilation avait été moins évidente. Je ne pouvais pas trouver à redire à l'amende, mais elle m'inspirait d'autres inquiétudes, notamment la possibilité d'une réaction violente de la part de monseigneur.

« Cet homme est un guerrier, dis-je. Si on lui assène un coup, il risque de répondre avec une frappe à sa façon. »

L'évêque réprima un sourire.

« Sans crédit, il est paralysé. Et avec une telle amende au-dessus de sa tête, personne ne lui prêtera le moindre sou. Nous verrons sa réaction quand il devra sortir l'argent de sa propre cassette. »

Monseigneur réagit comme s'il n'était même pas question d'argent. Puis il se livra à une nouvelle explosion de violence, peut-être la plus folle à ce jour. Au cours de ce que les témoins décrivirent comme un accès de fureur, monseigneur traîna le prêtre Le Ferron hors du château de Saint-Étienne après l'avoir enchaîné, et le jeta dans le donjon de son propre château à Tiffauges. Là, il le soumit à la torture et lui fit subir des humiliations pires que celles qu'il avait jamais imposées à ses ennemis les plus haïs. La nouvelle revint aux oreilles du frère de Le Ferron, Geoffroy, qui, comme on pouvait le prévoir, en fut outragé plus que de raison.

« Mais pourquoi Tiffauges ? m'étonnai-je.

— Cela se trouve en dehors de la juridiction du duc Jean, me répondit Jean de Malestroit. Le seul autre endroit où il aurait pu l'emmener était Pouzages. Il a de nouveau perdu Champtocé. »

Sa mainmise sur Tiffauges et Pouzages était illusoire, puisqu'ils appartenaient en fait à sa femme et qu'elle n'avait pas permis à son mari de les vendre quand il était aux abois. J'avais pitié de Dame Catherine – comme tout le monde. Elle n'était plus qu'un fantôme de femme, un être sans forme, sans influence, toujours silencieuse et austère. Gilles lui avait fait une fille par devoir, mais je suis certaine que tous deux avaient serré les dents pendant l'acte par lequel la petite Marie avait été conçue. Ironie de la chose, la petite fille était douce et gentille, et c'était ce que j'aurais jamais de plus proche comme petit-enfant. Je me demandais souvent comment elle avait pu naître d'une telle mésentente.

Car mésentente il y avait, et à chaque instant. Monseigneur n'avait jamais eu un mot gentil pour sa femme, et jamais il ne lui avait manifesté le moindre égard pendant tout le temps que je les avais observés ; au mieux de leur relation, sa façon de la traiter ne dépassait jamais la simple politesse. La plupart du temps, il lui témoignait un mépris absolu, sauf en ce qui concernait son apparence – il veillait toujours à sa garde-robe afin qu'elle soit pour lui un bel ornement. S'il l'avait traitée comme faisaient la plupart des nobles avec leurs femmes, avec une courtoisie distante et une discrétion pour ses aventures extraconjugales, nous l'en aurions tous admiré davantage. Mais il la brutalisait pour la soumettre à sa volonté quand il s'agissait de questions de propriété nécessitant son consentement, presque toujours avec l'aide de Jean de Craon. Des cris de menace résonnaient souvent dans les chambres et les couloirs de Champtocé, et nous avions tous peur pour elle.

Il y a un an environ, Jean de Malestroit m'avait interrogée.

« Dites-moi, Guillemette, vous devriez le savoir, est-ce qu'il la bat ? »

Cette question me surprit plus qu'elle n'aurait dû, venant après une discussion sur la nature du mariage, laquelle avait été suscitée par un meurtre scandaleux. Une certaine femme noble avait fait l'objet d'un châtiment de trop, et avait répliqué à son mari par la pointe d'une dague, bien placée et envoyée avec adresse. Le gredin vicieux mourut tout nu et en proie à des convulsions dans son propre lit, tandis que sa femme, également nue, se tenait au-dessus de lui, couverte de son sang tant détesté. Nous avions tous constaté ses ecchymoses à plusieurs reprises, et remarqué son regard plein de honte, mais aucun de nous n'avait osé intervenir – ce genre de chose devait se régler entre mari et femme, sauf si la femme avait des parents puissants. Les siens ne l'étaient pas suffisamment pour la sauver de l'échafaud, mais cette affaire donna lieu à de nombreuses discussions quant à ce que maris et femmes se doivent mutuellement, et comment ils devraient se comporter. La plupart des gens n'étaient pas d'accord entre eux, mais je ne pouvais pas m'empêcher de penser à Geoffrey Chaucer et à sa « femme de Bath » des *Contes de Cantorbéry* qui avait décrit avec tellement d'exactitude ce que devait être le mariage entre des personnes de haut rang : *Comme dans une maison de la noblesse, nous dit-on, les assiettes et les gobelets ne sont pas tous en or...*

« On se demande ce qui se passe entre eux », répondis-je avec diplomatie.

Je suis maintenant certaine qu'il voulait une confirmation de ma part et fut donc déçu par ma réponse.

« Avec un tempérament comme celui de monseigneur, ajoutai-je, il y a certainement le risque qu'il frappe Dame Catherine de temps à autre.

— Mais vous n'en êtes pas certaine...

— Non, Éminence », dis-je.

Je me souviens de m'être sentie un peu rebutée par cet interrogatoire lourd de sous-entendus – j'avais été la nourrice de monseigneur, pas la femme de chambre de son épouse, une position qui m'aurait permis de voir les choses de plus près, mais qui aurait eu moins de dignité.

« Pour le savoir, il m'aurait fallu être présente dans la chambre à coucher de Dame Catherine.

Monseigneur, lui, y était rarement. Et quand il y faisait une apparition, je peux vous assurer que je n'étais pas conviée. »

Mais l'homme était un inquisiteur obstiné, et il n'allait pas en rester là.

« Aucune de ses dames d'honneur n'en a jamais parlé, même au hasard d'une conversation ? »

Je souris imperceptiblement, au comble de la satisfaction.

« Éminence, je suis choquée, lui dis-je. Auriez-vous aimé que j'écoute de tels ragots ? »

Après cela, il ne me posa plus de questions. Mais il m'avait incitée à réfléchir à ce problème, bien que ce ne fût pas mon affaire. Monseigneur n'avait-il pas enlevé Dame Catherine pour la forcer à se marier contre son gré et celui de sa famille ? Cela avait failli déclencher une guerre. Puis il lui avait fait une telle cour qu'elle avait fini par croire à ses déclarations d'amour. Le temps de se présenter devant un prêtre (qui fut obligé de les marier sous la menace d'une épée, en dépit de l'opposition formelle de sa famille), Dame Catherine de Thouars était prête à jurer son dévouement total au baron Gilles de Rais. On imagine sa déception lorsque la véritable nature de son mariage se révéla au grand jour.

Mais si monseigneur l'avait maltraitée pour régler cette affaire de propriété, il n'avait pas obtenu l'effet désiré car Tiffauges et Pouzages demeuraient sous son contrôle à elle. Toutefois, monseigneur avait dû lui faire quelque chose à la suite de l'affaire de Saint-Étienne. À moins que sa honte n'ait été telle qu'elle ne pouvait plus demeurer en Bretagne. Elle se réfugia dans l'hôtel d'un cousin à Pouzages, emmenant avec elle Marie, qui avait 10 ans, et laissant Gilles de Rais seul et furieux.

Je ne pouvais pas m'empêcher de me demander ce que penserait Jean de ces événements, dans le petit royaume protégé du pape en Avignon.

J'ai peur pour monseigneur, lui écrivis-je. *Je crains pour son âme. D'autres nouvelles sont-elles parvenues jusqu'à toi, d'autres sources, et si oui, que disent-elles ? Nous avons essayé d'être discrets, mais les rumeurs ont des ailes...*

Lorsque j'allai trouver Jean de Malestroit après les matines pour lui donner cette lettre afin qu'elle fût convoyée jusqu'en Avignon, je le trouvai dans un état de concentration intense, comme il en avait l'habitude pour des affaires d'État importantes, ou bien des sujets graves relatifs à la foi. La feuille sur sa table semblait froissée et était d'une forme curieuse, comme si elle avait été fabriquée par l'auteur lui-même. Je n'y aurais pas prêté grande attention si je n'avais remarqué l'attitude de Son Éminence.

J'attendis en silence comme cela m'était requis ; quand il eut fini de lire, il posa la page et se frotta les yeux pendant quelques instants. Puis il se couvrit le visage des mains, et je l'entendis soupirer à travers ses doigts.

« Éminence ? » dis-je doucement.

Il garda le visage enfoui entre ses mains.

« Oui, dit-il, indiquant qu'il m'avait reconnue.

— Vous êtes troublé... » Il me regarda.

« Mon état ne devrait pas vous surprendre. »

Il tapota le parchemin et me fit signe de la tête de le regarder. Il se leva de sa chaise et, d'un geste, m'invita à m'asseoir pour lire.

L'écriture était grossière, et il n'y avait aucune signature. Mais les descriptions étaient saisissantes et ne pouvaient pas avoir été inventées, sauf par le plus talentueux des conteurs. Il s'agissait de trois récits de sorcellerie, séances pendant lesquelles monseigneur aurait tenté d'invoquer le démon à ses propres fins.

Mes mains tremblaient pendant que je lisais.

Ils prirent des chandelles et plusieurs autres choses, ainsi que des livres d'instruction, et, utilisant les volumes pour les guider, dessinèrent plusieurs grands cercles avec la pointe de l'épée de monseigneur. Après avoir fait ces dessins et allumé une torche, tout le monde quitta la pièce, sauf le sorcier et monseigneur. Ils se placèrent au centre des cercles, à un certain angle, près du mur, et, sur ce, le sorcier traça un autre caractère sur le sol avec du charbon brûlant qu'ils avaient apporté, et versa dessus un peu de magnétite et des aromates, faisant monter une fumée douce et entêtante.

Le sorcier. Je me levai et lui rendis le parchemin grossier.

« Vous y croyez ? »

Il hésita un instant.

« Les faits sont décrits avec une telle précision qu'on a toutes les raisons de croire que c'est possible. »

Je connaissais parfaitement la réponse à la question que je lui posai ensuite, mais cela ne m'empêcha pas de la poser.

« Que faire maintenant ? »

Il se mit à faire les cent pas autour de la chambre, mais ses pas ne faisaient aucun bruit.

« Ces allégations sont suffisamment graves pour m'obliger, même contre mon gré, à demander une enquête officielle. Avec le problème de l'hérésie soulevé avec autant de crédibilité... le duc Jean me demandera d'engager des poursuites contre lui.

— Une accusation d'hérésie doit être délivrée par un juge de l'Inquisition, dis-je, tandis que les larmes me montaient aux yeux. C'est à vous qu'il appartient de décider d'agir ou non, à vous et à vous seul. »

Il se l'imposerait, je n'en doutais pas.

Des larmes irrépressibles ruisselaient sur mes joues. Une inquiétude profonde coulait dans mes veines, et menaçait de me faire m'effondrer à tout moment.

Jean de Malestroit me prit par l'épaule et posa un petit baiser fraternel sur mon front.

« Ce n'est pas à moi de décider, ma sœur, dit-il, mais à Dieu.

— Je ne sais que trop bien comme *cela* se passera, chuchotai-je d'une voix tremblante. Dieu prend toujours des décisions qui ne sont pas en ma faveur, ni en celle des miens.

— Vous devez avoir plus de foi. Dieu favorise toutes Ses créatures, mais quand Ses faveurs sont pour nous, souvent, nous ne le reconnaissons pas. Aucun de nous ne peut se cacher – nous devons accepter notre sort avec grâce et humilité. »

Pour cet acte de Dieu, il n'y aurait ni grâce ni humilité de la part de Gilles de Rais. Acculé à la ruine imminente, monseigneur fit quelque chose d'intrépide – sinon intrépide, alors fou, sans aucun doute. Il alla voir le duc Jean.

L'audace ne lui faisait pas défaut, en tout cas pas la bravoure : quand Jeanne d'Arc avait eu besoin de lui, on raconte qu'il s'était battu comme Ariel, le propre lion de Dieu. Le quatrième jour de mai de l'an 1429, le jeune seigneur de Rais et le seigneur Dunois arrivèrent à Orléans, avec les renforts et les approvisionnements dont la Pucelle avait besoin pour avoir la moindre chance de victoire. Elle vint à leur rencontre dans un champ en dehors de la ville, en compagnie de plusieurs notables, dont Saint-Sévère et le baron de Coulonces, des hommes dont la capture aurait pu donner lieu à des rançons importantes, ce qui aurait été un coup magistral pour les Anglais. En compagnie du bâtard Charles, ces seigneurs entrèrent à cheval dans la ville d'Orléans, passant directement devant les Anglais. Qu'aucune épée, lance ou flèche n'ait été envoyée sur eux fut considéré comme l'un de ses plus grands miracles.

Mais ce même jour, le seigneur Dunois reçut une information selon laquelle le capitaine anglais John Fastolf s'avançait vers Orléans avec des troupes fraîches ainsi que des approvisionnements, ce qui expliquait l'absence d'attaque de la part des Anglais : ils s'étaient sagement abstenus dans l'attente d'être plus nombreux.

Dunois se dirigea tout droit vers le campement

de la Pucelle pour l'aviser de la mauvaise tournure que prenaient les événements, me raconta Étienne. Il était dans tous ses états. Elle pria Dunois de lui faire savoir quand Fastolf arriverait, et puis, totalement épuisée, elle alla se coucher dans le lit qu'elle partageait avec la femme chez qui elle logeait. Comment un guerrier peut-il dormir avec la menace d'un tel événement ? Ce n'est pas ainsi que se comportent des soldats !

Ce soldat était une jeune fille, dis-je à mon mari. *Il lui fallait du repos.*

Nous pensions tous que c'était absurde – une folie dépassant l'imagination ! Qu'un guerrier ne se prépare pas dans l'attente d'une bataille.

Elle n'allait pas se reposer longtemps. Dès que ses pages et son hôtesse se furent retirés, elle se réveilla en se tenant la tête. Des voix nouvelles criaient en elle. Elle avait vu et entendu se dérouler une bataille féroce, mais elle jurait sur la Vierge que c'était une vision, non pas un rêve, et elle sauta du lit et sortit pour voir où cette bataille se déroulait. Là encore, elle fut saisie par une nouvelle vision ; elle tomba à terre, en tenant sa tête entre les mains et en criant : *Les voix, les voix !* Les voix lui donnaient des ordres, mais elle ne savait pas ce que Dieu voulait qu'elle fasse. Devait-elle intercepter Fastolf, qui ne s'était pas encore manifesté, ou devait-elle chercher une autre bataille ? Faute de pouvoir décider, elle se mit à pousser des gémissements sonores qui réveillèrent tout le monde dans son logement et les alentours.

Mais alors Jeanne d'Arc sortit de son état de confusion ; elle revêtit son armure blanche et sortit à cheval par la porte de Bourgogne, où l'on voyait des flammes monter vers le ciel. De vagues bruits de bataille venaient de cet endroit, et, avant qu'on ne puisse l'en empêcher, elle chevauchait déjà dans cette direction. Son page sonna l'alarme auprès des seigneurs qui avaient rassemblé des armées pour la soutenir, parmi lesquels se trouvait le seigneur Gilles qui, selon Étienne...

... lâcha une série de jurons à faire flétrir les feuilles. Si la Pucelle l'avait entendu, elle l'aurait banni de son entourage, car elle avait strictement interdit un tel langage parmi ses troupes. Tout aurait été perdu.

Je m'imaginais facilement le langage imagé auquel il s'était laissé aller ce jour-là ; Étienne avait refusé de me répéter les termes qu'il avait employés, ne voulant pas qu'ils soient entendus par une femme, et encore moins la sienne. Mais je savais parfaitement de quoi il retournait – monseigneur avait un maniement très particulier du langage. Très jeune, il aimait déjà me choquer en proférant des grossièretés aussi vulgaires que celles dont était familier son horrible grand-père.

Si Jeanne d'Arc ne s'était pas trouvée hors de portée de voix à cet instant, la France aurait pu être perdue, car c'est monseigneur Gilles de Rais qui l'avait sauvée d'une mort certaine ce jour-là.

À la porte, elle trouva des citoyens de la ville engagés dans une bataille rangée – les imbéciles avaient, de leur propre chef, engagé une action contre l'Anglais honni. Ils ne savaient pas combattre et n'avaient pas d'armes, sinon des massues et des faux. Quand la Pucelle arriva, des morts et des blessés gisaient partout dans une boue tellement imprégnée de sang qu'elle avait tourné au rouge. D'après les rares survivants qui se rappelaient l'avoir vue, elle resta un moment paralysée sur son cheval, et pleura en regardant le nombre considérable de soldats tombés. On dit qu'à cet instant elle aurait voulu à toute force confesser ses péchés, avant même la fin de cette journée de honte. Mais Dieu intervint dans ses rêves – ce qui était un miracle en soi – et la poussa à prendre le commandement des citoyens qui avaient survécu.

À ce moment, Dieu faillit pourtant l'abandonner. Talbot, le commandant anglais, profitant de l'occasion, envoya des troupes pour l'attaquer par l'arrière. Elle était prise au piège entre deux formations ennemies, sans la moindre possibilité de retraite. Lorsque monseigneur eut connaissance de cette terrible situation, il partit directement à cheval en direction de Saint-Loup avec le guerrier franc-tireur La Hire. Ils arrivèrent par l'arrière, et se ruèrent sur les forces anglaises avec la même violence dont ceux-ci avaient fait preuve dans le massacre des villageois pleurés par Jeanne une heure auparavant. Jeanne retourna alors ses propres troupes en haillons contre les Anglais, et l'ennemi se retrouva à son tour pris dans un piège semblable à celui qu'ils lui avaient tendu un peu plus tôt.

Si monseigneur n'était pas venu à sa rescousse ce jour-là, le bâtard Charles n'aurait jamais été couronné. Notre victoire, remportée en dépit de toute attente, reposait en grande partie sur les épaules de Gilles de Rais.

Les plateaux de notre dîner étaient posés devant nous sur la table. Après un petit rot discret, Jean de Malestroit se livra à une confidence qui me surprit.

« Monseigneur a dit à ses serviteurs qu'il était allé à Josselin pour encaisser de l'argent que lui devait le duc. Mais personne ne l'a cru. Beaucoup de ses serviteurs n'ont pas été payés, et ils se plaignent amèrement.

— Vous devez avoir des espions parmi eux. »

Jean de Malestroit ne le nia pas, mais il se contenta de dévier la conversation. Il s'essuya la bouche avec une serviette et repoussa son plateau.

« L'heure des vêpres approche, dit-il. Nous devrions veiller à nos préparatifs. »

Il ne me restait plus qu'à baisser les yeux et à acquiescer. Nous nous levâmes en même temps dans un bruissement d'étoffes. Je le suivis hors de ses appartements, toujours aussi obéissante.

« Seigneur, j'allais oublier, dis-je quand nous fûmes sortis, en feignant l'exaspération. Sœur Élène m'avait demandé de venir la voir ; je crois qu'il s'agit d'un problème de ménage.

— Dépêchez-vous, alors. Dieu n'aime pas qu'on Le fasse attendre. »

J'acquiesçai. Puis, après une petite révérence, je fis demi-tour et m'en allai juste à temps. Jupes relevées, je courus dans le couloir jusqu'à être suffisamment loin pour qu'il n'entende pas mes pleurs.

La cour était sombre et silencieuse ; une brise légère apportait un soulagement après la chaleur oppressante de la journée dont les effets se faisaient encore sentir. Le mystère de la messe ne me quittait pas.

« Je viens d'apprendre une nouvelle bien piquante, dit frère Demien, tandis que nous nous dirigions lentement vers l'abbaye. J'ai appris qu'Eustache Blanchet s'était enfui de Machecoul il y a quelque temps.

— Certainement pas, dis-je, il ne ferait jamais cela.

— Mais si. Il est allé à Mortagne. On dit qu'il voulait quitter le service de monseigneur. »

On dit.

Ce qui expliquerait l'absence de Blanchet à Pâques. « Mais pourquoi ? Il pensait bien devenir prêtre de monseigneur, et je ne peux pas m'imaginer qu'il y ait renoncé. » Frère Demien paraissait également perplexe et il haussa les épaules.

« Qui sait, ma sœur. C'est bizarre, en effet. Peut-être a-t-il subi une pression. Blanchet est revenu à Machecoul maintenant, mais, apparemment, la paix ne règne pas entre eux. »

Les actes courageux ou désespérés d'un homme ordinaire ne méritent pas d'être annoncés en place publique, mais ceux d'un prêtre attirent tout particulièrement l'attention, surtout celle de ses supérieurs. Je me demandais pourquoi Jean de Malestroit ne m'avait rien dit.

Je compris plus tard, en entendant en privé le témoignage de Blanchet.

Poitou et Henriet nous escortèrent, François Prelati et moi-même, depuis notre logement de Saint-Florent-le-Vieil à Tours jusqu'au château de monseigneur à Tiffauges. À cette époque, seigneur Gilles recherchait souvent la compagnie de Prelati – oui, je confirme qu'il était fasciné par le sorcier italien, et je m'en voulais de l'avoir fait venir au service de monseigneur. Quand monseigneur est arrivé dans la chambre où nous logions, moi et quelques autres, nous sommes tous partis dans une autre chambre pour que monseigneur et Prelati puissent rester seuls. La nuit suivante, je les vis sortir de la chambre et entrer dans une salle à plafond bas qui se trouvait juste derrière nous ; ils y restèrent un bon moment. J'entendis des cris et des suppliques tels que : « Viens, Satan » ou bien tout simplement : « Viens ! » J'entendis également Prelati dire : « À notre aide » ou quelque chose du même genre. D'autres paroles furent prononcées, dont je ne compris pas la moindre. Monseigneur et Prelati restèrent dans la pièce encore une demi-heure, avec des chandelles qui brûlaient partout.

Que Dieu ait pitié, en très peu de temps, un vent froid se leva et souffla rageusement à travers le château, tourbillonnant autour de moi avec force hurlements impies : ce devait être la voix du diable en personne. Je m'en fus chercher conseil auprès de Robin Romulart, qui se trouvait également à Tiffauges à ce moment-là. Nous étions d'accord sur le fait que monseigneur et Prelati invoquaient des démons, et que, ni l'un ni l'autre, nous ne voulions y être associés.

Le lendemain, dès l'aube, je pris sur moi de m'enfuir de Tiffauges et de toute cette impiété pour aller tout droit à Mortagne à l'hôtel de

Bouchard-Menard. J'y suis resté pendant sept semaines, et pendant ce temps je reçus de nombreuses lettres de monseigneur me demandant de revenir, et assurant que je serais très bien considéré par Prelati et lui. Je lui refusai à maintes reprises et finis par ne plus répondre. Je ne souhaitais plus me trouver en sa présence, ni en celle de Prelati et de ses démons.

Pendant le temps où j'habitais chez Bouchard-Menard, vint un autre logeur, un certain Jean Mercier, le châtelain de La-Roche-sur-Yon à Luçon. Mercier me dit que les rumeurs allaient bon train à Nantes et ailleurs, disant que monseigneur Gilles écrivait de sa propre main un livre avec du sang, et qu'il avait l'intention d'utiliser le pouvoir de ce livre pour obtenir du diable qu'il lui donne autant de forteresses qu'il désirait. Ainsi, il retrouverait sa position de seigneur et, quand ce serait fait, personne ne pourrait plus jamais lui faire de mal. Je ne lui ai pas demandé d'où venait le sang pour ces écrits.

Le jour suivant, l'orfèvre Petit vint à l'hôtel Bouchard-Menard pour me voir de la part de monseigneur. Il me dit que monseigneur aussi bien que Prelati s'inquiétaient pour moi et qu'ils me demandaient de revenir de façon urgente. À quoi je répondis qu'en aucun cas je n'irais le voir, compte tenu des rumeurs que j'avais entendues. Et je demandai à Petit de dire à monseigneur que si ces rumeurs étaient vraies, il ferait bien de cesser immédiatement, et une fois pour toutes, ces activités, car il ne faut pas s'engager dans des pratiques aussi viles.

Petit dut délivrer ce message de ma part à monseigneur et à Prelati, car monseigneur a immédiatement emprisonné le messager dans le château de Saint-Étienne, château qu'il a par la suite remis au trésorier du duc, Le Ferron, et qu'il a ensuite repris par la force. Il envoya Poitou, Henriet, Gilles de Sille et un autre serviteur du nom de Lebreton pour s'emparer de moi à Mortagne, ce à quoi je ne pus m'opposer. La nouvelle de l'emprisonnement de Petit aurait dû me rendre plus méfiant – j'aurais été mieux avisé de fuir Mortagne à ce moment-là.

Mais je ne le fis pas, Dieu seul sait pourquoi. Les hommes de monseigneur m'emmenèrent jusqu'à Roche-Servière, et ce fut là qu'ils m'annoncèrent que je serais également emprisonné à Saint-Étienne, et que monseigneur me ferait tuer pour avoir répandu des commérages et des rumeurs comme je l'avais fait. Sur ce, je refusai fermement d'aller plus loin, car je n'avais divulgué aucune rumeur contrairement à ses accusations. Je proférai les pires menaces de châtiment, que je n'aurais évidemment jamais pu mettre à exécution, mais qui, pour une étrange raison, produisirent l'effet désiré sur mes ravisseurs. Je suppose que tous les hommes prêtent aux prêtres certains pouvoirs que d'autres n'ont pas, bien que tout pouvoir divin que j'aurais pu détenir eût sûrement été détruit au contact d'hommes qui se sont révélés être des hérétiques. Ils ne me firent aucun mal, mais m'emmenèrent directement à Machecoul pour voir monseigneur. J'y fus logé, contre mon gré, pendant deux mois.

Gilles de Rais partit de Josselin indemne, du moins physiquement. Quel effet l'entretien avait-il pu avoir sur son esprit, je ne puis le dire, mais, compte tenu de sa situation désespérée, j'imagine que monseigneur avait dû être furieux de l'issue négative de ses discussions avec le duc Jean. Si Son Éminence savait quelque chose, il ne disait rien. Nous poursuivions nos activités journalières avec un calme apparent qui cachait une curiosité dévorante.

Matines, vêpres et tout ce qui était entre les deux – c'était ma vie. Je passais mon temps à traverser la cour pour aller de l'abbaye au palais et en revenir, m'acquittant successivement de mes devoirs. Un soir, en gagnant l'abbaye, j'entendis un cavalier au loin. Je venais d'entrer dans le passage voûté qui entoure la cour et mène directement au couvent, pour me fondre dans l'ombre protectrice, lorsqu'un bruit de galop parvint à mes oreilles, d'abord très bas, puis crescendo, jusqu'à ce que la terre tremble sous mes pieds. Alors, un cavalier surgit en trombe dans la cour. Sortant également de l'ombre, un palefrenier saisit l'animal écumant par la bride, au moment où le cavalier sautait à bas.

Je brûlais de curiosité : un cavalier venant d'Avignon ne chevaucherait pas avec une telle urgence, sauf si les rumeurs concernant la santé de Sa Sainteté étaient vraies. Mais le ciel n'étant pas encore tombé, ce ne devait pas être le cas.

Je passai la nuit à spéculer, les yeux grands ouverts ; le peu de sommeil que je pus trouver était de bien mauvaise qualité. Le lendemain matin lorsque je me rendis auprès de l'évêque, j'étais aussi fragile qu'un glaçon. Les politesses coutumières du matin, un rituel que je trouvais généralement réconfortant, me parurent soudain ennuyeuses et superflues.

« Le messager ? » dis-je avec anxiété.

Jean de Malestroit semblait perplexe.

« Il n'y a rien de plus en provenance d'Avignon, à part ce que je vous ai déjà dit.

— Non, Éminence, je veux dire le cavalier arrivé hier soir au moment où je me couchais...

— Ah, ce messager-là, dit-il après un instant. Je me demandais si quelqu'un l'avait vu.

— Il est arrivé comme un ouragan. Personne n'a pu l'ignorer.

— Ah, oui... eh bien, il faudra que j'instaure des règles pour les cavaliers qui arrivent, afin que nul ne soit dérangé.

— Venait-il de Josselin ? »

Il acquiesça lentement de la tête et se mit à déplacer des parchemins, comme si cela pouvait mettre un terme à mes questions.

« Alors, qu'a-t-il dit ? »

Jean de Malestroit se mit à s'agiter inconfortablement.

« Je suis au regret de vous dire que le duc Jean ne m'a pas révélé les détails de ce qui s'est passé entre eux. Il n'a rien dit d'important dans la lettre qu'il a envoyée, sinon que monseigneur Gilles a demandé son aide et son soutien pour trouver une solution dans l'affaire de Saint-Étienne.

— Ce que, bien entendu, il n'a pas accepté, quelle que soit la promesse.

— Non, en effet. D'ailleurs, il n'a plus rien à offrir. Plus aucune monnaie d'échange. »

Je n'avais pas compris que sa fortune avait diminué à ce point.

« Mais... protestai-je, il a certainement dit autre chose... »

J'avais l'impression d'avoir du mal à m'exprimer ; je ne savais pas comment lui extirper les informations désirées. Il se gardait bien de révéler la façon dont on lui avait dit de procéder, ce qui était probablement totalement différent de ce qu'on avait raconté à Josselin, et qui devait figurer dans la missive urgente. Il se détourna et retourna vers sa table d'étude, jonchée de parchemins. Une fois qu'il s'y serait plongé, je ne pourrais plus lui parler.

Il fallait que je l'interroge : « Allez-vous engager des poursuites contre monseigneur ? »

Une nouvelle fois, il éluda la question.

« On m'a parlé des déplacements de monseigneur, dit-il. Il a quitté le château indemne, mais n'est pas encore revenu à Machecoul ; il s'est installé hier à l'endroit où il a logé la dernière fois lors de son précédent voyage à Josselin, la maison d'un certain Lemoine, à l'extérieur des murs de Vannes.

— Je connais cette maison, c'est un beau manoir. »

J'imaginais facilement monseigneur cherchant refuge dans cet endroit élégant et somptueux.

« Mais je me demande dans quel but il fait semblant d'être malade.

— Buchet », dit Son Éminence.

Nous apprendrions plus tard de la bouche de

Poitou quelle influence Buchet exerçait sur Gilles de Rais.

Buchet amena à la maison de Lemoine un garçon qui avait l'air d'avoir dans les 10 ans, un enfant avec qui monseigneur eut des rapports sexuels. Il assouvit ses désirs sexuels sur le garçon de la même terrible manière dont il avait agi avec tant d'autres auparavant : tout d'abord, il fit durcir son membre viril en le frottant dans ses mains, et puis il insinua son membre raidi entre les cuisses du garçon, puis il utilisa l'orifice anormal du garçon pour parvenir à sa décharge. Pendant tout ce temps, le garçon était suspendu à une poutre au-dessus de nous, les mains attachées par une corde. J'avais étouffé les cris du garçon avec un tissu enfoncé dans sa bouche. Il n'opposa donc aucune protestation, bien que ses yeux fussent remplis de terreur et de désespoir.

Quand monseigneur en eut fini avec le garçon, il nous ordonna, à Henriet et à moi, de le tuer. Mais il n'y avait nul endroit dans la maison de Lemoine où cela pouvait se faire sans attirer l'attention. Nous emmenâmes donc le garçon jusqu'à une maison proche appartenant à un homme appelé Boetden, où logeaient les écuyers qui nous avaient accompagnés dans ce voyage. Nous savions que ce propriétaire nous laisserait tranquilles et ne révélerait rien de ce qu'il voyait ou entendait. Monseigneur semblait disposer à travers le pays d'innombrables complices de ce genre, un dans presque chaque paroisse que nous visitions, mais j'ignore de quelle façon il les trouve et s'assure de leur coopération.

Dans la maison de Boetden, nous entreprîmes de couper la tête du garçon. Soit le couteau n'était pas affûté, soit les os du cou étaient solides, mais nous eûmes beaucoup de mal. Monseigneur commençait à s'énerver et à s'inquiéter, aussi nous brûlâmes la tête dans la chambre même où la tuerie avait eu lieu. Mais comment se débarrasser du corps sans que qui que ce soit en dehors du propriétaire nous voie ? La maison de Boetden était proche du centre du village et très exposée, et nous ne pouvions donc pas faire notre travail à l'extérieur. Il me vint alors à l'idée que le corps d'un enfant pouvait être mis dans les latrines de la maison, et quand j'émis cette idée, les autres reconnurent que c'était judicieux. Nous attachâmes la ceinture du garçon autour du corps et le descendîmes dans le trou.

À ma grande déception, la profondeur des excréments ne suffisait pas pour recouvrir le corps. Il en sortait, tel un témoin sans tête de ce qu'on lui avait fait subir.

Au prix de mille difficultés, Henriet et Buchet me firent descendre dans les latrines. À certains moments, tandis que j'étais suspendu au-dessus de la fosse, je me demandais s'ils n'allaient pas m'y laisser tomber, une fois ma tâche accomplie. Ils avaient insisté pour que ce soit moi car, étant l'auteur de cette idée insensée, je devais souffrir puisque cela avait mal tourné.

Après beaucoup d'efforts et de travail, je réussis à enfoncer le corps assez profondément dans les excréments afin que l'on ne puisse plus le voir d'au-dessus. J'y parvins en le poussant dans la boue avec mes mains ; malgré mes efforts, il resurgit deux fois et je dus le repousser pour qu'il reste enfoncé sans que je le tienne. Lorsqu'on me sortit de la fosse, je vomis et vomis encore toutes les tripes de mon corps.

16

On pourrait s'attendre à ce que les puits de goudron de La Brea se trouvent à l'écart, mais ils sont là, posés au beau milieu de tous ces monstres en verre et en acier, en plein Los Angeles. Une étendue d'herbe a été aménagée tout autour, mais avec toute cette « civilisation » environnante, on en oublierait facilement que les puits de goudron étaient là d'abord. On les sent avant de les voir, on croirait que quelqu'un travaille sur un toit en plein soleil. Je ne déteste pas cette odeur quand il m'arrive de passer par là. Mais toute la journée ? Beurk.

Quand j'en ai fait la remarque au directeur du musée, il s'est contenté de me faire un petit sourire en levant les yeux au ciel, et en inspirant longuement. Sur ce, je m'attendais à le voir se frapper la poitrine et à hurler, mais il parvint à se contenir. C'était un gentil garçon, adorant visiblement l'établissement qu'il avait en charge. Je m'attendais à un universitaire pur et dur, et je m'étais préparée à me colleter avec l'équivalent dans le domaine paléontologique du pédant dont les musées d'art débordent.

Ils croient tous que les flics sont des andouilles désespérément incultes, ce qui ne les empêche pas de solliciter notre avis sur leurs petits tracas en matière de sécurité. Va comprendre.

Mais ce type idolâtrait littéralement son boulot. À plusieurs reprises, je dus le couper. *C'est effectivement très impressionnant, monsieur, et je regrette de vous interrompre, mais je dois vous poser quelques questions plus précises...* Et il était toujours confus d'avoir changé de sujet.

Je lui décrivis l'affiche que j'avais vue. Il chercha dans un tiroir, en sortit une, et la déroula à mon intention.

« Celle-ci ? »

Je frissonnai, rien qu'à la revoir.

« Exactement.

— Un peu anachronique, dit-il, mais, après tout, on a bien le droit de s'amuser de temps en temps. »

L'affiche était donc une idée à lui. D'après moi, il avait dû se donner beaucoup de mal pour justifier son inadéquation.

« C'est une très belle affiche, dis-je. Je parie qu'elle a attiré beaucoup de gens qui ne seraient pas venus autrement.

— Oh, sans aucun doute. Cette exposition nous a valu le public le plus disparate que nous ayons jamais eu. Des gens de tout le pays... du monde entier, même. »

Et de tout Los Angeles, pensai-je par-devers moi.

Il alla chercher quelque chose dans le tiroir de son bureau et en sortit un volume avec la même image en couverture.

« Le catalogue aussi a remporté un énorme

succès. Il était très cher à cause de toutes les reproductions en couleurs, mais nous en avons vendu une quantité impressionnante. Notre dotation a largement profité de la vente de ce catalogue.

— Vous avez dû vivre une expérience très excitante.

— La meilleure de toute ma carrière. Surtout à travers les différents stades de développement. Cela m'a permis de travailler avec les gens les plus talentueux qui soient. »

Il poussa alors un profond soupir et secoua la tête.

« Et dire que cela a failli ne pas avoir lieu. »

Espérant une explication, j'attendis quelques secondes.

« Je ne me souviens pas avoir lu quoi que ce soit dans la presse disant que l'exposition était remise en question... demandai-je enfin.

— Oh, cela ne risquait pas d'arriver. Nous avons gardé cela pour nous. Pourtant, nous en avons quand même averti la police, et je suis un peu surpris que vous n'ayez pas été au courant. Nous avons eu une alerte à la bombe.

— Vraiment ?

— Oui, vraiment. Il vaut d'ailleurs mieux que vous n'ayez pas été prévenus, car nous voulions rester discrets. Un des donateurs était particulièrement hostile à la publicité. Nous avions peur qu'il ne se retire du projet. Il a fallu négocier jusqu'au dernier moment avec lui pour qu'il reste. La menace s'est révélée être un canular, mais ce donateur – en fait l'inventeur d'une foule de systèmes d'animations électroniques – a insisté pour que nous renforcions notre système de sécurité.

— Pas une mauvaise idée de toute façon.

— En fait, c'était très cher. Il a fini par en prendre une bonne partie à ses frais. »

Tout cela ne manquait pas d'intérêt, mais était sans grand rapport avec mon enquête.

« Je travaille sur une affaire, dis-je, qui implique plusieurs jeunes garçons. Plusieurs d'entre eux semblent être venus voir cette exposition. C'est le seul dénominateur commun que j'aie pu trouver jusqu'à présent entre eux, aussi j'aimerais pouvoir commencer à enquêter auprès de gens ayant travaillé à l'exposition. »

Il avait l'air de mourir d'envie d'en savoir plus.

« Comme c'est inquiétant.

— Oui. Malheureusement, je préfère avoir avancé un peu avant de vous en dire davantage.

— Dommage, j'aurais peut-être pu vous orienter un peu. Des centaines de gens ont collaboré de près ou de loin à cette exposition.

— Je suppose qu'ils n'étaient pas tous des employés du musée.

— Très peu l'étaient. Nous faisons appel à de nombreux services de l'extérieur, comme pour le nettoyage et les fournitures. Quant au système de sécurité que nous avons évoqué, c'est une autre société qui fournissait les intervenants. Nous avions nos propres caméras, bien sûr, et l'organisme exposant a installé un système vidéo complet avec l'écran bleu...

— L'écran bleu ?

— Oui. Je pensais que tout le monde connaissait

ça. C'était presque une attraction en soi au même titre que l'exposition. Vous avez des enfants ? ajouta-t-il en voyant mon étonnement.

— Trois.

— Ah, bon. Je croyais que pratiquement tous les enfants de Los Angeles étaient venus à l'exposition.

— Leur père les a amenés avec un groupe d'enfants, et je crois qu'un autre parent est venu également. Mais je ne me rappelle pas avoir entendu parler d'écran bleu. »

Ils avaient parlé des animaux en mouvement et des chevaliers, mais pas de l'écran bleu.

« Il fallait que le système de sécurité s'intègre dans l'ensemble et devienne, lui aussi, un élément d'amusement, pour qu'on n'y fasse pas trop attention. C'était une installation particulièrement spectaculaire, avec un système vidéo d'une qualité parfaite, pas ce à quoi on s'attend généralement avec une caméra de sécurité. Tous les visiteurs étaient filmés pendant qu'ils faisaient la queue. Il y avait un fluoroscope pour examiner les sacs, mais les visiteurs faisaient marcher les machines eux-mêmes et examinaient leurs propres sacs pendant qu'ils passaient à travers. Bien entendu, un responsable de la sécurité était posté là pour surveiller, mais cela donnait aux visiteurs l'impression de prendre part à la sécurité. C'était merveilleusement interactif. Mais le clou de tout le dispositif était cet écran bleu. On s'en sert au cinéma pour les effets spéciaux quand on veut insérer des personnages dans des plans qui ont déjà été filmés. Chez nous, nous avions encouragé les visiteurs à faire les clowns devant la caméra. Et, pendant qu'ils avançaient ensuite dans la queue, ils pouvaient se voir dans toute une série de décors différents. L'un représentait une espèce de magma primaire, l'autre une forêt médiévale avec un sanglier qui surgissait de derrière un arbre. Tout le monde était ravi, et nous avons pu disposer d'une bonne image de chaque personne s'étant trouvée dans la queue sans jamais avoir eu l'air de jouer à Big Brother. C'était très malin. Le donateur n'a rien négligé pour que ce soit une réussite parfaite. »

Cela me paraissait un peu excessif, mais je me gardai bien de le lui dire.

« Donc ces gens étaient filmés. En toute connaissance de cause, bien sûr.

— Oui. Tout cela était destiné à les amuser. Et ils pouvaient acheter la cassette de leur prestation s'ils le désiraient. Ce qui nous a permis d'amortir une bonne partie de la dépense.

— Y avait-il également des vigiles sur les lieux ?

— Oui, deux qui se déplaçaient, et deux dans une cabine pour surveiller les différentes caméras.

— Les cassettes vidéo de la sécurité ont été conservées ?

— Pas par nous. L'exposition est terminée depuis plus de deux ans. Nous avons recopié de nombreuses fois les vidéos provenant de notre propre système de sécurité interne, j'en suis certain. Mais je ne peux pas me prononcer quant aux cassettes de l'écran bleu.

— Qui pourrait les avoir en sa possession au cas où elles n'auraient pas été détruites ?

— La société de sécurité. » Puis il hésita un instant. « Ou peut-être le donateur. »

Le donateur. Pas M. Untel, le donateur, ou un donateur quelconque. Rien que *le donateur*.

« Pourrais-je connaître le nom de ce donateur, s'il vous plaît ? »

Il hésita une nouvelle fois.

« Il tient à rester discret. »

Pas très coopératif, en tout cas.

« Je suis certain qu'il comprendrait parfaitement que vous nous donniez son nom, compte tenu de la nature de notre enquête.

— Je ne pourrai pas prendre une telle décision sans connaître justement la nature de votre enquête. »

Apparemment, c'était donnant, donnant.

« Au point où nous en sommes, tout ce que je peux vous dire, c'est que nous enquêtons sur des affaires de pédophilie, qui pourraient avoir un rapport les unes avec les autres. »

Cela le fit suffoquer.

« Ah bon, je vois que c'est vraiment sérieux.

— Effectivement. »

Je lui tendis mon carnet ouvert sur une page blanche. S'il ne prononçait pas le nom à haute voix, peut-être n'aurait-il pas l'impression d'avoir trahi la confiance dont il avait été investi.

« À présent, si vous vouliez bien écrire le nom de ce donateur, je vous en serais reconnaissante. »

Il prit le carnet et enleva le stylo à bille que j'avais agrafé sur le côté droit. D'un geste théâtral, il fit sortir la pointe et griffonna quelque chose. Puis il fixa de nouveau le stylo sur le carnet, le referma et me le tendit.

Je m'abstins de consulter aussitôt le carnet pour

savoir de qui il s'agissait. Je ne voulais pas manifester trop de surprise si la personne en question était célèbre.

« J'aurais également besoin du nom de la société qui vous a fourni les vigiles ; et de celle qui se charge de votre ménage. »

Je lui tendis de nouveau le carnet.

« Bien sûr, dit-il tout en écrivant. Y a-t-il autre chose dont vous ayez besoin pour l'instant ?

— Je vous serais reconnaissante de me diriger vers votre service du personnel. J'aurais besoin de consulter les registres correspondant à la période de l'exposition. »

Il s'était raidi. À voir son visage, le moment d'excitation était passé. Je devrais revenir une autre fois pour tirer quelque chose de lui.

En tout cas, au bout de plusieurs semaines, j'avais enfin une nouvelle piste.

Wilbur Durand. Un petit prodige en matière d'effets spéciaux, aux états de service impressionnants à Hollywood, principalement dans le domaine des films d'horreur. Je commençai à me renseigner sur son compte, ce qui relégua au second plan tout nouvel interrogatoire des familles et des présumés suspects, dont je ne voulais pourtant pas être distraite.

Puis est arrivé alors le pire, ce par quoi j'aurais préféré ne jamais être distraite. Cinq jours avant le délai de deux mois, des parents signalèrent la disparition d'un garçon de 12 ans. Mais cette fois, la différence avec le schéma précédent était frappante : le garçon était noir, bien que d'une couleur de peau relativement claire. Autrement, tout le reste concordait ; c'était un gamin gentil, qu'on avait aperçu pour la dernière fois en compagnie d'un frère plus âgé. Le flic en patrouille qui avait reçu le premier appel avait appris que les deux garçons s'étaient querellés et m'avait aussitôt transmis l'information. Avant de me rendre à leur domicile, j'appelai les parents et parlai avec eux. Il ne me fallut pas longtemps pour connaître la raison de la querelle. Le père biologique du garçon disparu était le second mari de la mère, et le beau-père du fils plus âgé, lequel manifestait sa jalousie en semant le chaos à la maison à la moindre occasion. La mère de l'enfant disparu me dit que sa propre mère assurait avoir vu les deux frères en train de se disputer, peu de temps avant la disparition.

Cela correspondait plutôt bien, sauf pour ce petit problème de couleur de peau.

La mère manifesta sa stupéfaction et son indignation quand je lui annonçai au téléphone mon intention d'interroger son fils aîné.

« Pas lui, me dit-elle. C'est un si bon garçon, bien plus un père qu'un frère. Il leur arrive d'avoir des petits problèmes entre eux, mais autrement, ils s'adorent, j'en suis certaine. »

Il ne me restait plus qu'à insister. La mère finit par accepter et dit qu'elle l'amènerait au commissariat. J'aurais préféré aller lui parler au domicile familial, mais elle ne voulut pas en démordre : elle me l'amènerait.

Ils arrivèrent sans tarder, et le sergent les installa dans une salle d'interrogatoire. Sur le point d'entrer dans la pièce, je m'immobilisai sur le seuil et restai à les dévisager comme une parfaite idiote. Toute ma formation sur la diversité n'avait vraiment servi à rien.

La mère et le frère plus âgé étaient tous les deux blancs. À cet instant, tout se mit en place. Les victimes avaient toutes à peu près la même apparence, sauf une, mais ce n'était pas le seul critère déterminant pour le criminel – j'en étais persuadée. C'était la couleur de la peau des ravisseurs supposés qui correspondait.

Soucieuse de respecter les apparences, je posai un certain nombre de questions pertinentes. Ils répondirent à tout spontanément, sans la moindre hésitation, sans détourner les yeux, sans le moindre signe indiquant qu'ils mentaient ou qu'ils omettaient quelque chose d'important. Quand je demandai à l'aîné s'il accepterait de se soumettre au détecteur de mensonges, il ne broncha même pas et accepta aussitôt. Je crus que sa mère allait le gifler.

La dernière question que je posai était la seule qui m'importait à ce stade de l'affaire.

« Avez-vous, vous et votre frère, assisté à un événement particulier au cours des deux dernières années ? »

La mère et le garçon parurent complètement stupéfaits. Ils auraient sans doute préféré des questions concernant les recherches pour retrouver leur gosse disparu. Le frère finit par répondre.

« Un ou deux matches de base-ball, un concert, ce truc sur les dinosaures au musée Tar Pits... »

Considérant la façon dont ils avaient été interrogés précédemment, il n'y avait aucune raison pour que ces gens répondent à d'autres questions concernant les endroits où ils étaient allés avec leurs enfants disparus. Je m'étais déjà entretenue avec la plupart d'entre eux, officiellement histoire de me remettre en mémoire chaque cas, mais cette fois, les questions seraient plus précises. Il me fallut déployer un exceptionnel pouvoir de conviction et une bonne dose d'excuses, en grande partie pour des choses dont je n'étais pas responsable. On imagine combien cela avait dû être humiliant et dégradant de subir ce genre d'épreuve, d'être soupçonné, presque accusé, d'avoir fait du mal à quelqu'un qu'on aime, et d'entendre ensuite votre accusateur vous dire : *Ne vous en faites pas, ce n'était pas vraiment ce que nous voulions dire.* Que des hordes d'avocats n'aient pas fondu sur la police de Los Angeles à la suite de ces premières investigations est proprement incompréhensible. Leur passage avait traumatisé ces gens pour un bon moment, et je dus faire preuve d'une prudence extrême pour qu'aucun d'entre eux ne pense qu'on les soupçonnait de nouveau.

Je les rassurai, disant que ces informations m'aideraient à valider certaines théories concernant la disparition de leur enfant, et cette explication fut généralement bien accueillie. Mais ils s'avouèrent tous un peu perturbés par les questions – à quelles manifestations particulières, vous et votre enfant disparu avez-vous assisté ? Il fallait éviter de se montrer trop directif en leur posant la question de but en blanc : « Vous êtes-vous rendu avec votre enfant à l'exposition des dinosaures ? » L'information devait sortir tout naturellement.

Chaque fois, ils citèrent le musée. Je parlai avec tous en l'espace de trois ou quatre jours, ce qui me permit d'en tirer une nouvelle conclusion. La plupart de ces gens avaient une petite cinquantaine, mesuraient entre 1,73 mètre et 1,78 mètre (y compris les trois femmes), étaient d'une corpulence moyenne ou inférieure à la moyenne, et tous étaient de race blanche.

C'était *grosso modo* la description physique de mon suspect.

J'avais un besoin urgent de faire le point avec Doc, mais en terrain neutre. Me retrouver dans son bureau me donnait l'impression d'être redevenue étudiante, et je ne voulais pas avoir ce sentiment avec lui. Le commissariat étant toujours en plein maelström, je préférai lui demander où nous pourrions nous retrouver. Nous atterrîmes sur la jetée de Santa Monica pour déjeuner d'un hot dog.

Les mouettes étaient plus bruyantes que jamais, mais le bruit ne me gênait pas. J'adore la jetée, avec toutes les activités qui s'y concentrent et l'énergie qui s'en dégage. L'endroit est parfois malfamé, avec des voyous et des filles redoutables elles aussi, surtout le vendredi et le samedi soir. Mais en plein milieu de l'après-midi, c'était le paradis. Mes enfants adoraient y venir, surtout Evan, c'était vraiment un de nos endroits préférés.

« Tous les suspects écartés sont à peu près de la même taille, entre 1,73 mètre et 1,78 mètre en moyenne, et ils sont tous plutôt minces. Mon suspect devrait ressembler à ça aussi, étant donné que ce sont des caractéristiques difficiles à dissimuler.

— Et leur visage ? »

Je pensai à l'affiche, avec sa fente noire à la place des yeux. Je me représentai le suspect avec un trou plus grand, plus sombre, à l'endroit du visage.

« Je n'ai pas la moindre idée de ce à quoi ressemble ce type.

— Alors qu'attendez-vous de moi maintenant ?

— J'aimerais discuter encore une fois des caractéristiques psychologiques, si vous vouliez bien revenir là-dessus encore une fois. J'ai fini par trouver une chose commune à tous les gosses disparus et aux suspects écartés. Ils se sont tous rendus à une certaine exposition au musée Tar Pits de La Brea.

— Celle avec les animaux ?

— Oui. Elle a duré longtemps et un monde fou est passé par là. Je dois vérifier l'identité et l'emploi du temps de tous les gens qui y ont travaillé pendant cette période, ou ont été plus ou moins associés à cette exposition, y compris les employés de certains prestataires de services.

— Un sacré boulot en perspective.

— Effectivement. Je voudrais arriver à sélectionner un nombre raisonnable de suspects à partir des centaines en question, et j'ai besoin d'aide pour ce faire.

— Vous êtes sûre que c'est là qu'il trouve ses victimes ?

— À ce niveau de l'enquête, ça relève encore de la pensée magique. À vrai dire, je trouve même ça un peu tiré par les cheveux, mais c'est le seul point commun.

— Dans ce cas, s'il s'agit de quelqu'un qui

travaille au musée ou est en relation avec l'institution, vous avez probablement un tueur parfaitement organisé sur les bras. »

Cela me paraissait déjà évident.

« Naturellement, les enlèvements ne paraissent pas improvisés...

— Vrai, c'est au moins un déterminant, mais il y a d'autres éléments subtils qui méritent d'être de nouveau passés en revue. Les tueurs organisés sont généralement des gens plutôt discrets qui vivent dans un monde imaginaire très élaboré, à la différence de ceux qui ne sont pas organisés et qui frappent au hasard. Ceux-là sont beaucoup plus impulsifs dans leurs délires et dans leurs actes. Votre déviant organisé va prévoir son acte jusque dans le moindre détail, comme une forme de fantasme, puis sortira, et, pardonnez-moi le mot, mettra ce fantasme à exécution. Le type désorganisé va avoir des fantasmes non assouvis, et il sera incité par un motif extérieur à sortir et à ramasser un gosse. Ce qu'ils feront à ce gosse ne correspond pas obligatoirement au fantasme qui a suscité l'enlèvement, sinon d'une façon générale.

— Qu'entendez-vous par "discrets" ? Pour agir ainsi, il faut tout de même être gonflé. Gonflé et discret, ça ne va pas très bien ensemble.

— Cela demande effectivement une certaine dose de courage, je suis d'accord. Mais on pourrait aussi appeler cette qualité de l'impulsivité. Ça ne se voit certainement pas à l'extérieur – les gens qui commettent des crimes sexuels contre les enfants sont rarement à ce point tordus qu'on puisse s'en apercevoir. On entend sans arrêt raconter, généralement après les faits, que cela se lisait dans leurs yeux, mais il faut bien reconnaître que si on met un costume et une cravate à l'un de ces types, il ne se ferait pas remarquer dans un train de banlieue. Cela ne colle pas avec l'image qui nous vient à l'esprit ; la plupart d'entre nous imaginent un personnage à la Manson, bien que Manson ait plutôt été en réalité un tueur fou qu'un tueur en série. Hirsute, dépenaillé, avec un regard dément, le psychopathe intégral qui nous fait fuir. Dans la majorité des cas, la couverture du livre ne correspond pas à l'intérieur ; la plupart des hommes qui commettent des meurtres en série ou des actes pédophiles répétés ont une apparence éminemment normale. John Wayne Gacy est le parfait exemple d'un type qui avait tout l'air d'un brave homme. À l'époque où il a commis ses crimes, c'était un entrepreneur en bâtiment prospère à la tête d'une affaire en plein boum. Étant son propre patron, il avait tout loisir de quitter le bureau pour assouvir ses instincts, et disposait de l'argent nécessaire pour lui faciliter les choses. Nous pourrions passer en revue la liste des tueurs les plus célèbres de l'histoire, nous y trouverions beaucoup de types normaux, et même quelques personnages particulièrement séduisants. Ce qui différencie ces hommes du reste de l'humanité se situe bien plus à l'intérieur qu'à l'extérieur. »

À une encablure environ de la jetée, un ouvrier jeta un sac d'ordures dans une décharge à ciel ouvert. Les mouettes s'abattirent en criant dans un grand déploiement d'ailes. Elles s'attaquèrent au sommet du sac avec leurs becs ; quelques-unes s'envolèrent avec des débris. Les autres éparpillèrent le reste sur la décharge.

« La loi du plus fort, sans doute.

— C'est un élan irrésistible. »

Errol jeta un coquillage cassé sur le sable en dessous de la jetée.

« Un anthropologiste du nom de Lyall Watson prétend que des conduites que nous considérons comme condamnables procèdent souvent d'une réelle volonté de survie, en termes génétiques. Il explique cela dans le contexte de l'évolution darwinienne, à savoir que la rupture de l'ordre établi dans le monde – particulièrement dans la population – contribue à l'augmentation des actes criminels à laquelle nous assistons depuis deux siècles. La raison pour laquelle les tueurs en série sont surtout des hommes serait qu'ils sont en compétition pour transmettre leur patrimoine génétique. Une fois vos rivaux éliminés, vos gènes ont plus de chances.

— Ça me paraît un peu tiré par les cheveux.

— Ses théories vont jusqu'à expliquer pourquoi certaines personnes font des trucs de cinglés alors qu'il n'y a aucune autre raison évidente. Je dois reconnaître que je n'y comprends pas grand-chose, mais je suis payé pour y croire.

— Dans ce cas, je me fourre le doigt dans l'œil.

— Peut-être pas. Vous êtes une femme particulièrement intelligente. Mais je pourrais sans doute vous faire gagner un peu de temps. Il est peu probable que ce soit un employé du musée.

— Pourquoi ?

— Il n'est pas du tout habituel pour un tueur organisé de souiller son propre nid.

— Gacy a enterré toutes ses victimes dans sa cave. Dahmer les a mises dans son congélateur.

— Croyez-le ou non, ces cas sont davantage des exceptions que des règles. Ils ont pris le risque d'être arrêtés, et tous les deux l'ont été, à cause de cela. Un employé du musée courrait un risque immédiat en choisissant ses victimes à cet endroit. Je me focaliserais plutôt sur des gens qui viennent de l'extérieur : les entrepreneurs, les intervenants des sociétés de service. Et autre chose aussi : à voir la façon dont ces crimes sont commis, il faut des moyens.

— Je sais, j'y ai pensé. Il doit se préparer quelque part, il a pu emmener ces gosses dans un endroit très isolé...

— Et cela coûte de l'argent. Il se déguise, se procure des véhicules, crée tous ces faux-semblants. Soit ce type a mis de l'argent de côté pendant longtemps en prévision du grand jour, soit il est riche.

— Le musée a parlé d'un de ses mécènes. Il paraît que le type en question a financé une bonne partie du système de sécurité parce qu'il n'aimait pas celui d'avant.

— Comment s'appelle-t-il ?
— Wilbur Durand. »
Doc en resta bouche bée.
« Le type des effets spéciaux ?
— Parfaitement.
— Eh bien, dit-il, je veux bien être pendu. »
Avant que j'aie le temps de lui demander ce qu'il

entendait par là, mon *pager* retentit. La vibration à ma ceinture me fit sursauter.

« Expliquez-moi ça », dis-je en m'apprêtant à rappeler.

L'explication allait devoir attendre. Nous avions un cadavre.

17

Le temps estival demeurait au beau, comme nous l'avions tous espéré et, la chance aidant, les pommes et les cerises commençaient à se former en abondance. Frère Demien se pavanait, aussi fier qu'un coq, en surveillant ses chers arbres couverts de fruits. Nous ne nous vîmes pas autant que je l'aurais souhaité pendant cette période agitée ; je pensais qu'il était occupé dans le verger et les jardins. Mais je finis par croire qu'il m'évitait parfois, car il craignait que mon humeur de plus en plus sombre n'affecte son état d'esprit joyeux. Il se montrait toujours aussi amical et gentil envers moi, mais il était difficile de ne pas remarquer qu'une certaine distance s'était installée entre nous.

Vers la fin de juillet, la récolte était assurée, empêchant la colère de Dieu de s'exercer en matière de temps. À présent, le moment était venu de veiller et d'attendre en tout, y compris ce qui concernait Gilles de Rais. J'ai l'attente en horreur ; tous ceux qui me connaissent le comprendront. Sagement, Son Éminence m'avait laissée seule pendant la période entre le départ de monseigneur de Josselin et le premier acte officiel contre lui. Nous passions autant de temps ensemble qu'auparavant, et de façon très agréable dans l'ensemble, mais nos conversations intimes ne contenaient jamais la moindre allusion à Gilles de Rais.

Désirant à tout prix m'occuper, je montrai aux jeunes sœurs comment atteindre de nouveaux sommets en matière de propreté, comme si j'avais voulu imiter le succès de sœur Claire à Bourgneuf. Mon évêque me surprit un après-midi dans la cour, dans un de mes rares moments de loisirs, avec, devant moi, un morceau d'étoffe fine tendu sur un cadre de bois. J'avais dessiné un bouquet de fleurs sur le tissu, et j'étais en train de le broder avec des fils de soie de couleur. La lumière de cette fin d'après-midi estivale était idéale pour cette activité absorbante, activité vers laquelle je me tournais souvent dans des périodes troublées pour le réconfort que j'en retirais. Le plaisir que j'y prenais devait être évident, car l'évêque crut bon de faire un commentaire presque désolé en me voyant ainsi absorbée.

« Je pensais vous inviter à dîner avec moi, dit-il avec un sourire, mais vous paraissez tellement prise par votre travail... Il y a du chapon. Votre mets préféré.

— Ne prenez pas la peine de m'allécher davantage », lui dis-je.

Je fixai mon aiguille dans le tissu et me levai de ma chaise.

Malgré sa robe d'homme d'Église, il se conduisit comme le galant diplomate qu'il était souvent, et m'offrit son bras. À ma grande honte, le rouge me monta aux joues. Je posai ma main sur son bras et, sans un mot, nous traversâmes ensemble la cour du palais épiscopal pour gagner sa salle à manger privée.

Du chapon et de la carpe, avec des oignons cuits à la vapeur. J'étais comblée. Mais il devait bien y avoir une raison à cette fête.

« J'ai reçu l'ordre de le poursuivre en justice, dit enfin l'évêque, d'abord pour son agression de Jean Le Ferron. À mesure que l'enquête progresse, nous réunirons d'autres preuves pour parvenir à l'accuser de meurtre. »

Il hésita, comme pour adoucir les mots terribles qui allaient suivre.

« Et il y aura une enquête de l'Inquisition. »

Je m'enfonçai dans mon siège et réfléchis pendant quelques instants à tout ce qui s'était passé. Une nuée d'images noires déferlait sur mon âme comme une armée d'envahisseurs. Je n'avais jamais osé en parler à quiconque, mais c'était à force d'avoir subi ces attaques constantes de visions démentes, de plus en plus fréquentes et puissantes, que j'étais devenue cette vieille soucieuse et morose que mon jeune frère Demien semblait vouloir éviter. Si j'en avais parlé, on m'aurait enfermée, sous prétexte que je n'étais plus saine d'esprit ! C'était toujours la même scène qui revenait : un monstre sombre sans visage et en armure, brandissant un sabre ensanglanté. Il chevauchait une bête inconnue avec son sabre à bout de bras, et chargeait pour me ravir un enfant que je tenais contre moi, en le saisissant par la peau du cou comme un oiseau de proie. Il lançait l'enfant en l'air du plat de son sabre, et lui tranchait la tête quand il retombait au sol.

Je connaissais celui qui se cachait derrière ce masque de fer. Mais comment pouvait-il tuer cet enfant aussi sauvagement, alors qu'il devait s'agir de lui ?

Je parvins à peine à chuchoter.

« Ne pourrait-on pas éviter cela ? »

Jean de Malestroit tendit la main à travers la table et nos doigts s'entremêlèrent.

« Le Christ lui-même n'a pas pu éviter la coupe que son Père lui a tendue, dit-il.

— Que va-t-il se passer maintenant ? »

De quelque part sous la table, l'évêque sortit une feuille de parchemin et me la tendit.

« Voici un brouillon de ce qui sera copié et publié. »

Le texte était écrit de sa propre main. C'est vrai qu'il avait été avocat avant de devenir prêtre. C'était le chef d'accusation initial, soigneusement formulé, de l'agression qui mettrait peut-être Gilles de Rais à genoux. J'avais la chance de pouvoir le lire avant que l'autorisation de le rendre public soit accordée.

Un honneur dont je me serais bien passé, sans aucun doute.

À ceux qui verront les présentes lettres, nous, Jean, par permission divine et par la grâce du Saint-Siège apostolique, évêque de Nantes, donnons la bénédiction au nom de notre Seigneur et vous demandons de divulguer les présentes lettres.

Qu'il soit porté à la connaissance, par ces lettres,

que, en visitant la paroisse de Sainte-Marie de Nantes, dans laquelle Gilles de Rais, mentionné ci-dessous, réside souvent dans la maison communément appelée La Suze, et compte parmi les paroissiens de ladite église, et en visitant d'autres églises paroissiales, également mentionnées ci-dessous, de fréquentes rumeurs publiques parvinrent jusqu'à nous, puis des plaintes et des témoignages de la part de gens de bien discrets.

La liste qui suivait était longue et pénible à lire car j'avais rencontré moi-même certains de ces gens dans le but de mettre cela en lumière : Agathe, épouse de Denis de Lemion ; la veuve de Regnaud Donete ; Jeanne, veuve de Guibelet Delit ; Jean Hubert et sa femme, Marthe, veuve d'Yvon Kerguen ; Jeanne, femme de Jean Darel ; Tiphaine, épouse d'Eonnet Le Charpentier. Tous étaient des paroissiens fréquentant les églises situées à proximité de propriétés appartenant ou ayant appartenu à Gilles de Rais ; les églises étaient mentionnées en marge des noms des témoins.

Tandis que nous visitions les mêmes églises dépendant de notre charge, nous avons aussitôt fait interroger les témoins, et avons appris par leurs dépositions, entre autres choses dont nous nous sommes assurés, que le noble seigneur Gilles de Rais, chevalier, seigneur et baron dudit endroit, notre sujet et dépendant de notre juridiction, avec certains complices, a effectivement tranché la gorge, tué, et odieusement massacré de nombreux jeunes garçons innocents. Et qu'il s'est livré sur ces enfants à des actes de luxure contraires à la nature, et au vice de sodomie, et a maintes fois incité d'autres personnes à se livrer à la terrible invocation de démons. Qu'il a fait des sacrifices en son nom et signé des pactes avec ces derniers, et a perpétré d'autres crimes épouvantables dans les limites de notre juridiction ; et nous avons appris à travers les enquêtes de nos commissaires et de nos procureurs que ledit Gilles de Rais avait commis et perpétré les crimes mentionnés ci-dessus et autres débauches dans notre diocèse aussi bien que dans plusieurs autres endroits plus éloignés.

À propos desquels crimes, ledit Gilles de Rais était et est toujours diffamé par des gens sérieux et honorables. Afin de dissiper tous les doutes en la matière, nous avons prescrit les présentes lettres et leur avons apposé notre sceau.

Fait à Nantes, le 29 juillet 1440, par mandat du Seigneur évêque de Nantes.

« Quand cela sera-t-il notifié à monseigneur ?
— Demain.
— Et la publication ? »
Il baissa les yeux vers son assiette vide.
« Nous avons encore le temps », dit-il.
Ma propre assiette avait disparu, et une appétissante crème apparut devant moi comme par magie, mais en réalité par la main d'une jeune novice tellement silencieuse qu'on avait à peine remarqué son apparition. Je ne me rappelais pas l'avoir jamais vue au couvent, bien qu'elle y fût certainement installée ; elle portait la même robe avec une guimpe que toutes les autres novices, et était tout aussi invisible.

J'admirai le magnifique dessert pendant quelques instants, mais je n'avais plus d'appétit. Sentant qu'on m'observait, je levai les yeux ; le regard brûlant de Jean de Malestroit me fixait avec intensité. Ce soir, je n'étais plus invisible.

Deux jours de pluie incessante nous forcèrent tous à rester à l'intérieur, sauf frère Demien qui continuait à veiller sur ses fruits en cours de maturation. Bien à l'abri derrière une fenêtre à l'étage, je le voyais secouer les grosses branches pour en faire tomber l'eau, et les empêcher de ployer jusqu'à terre. Compte tenu du nombre d'arbres, cela représentait des heures de travail. Une tâche impossible, sauf pour ceux qui sont animés d'une inspiration divine.

Tandis que la lumière du jour vivait ses derniers instants, je le regardai se diriger vers l'abbaye pour ce qui devait être la dernière fois avant le coucher du soleil. Lui-même aurait bien eu besoin qu'on le secoue, car il était trempé jusqu'aux os. Sur la route qui passait entre le verger et les bâtiments épiscopaux, il croisa un cavalier, quelqu'un qu'il devait connaître, car l'homme s'arrêta et parla avec le jeune frère pendant quelques instants. Quand ils s'éloignèrent, chacun dans sa direction, je crus voir frère Demien accélérer le pas.

Hors d'haleine, il se dirigea tout droit vers moi dans sa robe mouillée.

« Il y a du nouveau, dit-il en haletant. Sille et Briqueville sont partis. Ils ont quitté le service de seigneur Gilles et se sont enfuis. »

Qui aurait pu les blâmer, en vérité ? Ces gredins

devaient savoir que leur maître et cousin n'était plus en position de les défendre. Mais quels terribles ingrats ! Ils étaient partis après avoir bien profité de sa fortune. Ils avaient été responsables de l'approvisionnement en matériaux de construction pour sa chapelle, de l'achat de vêtements et de présents pour ses victimes, des provisions nécessaires aux déplacements d'un entourage pléthorique. Ces forbans ne s'étaient sans doute pas gênés pour ajouter un sou ou deux à chaque élément des factures et les avaient présentées pour paiement à monseigneur, alors que sa propre part avait déjà été ajoutée. Cela était aussi certain que la pluie qui tombait dehors.

On pouvait seulement espérer que monseigneur n'ait pas été assez aveugle pour attendre autre chose d'eux ; si c'était le cas, il était bien la dupe stupide que j'avais commencé à soupçonner. Ces réflexions me perturbaient, mais d'autres éléments se rapportant à monseigneur Gilles – certains encore plus troublants – me venaient à l'esprit, dont un en particulier, qui ne voulait pas s'effacer, mais en même temps refusait de se laisser identifier. J'avais beau essayer, je ne parvenais pas à me le remémorer. Je savais que j'y parviendrais avec le temps.

En dépit des efforts de frère Demien, les basses branches de notre verger avaient fini par frôler le sol. Horrifié, notre bon frère nous enrôla toutes, de la novice de moindre rang jusqu'à moi. Nous nous aventurâmes sur la terre mouillée et attachâmes les branches incriminées avec tous les filins et les cordes qui nous tombaient sous la main – dont la cordelière élimée d'une robe de moine. Nous éliminâmes tous les fruits qui présentaient les signes d'une imperfection ultérieure et soulevâmes les branches allégées avec des tuteurs en forme de « Y » ramassés dans les bois environnants. La justification de cet effort considérable échappait à la plupart d'entre nous, mais nous adorions notre merveilleux frère, et tolérions ses angoisses excentriques avec toute la bonne humeur dont nous étions capables.

Vers la fin de la matinée, tandis que je travaillais au milieu de mes filles en Jésus-Christ, un mouvement au loin attira mon attention. Je sortis de sous les arbres et regardai en direction de l'ouest. Un groupe inconnu approchait. Tandis que la colonne s'avançait, je reconnus l'étendard du duc Jean qui ondulait dans le vent. Ils soulevaient de la boue derrière eux comme autant de poussière sur les routes, et, quelques secondes après, la troupe tout entière s'engouffrait par la porte et débouchait dans la cour. Je m'excusai, bien que je n'eusse pas eu besoin de le faire, étant celle qui avait le plus haut rang d'entre nous, et me hâtai de rejoindre le château, tout en abaissant mes manches pendant que je traversai le jardin et la route. Dans la cour principale, je réussis à dénouer mon tablier et à le jeter dans la cuisine en passant, ce qui me valut un regard étonné de la part de la fille de cuisine qui fut assez rapide pour le rattraper. Tout en gravissant l'escalier, je m'efforçai de redresser mon voile et mon bonnet.

Ce qui se révéla parfaitement inutile au bout du compte, car ce fut la première chose que Jean de Malestroit remarqua en me voyant.

« Vous voilà bien échevelée, Guillemette. On

croirait que vous vous êtes précipitée ici en venant de quelque endroit... sauvage.

— Les vergers, expliquai-je. Frère Demien... »

Il poussa un soupir de résignation.

« Quand le jeune homme parvient-il à trouver du temps pour ses dévotions ?

— Ce sont ses dévotions, Éminence, dis-je hors d'haleine. Mais finissons-en avec ce bavardage. J'ai aperçu les cavaliers du duc Jean.

— Oui, dit-il. Ils viennent de me quitter après m'avoir remis ses messages. Il y a quelques instants à peine. »

Il posa la main sur la liasse de feuilles qui se trouvait sur sa table.

« Je viens de commencer à les lire. »

Sans y avoir été invitée, je m'assis pour attendre.

« Il l'achèverait d'un seul coup rapide, me dit l'évêque avant d'en avoir tout à fait terminé. Il saisirait tout ce qu'il possède, ici et en France, afin de le paralyser complètement.

— Mais il ne peut pas envisager de prendre le contrôle des domaines en France...

— Pas légalement. »

Quand il les laissa retomber, les feuilles se répandirent sur la table avec un tout petit bruit. Je mourais d'envie de les lire mais réussis à me contenir.

« Le duc Jean peut faire comme bon lui semble, dit-il d'un ton songeur, mais un tel acte aura des conséquences, dont, sans aucun doute, la perte de la faveur du roi Charles. Le roi n'a aucune dette envers monseigneur Gilles, pas plus qu'il n'en est entiché – il est probable qu'il préférerait s'en débarrasser sans tarder tout comme le duc. Mais la rancœur persiste entre Charles et le duc à la suite de cette révolte avortée, que le duc a soutenue – contre mon avis, bien sûr.

— *Bien sûr*, pensai-je. Mais cette affaire a certainement été résolue entre eux.

— Le roi n'oublie rien, j'en ai peur.

— Il semble qu'il ait la mémoire courte en ce qui concerne le soutien à ceux qui ont placé la couronne sur sa tête. Monseigneur Gilles en fait partie, à moins que vous ne l'ayez oublié également. »

Il prit un air contrit à mon intention.

« Personne ne peut l'oublier, Guillemette. Mais ces affaires effacent le souvenir de la bravoure de monseigneur. Il se conduit maintenant comme le pire des lâches.

— Même un lâche a des droits quand sa propre terre est en jeu.

— Un lâche qui a commis des crimes innommables peut être contraint de renoncer à ses droits. À présent, si vous me permettez... »

Il retourna à sa lecture ; je le regardai lire. Sa concentration ne faiblissait pas. Après avoir tourné la dernière page, il s'enfonça dans son siège, croisa les mains sur ses genoux, et resta assis, parfaitement immobile. On aurait pu croire qu'il était en prière. Quand il ouvrit de nouveau les yeux, il paraissait avoir trouvé une solution.

« Je conseillerai au duc Jean de procéder très prudemment dans ces affaires. Quel que soit le procès, quels que soient les chefs d'accusation, leur légitimité ne doit faire aucun doute.

— Une telle perfection exigerait une coopération

entre le duc Jean et le roi, dis-je, car leurs intérêts sont diamétralement opposés. »

Il se tut et me regarda pendant quelques instants.

« Par tous les saints, Guillemette, vous méritez mieux que d'être abbesse. Vous devriez être diplomate. Pourquoi n'ai-je jamais remarqué ces qualités chez vous ? »

Parce que je n'avais jamais eu l'occasion de les exercer auparavant.

Pour moi, Gilles de Rais ne pouvait rien espérer de mieux qu'un procès équitable, étant donné qu'un acquittement n'était plus envisageable. Pour Jean de Malestroit, c'était la seule façon dont il pouvait préserver la dignité de tous les intervenants dans la bataille légale, aussi bien que l'intégrité du jugement. Nous évoquâmes encore les différentes stratégies à mettre en œuvre pour parvenir à rendre une justice honnête. Je savais que Son Éminence aurait maintes conversations semblables avec les hommes qui siégeraient à ses côtés à la table des juges, et je compris qu'il s'entraînait en parlant avec moi en prévision des événements à venir.

« Ce qui serait le mieux, conclut l'évêque d'un ton songeur, ce serait que le roi Charles confie les biens de Gilles de Rais en France au duc Jean. Mais cela lui en coûtera beaucoup de devoir faire une telle concession à son rival aussi publiquement.

— Dans ce cas, il faudrait un intermédiaire, quelqu'un qui épargnerait tout embarras aux deux parties. Peut-être le frère du duc, Arthur, avançai-je. Étant connétable de France, c'est un intime du roi.

— Il subsiste une rivalité enfantine entre le duc et Arthur. Espérons seulement que cette division fraternelle se terminera mieux qu'entre Caïn et Abel, au cas où elle devait resurgir. »

J'avais mes doutes. Je me demandai un bref instant si une telle rivalité pourrait exister entre mes fils si Michel était toujours parmi nous. Mais pour eux, il n'y avait aucune matière à dispute : ni propriété, ni argent, ni héritage. La seule chose qu'ils avaient en commun était leur relation avec Gilles de Rais – Michel lorsqu'il était enfant, et Jean comme jeune homme. À maintes reprises, au plus profond de mon cœur, je m'étais demandé pourquoi Gilles s'était donné autant de mal pour aider Jean, pour veiller à ce qu'il ait une bonne place en Avignon. Peut-être ressentait-il le besoin d'une véritable fraternité ; sa rivalité avec son propre frère, René, était née quand Jean de Craon avait légué son épée à René, et non à Gilles comme prévu. Depuis, les deux frères de sang ne cessaient de se rendre coup pour coup.

« Le fait d'être frère se révèle souvent difficile, alors qu'on pourrait espérer le contraire, dis-je.

— Le duc et Arthur pourront certainement surmonter leurs différends, compte tenu des circonstances. À condition qu'on les conseille, bien sûr.

— Espérons. Cela bénéficierait à tous ceux qui sont concernés. »

Plus tard ce jour-là, Son Éminence s'entretint avec ses conseillers qui reconnurent que c'était une manœuvre brillante. Une lettre fut rédigée, suggérant au duc Jean une rencontre avec son puissant frère Arthur pour discuter de ses intentions envers monseigneur Gilles.

> *Si vous avez l'intention de confisquer Tiffauges et Pouzages en contrepartie de l'amende infligée à monseigneur Gilles, vous devez d'abord persuader votre frère de convaincre le roi de vous autoriser à agir ainsi sans ingérence. C'est la voie la plus sage à suivre pour tous ceux qui sont concernés.*

Évidemment, cette manœuvre brillante serait réduite à néant si Charles était pris d'un soudain remords concernant sa dette envers Gilles pour son soutien à Jean Le Bon, sans les victoires duquel il n'aurait pas été couronné. Mais près d'une décennie s'était écoulée depuis que cette dette avait été contractée, près d'une décennie qu'elle n'avait pas été apurée. Quelle que soit sa capacité à se souvenir, Charles ne rembourserait pas sa dette si on ne lui en réclamait pas le paiement directement. Pour moi, les paysans savent toujours quand ils doivent payer leurs dettes, alors que les rois, eux, comptent sur leurs débiteurs pour le leur rappeler.

Nous étions à cheval et contemplions la forteresse de Vannes. Combien de ces édifices monstrueux avais-je rencontré pendant mon séjour sur cette terre ? Beaucoup trop, à mon avis. Je me dis souvent que les gens de basse extraction n'ont aucune idée des intrigues qui se nouent de l'autre côté de ces douves pleines d'eau trouble. En tant que femme à moitié bien née, j'en avais vu assez pour savoir que la plupart étaient impies.

À l'intérieur de ces murs, sur lesquels flottait l'étendard du duc Jean, se tint une réunion entre frères, au cours de laquelle un accord fut conclu, sur les conseils de Son Éminence Jean de Malestroit, ordonné évêque de Nantes par la volonté divine. Arthur de Richemont, connétable de France, ami et allié du roi Charles, occuperait les propriétés de Gilles de Rais situées en France, y compris Tiffauges et Pouzages. Le duc Jean se verrait épargner l'embarras d'agir lui-même. Le roi Charles se verrait épargné d'apparaître consentant et la honte de voir rendre publique sa trahison envers Gilles de Rais. En échange de tout cela, Richemont recevrait les propriétés bretonnes de monseigneur quand elles pourraient être confisquées en toute légalité.

Nous fîmes le trajet de Vannes jusqu'à Tiffauges, où nous retrouvâmes Richemont. La confiscation de Tiffauges se déroula rapidement et sans la moindre goutte de sang. Le prêtre Jean Le Ferron, toujours emprisonné après son humiliation de la part de Gilles au cours de l'attaque de Saint-Étienne, fut enfin libéré et remis entre nos mains. Le pauvre homme présentait toujours de vilaines cicatrices rouges, conséquence des coups qu'il avait reçus, ce qui ne l'empêcha pas de traverser le pont-levis à cheval, la tête haute, l'air très digne et triomphant. Il resta silencieux, pendant que nous l'escortions jusqu'à Nantes, où nous le remîmes entre les mains de son frère Geoffroy.

Il ne faisait plus aucun doute que Gilles de Rais tomberait du haut de sa gloire et qu'il ne se relèverait plus jamais.

Un vent d'ouest glacial me pinçait les chevilles pendant que je me tenais sur une plate-forme de bois, les bras levés pour cueillir les pommes des plus hautes branches. Jean de Malestroit était tellement préoccupé par les préparatifs de la destitution de monseigneur qu'il avait moins besoin de moi, une situation qui me convenait plus ou moins selon mon humeur. Des tâches simples comme la récolte me donnaient un sentiment de paix : je portais des cageots pour certaines de mes sœurs plus âgées dont le bon vouloir excédait la force, et j'en étais récompensée par une impression de jeunesse. Je tenais l'échelle à de jeunes frères qui grimpaient jusqu'au paradis pour s'emparer du butin de Dieu. Je consolais une novice qui avait avalé par mégarde un demi-ver, en l'assurant que ces petites choses visqueuses avaient des qualités médicinales cachées et qu'on les retrouvait souvent dissimulés dans des potions élaborées, ainsi que me l'avait appris une sage-femme instruite. Le fait de rendre ces petits services me permettait de me concentrer sur les joies de l'instant sans penser aux événements terribles qui se préparaient sans doute. Mais le sentiment de contentement sera toujours sujet aux caprices de Dieu, et c'était bien le cas ce jour-là. Perchée sur ma boîte de cueillette, je fus la première à apercevoir le jeune moine qui sortit du palais de l'évêque et entra dans le verger. Je regardai avec curiosité le garçon s'approcher de frère Demien, lequel l'écouta pendant quelques instants, puis jeta un coup d'œil dans ma direction.

Je descendis de ma caisse, choisis dans mon panier la pomme la plus parfaite que je pusse trouver, puis la frottai énergiquement sur ma manche. Quand frère Demien arriva à ma hauteur, je la lui offris avec une extrême solennité.

« J'ai l'impression que nous sommes bénis cette année, dit-il en l'acceptant.

— Nous le sommes, acquiesçai-je. Je profite pleinement de ces moments calmes consacrés à la récolte des fruits.

— Dans ce cas, j'ai bien peur de devoir interrompre ces instants de plaisir. Son Éminence souhaite vous parler. »

« Ah, Guillemette, dit Jean de Malestroit quand j'arrivai. Que signifie ce froncement de sourcils ?

— N'est-il pas contre nature de rester enfermé entre des murs de pierre par une journée aussi magnifique ?

— Peut-être frère Demien vous a-t-il transmis sa passion du jardinage. »

Il hésita un instant, comme s'il repensait à quelque chose.

« Pardonnez-moi de vous soustraire à ces moments de sérénité, dit-il alors. Mais je pensais que vous apprécieriez peut-être de prendre connaissance de cela avant les autres. »

Il me tendit un parchemin couvert d'une écriture inconnue. Tout en m'asseyant sur une chaise, je parcourus les compliments et les salutations, étant donné qu'ils étaient toujours les mêmes dans tous les documents légaux, c'est-à-dire déroutants et pleins de formules fleuries. *Au nom de, par la grâce de, sous les auspices de*. Le seul mérite de ces mots était de me donner un peu de temps avant d'en arriver à la seule partie de la missive qui avait de l'importance.

Nous, ne désirant pas que de tels crimes et maladies hérétiques, qui prospèrent comme un ulcère à moins qu'ils ne soient éradiqués sur-le-champ, soient passés sous silence, par négligence ou dissimulation ; nous, désirant ensuite appliquer les remèdes nécessaires avec efficacité, au nom de ceux qui sont présents, demandons et exigeons que vous, seul en tout et pour tout, sans mettre de blâme sur quelque autre ou s'excuser aux dépens d'un autre, par le présent décret obligatoire, présentiez devant nous ou notre représentant à Nantes, le lundi suivant la fête de l'Exaltation de la sainte Croix, à savoir, le dix-neuvième jour de septembre, le noble Gilles de Rais, chevalier, notre sujet dépendant de notre juridiction, que nous convoquons devant nous selon les termes des présentes lettres, ainsi que devant le procureur de notre tribunal à Nantes, chargé d'instruire cette affaire, afin de répondre de sa protection au nom de la foi, aussi bien que de la loi, et pour cela, c'est notre vœu que nos présentes lettres soient dûment exécutées par vous ou par un autre parmi vous.
Écrit le mardi précédent, le treizième jour de septembre, en l'an 1440 de notre Seigneur.

Lequel jour nous étions, bien qu'il fût encore tôt, si bien que le document ne pouvait pas encore avoir été remis à son destinataire. La page était transcrite par ordre de monseigneur l'évêque Jean Guiole, un homme qui ne faisait généralement pas partie de notre cercle. Je reposai le parchemin sur mes genoux.

« Vous ne l'avez pas signé vous-même.

— D'autres ont l'autorité de le faire. »

Un autre avis légal devait suivre le lendemain :

Moi, Robin Guillaumet, ecclésiastique, notaire public dans le diocèse de Nantes, ai pris le soin de rendre exécutoires, comme cela était prévu, ces documents promulgués contre ledit Gilles, chevalier, baron de Rais, nommé comme personnage principal dans cette même missive, et exécutés par moi de mon plein droit ce 14 septembre de l'an 1440, selon les formes et la manière exigées par les mêmes lettres.

« Là encore, monseigneur, vous n'avez pas signé.

— Il n'est pas nécessaire que la signature soit la mienne », dit-il.

Il essaierait de garder ses distances le plus longtemps possible.

Jean de Malestroit non plus n'accompagna pas le groupe venu procéder à l'arrestation quand il arriva à Machecoul deux jours plus tard, le 15 septembre. Il envoya un autre avocat à sa place pour accompagner le capitaine d'armes du duc Jean. La troupe formée de représentants de la loi et de soldats se présenta à cheval et lourdement armée à la porte du château de monseigneur Gilles.

Tous étaient des pairs et des familiers de Gilles de Rais, parmi lesquels des hommes qui avaient combattu avec lui contre les Anglais à Orléans. Je m'efforçai d'imaginer la dureté d'âme nécessaire pour arrêter un de vos propres frères d'armes. Pourtant, dans une manifestation de virilité incompréhensible, le capitaine Jean Labbé, qui avait chevauché un temps parmi les propres troupes de Gilles, lut le mandat d'arrêt et exigea que Gilles de Rais se rende sur-le-champ à ses hommes.

Nous, Jean Labbé, capitaine d'armes, agissant au nom de monseigneur Jean V, duc de Bretagne, et Robin Guillaumet, avocat, agissant au nom de Jean de Malestroit, évêque de Nantes, enjoignons Gilles, comte de Brienne, seigneur de Laval, Pouzages, Tiffauges et autres domaines du même genre, maréchal de France et lieutenant général de Bretagne, de nous donner accès immédiatement à son château, et de se livrer à nous en tant que prisonnier pour qu'il puisse répondre d'accusations de sorcellerie, de meurtre et de sodomie.

Comme à l'accoutumée, nous nous retirâmes de la chapelle après les vêpres et regagnâmes l'abbaye. Jean de Malestroit ne se montra pas très prolixe ce soir-là, pas plus que moi qui n'étais jamais en reste de bavardage ; nous échangeâmes à peine un mot en passant sous les arcades autour de l'église.

Mais les mots qui doivent s'échapper s'échappent malgré nous ; Jean de Malestroit prit ma main dans la sienne et me força à m'arrêter.

« J'ai reçu un message de la part du capitaine Labbé, dit-il doucement. Ils arriveront avant l'aube, si possible pendant qu'il fait encore nuit.

— Sage précaution, dis-je d'une voix à peine audible.

— La capture s'est déroulée sans encombre, dit-il. Le voyage depuis Machecoul aussi – il n'y a pas eu la moindre difficulté. L'abbé dit que monseigneur Gilles s'est rendu à eux de lui-même, sans opposer la moindre résistance, tout comme Prelati, Poitou et Henriet. »

Voulant observer leur arrivée en toute tranquillité, je gravis l'escalier en colimaçon menant à la tour nord de l'abbaye aux petites heures du jour. Mon bras, douloureux d'avoir cueilli beaucoup trop de pommes ces derniers jours, faisait vaciller ma torche. Pourtant, j'avais grand besoin de lumière. Les pierres étaient usées à force d'avoir servi pendant des siècles, et seules quelques meurtrières laissaient pénétrer le clair de lune. Je continuai à monter doucement ; il me fallut plusieurs minutes pour atteindre le parapet d'où je pourrais observer le retour honteux de Gilles de Rais à Nantes.

En débouchant sur le petit palier, je fus stupéfaite par le clair de lune qui illuminait le ciel nocturne en dessinant des traînées gris pâle à travers les rares nuages. Une myriade d'étoiles scintillait au-dessus de moi, et, pendant un court instant, j'échappai à mes soucis.

Je fichai la torche dans une fissure creusée dans la figure d'un animal en pierre dont l'expression ignoble paraissait encore plus menaçante à la lueur de la flamme. En dessous de moi, s'étendait la place principale de la ville, que la troupe de L'abbé devrait traverser pour atteindre le palais de l'évêque. Je devais me trouver à une cinquantaine de mètres en hauteur, et quand je regardai par-dessus le parapet, mon cœur se souleva. Je m'appuyai en arrière pour recouvrer mes esprits.

Comment ferais-je pour rattraper le sommeil que j'allais sacrifier pour assister à ce défilé macabre ? J'aurais bien aimé boire une tasse du sublime thé que sœur Claire m'avait si aimablement servi à Bourgneuf, ou quelque cordiale potion de chez l'apothicaire. Les minutes passèrent, puis une demi-heure, puis une heure ; la lune déclina dans le ciel et son éclat commença à faiblir. En dessous de moi, il y avait plus de lumière que je ne l'aurais supposé, car, une par une, des torches commençaient à apparaître sur la place.

Elles paraissaient sortir de nulle part, se glisser hors de l'ombre. Leur lumière éclairait la tête de ceux qui les brandissaient et, à mesure que les torches se multipliaient, je remarquai que les gens rassemblés étaient vêtus comme des gens ordinaires, pas comme des nobles ni des soldats. J'étais tellement fascinée par leur nombre croissant que je n'entendis pas les pas derrière moi. Puis quelqu'un m'appela par mon nom, et je sus alors que je n'étais plus seule.

La voix avait résonné dans le passage. Je ne la reconnus pas tout de suite. Jean de Malestroit déboucha dans la lumière déclinante, tête nue et vêtu d'une simple robe.

« Vous n'êtes pas vêtu comme il convient pour accueillir un grand seigneur », remarquai-je.

Il sourit.

« Je ne vais pas aller l'accueillir. Le capitaine Labbé l'emmènera directement au palais. Des chambres ont été préparées à son intention.

— Ah, dis-je. Des chambres. Vous voulez dire le donjon ?

— Il fait toujours partie de la noblesse, Guillemette. Il ne manquera pas de confort, vous pouvez en être certaine. »

Je me tournai de nouveau pour regarder la foule qui continuait à se rassembler.

« Les nouvelles vont vite.

— Des nouvelles de cette nature, sans aucun doute. »

Jean de Malestroit resta derrière moi pendant quelques instants, puis je sentis une main sur mon épaule.

« Je suis désolé, murmura-t-il.

— Je le sais, Jean », dis-je.

Nous restâmes ainsi immobiles, sans échanger le moindre mot. Bien avant qu'apparaisse la charrette qui transportait Gilles de Rais et ses complices, nous entendîmes le grincement caractéristique des roues. La foule en dessous – une bonne centaine de gens à présent – commença à s'agiter. De notre perchoir, on voyait leurs torches tournoyer sur un rythme effréné, un rythme qui s'accélérait à mesure que le bruit des roues se rapprochait. Quand les chevaux débouchèrent sur la place, les torches se déplacèrent dans leur direction dans un flot de lumière. Nous entendîmes le frottement des épées contre leur fourreau : les soldats de Labbé commencèrent à repousser la foule à la pointe de leur lame.

Ils réussirent à maintenir l'ordre jusqu'à ce que la charrette apparaisse : à ce moment, la foule déchaînée se rua vers elle. Des cris et des insultes fusèrent, dans un chœur plein de haine ; des torches dansaient de façon macabre au-dessous de nous comme si c'était la nuit de la Toussaint, forçant les soldats à rompre les rangs pour repousser les porteurs de torches. Dans la charrette à peine éclairée, je distinguai Gilles de Rais qui s'était glissé entre ses acolytes pour se protéger. Les jeunes gens qui avaient été faits prisonniers en même temps que lui lui servaient de bouclier contre la foule qui menaçait de s'emparer de lui. Cette scène terrible se déroulait en dessous de nous comme une tragédie dramatique grandiose, dont je savais que la fin me briserait le cœur.

Henriet évoqua plus tard leur arrivée à Nantes.

J'ai du mal à décrire l'état d'esprit dans lequel je me trouvais quand ils nous ont emmenés. J'aurais dû fuir, mais je ne savais pas où aller – j'aurais tellement aimé avoir eu la prévoyance de Sille et de Briqueville. Monseigneur Gilles n'a pas voulu répondre à mes supplications – aucun d'entre nous ne pouvait se faire entendre, tellement il était enfermé en lui-même. Je l'ai déjà vu ainsi auparavant, mais habituellement, quand il se mure dans le silence, il s'agit plutôt d'une rêverie plaisante à laquelle il pense. Il ne répondait à aucune de nos questions angoissées à propos de ce que nous allions devenir, mais se contentait de regarder à travers les barreaux de la charrette qui avançait en brinquebalant, et marmonnait des prières pour demander pardon, assurer Dieu de sa dévotion, faire vœu de pénitence éternelle, et je ne sais quelles autres promesses pour parvenir jusqu'à la Terre sainte. Je ne pouvais pas croire que Dieu ait été en train de l'écouter en un tel moment, sinon Il nous aurait manifesté un signe de réconfort. Le visage de monseigneur était crispé et couvert de larmes, et il paraissait avoir très peur. Et si Dieu n'écoutait pas un grand seigneur dans un moment de nécessité extrême, comment pourrais-je, moi, un simple page auprès de ce seigneur et coupable de la plupart des mêmes crimes, m'attendre à ce que mes propres suppliques soient entendues ? Quelque espoir que je puisse avoir du moindre salut était étroitement lié à celui de monseigneur Gilles par une corde de complicité indéniable.

Si j'avais eu un couteau en cet instant, je me serais tranché la gorge. Mais ils nous avaient sagement pris toutes nos armes, si bien que j'étais contraint de rester en vie et d'affronter mon destin, qui serait sans aucun doute terrible.

18

Earl Jackson, la victime âgée de 12 ans, avait été retrouvé dans un coin du parking d'un ensemble de hangars abandonnés pas très loin de l'aéroport. La scène de crime se trouvait sur le territoire de la ville de Los Angeles, mais juste à la limite.
Erkinnen était toujours avec moi quand je m'arrêtai le long du ruban jaune. Quatre voitures entouraient la zone protégée par un cordon de sécurité, toutes lumières dehors. C'était nettement exagéré, car la route la plus fréquentée se trouvait au moins à cent mètres. Mais les procédures sont les procédures.
Ce n'était pas du tout ce à quoi je m'attendais de la part d'un illusionniste : aucun accessoire. Ni mise en scène ni attirail de torture.
« Je n'y comprends rien, dis-je quand nous nous arrêtâmes. Ça ne colle pas.
— Vous n'aviez pas évoqué quelque chose à propos d'enlèvements pour s'entraîner ?
— La seule chose à laquelle il pouvait s'entraîner, c'était sa propre disparition.
— Dans ce cas, il a probablement perfectionné

le reste. L'enlèvement est sans doute son point le plus vulnérable. Tout le reste est parfaitement sous son contrôle. »

Ce n'était pas vraiment la peine de discuter.
« Vous avez déjà vu un enfant mort ?
— Non.
— Ça peut être horrible.
— Je n'en doute pas un instant. »
Le drôle dans l'affaire, c'est que c'est moi qui me mis à vomir.

Heureusement, j'ai toujours une bouteille d'eau dans ma voiture, ce qui me permit de me rincer la bouche avant de me mettre au travail. Personne ne pourrait me reprocher cette manifestation d'émotion passagère. Quand je regardai enfin attentivement le corps, je constatai qu'Earl, comme les autres garçons disparus, était un petit gabarit et paraissait plus jeune que son âge. On l'avait laissé appuyé contre une benne à ordures avec les jambes étendues devant lui. Ses deux bras étaient dans son dos, probablement attachés, ce que nous ne pourrions pas déterminer avec certitude tant que nous ne l'aurions pas retourné. Ce n'était pas encore le moment. De la taille jusqu'en bas, il était nu. Ses mollets et ses cuisses maigres ne témoignaient en rien de l'augmentation de la musculature consécutive à la puberté. Ses parties génitales étaient en partie enfouies entre ses cuisses et pas complètement visibles, mais, à première vue, elles semblaient intactes. Les trois derniers boutons de sa chemisette en jean étaient défaits, comme si le tueur avait eu l'intention de la lui enlever.

Mais rien n'indiquait un déshabillage brutal,

comme des boutons manquants ou des coutures déchirées.

« Il a cherché à enlever cette chemise très soigneusement, dis-je à Erkinnen.

— Rituellement. Très organisé. »

Un filet brun de sang séché coulait de dessous la chemise jusqu'à l'entrecuisse. J'enfilai un gant sur ma main droite et soulevai le bord de la chemise. Son ventre présentait en plein milieu une entaille au couteau très propre, d'où sortait un petit morceau de viscères, semblable à une hernie.

Je me concentrai sur le corps jusqu'à ce que j'entende la petite voix de Doc.

« Regardez son visage », dit-il.

Évidemment, c'était ce qu'il devait regarder d'abord, le seul endroit où l'on puisse lire les émotions. Je laissai retomber la chemise et regardai le visage lisse d'Earl Jackson. On y lisait ce qui avait probablement été son ultime émotion : la terreur. Une expression de terreur évidente. Comment se mettre dans la peau d'un garçon de 12 ans, plaqué contre une benne à ordures, avec un couteau prêt à s'enfoncer dans son ventre ? Pas étonnant qu'il ait cet air si torturé.

« Seigneur, vous imaginez...

— Non, dit Doc. Impossible. »

Je détournai les yeux du visage de l'enfant et regardai la zone de son cou, ce qui me permit de me reprendre et de retrouver mon sentiment de révolte, un état d'esprit infiniment plus productif. La partie située sous son menton était gonflée et meurtrie.

« On dirait qu'il a été étranglé, dis-je. La blessure au couteau n'est pas forcément très grave.

— Sa bouche est ouverte, remarqua Erkinnen. Grande ouverte en rond. Il hurlait. C'était suffisamment grave pour provoquer cette expression.

— Oui, il a probablement souffert le martyre. Mais ce n'est pas ça qui l'a tué.

— Il hurlait. Je le vois sur son visage. »

Cela n'avait plus d'importance. Deux personnes savaient ce qu'Earl avait dit avant de mourir – lui-même, et l'individu qui l'avait tué.

Je me relevai et me dirigeai vers un des véhicules de patrouille.

« Qui l'a trouvé ? demandai-je en tirant sur mes gants de latex.

— C'est moi. »

Le flic qui avait répondu paraissait très jeune. À voir son visage livide, on pouvait être certain que c'était son premier vrai cadavre.

« Comment est-ce arrivé ?

— Je faisais ma ronde habituelle, dit-il. Si je n'ai pas d'autre urgence, je suis censé passer dans cette zone deux fois par jour. Une querelle de ménage m'avait empêché de faire ma tournée matinale, dit-il en baissant la tête. Putain, j'espère que ça n'est pas arrivé à ce moment-là...

— Probablement pas, dis-je. Le sang est très sec. Il était certainement déjà mort cette nuit. »

C'était seulement une supposition de ma part ; le coroner pourrait en dire plus.

« Quand êtes-vous passé par ici pour la dernière fois ?

— Hier soir. J'avais échangé mes horaires avec un autre gars pour la tournée de nuit. Je suis passé par ici vers 22 h 30.

— Rien remarqué d'anormal ?
— Non. C'était calme. Mais je me suis contenté d'un tour vraiment rapide car nous avions beaucoup de pain sur la planche. D'habitude, je fais les choses un peu plus à fond. »

Il poussa un profond soupir. *Et si...* la question n'avait pas fini de le hanter.

Je relevai son nom sur sa plaque et le notai dans mon carnet.

« Je reprendrai contact pour recueillir votre déposition », lui dis-je.

Il acquiesça d'un air grave.

Le coroner détermina plus tard que l'heure de la mort se situait tard dans la soirée de la veille.

« 10 h 30 ou 11 heures, me dit-il. Et ce coup de couteau n'a pas été donné violemment, mais d'une façon très propre et très clinique.

— Et les entrailles, alors ? Ça ne me paraît pas particulièrement propre.

— Je pense que l'assassin était en train de les sortir. Il y a des signes montrant que la blessure a été ouverte. Elle a probablement été faite tout doucement et avec précision.

— Vous diriez *chirurgicalement* ?

— Oui, on pourrait dire que la blessure était de nature chirurgicale. Mais je préférerais que ce chirurgien ne m'ouvre pas. »

L'arrivée de la voiture de patrouille avait probablement interrompu l'opération en cours. Je me demandai si le jeune flic aurait éprouvé la moindre consolation en sachant que son arrivée avait probablement précipité la mort d'Earl, lui épargnant par la même occasion d'infinies douleurs.

J'en doutais après l'avoir vu.

Fred venait d'arriver. S'il osait me demander de rassembler tous les éventreurs connus de la région de Los Angeles, je lui casserais la figure. Mais il n'en fit rien. Il jeta un coup d'œil à ce qui restait d'Earl Jackson et secoua doucement la tête.

« Tenez-moi au courant », me dit-il. Puis il remonta dans la voiture sans un mot de plus et s'enfuit.

J'étais persuadée que, une fois que j'aurais un cadavre, Fred finirait par voir les choses à ma façon. Mais il ne croyait pas qu'il y ait un rapport, justement parce qu'il y avait un cadavre. Pour cette raison, l'affaire Jackson était un cas différent à ses yeux.

Je devais admettre que j'avais mes propres doutes, malgré la certitude qu'affichait Erkinnen, pour qui c'était soit une erreur, soit une escalade dans l'action. En fin de compte, malgré la découverte de ce corps, je ne disposais d'aucun autre élément me permettant de continuer. On aurait pu croire que, si le tueur avait été interrompu, on aurait relevé plus d'indices à l'endroit du crime, qu'il aurait décampé si vite qu'il aurait oublié des choses derrière lui dans sa hâte. Mais nous n'avions pas pu relever la moindre trace de pneus, ni poils, ni fibres. La chaussée fissurée alentour n'était pas propice à la moindre empreinte. Aucun témoin ne s'était présenté pour apporter un témoignage se rapportant à l'affaire. Le seul sang relevé sur les lieux du crime était celui d'Earl Jackson.

Ça avait beau être mon affaire, je commençais

à la considérer comme une sorte de diversion de ma véritable affaire, même si tout ce dont je disposais était le nom que m'avait donné le directeur du musée. Je me plongeai dans le dossier de Wilbur Durand avec toute l'énergie du désespoir.

Un talent digne d'Hitchcock en matière d'horreur. Ce compliment dithyrambique était placardé en travers de la page d'accueil d'un site Web spécialisé dans les films d'horreur. Une liste de classiques familiers y figurait, à la création desquels il avait collaboré d'une manière ou d'une autre, ce que j'ignorais. En bas de la liste, on trouvait son dernier opus – auteur du scénario, Wilbur Durand avait également produit et dirigé *Là-bas, on mange des petits enfants.*

La promotion ne mettait pas son nom en avant. D'après l'éditeur de ce site (qui, je devais m'en souvenir, faisait valoir son propre point de vue, et pas nécessairement celui de son sujet), *Petits enfants* représentait quelque chose de très important pour Durand personnellement, car il avait le contrôle complet de ce projet, aussi bien en matière de création que de financement. Durand avait-il fait des déclarations en ce sens dans une interview ? Si c'était le cas, je ne les trouvais pas, en tout cas par sur le Web. Il y avait pléthore d'informations sur son œuvre, qui était tout à fait considérable. Il n'était pas compliqué de se procurer des informations de base sur les projets dans lesquels il avait été impliqué.

Mais sa vie privée était un total secret. Ni *People*, ni *Us*, ni *Entertainment Weekly* n'avaient apparemment réussi à obtenir sa collaboration pour des articles de fond. C'était un reclus mystérieux de la plus belle sorte. Les photos de l'homme se comptaient sur les doigts d'une main ; sur celles que je finis par trouver, il portait des lunettes noires et ressemblait à une réincarnation malfaisante et difforme de mon idole, Roy Orbison. Était-il marié ? Aimait-il les chiens, mangeait-il des glaces ? Personne n'en savait rien. Je consultai le site OUT/LOUD, mais il ne figurait pas dans leur liste annuelle des homosexuels cachés d'Hollywood. Ce qui ne voulait pas dire qu'il ne l'était pas, simplement que ces salauds ne l'avaient pas encore détecté. Mon propre détecteur gay s'était mis en alerte, rien qu'à voir les photographies.

S'il menait des actions philanthropiques comme d'autres surdoués d'Hollywood, il n'en faisait pas étalage.

Notre réunion d'information hebdomadaire de la division eut lieu à l'heure du déjeuner ce jour-là ; cette fois, ils apportèrent des pizzas, ce qui parut délier singulièrement les langues des participants. Quand tout le monde eut fini d'évoquer ses affaires, je parlai du meurtre de Jackson. Je n'étais pas prête à mentionner Durand – il était encore trop flou dans mon esprit –, mais je racontai ma visite au musée et assurai l'assemblée que je suivrais ces pistes avec la plus extrême énergie. Fred Vuska parut très mal à l'aise quand les autres, contre toute attente, se mirent à le bombarder de questions.

Dès que Fred eut quitté la pièce, Escobar et Frazee s'approchèrent de moi.

« Tu veux un coup de main ? demanda Spence.

— Fred n'a pas besoin de le savoir », ajouta Escobar voyant mon embarras.

Je les regardai l'un après l'autre.

« Vous avez du temps ? »

Ils acquiescèrent à l'unisson, d'une voix énergique.

« Vous êtes formidables, les gars, dis-je. Pour le moment, je suis en plein dilemme, je dois décider sur quoi me concentrer maintenant, mais nous pourrions en reparler demain matin au plus tard. »

J'avais une visite à faire d'abord.

La maison de Durand était située dans le quartier de Brentwood à Los Angeles. Là-haut, dans la stratosphère, les maisons et les cours sont plus vastes, les clôtures plus massives et plus hautes, les pancartes « DÉFENSE D'ENTRER » plus oppressantes. La maison de Durand, un domaine en réalité, était très en retrait de la rue, sur un terrain en angle très boisé.

Je ne vis pas grand-chose lors de mon premier passage en voiture. Il y avait une grille de sécurité fermée devant, avec un interphone rectangulaire en plein milieu. Je fis demi-tour à la rue suivante et rangeai ma voiture à une trentaine de mètres à l'est de la grille. Je longeai lentement à pied la façade en me tenant à distance, puis parcourus le côté de la propriété. L'air affamé, un rottweiler marron et noir m'emboîta le pas au bout de quelques instants, et me suivit à trois mètres environ de l'autre côté de la clôture. Il n'aboya pas une seule fois, ne gronda même pas, mais quelques coups de langue opportuns sur ses babines suffirent à me faire comprendre que j'étais à son goût. Je posai la main sur la clôture, il montra les crocs. Je ne demandai pas mon reste.

Le mur du garage était la construction la plus proche de l'endroit où je me trouvais en bordure de la propriété. Une extension qui ressemblait à une sorte de maison d'invités ou de domestiques était collée à l'arrière du garage, ou peut-être était-ce un atelier puisque ce type était un créateur tellement génial. Elle était bien distincte et située très à l'écart de la maison principale. Il y avait encore soixante ou soixante-dix mètres de cour entre cette annexe et la prochaine clôture – ce devait être agréable d'avoir suffisamment d'argent pour pouvoir s'offrir ce genre de terrain en plein Los Angeles. Moi, j'y aurais fait pousser des fruits ou des légumes. Des tomates, des aubergines, ou une foule d'herbes aromatiques.

Je retournai au bout de la clôture et parcourus le chemin en sens inverse, tandis que le rottweiller me suivait toujours des yeux. Quand je parvins de nouveau à la porte, une voix crépita dans un haut-parleur que je ne vis pas tout de suite. Je finis par comprendre qu'il était dissimulé dans un ornement en épi figurant sur un des piliers de la grille. Durand, passé maître en supercherie, avait-il conçu lui-même cet agencement astucieux ?

Personne mieux qu'un détective ne connaît l'importance du moindre détail.

Mais ils avaient dû récupérer les haut-parleurs dans les ruines du fast-food de Malibu qui avait glissé le long de la colline lors de la dernière grande pluie.

« *Peux vous aid…?*

— Non merci. »

Silence. Puis de nouveau : *Peux vous aider ?* La voix était plus énergique cette fois, mais pas tellement plus audible.

« Non. Vraiment pas. Merci quand même. »

Si le son était aussi mauvais à l'autre bout, il n'avait probablement pas entendu mon petit rire.

Ce n'était peut-être pas le genre de réponse à laquelle le vigile de Durand était habitué de la part d'un rôdeur. Des touristes décamperaient, probablement, gênés. Des types douteux ficheraient le camp *illico* pour ne pas être accusés de maraudage, ce qui constituait un de ces délits rêvés qui nous permettaient d'aller voir de plus près, et nous menaient souvent à une arrestation. Mais je me contentais de marcher sur le trottoir : comme tout citoyen, j'étais parfaitement dans mon droit sur cette voie publique par ce bel après-midi sous le soleil de Californie.

Pourquoi alors me sentais-je tellement peu à ma place ? Sans doute parce que la seule façon dont je pourrais jamais entrer dans une maison comme celle-là était au cours d'une enquête, ou lors de la visite virtuelle réservée aux lecteurs d'*Architectural Digest*, ce qu'un reclus du genre de Durand devait éviter comme la peste.

J'aurais aimé avoir sous la main un beau steak bien saignant à lancer à la créature canine salivante qui s'était positionnée à la grille exactement entre la porte principale de Durand et moi. Non que cela m'ait servi à grand-chose – je vous parie cinquante dollars que ce chien avait été dressé par le fils de Pavlov à ne pas saliver devant de la viande ou toute autre tentation. Il avait dû être rappelé fermement à l'ordre chaque fois que quelqu'un d'autre que le dresseur ou le maître-chien lui proposait quelque chose, à tel point que le pauvre chien ne pouvait probablement accepter de la nourriture que de la part de certaines personnes. Cet animal, qui n'avait rien d'un toutou, avait dû coûter la peau des fesses à Durand.

Je restai là quelques instants, en me demandant si j'allais sonner à la grille, ou les laisser s'interroger sur ma présence. Qu'allais-je lui demander s'il était chez lui et qu'il consente à me parler ?

Monsieur Durand, aimez-vous vraiment créer l'illusion du sang ? N'ayant rien préparé, je finirais par lui poser ce genre de question idiote. Je commençais seulement à prendre ce type en chasse ; ce n'est pas comme ça qu'on s'y prend.

Je retournai nonchalamment vers la voiture en sifflotant, les mains dans les poches. Quelque part à l'intérieur de cette maison, quelqu'un m'observait. Ma voiture, une Ford Taurus blanche, était banalisée. La voiture de madame Tout-le-monde. Je ne ressemblais pas à un flic, il n'y avait donc aucune raison pour qu'ils pensent que j'en étais un.

À moins que quelqu'un là-dedans n'ait déjà été en train d'attendre que je me montre.

Frazee voulut savoir pourquoi je restais scotchée à l'ordinateur cet après-midi-là.

« Je fais des recherches sur un suspect », lui dis-je.

Il en sauta presque par-dessus le bureau.

« Tu as un suspect ? Pourquoi n'as-tu rien dit à la réunion ?

— Je veux dire, un suspect potentiel. Il a été impliqué dans l'exposition au musée. »

Il s'assit sur la chaise près de moi et regarda fixement l'écran pendant quelques instants.

« En contact direct avec les visiteurs ?

— Pas du tout. Mais il a un lien important – c'était le créateur de l'exposition des bêtes. Toutes mes victimes y sont allées. Et il a conçu le système de sécurité. Chaque visiteur a été filmé. »

Spence se tut pendant quelques instants.

« Je crois avoir lu qu'un million de visiteurs se sont rendus à ce truc, dit-il enfin.

— Le type est un illusionniste, Spence. Je cherche quelqu'un qui s'y connaît vraiment. Et Doc a évoqué tout un tas de caractéristiques qui collent parfaitement à ce mec.

— Tu le connais ?

— Non.

— Comment peux-tu dire alors que les caractéristiques correspondent ?

— J'ai lu des choses sur lui. Suffisamment pour avoir des doutes.

— Magnifique, dit-il d'un ton sarcastique. La presse est toujours une source fiable d'informations. Nous en sommes tous persuadés. Fais-moi savoir quand tu auras besoin d'un vrai coup de main.

— Je n'y manquerai pas. »

Il poussa un profond soupir, secoua la tête d'un air inquiet, puis m'abandonna devant mon ordinateur.

J'étais à la recherche d'un fan-club. Spielberg. Lucas. Hitchcock, Lumière industrielle et magie – tous avaient des groupes de fans dévoués qui paraissaient ne rien avoir de mieux à faire de toute la journée que d'échanger des e-mails à propos de leurs héros. Wil Durand n'en avait aucun, ce qui semblait vraiment étrange. Les passionnés de cinéma font des pieds et des mains pour se donner l'impression d'entretenir une relation quelconque avec leurs icônes – c'est une forme de conduite commune aux gens qui veulent sortir de leur anonymat, et qui tourne d'ailleurs parfois au harcèlement, au point que nous devons intervenir pour les remettre à leur place. Malheureusement, nous arrivons parfois trop tard.

Mais personne ne pouvait se vanter d'une telle proximité avec Wilbur Durand. Il n'y avait pas le moindre club, ni organisation d'aucune sorte, ni site d'échange d'informations.

« Comment t'y prendrais-tu pour décourager quelqu'un qui voudrait créer un fan-club autour de toi ?

— Dès le début, tu leur fais écrire par ton avocat de laisser tomber, cria Escobar à travers la pièce. Ou tu les appelles toi-même. Ce type est assez célèbre pour avoir un fan-club ?

— Je ne sais pas si *célèbre* est le mot exact. Mais il doit bien susciter une sorte de culte – il fait des films d'horreur.

— Ah bon.

— Erkinnen dit que le criminel est probablement un reclus, il ne contacterait donc pas ses fans lui-même. Il passerait certainement par un avocat. Je crois qu'Erkinnen a raison pour le côté reclus : il n'y a rien du tout là-dedans sur mon type. Apparemment, il n'a pas besoin du moindre coup de pouce ; son talent est tellement reconnu que les producteurs et les réalisateurs se battent pour le faire travailler sur leurs films. »

Je reculai sur mon fauteuil roulant et me levai.

« Je crois bien que je vais me mettre en chasse tout de suite.

— Je peux le faire pour toi, proposa Spence. »

Après avoir fait autant de foin pour obtenir de l'aide, je m'apercevais à mon grand dam que je n'étais pas encore tout à fait préparée à abandonner quoi que ce soit.

« Je m'en occupe moi-même, lui dis-je. Je saurai demain matin si j'ai la moindre raison de continuer à poursuivre ce type.

— Fais comme tu veux, dit Spence. »

Il fronça légèrement les sourcils.

« Mais ne le laisse pas te bouffer toute crue. »

Manifestement, j'avais déjà l'air d'être une proie.

Durand avait obtenu le permis de conduire dans deux États, la Californie et le Massachusetts. Trois adresses correspondaient au permis de Californie : la première était située dans un quartier pourri, où il avait probablement habité dans sa jeunesse ; la deuxième était dans un quartier plus huppé, plus sûr, fréquenté par une population branchée qui gagnait bien sa vie ; la troisième correspondait à son adresse actuelle, où il vivait depuis quinze ans. Trois changements d'adresse en vingt ans : il n'avait rien d'un déménageur compulsif.

L'adresse dans le Massachusetts était D Street, à Boston. Je la trouvai sur la carte digitalisée exactement au sud de cette ville. Durand avait

19 ans quand le permis avait expiré et il n'avait jamais été renouvelé depuis. La date d'expiration coïncidait avec la date de mise en service de son permis de Californie. Pourquoi au cours de ses années de jeunesse encore mystérieuses, avait-il récolté autant de contraventions pour excès de vitesse et infractions mineures en matière de circulation, bien plus que la plupart des gens normaux ? Deux d'entre elles sanctionnaient une conduite imprudente. Peut-être passait-il sa colère au volant. L'un des inspecteurs cités faisait état de sa personnalité « belliqueuse et non coopérative », mais Durand avait apparemment payé ses amendes rubis sur l'ongle et sans émettre la moindre protestation. À l'époque, nous ne disposions pas de programme destiné à lutter contre l'agressivité au volant, nous nous contentions de prendre l'argent des contrevenants et de voir, avec un plaisir revanchard, leurs primes d'assurance atteindre des sommets.

Les infractions cessèrent, à peu près un an avant qu'il emménage à son adresse actuelle. S'était-il acheté une conduite ? Probablement pas – d'après les statistiques, ce genre de tendance s'aggrave plutôt avec l'âge. Il avait peut-être trouvé quelqu'un au tribunal pour régler ses petits problèmes automobiles, ce sur quoi je pourrais toujours enquêter. L'explication la plus probable était qu'il avait engagé un chauffeur.

Dommage. Cela aurait été tellement mignon et poétique que ce type soit arrêté pour une banale infraction de la route avec le siège arrière plein de perruques et de sacs d'école.

Mais il n'allait certainement pas se montrer aussi imprudent.

En revenant à la première adresse en Californie, je tombai sur autre chose. Au cours de sa deuxième année à cet endroit, il avait déposé plusieurs plaintes concernant un chat très bruyant qui appartenait à son voisin.

« Hé, Spence, dis-je, en réprimant un fou rire, il faut que tu voies ça. »

Il me prit des mains le document imprimé renfermant la plainte et lut à haute voix le récit du sergent.

« Wilbur Durand, dit-il en insistant bien sur le nom, le plaignant, allègue qu'il a été fréquemment dérangé par des miaulements poussés par un chat mâle appartenant à Edith Grandstrom, une femme ayant passé la cinquantaine, qui réside dans le bâtiment adjacent à celui où se trouve l'appartement du plaignant. M. Durand prétend que le bruit fait par le chat trouble à la fois son sommeil et sa santé mentale. L'inspecteur T. L. Robison s'est rendu sur son appel à l'appartement du plaignant et a trouvé le plaignant dans un état d'agitation extrême. L'inspecteur a réussi à calmer M. Durand après plusieurs minutes de discussion, et lui a fait remarquer alors que le chat ne faisant plus aucun bruit, il ne pouvait pas entreprendre la moindre action. Il conseilla à M. Durand de contacter la police quand le chat était effectivement en train de le perturber, afin que ce désordre puisse faire l'objet d'un constat en bonne et due forme, ou constater la perturbation avec un magnétophone ou en faire une vidéo. Le plaignant Durand voulut savoir s'il y avait autre chose à faire dans l'instant, ce à quoi l'inspecteur Robison lui répondit qu'il n'y en avait pas. »

Il me rendit le document, tout sourires.

« Le plaignant est ton suspect ? »

J'acquiesçai.

« Je n'en ai jamais entendu parler.

— Apparemment, il ne se prend pas pour n'importe quoi.

— Tant mieux pour lui alors. On ne lit pas souvent de plaintes comme ça. Il doit être cinglé.

— Et bon conducteur, par-dessus le marché. »

Je lui tendis le document que j'avais imprimé concernant ses infractions à la circulation.

« Si tu veux me donner un coup de main, tu peux y jeter un coup d'œil. Vois s'il y a quelque chose de louche là-dedans. Elles ont toutes été effacées bien tranquillement.

— Ce que je ferais tout de suite, si j'avais un peu de jugeote. Tu n'as rien de plus croustillant ? »

Nous éclatâmes de rire tous les deux. Un fou rire quotidien était une nécessité absolue dans notre boulot. Il s'éloigna en secouant la tête, le document à la main.

Mais la ligne suivante qui surgit dans la recherche d'adresse n'était plus un sujet de plaisanterie. Elle se rapportait au même bâtiment. Sauf que cette fois, il ne s'agissait pas d'une plainte de Durand contre Edith Grandstrom, c'était Edith Grandstrom qui portait plainte contre Durand.

Son chat avait disparu. Elle voulait qu'il soit arrêté.

« Mademoiselle Grandstrom ? »

Pendant qu'elle ouvrait la porte avec précaution, j'aperçus une main aux doigts noueux. Elle ouvrit la porte juste assez pour me voir. Une chaîne d'apparence solide barrait l'espace béant ; compte tenu de sa tension, elle devait encore être accrochée aux deux extrémités. Je vis des mèches de cheveux blancs et un regard apeuré.

Je levai mon badge et ma carte d'une main. Elle plissa les yeux pour lire.

« J'aimerais m'entretenir avec vous quelques minutes à propos d'un de vos anciens voisins.

— Lequel ? »

Elle parlait d'une voix haut perchée et fluette.

« Ils vont et viennent sans arrêt.

— Wilbur Durand. Il a habité ici entre les années... »

Elle n'aurait pas pu ouvrir la porte plus vite. Des chaînes cliquetèrent, et des verrous grincèrent à toute vitesse les uns après les autres.

« Entrez, inspecteur », dit-elle.

L'odeur de pisse de chat me fit suffoquer. Je la suivis dans le salon, qui était encombré au-delà de ce qui était possible. De toute évidence, Mlle Grandstrom ne pouvait pas voir une statue de chat sans s'en enticher. Et c'était sans compter les vrais chats, au moins quatre, rien que dans cette pièce. L'atmosphère générale était très écœurante et l'endroit sentait le renfermé.

« Il est temps, dit-elle. Je me demandais si cette enquête progresserait un jour. »

Je pris soin de ne rien dire, espérant qu'elle allait continuer. Ce qu'elle fit.

« Il a tué mon Farfel, j'en suis certaine. Ce chat était vigoureux comme un cheval, et il ne se serait jamais enfui de chez moi. »

J'hésitai un instant avant de décider quoi faire. Devais-je lui expliquer que, même si j'étais là à propos de Durand, ça n'avait rien à voir avec l'affaire du vieux chat, qui avait été classée vingt ans auparavant ? Ou fallait-il entrer dans son jeu et lui laisser croire que j'enquêtais sur cette affaire pour la laisser parler ?

« Je m'efforce d'éclaircir quelques détails anciens », lui dis-je enfin.

Ce n'était pas vraiment un mensonge, et pas la vérité vraie non plus. Mais cela marchait.

« Pourriez-vous me rafraîchir un peu la mémoire à propos de l'incident ? demandai-je. Je sais que cela fait longtemps, mais je vais devoir vous demander de me dire tout ce dont vous pouvez vous souvenir. Je n'étais pas inspecteur de police quand la plainte initiale a été déposée. »

Mon nez commençait déjà à me démanger. Je n'étais pas vraiment allergique aux chats, mais je n'avais jamais aimé ce que je ressentais dans mes sinus en leur présence. Il y en avait certainement bien plus de quatre ; les chats sont comme des cafards – quand vous en voyez un, il y en a une douzaine de cachés. L'un d'eux, un gros chat tigré, ronronnait comme une Rolls-Royce contre ma jambe. Mlle Grandstrom se baissa et le repoussa en le prenant par le collier.

« Allons, Boris, roucoula-t-elle, laisse notre invité tranquille. Tout le monde n'aime pas les minous. »

Elle sourit, pensant que j'allais peut-être manifester mon amour pour les chats, ce dont je m'abstins. Je me contentai de sourire, ce qui parut la satisfaire.

« C'était il y a très longtemps, dit-elle. Mais quand vous perdez un être aimé, vous ne vous consolez pas si vite. Pas moi, en tout cas.

— Je comprends, dis-je. À présent, voyons... »

Je feuilletai le dossier jusqu'à trouver la copie de la déposition concernant l'incident.

« Avant la disparition de votre chat, Durand s'était plaint du bruit.

— C'est exact. Mais je ne comprends vraiment pas ce qui le dérangeait. Farfel aimait effectivement bien bavarder, mais sa voix était toute douce et tranquille. Nous avions de nombreuses conversations très agréables. D'ailleurs, il parlait humain bien mieux que je ne parle chat. »

La maladie mentale peut être tellement subtile et insidieuse.

« Il est dit dans le rapport que les incidents concernant le bruit se sont produits la nuit.

— Jamais mes chats ne m'ont réveillée en faisant du bruit, insista-t-elle.

— Auriez-vous pu continuer à dormir malgré tout ?

— C'est toujours possible, évidemment. Je suis une bonne dormeuse...

— Savez-vous comment vos chats se comportent la nuit ?

— Pas différemment de la journée, je suppose.

— Mais vous n'en êtes pas certaine ?
— Non, bien sûr.
— Donc, vous ne pouvez pas dire avec certitude s'il y a eu du bruit ou non à ce moment-là ?
— Non, si vous voulez une réponse parfaitement objective. Mais je reste persuadée que Durand inventait tout. J'ignore pourquoi, mais il ne m'aimait pas.
— Il est également mentionné dans le rapport que M. Durand travaillait chez lui à l'époque. Savez-vous quel genre de travail il faisait ?
— Un genre de sculpture, si je me souviens bien, mais je pensais que vous le lui aviez demandé.
— J'aime bien essayer de connaître les impressions de l'autre partie quand je le peux. Et je voulais vous parler à vous avant d'aller le voir. »

Cela parut lui plaire ; elle se remit à parler.

« Il était toujours là, apparemment ; il ne sortait pas beaucoup. Les gens qui occupaient l'appartement avant lui travaillaient tout le temps et n'étaient presque jamais là. D'autres personnes l'ont occupé depuis – elles sont bien trop nombreuses pour que je puisse vous en parler – mais aucune d'entre elles n'est jamais restée là aussi longtemps que M. Durand. »

Elle esquissa un petit sourire narquois en prononçant son nom.

« Je suis allée là-bas une fois avec des petits gâteaux pour essayer de calmer un peu les choses entre nous, et il m'a fait entrer quelques instants. »

Elle écarta doucement le chat de sa jambe.

« Pas les bas, Maynard. Tu le sais bien. »

Elle me regarda de nouveau.

« C'était un appartement étrange. Presque sans meubles, juste deux ou trois choses au mur. Mais il y avait cette pièce au fond, ce qui correspond à ma chambre à coucher. La porte était ouverte et je pouvais voir à l'intérieur, ce devait être une sorte d'atelier. Elle était pleine... d'équipements, pourrait-on dire. Des outils et du matériel ; c'était un endroit très encombré. Je ne sais pas comment on peut vivre ainsi – on pouvait à peine circuler. »

Je me demandai depuis combien de temps elle n'avait pas examiné attentivement son propre salon. Un jour, il faudrait débarrasser tout un tas de cochonneries pour parvenir à relever Mlle Grandstrom du sol. Un malheureux flic en patrouille entrerait ici en s'attendant à constater un simple décès de cause naturelle, et il se ferait attaquer par des chats faméliques ayant survécu on ne sait trop comment.

« Quand il a commencé à se plaindre, il est donc venu vous voir directement, et vous avez essayé d'arranger les choses. D'améliorer la situation pour lui donner satisfaction.

— Autant que possible, en tout cas. Après tout, ce sont des chats : ils ont leur propre volonté. J'essaie de les faire taire toute la journée, mais cela ne semble pas avoir beaucoup d'effet sur eux.

— Comment était M. Durand autrement, en tant que voisin, mademoiselle Grandstrom ?

— Que voulez-vous dire ?

— Oh, quel genre de personnalité. Était-il sympathique, mis à part le problème des chats ? »

Elle se pencha un peu plus près.

« Vous voulez savoir la vérité ? »

Allez-y donc.

« Oui, bien sûr, si cela ne vous gêne pas trop. »

Elle mourait d'envie de parler.

« C'était un cinglé, si vous voulez tout savoir. Un cinglé méchant qui détestait les animaux. Je ne lui connaissais pas d'ami, sauf un couple de jeunes gens qui venait de temps en temps. Et aucune petite amie. »

Elle se redressa sur son siège, comme si elle se sentait offensée.

« Je trouvais cela bizarre. Après tout, c'était un bel homme. Je ne sais pas comment il a vieilli, mais il était séduisant quand tout cela est arrivé. Il devait avoir quelque chose de très ingrat pour ne pas plaire aux filles.

— Quand vous dites méchant, qu'entendez-vous par là ?

— Oh, il était parfaitement inamical. Je m'efforçais toujours d'être aimable avec lui, de faire la conversation. Nos balcons étaient reliés par une rambarde commune, voyez-vous, et j'essayais de lui parler quand il y était. Il y étendait son linge. »

Ainsi, chaque fois que Wil Durand sortait sur son balcon avec un panier de linge à étendre, Edith Grandstrom s'y précipitait avec un chat dans les bras et s'adressait à lui de cette voix perçante, haut perchée, qui était la sienne. Cela aurait poussé n'importe qui à bout. Mais aller jusqu'à tuer son chat ? C'était une réaction un peu exagérée.

« Dites-moi ce qui est arrivé quand vous avez découvert que votre chat, euh... Farfel, était mort. »

Elle poussa un profond soupir.

« Oh, ça a été affreux. Je l'ai trouvé à l'extérieur de mon casier dans la cave. Nous avons tous nos petits endroits fermés à clé pour mettre des choses. Il avait disparu depuis deux jours et je me faisais déjà un sang d'encre. J'ai dû descendre chercher quelque chose dans mon casier et, en allumant la lumière dans cette partie de la cave, je l'ai vu. Suspendu juste devant moi.

— Suspendu ? Ce détail ne figurait pas dans le rapport. Comment ?

— Ses pattes arrière étaient attachées ensemble par une espèce de ficelle. »

Sa voix commença à trembler, et ses yeux se mouillèrent.

« On lui avait ouvert le ventre et ses... ses entrailles pendaient à l'extérieur. »

Pouah.

« Je suis vraiment désolée, dis-je. C'est affreux que vous ayez dû voir ça.

— Oui, répondit-elle d'une voix qui paraissait perdue et lointaine. J'en ai encore des cauchemars.

— Y a-t-il quelque chose de précis qui vous ait permis de penser que Durand avait commis cet acte ?

— Il me détestait, et il détestait mes chats, surtout celui-là. »

C'était logique. La mise en scène du cadavre contenait un message. Mais il n'y avait aucune autre preuve indiquant que Durand était mêlé à cela.

« Vous allez l'arrêter ? »

Je n'avais pas le cœur de lui dire que le délai de prescription était dépassé depuis treize ans.

« Je ne peux pas, compte tenu de ce que j'ai jusqu'à présent. Et ultérieurement, cela reviendra au procureur, pas à moi. Mais je vais lui parler. »

Pandore devrait employer de la dynamite pour faire sauter le couvercle de la boîte dans laquelle Wilbur Durand se cachait. C'était l'homme de nulle part.

J'appelai le numéro de son studio. Dieu sait pourquoi, il figurait dans l'annuaire du téléphone. Quelqu'un avait probablement payé de sa tête cette négligence.

Je suis navré, inspecteur, mais M. Durand est à l'étranger en ce moment, en train de travailler sur un film.

Quel film ?

Je ne peux malheureusement pas en parler encore.

Dans quel pays se trouve-t-il ?

Je ne le sais pas exactement ; il y a plusieurs lieux de tournage différents.

Quand doit-il rentrer ?

Nous n'en sommes pas certains encore.

Une date approximative ?

Cela dépend de l'avancement du projet. Il arrive qu'il y ait des retards, aussi je ne sais pas exactement quand il rentrera. Mais je lui suggérerai de vous appeler quand il sera là, et peut-être pourrez-vous convenir d'un rendez-vous.

C'était la première fois qu'on prenait note de mon appel pour éventuellement me rappeler. Il n'y avait aucun moyen de savoir s'il était vraiment à l'étranger, car nous n'exigeons pas de nos citoyens qu'ils présentent leur passeport quand ils partent ; je devrais attendre qu'il montre son passeport pour rentrer.

« Bureau des inspecteurs. Moskal à l'appareil. »
J'étais jalouse de son accent de Boston. Nous n'avons pas d'accent à Los Angeles, et ma façon nasale de parler venue du Midwest avait disparu depuis longtemps.
« Je suis l'inspecteur Lorraine Dunbar, et j'appelle de Los Angeles, de la brigade de protection de l'enfance. Je sais que le temps a passé, mais j'aimerais parler à un inspecteur qui faisait partie de la brigade il y a vingt ou vingt-cinq ans. Je travaille sur une série de disparitions d'enfants, et j'enquête sur un suspect qui vit maintenant à Los Angeles, mais qui vivait dans le sud de Boston à l'époque. Je me demandais si certains crimes présentaient les mêmes caractéristiques que ceux sur lesquels je travaille. Je pensais qu'un inspecteur pourrait peut-être m'aider.
— Je suis l'inspecteur le plus ancien ici, mais je fais partie de la brigade depuis une quinzaine d'années seulement. Un de nos gars à la retraite pourrait toutefois vous aider. »
Un inspecteur à la retraite pourrait parler de mémoire, mais il n'aurait pas accès aux anciens dossiers et aux archives.
« Sauriez-vous qui est le flic le plus ancien dans votre commissariat ?
— Parfaitement, je le connais. »
Il se tut un instant, et je crus entendre un petit gloussement.

« Pourrais-je avoir son nom ?
— C'est moi.
— Oh, ça tombe bien.
— Oui, n'est-ce pas ?
— Depuis combien de temps, si vous me permettez cette question...
— Vingt-six ans.
— Mince, dis-je incrédule. Et vous n'êtes pas à la retraite ?
— Apparemment. »
Certains types sont incapables de partir.
« Je pourrais vous parler, dans ce cas.
— Bon, si vous voulez une réponse intelligente, vous préféreriez peut-être essayer un des jeunes. Mais allez-y, dit-il. Je ferai de mon mieux.
— J'ai tout un tas de jeunes garçons qui ont disparu », dis-je.

Il me fallut cinq bonnes minutes pour lui raconter les détails, y compris mon début d'enquête sur Wilbur Durand, pendant lesquelles l'inspecteur demeura parfaitement attentif.

« Il est venu en Californie pour aller à l'université », lui dis-je.

Moskal énonça les dates à haute voix. Puis il resta étrangement silencieux.

« Je me souviens d'une affaire de disparition d'enfant à peu près à cette époque, dit-il enfin. Nous avons trouvé le corps environ une semaine après. Mais nous n'avons jamais arrêté l'assassin. »

Mon pouls se mit à battre plus vite.

« Dans ce cas, l'enquête est toujours en cours ?
— Techniquement. Mais à présent, personne ne travaille plus sur les anciennes affaires non résolues.

Nous n'avons pas la main-d'œuvre nécessaire. Oh, pardon, les ressources humaines. »

Décidément, il me plaisait bien.

« Nous non plus, mais c'est moi qui ai pris l'appel pour le plus récent, ce qui m'a valu de me retrouver avec les autres sur les bras. Autrement, personne n'y aurait touché non plus. En ce qui concerne des enfants disparus qui n'auraient jamais été retrouvés, vous vous souvenez d'un cas en particulier ? »

Il se mit à rire et éluda habilement la question.

« Inspecteur Dunbar, sauf votre respect, pensez-vous que, à mon âge, je me souvienne de ce que j'ai pris pour mon petit déjeuner ?

— Eh bien...

— Je suis désolé. Ici, je suis la cible de toutes les plaisanteries sur l'âge. Nous avons des dizaines d'enfants disparus qui n'ont jamais été retrouvés. Comme vous le comprenez sans doute, cela ne veut pas dire qu'ils ont mal fini. Donnez-moi le temps d'aller jeter un coup d'œil, je vous rappellerai ensuite. Nous sommes en train de numériser la documentation ancienne, et une partie peut déjà se trouver dans la base de données. Si c'est le cas, cela sera facile à trouver. Si rien ne sort, cela pourra prendre un certain temps. Avec un peu de chance, je pourrai y arriver avant ce soir. »

Je consignais des notes dans les dossiers quand j'eus la surprise de recevoir son appel une heure plus tard.

« Je ne sais pas si c'est ce que vous cherchez. J'ai deux garçons décédés et trois disparus en l'espace de deux ans à peu près à cette époque. Ils sont tous blancs, âgés de 11 à 14 ans. »

Une de nos assistantes était originaire de quelque part en Nouvelle-Angleterre.

« Dis donc, Donna, combien faut-il de temps pour aller en voiture de New York à Boston ?

— Environ cinq heures, selon la circulation. »

Bon sang.

« Mais il y a maintenant un train rapide qui met 2 heures 30. Et une navette par avion, qui prend 45 minutes. Mais avec le trajet jusqu'à l'aéroport et tout ça, c'est plus rapide de prendre le train. »

Cela allait du simple au double.

« Fred, dis-je d'un ton aussi naturel que possible, y a-t-il encore des créneaux libres dans ce truc de formation sur ordinateur à New York ?

— Je ne crois pas, Dunbar. »

Il s'enfonça dans son fauteuil et plissa les yeux.

« Que se passe-t-il, vous êtes en manque d'affaires ?

— Non, mais j'ai du mal en ce moment et je sens que j'aurais besoin de perfectionner un peu mes techniques d'enquête. Ce machin a lieu ce week-end, je ne perdrais donc pas beaucoup de temps d'enquête...

— Je vais vérifier, dit-il, malgré un manque d'enthousiasme évident. C'était complet la dernière fois que j'ai regardé. Mais on ne sait jamais. »

Une demi-heure plus tard, je savais que la femme de Jimmy Trainor avait un milieu de grossesse difficile, et que le jeune flic avait dû renoncer à ses deux jours de formation.

« Nous avions déjà pris son billet d'avion. La bonne nouvelle est que vous pouvez l'utiliser. Vous devrez partir jeudi soir et rentrerez dimanche matin. Les cours ont lieu vendredi toute la journée et samedi. »

J'appelai Kevin. Il serait ravi de prendre les gosses un jour plus tôt. Fred m'avait fait inscrire au cours. Jeudi, c'était après-demain. J'avais quelques préparatifs à faire.

19

Investigation et enquête dans le but de prouver, à condition que cela soit possible, que le seigneur Gilles de Rais et ses complices, disciples et dévots, ont déplacé un certain nombre d'enfants, petits et autres, et les ont fait abattre et tuer pour disposer de leur sang, cœur, et autres parties, pour en faire le sacrifice au diable ou pour pratiquer d'autres formes de conjuration avec eux, sujet sur lequel nous avons reçu de nombreuses plaintes.

Cela fut énoncé sans émotion par le moine dominicain Jean de Touscheronde, sans même la pointe de gravité qui aurait dû accompagner de telles accusations. Monseigneur lui-même n'était pas présent ce dix-huitième jour de septembre, mais le but de cette audience n'était pas de le questionner au sujet de la disparition des enfants, cela viendrait en son temps. Mais il convenait plutôt de fournir les pièces nécessaires concernant leur enlèvement, de façon à ce que, quand son procès ecclésiastique commencerait, Jean de Malestroit puisse disposer de tous les mandats requis, de Dieu et du roi, pour resserrer la corde de la culpabilité autour du cou de monseigneur.

Parmi ceux qui attendaient de témoigner se trouvaient les gens que nous avions rencontrés à Saint-Étienne : ils avaient fait le trajet jusqu'à Nantes pour que le souvenir de l'enfant Guillaume Brice ne soit pas emporté par le vent comme la poussière qu'il était probablement devenu. Mais au cours de leur récit, un nouvel élément surgit : une femme ravisseuse.

> *Un homme de notre village dit que, aux environs de la dernière Saint-Jean, il a rencontré une vieille femme au visage rose, âgée de 50 à 60 ans peut-être ; elle portait une courte tunique de lin par-dessus sa robe. Auparavant, il l'avait aperçue traversant les bois de Saint-Étienne, dans la direction de Nantes. Le jour où il l'aperçut pour la dernière fois, cet homme vit l'enfant Guillaume Brice près de la route où il avait vu la vieille femme. Il dit que l'endroit était à un jet de flèche du presbytère, près duquel résidait un homme nommé Simon Lebreton, connu pour être un adepte de monseigneur Gilles de Rais. Nous portons plainte au nom de cet enfant, dans l'espoir qu'on découvrira les raisons qui expliquent sa disparition...*

Oh, Michel, pensai-je ce soir-là, en m'agenouillant près de mon lit, quelle chance tu as eue d'avoir une mère, un père et un frère pour te pleurer. Quelles qualités cet enfant disparu devait-il avoir pour qu'on se souvienne si bien de lui. Je me le représentais parfaitement comme un de ces enfants dont l'humeur est si joyeuse, le cœur si pur, qui trouve toujours les capacités en lui pour répondre aux défis que Dieu lui lance, malgré ses nombreux désavantages qui le placent en plein milieu du chemin fréquenté par le mal à l'affût parmi les ombres de la forêt, et le poussent à succomber au malin quand il se présente à lui. On se demande si cette vieille femme a pris ce beau petit garçon par la main, et, avec un sourire engageant, lui a fait d'irrésistibles promesses : des vêtements décents pour remplacer ses haillons, un lit propre et chaud où dormir, suffisamment de nourriture pour calmer les tiraillements permanents de son estomac, des souliers pour empêcher ses pieds de saigner pendant l'hiver.

Il te suffit de m'accompagner jusque chez mon maître, il adore les gentils petits garçons comme toi et se réjouit de faire ta connaissance.

Ses parents, qui étaient tous les deux à présent entre les mains de Dieu, ne sauraient même pas qu'il avait disparu – peut-être était-ce une bénédiction. Au moins, je savais ce qui avait pu arriver à mon fils. Pour moi, il y avait quelque chose de tangible, un sanglier, sur lequel ma haine pouvait se déverser.

Pourquoi, alors, me sentais-je soudain tellement dubitative ?

Le lundi, le dix-neuvième jour de septembre, Gilles de Rais fut contraint de se présenter devant Son Éminence dans la grande salle de la Tour Neuve. Aucun de ceux qui devaient profiter de la chute imminente de monseigneur ne fut autorisé à assister à la séance. Jean de Malestroit n'aurait pas voulu qu'il soit dit qu'il leur avait facilité la tâche, pas plus qu'il n'aurait voulu autoriser aucun d'entre eux à pénétrer dans l'enceinte du tribunal tant que le public n'aurait pas été admis.

Il faillit même ne pas m'autoriser à entrer. Il pénétra dans l'antichambre pendant que je m'occupais de ses ornements sacramentels et déclara :

« Guillemette, je ne pense pas que votre présence au tribunal aujourd'hui soit une bonne idée. »

Je m'emportai aussitôt.

« Vous m'aviez promis que j'y assisterais – à tout le procès – quand j'ai accepté de renoncer à mes recherches en faveur des vôtres.

— Je n'ai pas fait de promesse précise.

— Éminence, c'est honteux ! Auriez-vous l'intention de m'écarter par ruse de cette enquête que j'ai commencée sans votre aide, et qui vous a paru suffisamment bien menée pour que vous la jugiez digne d'être reprise après moi ? »

Il tressaillit devant mes protestations véhémentes : Jean de Malestroit n'était pas habitué aux cris à son endroit. Pas plus que ses gardes, qui accoururent. Il les renvoya d'un coup d'œil, et nous nous retrouvâmes seuls, moi, avec ma colère, lui, avec sa patience à toute épreuve.

« Vous présentez les choses de façon si déplaisante. Je cherchais seulement à vous protéger.

— Vous me connaissez bien, frère, je ne suis pas d'une nature délicate. Dieu a exercé tellement de Ses caprices à mon endroit que j'en suis devenue forte.

— Je vous protégerai de Ses caprices. Il risque

de s'en prendre à vous maintenant. Cela peut être redoutable.

— Vous me rappelez souvent que notre Seigneur n'a pas refusé la potion amère – à moi maintenant de vous le rappeler.

— J'ai le pouvoir de vous refuser cela. Vous le savez. »

C'était une terrible trahison de sa part.

« Naturellement, Éminence, vous pouvez faire de moi ce que bon vous semble tant que je suis votre servante. Mais ne soyez pas étonné si je rejette ce voile maudit et me soustrais à votre pouvoir.

— Vous ne le feriez pas. Vous ne pourriez pas. »

J'arrachai le voile de ma tête et le jetai par terre.

« J'ai vécu auparavant sans cette tente, et je vivrai de nouveau sans, si nécessaire. Par quelque moyen que ce soit. »

Il resta silencieux pendant quelques secondes, se contentant de me fixer d'un air à la fois triste et songeur.

« Vous pouvez ne pas vous soucier de ce qui vous arrive, Guillemette, dit-il enfin, mais je peux vous assurer que, moi, je m'en soucie. Beaucoup.

— Dans ce cas, vous devez exaucer la promesse que vous m'avez faite devant Dieu, dis-je. Sinon, je me retirerai d'ici. »

Quand Jean de Malestroit se mit en route vers le tribunal séculier ce matin-là, j'étais à son côté. Tandis que nous traversions le palais, j'étais encore sous le choc de ce qui venait de se passer entre nous, si bien que le spectacle de l'immense foule en colère qui nous accueillit sur la place devant le palais acheva de me bouleverser. Dès qu'ils nous virent, une clameur s'éleva, puis tous se ruèrent en avant. Ces gens en colère criaient leur frustration, protestant contre le secret et la lenteur des procédures. Le système compliqué des rétributions politiques que les nobles pratiquaient entre eux au moyen d'or et de biens ne pouvait pas être du goût de ce genre de gens. Ils voulaient la même justice expéditive et simple que celle qu'ils subissaient.

Mais au-delà des boucliers et des épées brandies de la garde, je remarquai dans la foule de nombreuses personnes dont les vêtements trahissaient une plus grande aisance ; ceux-là avaient dû être attirés par la perspective d'un procès sordide tant il est rare qu'un grand seigneur doublé d'un héros tombe aussi brusquement dans une telle disgrâce.

Nous bâtîmes promptement en retraite dans le palais, et fûmes contraints d'emprunter un labyrinthe de tunnels humides, mal éclairés, qui couraient en sous-sol le long des murs du palais. Nous passâmes à l'endroit par où les Anglais nous avaient jadis envahis, passage qui avait été réparé mais qu'on distinguait toujours malgré tout le temps écoulé. Nous émergeâmes un bon moment plus tard au rez-de-chaussée, juste sous la salle à l'étage.

De la lumière, des illuminations, de l'air, enfin ! J'inspirai goulûment l'air frais, et secouai l'ourlet de ma robe pour en déloger l'éventuelle vermine. Nous montâmes en hâte jusqu'au balcon du premier étage et regardâmes la foule en contrebas, qui devait se trouver à cinq ou six mètres. Son Éminence avait pris bien soin de rester un peu en arrière, mais cela ne suffit pas pour échapper aux regards. Un chœur de menaces et de malédictions monta vers nous et résonna contre les parois de pierre.

Pendez-le ! Faites-le souffrir comme nos fils ont souffert ! Qu'il soit damné pour l'éternité !

Frère Demien s'était frayé un chemin dans la foule en délire et il surgit derrière nous sur le balcon.

« La foule, dit-il en haletant, ils sont fous...

— Un peu plus chaque instant », dit Son Éminence.

Fait exceptionnel, il avait même l'air quelque peu effrayé en regardant la foule grandissante.

« La garde risque d'être débordée, dit-il encore. Ils sont vraiment de toutes les origines – riches, pauvres, gens du peuple et nobles. »

Frère Demien se montra moins généreux quand il s'agit de les définir.

« Charlatans, voleurs à la tire, colporteurs avec leur bimbeloterie... »

Il avait un meilleur œil que moi pour ce genre de choses, mais, en regardant plus attentivement, il m'apparut évident qu'il avait raison. De notre poste d'observation en hauteur, il était facile de repérer les vauriens et les bonimenteurs qui fondraient sur ceux qui avaient apporté de Nantes le peu qu'ils avaient mais repartiraient avec moins encore. Outre les voleurs à la tire et les maraudeurs, on remarquait également des danseurs, des jongleurs, des ménestrels et des bouffons, dans des vêtements multicolores pleins de fantaisie, qui tous se produisaient au milieu de la foule, en espérant récolter les quelques sous qui pourraient leur être lancés. De telles manifestations risquaient toujours de devenir une sorte de spectacle. Quant au sérieux et à la solennité des événements à venir, ils risquaient de souffrir de l'aspect tapageur de l'ensemble.

Mais la volonté commune de ces gens ne faisait aucun doute, ils voulaient Gilles de Rais. Il avait été hébergé temporairement dans un appartement situé dans le quartier des frères à l'intérieur de l'abbaye et allait être contraint de se frayer un chemin à travers cette foule pour entrer dans le palais où le procès se tenait.

Ils l'attendaient.

À peine cinq minutes plus tard, une litière de dame fermée par des rideaux apparut, portée à l'épaule par six porteurs vigoureux, au lieu des quatre habituels.

Il y avait quelque chose d'anormal. Nous nous penchâmes tous dans l'espoir de voir quelque chose ; c'est frère Demien qui finit par exprimer nos doutes.

« Voilà une dame particulièrement corpulente. »

La foule ne s'y laissa pas davantage prendre que lui. Ils se précipitèrent et commencèrent à arracher les rideaux. Les porteurs hâtèrent le pas, se cramponnant fermement aux barres de portage, tandis que leur escorte repoussait la foule.

« Il pourrait entrer par les couloirs comme nous l'avons fait, dis-je tout bas.

— Il entrera par là », dit Jean de Malestroit avec détermination.

Je reculai et le regardai observer la scène qui se déroulait en dessous. Il n'avait pas l'air particulièrement ravi, mais son visage exprimait une émotion proche de la satisfaction. Il donnait à ces gens ce qu'ils voulaient, autrement dit la présence de monseigneur Gilles au milieu d'eux. D'où sa préoccupation en ce qui concernait la garde, dont il avait peut-être sous-estimé la nécessité. En bas, ils parvenaient tout juste à avancer.

Je me retournai pour parler à l'évêque, mais il s'était éclipsé en un instant.

La foule réagit bruyamment quand la cloche commença à sonner tierce. Leur colère était virulente et pleine de haine. Les insultes, les malédictions et les menaces pleuvaient comme s'il était devenu légitime qu'un paysan puisse calomnier son souverain. Avant que monseigneur tombe en disgrâce, la foule se serait écartée par égard pour son rang, comme cela s'était passé à Pâques quand il était venu se confesser. À présent, il n'y avait plus aucun respect, que des sarcasmes et des railleries.

Des soldats de Dieu vêtus de cramoisi, la couleur sainte, furent contraints de retourner leurs épées et leurs lances en direction de la marée humaine.

« Ils le mettraient en pièces, chuchotai-je à frère Demien.

— Pour eux, une issue semblable ne serait pas condamnable. »

Je n'en faisais pas partie ; j'avais toujours en moi ce désir malsain de l'entendre évoquer ses actes.

D'autres gardes surgissaient de la cour à présent. Compte tenu de leur nombre, ils réussirent enfin à fendre la foule qui s'agrippait, et la litière fit un bond en avant, pour arriver enfin dans la cour.

Nous quittâmes en hâte notre poste d'observation

sur le balcon et nous nous dirigeâmes vers la chapelle. Elle se trouvait de l'autre côté d'une rotonde ouverte, où prenait l'escalier. Tandis que nous montions, nous entendîmes des pas rapides dans l'escalier. Je regardai par-dessus la main courante et vis monseigneur au milieu de ses gardes ; le groupe tout entier se précipitait en haut des marches, comme s'ils étaient encore poursuivis.

Le séduisant et charismatique seigneur Gilles de Rais, vêtu de bleu roi vif, paraissait terriblement déplacé au milieu de ses ravisseurs en cramoisi. Entendant mon exclamation, il leva les yeux, et nos regards se croisèrent. Le temps qu'il monte les marches, nos yeux ne se quittèrent plus, également stupéfaits. J'opérai un retour en arrière et essayai de l'imaginer entrant dans d'autres circonstances, pour recevoir une récompense par exemple, tandis que j'étais revêtue d'une belle robe, peut-être même avec un voile d'or par-dessus. À mon côté, bien portant et plein d'assurance, se tiendrait Étienne, mon mari adoré, qui déborderait de fierté devant les hauts faits de son seigneur et s'en sentirait meilleur. Un clairon retentirait, et tous ceux qui se tenaient à nos côtés, de nombreux serviteurs loyaux, applaudiraient et pousseraient des cris de louange. Dans le regard de monseigneur, je lirais le respect et l'honneur que j'aurais voulu qu'il me porte pour avoir exercé sur lui, en tant que femme, l'influence qui l'avait rendu digne des nombreuses accolades qu'il aurait pu recevoir, si les choses s'étaient passées différemment.

Au lieu de cela, une brève expression de culpabilité passa sur son visage, un instant de honte, avant que la dureté l'emporte. Puis, comme par magie, les traits de mon fils de lait jadis bien-aimé commencèrent à s'effacer, jusqu'à ce que son visage disparaisse.

J'entendis sa voix : « Mère Guillemette… » dit-il, comme s'il était très loin. Son ton était cassant, dépourvu de la moindre tendresse…

Si les choses s'étaient passées différemment.

Je fis de mon mieux pour reprendre contenance.

« Monseigneur, dis-je, de mon ton le plus ferme, même si j'avais préféré que cela ne ressemble pas à une telle supplique. Je dois vous parler, j'ai quelque chose à vous demander. »

Je tendis la main, mais il m'avait dépassée. Je ne pouvais plus l'atteindre. Mais je savais, aussi certainement que je me trouvais là, que je ne me libérerais jamais complètement de son emprise.

Ce jour-là, Jean de Malestroit vivait sans doute le moment le plus important de l'exercice de sa double fonction. Il offrait l'image parfaite du patricien dans sa robe de velours rouge foncé. Frère Blouyn, qui était assis à côté de lui, était vêtu de façon identique, même si l'effet n'était pas aussi spectaculaire sur lui que sur mon évêque, lequel demeurerait le souverain de ce royaume qu'était le tribunal tout le temps nécessaire à la mise en œuvre des volontés du duc. Leurs deux noms furent solennellement cités à l'ouverture des débats par le procureur du duc, Guillaume Chapeillon, qui garda la parole ensuite presque tout le temps.

Jean de Malestroit apparut le visage sévère et impassible, mais je connaissais trop bien l'homme pour croire à tant de neutralité. À son expression et à sa façon de se tenir, le corps penché légèrement en avant pour mieux entendre, je devinai sa fascination. Pour ne pas être en reste, monseigneur Gilles apparut également imperturbable, l'air méfiant, indifférent, au comble de l'ennui à la perspective de cette tempête qui allait se déchaîner sur lui.

Frère Demien me murmura : « Je ne peux pas comprendre pourquoi il affiche une telle indifférence.

— Moi non plus », dis-je.

Il avait peut-être été conseillé par un avocat ou un homme de loi, qui lui avait assuré qu'une noble présentation l'avantagerait face au tribunal. Ce n'était pas le repentant que nous avions vu à Pâques, les traits tirés, ni l'homme qui avait coupé un chat en deux à Saint-Étienne, mais quelqu'un qui tenait un peu des deux. Je ne le quittai pas du regard, comme si ma vie en dépendait. Mais il ne me regarda plus jamais en face. Il resta debout, en silence, pendant que Chapeillon l'accusait d'avoir attaqué Saint-Étienne, d'avoir pris un prêtre en otage. Et, au cas où on l'aurait oublié, du meurtre sodomique de nombreux enfants innocents.

Les scribes prenaient note avec diligence.

Le lundi après la fête de l'Exaltation de la Sainte-Croix, au cours du procès devant le très révérend père, le seigneur évêque de Nantes, siégeant sur le banc des juges pour administrer la loi dans la grande salle de la Tour Neuve à Nantes, apparut en personne l'honorable Guillaume Chapeillon, procureur de ladite cour, qui entérina les assignations, avec l'exécution publiée, d'un côté, et le susdit monseigneur Gilles, chevalier et baron, l'accusé, de l'autre.

« Vous soumettrez-vous à un aveu d'hérésie doctrinale ? » demanda Chapeillon.

J'échangeai un regard avec frère Demien, espérant que monseigneur avouerait et nous épargnerait toutes les affres d'un procès interminable et éminemment sujet à controverse.

Mais Gilles de Rais ne voulut pas acquiescer.

« Non, Votre Grâce, dit-il, avec une conviction surprenante. Je n'admettrai pas cette accusation. Pas plus qu'aucune autre de toutes celles qui ont été formulées. Il est de mon souhait d'apparaître personnellement devant vous, monsieur, et devant tout autre juge ou examinateur d'hérésie, pour que je puisse me laver de ces accusations qui ont été formulées contre moi à tort. »

Les plumes couraient furieusement sur les pages des scribes pendant que ces paroles incompréhensibles résonnaient dans la chapelle.

Lequel monseigneur Gilles, chevalier et baron, à la suite de nombreuses accusations de la part dudit procureur contre ledit monseigneur Gilles, pour vérifier s'il reconnaîtrait l'hérésie doctrinale, dans la mesure où ledit procureur l'affirmait, a émis le souhait d'apparaître personnellement devant ledit révérend père, seigneur évêque de Nantes, et devant tous autres juges ecclésiastiques, aussi bien que devant tout examinateur d'hérésie, pour s'acquitter lui-même desdites accusations.

C'était tout autant une déclaration de guerre à ses juges bretons et français que son épée brandie l'avait été à un Anglais à Orléans. Peu de batailles dans l'histoire avaient eu une issue aussi certaine que celle dans laquelle Gilles de Rais paraissait si prêt à se lancer. Mais ce n'avait jamais été un lâche, et nous n'aurions pas dû être à ce point pris au dépourvu. L'étonnant défi résonna dans la salle, et quelques secondes après qu'il se fut enfin dissipé, le seul bruit qu'on entendit fut celui de la chute des parchemins sur lesquels les accusations avaient été consignées, quand ils tombèrent des mains de Chapeillon stupéfait. Lui aussi avait été pris au dépourvu.

Quand Son Éminence prit la parole, sa voix était ferme mais plus proche du murmure.

« Comme vous le souhaitez, seigneur Gilles. C'est votre droit et il en sera fait ainsi. »

Ils se regardaient avec haine et mépris. Dans leurs regards, on ne lisait rien de la courtoisie ou de la civilité dont le scribe ferait mention dans son compte rendu officiel. Aucun d'eux n'aurait voulu se risquer à traduire en mots la fureur larvée de Jean de Malestroit.

« Gilles de Rais, baron et chevalier, dit l'évêque, nous vous ordonnons par la présente de vous présenter devant ce tribunal le vingt-huitième jour de ce mois de septembre de l'an 1440, devant moi-même et le révérend frère Jean Blouyn, à quel moment vous répondrez de tels crimes et offenses tels qu'ils ont été énumérés dans l'exposé précédent de Guillaume Chapeillon, que nous nommons pour poursuivre sa diligente enquête en la matière. Au nom de Dieu et de la loi, vous répondrez de ces mauvaises actions. »

Et, après avoir marqué une pause, il ajouta : « Que Dieu ait pitié de votre âme, si telle est Sa volonté. »

J'étais assise sur un banc de pierre situé à l'extérieur d'une pièce réservée initialement aux hôtes de l'abbaye. Bien que cet édifice offre de nombreuses cachettes moins visibles où j'aurais pu mieux préserver mon intimité, c'était mon endroit favori. De là, je pouvais observer les allées et venues des visiteurs et des plaignants, des créanciers, et de tous ceux qui avaient à faire ici, y compris les dignitaires. Mais en cet instant, j'étais cloîtrée dans mon petit monde, et le Saint-Père aurait pu passer par là sans que je le remarque. Quand il devint évident que les gens ne seraient pas admis dans l'enceinte du tribunal, les foules des premières heures de la matinée s'étaient dispersées, laissant derrière elles leurs cortèges de détritus que les travailleurs devraient ramasser. Je ne comprenais pas la nécessité de laisser derrière soi un tel désordre, quand le désordre qui régnait entre les murs était déjà si accablant.

Le temps était magnifique, et si j'avais été dans un meilleur état d'esprit, j'aurais pleuré de joie devant cette journée d'été volée avant que le froid revienne. J'avais un panier de pommes abîmées à côté de moi, et une jatte sur les genoux. Avec un petit couteau en ivoire, j'épluchais les fruits un par un, en leur enlevant le moindre défaut pour qu'ils puissent entrer dans des pâtisseries, dont la texture délicate risquait d'être gâchée par le moindre petit morceau de peau ou la plus petite imperfection de la chair elle-même.

La peau se détachait au fur et à mesure sous mon couteau. Quand j'insistais, j'enlevais davantage de peau. Je jetais les épluchures par terre, car elles ne pouvaient plus servir à rien. Cendres avec les cendres, poussière avec poussière : tout ce qui naît de la terre y retournera un jour.

Comme mon fils, qui naquit et fut renvoyé beaucoup trop vite d'après moi.

Œuvrant sans relâche et sur un rythme soutenu, je soumettais les fruits irréprochables à mon désarroi. *Confutatis, maledictus, pergatorium*. Si ces qualités devaient se retrouver dans nos pâtisseries, ce serait le pire des désastres : amer, immangeable. Les vérités que j'avais crues incontestables semblaient être battues en brèche les unes après les autres. Je m'étais toujours efforcée de croire que c'était par la volonté de Dieu que mon fils m'avait été enlevé, mais Gilles de Rais s'était trouvé en sa compagnie ce jour-là – il avait été le dernier à le voir, comme ses serviteurs avaient été les derniers à être vus avec autant d'enfants disparus.

J'étais dans la haute tour de Champtocé ce jour terrible, en train de secouer du linge sans penser à rien, quand une clameur s'éleva au-dehors. Je me précipitai à la fenêtre et vis le châtelain en train de donner des ordres précipités à ses hommes pour lever la herse. Quand une telle chose se produit, on s'inquiète forcément de l'approche d'une troupe armée, et mon fils était dehors dans les bois de Champtocé avec monseigneur, peut-être sur leur passage. Mais quand je vis le jeune Gilles franchir la porte seul, je fus prise de panique. Je laissai tomber mon linge soigneusement plié, me précipitai en bas de l'escalier, les jupes relevées, et me ruai dans la cour.

Monseigneur, tout en bras et en jambes, presque un homme maintenant, se tenait penché, la tête baissée, avec les mains sur les genoux. Il était hors d'haleine, la respiration sifflante, épuisé d'avoir couru. Les hommes qui l'entouraient, prêts à faire tout ce qu'il leur demanderait, paraissaient perplexes, troublés, et essayaient de le faire parler.

Il accepterait de me parler à moi, j'étais la seule mère qui lui restait. Par tous les saints, il me parlerait.

« Monseigneur, demandai-je avec insistance, où est Michel ? »

Souffle court, sifflement, souffle court, puis il me jeta un regard terrorisé.

« Madame, cria-t-il, le sanglier ! Nous sommes tombés sur lui – j'ai couru le plus vite possible pour lui échapper, et je croyais que Michel me suivait, mais quand je me suis retourné, je ne l'ai vu nulle part. »

Je poussai un cri d'angoisse et m'effondrai ; le châtelain Marcel me rattrapa.

« Où l'avez-vous vu pour la dernière fois ? » demanda Marcel au garçon.

Il cherchait sa respiration.

« Je n'en sais rien. »

Le châtelain le secoua par les épaules.

« Réfléchissez. Où l'avez-vous vu pour la dernière fois ? »

Prenant un air de chien battu, le jeune Gilles balbutia :

« À l'ouest du bois de chênes, à cinquante pas, dans le ravin qui descend à la rivière.

— Le garçon est-il blessé ?

— Je... je n'en sais rien. »

Le châtelain fit signe qu'on lui amène un cheval. Je lui saisis le bras, désespérée.

« La sage-femme... on en aura besoin si Michel a été attaqué. »

Il regarda un de ses hommes tout en détachant mes doigts.

« Va chercher Mme Catherine, dit-il. Et amène-la ici. »

Je fis demi-tour et partis en direction de l'écurie. Cette fois, c'est lui qui me retint par le bras.

« Non, dit-il. Il ne faut pas que vous y alliez.

— C'est mon fils, suppliai-je.

— Non », répéta-t-il, d'un ton encore plus ferme.

Entre-temps, toute sa compagnie s'était rassemblée autour de lui, si bien qu'il y avait quantité d'hommes à ses ordres.

« Retenez Mme La Drappière ici », ordonna-t-il, et l'un d'entre eux s'avança aussitôt vers moi.

Je me débattis en vain pour lui échapper. Le visage du châtelain était empreint d'une telle pitié : si je le suppliais encore, il me laisserait y aller. Mais il détourna prudemment les yeux et dit à un autre de ses hommes : « Trouve Étienne et envoie-le dans la forêt. »

Puis il enfourcha le cheval qu'on lui avait amené et s'éloigna, mettant presque aussitôt sa monture au galop. La poussière qu'ils soulevèrent me fit suffoquer et me força à me taire. Tous ces souvenirs me submergeaient à présent de nouveau. Une main se posa sur mon épaule, me faisant sursauter.

« Guillemette, dit Jean de Malestroit, vous êtes en train de torturer ces pommes. »

Le fruit qui faisait les frais de ma sauvagerie me tomba des mains. Ensemble, nous le regardâmes rouler dans la poussière.

Je m'essuyai les mains sur ma robe avec une négligence parfaitement inhabituelle pour quelqu'un d'aussi soigneux que moi.

« Vous avez un œil d'aigle, Éminence. »

Il paraissait vouloir s'asseoir ; il n'avait aucun besoin de me demander la permission, et, en vérité, j'aurais dû me lever à son arrivée. Mais nous avions dépassé le stade de ce genre de stupidités. J'inclinai légèrement la tête en direction du banc à côté de moi, et il y prit place dans un grand bruissement d'étoffe, en ramassant autour de lui sa robe de juge.

« Je recevrai votre confession si vous le souhaitez, et vous soulagerai ainsi du fardeau qui vous met à présent dans un tel état de détresse. »

Je repoussai une mèche de cheveux rebelle et me tournai vers lui. Devant mon état de perturbation, il ajouta aussitôt : « N'ayez crainte, je veillerai à ne pas vous infliger une pénitence trop lourde.

— Comme vous le souhaitez, dans ce cas. *Pater, ignosca me, ob malo dissipavi.* »

Jean de Malestroit eut un petit rire.

« Dieu a peut-être d'autres sujets de préoccupation en ce moment présent que le gâchis d'une pomme, m'assura-t-il. Mais Il saurait certainement, comme je devrais le savoir, ce qui pèse sur votre cœur. »

Un soupir de lassitude s'échappa de mes lèvres. Je le regardai droit dans les yeux et y lus le souhait de m'accepter dans ma condition ingrate. Mais l'heure n'était pas encore venue de lui livrer le fond de mes pensées. Je préférai lui dire quelque chose susceptible de l'apaiser.

« C'est ce qui nous hante tous ces jours-ci qui me trouble », dis-je.

Il s'enfonça dans son siège et étudia ma réponse pendant quelques instants.

« Il est tout à fait naturel, je suppose, que nous soyons tous troublés par les choses que nous commençons à entendre. Tout cela est tellement lamentable ! Mais d'autres se livrent à des lamentations adéquates, ma sœur – les vôtres ne sont pas exigées tout de suite.

— Néanmoins, frère, je suis perturbée, et je ne peux pas m'empêcher de l'exprimer. Voyez ce qu'il est devenu. Il fut un temps où je croyais *bien* le connaître. Mais il semble évident que je ne le connaissais pas du tout.

— Le noir démon prend de multiples formes, ma sœur. Il profite de la moindre faille pour se glisser parmi nous. Il se transforme et s'adapte à l'ouverture et il s'introduit sans se faire remarquer, à moins que nous ne restions éternellement vigilants pour le repousser.

— Sommes-nous réellement à ce point ignorants pour qu'une telle... chose puisse s'avancer sur cette terre sans attirer notre attention ?

— Apparemment.

— Tant de gens se sont plaints ; pourquoi ne les avons-nous pas écoutés ?

— Il s'agissait surtout d'enfants pauvres, dont la plupart étaient pratiquement oubliés de tous...

— Ils n'étaient pas tous pauvres. Et les parents de certains se sont abondamment lamentés sur leur perte.

— Pas suffisamment, de toute évidence. »

J'omis de lui rappeler que ses propres oreilles étaient d'abord restées indifférentes à leurs gémissements et qu'il m'avait autorisée bien à contrecœur à vérifier leurs dires.

« Seigneur Dieu, dis-je après une courte pause, comment cela a-t-il pu arriver ?

— Il est probable que ce démon se soit installé peu à peu avec le temps et soit resté dissimulé jusqu'à maintenant. »

Il bougea légèrement sur le banc pour lutter contre la raideur qui le gagnait s'il restait trop longtemps immobile.

« J'ai beaucoup réfléchi à la nature de ce démon, étant donné que Dieu m'a chargé de son élimination. Je dois le confesser, cette tâche m'a toujours paru impossible. Je suis quotidiennement confronté à mes échecs. »

Il bougea de nouveau, en laissant échapper un petit grognement cette fois.

« Vous appréciez ce banc plus que moi, dit-il.

— Dieu m'a gratifiée d'une corpulence qui me permet de le supporter, répliquai-je, en oubliant un instant mon tourment.

— Je l'avais remarqué. Dieu est très généreux de Ses dons. »

Puis il redevint pensif.

« Mais nous ne devons pas perdre de vue que le mal peut être un des plus grands dons de Dieu. »

Je le dévisageai.

« Comment cela se peut-il ?

— Considérez ses multiples formes : guerres, épidémies, le tremblement de la terre, et la chute du ciel – bien sûr, l'obscurité. Dieu a placé le démon dans ce monde avec but et intention. Il allait nous aider à reconnaître, grâce à la comparaison, ce que nous devrions juger comme bon. Nous exécrons l'obscurité et célébrons la lumière, car nous avons l'intuition que l'une représente le mal et l'autre le bien. Mais obscurité et lumière ont toujours existé : depuis que Dieu les a créées, elles n'ont changé en rien. Elles nous ont été révélées par étapes, peut-être, mais ont toujours fait partie de ce monde. Je soupçonne, ma sœur, que Gilles de Rais a toujours été un être impie, et que nous commençons seulement maintenant à découvrir sa véritable nature. »

Il avait donné corps à des pensées que j'étais incapable de formuler, comme s'il savait que je les partageais et qu'elles finiraient par m'empoisonner si elles ne s'exprimaient pas.

« Je crois que nous ne sommes pas au bout des révélations », dit-il doucement.

Je compris alors qu'il en savait plus qu'il ne me le disait. Je ne pouvais pas le lui reprocher. Les mauvaises nouvelles doivent parfois être distillées parcimonieusement, de façon à ne pas ébranler complètement l'auditeur. Je ramassai une autre pomme et commençai à la peler.

« Le temps parlera, Éminence, comme c'est toujours le cas. »

La peau se détachait sous la lame du couteau. Il m'observa en silence pendant un moment.

« Je crains que nous n'en apprenions beaucoup trop pour notre goût quand tout sera révélé », dit-il enfin.

J'acquiesçai.

« Vous avez certainement raison », dis-je.

Mais pourtant, j'aurais tellement souhaité qu'il se trompe.

Trois jours s'écoulèrent avant que je parvienne à poser à Son Éminence la question qui me taraudait. Je ne pouvais plus me taire.

« Vous avez interrogé ceux avec qui il a perpétré ses forfaits, Poitou et Henriet. »

Il remplissait ses devoirs de chancelier à cet instant et s'affairait avec nervosité à traiter les affaires de l'État négligées jusqu'alors.

« Je l'ai fait », dit-il.

Il paraissait ennuyé que je l'interrompe. Cela ne l'empêcha pas de lever les yeux vers moi, ce qu'il ne faisait pas toujours.

« Longuement ?

— Assez longuement pour savoir que ce sont ses complices et qu'ils doivent subir le même sort que leur maître.

— Autrement dit, ils connaissaient le genre de mort qui était réservée à ces innocents. »

Jean de Malestroit dissipa un instant de gêne.

« Tous n'étaient pas innocents, Guillemette. Certains semblent avoir recherché la compagnie du seigneur de Rais pour tirer avantage de sa position. On ne peut pas dire que ces jeunes gens étaient parfaitement irréprochables. »

Sentant ma résolution faiblir, je ne voulais pas perdre de temps à arguer sur ce point.

« Mais les plus jeunes... vous savez la façon dont ils sont morts.

— Je la connais. »

Il reposa ce qu'il était en train de lire, et s'enfonça dans son fauteuil, l'air perplexe.

« Avez-vous quelque chose de particulier à me demander, ma sœur ?

— Effectivement, répondis-je.

— Dans ce cas, exprimez-vous, si vous le voulez bien ; j'ai du travail et j'aimerais bien m'y remettre.

— Les plus jeunes, demandai-je, âgés, disons, de 10, 11 ans, comment ont-ils été tués ?

— Cruellement, répondit-il. Quoi d'autre ?

— Non, je veux dire, quelles méthodes exactes a-t-il employées pour mettre fin à leur existence...

— Guillemette...

— Dites-moi. »

Il marqua un temps d'arrêt avant de parler.

« Certains ont été vidés de leur sang. D'autres ont été égorgés et décapités ensuite. »

Stupéfaite, je restai silencieuse pendant quelques instants.

Au nom de Dieu...

J'en étais presque soulagée, parce que ce n'était pas ce que je m'attendais à entendre. Mais je ne connaîtrais pas de véritable soulagement tant que la réponse définitive ne m'aurait pas été donnée.

« Certains ont-ils été éventrés de bas en haut ? »

Il me regarda droit dans les yeux.

« Oui. La plupart. Dites-moi, pourquoi voulez-vous connaître ces horribles détails ? »

J'ignorai complètement sa question.

« Éminence, je voudrais faire un nouveau voyage. Mais celui-là sera plus long que le précédent. Je voudrais que vous me donniez la permission d'emmener frère Demien avec moi. »

Il reposa son travail de côté.

« C'est impossible. Nous ne pouvons pas nous passer de vous en ce moment.

— Demandez à sœur Élène de prendre ma place.

— Et nous avons également besoin de frère Demien.

— La récolte est bien avancée. On peut très bien se passer de nous deux.

— Mais où à présent ? Nous avons déjà... »

Je levai la main pour le faire taire.

« Il y a des choses que je voudrais savoir », dis-je.

20

L'avion décolla de l'aéroport John-Wayne et prit rapidement de l'altitude ; le reste du vol se déroula sans encombre, et il me parut même très court en comparaison des interminables contrôles de sécurité auxquels nous avions dû nous soumettre avant de monter à bord. Nous atterrîmes à Newark ; c'était la première fois que je voyais de mes yeux le paysage meurtri de la ville. Tous les passagers gardèrent le silence pendant que l'avion se dirigeait vers notre porte d'arrivée. C'était le moins que nous puissions faire.

Tous les cinq, nous empruntâmes une navette pour aller jusqu'à notre hôtel de seconde catégorie. Étant la seule femme, je disposais d'une chambre pour moi toute seule, alors que les gars logeaient par deux. Tout s'arrangeait très bien. J'appris justement deux ou trois trucs au cours ce vendredi-là. Dommage que je sois obligée de manquer le jour suivant – l'instructeur avait parlé de certains sujets qui paraissaient vraiment intéressants. Des moteurs de recherche spécifiques pour le travail d'enquête, des services payants à la demande, certains semblables à Lexus Nexus, qui se focalisaient sur les salauds. Mais j'avais du pain sur la planche. Le samedi, je sortis discrètement de l'hôtel à six heures du matin pendant que tout le monde dormait. J'accrochai la pancarte « NE PAS DÉRANGER » à la poignée de ma chambre et glissai un message sous la porte d'un des gars disant que je n'avais pas fermé l'œil de la nuit à cause de problèmes féminins et que je voulais dormir. Les grands flics balèzes n'ont pas peur des flingues, mais dès qu'il s'agit de tampon hygiénique, il n'y a plus personne.

L'inspecteur Peter Moskal devait m'attendre à South Station, ce qui, d'après lui, était le plus pratique. Je lui avais dit que je pouvais très bien prendre un taxi, mais il avait insisté pour venir me chercher.

Je le reconnus au premier coup d'œil à son insigne doré pendant de la poche de sa veste en cuir, mais ce n'était pas le rat de dépôt épuisé et mal attifé auquel je m'attendais. Moskal avait le même genre de beauté que Clint Eastwood, jusqu'à sa silhouette anguleuse. Il avait des cheveux superbes, parfaitement coupés et coiffés. Il était mince et grand, avec une façon de bouger plaisante. Pas un poil de gris, bien qu'il dût approcher la cinquantaine.

Pas d'alliance non plus.

« On prend les flics au berceau ici », dis-je.

Grand sourire.

« Exact. Je suis entré à l'académie à 4 ans. Mais je ne suis pas loin de la retraite, du moins d'après ma femme. »

Saloperie. Les bons sont toujours pris.

« Je dois vous remercier d'avoir sacrifié une partie de votre samedi pour moi.

— Aucune d'importance. Mes enfants n'avaient rien d'autre que des devoirs à faire, ça n'a donc pas posé de problème. De toute façon, je suis incapable de les aider en maths maintenant. »

Il me décocha un sourire à faire fondre.

« Alors, dis-je en parfaite pro, vous avez les dossiers ?

— Ils sont sur mon bureau. Je pensais que nous irions les examiner, il y a beaucoup de documents. Ensuite, si vous voulez, je peux vous emmener faire le tour des scènes de crime. Même si elles ne ressemblent plus à ce qu'elles étaient à l'époque. J'espère que vous ne comptez pas trouver du nouveau vingt ans après.

— Je suis ravie que les bâtiments soient toujours là. C'est terrible, à Los Angeles, on construit et on démolit chaque année. Je veux seulement voir où ces affaires se sont produites. Je commence à bien sentir la personnalité de ce Durand ; je veux voir si je peux l'imaginer ici. Et si nous avons le temps, j'aimerais bien parler avec quelqu'un qui aurait pu s'occuper de l'enquête initiale.

— Vous allez être déçue. L'inspecteur principal est... disons seulement que c'est un alcoolo au énième degré. Il n'arrive même plus à parler aux gens. Le sergent qui est arrivé le premier sur les lieux a pris sa retraite il y a environ trois ans avec une bonne petite pension. Avant de s'apercevoir, peu de temps après, qu'il avait un cancer, et il est mort l'année dernière.

— Seigneur. J'espère qu'il avait souscrit la réversion pour son épouse.
— Il n'était pas marié.
— Dans ce cas, au moins, il n'a pas laissé une veuve sans le sou.
— Non. Sean O'Reilly était d'une famille très aisée. En fait, c'est l'oncle de Wil Durand.
— Attendez. Je n'en crois pas mes oreilles. »
Nous passâmes à toute vitesse devant des bâtiments au moment où il acquiesçait.
« C'est vrai. J'ai grandi ici dans le sud de la ville et je connaissais sa famille. Nous nous connaissons tous ici, au moins de réputation. »
Il me fallut un moment pour digérer le choc de cette révélation.
« Pardonnez-moi si je me trompe, dis-je. Mais Moskal n'est-il pas un nom européen ? Je croyais que Southie était une communauté presque exclusivement composée d'Américains irlandais.
— Bien vu, inspecteur, dit Moskal en riant. J'ai un nom polonais. Je suppose qu'ils vous font aussi une formation à la diversité là-bas.
— Une fois par an, que nous en ayons besoin ou pas.
— Le nom de jeune fille de ma mère était O'Shaughnessy. Ils l'ont laissée revenir bien qu'elle ait épousé un Polonais.
— Bon. Allons-y. »
Et nous montâmes dans sa voiture qu'il avait laissée sur un emplacement de livraison – personne n'allait lui mettre une contravention. Nous nous dirigeâmes vers le sud-est en empruntant le quai de Boston, une zone gâchée par des constructions

temporaires disséminées un peu partout. Peu à peu, en un quart de mile, les bâtiments industriels gris cendre cédèrent la place à des rangées de maisons jaune et vert pastel. La poussée de la ville était semblable à l'avancée d'un glacier dans le quartier résidentiel. Je me demandai comment le quartier allait résister, et si la glace s'était déjà incrustée.

« Durand a deux sœurs en vie, et sa mère. Sean est donc le frère de sa mère. Ils habitent une très belle maison sur la plage. Je vous suggère de parler avec quelqu'un de la famille ; ils ne manquent pas d'intérêt.

— En quoi ?

— Pour commencer, la sœur de Wilbur Durand n'est autre que Sheila Carmichael. Sa demi-sœur, plutôt. »

Elle faisait partie de ces avocats de haute volée, avec une réputation d'envergure nationale, capable de faire sortir les procureurs de leurs gonds. Je l'avais vue de nombreuses fois à la télévision, en tant que porte-parole d'un client lambda dont le droit de foutre le bordel risquait d'être brimé par les serviteurs sans pitié des contribuables, dont je faisais partie. Une masse indisciplinée de cheveux d'un roux foncé avec une mèche blanche lui servait de signe distinctif. C'était une femme impressionnante, une femme d'acier, dont l'énergie ne lui faisait jamais défaut.

« Il ne devrait pas avoir de mal à se trouver un avocat, si c'est bien le type que je cherche.

— Probablement pas. La famille irlandaise se tient les coudes, bien qu'ils ne soient pas riches comme les Kennedy, seulement à l'aise. Jim Durand était le deuxième mari de sa mère. Le premier, Brian Carmichael, est mort jeune, en la laissant avec une tripotée d'enfants. Vous voudrez certainement parler à quelqu'un de la famille. »

Il n'arrêtait pas de répéter cela. Je mourais d'envie de lui demander pourquoi, mais cela me semblait encore un peu prématuré.

Le commissariat de Boston Sud n'avait pas de parking réservé ; les voitures bleu et blanc étaient garées sur plusieurs files le long de la façade du bâtiment. Moskal s'empara de la première place disponible.

« Moi qui croyais que nous avions des problèmes de parking.

— Vos rues sont aussi étroites ?
— Non.
— Alors, vous n'avez rien vu.
— Je parie que nos bouchons sont pires que les vôtres. »

Nouveau sourire à me faire fondre.

« Prenez la rocade sud-est un vendredi neigeux à quatre heures de l'après-midi. Vous comprendrez alors ce qu'est un bouchon. »

Ce drôle de petit jeu de surenchère acheva de nous détendre. Dès l'entrée du bâtiment délabré, je sus qu'il remporterait haut la main le concours du bureau le plus moche. Moskal occupait le coin d'une pièce au plafond maculé, avec des conduits de chauffage rouillés.

« Bienvenue dans mon royaume, dit-il. Acceptez-le en l'état. »

Les dossiers étaient bien là, soigneusement empilés et alignés sur le coin du bureau sur lequel on avait gravé des initiales. Il prit la pile et me la tendit.

« Ça devrait vous occuper un moment. Je vais aller chercher des cafés. Vous voulez quelque chose ? Je vais au Dunkie juste en bas de la rue. Ils ont des petits pains, des muffins, et plein de trucs du même genre. »

Je lui demandai un café avec un muffin aux myrtilles et voulus lui donner de l'argent. Il le refusa et me laissa en tête à tête avec les dossiers. Ils pesaient trop lourd pour que je les garde sur mes genoux ; je les reposai sur le bureau et pris le premier. Je me plongeai dans le rapport.

Le premier garçon qui disparut dans Boston Sud – Michael Patrick Gallagher – avait 13 ans, mais paraissait plus jeune que son âge, le « gentil garçon » classique qui travaillait bien en classe et n'avait jamais de problèmes. Il avait été vu pour la dernière fois au milieu de l'après-midi devant une échoppe située à un coin de rue de Boston Sud où il avait dépensé ses derniers sous pour acheter deux barres de friandise et du chewing-gum. Il avait quitté le petit groupe de ses camarades habituels à ce coin de rue. Il aurait dû arriver chez lui vers trois heures trente, mais c'était un vendredi après-midi, et il arrivait parfois à Michael de rentrer plus tard quand il n'avait que peu ou pas de devoirs. À sept heures passées, il n'avait toujours pas réapparu ; sa mère, inquiète, passa plusieurs coups de téléphone à ses amis, sans résultat. Son père avait appelé la police à sept heures vingt. Une patrouille avait été dépêchée par radio jusqu'à la maison des Gallagher. L'officier de police qui avait pris l'appel signalant cette disparition avait commencé par poser aux parents les questions habituelles : avaient-ils la moindre raison de penser qu'il aurait pu faire une fugue, en raison de la façon dont les choses se passaient pour lui à la maison et à l'école ? Savaient-ils d'ailleurs comment les choses se passaient pour lui à l'école ? Avaient-ils remarqué un changement dans la conduite du garçon ? Ils avaient répondu non à tout.

L'officier fouilla la maison pour s'assurer que Michael n'avait pas pu rentrer à l'insu de ses parents et se soit endormi quelque part, ou, pire, qu'il soit inconscient et n'ait pas pu entendre ses parents l'appeler. Il put vérifier rapidement que le garçon n'était pas dans la maison, que les parents lui disaient la vérité, et qu'il ne s'agissait probablement pas d'un cas d'adolescent fugueur dont les problèmes auraient été méconnus par sa famille. Michael adorait une émission de télévision qu'on rediffusait le vendredi après-midi à cinq heures, mais il n'était pas rentré pour la voir. Sa mère déclara qu'elle s'étonnait beaucoup qu'il l'ait ratée.

Une description et une photographie du garçon disparu avaient été envoyées par fax et distribuées à toutes les patrouilles de police dans la ville de Boston. L'affaire avait été alors confiée à un inspecteur du district de Boston Sud. Le rapport initial de l'incident était signé par le flic de patrouille, un certain Peter Moskal.

Je commençais seulement à lire le dernier résumé de l'affaire par l'autre inspecteur, un document amer, où perçait la frustration, quand Moskal déposa mon café et mon muffin sur le bureau.

« Pourquoi ne pas m'avoir dit que vous avez été le premier à arriver sur les lieux ? »

Il prit un ton philosophe.

« Il y avait beaucoup trop de coïncidences. Je ne sais pas, je crois que ça m'a fait un peu froid dans le dos. Mais quand j'ai appris que vous vous posiez des questions à ce sujet, j'ai été vraiment content. Je ne croyais pas avoir jamais l'occasion de travailler là-dessus. J'ai demandé maintes fois à rouvrir ce dossier au fil des années, mais ils me l'ont toujours refusé, faute de nouvelles preuves. »

Je me redressai et le regardai. Après m'avoir paru soucieux, il avait l'air tout excité maintenant, le regard enflammé.

« Eh bien, inspecteur, on dirait que vous allez remettre le couvert pour cette affaire.

— Espérons seulement qu'on ne me fasse pas une entourloupe. Toute cette affaire m'a toujours semblé tellement bâclée. Mais je n'ai rien pu y faire jusqu'à maintenant. Je devrais vous remercier.

— Tout le plaisir est pour moi, dis-je. Mais à propos, je dois rentrer ce soir sans faute à New York. Faites-moi donc mon programme de la journée, si vous le voulez bien, en vous basant sur ce que vous savez. »

Il prit les dossiers qui restaient sur le bureau et les laissa tomber sur le dessus d'un classeur.

« Ne vous occupez pas de ceux-là, dit-il. Ou plutôt mettez-les de côté pour le moment. Le dossier concernant le jeune Gallagher est le plus complet, et si vous devez choisir un élément, ce sera là. Nous allons d'abord aller sur les lieux – ce n'est pas loin. Ensuite, je parlerai avec la famille

Gallagher. Son père et deux de ses frères vivent toujours dans le quartier. S'il vous reste du temps, il y a quelqu'un à qui vous devriez vraiment parler. Une femme très gentille – elle connaissait très bien la famille de Durand, mais pas directement, de sorte qu'elle n'éprouve aucun sentiment de loyauté à leur égard. Une femme du nom de Kelly McGrath. Sa sœur Maggie a été gardienne dans la maison de Durand pendant quelque temps, elle est morte maintenant, également d'un cancer.

— C'est une véritable épidémie, non ?
— Effectivement. Espérons que je ne l'attraperai pas.
— Moi non plus. »

Moskal passa trois coups de téléphone pour moi avant que nous nous mettions en route en direction de l'endroit où Michael Gallagher avait été trouvé. D'après son secrétariat téléphonique, Sheila Carmichael était absente, et elle ne rappellerait pas ses correspondants avant lundi. Il ne laissa pas de message, mais nota le numéro à mon intention pour que je puisse au moins la rappeler en rentrant à Los Angeles. Patrick Gallagher, le père de Michael, dit qu'il serait ravi de me parler ; d'après Moskal, son ton de voix était encore plus enthousiaste. Et Kelly McGrath serait heureuse de me recevoir vers l'heure du thé. Nous irions tout droit de chez elle à la gare. Cette petite expédition risquait d'être épuisante.

« Je pourrais essayer de retrouver l'inspecteur qui a assuré tout le suivi de l'affaire si vous voulez, mais je dois vous prévenir, ce type-là ne vous sera pas d'une grande utilité.

— Pour le moment, j'ai déjà trop à faire vu le temps dont je dispose. Mais je pourrais lui téléphoner de Los Angeles.

— Je ne sais même pas s'il a encore un téléphone.

— Il en est à ce point ?

— Pire. »

Il conduisait ; je lisais. Les interrogatoires menés par celui qui était à présent alcoolique étaient exhaustifs et parfaitement menés ; comment quelqu'un avec un tel talent pouvait-il foutre sa vie en l'air ? On sentait très bien son angoisse grandissante dans chaque rapport qu'il écrivait, assez comparable à ce que j'avais vu dans le travail de Terry Donnolly. Au final, il n'y avait plus rien à faire. L'enquête s'était éteinte d'elle-même, entraînant avec elle un inspecteur de police autrefois remarquable.

Il avait rassemblé tous les pédophiles connus dans la région, comme je l'avais fait, à la demande de son supérieur, exactement comme moi. Trois suspects, tous des hommes blancs dans la trentaine, avaient été retenus pour être interrogés, mais relâchés plus tard, car aucune preuve n'avait pu être trouvée pour aucun d'entre eux, relative à la disparition du garçon.

Il avait interrogé longuement tous les copains de Michael Gallagher, mais aucun ne se souvenait de quoi que ce soit d'inhabituel ou de troublant dans les événements de l'après-midi, ou dans l'attitude du garçon. D'après les transcriptions, Michael leur avait adressé à tous un au revoir souriant, puis il s'était dirigé comme prévu vers son domicile, une barre chocolatée entamée à la main. L'un d'eux se rappelait avoir vu Michael retirer le reste de l'emballage avant de disparaître, comme d'habitude, au coin de la rue.

C'était la dernière fois qu'on avait aperçu Michael Gallagher avant que son corps soit retrouvé le lundi suivant au matin.

La voiture s'arrêta dans une ruelle, derrière ce qui ressemblait à un bâtiment abandonné. C'était une maison étroite à deux étages avec des balustrades à l'arrière. Des cordes à linge sortaient de chaque véranda pour s'accrocher à une perche de l'autre côté de la ruelle. L'endroit était déprimant, et même un peu effrayant.

« Nous y sommes », dit Moskal.

Nous descendîmes de voiture, et il me conduisit tout droit à la véranda du rez-de-chaussée. Il désigna le treillis à la base de la véranda qui recouvrait les piliers de soutènement. J'appuyai sur un des panneaux ; il céda légèrement mais s'ouvrit de quelques centimètres seulement. À ma grande surprise, Moskal donna un grand coup de pied dedans, sans craindre de déranger quoi que ce soit à l'intérieur.

« Joli endroit pour mourir pour un gosse, pas vrai ? »

C'était humide, fétide et plein de toiles d'araignées. Dieu sait quels tas de merde de rats s'étaient accumulés sur le sol en terre, combien de squelettes de souris avaient été abandonnés là par des chats de gouttière, combien de mouflettes avaient vidé leurs glandes là-dedans, combien de poivrots s'étaient abrités de la pluie. Tous leurs débris devaient avoir été enfoncés un peu plus profondément dans la terre pendant l'agression qu'avait subie Michael Gallagher, probablement sous la pression de son ventre pendant qu'il était violé par-derrière.

Les planches derrière la véranda étaient pourries en bas.

« Ça a l'air vide, dis-je doucement.

— Ça l'est. L'endroit a connu une multitude de propriétaires. Aucun n'avait les moyens.

— C'était vide à l'époque ?

— Non, sauf le rez-de-chaussée qui était libre d'après ce que je sais. Les locataires du premier étaient sur le point de déménager.

— Qui l'a trouvé ?

— Des ouvriers. Ils remplaçaient des planches sur la façade de la maison. Le propriétaire leur avait dit qu'ils pouvaient ranger leur matériel là-dedans pendant le week-end. Ils sont partis vers trois heures le vendredi après-midi. Michael a été vu pour la dernière fois vers trois heures et demie. Lundi matin, ces types se pointent, et, horreur, ils prennent l'odeur en pleine poire. L'un d'entre eux a vomi juste à l'endroit où vous êtes. La recherche de preuves pour cet homicide a été un drôle de sale boulot, je vous jure. »

Les restes d'une serrure rouillaient en place sur le loquet.

« Ce n'était pas fermé ?

— Le cadenas avait été cassé, mais l'assassin l'a remis en place de telle sorte qu'il paraissait intact au premier coup d'œil. Malheureusement, ce qu'il pouvait y avoir comme empreintes a été bousillé par l'homme qui l'a ouvert le lundi. La porte cadenassée était ouverte quand je suis arrivé ; ils ne l'avaient pas refermée. La première chose que j'ai faite a été d'appeler mon surveillant de patrouille, le sergent Sean O'Reilly. »

L'oncle de Durand.

« Merde.

— Effectivement. Il est arrivé sur les chapeaux de roue et m'a fait sécuriser la zone. Il est passé par-dessus le vomi et il est entré dans l'endroit. Tout seul.

— Merde et merde.

— Exact. Il est resté là-dedans un long moment, cinq minutes peut-être. Je ne sais pas comment il a fait pour le supporter. Dès qu'il en est sorti, il m'a fait appeler les équipes de recherche de preuves.

— Pas pendant qu'il était dedans ?

— Non. Il m'avait chargé d'autres trucs. Comme de relever le nom des ouvriers, des choses que les inspecteurs auraient probablement dû faire. Mais il m'en avait quand même chargé. »

Le rapport stipulait que Michael Gallagher avait été étranglé avec un bas en nylon au cours de l'agression – pas un collant, mais un vrai bas montant en haut de la cuisse qui nécessitait un porte-jarretelles ou une gaine. Complètement anachronique, même il y a vingt ans. Les propres socquettes du garçon avaient été enfoncées dans sa bouche, probablement pour étouffer ses cris. Il avait été attaché aux poignets et aux chevilles, toujours avec des bas, et retourné face contre terre. Il avait été sodomisé violemment, au point que le sol sous son aine était saturé de son sang.

Aucune trace de sperme n'avait été trouvée dans l'anus.

Mais des traces de latex furent découvertes au cours de l'autopsie.

« Ils n'ont jamais trouvé nulle part de mouchoir en papier ou de capote utilisée ?

— Non. Le type a dû les emporter avec lui. »

C'était un assassin méticuleux, du moins en ce qui concerne ces détails. Un tueur organisé.

« Il a choisi un bon endroit pour planquer le corps.

— Sauf qu'il commençait à faire chaud et que la puanteur allait gagner les alentours dans les deux jours.

— Il voulait certainement qu'on le trouve, dis-je, mais pas tout de suite. »

Les photos que j'avais vues dans le dossier montraient un corps soigneusement attaché dans une position de supplice.

« Je parie que ce gosse s'est débattu.

— Probablement.

— Ce qui veut dire que le tueur aurait été bousculé. L'absence de sperme est peut-être due à ce qu'il n'a pas pu aller au bout.

— Pas moyen de le savoir, malheureusement. Seule certitude, c'est que Michael Gallagher n'était pas consentant. Ses mains et ses bras étaient complètement meurtris et pleins de coupures. Que Dieu le bénisse. Si nous avions mis rapidement le grappin sur le type qui a fait ça, nous aurions pu constater qu'il était couvert de bleus. Le problème avec les bleus, c'est qu'ils s'effacent.

— Comment était Sean O'Reilly pendant tout

ça ? Je veux dire, il paraissait nerveux, ou quelque chose comme ça ?

— Il n'arrêtait pas de répéter que c'était une honte, une terrible honte, que la mère du garçon ne devait pas le voir dans cet état, tout blanc, vidé de son sang. Et je me rappelle avoir pensé qu'il paraissait lui-même un peu patraque, qu'il était drôlement secoué. Sean était un vieux de la vieille ; ça n'aurait pas dû le remuer à ce point. Je reconnais que ce n'était pas beau à voir, mais j'avais vu bien pire, et lui aussi... Nous avions eu cette collision entre un train et un bus, deux ou trois ans plus tôt, et il y avait des morceaux de corps partout. Il n'avait pas bronché devant ça. Je lui ai demandé s'il allait bien, et il m'a répondu vaguement quelque chose à propos d'une grippe qu'il avait eue. »

Moskal resta silencieux pendant quelques instants en regardant ses pieds.

« Quoi d'autre ? »

L'inspecteur soupira. Il était profondément perturbé et ne faisait aucun effort pour le cacher.

« Sean est sorti de l'abri avec du sang sur les mains, qu'il n'arrêtait pas de vouloir essuyer avec un mouchoir blanc. Nous ne portions pas toujours des gants en ce temps-là. Plus besoin de prendre des précautions, nous avions la paternité de l'affaire. Je lui ai demandé comment il avait fait pour être dans cet état, et il a dit qu'il voulait juste vérifier si le gosse était vraiment mort. Comme s'il était possible qu'il en soit autrement. Nous procédons généralement en appuyant un doigt sur un des points du pouls. Ses mains étaient attachées ensemble, Sean aurait donc dû chercher le cou. Il n'y avait pas de sang sur le cou de Michael Gallagher. D'après l'expert médical, il avait perdu tout son sang par l'anus.

— Ce qui veut dire qu'il avait survécu assez longtemps après avoir été sodomisé pour que cela puisse se produire.

— Oui. Je ne peux pas vous dire combien de fois cette pensée m'a réveillé au milieu de la nuit. J'aurais donné cher pour savoir quel endroit du corps O'Reilly avait touché. Il en aura probablement profité pour effacer une preuve. »

Rien de tout ça ne figurait dans aucun rapport.

« Autre chose encore, les bas. Ce n'était pas un accessoire banal. Je me souviens quand les collants sont apparus, ma mère et ma sœur se sont aussitôt débarrassées de tous leurs bas et de leurs porte-jarretelles. J'ose à peine penser à quand ça remonte. Le fait que l'assassin les ait utilisés devait signifier quelque chose. »

Je cherchai parmi les photos du dossier jusqu'à ce que je tombe sur le cliché des bas. Ils étaient étalés dans le sens de la longueur, mais repliés au milieu une fois pour entrer dans le champ de la photo. S'ils avaient été entièrement déployés, la photo n'aurait pas été nette. La surface de la table transparaissait à travers la matière légère de couleur beige.

« C'était de la soie ou du nylon ? »

Il me dévisagea.

« Je n'en sais rien. »

J'examinai de nouveau la photo. Quelque chose à propos de ces bas me tarabustait.

Une ligne sombre soulignait l'arrière profilé de la jambe.

« Ils ont des coutures, dis-je tout haut.
— Quoi ?
— Des coutures. À l'arrière. Très années cinquante. Betty Grable, ça vous dit encore quelque chose ? Deux photos célèbres la montrent portant des bas à couture.
— Et alors ?
— Et alors, ils ont disparu de la mode de tous les jours au tout début des années soixante. Les infirmières et les putes en portaient encore, mais c'est à peu près tout. Ce type a dû se donner du mal pour les trouver. Probablement dans un magasin de lingerie très chic.
— Ou chez un costumier.
— Il faisait une mise en scène, dis-je doucement. Sauriez-vous par hasard quelle école Wilbur Durand fréquentait quand ça s'est passé ? demandai-je, en haussant la voix.
— Il y avait une ligne de bus à l'époque, aussi je ne peux pas vous le dire comme ça, mais il devait être au collège. Honnêtement, je n'en sais rien – vous devriez contacter l'administration scolaire. Bonne chance. Il vous en faudra. »
C'était tout ce qu'il y avait à voir. Je m'étais immergée dans l'atmosphère du lieu du crime. Le temps était splendide, le soleil brillait, et un vent chaud me rabattait de petites mèches de cheveux sur le visage. Mais j'étais gelée jusqu'à la moelle des os.

Patrick Gallagher nous invita à entrer dans le salon de sa petite maison mitoyenne et nous proposa du café. Peter Moskal accepta ; je refusai.

Vingt ans avaient passé, mais cet homme portait toujours des cicatrices sur son visage. Je lui exprimai mes condoléances très sincères. Il voulait savoir pourquoi moi, un flic de Los Angeles, je m'intéressais à un meurtre qui s'était produit vingt ans auparavant, à mille lieues de distance de mon terrain d'action.

« Un suspect dans une affaire de disparition d'enfant à Los Angeles a vécu ici autrefois.

— Et vous espérez pouvoir établir un lien entre eux. »

J'acquiesçai.

« C'est Durand, n'est-ce pas ? »

Peter Moskal eut tout juste le temps de dire : « Nous ne pouvons pas », quand je lui coupai la parole avec un *oui* prononcé d'un ton ferme. Nous nous dévisageâmes les uns les autres pendant quelques instants, jusqu'à ce que Gallagher finisse par dire : « Je le savais. Ce fils de pute, je le savais. » Il pointa le doigt en direction de Moskal. « Je vous l'avais bien dit. Je vous avais dit qu'il avait quelque chose à voir là-dedans. »

J'intervins alors.

« Monsieur Gallagher, je ne suis pas certaine que Durand soit l'homme que je recherche à ce stade de l'affaire. Je vous en prie, ne tirez pas de conclusions hâtives. Je vous ai dit cela uniquement parce que j'ai besoin de votre entière coopération. À présent, si vous n'y voyez pas d'inconvénient, j'aimerais beaucoup que vous me disiez pourquoi vous croyez que Wilbur Durand a tué votre fils.

— D'abord, parce que c'était un pervers.

— Un pervers.

— Oui. C'était un vrai pédé. Et il avait un motif.
— À savoir...
— Se venger d'Aiden. »
Je regardai Moskal.
« Je ne sais pas qui c'est.
— Le frère aîné de Michael, répondit Gallagher. Durand s'en était entiché au collège. Il avait essayé de le persuader de faire tout un tas de cochonneries. Aiden lui a dit de lui foutre la paix, et il lui a même flanqué une ou deux raclées.
— Monsieur Gallagher, pourquoi n'en avez-vous pas parlé à la police pendant qu'elle enquêtait sur la mort de votre fils ?
— Parce qu'Aiden m'en a parlé il y a deux ans seulement. »
J'imaginais la scène entre le père et le fils, la désillusion et le choc terrible en apprenant quelque chose d'aussi épouvantable.
« Puis-je vous demander pourquoi cela a resurgi après tout ce temps ? »
Les épaules de Gallagher s'affaissèrent. C'est finalement Moskal qui prit la parole.
« Aiden était pompier. Ce bâtiment qui s'est écroulé à Boston, où tellement de types ont péri, brûlés... »
Je m'en souvenais. Le drame avait fait le tour du pays. C'est toujours le cas quand un pompier est brûlé et qu'il meurt ensuite.

Moskal et moi étions tous les deux épuisés et blêmes en quittant la maison des Gallagher, la tête pleine d'images nauséabondes, d'événements indicibles. Patrick Gallagher avait relancé l'action ; c'était à Moskal et à moi de continuer.

« Kelly McGrath nous attend dans une demi-heure. C'est à deux minutes en voiture. Vous voulez retourner à la gare ?

— Non, dis-je. Je crois que nous avons à discuter de pas mal de choses. Allons-y.

— OK », dit-il.

Il gara la voiture le long du trottoir. Il y avait un petit parc, un terrain vague qui avait été réhabilité. Si une maison s'était élevée à cet endroit, peut-être avait-elle brûlé. Des gosses sur un manège poussaient des cris insouciants.

Je pris la parole la première.

« Nous avons assez de nouvelles preuves pour rouvrir le dossier Gallagher.

— Effectivement.

— Et vous allez le demander.

— Certainement.

— J'ai besoin d'un peu plus de temps pour réunir des preuves à Los Angeles. J'aimerais vous demander d'attendre, si cela vous semble possible.

— Je supposais que vous alliez peut-être me le demander.

— J'ai treize enfants disparus. Peut-être l'un d'entre eux est-il encore vivant.

— Ne vous faites pas d'illusions. »

Je ne m'en faisais aucune, mais je ne voulais pas l'avouer.

« Il y a toujours un espoir. »

Le volume des voix des enfants monta tout à coup d'un cran. Nous nous retournâmes tous les deux pour regarder : deux enfants, deux garçons plus âgés, avaient sauté du manège et le poussaient le plus vite possible, à la grande joie des petits.

« Oh, si nous pouvions revenir en arrière, dis-je.
— Oui. »

Il ne pensait visiblement pas à ça, il préférait plutôt faire avancer les choses.

« Je pourrais attendre, mais s'il soupçonne que vous êtes sur ses traces et qu'il s'en prend à moi, je vais passer un sale moment.
— Je ne peux pas vous assurer que ce ne sera pas le cas. Je peux vous promettre d'agir aussi vite que possible et de faire profil bas. J'ai déjà appelé son studio en le demandant. Quelqu'un a pu lui dire que des recherches se poursuivaient. Pour autant que je le sache, il a déjà très bien pu quitter la ville.
— Si c'est le cas, je prends ma retraite tout de suite et je le retrouve. »

Il en était bien capable.

Nous finîmes par tomber d'accord. J'aurais une semaine pour réunir tout ce que je pourrais, puis Moskal et moi ferions le point de la situation. S'il n'était pas satisfait de mes progrès, il avancerait de son côté. Mais jusque-là, il ne ferait rien d'officiel. À cinq minutes de l'heure du thé, nous nous arrêtâmes devant la maison mitoyenne de Kelly McGrath.

Mme McGrath n'était pas aussi âgée que je l'avais supposé. Une petite soixantaine peut-être, petit gabarit, teignait ses cheveux en auburn foncé, veillait sur sa ligne et sa tenue. Elle nous installa aussitôt dans le salon ; un service à thé était déjà disposé sur la table basse, avec des tasses, des cuillères et du sucre. Du lait, mais pas de citron. Sur le piano, on voyait des photos de Kelly et d'une femme un peu plus âgée qui aurait pu être sa jumelle.

« Est-ce votre sœur Maggie ? demandai-je pendant qu'elle me tendait une tasse sur une soucoupe.

— Oui, répondit-elle, en se signant de sa main libre. Qu'elle repose en paix.

— Depuis combien de temps est-elle morte ?

— Oh, très longtemps. Trente-trois ans à présent. » Elle était morte quand Wilbur avait 7 ans. « Votre sœur était gouvernante chez les Durand ? » Elle parut d'abord intriguée, puis dit :

« Ah oui, le petit garçon s'appelait Durand, n'est-ce pas ? J'avais oublié. J'y pense toujours comme à la maison des Carmichael. C'était ainsi qu'ils en parlaient aussi, d'ailleurs. Cela ne leur a jamais plu que Patricia épouse ce Français. Pourtant, c'était un catholique et tout, je ne comprends vraiment pas comment des gens peuvent être aussi bornés. À mon avis, cela va avec l'argent. Comme la radinerie, voyez-vous ça. Les choses auraient pu mieux se passer pour elle si sa famille l'avait aidée un peu plus. »

Je n'eus même pas besoin de poser d'autres questions.

« Patricia n'allait pas bien, vous savez. Son accouchement s'était mal passé, et, d'abord, le nouveau mariage ne marchait pas très bien. Elle contracta cette terrible infection et on dut lui enlever ses organes génitaux. Vous me pardonnerez de parler ainsi devant vous, inspecteur Moskal. Après, son mari ne s'est plus intéressé à elle. Elle a été abandonnée à elle-même, en quelque sorte. Il l'a poussée à emménager à Brookline juste après la naissance du bébé, sous prétexte que c'était un endroit en pleine expansion et un bon investissement. Patricia détestait cet endroit. Elle n'y avait pas d'amis, l'église n'était pas aussi accueillante, et elle s'est mise à boire pour noyer son chagrin. Les jeunes Carmichael – Sheila, Eileen et Cullen – n'ont pas trop souffert de ça car ils l'avaient à leur disposition quand elle était bien, et que leur père avait été merveilleux. Que son âme repose en paix. Quel dommage qu'il soit mort si jeune.

« Patricia négligeait seulement le pauvre petit Wil, et souvent affreusement. Maggie prenait le trolley tous les jours jusque là-bas pour s'assurer que Wilbur était nourri et habillé convenablement. Elle restait parfois là-bas quand la malheureuse était hors circuit. Nous avons dû mettre le téléphone car Mme O'Day en bas commençait à en avoir assez de devoir me transmettre ses messages. Elle le trouvait très souvent couché dans des draps trempés en arrivant là-bas, et il n'aurait jamais eu de vêtements propres si elle n'avait pas lavé le linge. Il lui arrivait d'être obligée de dessoûler la patronne pour l'emmener à la banque chercher de l'argent pour les courses. Une ou deux fois, elle les a payées de ses deniers. Alors j'ai mis le holà. "Amène le gosse ici, lui ai-je dit, et nous l'élèverons convenablement." Mais elle ne voulait pas se mêler de la vie privée d'une famille. Elle était comme ça.

« Maggie avait beau faire, il restait toujours le même. Drôle de petit bonhomme. Si calme la plupart du temps, mais quand il laissait parler son sang irlandais, on ne pouvait plus le tenir. Sa mère ne lui imposait jamais aucune discipline, et son père était déjà mort à cette époque-là. C'était une situation lamentable. Mais Maggie veillait à ce que le garçon ait une vie décente – au moins jusqu'à ce qu'elle tombe malade. Il avait 6 ans quand elle a constaté la première boule. Elle n'est pas allée tout de suite chez le médecin, déclarant que ce n'était rien, mais je crois plutôt qu'elle était terrorisée. Quand elle s'est décidée à y aller, il était bien trop tard ; ils lui ont quand même enlevé les deux seins, pour lui laisser de l'espoir à mon avis. Cela lui donna un peu de rémission, mais pas beaucoup.

« Le grand-père de Wil – le père de Patricia et de Sean –, c'était le diable en personne. Il détestait Maggie, lui reprochant de se mêler des affaires de sa fille. Il aurait dû se mettre à genoux tous les jours devant elle pour la remercier, et pour mon argent. Le vieux salaud devenait livide quand quelqu'un disait la moindre chose contre Sean, bien que nous sachions tous à qui nous avions affaire. Jamais marié, toujours après des petits garçons ; le grand-père ne voulait rien entendre, et surtout pas que Sean n'aurait jamais dû être autorisé à s'occuper des enfants seul. C'était un inspecteur de police et tout, et je crois que cela en faisait un saint aux yeux de son père. Maggie emmenait Wil voir sa grand-mère et son grand-père parce qu'elle jugeait qu'il devait les connaître, même si sa mère ne s'en donnait pas la peine. Elle m'avait dit qu'il la traitait de "maudite femelle" devant le gamin. "Cette maudite femelle ne te vaut rien", disait-il, comme si Maggie n'était pas là. "Cette maudite femelle n'est pas assez dure avec toi."

« Pendant tout le temps où Maggie s'est occupée du garçon, la grand-mère n'a jamais essayé de s'opposer au grand-père. Je crois qu'elle était terrifiée par lui, et non sans raison. Il l'aurait tabassée à une ou deux reprises. Alors, un jour, Maggie s'est mise sur son trente et un, a rendu visite à la vieille dame à l'heure du thé, comme vous maintenant, et lui a raconté tout ce qui se passait. Elle l'a suppliée de lui laisser prendre les enfants. À la fin, elle avait fini par la persuader.

« Maggie est morte deux mois plus tard, peu de temps après que Wil et les autres enfants eurent emménagé dans la maison près de la plage. Wil n'allait pas très bien ensuite, m'a-t-on raconté – il avait perdu la seule personne qui l'aimait pour lui-même. Après, nous l'avons souvent vu avec Sean. Ce n'était pas bien. Vraiment pas. »

Je ruminais tout cela pendant que le train brinquebalait en direction de New York. Grande vitesse, peut-être, mais le trajet aurait pu être plus confortable. Il n'empêche, j'étais bien contente de rentrer. J'avais une tonne de travail en perspective ; il fallait que je mette la main sur ces vidéos du musée si je voulais avoir la moindre chance de coincer ce type. J'avais besoin d'un mandat pour fouiller ses locaux, à la fois personnels et professionnels. Le rapport ne devrait présenter aucune faille. Certes, il serait bourré de preuves indirectes, mais il faudrait qu'il fasse l'affaire.

Dimanche prochain, je devrais rappeler l'inspecteur Moskal. Au cas où il serait pris par sa famille ce jour-là, je pourrais peut-être attendre jusqu'à lundi. Si je n'avais pas tout ce dont j'avais besoin, j'espérais qu'il se rendrait à la raison.

Sur le quai de la gare sud, Moskal m'avait dit : « J'ai toujours été persuadé que Sean O'Reilly avait trouvé quelque chose dans cet abri susceptible de confondre quelqu'un, et qu'il l'a pris. Si j'avais été plus regardant quant aux procédures qui ont suivi, peut-être tous ces gosses n'auraient-ils pas disparu.

— C'était votre supérieur, avançai-je doucement. Que pouviez-vous faire d'autre ?

— Il avait un supérieur lui aussi, j'aurais pu faire un rapport. Mais j'avais des enfants en bas âge et une femme à nourrir, et je ne pouvais pas risquer de perdre mon boulot.

— Inutile de vous faire des reproches, lui dis-je. Ce genre de chose ne dépend pas toujours de nous, quelle que soit notre bonne volonté. »

Le train entrait en gare à ce moment-là.

« Je vous appelle lundi prochain, le matin, dis-je.

— Quand vous voulez. »

Le paysage défilait à toute vitesse. J'aurais voulu étudier mes notes, mais le train bougeait trop. Au lieu de cela, j'inclinai mon siège et tentai de récapituler toutes les nouvelles informations que j'avais réunies.

Oncle Sean s'était tapé Wilbur, j'en aurais parié mon badge. Wilbur avait commencé à se farcir lui-même des petits garçons quand il avait été en âge et suffisamment formé. L'un des gamins avait probablement menacé de parler, et il l'avait tué. Il avait aimé l'expérience, tout ce pouvoir que cela lui donnait. Le meurtre de Michael Gallagher, si soigneusement planifié et implacablement exécuté, était probablement son premier, et le catalyseur de tous ceux qui suivirent. Erkinnen allait prendre son pied avec ça.

Le seul amour que Wilbur Durand avait reçu étant enfant était jugé « maudit » par une figure puissante représentant l'autorité. Un amour maudit était tout ce qu'il connaissait, ce qu'il essaierait de recréer. Encore, encore et encore.

Mais il ne recommencerait pas.

21

C'était une rude chevauchée jusqu'à Champtocé, une journée entière – et plus, si le voyage avait lieu en saison boueuse – le long de la rive précaire du fleuve, où les racines nues des arbres constituaient le seul soutien de la falaise. Il était stupide d'avoir tracé la route aussi près du fleuve, et pas un peu plus loin dans la forêt, où le sol était plus compact. Pour s'en rendre compte, il aurait suffi que quelqu'un ait pris la peine de s'arrêter et de regarder en direction du sud-est par un jour clair. La vue sur la Loire était d'une beauté à vous couper le souffle. Je savais, après les voyages entre Champtocé et Machecoul que j'avais effectués durant ma jeunesse, que la route risquait de s'effondrer après de fortes pluies, mais, aujourd'hui, il faisait beau temps.

Nous voyagions sans relâche et progressions de façon satisfaisante, mais même le voyageur le plus résolu doit s'arrêter de temps en temps. Tandis que frère Demien satisfaisait ses propres besoins juste en dehors de mon champ de vision, je me glissai dans les bois pour satisfaire discrètement les miens.

Alors que je m'écartais de la route, les brindilles craquaient sous mes pas ; des insectes bourdonnaient, et des oiseaux criaient pour se prévenir de mon approche. Un rayon de soleil tombait en biais à travers la canopée ; tout cela m'était par trop familier, et je me retrouvai brusquement submergée par des souvenirs de ma vie avant le voile. Des sensations et des images d'autres moments passés dans ces bois m'envahirent avec une rapidité et une puissance surprenantes. Incapable de me tenir debout, je tombai à genoux.

Sa main sur la mienne, m'attirant, me cajolant, tout sourires et fou rires et espiègleries...

Viens, Guillemette, ma jolie épouse, et je te montrerai un nouveau tour, un tour qui te plaira sûrement. Nous étions si jeunes, Étienne et moi, tout jeunes mariés, et follement emportés par notre désir mutuel. Je m'étais volontiers pliée à sa requête audacieuse, mais seulement après lui avoir opposé, pour la forme, un moment de résistance qui m'avait mis le rouge aux joues. Je jure que ce fut à cette occasion, dans ces mêmes bois, sur une mousse plus douce qu'un lit de plumes, que sa semence a pénétré dans mes entrailles et est devenue Jean, notre premier fils.

Aujourd'hui, je souris en pensant à nos audaces.

Hélas, cet amour éternel était péché...

Le plus souvent, en ce temps-là, nous allions à Machecoul, mais parfois nous nous rendions jusqu'à l'Hôtel de la Suze, de l'autre côté de Nantes. C'était aussi confortable que n'importe lequel des domaines de monseigneur, et d'autant plus en hiver : sans qu'on puisse expliquer pourquoi, l'endroit était infiniment moins venteux que la plupart de ses autres propriétés, surtout pendant les courtes journées glaciales de janvier.

Toutefois, le retour vers Champtocé était toujours beaucoup plus agréable car Étienne et moi en étions arrivés à considérer le lieu comme notre maison. Mes plus grandes joies et mes pires chagrins étaient tous survenus là. C'était une folie de ma part de m'être attachée à ce point à cet endroit, alors que je n'avais pas le moindre droit dessus.

Juste après midi, frère Demien et moi, nous traversâmes le village de Champtoceaux. Il y avait là une auberge où je m'étais souvent arrêtée avec mon mari, lequel était capable de rester à écouter n'importe quel musicien, si mauvais soit-il, pendant des heures d'affilée. Souvent, il m'attrapait par la taille et me faisait tournoyer au rythme des instruments ; mes jupes tourbillonnaient derrière moi de la façon la plus vulgaire, mais cela lui était égal, il adorait la fête et s'amusait à en perdre la tête.

J'éprouvai soudain l'envie de me retrouver dans cet endroit.

« Il peut y avoir des histoires à recueillir ici, dis-je à haute voix.

— Il y a des histoires partout.

— Frère, allons prendre un rafraîchissement. »

Il n'émit aucune objection. Nous attachâmes nos montures devant le vénérable établissement ; l'enseigne en bois, disant simplement « AUBERGE », pendait légèrement de travers sur un support en fer forgé, comme la première fois que j'étais passée dessous.

À l'instant où nous franchîmes la porte, je vis que rien n'avait changé, ni le tenancier, ni sa femme plantureuse, qui s'affairait toujours dans la place comme si elle était à la tête du plus bel hôtel. Leur tour de taille s'était accru – il avait même doublé, en fait.

Nous ôtâmes nos manteaux, et nous nous installâmes sur des bancs de chaque côté d'une longue table. Le tenancier vint pour nous servir. Il me regarda bien en face, mais ne me reconnut pas. Il est vrai que je n'avais pas vraiment été une habituée, n'habitant pas à Champtoceaux même. Malgré cela, je me sentis prise de regrets, et me demandai un instant si nous avions bien fait de nous arrêter là.

« Que Dieu vous bénisse, ma mère, dit-il en s'inclinant légèrement dans ma direction. Et vous également, frère, dit-il à l'intention de frère Demien. Que puis-je vous servir aujourd'hui ?

— Un flacon, dit frère Demien.

— Et une histoire, ajoutai-je.

— Quelle histoire aimeriez-vous entendre à présent ?

— Ce qui se passe par ici, dis-je. Je ne suis pas venue ici depuis bien longtemps, alors que je le faisais plus souvent à une époque. »

L'homme sourit malicieusement et nous quitta alors pour un moment. Je regardai autour de nous les autres convives : dans un coin, il y avait un homme âgé dont je ne pouvais distinguer le visage entièrement. Il avait quelque chose de familier, mais je ne parvenais pas à le resituer dans ma mémoire. L'homme lui-même était corpulent avec une chevelure blanche remarquable, mais ce qui me frappait le plus était la taille de ses mains, qui faisait paraître minuscule le couteau qu'il tenait pour tailler un petit morceau de bois. Ses doigts bougeaient avec une habileté d'expert, et j'étais particulièrement curieuse de voir ce qu'il pouvait bien créer. Des débris et des éclats de bois s'entassaient sur la planche devant lui. De temps en temps, quand elle passait près de lui, l'aubergiste les balayait d'une main et expédiait les fragments gênants sur le sol en terre, où ils serviraient à absorber la bière qu'on y aurait renversée.

Son mari revint avec un grand pichet de bière et deux chopes, qu'il posa sous notre nez.

Nous bûmes tandis qu'il prenait la parole.

« Voyons voir à présent, que s'est-il passé... »

Il débita une courte liste d'événements ordinaires : la naissance d'une vache, l'achat d'un métier à tisser, une récolte de cerises anéantie par la maladie, quelques ragots au sujet d'une épouse corpulente qui aurait bourré de coups de poing un mari chétif au cours d'une dispute à propos d'une supposée infidélité. Puis il me regarda de nouveau dans les yeux et dit : « Mais bien sûr, il n'est pas besoin de vous dire que d'autres de nos enfants ont disparu. »

Une joie inexplicable m'envahit en constatant qu'il me reconnaissait. J'aurais bien sûr préféré qu'il ait gardé le souvenir heureux de la visiteuse d'autrefois. Or, c'était plutôt la réputation de mes enquêtes qui était parvenue jusqu'à lui.

Je restai sans voix, et il reprit : « N'êtes-vous pas la mère abbesse ?

— C'est bien moi », reconnus-je.
Il paraissait attendre quelque chose de moi. J'essayai de ne pas le décevoir.
« Alors, dites-moi, combien ont disparu ici ? »
Il secoua la tête.
« Nous ne comptons même plus », dit-il doucement.
Quand frère Demien voulut régler la note, il refusa notre argent. Après qu'il nous eut quittés, je gardai les yeux fixés sur les planches de bois de la table, incapable de faire autre chose. Quand je relevai la tête, mes yeux cherchèrent le vieil homme aux cheveux blancs. Il s'était éclipsé.

Ancenis était la dernière véritable ville sur notre route avant de pénétrer sur le territoire de Champtocé. En y entrant, j'étais dans un état presque fiévreux à la pensée de ce que j'allais pouvoir découvrir. Cet endroit recelait pour moi tellement de souvenirs. Pourquoi me sentais-je à ce point obligée de rouvrir la plaie d'une blessure qui ne serait jamais complètement refermée ? J'avais essayé en vain de comprendre. Jean de Malestroit, la seule personne en ce monde qui aurait pu m'en dissuader, n'avait pas été à la hauteur de la tâche.
Nous nous rapprochions de la forteresse en suivant la route principale, qui coupait à travers une vaste prairie plate. Toute personne de garde en haut des murs de la forteresse nous verrait – nous étions aussi vulnérables et exposés qu'une souris face à une chouette. Mais aucun avertissement ne nous parvint, aucun cri nous demandant de nous identifier. Je suppose que le guerrier sur le mur

ne s'était nullement senti intimidé à la vue d'un prêtre et d'une nonne juchée sur un âne. Les détails familiers m'apparaissaient, les uns après les autres. Je vis d'abord la rangée de fenêtres étroites réservées aux archers qui cernait la tour sud, juste sous le parapet. Puis je vis l'étendard flottant dans la brise – ce ne devait plus être celui de monseigneur maintenant. Dieu seul sait qui possédait maintenant l'endroit, tellement il avait changé de main récemment, bien qu'on nous ait assuré que René de La Suze avait réussi à récupérer le titre de haute lutte auprès du créancier de son frère, quel qu'ait été cet imbécile. Il y avait peut-être plus de végétation à la base du mur qu'il n'y en avait la dernière fois que j'étais venue ici ; les espaces à l'extérieur des douves paraissaient également envahis et mal entretenus, ce qui était la caractéristique d'un changement de propriétaire trop fréquent. Des pierres manquaient, ou étaient de travers, dans le rempart massif, et l'endroit tout entier donnait une triste impression de négligé.

Mais ces quelques défauts ne le rendaient pas moins magnifique pour autant. À la fin, une des sentinelles nous fit signe ; nous lui rendîmes son salut pour montrer nos bonnes intentions. Le pont-levis commença à remonter tandis que nous nous approchions. Je me rappelais le moindre grincement de la poulie quand les cordes hissèrent la porte massive. Mon cœur était plein d'exaltation, de terreur, d'inquiétude, d'espoir, et d'une foule d'autres émotions sur lesquelles j'aurais été incapable de mettre un nom.

Allais-je découvrir ce que j'espérais trouver ?

Cela semblait si peu probable après tant de temps.

Frère Demien remarqua mon inquiétude.

« Ne vous tourmentez pas autant, ma sœur, dit-il pour me rassurer. Il sera toujours là. »

Sur quoi se basait-il, je l'ignore, sinon sur son propre optimisme pour énoncer cette affirmation, mais j'essayai de m'y raccrocher pour en tirer un certain réconfort.

« J'envie votre assurance, frère.

— Cet homme était un valeureux châtelain, d'après ce que vous avez dit.

— Mais sans la moindre attache avec aucun membre de la noblesse, et donc courant le risque d'être déraciné, comme je le sais trop bien.

— Quel seigneur serait assez stupide pour se débarrasser d'un châtelain exceptionnel dans le but de mettre à la place quelqu'un ne connaissant rien des arcanes de la propriété, simplement parce qu'il fait partie de ses alliés ?

— De nombreux seigneurs sont de parfaits imbéciles, mon frère, et l'allégeance est une puissante force.

— Pas aussi puissante qu'elle l'était autrefois, ma sœur, et jamais aussi séduisante que la sagesse qui ne se monnaie pas. »

Les capes des sentinelles portaient les armoiries de René de La Suze, conformément à la rumeur. La sagesse avait prévalu, permettant son maintien à Champtocé, au moins partiellement, car le châtelain Marcel résidait toujours dans les lieux.

« J'aurais dû parier avec vous, dit frère Demien avec un sourire.

— Vous ne l'auriez pas emporté d'une façon décisive, dis-je.

— Mais le résultat aurait mérité quelque paiement, vous devez l'admettre.

— Mais pas le paiement dans son entier. Nous n'avions ni l'un ni l'autre complètement raison. »

Marcel résidait effectivement encore là, bien que ses tâches officielles aient été confiées à un homme plus jeune choisi par René de La Suze. Mais le frère cadet de Gilles de Rais, particulièrement avisé, avait nommé le vieil homme à un poste de conseiller permanent pour son allié sans expérience, qui bénéficierait grandement de ses conseils. Par la même occasion, l'ancien châtelain se voyait récompensé pour ses loyaux services, ce qui n'était que justice.

L'homme énergique dans la pleine force de l'âge qu'avait été Guy Marcel pendant que je résidais à Champtocé n'avait pas totalement disparu derrière le vieil homme qu'il était devenu. Ses yeux brillaient toujours de la même joie de vivre ; son pas était toujours résolu, bien que moins rapide. Il avait la même allure fière que celle dont je me souvenais avec affection. Inchangées, également, ses manières courtoises, surtout envers les voyageurs.

« Bonjour, mon frère, dit-il à frère Demien en s'approchant de nous. Je suis à votre service.

— Merci bien, mais c'est ma sœur en Christ qui vous cherche, pas moi, dit le jeune moine. »

Guy Marcel se tourna vers moi et scruta mon visage sans me reconnaître. Il ne me fixait pas discourtoisement, comme un homme moins bien élevé aurait pu le faire.

« Je suis heureux de faire votre connaissance, ma sœur », dit-il.

Je me mis à rire doucement.

« Ah, monsieur, cela fait si longtemps ?
— Pardon ?
— Vous m'appeliez autrefois Mme La Drappière », dis-je.

Il sursauta.

« Mon Dieu, madame, vous êtes revenue. »

Il ne savait peut-être pas ce qui m'était arrivé après la mort d'Étienne. Une femme l'aurait certainement appris, car elle était susceptible de connaître le même sort. Mais je ne m'étais pas liée d'amitié avec son épouse pendant que nous résidions ici tous les deux – c'était une horrible mégère, toujours d'humeur acariâtre, aussi je préférais l'éviter, comme il devait lui-même le faire plus souvent qu'à son tour. Je me demandai si elle était toujours en vie.

Il s'approcha de moi, les bras tendus en signe de bienvenue.

« Madame, dit-il chaleureusement, c'est vraiment merveilleux de vous revoir ici après tant d'années. »

Je lui présentai frère Demien, puis m'enquis poliment de l'épouse revêche. Il me dit qu'elle avait trouvé le repos éternel quelques années auparavant. Durant tout cet échange, nous n'avions même pas encore mis pied à terre.

« Laissez-moi appeler un serviteur pour vos... bêtes », dit Marcel.

Il me tendit la main, ce qui me permit d'éviter une descente disgracieuse. Tandis qu'on emmenait nos bêtes, nous, les créatures à deux pattes, fûmes introduits dans les appartements proches de la porte extérieure que M. Marcel avait occupés autrefois. Le nouveau châtelain avait choisi de s'installer en plein milieu de la forteresse, peut-être par souci de sécurité, ce qui était compréhensible : si l'édifice devait être l'objet d'un assaut, le premier bâtiment à être attaqué serait celui-ci, le plus proche et le plus vulnérable, le talon d'Achille de n'importe quel château, pour reprendre l'expression d'Étienne. Mais le vieil homme était probablement habitué à ce danger, et un autre endroit plus sûr lui aurait peut-être moins bien convenu.

Il nous installa confortablement à une grande table et nous offrit des rafraîchissements, que nous acceptâmes de bon cœur. Nous étions assis l'un en face de l'autre, avec des verres d'hypocras entre nous, et une jatte pleine de poires aux joues roses fraîchement cueillies. Frère Demien en fit tourner une dans ses mains et poussa un soupir d'admiration.

« Très belle, roucoula-t-il en direction du fruit. Magnifique ! »

Guy Marcel sourit de plaisir.

« Je n'y suis pour rien. Nous avons un excellent jardinier qui veille sur tous nos arbres. Je n'y connais rien moi-même, je sais seulement comment profiter des fruits de la sagesse et du travail d'un autre. Mais il paraît que la terre ici est presque miraculeuse pour les poires, et c'est là le secret.

— Si cela était possible, j'aimerais voir le verger et prendre un échantillon de terre, dit frère Demien.

— Je vais vous organiser cela », dit Marcel.

Puis il se tourna vers moi : « Alors, madame,

que devenez-vous ? » Il fit un geste en direction de la croix qui pendait sur ma poitrine. « Vous êtes au service de Dieu, je vois... »

Je relatai ma vie à l'intention du vieil homme depuis que j'avais quitté Champtocé, ce qui ne prit pas longtemps. Il fut assez bon pour me manifester de l'intérêt, et me félicita sur la chance que je semblais avoir eue.

« C'est une belle chose que de jouir de la confiance de son maître, je crois.

— Si quelqu'un peut en être persuadé, c'est bien vous.

— Et qu'est-il advenu de votre fils, madame ? Si Dieu n'avait pas autant altéré ma mémoire, je me souviendrais de son nom...

— Jean, dis-je. Il sert Sa Sainteté en Avignon. Je suis contrainte de me repentir constamment en raison de ma trop grande fierté en la matière. »

Nous nous mîmes tous à rire. À présent, le moment était venu.

« Je voudrais vous poser quelques questions, monsieur, à propos de mon autre fils, Michel. »

En entendant le nom de mon fils, Guy Marcel parut se refermer.

« Madame, protesta-t-il, il y a tellement d'années que la tragédie s'est produite...

— Je suis moi-même victime des lubies de ma mémoire ces temps-ci. Je ne vous en voudrai pas pour un récit incomplet.

— Vous êtes bien trop jeune pour éprouver ce genre de difficulté, dit-il avec un bon sourire. Parlons d'autre chose. »

Ses compliments n'affaiblirent en rien ma

résolution, pas plus que son aimable tentative de changer de sujet ne pouvait me faire dévier de mon chemin. Mais je ne souhaitais pas l'embarrasser, aussi nous restâmes assis sans rien dire pendant quelques instants. Cette pause dans le cours de la conversation semblait en quelque sorte honorer la mémoire de mon fils disparu depuis si longtemps. J'attendis patiemment le moment propice pour insister de nouveau.

« Je voudrais simplement vous demander de vous souvenir le plus précisément possible de ce qui est arrivé. » Le pauvre homme parut mal à l'aise.

« Madame, qu'y a-t-il de plus à savoir ? Le garçon a simplement disparu, nous ne savons pas pourquoi. Peut-être est-ce l'œuvre d'un sanglier, comme monseigneur Gilles nous l'a dit. Mais personne ne peut l'affirmer. »

Il nous regarda tour à tour, frère Demien et moi, puis but une longue gorgée de son verre d'hypocras.

« Je souhaite de tout mon cœur que Dieu berce votre fils dans Ses bras, comme j'espère qu'Il le fera pour moi un jour. Dans pas trop longtemps maintenant, je le crois.

— Quand monseigneur est revenu ici ce jour-là, que vous a-t-il dit exactement ?

— Madame, je vous en prie... je ne peux pas me souvenir de ce genre de détail après tant d'années. »

Malgré les dix années écoulées depuis la mort d'Étienne, je me souvenais de la vision de sa jambe infectée avec tellement de précision que j'aurais voulu l'effacer de mon esprit, si un tel miracle avait pu se produire. J'avais désespérément tenté au cours des années de me délivrer de l'image de cette jambe noircie qui pourrissait progressivement jusqu'à lui prendre la vie. Malgré tous mes efforts, je n'y étais jamais parvenue : elle pèse dans ma mémoire comme une pierre trop lourde pour qu'on s'en débarrasse. Le souvenir de ce que Gilles de Rais avait dit à son retour de la sortie qui m'avait enlevé mon fils gisait au milieu des souvenirs de Guy Marcel. Je parviendrais à ce qu'il se remémore ces mots.

Je le lui dis, sans équivoque.

« Monsieur, des paroles semblables à celles que vous avez entendues ce jour-là ne peuvent pas s'effacer de la mémoire. Il faut seulement y réfléchir pendant un moment, et elles vous reviendront clairement. J'en suis certaine. »

Il se leva et se mit à faire les cent pas tout autour de la pièce, visiblement tourmenté, puis il se rassit et me prit la main.

« Madame, je vous en prie. » Il me caressa les doigts. « Je suis vieux. Je ne peux pas me souvenir de quelque chose qui remonte à si loin. »

Je dégageai mes doigts et lui caressai le dos de la main.

« Je me permettrai de vous faire remarquer respectueusement, monsieur, que vous n'êtes pas tellement plus âgé que moi. Et je dois vous rappeler que c'est à cause de vous que j'ai été retenue loin de monseigneur, de telle sorte que je dépends de vos souvenirs de l'affaire. À présent, je vous en prie, pour le repos de mon cœur, essayez. »

Guy Marcel avait vu de nombreux hommes blessés et mutilés au cours des batailles et des guerres ; il avait été témoin de la blessure au ventre de Guy de Laval. Il avait réussi à garder un sang-froid impressionnant dans ces circonstances. À présent, alors qu'on lui demandait de se remémorer de simples paroles, il était troublé. Je ne crois pas qu'il ait été perturbé par la difficulté de se souvenir, mais plutôt par la nature du souvenir lui-même.

Il se frotta le front comme s'il avait mal.

« Très bien, dit-il avec lassitude. Je vais essayer. »

Il prit un air sombre quand il commença à parler.

« Les sentinelles avaient entendu des cris à distance, aussi j'ai immédiatement envoyé d'autres gardes dans la tour. Quand monseigneur Gilles est apparu, il courait de toutes ses forces, complètement affolé. J'ai ordonné que la porte soit ouverte aussitôt. Il est entré seul et m'est tombé dans les bras, tellement hors d'haleine qu'il pouvait à peine parler. Quand il a recouvré la voix, il a dit que le sanglier était revenu, et que lui-même avait fait demi-tour et s'était enfui. Il croyait que Michel le suivait. Mais quand il avait regardé en arrière, il n'avait vu personne. »

J'avais déjà entendu cela, le jour de ce terrible événement. Je ne pouvais pas m'en contenter.

« Il n'a rien dit d'autre ? Il devait être terriblement bouleversé.

— Il ne m'a rien dit à moi. Son grand-père l'a éloigné aussitôt, pour que, d'après lui, le garçon reprenne son sang-froid et puisse être plus longuement interrogé. Je ne parlai plus de l'affaire ensuite ni avec monseigneur Gilles ni avec Jean de Craon. D'ailleurs, à ma connaissance, personne d'autre ne l'évoqua plus après cela. »

Le châtelain regardait ses mains, qui étaient

posées bien à plat sur le bois de la table comme s'il avait besoin de s'y ancrer.

« Il était à bout de souffle, madame. Il n'a presque rien dit, à part raconter comment il avait constaté l'absence de votre fils. Je ne peux donc pas dire quel était exactement son état d'esprit à ce moment. Mais Jean de Craon paraissait penser qu'il était particulièrement bouleversé. »

D'après le visage de Marcel, on voyait bien qu'il avait d'autres pensées derrière la tête. Il voulait dire quelque chose, mais n'y parvenait pas.

« Monsieur, vous pouvez me parler en toute franchise. Je ne fais plus allégeance à monseigneur Gilles, mais à Dieu et à Son Éminence. Ne craignez point que je vous trahisse.

— Madame... dit-il.

— Vous ne serez pas tenu pour responsable, quels que soient vos propos. »

Il regarda dans le vague sans rien dire pendant quelques instants, puis se retourna pour me faire face.

« Madame, pardonnez-moi, mais j'ai cru voir monseigneur sourire pendant un très bref instant.

— Sourire ? Que voulez-vous dire par là ?

— Comme s'il était... heureux, ou satisfait d'une certaine façon. »

C'était un détail que j'avais toujours ignoré ; mon chagrin et ma peur à cette époque étaient tellement prédominants.

« Je me souviens de deux pensées qui m'avaient traversé l'esprit ce jour-là, continua alors le châtelain. Les deux me donnèrent à réfléchir. D'abord, il semblait étrange que monseigneur ait pu retourner sans voir ni le garçon ni le sanglier. Il aurait dû voir l'un ou l'autre. Mais rien... c'était invraisemblable.

— Et ensuite ? »

Il s'éclaircit nerveusement la gorge.

« Je me souviens d'avoir pensé pendant tout le drame que monseigneur paraissait plus... excité que bouleversé. Cela allait de pair avec son sourire, sans doute. »

Je sortis mon mouchoir et, sans éprouver la moindre honte, j'essuyai les larmes qui débordaient au coin de mes yeux.

« Avez-vous remarqué du sang sur monseigneur ? »

Il se tut un instant.

« Il y en avait, reprit-il. Sur son manteau, dans la partie du milieu. Mais ses vêtements étaient en désordre ; il avait pu tomber, se couper, et s'essuyer les mains sur ses vêtements. Il avait du sang sur les mains, mais celles-ci présentaient des coupures et étaient tuméfiées. Il précisa alors qu'il s'était blessé en courant dans la forêt au milieu des branches. Cela paraissait une explication plausible. »

Quand je vis ses mains de près, plusieurs jours après, ses paumes étaient pleines de croûtes. La sage-femme avait appliqué des onguents et des pommades pour favoriser la cicatrisation, mais monseigneur éprouva d'abord quelques difficultés à fermer le poing, en raison d'une coupure particulièrement profonde en travers de la paume de sa main droite. Il refusa d'ouvrir son poing pour me laisser examiner les blessures de plus près sous prétexte que c'était douloureux. Dans mon chagrin, je n'avais pas trouvé la volonté d'insister.

Je m'enfonçai dans mon siège pendant quelques instants et essayai de me souvenir de ce qu'il portait ce jour-là, un détail qui était enfoui au plus profond de ma mémoire. L'image d'une cape bleu foncé et d'une tunique jaune remonta à la surface. Les deux auraient été données à quelque relation de moindre rang si le sang n'avait pas pu être entièrement effacé. Aucune des servantes chargées de l'entretien du linge n'avait fait de commentaire. Je me demandai si l'un ou l'autre des vêtements était jamais arrivé entre leurs mains.

« Et aucun des bûcherons présents dans les parages ce jour-là n'a entendu de bruits insolites au cours de leurs déplacements dans la forêt. Tous savaient ce qui s'était passé dans les bois, mais aucun ne s'est présenté. »

Je n'avais jamais entendu parler de bûcherons dans les parages. Mon fils était un garçon brave malgré son jeune âge, aventureux et courageux, pas du genre à se laisser rattraper par un sanglier sans courir, hurler, faire tout ce qui était en son pouvoir pour repousser l'attaque. Il ne serait pas mort sur-le-champ ; il aurait certainement crié et appelé au secours. Quelqu'un l'aurait entendu.

Monseigneur avait-il entendu ses cris et l'avait-il abandonné à son sort ?

« Monsieur, les sangliers mangent-ils souvent leur proie ? »

L'homme détourna les yeux.

« Monsieur ?

— Non, madame, ce n'est pas dans leurs habitudes. Ce sont des animaux dangereux, mais quand ils tuent, c'est généralement pour se défendre. »

Pour la millième fois, je me reposai la question qui m'avait empoisonné la vie depuis cet affreux jour. À peine m'était-elle venue à l'esprit que je la laissai échapper de mes lèvres dans un gémissement à peine audible.

« Alors pourquoi, pourquoi, le cadavre de Michel n'a-t-il jamais été retrouvé ? »

Les recherches avaient été lancées aussitôt, et Étienne faisait partie du groupe. Chaque cheval dans l'écurie se vit attribuer un cavalier ; parmi ces cavaliers, se trouvait notre sage-femme, Mme Catherine Karle, qui aurait pu soigner les blessures de mon fils s'il était retrouvé blessé.

Quand ils revinrent à la tombée du jour, ils étaient tous dans un état d'agitation extrême. Mme Karle, très bavarde d'ordinaire, était restée étrangement silencieuse, même avec moi, et elle n'avait pas retrouvé sa volubilité habituelle avant une quinzaine de jours.

« Je me rappelle l'avoir trouvée plutôt taciturne pendant un moment, dit le châtelain quand je lui fis remarquer ce détail étrange. »

Il arriva un moment où nous ne trouvâmes plus rien à dire, et, après tant de propos troublants, notre conversation mourut de sa belle mort. Nous nous efforçâmes de reprendre des forces avec un bon repas composé de cailles et d'escargots, avec des navets et un pain frais croustillant pour agrémenter les différentes viandes. L'hypocras coulait comme de l'eau de la carafe qu'il avait posée sur la table, et je crois bien que nous aurions même pu en boire la lie dans notre empressement à la vider. Le vieil homme était heureux de pouvoir évoquer les aventures qu'il avait connues au cours des dernières années, et nos cœurs eurent plaisir à entendre des histoires qui ne concernaient pas la disparition soudaine et inexplicable d'un enfant.

Notre voyage de retour à Nantes serait long ; il était prévu que nous passerions la nuit à Champtocé, et nous fûmes aimablement accueillis par notre hôte dans ses propres appartements. C'était une bonne chose, pensai-je, et peut-être l'avait-il également compris : les principaux appartements du château recelaient pour moi de nombreux fantômes, et je préférais m'épargner toute occasion de les rencontrer, ainsi qu'aux autres occupants, ce qui arriverait probablement si je devais mettre le pied dans ces salles. Notre vœu avait été largement exaucé, et je me couchai dans un plaisant état d'ébriété, sans dire mes prières.

En réponse à cette absence de prières, Dieu déchaîna sur moi des rêves monstrueux pendant toute la nuit, puis, au matin, un affreux mal de tête, que l'eau froide de la cuvette ne réussit pas à dissiper. La pression des mains chaudes de frère Demien sur mon front douloureux ne me fit pas le moindre bien non plus, bien qu'il l'agrémentât pour faire bonne mesure d'une bénédiction fleurie. Avec un sourire compréhensif et d'étranges marmonnements à propos du poil du chien, notre vénérable hôte me fit boire une nouvelle tasse d'hypocras, ce qui eut un effet quasi miraculeux. Plus miraculeux encore, il ne me rendit pas ivre.

« Maintenant que vous m'avez guérie, dis-je, j'ai une autre faveur à vous demander. »

Il ne parut pas spécialement satisfait, mais resta néanmoins courtois.

« Oui, madame.

— En allant aux vergers, je voudrais que vous nous emmeniez aussi jusqu'au ravin où monseigneur dit avoir vu Michel pour la dernière fois. »

Il fronça légèrement les sourcils.

« Qu'avez-vous à y gagner, madame ? demanda-t-il. – Je ne sais pas. Mais quelque chose me pousse à retourner là-bas. »

Comme il n'avait aucune raison de me le refuser, il accepta. Nous empaquetâmes nos quelques effets et les attachâmes à nos montures, puis nous prîmes la direction des vergers. Pendant tout le temps du trajet, frère Demien n'arrêta pas de parler de la culture des arbres fruitiers. La poignée de terre souhaitée fut ramassée et soigneusement examinée par mon jeune compagnon de voyage : il la huma, la goûta, l'écrasa entre ses doigts, cracha dedans et y mélangea sa salive, tout cela sous prétexte de percer ses secrets. Son commentaire final, après toutes ces simagrées, se résuma à un « Hum ». Cela me laissa songeuse, mais je n'insistai pas, car j'avais l'esprit ailleurs.

En quittant le verger, nous empruntâmes un chemin en direction de l'ouest et chevauchâmes sur une courte distance. Bientôt, nous atteignîmes le bois de chênes qui servait de point de repère, et tournâmes sur un nouveau sentier, que nous suivîmes sur une distance encore plus brève, jusqu'à ce que le sol commence à décliner sévèrement.

Juste en contrebas du sommet de la colline, à quelques pas à peine, se trouvait la petite croix blanche. Étienne l'avait enfoncée dans le sol pour marquer le lieu où s'était scellé le drame, bien que nous n'ayons jamais pu dire quel en était l'endroit exact. Il m'avait emmenée la voir peu de temps après l'avoir mise en place, et je me souviens m'être demandée si cette croix serait le seul héritage de mon fils, plutôt que les légendes et les récits de bravoure que nous avions espérés.

Je regardai fixement le symbole de son souvenir, d'un blanc si brillant contre tout le vert et le brun qui l'entourait. Bien qu'elle soit restée en place de nombreuses années sans protection, elle paraissait presque récente.

« Quelqu'un s'en est occupé.

— Oui, madame, dit Marcel doucement. Nous venons ici de temps en temps avec de la chaux. »

Je parvins à peine à lui exprimer ma gratitude. Dans le silence recueilli, le gargouillis du ruisseau qui courait au pied du ravin paraissait presque irrévérencieux.

« Ce ruisseau monte-t-il beaucoup au printemps ? dis-je enfin.

— Pas mal.

— Et en automne, il s'assèche ?

— Pas à ma connaissance, madame. Nous avons eu très peu de pluie ce mois-ci, et c'est la saison la plus sèche habituellement, donc son niveau ne descendra pas beaucoup plus bas que ce que vous voyez maintenant. »

Je regardai les vaguelettes claires danser sur les pierres. C'était plus que suffisant pour laver du sang.

Sur la route qui bordait la prairie devant le château, nous prîmes congé de Guy Marcel. Nous irions vers l'ouest en direction de Nantes, et lui, dans la direction opposée, vers sa maison dans la forteresse. Frère Demien formula à notre hôte ses vœux les plus respectueux en lui souhaitant bonne route, mais je ne trouvai à lui manifester qu'une mélancolie affectueuse. Le châtelain était une des rares personnes qui me rattachaient à Champtocé, et Dieu seul savait si nous nous reverrions avant que l'un de nous deux disparaisse. Je lus dans les yeux du vieil homme le même regret de ne pouvoir faire revivre les années disparues ni retrouver l'époque glorieuse que nous avions vécue. Autant de souhaits chimériques mais qui ne manquaient pas de charme.

Nous avions dû nous éloigner d'une centaine de pas quand j'entendis la voix du châtelain : « Madame ! Attendez. »

Je retins mon âne et me retournai vers lui. La forteresse imposante se découpait en arrière-plan, faisant paraître Guy Marcel encore plus petit dans sa grandeur fanée.

« Oui, monsieur ? »

Il poussa son cheval en avant de façon à ne pas être obligé de crier.

« La sage-femme, Mme Karle... » commença-t-il. Puis il attendit un moment avant de continuer, comme s'il réfléchissait à la pertinence de ce qu'il allait dire.

« Elle-même ne saurait être encore en vie, mais son fils peut encore fouler cette terre. »

Je me souvenais parfaitement de lui.

« Guillaume, dis-je.
— Oui, celui-là même. »
Il nous indiqua où l'homme vivait, dans un endroit pas très éloigné de la route de notre retour. « Peut-être devriez-vous aller le trouver. »

22

J'avais absolument besoin de me confier à quelqu'un pour cette affaire. Frazee et Escobar étaient des copains et des collègues, mais, cette fois, il me fallait un ami. Heureusement, Errol Erkinnen était toujours très disponible, ce dont je lui étais reconnaissante, pour maintes raisons.

« J'ai déposé une demande de mandat ce matin pour fouiller la maison de Wilbur Durand et son studio. J'ai besoin de ces cassettes pour avancer. Pour peu, j'en aurais presque l'eau à la bouche à la perspective de fourrer mon nez dans ses affaires ; il doit avoir un tiroir à bas quelque part...

— Un quoi ? dit Erkinnen.

— Désolée, dis-je. C'est l'endroit où les femmes planquent leurs trucs les plus secrets. Mon ex avait un tiroir dans ce genre-là en haut de son bureau.

— Ah, pour moi, c'est la boîte à outils. Personne n'a intérêt à y toucher. Quel boulot de devoir ainsi fouiller dans les affaires les plus personnelles des gens.

— Vous fouillez bien dans les cerveaux des gens.

— Exact, reconnut-il.

— Je vous jure, parfois je me dis que nous sommes aussi malades que les types sur lesquels nous voulons mettre la main.

— Sûrement pas. Certains ont largement dépassé le stade de la maladie. En tout cas, j'ai l'impression que vous êtes passée à la vitesse supérieure – vous avez dû apprendre autre chose à son sujet.

— Oui, un tas. »

Il m'écouta avec attention évoquer mon excursion à Southie, l'inspecteur Peter Moskal, la famille Gallagher, l'étrange absence de preuves dans le meurtre de leur fils, et ce que Kelly McGrath m'avait révélé.

« Ça alors, dit-il quand j'eus terminé. On ne peut pas rêver mieux comme scénario pour un tueur en série.

— Kidnappeur. »

Il s'assombrit.

« Vous savez bien qu'il y a une forte probabilité pour que tous ces gosses soient morts.

— Pas de corps, Doc, sauf le jeune Jackson, et nous sommes tous d'accord pour dire qu'il doit s'agir d'une répétition. Le seul qui soit légalement mort est le neveu de Jesse Garamond. Et uniquement parce que l'oncle a été accusé de l'avoir tué, donc la loi suppose qu'il y a un cadavre quelque part. Mais on ne l'a jamais retrouvé.

— Je me demande ce qu'il fait des corps. »

Doc énonça cette question d'un ton amusé : son détachement clinique était tel qu'il finissait par m'énerver.

« Nous finirons bien par trouver un de ces jours, dis-je d'une voix qui me parut dure. À condition que nous ne nous laissions pas distraire. Continuez à parler de cette histoire de scénario.

— D'accord. Désolé. Ce que je veux dire, c'est qu'il s'agit du profil classique. Déficit d'amour maternel, père faible ou absent, une figure masculine autoritaire qui intervient d'une façon négative, dominante – deux, dans le cas de Durand : à la fois son oncle et son grand-père. Perte d'un soutien important – la gouvernante – à un âge critique.

— L'oncle est celui que j'aimerais étrangler. C'est vraiment lui qui l'a détruit. Que dire quand un enfant fait confiance à quelqu'un à ce point, et que ce quelqu'un a ensuite des relations sexuelles avec lui...

— On est sûr de ça ?

— Non, pas à 100 %. Mais à partir de ce que j'ai découvert à Boston, je pense que nous avons toutes les raisons de croire que ça s'est produit. L'oncle est mort, je ne peux donc pas avoir une confrontation avec lui. Dommage. Après tout, ce n'est peut-être pas si grave que ça – le fait qu'il soit mort, je veux dire – après ce qu'il avait fait.

— Attention, inspecteur. Gardez vos émotions pour vous. J'ai entendu parler de flics qui se prennent de sympathie pour les victimes de crime, alors que c'est déjà une situation assez difficile. Vous ne devez surtout pas vous impliquer avec un criminel de cette façon. »

Je ne répondis pas sur-le-champ, car j'avais besoin de réfléchir pendant quelques instants. Quels étaient mes véritables sentiments envers Wilbur Durand ? Un curieux mélange, plein de contradictions, je le méprisais et j'étais fascinée par lui, parfois les deux en même temps.

« Vous avez raison, dis-je, et j'en suis consciente. Je déteste cette situation – d'un côté, je suis désolée que ce type ait subi tous ces trucs terribles quand il était petit, et, de l'autre, je suis à peu près persuadée au fond de moi que c'est un monstre de la pire espèce. C'est vraiment pathétique.

— Pas du tout. Il est tout à fait normal d'éprouver de la sympathie pour quelqu'un qui a autant souffert que ce type. S'il n'avait pas fini par devenir pédophile, s'il avait fini plombier ou quelque chose comme ça, vous lui donneriez une tape dans le dos pour le féliciter d'avoir repris sa vie en main. Pour avoir surmonté tout ça. Évidemment, s'il était devenu un type ordinaire, au moins en apparence, nous n'aurions jamais su par quoi il était passé étant enfant.

— Comment peut-on subir tout ça et ne pas péter les plombs ?

— Les gens y arrivent. Leur esprit déploie d'incroyables mécanismes compensatoires.

— Alors pourquoi Durand n'en a-t-il pas fait autant ?

— Peut-être l'a-t-il fait. Peut-être n'est-il pas aussi monstrueux qu'il aurait pu l'être. Écoutez, je comprends ce que vous éprouvez. Quand je vois ces gens, je pense toujours à la chance que j'ai eue d'avoir échappé à pareil destin. Mais ceux-là sont des tueurs. Des tueurs de sang-froid, sans aucune limite. Ce qu'ils ont vécu est tragique, mais ça ne les autorise pas à commettre de tels actes. »

Je savais que, dès qu'un avocat se lèverait pour

commencer à évoquer ça, j'aurais envie de lui trancher la gorge. Un bon jury ne tiendrait aucun compte de cet avocat si les preuves étaient suffisantes ; ce n'était pas le cas dans cette affaire, du moins, pas encore.

« Sheila Carmichael dégottera un psychiatre qui viendra soutenir la défense, dit Doc. Il affirmera qu'on aurait dû se rendre compte de ce qui allait arriver et prendre des mesures. En conséquence de quoi, il ne peut pas être tenu responsable de sa propre conduite car personne ne l'a aidé en temps utile.

— Pas si je lui tire dessus d'abord.
— Lany. C'est nouveau, ça.
— Je sais, je suis désolée. Ça m'a échappé. »

Il ne paraissait pas convaincu.

« Et pourquoi *elle* ne l'a pas vu ? C'est sa sœur, dis-je.

— Elle dira qu'elle avait déjà quitté la maison.
— Ce devait être le cas, ils ont dix ans de différence.

— De toute façon, ce n'est pas la première fois que nous entendrons ça, dit-il. Vous savez, la psychologie étant une science inexacte, elle a toujours mauvaise réputation. Certaines personnes pensent que ce n'est même pas une science du tout, seulement une bonne dose de charabia destinée à manipuler les gens.

— Laissez-moi deviner qui. Les paranoïaques. »

Il laissa échapper un drôle de petit rire. « Et les maniaco-dépressifs. Mais la société voudrait toujours que nous devinions celui qui va craquer. »

Il tapota sur le classeur plein de notes qu'il avait

accumulées au cours de nos visites. « Tous les éléments que nous croyons susceptibles de nous aider à diagnostiquer un pédophile en série sont réunis là-dedans. Nous aurions pu éviter beaucoup de chagrins si nous avions pu pousser Wilbur Durand dans ses retranchements quand il était jeune, et établir une expertise sans équivoque disant qu'il devait rester enfermé pour le restant de ses jours, et qu'il s'agissait d'un problème de sécurité publique. Imaginez les efforts et le coût si l'on voulait analyser tous les enfants pour détecter des tendances pédophiles, et les gorges chaudes que feraient les avocats des droits civiques. C'est totalement inenvisageable – nous ne pouvons pas coffrer tous les types qui sont obsédés par la pornographie enfantine sous prétexte qu'ils pourraient passer au stade supérieur. »

Sauf erreur, Wilbur Durand était depuis longtemps passé au stade supérieur : il racolait de vrais enfants et les tuait. Sachant ça, on ne pouvait pas éprouver la moindre sympathie pour lui. Je me levai et me mis à faire les cent pas dans la pièce.

« Il doit bien y avoir une île déserte en Atlantique Nord où nous pourrions tous les expédier pendant un moment pour voir si cela influe sur le taux de pédophilie. Ou un archipel près de la Sibérie. »

Doc perçut mon amertume.

« Vous vous sentez sacrément frustrée dans cette affaire, n'est-ce pas ?

— Le temps joue contre moi. Pas contre lui. »

Dieu bénisse le juge. Dieu bénisse le procureur. Le mandat de perquisition pour les vidéos du musée fut délivré cet après-midi-là.

Et Fred Vuska accepta enfin de me donner un peu d'aide. En fait, il n'avait pas le choix, avec un juge suffisamment confiant dans le déroulement de l'affaire pour donner officiellement son accord à une action contre le suspect. Et je ne pouvais pas perquisitionner moi-même deux endroits en même temps – le but était de débarquer, d'exhiber le mandat sous le nez de quelqu'un, et de fouiller à fond les deux endroits avant que quoi que ce soit disparaisse.

Nous débarquerions simultanément à la maison et au studio. Je dirigerais une équipe, Escobar l'autre. On ne pouvait pas savoir à l'avance où se trouverait le tiroir à bas, mais j'étais persuadée que, pour lui, tout ça faisait partie d'un processus créatif, et que son principal lieu de création était l'atelier. Amour et travail, les deux choses qui mènent le monde. Ce type-là combinait les deux avec une perversité extraordinairement raffinée.

L'atelier était situé à l'extrémité d'un terrain à l'arrière des studios Apogée, bien à l'écart des circuits guidés qu'on effectuait en tramway. J'avais vu de mauvaises photos de l'endroit dans des tabloïds qui racontaient que magie noire et rituels occultes faisaient partie des pratiques habituelles du studio, en même temps que des visites d'extraterrestres. Mais les images montrant leurs têtes pointues avaient de toute évidence fait l'objet de montages tellement mal ficelés qu'elles en étaient risibles.

Tout ça commençait à me sembler cohérent.

Le bâtiment était une construction carrée massive, avec un toit plat, entouré de toutes parts par un désert d'asphalte. En le voyant, je sentis mon excitation retomber et la nervosité m'envahir. L'endroit était tellement nu et dépouillé, parfaitement inhospitalier. Il n'y avait pas le moindre espace vert autour de cette forteresse, le royaume de Wilbur, qu'il allait certainement défendre. J'imaginai des jarres d'huile bouillante disposées à deux mètres d'intervalle le long du toit, et des guerriers sans visage immobiles et prêts à déverser la mort brûlante sur quiconque oserait s'approcher.

Les bureaux extérieurs n'étaient pas plus accueillants – non que Durand ait eu besoin d'impressionner quiconque pour faire des affaires. Nous allions pénétrer par une lourde porte en verre, qui semblait être la seule entrée. Ce qui me surprit : la plupart de ces ateliers ont généralement de larges portes coulissantes, qui restent souvent grandes ouvertes, vous permettant de voir à l'intérieur. Mais pas celui de Durand. Il était littéralement enchâssé dans du métal et du béton.

Nous entrâmes d'emblée avec nos insignes en évidence, et le mandat à la main.

« Nous cherchons Wilbur Durand », dis-je.

Regard glacial d'un jeune assistant.

« Je suis désolé, il n'est pas là. »

Nous passâmes devant lui ; Spence riait sous cape. Il chercha un téléphone pendant que nous franchissions la porte menant à la zone de travail elle-même, avant de nous arrêter tous.

« Sainte mère de Dieu », dit Spence, en regardant tout autour.

C'était Disney World, un musée, une scène d'*Alice au pays des merveilles*, tout cela réuni en un même endroit. Accrochés partout sur les murs, on voyait des masques et des moulages de tous nos personnages familiers. Des reproductions de têtes et de cous mutilés de plusieurs acteurs célèbres étaient exposées dans une vitrine juste après la porte. Pendaient au plafond des extraterrestres en plastique, des bras coupés, des tronçons de jambes et de bras sanguinolents.

Il y avait là une impressionnante variété d'accessoires, et nous allions tout passer en revue.

« Ce type doit être amoureux de ses œuvres, finit par remarquer Spence.

— À mon avis, c'est le point central de toute cette affaire. »

Il y avait des visages artificiels partout, des masques avec un début de chevelure fixé au front et aux tempes, prévu pour se fondre dans la véritable chevelure de l'acteur. Le rêve de tout chasseur de têtes. Des cartons poussés sous un long comptoir, remplis d'objets que personne ne penserait jamais à collectionner. Des lacets de chaussures, des gants, des ceintures, des parapluies, le tout magnifiquement rangé, même pour une maniaque de l'ordre comme moi. Et puis aussi des corbeilles pleines de perruques et de postiches, les cheveux de Harpo, ceux de Marilyn, et d'autres encore. Je pris un des écheveaux et le humai longuement – ce n'était pas l'odeur de vrais cheveux, mais ce n'était pas non plus le vinyle brillant qu'on emploie pour les poupées. Les étagères se succédaient, telles d'immenses étagères à épices, bourrées de produits de maquillage, de centaines de fioles, chacune d'une couleur différente. Et de grands globes d'argile – je suppose que c'était de l'argile, en tout cas, ça lui ressemblait – sur chacune des tables. Ça pouvait aussi être une sorte de pâte à modeler, d'après l'odeur. Le maître des lieux avait à sa disposition toutes les couleurs de peau imaginables, dans les nuances les plus variées.

Nous prîmes des photos de tout. Le mandat de perquisition ne précisait pas si nous pouvions prendre des photos, et, dans certaines affaires récentes, les photos – ne faisant pas l'objet d'un mandat – n'avaient pas été retenues comme preuves, mais ça m'était égal. Si nous pouvions produire les photos au tribunal, ce serait génial ; sinon, tant pis. Au moins, nous garderions une trace. Je voulais surtout ne rien rater.

Des piles et des piles de cartons, tellement de choses à passer en revue. Il n'était pas certain que nous en ayons le temps avant que l'avocat de Durand réussisse à nous flanquer dehors. Mais nous ne devions pas oublier que nous étions là surtout pour les vidéos. Nous pouvions en profiter pour nous saisir de toute autre preuve compromettante, mais il n'y avait aucun véritable objet de délit sur ces murs, rien que des illusions. Nous ne savions pas quoi chercher, sinon des vidéos.

Au bout d'une demi-heure environ, un des gars m'appela pour voir le carton qu'il avait trouvé dans un placard au fond du studio, soigneusement fermé avec du ruban adhésif. Le carton était bourré de cassettes vidéo portant le titre d'un des films de Durand, des cassettes bien trop nombreuses pour un seul film. J'en pris une – l'étiquette mentionnait une date correspondant au début de l'exposition. J'en pris quelques autres au hasard, dans différentes parties du carton – elles correspondaient toutes à la période en question.

Mon cœur battait à tout rompre.

Je commençai à les compter, car nous allions devoir faire l'inventaire de ce que nous prenions ; j'étais vidée, incapable de penser à quoi que ce soit d'autre. Arrivée à vingt-neuf, je m'aperçus qu'un nouveau joueur était entré dans la partie : un avocat en pantalon écossais à l'air profondément perturbé, qu'on avait de toute évidence arraché à son parcours de golf.

Il se lança aussitôt dans une tirade visant à nous exposer comment il allait obtenir une injonction contre nous pour nous empêcher d'utiliser tout ce que nous aurions pu saisir.

Je me dirigeai droit vers lui.

« Allez-y donc », dis-je de mon ton le plus courtois.

Je lui montrai le mandat.

« Nous avons l'autorisation de saisir ces cassettes du système de sécurité et tout autre élément susceptible d'impliquer votre client dans une série de disparitions d'enfants. »

L'autorité que je venais de manifester sembla le laisser froid.

« Ce ne sont pas des cassettes de la sécurité, ricana-t-il. Regardez les étiquettes.

— À mon avis, elles ont été délibérément mal étiquetées. Votre client pourra les récupérer quand nous en aurons fini, et nous prendrons grand soin de ne pas les abîmer, mais elles font partie des preuves sous mandat et nous allons les emporter, que cela vous plaise ou non. »

Il me jeta un regard glacial. Un téléphone mobile surgit. L'avocat fit demi-tour et s'éloigna tout en appelant un numéro.

J'aurais tellement voulu que Wilbur Durand arrive pendant que nous étions là ; je voulais voir ce type de mes propres yeux et l'entendre, et ne plus me contenter de cette image floue que j'avais de lui. Qui d'autre que lui pouvait être au téléphone avec l'avocat ? Je notai l'heure.

L'appel se révélerait certainement être une communication locale quand nous saisirions la facture du téléphone.

Bien que j'aie eu ce que je voulais, je n'étais pas encore prête à quitter l'atelier ; au fond de moi, je sentais qu'il y avait autre chose ici. Des phrases du livre que Doc m'avait donné à lire ne cessaient de me hanter :

On note une tendance presque universelle à garder des souvenirs de chaque victime.

Dieu seul savait quelles horribles choses il pouvait garder. Des doigts, des orteils, des oreilles ? Il y avait ici des centaines de faux doigts et de faux membres, les vrais auraient fini par répandre une odeur que nous étions tous rompus à reconnaître. Ce pourrait être un vêtement ou une carte d'étudiant – même les gosses de la petite école en ont maintenant. Une boucle de cheveux, jetée parmi toutes ces perruques.

« Nous devons gagner du temps, dis-je à Spence. Il faut que je trouve quelque chose.

— Nous pouvons commencer à vider les cartons

et à tout inventorier comme si nous allions les emporter.

— Ça ira pour le moment. »

Un de nos gars mit le carton de cassettes à l'arrière de ma voiture. Je sortis en trombe du parking et retournai tout droit au commissariat.

La première réaction de Fred quand je lui dis que j'avais quelques cassettes fut : « Bien. À présent, vous pouvez quitter les lieux.

— Mais nous n'avons pas fini encore. À première vue, celles-là ne couvrent pas toute la période de l'exposition. Deux de nos gars sont toujours occupés à chercher le reste. »

Tandis qu'on sortait les cassettes, je me rappelais la scène qui se déroulait au ralenti. On aurait jamais pu imaginer des gens sortir des trucs de cartons aussi posément. *Une merde, encore une merde*, ou *quatre-vingt-dix-neuf bouteilles de bière*, le tout sur un rythme lent et régulier. En passant la porte, j'ordonnai aux autres, en haussant volontairement le ton, de bien prendre leur temps pour tout inventorier, certaine que l'avocat et l'assistant m'entendraient. L'avocat, qui était passé à la vitesse supérieure, poussait des hurlements en invoquant la Cour suprême. Nos gars affrontaient la tempête avec un grand sourire comme s'ils ne risquaient pas d'être inquiétés. Ce qui était justement le cas.

Dans un de nos cagibis, se trouvait rangé un chariot saisi lors d'une perquisition et que nous n'avions jamais mis aux enchères. Je l'utilisai pour apporter les cassettes dans une des pièces réservées aux interrogatoires. Pendant que j'attendais l'appareil adéquat pour les visionner, je sortis toutes les cassettes dont les dates correspondaient à peu près au moment où les familles m'avaient dit être allées à l'exposition. Leur mémoire n'était pas infaillible, évidemment. Quand l'appareil arriva enfin, j'étais déjà épuisée, mais ma frustration ne fit qu'empirer car, pour deux affaires, je dus visionner en accéléré les cassettes correspondant à plusieurs jours pour trouver les garçons en question. Ils paraissaient tellement différents quand ils se déplaçaient ; jusqu'à présent, je n'avais vu que les photos. Mais ils avaient tous entré leur nom, cela faisant probablement partie du jeu. Chaque fois que j'en trouvais un, j'étais folle de joie : on aurait dit qu'ils étaient toujours vivants.

Je recopiai la partie correspondant à chaque garçon, si bien que, lorsque j'en eus fini, j'avais une cassette les montrant tous. Je frissonnai en pensant au cauchemar probable si nous devions notifier des milliers et des milliers de familles, au cas où nous ne parviendrions pas très vite à mettre un terme aux agissements de Durand.

« Lany. »

Je sursautai. Fred se tenait sur le seuil de la pièce.

« Il y en a encore pour longtemps ? Je vais avoir des problèmes avec toutes ces heures sup.

— Deux heures encore, max.

— Nous sommes censés faire preuve de *diligence* dans nos méthodes d'enquête, au cas où tu l'aurais oublié. »

Dieu nous préserve de devoir chasser un pervers de son terrain de chasse.

« Il y a quelque chose d'autre là-dedans, Fred,

mais je n'arrive pas encore à mettre le doigt dessus. Il me faut encore un peu de temps.

— J'ai cet avocat au bout du fil toutes les cinq minutes avec une nouvelle menace. »

Que pouvais-je dire ?

« Désolée, Fred. Nous allons aussi vite que possible pour passer tout ça en revue. »

Visiblement mécontent, il m'abandonna avec l'objet de tous mes espoirs – les cassettes elles-mêmes. J'étais persuadée que si je m'asseyais pour visionner en boucle ce que j'avais recopié, quelque chose me sauterait aux yeux. Je recommençai plusieurs fois.

Escobar était revenu de la maison.

« Quelque chose ?

— *Nada*.

— Tu as deux minutes ? demandai-je.

— Je ne suis pas si rapide en général. »

Je me mis à rire.

« Je m'en souviendrai. Pourrais-tu simplement jeter un coup d'œil à ces cassettes et me dire ce que tu vois ? »

Il s'assit pour regarder.

« Ils sont tous blonds, dit-il.

— Je m'en étais déjà aperçue.

— Ils sont tous jeunes.

— Ça aussi.

— Ils ont tous l'air de braves gosses. »

Nous tombâmes d'accord pour dire que c'était leur innocence qui les rendait attirants.

« Ça n'a pas grande valeur de preuve », dit Escobar.

Il avait raison. J'imaginais déjà ce que Doc dirait,

que ces qualités étaient justement tout ce que le kidnappeur aurait aimé avoir, et que, à ses propres yeux, il était la première victime – un gentil petit garçon qu'on n'a pas cessé de maltraiter. Il était furieux qu'on lui ait volé son enfance, qu'on ait ruiné son innocence, à tel point qu'il s'était octroyé la mission de s'assurer qu'il ne serait pas le seul petit garçon à qui cela arriverait. Wilbur lui-même avait largement dépassé l'âge où les cicatrices et les bleus de l'enfance peuvent être simplement mis de côté au profit de ce précieux état d'esprit. Il savait reconnaître chez chacune de ses victimes cette capacité de faire confiance et essayait de se la procurer pour lui.

Mais cette conclusion n'allait pas me fournir de mandat d'arrestation. Pas plus que ce qu'on aurait pu trouver au domicile de Durand. Il n'y avait aucun avocat là-bas, mais Escobar me raconta avec force détails comment un domestique très énervant les avait suivis de pièce en pièce, en gesticulant comme un forcené, et en jurant dans une langue étrangère à la vue du fouillis qu'ils mettaient.

« Il est devenu fou en voyant tout ce que nous avons laissé partout, dit Escobar. Et encore, le fouillis était bien moins pire que la plupart du temps parce qu'il n'y en avait pas tellement à retourner – tout était disposé comme si cela avait une signification. C'était *effectivement* un fouillis comparé à ce que c'était quand nous avons commencé. Et ça a rendu ce type fou. »

L'absence d'avocat était une de ces omissions évidentes qui était faite pour être remarquée. Pourquoi ne pas avoir dépêché un avocat dans les deux endroits s'il n'avait rien à cacher ? Un type comme Wil Durand devait avoir un avocat avec des sous-fifres à sa disposition. Le fait qu'il n'en ait pas envoyé chez lui pendant que sa maison était perquisitionnée devait vouloir dire qu'il n'avait rien à protéger dedans.

Les Polaroid de repérage montraient nettement qu'Escobar avait raison – l'endroit était aussi spartiate qu'un sanctuaire, l'enclave d'un grand malade ivre du désir de tout contrôler. La chambre à coucher principale était l'endroit le moins chaleureux que j'aie jamais vu. Le lit était en ébène, très sombre, avec une tête de lit et des pieds sans la moindre décoration. Il coûtait probablement aussi cher que ma voiture. Les tables de chevet ne comportaient pratiquement aucun objet, sinon ces petites sculptures indéterminées ressemblant vaguement à des trucs de méditation bouddhiste en pierre. Du genre nid à poussière. Sur ma table de nuit, j'ai toujours des livres, de la crème hydratante et un verre d'eau, un lubrifiant au cas où, et toutes sortes d'autres trucs.

Mais ce qui attira surtout mon attention, c'est l'affiche au mur au-dessus du lit : c'était une affiche de son film, *Là-bas, on mange des petits enfants.*

« Où était le cercueil ? »

Escobar ne pigea pas.

« Celui dans lequel il doit dormir », dis-je.

Escobar se leva, en grommelant.

« Tu commences à ne pas tourner rond. Il est temps de partir. »

Je regardai une nouvelle fois les Polaroid du studio. Le martyre de l'innocence était patent dans ces morceaux de corps et ces sécrétions artificiels, les épées et les couteaux en plastique plus vrais que nature, les blessures terrifiantes en vinyle, avec muscles, tendons et putréfaction, tellement bien modelées et peintes. J'essayai de superposer les photos avec les images des cassettes. Puis je superposai le tout sur le souvenir que j'avais gardé des chambres des gosses.

C'était là, tout près, presque à portée de main.

Même si je ne savais pas de quoi il s'agissait.

Je trouvai Spence à son bureau.

« Je dois retourner tout de suite à l'atelier. Il faut absolument que je jette un nouveau coup d'œil à tout ça. »

Il ne posa aucune question.

« Je vais conduire », dit-il.

Nous avions presque franchi la porte quand mon *pager* retentit.

C'est vrai – j'avais des enfants qu'il fallait nourrir, véhiculer, et consoler de temps en temps. Au milieu de toute cette folie, je les avais presque oubliés.

« Qu'est-ce qu'il y a à présent, dis-je, Evan a encore oublié ses protège-tibias ? »

Non, pas cette fois. « C'est le sergent au bureau de l'entrée. » J'avais une visite.

23

Ceux qui trichent avec la mort en vivant jusqu'à un âge très avancé acquièrent souvent un statut mythique, que cet honneur soit mérité ou non par une personnalité remarquable, ou de hauts faits. Nous avons entendu parler d'une femme de Saint-Étienne qui a réussi à voir cent deux printemps ; elle était méchante et plutôt lente à comprendre, une vraie mégère vers la cinquantaine. Pourtant des gens venaient de loin pour la toucher dans l'espoir d'acquérir un peu de sa longévité. Si Mme Catherine Karle avait atteint cet âge, nous en aurions certainement entendu parler, car c'était vraiment une femme remarquable. Ceux qui la connaissaient à Champtocé disaient qu'elle pouvait faire des miracles avec des rochers et des pierres et une poignée de terre, et je n'avais aucune raison d'en douter.

Son fils Guillaume était un brave homme vigoureux d'une nature bonne et compréhensive, quelqu'un qui aurait fait le meilleur des maris s'il s'était marié. J'avais toujours pensé qu'il aurait dû occuper une position plus élevée : il avait quelque chose de différent de nous. Il était réservé sans avoir jamais l'air prétentieux ; pourtant, il se dégageait de lui une sorte de « grandeur » indéfinissable, une noblesse de port qu'on ne pouvait pas ignorer. Cela s'exprimait à travers des actes et des travaux vertueux dont il m'arriva de bénéficier personnellement. Vers l'extrême fin des épreuves subies par mon mari, quand je ne parvenais plus à le retourner, Guillaume était toujours disposé à me prêter ses bras puissants et son grand cœur pour s'occuper du mourant.

J'étais beaucoup plus jeune à l'époque, plus familière des exigences et des hasards de la vie. À ce moment-là, Guillaume devait approcher de la soixantaine, mais c'était le plus bel homme qui m'ait jamais été donné de voir, grand, très droit, mince et bien bâti, avec des yeux bleu ciel et un magnifique sourire. J'ai honte de devoir reconnaître que, durant les derniers jours de mon Étienne, je regardais Guillaume avec une certaine nostalgie. Je n'avais plus profité de la force de mon mari depuis qu'il était parti pour Orléans, et ses caresses me manquaient terriblement. J'ai réussi depuis à me pardonner pour ces pensées honteuses, bien que je doute que Dieu soit prêt à en faire autant, et si Jean de Malestroit venait à l'apprendre, je n'ose pas imaginer quelle pénitence il m'infligerait pour ma fragilité trop humaine.

Nous devions de toute façon passer par Champtoceaux, me dis-je. *Même Son Éminence ne pourra certainement pas trouver à redire si nous revenons un peu plus tard.*

Et Guillaume Karle fut facile à trouver : tous

les gens à qui nous demandâmes notre direction le connaissaient, sauf un, et tous parlaient avec une grande admiration du gentilhomme âgé. Cependant, personne ne sait jamais ce qui se cache derrière une porte, et mon escorte dévouée refusa que je m'en approche seule. *Pour votre protection, ma sœur*, avait dit frère Demien, avec le plus grand sérieux. Comment avais-je pu traverser indemne toutes ces années sans sa surveillance, j'étais obligée de me le demander – j'avais dû bénéficier de la protection d'un ange invisible et mystérieux dont les pouvoirs étaient exclusivement réservés aux abbesses en voyage. Sans aucun doute.

La porte s'ouvrit vers l'intérieur, et, quand l'occupant des lieux apparut, je reconnus l'homme que nous avions vu à l'auberge. Ma surprise n'avait d'égale que mon étonnement en voyant sa chevelure blanche comme la neige. J'éprouvai une sensation de plaisir que j'aurais voulu refréner, mais elle persistait – elle augmentait même – en le revoyant si longtemps après. Il avait l'air surpris, lui aussi, mais plutôt heureux ; il se tourna vers moi, et s'abrita les yeux de la main, tandis que, de l'autre, il nous saluait avec enthousiasme. Je ne pus m'empêcher de sourire.

Il traversa le petit jardin devant sa maison d'un pas étonnamment décidé, et s'approcha. Bien que toujours juchée sur ma monture, je n'étais pas tellement plus grande que lui.

« Madame, dit-il d'un ton chaleureux. Ou peut-être je devrais vous appeler mère.

— Mais non, monsieur, personne d'autre ne

mérite cet honneur de votre part que votre remarquable maman.

— Comme c'est aimable à vous de parler d'elle ainsi. Et comme c'est merveilleux de votre part de me rendre visite. Cela fait bien longtemps, n'est-ce pas ? »

J'étais tout sourires à présent.

« C'est vrai, monsieur, trop longtemps. »

Nous rivalisâmes d'amabilités pendant quelques instants.

« Peut-être devrions-nous rentrer et parler d'autres choses », dit-il enfin.

Il me tendit la main, et j'acceptai son aide pour mettre pied à terre. Descendre d'un âne quand on porte une robe de religieuse s'avère généralement une opération fort peu gracieuse. Je réussis pourtant à arriver au sol sans trébucher.

L'intérieur de la maison avait quelque chose de chaleureux que je rencontrais rarement dans des endroits inconnus. L'air y était à la fois tiède et frais, et sentait le bois huilé. Rien d'étonnant, les meubles étaient beaux et bien faits, leur raffinement bien supérieur à ce qu'on aurait attendu du fils d'une sage-femme. La présence d'une femme était presque palpable. Peut-être avait-il fini par se marier. Le sentiment de richesse qui se dégageait de son univers me rendait inexplicablement heureuse.

Je n'avais pas la moindre idée de la façon dont Guillaume Karle gagnait sa vie, autrement qu'en aidant sa mère dans son travail, mais leurs bénéfices avaient dû être conséquents pour qu'il puisse s'offrir toutes ces belles choses.

« Vos meubles sont magnifiques, dis-je.

— Merci, répondit-il. La plupart, je les ai fabriqués moi-même. »

Tout devint alors évident. Il était ébéniste. J'aurais dû m'en apercevoir d'après les entailles. Mais on remarquait également des tapisseries et des tentures partout, d'une qualité qu'on rencontre seulement chez les nobles. Je posai la main sur une étoffe finement tissée qui recouvrait le dessus d'un magnifique coffre.

« Mère se plaignait toujours de ne pas avoir assez de temps pour mener à bien ces travaux, dit Guillaume Karle, en voyant l'intérêt que je portais à l'ouvrage. Elle avait acquis ces talents dans son tout jeune âge. »

Produire des œuvres d'une telle finesse n'est pas donné aux filles de famille de moindre rang. Des rumeurs avaient toujours couru sur sa naissance, selon lesquelles Mme Karle serait une duchesse ou une princesse qui se serait enfuie et n'aurait pas voulu qu'on la retrouve. Je n'avais jamais accordé aucun crédit à ces commérages. Madame avait un esprit beaucoup trop pratique, elle était trop versée dans les choses de la nature pour avoir reçu une telle éducation. D'ailleurs elle-même m'avait dit que son père était médecin. Au bout du compte, cela m'importait peu de savoir d'où elle venait. C'était une femme de bien qui avait élevé un fils remarquable ; les deux auraient droit à mon admiration éternelle.

Je ne pouvais pas m'empêcher de regarder tout autour de la pièce. Mes yeux s'arrêtèrent sur un tout petit portrait d'une jeune dame réalisé à l'encre sur du parchemin, et inséré dans un cadre d'ivoire sculpté. Je jetai un coup d'œil dans la direction de Guillaume pour lui demander la permission d'y toucher, ce à quoi il acquiesça.

Je le pris avec une grande tendresse.

La femme du portrait esquissait un sourire, avec une expression que je me rappelais avoir vue parfois sur le visage de la sage-femme.

« S'agit-il de madame ? demandai-je.

— En personne. »

La ressemblance devait être suffisamment frappante pour me permettre de reconnaître la vieille femme qui avait sorti mes enfants de mon ventre sous les traits d'une jeune femme dans la fleur de l'âge.

Malgré l'absence de couleur dans le portrait, on voyait bien que ses cheveux étaient d'une teinte très claire ; vers la fin de sa vie, ils étaient argent avec encore quelques mèches dorées d'autrefois. Son visage exprimait une grande dignité, avec un regard plein de feu, deux caractéristiques dont je me souvenais parfaitement pour les avoir constatées moi-même. Je reposai le portrait sur le coffre.

« À présent, vous allez me dire qu'elle est toujours en vie, et je ne serais pas surprise de l'apprendre.

— J'aurais bien voulu, dit son fils, mais elle a été rappelée à Dieu à l'âge de 99 ans. C'est du moins ce que nous croyons : elle se rappelait avoir survécu à la peste noire, et c'est ainsi que nous en sommes arrivés à cette conclusion. »

Il eut un petit sourire triste.

« Mais elle n'a pas pu résister au dernier appel. Personne ne le peut, malgré tous nos espoirs. »

Cela ne faisait pas si longtemps.

« Je suis sincèrement désolée, dis-je. Je lui serai toujours reconnaissante pour ce qu'elle a fait pour mon mari. Et vous également. »

La présence discrète de frère Demien me rappela soudain que je ferais mieux de m'occuper de l'affaire qui nous avait amenés là.

« Allons, dis-je avec un soupir nostalgique, la lumière de ce jour s'éteindra avant que nous nous en soyons aperçus. Peut-être frère Demien vous l'a-t-il déjà dit à la porte – nous venons de Champtocé. Nous avons rendu visite au vieux châtelain qui était là-bas quand j'y étais, et qui vit toujours là.

— Ah, dit Guillaume, M. Marcel.

— Lui-même.

— Un homme bon s'il en est. Comment les choses se passent-elles pour lui ? Je pense souvent à lui, mais cela fait bien longtemps que je ne me suis pas aventuré dans cet endroit. »

À sa voix, je devinai qu'il était soulagé de ne plus être là-bas.

« Il est en bonne santé et sain d'esprit, dis-je. Les choses ne semblent pas avoir beaucoup changé là-bas ; une certaine négligence semble régner un peu partout, probablement due au temps qui passe plutôt qu'à une volonté. Évidemment, tout doit être différent à l'intérieur des murs, l'endroit ayant changé de mains tellement de fois.

— C'est tant mieux pour moi. » Il s'arrêta puis ajouta :

« Il arriva un certain moment où mère ne voulut plus y aller. Sans raison particulière. Elle disait toujours qu'il s'y passait des choses maléfiques. Elle le sentait dans ses os, me disait-elle. »

Ses os ne la trompaient pas. Nous l'apprendrions plus tard de la bouche de Poitou.

Après que monseigneur Gilles eut une nouvelle fois récupéré le château de Champtocé auprès de son frère René, seigneur de La Suze, nous nous y rendîmes, mais notre but était simplement de le céder de nouveau, cette fois au seigneur duc de Bretagne. Monseigneur le lui avait vendu, bien que je soupçonne qu'il n'aurait jamais abandonné cet endroit s'il y avait eu moyen de l'éviter. Je ne connais pas les arcanes de leur accord, seulement que monseigneur en était vraiment malheureux et avait entériné le transfert sous une certaine contrainte.

C'est à cette occasion que monseigneur Gilles me fit pour la première fois jurer de garder le secret. Il dit : « Poitou, tu ne dois jamais trahir mes confidences auprès de qui que ce soit. » Je ne compris pas à cet instant ce qu'il voulait que je garde secret, mais, plein de dévouement comme je l'étais, je jurai malgré tout.

C'est avec ce serment que ma honte commença sérieusement.

Monseigneur nous ordonna – Henriet, son cousin Gilles de Sille, deux serviteurs, Robin Romulart, Hicquet de Brémont, et moi-même – de nous rendre à la tour, où il dit que nous trouverions les corps et les os de nombreux enfants morts. Il voulait s'assurer que le duc Jean ne les découvre pas en prenant possession de Champtocé. Je ne le crus d'abord pas. Mais les autres vérifièrent l'entière véracité de ses dires, et je commençai à craindre pour mon âme. Nous devions prendre ces restes et les mettre dans un coffre, puis les emporter en secret au château de Machecoul. Il ne dit pas combien ils étaient, mais quand nous nous y rendîmes, nous trouvâmes les restes de trente-six ou quarante-six enfants, bien que je ne me souvienne plus maintenant du nombre exact ; nous comptâmes les squelettes pour le déterminer à ce moment-là.

Nous emportâmes ces « corps » – aucun n'était intact – dans la propre chambre de monseigneur à Machecoul. Nous fîmes le voyage de nuit, chacun de nous chevauchant le long de la charrette qui emportait les restes. Là-bas, avec l'aide de Jean Rossignol et d'André Buchet, nous brûlâmes les corps dans le grand âtre sous la direction de monseigneur en personne. Et quand les cendres furent froides le lendemain matin, nous les jetâmes dans les douves et les trous des latrines de Machecoul. Ce n'était pas difficile, et nous aurions pu le faire à Champtocé si nous avions eu le temps – mais monseigneur le duc risquait d'arriver bientôt, ou à sa place son émissaire, l'évêque Jean de Malestroit, nous ne savions pas lequel allait venir.

Je ne sais pas qui a tué ces enfants ; je sais cependant que les cousins de monseigneur lui rendaient souvent visite quand il résidait ici et qu'il y avait une grande intimité entre eux, parfois de nature sodomique, comme cela se produit souvent entre monseigneur et moi-même. Je sais qu'ils lui amenaient des enfants, comme je l'ai souvent fait après en maintes occasions, pour satisfaire son énorme appétit sexuel. Entre eux et moi, il y en eut peut-être quarante qui lui ont été amenés pendant ce temps. Plus que je ne voudrais m'en souvenir, que Dieu ait pitié de moi.

Ce qu'Il ne fera certainement pas.

Après la disparition de Michel, j'étais tellement au fond du désespoir que si le mal avait commencé à s'insinuer dans la forteresse de Champtocé, je n'aurais pas pu m'en rendre compte. Catherine Karle, toutefois, ne partageait en rien ma dévotion à cette forteresse – elle en était entrée et sortie à plusieurs reprises pendant des décennies, avait connu sa gloire et son déclin sans manifester la moindre émotion.

« Votre mère possédait d'extraordinaires pouvoirs d'observation, dis-je à Guillaume, je devrais donc admettre que ce que vous me dites est la vérité, bien que je ne l'aie pas remarqué moi-même. »

Je me tus quelques instants, consciente de mes propres carences en tant qu'observateur.

« J'aurais probablement dû le remarquer, dis-je, affligée, Champtocé ayant été ma demeure pendant tant d'années.

— Ne vous faites pas de reproches, madame. Personne ne souhaite constater de telles choses.

— Vous seriez surpris, monsieur, de la quantité de défauts qu'on peut se trouver lorsqu'on prend le temps de s'examiner, comme j'en ai souvent eu l'occasion. Mais assez de ces regrets. »

Alors, sans plus de détours, je lui avouai ce qui nous amenait.

« Nous sommes ici dans l'espoir d'en apprendre un peu plus sur la disparition de mon fils. »

Il recula un peu et se signa. Il n'y avait nul besoin de rappeler à cet homme ce qui était arrivé à Michel. Cela me fut un soulagement car j'avais jadis pensé à tort que le seul récit de mon chagrin me permettrait de soulager ma douleur.

« Marcel pensait que vous pourriez peut-être vous souvenir de quelque chose d'autre. Nous n'en avions pas parlé, vous et moi, à l'époque, pas plus qu'avec votre mère. Aussi je vous demande à présent de parler. »

Il tendit la main, prit le portrait de Mme Catherine, et le contempla pendant quelques instants.

« Quel bénéfice pensez-vous retirer de mes souvenirs ? demanda-t-il après l'avoir remis en place avec révérence. Ils vont être très pénibles à entendre et rien n'en sera changé.

— Je ne peux pas le savoir, monsieur, avant de vous avoir écouté. Mais n'hésitez pas à parler franchement, car rien ne pourra me faire souffrir davantage que ce que j'ai déjà souffert. »

Je crus un instant qu'il allait m'opposer un nouvel argument, mais il n'en fut rien.

« Très bien, madame. Si votre vœu sincère est que je m'exprime, je le ferai. Mais asseyons-nous d'abord. Mes os me font souffrir tout à coup. »

Le siège sur lequel je posai mon corps fatigué par la chevauchée était tellement confortable que si le soleil avait déjà été couché, j'aurais pu m'endormir aussitôt, en oubliant complètement les dévotions que j'étais censée faire avant de fermer les yeux. Au lieu de cela, je pris soin de m'asseoir très droite au bord du coussin pour voir le visage de Guillaume pendant qu'il parlait. La souffrance qu'il ressentait était déjà évidente.

« Mère est restée silencieuse pendant de nombreuses heures après son retour de la battue initiale, dit-il, elle, habituellement si bavarde. J'ai essayé de la cajoler pour la faire parler, mais elle était comme muette, apparemment en proie à la plus grande confusion. Elle ne répondait plus qu'aux demandes de soins les plus critiques. »

Il se frotta lentement les mains, puis reprit, une fois sa nervosité calmée.

« Mère était une femme forte avec un courage remarquable : elle avait été témoin de nombreuses blessures graves au cours de sa vie, elle avait enduré de nombreuses épreuves, connu des moments difficiles. Je la croyais immunisée contre la douleur et l'horreur. Mais il y avait tellement de colère en elle à ce moment-là... Votre mari vous a certainement raconté ce qu'elle lui a dit. »

Je m'enfonçai dans mon siège, stupéfaite.

« Il ne m'a jamais dit qu'ils s'étaient parlé.

— Il ne vous a pas raconté le moment où nous nous sommes retrouvés dans le bois de chênes ? »

Je hochai la tête. Je me sentais trahie, et d'autant plus que je ne pouvais pas me retourner vers mon mari pour l'interroger.

Guillaume Karle avait dû percevoir mon trouble.

« Ne vous tourmentez pas, madame, dit-il. Si j'avais été votre mari, moi aussi, je vous aurais peut-être caché des choses aussi bouleversantes. Je vais malgré tout vous raconter ce dont je me souviens de cette journée. Étienne travaillait dans des broussailles, déplaçant le feuillage du bout de son épée. Quand il nous vit, on aurait dit qu'il avait été surpris en train de faire quelque chose de coupable. Il nous salua pourtant, et nous échangeâmes quelques mots. S'il nous avait demandé ce que nous faisions, mère lui aurait dit que nous étions à la recherche d'herbes médicinales, mais il ne nous demanda rien. Il paraissait très absorbé dans sa tâche. »

Quand Étienne revenait de ces recherches – toujours seul –, son humeur était sombre et son attitude distante.

« Il sortait tellement de fois, j'imagine qu'il avait dû rencontrer beaucoup de gens.

— Nous n'avons pas croisé beaucoup de gens. Je pense que, après le massacre de Guy de Laval et la disparition de votre fils, aucune personne habitant dans les parages ne tenait à s'aventurer dans cet endroit. Comme ce qui est arrivé à Paris, quand les loups rôdaient partout.

— Ah oui, que Dieu ait pitié de nous. »

Pendant une semaine, l'automne dernier, un loup malfaisant, baptisé Courtaut pour s'être coupé la queue avec les dents afin de se délivrer d'un piège, avait hardiment mené une harde composée de ses frères et de ses sœurs à travers les rues de Paris. Entre Montmartre et la porte Saint-Antoine, à eux tous, ils attaquèrent et mutilèrent des dizaines de personnes. Ils se cachaient dans les vignobles et les marécages et sortaient la nuit pour harceler les citoyens terrifiés qui vivaient à l'intérieur des murs de la cité. Quand ils croisaient un troupeau de moutons, pourtant leurs proies habituelles, ils ne touchaient pas aux animaux et s'en prenaient au berger. Courtaut finit par être capturé la veille de la Saint-Martin, après quoi il fut promené dans une brouette à travers les rues de la ville, la gueule grande ouverte pour montrer ses dents pleines de sang.

« Si c'était tellement dangereux, pourquoi vous et votre mère alliez-vous dans les bois ?

— Nous avions été séparés pendant plusieurs années après ma naissance, et elle connaissait trop bien la peine que procure la perte de son enfant. Avant que nous nous soyons retrouvés, elle avait souvent failli perdre espoir, comme elle me le disait. »

Les larmes me montèrent aux yeux. J'ignorais tout cela. Si elle ne m'en avait fait part, je me serais efforcée de la réconforter, mais peut-être ne voulait-elle pas qu'on s'apitoie sur son sort. Catherine Karle avait les épaules assez larges pour pouvoir tout supporter.

« On ne perd jamais espoir, dis-je doucement en baissant les yeux. J'espère toujours vaguement voir Michel s'avancer vers moi un jour. Hélas, si cela se produit, j'ai peur de ne pas pouvoir le reconnaître. »

Guillaume Karle resta silencieux pendant un moment, tout comme frère Demien. On entendait seulement le bruit de nos respirations.

« Madame », reprit Karle dans un chuchotement. Je ne levai pas les yeux.

Il me prit les deux mains entre les siennes.

« Madame, dit-il une nouvelle fois, je regrette de devoir vous dire que votre fils ne va pas revenir.

— On ne perd jamais espoir, répétai-je, tant que tout espoir n'a pas disparu. »
Il me serra les mains.
« Tout espoir a disparu. »
Je levai les yeux : son regard était affreusement triste.
« Voyez-vous, madame, nous l'avons retrouvé. »

Il était tard dans la journée, la lumière déclinait, et nous étions dehors depuis avant midi. Nos chevaux commençaient à s'agiter en vertu d'une urgence quelconque non formulée qui pousse toutes les bêtes à s'irriter contre leurs cavaliers vers cette heure-là. Peut-être sentent-ils l'obscurité qui approche et voudraient-ils regagner leur abri avant la nuit. On ne sait jamais, dans les bois, ce qui pousse un cheval à s'agiter. Ma monture était encore plus énervée que celle de mère, car bien qu'elle soit une femme de grande taille, elle n'avait pas beaucoup de chair sur les os, alors que moi, dont elle prétendait que j'étais le préféré de mon père, j'étais beaucoup plus lourd et encombrant qu'elle.

« Faisons boire les bêtes, proposa-t-elle, peut-être seront-elles plus calmes ensuite », ce qui me sembla une bonne idée, aussi je passai devant et menai mon cheval à travers le bois de chênes où nous avions cherché votre fils. Par hasard, nous tombâmes sur une importante quantité de gui dont mère et moi nous remplîmes nos sacoches. Nous nous félicitions encore du trésor que nous avions trouvé quand nous arrivâmes au cours d'eau qui coulait au milieu du ravin.

Les pluies avaient été abondantes cette année-là, et en avance, et je n'avais jamais vu le cours d'eau couler avec une telle force. De la vase, du sable et des feuilles marquaient le niveau qu'il avait atteint sur la rive. À présent, l'eau était redescendue d'une bonne longueur de bras au-dessous de sa hauteur maximale. Aussi nous avancions prudemment sur le bord du rivage, car la boue risquait d'être traîtresse à certains endroits. Elle était suffisamment meuble pour aspirer le pied et la cheville d'un cheval, peut-être même assez profondément pour que l'animal le plus vigoureux ne réussisse pas à s'en extraire. Nous prêtions une grande attention aux rochers et aux débris qui se trouvaient sur le sol, obligeant nos chevaux à avancer lentement au milieu.

Nous progressions prudemment le long des rives boueuses quand nous arrivâmes devant un étrange monticule de pierres, un monticule qui paraissait si élaboré qu'il ne pouvait pas avoir été édifié par la main de la nature.

Nous attachâmes nos montures à un petit arbre et nous approchâmes du bord de l'eau : presque aussitôt, nos pieds s'enfoncèrent dans la boue. Me retenant à une grosse branche, je réussis à m'extirper, après quoi je tirai mère jusqu'à la terre ferme. Mais ni l'un ni l'autre, nous n'aurions voulu poser le pied sur ce tas de pierres près de l'eau, car il ne faisait aucun doute que c'était une tombe.

« Madame », dit Guillaume.
Les mots flottaient dans l'air, comme surgis des

profondeurs du ruisseau lointain près duquel ils avaient trouvé les restes.

« Madame... préférez-vous que je me taise ? »

Je réussis tant bien que mal à refaire surface.

« Non », dis-je.

Suffoquée par le chagrin, je pouvais à peine parler. « Pour l'amour de tout ce qui est sacré, murmurai-je, *non*. Racontez-moi *tout*. »

L'âge qui semblait l'avoir épargné jusque-là parut s'abattre d'un coup de tout son poids sur lui : j'avais devant moi le vieil homme qui avait porté un fardeau sur son âme pendant tant d'années.

Nous faisions toujours attention, mais, une fois que nous eûmes regagné la terre ferme, nous commençâmes à ôter les pierres du sommet du monticule. Bientôt apparurent la forme de bras et de jambes ainsi qu'un torse, et, tandis que nous continuions à dégager l'ensemble, une tête. Et d'après sa taille et sa forme, nous savions que c'était un jeune homme ou un garçon. Les plus grosses pierres étaient maintenant remplacées par des cailloux ; celui qui avait enterré votre fils l'avait d'abord recouvert de sable et de petits cailloux puis de pierres de plus grosse taille. Nous procédions avec grand soin, de façon à ne pas troubler son repos, et à un moment je dis à mère : « Découvrons au moins son visage de façon à savoir éventuellement de qui il s'agit. »

Elle reconnut que c'était ce qu'il fallait faire, aussi nous nous affairâmes autour de la tête, dégageant le sable compact jusqu'à ce que nos doigts entrent enfin en contact avec la chair. Elle paraissait spongieuse et dure en même temps sous mes doigts, et bien que la nature eût fait son office sur le visage du garçon, ses traits étaient malgré tout reconnaissables et nous sûmes que c'était Michel. Une écharpe en étoffe était attachée autour de son cou.

Nous restâmes immobiles pendant un moment, puis ma mère se mit à prier – à haute voix, ce qui était très rare de sa part. Elle faisait toujours ses dévotions en privé, certaine que Dieu l'entendrait, et donc peu soucieuse de donner une impression de piété. Elle pria Dieu et la Vierge pour le repos de l'âme de votre fils. Et quand elle eut terminé ses prières, elle s'assit sans rien dire. Puis elle se tourna vers moi et dit que Dieu lui avait donné le sentiment que le garçon devait être absous de ses péchés, et que si cela était fait, le garçon serait reçu au ciel comme il le méritait après s'être montré si gentil durant sa vie.

Quand je lui opposai que cela devait être fait par un prêtre, elle se mit à rire. « J'ai vu la peste noire, me rappela-t-elle, et, dans ces temps-là, il n'y avait pas un seul prêtre, quel que soit le prix qu'on y ait mis, car la peste pouvait s'étendre à tout un monastère comme si elle était tirée par l'étalon le plus rapide. Il n'y avait pas assez de vivants pour enterrer les morts, et nous devions nous débrouiller avec ce que nous avions. Plus d'une fois, le dernier des vivants se retrouvait seul à veiller sur l'âme de ceux qui avaient péri avant lui. Et même si le dernier des vivants était déjà en train de se tordre sous les mains glacées de la mort, il veillait à donner l'absolution à ceux qui étaient partis avant lui. Tu ne peux certainement pas prétendre que toutes ces âmes ont rejoint les esclaves de Satan pour n'avoir pas reçu la grâce de Dieu. »

« Te absolve », *dit-elle au-dessus de votre fils. Et j'ai toujours pensé que ces mots avaient eu l'effet désiré.*

Cette femme était si bonne, avec l'âme si pure et le cœur si généreux. J'étais bien obligée de croire que ses mots avaient certainement permis à Michel de trouver le salut.

« Allons, dis-je, incapable de retenir mes larmes, je suis réconfortée d'apprendre qu'il a reçu l'absolution. Mais je ne pourrai pas trouver le repos jusqu'à ce que... je dois savoir... comment est-il mort ? »

« Découvrons-le un peu plus », dit ma mère.
« Il ne faut pas, lui dis-je. Nous devons le laisser reposer en paix. »
« Non, insista-t-elle, il y a là un mystère que nous devons résoudre. Un garçon ne se couche pas par terre, et ne s'enterre pas ensuite lui-même de façon aussi parfaite en prévision d'une mort inéluctable. Il était encore à trois fois vingt ans de sa mort naturelle. »
Aussi nous dégageâmes le corps du sable et de la vase, et, à travers la couche de gravillons qui restait, nous vîmes la blessure qui avait dû être fatale. Car sa chemise était déchirée au milieu et ses entrailles avaient été arrachées.

Les larmes inondaient mes joues et le devant de mon habit, puis tombaient sur mes genoux. Tout courage m'avait abandonnée, et dans mes vaisseaux, ce n'était plus mon propre sang qui coulait mais un vif-argent rude et empoisonné, qui me glaçait jusqu'au tréfonds de l'âme. Ainsi donc, il était mort dans la douleur.

Nous restâmes assis en arrière pendant un moment, à regarder ce que nous avions découvert. Mère fit un terrible serment à voix basse, puis elle m'ordonna de découvrir le reste de ses bras. Elle portait toujours un couteau dans son bas – une habitude qu'elle disait avoir prise sur l'insistance de grand-père – et, bien souvent, c'était une chose utile à avoir. Elle s'en servit pour couper le devant de la chemise du garçon qu'elle plia alors soigneusement et rangea dans la poche de son tablier.

« C'est mieux pour voir la blessure, dit-elle. Je ne veux pas qu'elle soit cachée. »

Nous examinâmes plus attentivement la fente dans l'abdomen. Elle la toucha soigneusement du bout des doigts et déplaça des petits morceaux d'entrailles pour voir l'endroit d'où on les avait sortis. Et alors elle jura de nouveau. « Nous allons devoir faire quelque chose à présent, me dit-elle. Il ne peut pas être laissé ici. »

« C'est un blasphème que de déterrer les morts, lui dis-je. Ce fut la raison de tous les problèmes de votre père, n'est-ce pas ? Nous serons certainement pendus si nous sommes pris. »

« Nous pourrions certainement en enfer si nous ne faisons rien, insista-t-elle. La blessure n'était pas l'œuvre d'un sanglier. Nous en serons res-

ponsables sur notre âme pour la vie éternelle si nous ne faisons rien. J'en ai déjà suffisamment sur l'âme. »

Toutes mes protestations et mes remontrances restèrent lettre morte. Mais je réussis malgré tout à arriver à un accord avec elle, à savoir que nous devrions rentrer chez nous, pour nous reposer un peu et envisager la suite de l'action sans contrainte inutile. Cette décision prise, nous commençâmes à recouvrir le corps. À présent, mère était plus raide, car elle était restée pendant un bon moment à genoux, et ses genoux n'étaient plus ceux d'une jeune femme : elle avait alors, je crois, beaucoup plus de 70 ans. Je lui dis de rester debout sans bouger pour calmer la douleur de ses articulations pendant que je terminais de recouvrir le corps. Quand elle fut debout, elle se retourna pour regarder derrière nous. Je l'entendis étouffer une exclamation et levai les yeux en suivant son regard. Une silhouette à cheval se détachait sur la crête de la colline. C'était le grand-père, Jean de Craon.

Elle avait rarement évoqué sa famille, et seulement pour dire que son père avait été un médecin renommé. Il avait servi aussi bien des rois et des princes, et étudié, pour son plus grand bénéfice, sous la direction des plus grands professeurs. Mais au cours de ses études, et la pratique de la chirurgie qui s'en était suivie, il avait exhumé et disséqué des cadavres, ce qui était strictement interdit par l'Église. Heureusement, l'homme était mort depuis longtemps, échappant ainsi à toute poursuite.

« Jean de Craon connaissait-il l'histoire de son père ?

— Suffisamment, je crois.

— Alors il ne pouvait rien faire contre elle : les crimes de son père n'étaient pas les siens.

— Monseigneur Jean ne serait certainement pas de cet avis.

— Libre à lui de faire ce qu'il veut de son perchoir en enfer, mais je n'imagine pas qu'un juge puisse tenir la fille pour responsable des péchés du père.

— Dieu nous rend tous redevables des péchés de notre famille.

— Oui, oui, dis-je impatiemment, mais il s'agit là d'une question complètement différente, ce sont les péchés avec lesquels nous venons au monde, pas les péchés que nous commettons de notre propre chef.

— Ma mère avait des péchés bien à elle dont elle devait répondre, dit-il doucement. Monseigneur Jean avait les moyens de la faire taire. Il y avait des secrets la concernant qu'elle devait préserver. Autrement, je vous l'assure, elle aurait divulgué ce qu'elle pensait être la vérité au sujet de votre fils. »

J'avais presque peur d'insister. Mais arrivée à ce point, je ne pouvais plus reculer, malgré les difficultés qui se présenteraient de toute façon.

« Je voudrais connaître cette vérité-là.

— Je regrette, madame, ce ne sera pas agréable à entendre.

— Parlez.

— Très bien. Ma mère avait la certitude que le ventre de votre fils avait été ouvert non pas par les dents d'un sanglier, mais par un couteau. L'individu qui avait perpétré ce crime, avait-elle dit plus tard, avait été assez malin pour faire en sorte que la blessure paraisse être l'œuvre d'un animal, avec de la poussière et quelques déchirures. Mais il avait dû juger ses efforts suffisants et avait fini par enterrer Michel. Malgré cela, si quelqu'un d'autre l'avait trouvé, ce que ma mère avait remarqué aurait pu passer inaperçu. »

Je ne dis rien, et gardai les yeux fixés sur mes mains croisées sur les genoux, en serrant le mouchoir de ma mère avec toute la force du désespoir. Je ne me souvenais même pas de l'avoir sorti de ma manche. Mais il était là, tout chiffonné, témoin de ma fureur contenue.

Au lieu de fixer ma pensée sur ce que Guillaume Karle venait de révéler, je pensais à sa mère et à son grand-père. Compte tenu de la naissance illégitime de Mme Catherine, c'était un sujet délicat à aborder avec son fils, mais quelque chose dans son passé l'avait empêchée de révéler ce qu'il était advenu de mon propre fils, et j'avais besoin de savoir pourquoi les informations ne m'étaient jamais parvenues. En même temps, je ne voulais pas risquer de voir cet homme s'enfoncer dans un mutisme total sur le sujet en l'assaillant de questions trop embarrassantes. J'optai finalement pour une question qui me semblait assez anodine.

« Vous souvenez-vous du père de votre mère ?

— Oh, très bien, me dit-il. Comme si c'était le mien. Quand je suis né, mon propre père était déjà mort. Et grand-père s'est occupé de moi quand j'ai été séparé de maman.

— Peut-être, monsieur, accepteriez-vous de me raconter l'histoire de votre remarquable famille ? »

Il sourit, sans répondre directement à ma question. « Cela prendrait un bon moment. » Il désigna la fenêtre derrière laquelle la lumière diminuait nettement.

« Le soleil descend à présent, et vous devez arriver à Nantes. Je serais honoré si vous vouliez bien accepter une rapide collation avant de partir. Un peu de vin, un morceau de fromage et du pain. J'ai également de délicieuses pommes, si vous voulez. »

Je regardai frère Demien, qui inclina la tête en signe d'acceptation.

« C'est très aimable à vous de partager votre table avec nous, dis-je. Personnellement, je serais incapable de prendre la moindre nourriture pour le moment.

— Alors, madame, dit-il, nous nous contenterons de votre compagnie. »

Quand il se leva de son fauteuil, il parut vaciller un instant, à force, peut-être, d'être resté assis sans bouger dans un de ces vénérables sièges. Sur le point de tendre la main pour l'aider à se rétablir, je préférai m'en abstenir, et il retrouva son équilibre tout seul.

« Vous m'avez beaucoup donné à réfléchir, monsieur, lui dis-je tandis que nous remontions en selle un moment plus tard. Je vous sais gré de votre franchise. »

Il me toucha la main d'une façon chaleureuse.

« De telles choses ne sont pas des sujets de réflexion tellement agréables.

— Mais elles méritent néanmoins qu'on y pense. »

Son regard était suffisamment éloquent : certaines choses doivent rester en l'état, et je m'apprêtais à pénétrer dans des contrées dangereuses.

Mais personne ne pourrait m'en empêcher. Que les loups de Paris et les sangliers de Champtocé osent s'en prendre à moi. Je les attendrais de pied ferme.

24

J'avais mis dans le mille... Wilbur Durand n'avait pas quitté le pays. Il était même à portée de main. Il inspirait et expirait, comme moi et tout un chacun dans la pièce ; je voyais sa poitrine se soulever et s'abaisser pendant qu'il se tenait devant le bureau de la réception. Autrement, il ressemblait à une statue, parfaitement immobile et monochrome.

Je fis un pas de côté pour mieux le voir. Il ne bougea pas, se contentant de se tourner légèrement pour me suivre. Je ne pus m'empêcher de le dévisager pendant quelques instants, tout en implorant en silence le démon noir. *Je t'en supplie, fais quelque chose de stupide – sors un couteau ou jette-toi sur moi pour que je puisse dégainer et te flanquer une balle droit dans ton cerveau tordu.*

Mais il fallait qu'il passe par la sécurité pour arriver jusqu'ici, avec un petit détour par le détecteur de métaux, il ne risquait donc pas d'avoir d'arme sur lui. J'étais pourtant certaine que s'il ôtait ses lunettes noires qui m'empêchaient de lire en lui, des rayons laser se déclencheraient et viendraient me trouer le front.

« Monsieur Durand, dis-je bêtement, je suis l'inspecteur Lany Dunbar. »

Quelle idiote je faisais, il savait parfaitement qui j'étais. Il renifla de façon dédaigneuse et ignora la main que je lui tendais.

« Merci d'être venu », balbutiai-je.

Je me sentais réduite à néant et transparente ; un mouvement rapide, et j'éclaterais en mille morceaux, impossible à réparer. Heureusement, je n'avais pas perdu toutes mes capacités : je l'enregistrai, gravai son image dans mon cerveau comme une photographie, pris note de toutes ses caractéristiques. Durand était de taille moyenne, très frêle, avec un teint blême, et vêtu de noir de la tête aux pieds, comme sur les rares photos que j'avais pu trouver de lui. Ses cheveux bruns raides plutôt longs étaient coupés très soigneusement. Et d'imposantes lunettes noires lui dissimulaient les yeux. Il se tenait raide comme un piquet, le dos très droit. Une véritable caricature, sans que je puisse dire de quoi précisément.

Malgré toute cette affectation, il était à peu près totalement dépourvu de signes distinctifs. J'aurais eu beaucoup de mal à le repérer dans une foule. Durand était le genre de personne capable de se fondre dans son environnement, avec probablement la capacité de ressembler à n'importe qui. Pourtant, quand il s'exprima, il réussit à me flanquer les jetons.

« Rendez-moi mon atelier. »

Pas de : « Comment allez-vous » ou autre salutation d'usage. Sa voix me surprit ; je m'attendais à la trouver fascinante, du genre de celle de Vincent

Price ou de Wil Lyman. Mais au lieu de la voix grave et impérieuse que je m'étais imaginée, il émet une série de sons haut perchés qui, contre toute attente, se mirent bout à bout pour former une demande.

Il aurait pu être alto s'il avait été chanteur. Ce n'était en aucun cas une voix d'homme, mais pas non plus une voix de femme. S'il m'avait appelée au téléphone, j'aurais été incapable de déterminer son sexe. Sa voix sonnait presque faux, comme s'il parlait à travers un de ces appareils pour changer la voix, ou sous l'eau ; chacun de ses mots avait une tonalité métallique. Il ne dit même pas : *Bonjour, je suis Wilbur Durand. J'ai appris que vous souhaitiez me parler*. Il donna un ordre : *Rendez-moi mon atelier*.

Cet atelier était son talon d'Achille.

Je n'en revenais pas de voir à quel point Wilbur Durand différait de l'image que je m'étais faite de lui. Je m'attendais à une voix plus forte, une stature plus impressionnante, une présence plus affirmée. Il paraissait tellement insignifiant que, dans d'autres circonstances, je ne l'aurais même pas regardé deux fois. Mais sachant ce que je savais, je tremblais presque de me retrouver dans la même pièce que lui, ce tueur de chat, ce voleur d'enfants, cet assassin supposé. J'aurais tout donné pour qu'il ne le remarque pas. Ce qu'il fit, bien entendu.

Quand le sergent au guichet m'eut dit qui attendait, je retournai la photo de mes enfants sur mon bureau pour qu'il ne la voie pas si je réussissais à le faire venir dans la salle de la brigade pour discuter.

Je ne voulais pas qu'il connaisse le moindre élément de ma vie privée.

On aurait pu s'attendre à ce que quelqu'un comme Durand ait une escorte de gorilles, mais il était seul. Une remarque idiote me tournait dans la tête : il en fallait des couilles pour se pointer au commissariat de police quand on est considéré comme suspect dans un crime capital, et peut-être plusieurs. Il devait agir sous l'effet d'une de ces deux conditions psychologiques radicalement antithétiques : une confiance sans faille dans l'acceptation du monde alentour quand on est acculé, ou un état sociopathe où les limites de la conduite sont floues et par conséquent ignorées. Ou peut-être les deux ; en tout cas, il avait le don de m'énerver, et je suis certaine qu'il le savait.

Il me décocha un rictus glacial, façon de dire : *Je t'ai bien eue.* Et il ne se trompait pas : je restai sans voix pendant qu'un petit sourire de défi s'étalait sur son visage.

Heureusement, Spence avait surgi à côté de moi. Lui n'avait pas perdu l'usage de la parole.

« Votre atelier fait l'objet d'une assignation légale, monsieur Durand. Nous ne vous le restituerons pas tant que nous n'aurons pas terminé notre inventaire des preuves potentielles que nous y avons trouvées. »

Durand ignora Spence complètement pour s'adresser à moi.

« Je n'ai commis aucun crime, répondit-il. Il ne peut donc pas être question de preuve. »

Les coins de sa bouche se tordaient imperceptiblement dans un visage autrement impassible.

« Ce que vous prenez pour une preuve réelle n'est simplement qu'une illusion de preuve. »

Je pris alors la parole, d'une voix mal assurée.

« Monsieur Durand, dis-je, nous déterminerons dès que possible si ce que nous avons trouvé peut constituer une preuve. Nous ne vous gênerons pas plus que nécessaire. Entre-temps, se posent des problèmes de responsabilité concernant vos biens. Nous devons nous assurer que nous effectuons tout dans les règles, pour notre protection comme pour la vôtre. Qu'il s'agisse de leur éventuelle valeur historique ou artistique, notre conseil nous a recommandé de faire preuve d'un soin extrême à l'égard des objets que nous pourrons trouver chez vous. »

Il avait parfaitement compris le message, à savoir que nous resterions là jusqu'à ce que nous soyons foutus dehors à la suite de procédures légales. Je rassemblai tout mon courage et poussai un peu plus loin le bouchon.

« Si vous avez quelques instants, j'aimerais que vous puissiez m'accompagner jusqu'à une de nos pièces réservées aux interrogatoires. Nous pourrions parler plus tranquillement.

— Non. »

Ce fut bref. Il aurait pu commencer par nous exposer tout ce que son avocat allait nous faire, mais il n'en fit rien ; il aurait pu fulminer, enrager et me maudire, mais il s'en abstint. Il refusait purement et simplement d'engager la conversation avec moi. Pas d'arguments pour ou contre, pas la moindre négociation où j'aurais avancé mes pions avant qu'il avance les siens à son tour, après quoi nous en serions arrivés à une conclusion, assortie ou non d'un accord. Il ne proféra pas la moindre menace. Il se contenta de rester là, fronça les sourcils, puis tourna les talons pour s'en aller.

Un silence de mort régnait dans l'entrée tandis que la porte que Wilbur Durand avait franchie retombait avec un bruit étouffé. Je regardai autour de moi ; les visages étaient blêmes. Soudain, l'air conditionné se mit à vrombir, ce qui nous fit tous sursauter.

« Mince alors, Louise, finit par dire le sergent à la réception. C'était quoi, ça ?

— Je n'en sais rien, soufflai-je. Je crois que les scientifiques travaillent dessus.

— Bonne chance à eux », dit Spence.

La voiture banalisée conduite par Spence se frayait un chemin à travers la ville étouffante. J'occupais le siège du passager, toujours passablement abrutie. La circulation était bruyante, compliquée, et je repassais dans ma tête les images du petit corps mutilé d'Earl Jackson.

« Grand Dieu, Spence, il était juste là. Tout ce que j'avais à faire était de sortir mes menottes...

— Je connais ce sentiment. Mais pas tout de suite. Pour celui-là, tu ne peux pas te permettre la moindre faute, tu risquerais de tout foutre en l'air. »

Il aurait fallu que je le touche. Et il n'était pas question que je le touche, sûrement pas.

J'avais les photos de l'atelier sur les genoux. La chaleur montait de l'asphalte pendant que nous progressions lentement. Une nouvelle fois, je passai en revue les clichés représentant le monde étrange de Durand, dans l'espoir que l'étincelle se produirait, juste cette petite étincelle qui me permettrait de comprendre. Au lieu de cela, j'étais confrontée à des têtes, des bras, des dents, des perruques, des oreilles, du sang et des boyaux. Un ensemble incompréhensible pour une personne normale.

« Regarde », dis-je en sortant une photo.

Spence y jeta un rapide coup d'œil tout en conduisant.

Son front se plissa.

« Qu'est-ce que c'est que ça ?

— Un conteneur entier de fausse morve – ces fils de caoutchouc que tu fourres dans le nez d'un acteur pour qu'ils pendent et ressemblent à de la morve.

— J'espère que nous ne retournons pas là-bas pour ça. »

Qui pouvait dire ce qui le ferait tomber à la fin ?

« Il doit s'agir de quelque chose de banal. Je ne sais pas encore quoi. »

Nous pénétrâmes par la même entrée et fûmes accueillis par le même sous-fifre. Une nouvelle fois, nous l'ignorâmes.

« Il va finir par s'habituer à nous », plaisantai-je.

Mais dès que nous nous retrouvâmes à l'intérieur, toute légèreté disparut. Je m'abîmai dans une sorte de transe, dans un état de concentration totale, laissant mes yeux aller de carton en carton, d'une étagère à une autre étagère, m'arrêtant pendant quelques instants sur l'ensemble. Mon cerveau se mit en mode automatique, comme un téléviseur à la recherche d'une chaîne, dans l'espoir que quelque chose, n'importe quoi, attirerait mon attention.

Je pensai à mes propres gosses ; que possédaient-ils qui pourrait être conservé dans cette pièce sans attirer l'attention ? L'endroit était plein de souvenirs de films en attente, de choses qui pourraient être un jour aussi célèbres que les souliers de rubis de Dorothy[1]...

Des chaussons.

Des accessoires pour se chausser. Le carton avait été vidé, et tout ce qu'il contenait était répandu sur le sol. Un inspecteur d'une autre division comptait méthodiquement les chaussures. Je retrouvais mon propre salon... des baskets partout. Les gosses portent des baskets. Dans ce carton, il y avait beaucoup trop de paires de chaussures d'ados par rapport aux autres chaussures.

Pourquoi avait-il autant de baskets ?

Dans la chambre de Nathan Leeds, l'un des gosses disparus, on remarquait tout de suite une boîte de baskets vide.

L'avocat revint. Il se tenait sur le seuil de la porte avec l'assistant, qui l'avait probablement appelé dès l'instant où j'avais réapparu.

« Filons. Remettons les chaussures dans le carton, dis-je doucement aux flics en train de compter. Nous allons l'emporter. »

Ils devaient me prendre pour une cinglée. L'un d'eux me jeta un drôle de coup d'œil.

« Ne faites rien qui puisse agacer le petit crétin là-bas. »

---

1. Allusion aux chaussures portées par Dorothy, personnage interprété par Judy Garland dans le film *Le Magicien d'Oz*. (*N.d.T.*)

Quand nous transportâmes le carton dehors en le tenant Spence et moi chacun d'un côté, l'avocat devint fou.

« Que faites-vous ? Où croyez-vous aller avec ça ? Votre mandat ne mentionne pas les effets personnels de mon client. »

Il tournait autour de moi, proférant des menaces et postillonnant à tout-va, tout en brandissant toujours le mandat d'une main.

« Taisez-vous ! » ordonnai-je, et, à mon grand étonnement, il obtempéra.

Quand nous fûmes arrivés à la porte avec le carton, je lui répétai d'une voix calme ma déclaration initiale.

« Nous avons un mandat qui nous autorise à prendre tout ce qui peut servir de preuve dans l'enquête portant sur plusieurs crimes. »

Il se remit à crier. Ce qui ne nous arrêta pas pour autant.

Deux flics costauds remontèrent le carton du garage et l'abandonnèrent par terre, juste après le bureau de réception de la division. Refusant toutes les aides, je le tirai moi-même jusqu'à une pièce d'interrogatoire. À présent, personne ne devait y toucher jusqu'à ce que je puisse personnellement examiner chacune des chaussures.

Nike, New Balance, Adidas, Puma... des baskets de toutes marques exposées au vu et au su de tout le monde alors que ces pièces à conviction auraient pu être dissimulées. Je commençai à appeler les parents pour qu'ils viennent les reconnaître, des rendez-vous fixés à une demi-heure d'intervalle, toute la soirée, puis de nouveau dans la matinée.

Je me demandais quand mon ex commencerait à me réclamer une pension pour les enfants, au lieu que ce soit lui qui m'en donne une. Il avait peut-être raison de m'accuser d'être une mauvaise mère. C'est en tout cas l'impression que je commençais à avoir. Mais au moins mes gosses étaient en sécurité.

Les parents et ceux qui avaient la garde des enfants commencèrent à arriver comme je le leur avais demandé. Certains avaient hâte de s'exécuter et arrivèrent de bonne heure ; ils durent attendre. Une certaine nervosité flottait dans l'air pendant que les membres des familles des enfants disparus subissaient le tic-tac de la pendule, assis sur des chaises inconfortables en plastique orange vif, sachant pertinemment que la mort de leur enfant adoré risquait d'être enfin confirmée par une preuve.

Deux grandes tables occupaient le milieu de la pièce d'interrogatoire, chacune couverte de rangées de baskets soigneusement appariées. Escobar s'était précipité chez lui pour prendre plusieurs paires de vieilles baskets appartenant à ses propres enfants, marquées par des stickers cachés sous la languette de chaque chaussure. J'envoyai mes collègues fouiller dans les profondeurs de leurs placards pour en extraire des paires oubliées. Cela équivalait à inclure des photos de flics en civil dans une série de photos comportant celle d'un véritable suspect : l'identification positive en était renforcée par le fait d'avoir introduit des données négatives dans l'ensemble, et les avoir soumises à la personne supposée procéder à l'identification. *Nous avons délibérément tenté de mettre ce témoin sur une autre piste, Votre Honneur, afin de nous assurer qu'il était bien certain de l'identification, mais il est revenu aussitôt à la photo de l'accusé, quel que soit le nombre d'autres photos que nous lui avons présentées.*

Fred Vuska, Spence, Escobar et moi-même observions la scène à travers le miroir sans tain pendant qu'un inspecteur en uniforme introduisait ces adultes craintifs dans la pièce, et les accompagnait à travers l'étrange exposition. J'avais instamment demandé aux parents et aux familles de ne pas toucher les articles pour éviter toute contamination, mais il était à parier que quelqu'un essaierait. Cela ne tarda pas : un des pères tendit la main, la retira, puis regarda en direction du miroir. Il savait évidemment que nous l'observions. Il se contenta de faire un signe de tête. Ses épaules s'affaissèrent, et il se mit à pleurer.

Je me rendis aussitôt dans la pièce, et retirai la paire de taille 7 de l'ensemble avec mes mains gantées.

« Êtes-vous certain que ces chaussures appartiennent à votre fils ? » demandai-je au père en les tenant en l'air.

Il parvint tout juste à chuchoter « Oui » à travers ses larmes.

Il désigna une légère marque sur le dessus.

« Nous étions en train de peindre la véranda le jour de la fête des pères, et Jamie a fait tomber de la peinture sur sa basket. J'avais réussi à en effacer la plus grande partie, mais il en était resté un peu à la fin que je ne pouvais plus enlever. »

Je la regardai de plus près : dans les rainures correspondant à un orteil, on voyait des traces de vert sur le blanc sale de la gomme.

En cas de doute, nous pourrions toujours comparer la peinture de la basket avec celle de la véranda pour en avoir la confirmation.

Entre-temps, le technicien préposé à la vérification des preuves que j'avais envoyées était revenu de l'appartement d'Ellen Leeds avec la boîte de baskets soigneusement mise dans un sac et étiquetée. Sur mes instructions, il la rangea dans le placard où nous conservions les preuves. Je me retournai vers la vitre juste à temps pour voir un autre homme – l'oncle d'une victime – se détourner : ses jambes se dérobèrent sous lui et il vomit. Je me précipitai pour l'aider. Après s'être essuyé la bouche sur sa manche, il désigna une paire de lacets Disney World : il les avait achetés à son neveu à l'occasion d'un voyage d'affaires en Floride. Comme ils étaient trop longs et que le garçon trébuchait dessus sans arrêt, on avait coupé les extrémités. Il les identifia sans le moindre doute à cause de la pointe de colle qu'il avait mise dessus pour les empêcher de s'effilocher.

Et cela continua ainsi, avec plusieurs autres identifications positives. Quand tous les parents convoqués pour la soirée furent partis, nous restâmes seuls pour prendre acte de notre triste victoire.

Le poids de notre nouvelle découverte parut s'abattre sur nous d'un seul coup. À la fin, Fred se tourna vers moi.

« Je pense que vous tenez votre homme, dit-il. Vous savez que ça va être l'enfer dès que ça sortira. »

Il avait raison ; ce serait la pagaille. Tout à coup, je me sentis accablée comme jamais. Maintenant que je tenais Wilbur Durand dans mon piège, je réalisais tout à coup que je n'étais pas tout à fait prête à l'arrêter. Ma vie devait être clarifiée avant que je la lui consacre.

« J'ai besoin d'une journée pour régler deux ou trois choses avant de passer à la prochaine étape », dis-je.

Fred me dévisagea, incrédule.

« Quelles choses ?

— *Des choses*, Fred. Je dois rédiger tout ça, et le classer dans les dossiers, et j'ai besoin de dormir avant. Une journée, c'est tout ce qu'il me faut.

— D'autres gosses ne courent-ils pas de risques si nous attendons ? »

C'était lui qui posait la question à présent.

« Je ne peux rien dire, vous le savez bien. Je sais qu'il a besoin de se préparer avant d'agir, s'il continue sur le même mode. Il nous a vus à l'œuvre, ce qui fait qu'il n'est probablement pas prêt à changer de mode opératoire.

— Je déteste le *probablement*. » Nous le détestions tous. « Une journée », dis-je doucement.

Nous étions mardi soir. Fred me donnait jusqu'à jeudi matin pour mettre à plat les détails de l'affaire, et tout organiser pour qu'une arrestation dans les règles puisse être effectuée.

Nous nous serrâmes même la main pour officialiser nos propos. Peut-être me serrait-il la main en guise de félicitations, je l'ignore, mais cela ajoutait de la solennité à notre accord. Je disposais d'un peu de temps, à condition que l'affaire ne sorte pas entre-temps. J'avais déjà prévenu tous les parents que nous préparions un mandat d'amener, mais que je ne pouvais pas encore leur dire qui était le suspect. Nous voulions procéder dans les règles, aussi nous comptions sur leur coopération pour ne rien divulguer. Ce fut difficile : ils insistèrent tous beaucoup pour obtenir des informations. Je ne cédai sur rien, mais cela me rendait malade.

Il était près de minuit quand j'en eus terminé. En l'absence de témoin, je me glissai dans une salle d'interrogatoire, tirai le store sur la glace sans tain pour que personne ne puisse regarder à l'intérieur, et m'affalai sur une chaise, où je laissai éclater ma soif de vengeance. Ce serait probablement mes derniers instants d'intimité et de solitude avant longtemps ; il y avait encore une multitude d'obstacles à franchir. Mandat d'arrêt, arrestation, lecture de l'acte d'accusation, inculpation, procès, condamnation si nous gagnions...

Je vous en supplie, Dieu, faites qu'il n'y ait pas de procès, faites qu'il n'y ait aucune possibilité pour quiconque de faire tout échouer... Faites qu'il plaide quelque chose afin que nous n'ayons pas à supporter toute cette procédure merdique...

Mais était-ce vraiment ça que je voulais ? Bien sûr, c'était plus facile, mais cela présentait aussi des inconvénients. Si l'État acceptait le fait qu'il reconnaisse sa culpabilité, il devrait renoncer à la peine de mort pour une condamnation à la prison à vie.

Était-ce vraiment cela que je voulais ? Ça ne servait à rien de ruminer tout ça pour l'instant.

Ma vie était sur le point de basculer – plutôt pour le pire que pour le meilleur. Si nous gagnions cette affaire, il y aurait des félicitations et peut-être une promotion à la clé, mais, dans un avenir proche, ça allait être l'enfer. La vie de mes gosses changerait aussi. Il n'y aurait plus de soirées tranquilles à faire les devoirs, ou devant la télé. Plus d'excursions à la jetée de Santa Monica. Ils passeraient beaucoup plus de temps avec leur père, ce qui n'était pas si terrible au demeurant. Ils seraient poursuivis par leurs copains de classe et leurs amis.

Je finis par aller chercher la boîte à chaussures de Nathan. Je trouvai la paire qui devait lui appartenir au milieu des autres, et rangeai soigneusement les chaussures dans la boîte ; elles tombèrent naturellement en place, comme la pantoufle de vair de Cendrillon. Je les avais laissées jusqu'au dernier moment, car cela aurait risqué de fausser un peu la donne si on avait su à l'avance que ses baskets étaient là-dedans. Tout ensuite aurait ressemblé à une simple confirmation, et je ne voulais pas décevoir les parents qui avaient accepté de voir leur peine ravivée en venant fouiller parmi toutes ces chaussures. Cela ne paraissait pas juste.

Mon formulaire destiné à obtenir le mandat d'arrêt constitua sans aucun doute le chef-d'œuvre de ma carrière, aussi clair et succinct que n'importe quel document de police de mon cru. Je voulais que le procureur soit à ce point engagé dans cette affaire qu'il serait prêt à monter au créneau si nécessaire.

Fred était occupé à former le groupe qui irait arrêter notre étrange suspect. Il m'avait demandé d'être là au moment de briefer les huiles sceptiques pour leur expliquer l'affaire si besoin. Fred se montrait particulièrement prudent dans ses déclarations, pour qu'ils ne pensent pas que nous avions merdé. Toute cette affaire me rendait malade, en plus de me mettre en rage.

J'imaginais Fred dans son costard fatigué au milieu de tous ces beaux uniformes quand le téléphone sonna sur mon bureau.

Pandore avait beau savoir que cette sonnerie serait source de problèmes, la stupide créature décrocha quand même le téléphone.

Un garçon de 12 ans avait été accosté par ce qu'il pensait être un ami de la famille, en rentrant chez lui de son entraînement de foot après la classe. Le soi-disant ami s'était arrêté en voiture à sa hauteur pour lui dire que sa mère lui avait demandé d'aller chercher le garçon car elle voulait qu'il rentre plus tôt à la maison. L'incident s'était produit dans une rue adjacente relativement calme, en présence de deux témoins. L'un était une petite ado insolente et droguée qui se révéla totalement inutile.

L'autre, miracle, était le garçon lui-même, qui avait pris ses jambes à son cou.

Il s'appelait Carl Thorsen, et, à la différence de la junkie, qui avait dû se moucher tous les deux borborygmes, il parlait tellement vite que je dus lui demander de répéter son récit.

« La voiture s'est arrêtée à ma hauteur très près du trottoir, et j'ai ralenti le pas parce que je croyais avoir reconnu la voiture de Jake. La portière du passager s'est ouverte, aussi je me suis arrêté et j'ai regardé dedans, mais il y avait de l'ombre et je ne pouvais pas bien voir qui était à l'intérieur. J'ai d'abord cru que c'était Jake parce que c'était la marque de sa voiture et que ça avait l'air d'être lui. Aussi je me suis dit, bien sûr que c'est lui, mais il y avait quelque chose dans la voix qui ne me plaisait pas. Elle avait quelque chose de pas normal, elle était trop aiguë, alors j'ai eu vraiment la trouille et j'ai reculé mais, avant que je sois complètement hors d'atteinte, il m'a attrapé par la manche et s'est mis à me tirer. Alors, je me suis débattu, je me suis libéré et je me suis mis à courir aussi vite que possible pour m'éloigner. »

Carl jurait qu'il avait hurlé, mais il n'y avait personne dans les parages sauf la gamine, qui disait qu'elle n'avait pas entendu crier et prétendait également qu'elle n'aurait jamais pu lire le numéro d'immatriculation de la voiture à cette distance. Je regrettai de ne pas l'emmener à la division pour lui infliger une petite semonce. Au fond, il valait mieux qu'elle ne se montre pas coopérative : les junkies font de mauvais témoins.

Je mis Carl dans une voiture de patrouille et l'envoyai à la division, où ils appelleraient ses parents et mettraient la justice en branle. Escobar et moi, nous dépêchâmes l'équipe de recherche de preuves sur les lieux de l'incident, puis nous allâmes questionner le voisinage pendant qu'ils faisaient leur boulot. Une femme habitant la rue nous dit qu'elle croyait avoir entendu un garçon crier, mais qu'elle n'avait pas regardé dehors pour voir ce qui se passait. Sinon, personne n'avait entendu ou vu la moindre chose.

Seigneur, j'aurais tellement aimé avoir le numéro d'immatriculation de cette voiture.

Quand je revins au commissariat, je demandai à Carl de me donner sa chemise. Il n'y avait pas grande chance que nous y trouvions des empreintes, mais peut-être en aurions-nous, pour une fois, de la veine. Carl Thorsen, lui, en avait bien eu aujourd'hui. La chemise paraissait impeccable et pas du tout chiffonnée alors qu'il avait été pris dans une « lutte » – aucune déchirure à première vue, ni fils tirés ni parties détendues.

La mère arriva ; je la laissai seule avec son fils avant d'entrer pour les voir tous les deux.

« J'aurais besoin du numéro de téléphone de votre ami Jake et de son adresse. »

Elle paraissait particulièrement soucieuse de coopérer en ce qui concernait son ami.

« J'ai son numéro de téléphone mobile, dit-elle. Appelez-le tout de suite. Ce n'est pas lui. Je sais que ce n'est pas lui. »

Je le savais également, mais je ne pouvais pas le dire tout de suite.

Jake était seul dans sa voiture au moment où l'incident s'était produit, et il n'avait donc aucun témoin pour confirmer ses dires, sauf un qui surgit par le plus grand des hasards : le flic qui lui colla une contravention pour excès de vitesse, juste quatre minutes après la tentative d'enlèvement, dans un endroit situé à plus de trente kilomètres à vol d'oiseau.

Tu commences à être négligent, Wilbur.

Je conseillai au malheureux Jake de venir directement au commissariat. Il arriva en moins d'un quart d'heure, dans un état d'hystérie totale. Nous vérifiâmes aussitôt son alibi, et je lui confirmai qu'il n'était pas considéré comme suspect. Puis je ne perdis pas une minute pour lui demander ce que je voulais réellement savoir.

« Au cours de ces deux dernières années, vous êtes-vous jamais rendus, Carl et vous-même, dans un endroit public où on aurait pu vous voir ensemble ? »

Vous auriez dû voir son expression.

« Bien sûr. Dans des tas d'endroits. Je le considère comme mon propre gosse. »

Évidemment, ce n'était pas la première question à laquelle on peut s'attendre dans de telles circonstances. Mais je ne voulais pas qu'on puisse me reprocher de l'avoir tant soit peu aiguillé vers l'exposition de La Brea. Je voulais qu'il la mentionne de son propre chef. Quand je lui demandai d'être un peu plus précis, il commença d'abord par perdre ses moyens, puis récita une liste de films, de matches de base-ball, de compétitions, et de spectacles.

Et une exposition.

Impossible de m'en empêcher : sans même essayer de me cacher, je me mis à sourire comme le chat de Cheshire. J'en aurais presque crié tellement j'étais heureuse.

Qu'avait-il pensé des vidéos que les gens enregistraient pendant qu'ils faisaient la queue pour entrer ?

C'était cool, une super idée. Carl et lui avaient

fait les clowns et s'étaient déchaînés devant la caméra. C'était presque aussi drôle que l'exposition elle-même.

« Quel rapport tout ça peut-il bien avoir avec l'enlèvement de Carl ? »

Je laissai la question sans réponse.

« Si vous n'y voyez pas d'inconvénients, l'inspecteur Escobar va vous poser encore quelques questions, après quoi, nous vous emmènerons voir Carl et sa mère. »

Escobar prit note de ce que Jake lui révéla sur la nature de sa relation avec le garçon, et pourquoi il passait tellement de temps avec lui, plus quelques détails supplémentaires sur son emploi du temps de l'après-midi pour que son alibi soit inattaquable. Jamais dans l'histoire du crime des flics n'étaient allés si loin pour renforcer l'alibi de quelqu'un alors que, généralement, nous faisons des pieds et des mains pour le démolir. C'était d'ailleurs exagéré – il nous aurait suffi de photocopier le constat d'excès de vitesse et de nous procurer l'identité du flic de l'autoroute.

La salle de la brigade fut prise d'une activité fébrile après cet incident. *Un seul type*, je n'arrêtais pas de le répéter à tout le monde, *c'est un seul type*. Personne n'osait me contredire. C'était jouissif de voir tous ces superviseurs se prendre les pieds dans le tapis pour se donner l'air d'avoir soutenu ma thèse depuis le début. Le temps passa à toute vitesse pendant que nous reprenions tout de zéro. Quand je regardai la pendule, il était presque cinq heures. Je devais appeler Kevin sans tarder pour lui demander d'aller chercher les deux plus jeunes à cinq heures et demie au cours de natation. Je n'y arriverais jamais. Pour la première fois depuis que j'avais commencé à travailler sur ces disparitions, je ne m'inquiétais plus. Même Wilbur ne pouvait pas organiser un enlèvement aussi rapidement.

25

« Jurez !
— Je refuse.
— Frère, si vous ne jurez pas, je vous rendrai la vie impossible. Vous ne devez raconter à personne ce que nous avons appris. »

Il fallut que je le menace d'une condamnation pour le faire accepter, bien à contrecœur.

« De telles choses doivent recevoir leur dû, dit-il, sinon elles finissent par s'envenimer à l'intérieur et vous atteignent. Je ne voudrais pas que votre âme soit infectée par un malaise alors qu'il suffirait de s'en délivrer pour guérir. »

Je préférai mettre un terme à la discussion.

« Ce sera mon tourment. »

Et c'est exactement ce qu'il advint. Je supportai cet autre douloureux fardeau dans le silence et la solitude de mon cœur. Je n'écrivis pas à mon fils, pas plus que je ne me confiai à mes sœurs, qui se plaignaient dans mon dos de la distance que je mettais entre nous. Tandis que les activités de notre couvent se déroulaient comme à l'accoutumée, je ne leur prêtais qu'une attention superficielle, car mes intérêts étaient ailleurs. J'avais l'impression d'avancer à marche forcée à travers un marécage. Un pied devant l'autre. Je m'acquittais péniblement de mes obligations, sans y mettre le moindre cœur.

Détail encore plus révélateur, je ne parlai pas à Jean de Malestroit de l'horreur que j'avais découverte à Champtocé. C'est à lui que je me serais confessée, si l'on avait exigé de moi une absolution en raison de mon savoir coupable. Mon évêque remarqua les changements qui s'étaient opérés en moi ainsi que mon humeur sombre et mes crises de larmes, et me demanda maintes fois si je n'éprouvais pas le besoin de me délivrer de mon fardeau.

« Je suis aussi sanctifiée que possible, lui assurai-je, étant donné les circonstances. »

C'était une véritable bénédiction qu'il n'insiste pas davantage. Il avait d'autres soucis en tête.

Malgré tout, je dois avouer que septembre passa avec une rapidité effrayante. Au matin du vingt-huit, nous nous rassemblâmes de très bonne heure dans la chapelle faisant office de tribunal, bien avant tierce. Des chaises supplémentaires avaient été ajoutées pour compléter les rangées de prie-Dieu rudimentaires en bois qui bordaient l'allée centrale. Une estrade avec une barre de témoin était dressée juste au milieu devant la table des juges, où Jean de Malestroit et frère Jean Blouyn siégeraient pendant que l'affaire serait exposée à leur intention. Tout cela entamait quelque peu l'atmosphère de sainteté qui imprégnait généralement l'endroit.

La journée avait commencé dans une intense animation à la perspective de voir enfin les choses progresser, mais les heures passant sans que monseigneur Gilles de Rais apparaisse, un sentiment d'agacement gagna l'assistance. De ma place, presque à l'extrémité de la première rangée de prie-Dieu, je regardais sans mot dire les ombres diminuer à mesure que le soleil atteignait son point culminant. Les chants matinaux des oiseaux cédèrent la place à d'autres, plus tardifs. Frère Demien s'agitait à côté de moi comme un gamin de 10 ans : malgré son impatience de voir ces événements se dérouler, il regrettait de perdre cette journée qu'il aurait pu passer au verger.

Son mécontentement était tel qu'il laissa éclater son mépris, ce qui arrivait très rarement.

« Je ne pensais pas que monseigneur était un tel lâche. Il devrait être arraché à sa cachette et jeté devant ces juges.

— Les membres de la noblesse ne sont jamais arrachés d'où que ce soit, frère. Ils doivent venir subir leur humiliation de plein gré. »

Sa « cachette » était une somptueuse enfilade de pièces dans le propre palais de l'évêque. Il ne pouvait pas s'enfuir de cet endroit, mais ce n'était pas non plus une prison. Il pouvait recevoir des visiteurs – il n'en avait été fait état d'aucun – et vivre selon son rang.

Les heures passant, je rêvassais aux pommes, aux poires et aux noix, à des broderies délicates et à des perles de verre coloré susceptibles de venir rehausser leur beauté. Je fus distraite un instant par un homme et une femme qui s'inclinèrent en s'excusant pour se frayer un chemin dans la chapelle – d'autres témoins encore, qui étaient arrivés bien après l'heure prévue.

« Ils n'avaient pas besoin de se presser », observa frère Demien.

Son Éminence était impatiente de passer aux actes, et, ce matin, il avait pris place au beau milieu de la table des juges avec une excitation évidente. À présent, soucieux de préserver tant bien que mal sa dignité, il était contraint d'étouffer des bâillements de plus en plus fréquents. Frère Jean Blouyn, un homme sévère, de petite taille, avec des bajoues et un gros nez piqué, assis à la droite de Son Éminence, paraissait également s'ennuyer. Je m'étais souvent demandé ce qui lui valait ce visage rubicond, sinon l'amour excessif de la boisson qu'on lui prêtait, à moins peut-être qu'il n'ait été brûlé par la vapeur montant d'une marmite. Le seigneur enquêteur n'ayant pas l'air d'un homme susceptible de se faire la cuisine, ce devait malgré tout être la boisson. C'était par ailleurs un homme remarquable, très instruit et dévot, qui possédait les qualités nécessaires pour engager de telles poursuites, et était tout désigné pour juger d'une éventuelle hérésie, car il était l'homme le plus rigoureux qu'on puisse trouver à la ronde, qu'il abusât ou non de la boisson.

Frère Blouyn portait habituellement des vêtements ecclésiastiques, ou occasionnellement ceux d'un professeur, mais aujourd'hui il avait revêtu la robe de juge et un chapeau carré d'un velours rouge cramoisi, qui paraissait un peu trop grand pour lui. Il devait d'ailleurs le tenir pour se pencher vers Jean de Malestroit. Quand il s'inclinait ainsi, un gland tombait devant son nez et se balançait d'avant en arrière, et il le repoussait de l'autre main, m'empêchant de bien entendre ce qu'il disait.

« Tellement de témoins, crus-je lire sur ses lèvres. Devons-nous faire venir d'autres clercs ? »

Les témoins présents avaient été choisis pour la force et la passion de leur témoignage ; celui-ci serait consigné par quatre clercs assignés à cette tâche, assis en contrebas des juges, dont les doigts tachés d'encre cherchaient vainement à meubler les heures : l'un pianotait sur la table, l'autre agaçait une petite peau de ses ongles, un autre encore taillait ses plumes d'oie.

Il finirait bien par y avoir un procès et une condamnation à consigner.

Contre Gilles de Rais, ils pourraient faire preuve d'un sens aigu de la stratégie, d'une ingéniosité extrême, et mettre en œuvre toutes les astuces légales à leur disposition, mais oublier complètement les épées et les flèches auxquelles il aurait pu riposter. Le moment venu, Jean de Malestroit et frère Blouyn l'abattraient comme un arbrisseau. Les témoins – paysans et commerçants qui avaient fourbi leurs armes – s'agitaient nerveusement sur les bancs d'église, chacun anticipant sa convocation à la barre avec un certain effroi. Parmi ces gens, rares étaient ceux qui oseraient s'adresser à un noble, et encore moins le salir en présence de familiers du roi. Ce qui ne les empêchait pas d'être là, écumants de colère. J'en admirais d'autant plus le courage de Mme Le Barbier. Se doutait-elle le moins du monde de la tempête que sa visite à l'évêque allait déchaîner ?

Le bailli rompit brusquement le silence en prononçant l'invocation. Je sursautai sur mon siège.

Ils commenceraient sans lui.

Le silence retomba ensuite, un silence si profond que même notre respiration semblait lui faire affront. Le bailli continua alors, prononçant des mots qui demandaient une réponse de la part de Gilles de Rais, fût-ce *in absentia*.

En ce mercredi, le vingt-huitième jour de septembre 1440, dans la dixième année du règne de notre pontife, le Très Saint-Père monseigneur Eugène, pape par la grâce de Dieu, étant le quatrième de ce nom, durant ceci le conseil général de Bâle, devant notre révérend père de Dieu Jean de Malestroit, par la grâce de Dieu et celle du saint évêché apostolique, évêque de Nantes, et devant le religieux frère Jean Blouyn de l'ordre des Dominicains, bachelier de l'ordre saint et vicaire des religieux, frère Guillaume Merici, de l'ordre mentionné ci-dessus des Dominicains, inquisiteur de l'hérésie dans le royaume de France, délégué par l'autorité du même frère Guillaume et spécialement nommé au poste d'inquisiteur dans le diocèse et la ville de Nantes, siégeant à présent dans la chapelle du palais épiscopal de Nantes, et en présence de scribes et de notaires, Jean Delaunay, Jean Petit, Nicolas Géraud et Guillaume Lesné...

Lesdits scribes et notaires étaient penchés sur leurs parchemins et griffonnaient furieusement, consignant le moindre mot avec une extrême diligence.

> *... dont on attend qu'ils écrivent fidèlement devant ces mêmes seigneurs évêque et vice-inquisiteur à propos de chacune et de toutes les choses survenues dans les affaires devant nous, et finalement, à qui on a confié de rédiger cela d'une façon publique, à quelle tâche ils remplacent chacun de nous ici présent.*

Ad infinitum, ad nauseam. Je comprenais le souhait de Jean de Malestroit de respecter les règles pour établir l'autorité de la cour, mais c'était une litanie bien ennuyeuse. Aussitôt après, les témoins furent appelés pour faire état de leur témoignage en appui des accusations. Quelques-uns laissèrent exploser leur colère, mais ceux-là furent rappelés à l'ordre.

Agathe, épouse de Denis de Lemion ; la veuve de Regnaud Donete ; Jeanne, épouse de Guibelet Delit ; Jean Hubert et son épouse ; la veuve d'Yvon Kerguen ; Tiphaine, épouse de Eonnet Le Charpentier. Passablement hébétée, je regardai chacun se lever à l'appel de son nom, prêter serment, puis livrer son témoignage. Tous s'exprimèrent interminablement et avec amertume, contre l'accusé et ses complices. Les récits se suivaient et se ressemblaient : Poitou avait emmené l'enfant ; la vieille femme avait surgi sur la route de la forêt et attiré leurs enfants en leur promettant de la nourriture et d'autres bienfaits ; Sille et Briqueville avaient parlé de récompenses. Des situations dans des maisons nobles leur étaient proposées, assortis de vêtements dignes de tels emplois honorifiques. Puis on n'en entendait plus parler. Pas un mot, pas une lettre, pas la moindre preuve que ces bons, ces dévoués fils avaient péri, ou disparu pour une quelconque raison.

Mais un des témoins dépeignit un tout autre tableau. Elle n'avait pas donné son fils de plein gré contre la promesse de bienfaits. Petite et mince, elle paraissait terriblement frêle dans sa robe poussiéreuse ; j'aurais voulu la prendre dans mes bras pour la réconforter, essuyer ses pleurs, car j'étais certaine qu'elle avait souvent pleuré des larmes amères. Elle parlait la tête haute, démentant toute impression de fragilité ; jamais Son Éminence ne dut lui demander de hausser le ton.

« Je suis Jeanne, épouse de Jean Darel. Lors de la dernière fête des saint Pierre et Paul, je rentrais chez moi avec mon fils. Nous étions partis de chez nous dans la paroisse Saint-Similien en direction de Nantes, où j'avais quelques courses à faire, et nous avons profité de l'occasion pour rendre visite à ma sœur Angélique, qui habite non loin de ce palais dans lequel nous sommes maintenant. J'avais aussi l'intention de me rendre à Notre-Dame-de-Nantes pour faire une offrande à l'âme de ma mère défunte, ce dont ma sœur serait très contente.

« Nous sommes une famille pauvre, messeigneurs, et n'avons pas de montures. La distance à parcourir était assez importante, mais le temps était beau et la journée propice à la marche. Nous fîmes notre pèlerinage à la cathédrale puis passâmes un moment agréable avec ma sœur ; nous sommes très proches, et c'est une tante dévouée. Aussi, malgré son âge, mon fils ne se plaignit jamais de la longueur du trajet à pied jusque chez elle. Et comme cela arrive souvent quand le temps s'écoule agréablement, messeigneurs, les heures passèrent sans que nous nous en apercevions, et nous dûmes choisir entre passer la nuit là ou rentrer à Saint-Similien. Comme nous n'avions pas prévu de rester à Nantes, j'ai pensé qu'on pourrait remarquer notre absence, ce qui serait un sujet d'inquiétude pour notre maisonnée. Aussi nous prîmes congé et partîmes à l'heure où le soleil atteignait presque l'horizon.

« Mon fils ayant faim, je lui donnai un morceau de pain tout en marchant. Il en mangea un peu mais ne le finit pas, apparemment rassasié. À présent, mon petit garçon était fatigué, car la journée avait été longue pour un enfant si jeune. Souvent, au cours de nos déplacements, je jouais avec lui à des petits jeux de cache-cache pour le distraire. Il se cachait derrière un arbre et je le cherchais. Cela le mettait en joie ; il n'était pas encore assez éveillé pour se dissimuler complètement chaque fois, et cela me faisait sourire de penser qu'il se croyait hors de ma vue. Parfois, pourtant, il y arrivait fort bien et suffisamment pour m'inquiéter. À ces moments-là, il refusait de se montrer malgré mes supplications.

« La dernière vision que j'ai eue de lui cette nuit-là fut sa petite main sortant de derrière un arbre, tenant toujours le reste de son pain. Je fis semblant de ne pas le voir et repris ma route, soulagée de le savoir là avec moi, sain et sauf.

« Je restai consciente de sa présence pendant notre petit jeu, jusqu'à un moment où un frisson glacial m'envahit, et je me sentis terrorisée sans raison valable. Je me retournai pour chercher mon garçon, mais ne le vis nulle part. Comme il n'avait pas crié, je ne craignais pas trop pour lui, pensant qu'il s'était peut-être égaré, ou trop bien caché. Si une telle peur inexprimable s'était emparée de moi, n'aurait-il pas pu en ressentir autant, et réagir en s'enfonçant un peu plus profondément dans les bois ? Je l'appelai en lui disant des mots rassurants, mais il ne se montra pas. Je rebroussai chemin pour le chercher, puis, faute de le trouver, me précipitai dans l'autre sens. Il ne réapparut jamais, et je n'ai pas la moindre idée de ce qui a pu lui arriver, sinon que quiconque l'ayant emmené l'a tenu éloigné de moi pendant tout ce temps. »

J'entendis à peine les propos de ceux qui suivirent. Son fils avait disparu dans l'obscurité sans même un murmure de détresse alors qu'elle était à proximité, et on ne l'avait plus jamais revu ni entendu.

Que peut-on redouter de pire ? Un instant, tout est comme cela doit être. L'instant d'après, rien de ce qu'on avait précédemment pris pour la vérité de Dieu ne semble plus viable. Tout est perdu, tout est ébranlé, on ne peut plus se raccrocher à rien. Était-il tombé sur la Meffraye, cette vieille femme qui rôdait dans les bois et les sentiers à la recherche des petits enfants perdus, et qui se montrait si bonne et gentille. Une vieille femme dont on n'avait rien à craindre ? *Bonne chance, mon enfant*, avait pu murmurer la sorcière de derrière un arbre dans l'obscurité. *Je vois que tu as un peu de pain à manger, mais en voici avec une croûte plus tendre, moins dure pour tes petites dents. Oui, tends la main pour le prendre, approche ta petite main de la mienne, laisse-moi t'emmener dans un endroit où il y a des surprises qui dépassent l'imagination... Oh, non, n'appelle pas ta mère, il ne faut pas l'inquiéter, sinon elle se mettra en colère contre toi... Je te ramènerai jusqu'à elle et je calmerai sa colère plus tard, aussi tu n'as pas besoin de craindre son courroux...*

Les petits ont besoin de faire confiance, surtout ceux qui ont appris à prier.

La dernière vision que j'ai eue de lui cette nuit-là fut sa petite main sortant de derrière un arbre, tenant toujours le reste de son pain.

Nous restâmes dans la chapelle jusqu'à ce que tous ceux qui étaient appelés à parler ce jour-là aient effectivement parlé. Les témoins furent informés qu'ils pouvaient s'en aller, mais peu se levèrent pour partir, car la séance n'était pas levée. Des murmures intrigués s'élevèrent quand une liasse de papiers fut présentée comme preuve ; je reconnus ce beau volume, magnifiquement relié avec une sangle de cuir doré, pour l'avoir vu dans la chambre de Jean de Malestroit.

J'avais l'impression qu'il s'en dégageait un parfum diabolique. Ces pages contenaient le témoignage initial d'Henriet et de Poitou. Fort heureusement, il ne fut pas lu à haute voix.

La séance fut provisoirement ajournée pour nous permettre de nous rafraîchir. À notre retour, Jean de Touscheronde prononcerait quelques mots pour transformer ce tribunal ecclésiastique en tribunal séculier. On demanderait à Gilles de Rais de répondre au duc Jean V, de la même façon qu'il répondrait à Dieu devant Jean de Malestroit et frère Blouyn dans la même salle.

Mais avant que la transformation s'opère, nous avions le temps, frère Demien et moi-même, de nous éclipser jusqu'à la cuisine, où nous étions à peu près certains de trouver de la soupe et du pain, et, si le cuisinier était de bonne humeur, une douceur quelconque. Sur le trajet, nous fûmes contraints de fendre la foule qui s'était rassemblée à l'extérieur du palais, espérant avoir des nouvelles de la procédure. Je m'arrêtai un moment au milieu de la foule compacte. Frère Demien continua un peu avant de remarquer que je m'étais arrêtée.

« Mère ? appela-t-il. Il vaut mieux que vous veniez. »

Il me prit la main pour me faire avancer.

« Allez-y, lui dis-je. Je vous retrouverai. »

Il soupira, secoua la tête, et me laissa sur place.

La foule s'était considérablement accrue depuis ce matin. La place devant le palais servait de point de rassemblement en de multiples occasions : les gens s'y rassemblaient généralement pour assister à un spectacle, comme un jongleur ou un ménestrel, ou pour écouter le crieur annoncer des nouvelles importantes. Les détails des témoignages du matin s'étant sans aucun doute propagés, la foule avait encore grossi. J'étais fascinée par le nombre de gens ainsi réunis, le brouhaha de leurs conversations, le bruit qu'ils faisaient en se déplaçant.

Je n'étais d'ailleurs pas la seule à observer : de nombreux regards étaient braqués sur moi, aussi tangibles que des mains. J'étais sortie de la grande chapelle, ce qui indiquait que je devais en savoir davantage que ce qui avait transpiré de l'intérieur. Mais mes voiles noirs qui flottaient au vent me protégeaient. Les gens ne tardaient pas à détourner les yeux dès que mon regard croisait le leur, jusqu'à ce qu'il n'en reste plus qu'un. À cet instant, je fus remplie d'une joie inattendue, car là, devant moi, se tenait Mme Le Barbier.

Elle me salua respectueusement de la tête ; je lui rendis son salut, et souris imperceptiblement. Il était tentant d'aller vers elle et de partager un moment de camaraderie. Mais aucune de nous ne fit le premier pas : les paroles étaient superflues. Au bout d'un moment, nous détournâmes toutes les deux le regard, et je me dirigeai vers la cuisine, où le cuisinier me gratifia d'une mesure de soupe en guise de déjeuner, comme si nous n'avions pas le temps pour un repas plus conséquent. Mais cela m'était égal, Mme Le Barbier avait comblé mes vœux.

Avec Jean de Malestroit assis derrière lui à la table des juges, Touscheronde paraissait presque minuscule. En vérité, sa personne tout entière était « légère ». Sa voix avait une tonalité douce, presque féminine, mais le procureur en tirait avantage : comme nous étions tous obligés d'écouter attentivement, un silence total régnait dans la chapelle quand il s'exprimait. Il arriva à persuader de nombreux témoins bouleversés et agités d'exprimer clairement des choses indicibles, malgré le regard insistant des inconnus présents.

« Dites-moi, madame, si vous le voulez bien, ce qui a transpiré après que vous avez confié votre fils à cet individu Poitou... »

Ou bien :

« Monsieur, aussi clairement que vous le pouvez compte tenu de votre détresse évidente, racontez, s'il vous plaît, à cette cour ce qui, d'après vous, est arrivé au jeune Bernard... »

Ils lui racontaient tout, se confessaient librement comme s'il était un saint, bien qu'ils n'aient pas été eux-mêmes des pécheurs, mais plutôt ceux contre qui ces péchés mortels avaient été perpétrés. Ils lui disaient quand les absences avaient été constatées, où les disparitions s'étaient produites, qui avait déposé la plainte initiale, pourquoi le seigneur de Rais était soupçonné. Un inquisiteur plus autoritaire n'aurait peut-être pas réussi à obtenir de telles révélations de la part de témoins aussi humbles.

Un homme nommé André Barbé évoqua la disparition du fils de Mme Le Barbier.

« Je l'ai aperçu derrière la maison de Rondeau en train de cueillir des pommes, et je ne l'ai pas revu depuis... Beaucoup d'autres ont disparu également : les fils de Guillaume Jeudon, Alexandre Chastelier et Guillaume Hilairet... Nous serions venus témoigner plus tôt, mais aucun de nous n'osait parler par crainte des coquins dans l'entourage du seigneur de Rais, ou d'autres de ses partisans, car ils nous menaçaient de la prison, de nous porter des coups, ou d'autres mauvais traitements, si nous faisions part de nos soupçons au juge, et le juge lui-même parut indifférent à nos dires après que l'un de nous eut trouvé le courage de s'adresser à lui. »

Alors, à ma grande surprise, Mme Le Barbier se leva.

« Votre Honneur, s'il vous plaît, dit-elle, je voudrais ajouter quelque chose aux paroles de mes bons voisins. »

Touscheronde, mécontent, parut hésiter.

« Très bien, répondit-il avec réticence, mais soyez brève. »

À notre surprise à tous, elle s'avança au-delà de l'estrade des témoins, et s'approcha de la table où siégeaient les juges. Les gardes se redressèrent en voyant Mme Le Barbier se mettre à brandir le poing en cadence. Chaque respiration semblait lui donner un peu plus de détermination et de courage.

« Je maudis le seigneur Gilles de Rais pour l'éternité, dit-elle. Que son âme descende jusque dans les profondeurs de l'enfer pour ce qu'il m'a fait, et ce qu'il a fait à ces bonnes gens. Que le démon s'en empare et l'enchaîne à un pieu brûlant pour l'éternité. »

Des cris et des acclamations montèrent de l'assistance en signe d'approbation. Jean de Malestroit s'était levé, et réclamait l'ordre d'une voix forte, mais cela ne servait à rien : inspirée par ces malédictions, la foule voulait y joindre les siennes. Aux exclamations de triomphe, se mêlaient les gémissements de ceux qui avaient souffert, puis d'autres malédictions encore. C'était une chose scandaleuse, presque hérétique, que de dénoncer son souverain en présence d'un évêque. Et bien qu'il me semblât parfaitement juste que ceux à qui monseigneur avait fait du mal puissent s'exprimer contre lui, les cris et les huées tenaient plus de la gesticulation : la décision finale serait celle de Dieu, transmise par la voix de Son serviteur, Jean de Malestroit.

Cernée par des gardes, Mme Le Barbier faisait front et fixait un regard accusateur sur Jean de Malestroit, l'homme qui avait tenté de rejeter sa plainte initiale, avec l'air de dire : *Je vous maudis tout autant pour avoir ignoré ma supplique, et tous les saints savent que vous le méritez bien.*

Pétrifié, il n'exprimait plus rien, comme s'il n'était plus animé par la moindre réflexion. Quand les gardes voulurent se rapprocher, il leur fit signe de s'éloigner.

« Vous pouvez regagner votre place, madame, maintenant que vous vous êtes exprimée, dit-il après s'être éclairci la gorge. »

Sans le quitter des yeux, Mme Le Barbier releva sa jupe et recula. Tandis qu'elle se fondait parmi les témoins, la salle parut soudain plus étouffante, comme si tout l'air frais avait été aspiré par quelque créature géante surgie des profondeurs d'un lac. Des hommes commencèrent à défaire leur col ; des femmes s'éventaient pour lutter contre l'évanouissement. Jean de Malestroit se souleva de son fauteuil de juge et fit de grands gestes pour qu'on ouvre la fenêtre. Des gonds métalliques grincèrent de protestation quand les battants de la fenêtre rarement ouverte furent tirés vers l'intérieur par le bailli.

Un vent froid envahit l'intérieur, aussi glacial que la chaleur avait été oppressante. Avant que Mme Le Barbier puisse regagner son siège, un énorme corbeau bleu nuit s'engouffra par l'ouverture et plana au-dessus de l'assemblée. Il regardait vers le bas de ses petits yeux jaunes malveillants et déployait largement ses ailes. Un grand cri de terreur s'éleva dans la salle. Une femme se leva, prise de panique, avant de s'effondrer, évanouie, contre son compagnon. L'oiseau perturbé chercha alors le perchoir le plus haut, qui, à cet instant, se trouvait être la tête de Mme Le Barbier. Dans un effort désespéré pour trouver une prise, il planta ses serres acérées dans ses cheveux.

Elle poussa un hurlement, et se mit à tournoyer sur elle-même en agitant les bras, tout en s'efforçant d'arracher l'oiseau de ses cheveux. Les gens s'écartaient, terrorisés. Un homme se leva et agita un doigt accusateur en direction du noir intrus. « C'est le diable en personne ! » cria-t-il.

Ce fut alors que les véritables hurlements se firent entendre. Des gens se levèrent pour s'échapper, mais se retrouvèrent prisonniers de la masse vociférante. Debout à présent, Son Éminence frappa la table à plusieurs reprises de son imposant maillet pour tenter de reprendre le contrôle des opérations.

Je me levai et courus vers l'avant pour aider ma malheureuse amie. En prenant bien soin d'éviter la masse de plumes noires, j'étendis le bras et commençai à tirer l'oiseau vers le haut. Il m'attaqua la main de son bec acéré. Du sang jaillit en abondance. D'autres finirent par se précipiter pour nous aider, et nous réussîmes à dégager le volatile de sa victime qui hurlait. Enfin libéré, l'oiseau s'envola vers les hauteurs de la chapelle, où il resta à voleter dans un état d'agitation inquiétant. Quand le diable noir piqua de nouveau vers le bas, toutes serres en avant, nous nous baissâmes, terrorisés. Une éternité s'écoula avant que, effrayé par les hurlements de la foule, il retrouve sa liberté dans le ciel en passant à travers l'ouverture.

Touscheronde se précipita vers la fenêtre, et en referma les battants avec une telle force que je crus qu'elle allait se désintégrer, mais le cadre métallique se révéla assez résistant, et les morceaux de verre coloré, réunis entre eux de façon si artistique par du plomb fondu, demeurèrent intacts.

Ma mère aurait beaucoup pleuré en voyant le délicat mouchoir blanc trempé du sang de sa fille. Je protégeai ma main blessée pendant que les gens autour de moi continuaient à gémir et s'embrassaient les uns les autres pour se réconforter. Hommes et femmes priaient pareillement et se signaient, certains frénétiquement, pour se purifier du mauvais esprit qui était entré sur ces ailes sombres.

Le seigneur de Rais avait-il envoyé ce démon pour tourmenter Mme Le Barbier, et nous tous avec elle ? Ou cette soudaine apparition n'était-elle qu'une coïncidence ? Aucun d'entre nous n'était certain de la vérité.

Mais tous, nous étions bel et bien terrifiés.

Le corbeau s'était depuis longtemps envolé, mais le vacarme continuait, excluant toute possibilité de continuer. Mme Le Barbier serait le dernier témoin de l'après-midi. Son Éminence mit un terme au travail de la journée en déclamant quelques formules latines faisant autorité d'une voix assez forte pour couvrir le tumulte de la foule, et les scribes se hâtèrent de consigner ces mots sur leur parchemin. Jean de Malestroit fit alors un signe de tête au capitaine des gardes, qui donna un bref signal aux hommes sous ses ordres. Tous ensemble, ils commencèrent à frapper de leurs lances le sol de pierre, mais, au lieu de se calmer, le vacarme continua de plus belle. Les cris s'accompagnèrent bientôt de claquements de main, appuyant les coups donnés par les lances.

La pagaille était complète. Jean de Malestroit donna un nouveau signal au capitaine, lequel ordonna à ses gardes de cesser de frapper le sol. Ils employèrent alors leurs lances à bouter les citoyens hors de la chapelle. Le bruit cessa peu à peu à mesure que les gens se frayaient un chemin en grommelant en direction de l'escalier.

Ceux qui n'avaient pas encore été entendus protestaient de façon véhémente, chaque plaignant semblant persuadé que son propre récit convaincrait les juges de la culpabilité de monseigneur. J'éprouvais beaucoup de sympathie à leur endroit, même si j'avais du mal à imaginer comment un autre récit pourrait faire la moindre différence au regard de ce qui avait déjà été révélé.

Je regardai dans la direction de Jean de

Malestroit ; il me jeta un coup d'œil, visiblement inquiet de ma blessure, ce à quoi je lui répondis par un petit haussement d'épaules. Cela me ferait certainement souffrir demain, mais, pour l'instant, je ne sentais rien. Ce souci écarté, il prit un air complètement exaspéré. Au fond, il devait s'en vouloir d'avoir autorisé cette interruption, bien que ce fût clairement l'œuvre de Dieu, ou celle du démon. Il n'était certainement pas à blâmer. Mais cela ne l'empêcherait pas de se le reprocher. Je le regardai sortir en hâte par une porte dérobée, sa robe se gonflant derrière lui.

Frère Demien et moi-même quittâmes la salle avec tous ceux qui se trouvaient encore dans la chapelle. Nous avancions à bonne allure ; parmi les témoins, on sentait une grande hâte d'arriver à la place pour divulguer les nouvelles. La foule qui nous attendait semblait avoir presque doublé depuis notre dernier moment de répit. Un sinistre récit d'acte de sorcellerie venu sur les ailes d'un corbeau se répandait déjà un peu partout, amplifié d'une personne à une autre.

Ses ailes étaient aussi larges que celle d'une cigogne.

Les yeux... ils étaient tellement humains !

Quand il ouvrait le bec, il parlait toutes les langues !

On continuerait à broder jusqu'à ce que le corbeau soit devenu un dragon ailé avec des serres sanguinolentes, des écailles vertes, et des yeux jaunes démoniaques qui plongeaient jusqu'au tréfonds de votre âme. On raconterait qu'il avait du sang sur le bec, et ce sang était le mien. Mais ce rapace-là ne s'en était pas contenté : avec lui, s'était évanoui mon espoir que le procès et l'éventuelle condamnation de Gilles de Rais puissent s'effectuer dans le calme et l'ordre, sans la pagaille qui le menaçait. Mais le diable était trop présent maintenant dans cette affaire pour que la sainteté ou la raison puissent prévaloir.

26

Carl Thorsen était un superbe ange blond, comme la plupart des autres, assez grand déjà, élancé, avec une ossature fine. Le grand avantage, cette fois, était que je pouvais le voir bouger en réalité. Les photos ne rendent généralement pas grand-chose, et même les vidéos ne parviennent pas à donner un véritable aperçu de la victime. Carl était athlétique et bien plus gracieux qu'on aurait pu le supposer : il bougeait de façon nettement moins saccadée que la plupart des jeunes garçons de son âge, les miens compris. Il devint dans l'instant un symbole pour moi, un composite de tous les garçons disparus. Je le regardai se comporter avec les autres, et surtout avec sa mère. Je ne connaissais les autres qu'à travers les souvenirs que leurs proches voulaient bien me livrer pour m'aider à comprendre la personnalité du gosse. Ce n'était pas le cas avec Carl et sa mère, qui me permirent d'assister à une adorable scène d'intimité familiale. Lui passait constamment de l'enfant qu'il était encore à un adolescent se tenant sur ses gardes. Elle suffoquait de colère au début, mais elle parvint à se contrôler et finit par éprouver un profond soulagement.

Nous les avions installés dans la plus belle salle d'interrogatoire, celle que nous réservons généralement aux témoins non violents et coopératifs, ou à des victimes en détresse. Les chaises ont des coussins, la lumière est tamisée. Je les laissai prendre leurs aises, et, quand ils parurent s'être un peu calmés, nous bavardâmes un moment, évoquant surtout la chance que Carl avait eue de pouvoir s'échapper. Escobar entra alors comme par hasard – nous nous étions entendus pour que son arrivée paraisse fortuite – et il se mit à observer Carl. Dès qu'il eut engagé la conversation avec le garçon, je pris la mère à part, et lui demandai si elle voulait bien sortir de la pièce quelques minutes, pour m'aider à remplir des documents administratifs. Je voulais surtout laisser Jake et Carl seul à seul, pour voir comment Carl réagissait à l'ami de sa mère hors de sa présence.

Il courut se jeter dans les bras de l'homme, en répétant son nom à plusieurs reprises.

J'étais sûr que ce n'était pas toi, Jake, tu es incapable de me faire du mal.

Cette scène me mit mal à l'aise. Tous ces gosses sans exception avaient été trahis par des adultes de leur entourage – ce qui les avait démolis d'une façon incroyable – avant de se faire agresser par un étranger.

Je ramenai la mère dans la pièce au bout de quelques minutes. Jake avait passé un bras rassurant autour des épaules de Carl, et le garçon commençait à s'effondrer ; jusque-là, il avait probablement marché à l'adrénaline, mais le choc était en train de le rattraper. Il s'arrêta de temps en temps pour reprendre ses esprits pendant qu'il racontait une nouvelle fois son histoire, avec, cette fois, davantage de détails.

« J'ai entendu la voiture quand elle a franchi le coin. J'ai tourné la tête à gauche pour jeter un coup d'œil pardessus mon épaule. On aurait dit vaguement la voiture de Jake, mais la sienne ressemble à beaucoup d'autres, de couleur claire, pas un 4x4. Mais après quelques secondes, je l'ai entendue ralentir ; vous savez, quand les pneus crissent plus doucement sur la chaussée. J'ai remarqué ça. Ça m'a rendu un peu nerveux.

« La voiture s'est approchée du trottoir, si près que les pneus frottaient presque, et a ralenti à mon allure. Puis elle s'est arrêtée juste devant moi. La portière du passager s'est ouverte – le type avait dû tendre le bras à travers l'autre siège. J'ai reculé un peu. Il m'a appelé par mon nom – mais la voix ne me disait rien. Quand j'ai regardé dans la voiture, j'ai vu un type que je pensais être Jake, donc je me suis approché. Je lui ai demandé s'il avait un problème avec sa voix, il s'est éclairci très bruyamment la gorge et a prétendu qu'il avait un rhume. Puis le type a dit que je devais monter dans la voiture car ma mère voulait que je rentre tout de suite.

« J'ai pensé qu'il y avait un problème à la maison, et j'ai failli monter dans la voiture. Mais je n'arrivais pas à croire que c'était vraiment Jake. Le type a dû comprendre mon hésitation car il m'a attrapé par le bras. Je me suis libéré. Il a tiré la portière de la voiture et l'a claquée violemment – j'ai eu peur qu'il prenne ma chemise dedans et que je sois traîné. Heureusement, ça n'est pas arrivé. Il a démarré sur les chapeaux de roue et m'a laissé là en plan. Je me suis mis à pleurer. »

Arrivé à la fin de son récit, il éclata en sanglots en plein milieu de la salle d'interrogatoire. C'était une bonne chose. Autant cracher le morceau dans un endroit où il ne risquait rien.

Je me dirigeai vers la porte pour aller chercher un Coca pour le garçon et un café pour sa mère quand Spence débarqua ventre à terre dans le couloir avec son visage des mauvais jours.

« Il vient d'y en avoir un autre. Il a échoué aussi. »

« Apparemment, votre gars pourrait bien avoir un jumeau », grogna Vuska.

Crier était la seule façon de se faire entendre, et je ne m'en privais pas, même si j'avais ma voix en horreur quand cela m'arrivait.

« Il peut parfaitement s'agir d'un seul type », hurlai-je pour couvrir le vacarme.

Un peu à l'écart, Frazee et Escobar se taisaient.

« Attendez un instant, réfléchissez un peu, protestai-je. D'après ce que nous savons, il n'a jamais échoué avant ça. Il s'est payé à peu près tous les gosses qu'il voulait. Il a laissé filer ces deux gamins pour nous mettre sur une fausse piste. Vous ne voyez pas ? *Il se fout de nous.* »

Les flics n'aiment pas qu'on se foute d'eux. Mais il était clair que les criminels n'aiment pas ça non plus – en tout cas Wil Durand n'aimait pas ça.

Quand nous avions commencé à enquêter sur lui ouvertement, c'était comme si nous avions allumé l'électricité dans le laboratoire de Frankenstein. « Plus question de lâcher ce type, une telle occasion risque de ne pas se reproduire, assurai-je. Jusqu'à maintenant, il est resté quasiment invisible. Cette fois, il se montre, il agit sous notre nez. Il nous provoque, parce que ce fils de pute pense qu'il est plus malin que nous. »

Ma tête commençait à résonner et j'avais les mains moites. Mais je remarquai un changement d'attitude à la fin du briefing.

Carl Thorsen et sa mère étaient toujours dans la pièce d'interrogatoire. Je harponnai un assistant.

« Pouvez-vous aller leur dire que je suis retenue un moment par une autre affaire ? »

Le garçon acquiesça d'un air ennuyé.

« Dites-leur que je reviens le plus vite possible. Allez leur chercher quelque chose à manger s'ils veulent, dans les limites de ce qui est autorisé, et s'il n'y a pas de quoi en caisse, je paierai de ma poche. »

Je retournai à mon bureau complètement épuisée, sachant que j'allais devoir affronter une nouvelle fois la folie de Durand. Mes collègues avaient tous les yeux braqués sur moi. Fred était retourné dans son bureau avec quelques gradés pour discuter du nouvel incident, quand survint un autre appel.

Il avait recommencé, une heure à peine après la dernière tentative.

Personne ne savait plus à quel saint se vouer, et surtout pas tous nos soi-disant supérieurs.

« C'est un message », argumentai-je.

Seuls Pence et Escobar semblaient écouter.

« Une façon de nous dire : *Attrapez-moi si vous en êtes capables.* »

C'était justement ce que j'avais l'intention de faire, avec ou sans aide. *Si* toutefois j'étais toujours inspecteur.

J'avais beau avoir le numéro du *pager* d'Errol Erkinnen, je ne l'avais jamais utilisé. Mais cette fois, il y avait urgence. Il répondit presque aussitôt à mon message.

« J'ai trois gosses qui ont échappé à ce type, tous ici au commissariat.

— Attendez un instant, dit-il, comme s'il avait mal entendu. Ils lui ont *tous* échappé ?

— Oui. Tous les trois, croyez-le ou non.

— C'est une véritable escalade dans son *modus operandi* – il joue avec vous, il vous envoie un message. »

C'était tellement merveilleux de jouir de la confiance de quelqu'un.

« C'est ce que *moi* je comprends, mais personne d'autre n'a l'air d'être de cet avis. Je commence à croire que toute cette affaire se passe maintenant entre lui et moi. Les garçons ne sont plus en cause.

— Vous avez sans doute raison. Il est sorti de son schéma habituel et il communique avec vous au moyen de ce changement. On peut parier qu'il s'attend à une réponse de votre part.

— Et je vais répondre, comptez sur moi. Mais pour l'instant, je dois interroger ces gosses. Je veux les voir tous les trois ensemble. S'ils peuvent parler entre eux, ils se sentiront plus à l'aise et se livreront davantage. J'ai besoin de votre aide car le lieutenant exige la présence de "quelqu'un du corps médical".

— Je n'appartiens pas au corps médical.

— Tout le monde vous appelle Doc, non ? Ça suffit.

— OK, dit-il. J'arrive. Mais ne vous laissez pas distraire par cette petite fantaisie de sa part. Vous savez qu'il va recommencer pour de bon, et probablement très bientôt.

— Je l'aurai fait coffrer avant.

— Vous croyez ?

— Je le *sais*. »

Fidèle à sa parole, Doc arriva une quinzaine de minutes après.

Chacun des trois groupes avait été installé dans une pièce différente. Les assistants se plaignaient de devoir apporter des boissons et de la nourriture pour les gosses et les membres de leur famille, ce que moi, l'inspecteur sans cœur, leur avait imprudemment proposé pour qu'ils se sentent bien. J'en entendis un fulminer : *On se croirait dans un club de vacances.*

Et s'il s'était agi de son fils ?

Avant de les rejoindre, Doc me prit à part.

« Il faut qu'ils se sentent aussi à l'aise que possible quand nous intervenons, dit-il. Y en a-t-il un qui ait besoin de se nettoyer ? »

Je ne comprenais pas.

« Y en a-t-il un qui ait eu une réaction physique à la tentative d'enlèvement, qui se soit souillé ou mouillé ?

— Pas que je sache.

— Bien. C'est bon signe. »

Après nous être présentés, nous nous entretînmes avec chaque enfant séparément pendant quelques minutes. Je retournai à mon bureau avec le sentiment d'avoir parlé à des pierres.

« Ils ne sont pas très bavards, remarquai-je, complètement dépitée.

— Ils se referment certainement parce que leurs parents sont là. Il faut que nous leur parlions sans les parents, dit Doc.

— Est-ce bien raisonnable pour le moment ? Ils ont subi un traumatisme. On aurait pu croire qu'ils se sentiraient plus en sécurité avec leurs parents.

— Pour l'instant, ils éprouvent tous un sentiment d'extrême vulnérabilité, pas tellement différent du symptôme de stress posttraumatique. Ces gosses ne sont pas de vaillants soldats. Ils n'ont pas, et de loin, les facultés d'adaptation des adultes.

— Alors pourquoi les priver d'un élément qui leur donne un sentiment de sécurité ? Ne se sentiront-ils pas encore plus mal sans les parents ?

— Peut-être. Je n'en suis pas certain. Ce dont je suis sûr, c'est qu'ils sont tous persuadés que leurs parents sont furieux après eux à cause de ça. Combien de fois ont-ils entendu : *On ne parle pas aux étrangers ?* Des centaines de fois. Et par qui tout ça est arrivé ? Par un étranger. »

Il avait raison. Evan serait mortifié s'il était victime d'une chose contre laquelle je l'aurais mis en garde ; il se refermerait complètement.

« Pourtant, ils sont tous trop jeunes pour éprouver la culpabilité du survivant, continua-t-il. Cela viendra peut-être plus tard, mais, pour l'instant, je n'y crois pas. Il y a souvent des effets postérieurs ; parfois, rien ne se produit avant des années. Bien sûr, il existe des traitements... »

Je le refrénai dans son élan.

« Vous ferez mon éducation plus tard, Errol. Pour l'instant, j'ai besoin de votre aide pour mener cette enquête. Dites-moi plutôt comment nous pourrions mettre toute cette théorie en pratique.

— Peut-être devrions-nous recommencer avec les trois dans une pièce, sans parents, et voir ce que ça donne, répondit-il, un peu à contrecœur. Il ne faut surtout pas qu'ils aient l'impression de subir un interrogatoire. »

Aucun des parents n'émit la moindre objection, mais cela ne se passa pas aussi bien avec les garçons eux-mêmes. Tous trois étaient dans un état d'agitation extrême ; ils n'arrêtaient pas de balancer leurs jambes. À voir leur moue, on aurait dit qu'ils subissaient une sorte de punition de groupe.

Erkinnen m'attira dans le coin le plus éloigné de la pièce.

« Nous devons arriver à casser cette ambiance de salle de classe, chuchota-t-il. Au risque de paraître un peu pervers, il faut que cela les amuse. »

Et qu'est-ce qu'aimaient les garçons à part les bêtes ?

Les voitures.

« Ne bougez pas, lui dis-je. Je crois que j'ai ce qu'il nous faut. »

Spence emprunta un chapeau à un flic de patrouille et endossa le rôle du chauffeur. Doc et moi montâmes avec les trois garçons dans la partie réservée aux passagers. La limousine Mercedes confisquée, un mastodonte noir brillant qui flottait le long de la rue comme un hydroptère, allait nous transporter pour aller voir les endroits où s'étaient déroulés les trois enlèvements manqués.

J'éprouvai un moment d'hésitation jusqu'à ce que je touche le pistolet dans mon holster d'épaule.

Au bout de quelques minutes à peine, ils avaient pris leurs aises. Cette voiture de rêve, qui allait être mise aux enchères de par la loi, était équipée d'un magnétoscope, d'une PlayStation, d'un téléphone, et de tous les derniers gadgets en matière de technologie. Nous fîmes d'abord un tour par la forêt de néons, avant de décider conjointement qu'il valait mieux procéder chronologiquement, ce qui me convenait, car je verrais ainsi par où Wilbur avait dû passer pour aller d'un lieu à un autre. Dans chaque endroit, après un premier moment de calme, la conversation s'anima et les descriptions devinrent plus précises. *Je me tenais exactement là, et il s'est arrêté, puis la portière s'est ouverte, et...*

Confortés par leur expérience mutuelle, les garçons se mirent peu à peu à considérer le drame qu'ils avaient failli vivre comme un sujet d'exposé. À chaque endroit, seul celui qui avait été impliqué pouvait parler de ce qui était arrivé, mais, comme je l'espérais, les autres se mettaient aussitôt à évoquer ce qui s'était produit dans leurs cas. Il arriva à plusieurs reprises qu'ils soient tous sortis de la voiture, en train de comparer leurs notes, chacun voulant bluffer l'autre.

La visite se termina par un arrêt chez un célèbre

marchand de glaces de Santa Monica, suivi d'une rapide incursion sur la jetée pour se défouler après la station assise et les douceurs. Appuyés contre la rambarde, Doc et moi les regardions courir sur la plage au nord de la jetée. Les photos de ces trois garçons avaient bien failli se retrouver sur mon tableau de victimes ; au lieu de cela, ils étaient là, bien vivants, en train de se courir après sur le sable, exactement comme l'aurait fait mon propre fils. Au fond, il y avait peut-être un Dieu.

« Tous jeunes et beaux, remarquai-je.

— Eh oui. C'est son fantasme, purement et simplement, dit Doc. Dans des affaires de meurtres en série, il n'est pas rare que le prédateur soit incité malgré lui à choisir des victimes présentant certaines caractéristiques. Quand nous aurons attrapé ce type, j'aurais envie de lui poser des questions là-dessus. Ces caractéristiques peuvent avoir une profonde signification. »

Quand nous aurons attrapé ce type. C'était encore un rêve, mais il n'était plus irréalisable. Peut-être allais-je trouver sur mon bureau en rentrant un mandat d'arrêt signé concernant Wilbur Durand.

Le cri des mouettes couvrait le bruit de la mer. Le ciel à l'ouest était toujours d'un orange vif au-dessus de l'océan gris, bien que le soleil soit déjà couché. C'était magnifique.

« Regardez ce ciel, dis-je avec un soupir d'émerveillement. Comment un être aussi ignoble que Wilbur Durand peut-il exister dans un monde si beau ? »

Doc posa la main sur mon épaule. Elle était chaude et réconfortante.

« Je croyais que nous en avions déjà discuté, dit-il d'un ton compatissant. La survie du plus fort. Le survivant est celui qui a la plus nombreuse descendance, qu'il soit néfaste ou non. S'il est néfaste, l'époque sera néfaste. Je ne suis pas certain que nous soyons encore tout à fait en mesure de comprendre ça.

— Il n'aura pas le temps d'avoir des enfants. »

Ils sautaient, ils couraient, ils se lançaient du sable. À un moment, ils reprendraient tous brutalement conscience avec la réalité, mais, pour l'instant, on aurait dit des personnages de film où les héros l'ont échappé belle, et où tout est bien qui finit bien.

« Regardez-les. Les ados ont une agilité merveilleuse.

— Oui. Quelle chance. »

Il me regarda au fond des yeux.

« Durand a dû se faire voler cette période-là de sa vie. Il tente de guérir en la volant à d'autres. Regardez-les, de vrais clones. Il calque ses victimes sur quelqu'un. »

Sans doute sur Aiden, le grand frère de Michael Gallagher. J'appellerais Moskal plus tôt que prévu pour avoir une autre photo. J'aurais dû lui en demander une pendant que nous étions chez les Gallagher.

« Nous devrions les ramener, dis-je. Leurs parents se font certainement un sang d'encre.

— Je sais. Mais je n'ai pas envie de partir. Je ne me suis jamais senti aussi calme depuis des semaines.

— Moi aussi. »

Il siffla dans ses doigts. Les trois garçons se

retournèrent ensemble à son signal, et revinrent en courant. C'était le père par excellence, le refuge idéal.

« À propos, dit-il, joli boulot. »

Je restai au commissariat le temps de confier les garçons à leurs parents inquiets. J'organisai un suivi des trois familles, mais je savais que je ne me mettrais pas tout de suite au travail. Il n'y avait plus grand-chose à faire. Avant tout, j'avais besoin de rentrer chez moi. Là-bas, j'étais certaine de retrouver une certaine forme de santé mentale : il me suffisait pour cela de me remettre à jouer les mères pendant quelque temps. Kevin ne demandait pas mieux que de les ramener, m'épargnant l'effort d'aller jusque chez lui ; ça lui arrivait parfois.

J'éprouvais un besoin viscéral de me lover dans l'atmosphère de normalité douce, chaude, et désordonnée, générée par mes deux filles et mon fils. Ils savaient très bien ce que je faisais, et l'effet que ça produisait parfois sur moi. J'étais si souvent rentrée le soir accablée par toute la noirceur du monde, subissant le contrecoup de l'arrestation d'un jeune ayant commis un crime inconcevable pour la plupart des adultes, un drame qui se produisait malheureusement bien trop souvent. Alors, ils m'entouraient tous.

Frannie, ma sensible, fut la première à s'inquiéter de ma détresse évidente.

« Ça va, maman ? »

Je repoussai quelques mèches de son front. Elle laissait pousser sa frange, et c'était devenu une habitude entre nous.

« Tout bien considéré, ma chérie, je vais bien. »

Elle ne semblait pas convaincue.

« Les choses se bousculent au bureau ?

— Inutile de faire semblant avec toi, n'est-ce pas ?

— Pourquoi voudrais-tu faire semblant avec moi ? »

Pourquoi, en effet ? Pour lui épargner des choses qu'elle ne devrait même pas avoir à comprendre.

« Malheureusement, lui dis-je, ça va aller de mal en pis, et puis ça ira mieux.

— Je pourrais t'aider à la maison, proposa-t-elle gentiment d'une voix compatissante. »

Je détestais que, par la faute de mon travail, elle se croie obligée de prendre des responsabilités d'adulte alors qu'elle était encore une enfant.

« Pas de devoirs ce soir, annonçai-je à la cantonade. J'écrirai un mot à vos profs. Ce soir, on joue. »

Ils poussèrent des cris de joie. Jeux vidéo, popcorn, glace, musique à fond, bataille d'oreillers au programme : le comble de la décadence pour certains esprits incapables de comprendre le véritable sens de la fête. Mon fils, le taciturne, capable de se montrer tellement distant quand il était de mauvaise humeur, se montra curieusement amical.

Les filles se couchèrent vers dix heures. Evan paraissait vouloir rester avec moi, et, pour peu, j'en aurais pleuré de reconnaissance.

Nous mîmes la cassette d'*Apollo 13*, et revîmes les meilleurs passages ; on entendait Frannie et Julie rire aux éclats à travers la porte de leur chambre. J'avais parfois l'impression qu'Evan se sentait exclu en raison de ses chromosomes. Ce soir, ça ne semblait pas l'affecter. Il avait un de ses parents pour lui tout seul.

Je n'en crus pas mes yeux quand il se blottit contre moi pendant la scène dramatique du retour dans l'atmosphère.

« Mam, dit-il d'un ton hésitant.

— Oui, mon chéri... »

Je le sentis se raidir. Il n'aimait pas qu'on l'appelle mon chéri. Je le serrai un instant contre moi.

« Désolée, Evan. Je me laisse aller quand je suis distraite. Qu'y a-t-il ?

— Tu n'es plus beaucoup à la maison. »

Je crus qu'il m'enfonçait un poignard dans le cœur. « Je sais, j'en suis désolée. J'ai une affaire en ce moment qui me force à rester beaucoup trop au bureau. »

La curiosité l'emporta alors.

« C'est quoi ? »

Il valait mieux ne rien dire. Mes révélations risquaient peut-être de l'affecter. Je préférai rester aussi vague que possible.

« C'est une sale affaire, mon fils. Des gosses ont disparu. Des garçons de ton âge, ou à peu près. Certains ont disparu depuis longtemps, et je crains qu'ils ne soient morts. »

Il resta songeur pendant un moment.

« Alors comment ça se passe ? » demanda-t-il enfin.

Sa question me surprit, mais je préférai lui répondre comme à un adulte.

« C'est très frustrant, lui dis-je. Ce qui arrive parfois dans mon boulot. J'avais un suspect depuis quelque temps, mais pas suffisamment de preuves pour l'arrêter jusqu'à récemment. J'attends un mandat pour ce suspect, mais j'ignore s'il va être délivré ou non. Ce n'est pas comme si je pouvais simplement appeler un juge et dire : *Je crois que c'est mon type.* Je dois prouver que j'ai ce qu'on appelle un "motif raisonnable". Et ce "motif raisonnable" diffère d'un juge à l'autre. Le même juge me délivrera parfois un mandat pour une affaire, et me le refusera pour une affaire similaire. Sans la moindre explication.

— C'est nul. »

Trop adulte, comme jugement. Je m'abstins pourtant de le reprendre, pas question de gâcher un aussi précieux moment, ça pouvait attendre une autre occasion.

« Oui, c'est vraiment nul. Écoute-moi, si tu veux éviter de te sentir trop frustré, ne deviens surtout pas flic.

— Je trouve ton boulot cool, maman. Je crâne tout le temps devant mes potes à cause de ça. »

J'avais envie de pleurer.

« Evan, c'est tellement gentil. Je ne savais pas.

— J'adore que tu sois flic. J'adore que tu arrêtes les méchants. »

J'avais toujours voulu faire comprendre à mes enfants la valeur d'un travail ayant du sens. Apparemment, j'avais réussi.

Pour la première fois depuis une éternité, je bordai mon fils et éteignis la lumière dans sa chambre. Enfin seule, je m'installai devant mon ordinateur et rédigeai mon rapport sur les résultats positifs du travail accompli cet après-midi pendant que les événements étaient encore frais dans mon esprit. C'était un exercice d'écriture difficile, supposé renforcer la position que j'avais prise dans cette affaire : Wilbur Durand était le seul et unique criminel à avoir enlevé tous ces garçons. Je devais également justifier la petite virée officieuse dans un véhicule confisqué, propriété des contribuables.

Les trois garçons ont tous été abordés par un homme se faisant passer pour un familier. Les incidents se sont produits approximativement à une heure d'intervalle ; au cours de la reconstitution des événements, nous avons pu nous assurer que le trajet entre les différents endroits pouvait facilement être effectué en moins de quinze minutes, malgré la circulation, ce qui laissait au criminel suffisamment de temps pour changer de déguisement, surtout si ses différentes tenues avaient été conçues pour pouvoir être changées rapidement. Les trois garçons étaient tous de même taille, poids, couleur de peau, et âge, conformément à un type de victime établi précédemment à la suite de nombreuses affaires dont on soupçonne qu'elles sont également l'œuvre du criminel.

Ma formation professionnelle et mon expérience m'ont permis de conclure que le kidnappeur est parfaitement conscient que nous le pourchassons sans relâche, et qu'il a voulu laisser échapper ces trois victimes pour semer la confusion dans l'esprit des enquêteurs, et les mettre sur une fausse piste. Les tentatives d'enlèvement ont été perpétrées dans des endroits où on ne risquait pas d'avoir de témoins, bien que, dans un cas, il y ait eu un témoin. Celui-ci s'est montré non coopératif et on peut le considérer comme non fiable. Aucune des victimes n'était assez forte pour résister à un kidnappeur résolu, mais toutes ont réussi à s'en délivrer relativement facilement et sans trop se débattre, ce qui peut renforcer la théorie d'une mise en scène.

Il aurait pu attraper au moins un des garçons, s'il l'avait vraiment voulu. S'il avait mis un masque et une perruque pour se dissimuler, il aurait eu tout le temps nécessaire. Les garçons ont tous affirmé qu'on les avait tirés, mais pas assez fort pour les faire monter dans la voiture, et que, à leur avis, l'homme dans la voiture faisait semblant de vouloir les enlever, plutôt que de faire en sorte d'y parvenir.

Je regrettais de ne pas pouvoir faire figurer ça dans la demande de mandat.

Quand je pénétrai dans la salle de la brigade le lendemain matin, je compris que cela n'aurait pas eu d'importance. Spence et Escobar se tenaient de chaque côté de mon bureau, tout sourires.

J'étais tombée une nouvelle fois sur le bon juge.

« Nous sommes prêts à partir, dit Spence.

— Je suppose, dis-je, incrédule. Reste à savoir où nous allons. »

27

Jean de Malestroit me fit dire qu'il passerait la soirée en compagnie de Touscheronde et de frère Blouyn pour discuter des événements du lendemain. Je dînai avec les autres dames du couvent, qui s'agitèrent autour de ma main blessée comme un essaim de médecins. Certes, j'aurais eu de nombreux sujets de discussion avec Son Éminence à propos des événements de la journée, mais j'avoue que la compagnie des femmes me procura un changement agréable après l'atmosphère masculine dans laquelle j'avais baigné ces derniers temps. Nous nous rassemblâmes autour de la grande table dans la salle principale du couvent. Jamais je n'avais vu signe de croix si rapide durant toutes mes années ici : une touche sur le front, un mouvement rapide en travers de la poitrine, puis chacune se mit à chuchoter en évoquant les intrigues de la journée. Mais leur bavardage était dénué de tout désespoir, à la différence de celui que j'avais entendu sur la place, et cela me parut aussi roboratif que le repas placé devant nous. Je me retirai ensuite dans ma chambre, parfaitement reposée, anticipant déjà les bienfaits de la solitude. Solitude, réflexion. L'une découlait tout naturellement de l'autre. Et à quoi d'autre aurais-je pu penser sinon à ce que j'avais appris à Champtocé ? Que fallait-il que je révèle de tout cela, si tant est que quelque chose devait l'être, et à qui ? Je n'avais pas écrit à mon fils en Avignon depuis deux semaines, malgré les deux lettres reçues de sa part entre-temps, toutes les deux pleines de sentiments chaleureux pour moi, et d'une grande curiosité pour notre intrigue à rebondissements. J'aurais voulu lui relater ce qui avait transpiré jusqu'à présent au cours des séances du tribunal, mais je voyais difficilement comment poser ma plume d'oie sur le parchemin sans lui avouer que je connaissais à présent le sort de son frère, et qu'un affreux soupçon pesait sur mon âme.

Fils bien-aimé, nous avons reçu la visite du diable en personne sous la forme d'un corbeau. Et ton frère a été éventré, mais pas par un sanglier...

Je n'arrivais pas à entamer ma lettre de façon satisfaisante. Au bout d'un moment, je capitulai devant mon incapacité, et me remis à broder, malgré le nombre de chandelles que cela usait. Mais à chaque fois qu'un fil traversait le tissu et que je le tirais pour le mettre en place, ma décision devenait un peu plus imminente. Quand je me glissai entre les draps, mon cœur était plein de détermination, faute d'être en paix.

Au matin, tout recommença. Touscheronde ouvrit la séance de la journée avec un autre témoin dont l'enfant avait été enlevé.

« Ces récits suscitent maintenant plus de bâillements que de larmes, chuchota frère Demien. Combien allons-nous encore en subir ? »

Je haussai les épaules ; la femme en larmes regagna son siège. Touscheronde s'approcha du banc et engagea à voix basse une discussion importante sur un point de loi avec Jean de Malestroit et frère Blouyn. Après des hochements de tête en signe d'accord, Touscheronde se tourna de nouveau vers la cour. Il appela le nom de Perrine Rondeau. Une femme que j'avais remarquée la veille dans la foule se leva de son siège à l'avant de la chapelle.

Mon mari est toujours plus ou moins malade depuis de nombreuses années, et, pendant une période où il était particulièrement souffrant, j'ai pris des pensionnaires chez moi pour m'aider à payer les frais. Il en éprouvait une grande honte, mais, bien entendu, il n'était pas question qu'il travaille. Le marquis de Ceva et M. François Prelati logèrent à l'étage supérieur pendant un moment ; je couchais moi-même là-haut, bien que généralement dans une chambre plus petite. J'étais tellement bouleversée un soir à la perspective de perdre mon mari que ma nourrice m'installa dans la chambre où Prelati et le marquis logeaient – elle pensait qu'un bon lit me serait bénéfique. Mais le marquis et M. Prelati revinrent plus tard dans la soirée, tous deux assez avinés. Quand ils me découvrirent dans la meilleure chambre, sur laquelle ils avaient jeté leur dévolu à tort ou à raison, ils furent pris d'une grande agitation.

J'étais dans un état de choc, je le reconnais ;

néanmoins, ils n'avaient pas le droit de me traiter comme ils l'ont fait. Ils ont commencé par m'insulter de la pire façon, et ensuite ils se sont emparés de moi, l'un me prenant par les pieds, et l'autre par les mains, et voulurent me jeter en bas. Si ma nourrice n'était pas intervenue, je serais passée par-dessus la rambarde et serais tombée, au risque de mourir ! Qui alors aurait pris soin de mon mari ? Certainement pas le marquis ou M. Prelati.

Pendant que je gisais là au premier étage, ils m'ont donné tous les deux des coups de pied dans le dos, à de nombreuses reprises avec leurs bottes pointues, et je ne suis plus la même depuis.

Plus tard au cours de cette même nuit, j'entendis le marquis de Ceva dire à Prelati qu'il avait trouvé un charmant jeune page pour lui à Dieppe. M. Prelati parut enchanté, et, quelques jours plus tard, un très beau jeune homme arriva, déclarant appartenir à une très bonne famille de la région de Dieppe. Il logea avec M. François pendant une quinzaine de jours, et, pendant cette période, je le vis en de nombreuses occasions, toujours en compagnie de Prelati. Puis tout à coup, il parut disparaître. Son maître rentrait et sortait sans lui. Je m'inquiétai donc de lui. M. François fut pris d'une soudaine agitation et s'exclama que, malgré toute sa prétendue bonne éducation, le garçon l'avait trompé royalement, s'en allant avec deux couronnes d'or. « Nous sommes bien débarrassés de ce jeune chenapan », dit Prelati.

J'étais troublée par sa déclaration ; le garçon

m'avait fait bonne impression et m'avait paru du genre honnête. Et je me trompe rarement sur les gens.

Peu de temps après, M. Prelati et maître Eustache Blanchet quittèrent ma maison et se rendirent à Machecoul pour y habiter. Il paraît qu'ils avaient chassé un homme nommé Cahu de sa maison, en lui arrachant les clés de force et de la façon la plus ignoble. Je connaissais cette maison, m'étant rendue de nombreuses fois à Machecoul avec mon mari. La maison se trouvait à l'écart, sur un chemin en dehors de la ville ; elle disposait de son propre puits, mais, malgré cet avantage, elle était délabrée par les ans : personne n'aurait pu penser qu'elle ferait un logement convenable pour des hommes honorables.

Le marquis de Ceva continua à habiter chez moi ; je pense qu'il trouvait ma chambre plus agréable pour un gentilhomme comme lui. Il était très exigeant avec moi, même pendant les périodes où j'étais visiblement perturbée par la santé déclinante de mon mari, mais il était toujours lent à payer ses dettes, et, quand il les payait, les pièces n'étaient données qu'après d'interminables et pénibles négociations à propos de ce qu'il devait, négociations qu'il accompagnait de commentaires grossiers impliquant que j'avais dû le tromper. François Prelati et Eustache Blanchet quittaient souvent leur misérable logement pour venir voir le marquis et ils passaient généralement la nuit avec lui dans les chambres d'en haut, mais ils n'abandonnèrent pas pour autant leur taudis. Au lieu de cela, ils y laissaient leurs pages pour qu'ils leur gardent la place. Avec de bonnes raisons, ai-je fini par comprendre.

Il arriva que je dusse me rendre à Machecoul pour plusieurs jours pendant que mon mari consultait un guérisseur, juste avant l'arrestation de monseigneur Gilles. Des rumeurs concernant ses difficultés imminentes se répandaient déjà en grand nombre, si bien que j'étais curieuse de voir ce qui se passait aux environs de la maison de Cahu. À plusieurs reprises, je me cachai dans des buissons à proximité pour surveiller les allées et venues de ces hommes et de leurs domestiques, qui semblaient tous très nerveux.

Un jour pendant que je regardais, ils sortirent un grand baril de cendres de la maison de Cahu. Il débordait de poudre grise, et le jeune homme – une petite chose efféminée – avait du mal à le maintenir en équilibre. Il en tomba un peu sur le sol. J'ignore où ils emportèrent le reste, mais dès que l'occasion s'en présenta, j'allai voir ce qui était tombé. Quand je le frottai entre mes doigts, je trouvai que c'était plutôt gras, et l'odeur – mon Dieu ! – était pire que n'importe quel animal cuit. Je triai quelques morceaux pleins de gravillons et soufflai pour en ôter la poussière. Ils étaient blancs et quand je les mis sous ma dent pour voir ce que ça pouvait être, on aurait dit de l'os.

Et soudain, je compris ce que j'avais dans la main et dans la bouche, et j'en eus l'estomac tout retourné. Dieu me protège, pensai-je par-devers moi, ce sont des ossements humains, peut-être ceux de ce charmant page. Et je crachai, crachai jusqu'à ce que tout le goût se soit effacé de ma bouche.

Elle se mit à cracher en pleine chapelle pour accompagner ses dires, mais, brusquement, commença à frissonner et à trembler comme si elle était en proie à une soudaine maladie. On ne lui voyait plus que le blanc des yeux tant les convulsions qui l'agitaient étaient fortes.

Une nouvelle fois, Jean de Malestroit fit mine de se lever, mais avant qu'il soit complètement debout, elle avait repris ses esprits.

« Oh, messeigneurs, pardonnez-moi, je souffre de crises, et quand je suis bouleversée, elles semblent survenir plus souvent. »

Jean de Malestroit avait l'air méfiant et inquiet à la fois.

« Pouvez-vous continuer, madame ?

— Bien sûr, monseigneur. »

Peu de temps après, je remarquai que les domestiques revenaient, aussi je regagnai ma cachette dans le bosquet. J'étais paniquée d'être si près, mais il n'y avait pas d'autre cachette. Je me trouvais à deux grandes enjambées seulement de M. Prelati quand il sortit de la maison avec plusieurs objets dans les bras, que je pouvais distinguer parfaitement. Il y avait entre autres une chemise si petite qu'elle ne pouvait avoir appartenu qu'à un enfant. Elle était couverte de sang humide et d'autres détritus. Il la tenait à bout de bras, et ce n'était pas étonnant, car je la sentais jusque dans le bosquet, cette terrible odeur putride, et je crus que j'allais être de nouveau malade. Mais je réussis à calmer la bile qui voulait jaillir de ma gorge et regardai fixement la chemise pendant que Prelati passait devant ma cachette. J'étais heureuse que cette chemise ne puisse pas parler pour elle-même, je n'aurais pas voulu savoir comment une entaille aussi nette pouvait avoir été pratiquée à l'endroit du ventre, une entaille entourée de sang.

Je n'entendis plus rien des propos des témoins ce jour-là.

Jean de Malestroit était seul dans son bureau quand je l'y trouvai plus tard, les yeux perdus dans la lumière de l'unique bougie. Ce n'était plus le brillant diplomate, mais un simple homme de Dieu dans une quasi-obscurité qui semblait en proie à un cruel dilemme. Il se tenait la tête à deux mains ; au lieu de respirer normalement, il poussait de profonds soupirs pleins de tristesse.

Je m'éclaircis la gorge discrètement pour attirer son attention. Cela prit quelques secondes pour qu'il déride son front et tourne son regard vers moi.

« Guillemette, soupira-t-il d'un ton non dénué d'affection, mais teinté de soulagement aussi.

— Est-ce que je vous dérange, Éminence ?

— Je suis déjà tellement troublé.

— Peut-être préférez-vous rester seul...

— Non, je vous en prie... À dire vrai, j'allais envoyer quelqu'un vous chercher. Je suis las de mes propres pensées et je meurs d'envie d'entendre une autre voix. Votre compagnie me procurera une diversion très plaisante. Je n'en peux plus de tous ces gens au milieu desquels je suis contraint de vivre en ce moment. »

Il passait des heures avec des témoins en pleurs

qui répétaient tous la même histoire, et des avocats calculateurs, chacun espérant satisfaire le duc Jean davantage que le suivant. Des scribes opiniâtres, attentifs au moindre mot prononcé dans la chapelle, étaient ses seuls compagnons. Des avocats, des procureurs et des dignitaires l'entouraient, qui tous avaient un intérêt dans l'issue du procès. C'était lui qui avait la délicate mission de tirer une conclusion de l'ensemble au nom de Dieu. Son état de perturbation était aisément compréhensible.

Mais nous savions tous les deux que cela aurait pu être bien pire.

« Imaginez combien cela aurait été encore plus perturbant ces deux derniers jours si monseigneur nous avait gratifiés de sa présence », dis-je.

C'était une maigre consolation.

« Impossible, dit-il doucement. De toute façon, il devra se présenter de nouveau en temps utile. Je ne sais pas comment je pourrai maintenir l'ordre ce jour-là. »

D'autres témoins devaient être entendus le lendemain, et on pouvait parier que monseigneur ne se montrerait pas davantage. D'une certaine façon, cela rendait l'épreuve plus facile à supporter, parce que Gilles de Rais, sodomite, assassin, suppôt du diable, était toujours Gilles de Rais, maréchal de France, héros, baron et chevalier. Il était beaucoup plus facile de le considérer comme un monstre en son absence plutôt qu'en sa présence imposante.

« D'autres accusations sortiront de ces témoignages, dit Jean de Malestroit. S'il refuse de se présenter, nous devrons probablement l'amener de force au tribunal. Mais je pense qu'il se présentera avant d'y être contraint. »

Il posa doucement sa main sur la mienne.

« Vous êtes-vous préparée à cela ? »

Gilles de Rais ne se contenterait pas d'apparaître au tribunal et de rester tranquillement assis à écouter les accusations gravissimes proférées contre lui, il se montrerait fidèle à sa nature belliqueuse et livrerait une bataille épique.

« Le principal souci doit être la préparation de monseigneur. Quant à moi, je ne serai jamais mieux préparée. »

Ce n'était pas tout à fait vrai, je n'y étais pas encore vraiment prête, mais cela n'avait aucun rapport avec le fait de voir monseigneur au tribunal.

« Les révélations de Perrine Rondeau étaient étonnantes, n'est-ce pas ? » dis-je prudemment à Jean de Malestroit.

Il paraissait encore distrait.

« Différentes des dires des autres témoins, effectivement.

— Elle n'a pas manqué d'audace pour surveiller leurs faits et gestes.

— C'est vrai.

— Je ne m'imagine pas capable d'en faire autant, quel que soit le but. Je me demande, dis-je, toujours avec précaution, si on sait ce que sont devenues les choses qui ont été retirées de la maison de Cahu par Prelati et les autres, à part les cendres mentionnées par Perrine. »

Il me jeta un coup d'œil intrigué.

« En quoi cela peut-il vous intéresser ?

— J'aimerais les examiner.

— Pourquoi, Seigneur Dieu ?
— Je crois que cela pourrait être instructif.
— Que peut-on apprendre de plus à partir de ces éléments ? Ils sont l'œuvre du démon, et doivent être dédaignés.
— Les œuvres du démon sont révélatrices du démon », ripostai-je.

Il fronça les sourcils d'un air résolument désapprobateur.

« Ce sont des choses horribles... pleines de sang et nauséabondes, des choses indignes de n'importe quelle femme, surtout d'une femme de votre rang. D'où vous vient cette subite fascination morbide ? »

C'était un refus élégamment formulé, sous prétexte de ma prétendue fragilité, une condition qu'il attribuait à mon « rang », notion qui m'était devenue totalement étrangère.

« Je pensais simplement, ou plutôt je me demandais si l'examen de ces éléments en rapport avec ces crimes ne pourrait pas nous apprendre quelque chose, c'est tout.

— À quelle fin, selon vous ? »

Cette fin, je ne pouvais pas en faire état pour le moment.

« Comme preuve, bien sûr, dis-je. Preuve des crimes dont monseigneur est accusé.

— Les preuves ne seront pas demandées. »

Je ne m'attendais pas à *cette* réponse.

« Mais... comment pourra-t-il être condamné sans preuves ?

— Il avouera. »

Je pensai aussitôt : *Jamais de la vie.*

« Gilles de Rais n'avouera pas, lui dis-je. Son orgueil ne le lui permettra pas.

— Il avouera, je vous l'assure. Il répondra de ses crimes envers Dieu, et il le fera de son propre chef. Même si nous sommes obligés de le torturer d'abord. Et s'il en est besoin, cela sera fait.

— Il n'empêche, dis-je, d'une voix presque suppliante, je voudrais voir les preuves de mes propres yeux. Je... j'ai *besoin* de les voir. »

Je me couvris le visage des mains et commençai à pleurer, doucement d'abord, avant de me mettre à sangloter.

Je regretterais cette magnifique performance le lendemain, et m'en repentirais avec ferveur, car mon évêque est un homme bon, indigne de ce genre de manigance. Les paroles prophétiques de sœur Claire évoquant la ressemblance des hommes, et même des puissants, résonnaient à mes oreilles. Seuls les plus durs des durs, comme le monstrueux Jean de Craon, pouvaient résister aux pleurs déchirants d'une femme. Et en vérité, mes larmes n'étaient pas tellement fabriquées.

Jean de Malestroit faiblissait déjà quand il dit : « Bon, très bien, si cela a tellement d'importance pour vous, je vais m'enquérir de l'endroit où se trouvent ces choses. Mais ne nourrissez pas trop d'espoir. Il est probable qu'elles aient été jetées ou égarées. »

Mon cher évêque avait probablement raison – il y avait peu de chance que la chemise, dans l'état où elle était, ait été conservée par quelqu'un, et il ne pouvait certainement pas s'agir d'un de ces coquins dont la culpabilité aurait été toute désignée ! Où aurait-elle pu être rangée si tout le reste avait été détruit ?

François Prelati saurait ce qu'elle était devenue, mais il était du genre à vouloir marchander ce genre d'information pour obtenir un avantage quelconque au tribunal. Je n'avais aucun atout pour le convaincre. Ma seule possibilité était de me mettre à la recherche de Perrine Rondeau. Elle avait fait le trajet jusqu'à Nantes pour ce procès en même temps que beaucoup d'autres gens, et la plupart s'étaient maintenant installés en périphérie de la ville. De grands campements de ces pèlerins d'un nouveau genre avaient surgi près du fleuve. Pour la trouver, il me suffit d'aller d'un feu de camp à l'autre en la demandant – elle s'était fait remarquer dans la foule par sa force de caractère.

Quand je tombai sur elle le lendemain matin avant l'ouverture du procès, Perrine Rondeau semblait avoir retrouvé son humeur joviale après la tension de son témoignage de la veille. Elle avait dit ce qu'elle avait à dire, et en avait fini avec le sujet. À la différence de beaucoup d'autres, chez lesquels la douleur du témoignage persistait, elle n'avait pas perdu d'enfant.

Un imposant foyer de pierre avait été érigé des années auparavant près du fleuve, où des pêcheurs faisaient cuire le poisson qu'ils remontaient des eaux vaseuses. Une solide perche en bois très vert avait été posée en travers des pierres, et Mme Rondeau y avait suspendu une marmite par l'anse. Elle chantonnait pendant qu'elle remuait la bouillie au-dessus du feu, ses hanches rebondies se balançant en suivant le mouvement circulaire de son bras. À ses pieds, posée sur une étoffe, se trouvait une grande pierre plate, où elle verserait le gruau lorsqu'il serait cuit. Une fois refroidi, il serait partagé en gros morceaux gluants pour être mangé à la main. Il était blanc et insipide, mais il remplirait l'estomac des gens affamés qui attendaient à proximité. Probablement aucun parmi eux ne possédait-il les bols et ustensiles nécessaires pour manger convenablement. Je m'étais tellement habituée à ce genre de commodité – un bol, une planche, une cuillère, une nourriture abondante qui pouvait être mangée chaude et avec dignité. C'étaient des objets usuels pour moi, mais de véritables trésors pour un pauvre. L'arbitraire avec lequel Dieu distribuait la chance était quelque chose de tellement étonnant.

Mais Il avait gratifié Perrine Rondeau d'une extraordinaire bonté, dont elle usait maintenant au bénéfice de ceux qui manquaient de tout. La vapeur qui montait de la marmite faisait naître des bouclettes à la lisière de ses cheveux tirés en arrière et retenus par une étoffe. Elle portait un grand tablier sur sa robe, dont elle avait remonté les manches.

Elle considéra mon habit et m'adressa un signe de tête respectueux.

« Bonjour, ma mère, dit-elle.

— Bonjour. Vous êtes Mme Rondeau ?

— C'est bien moi.

— Que Dieu vous bénisse, madame. J'ai prié pour vous hier soir après votre témoignage. J'espère que vous avez récupéré du malaise qui s'est soudain emparé de vous.

— Je suis guérie. Et je vous remercie pour vos prières à Dieu. Elles vont et elles viennent, les crises de tremblement. Je reprends toujours mes esprits au bout d'un moment.

— Vous êtes une femme courageuse, persévérante dans vos recherches également.

— Ah, dit-elle, certains vous diraient que je suis trop curieuse.

— Je ne jugerai pas votre conduite, madame, mais, apparemment, votre curiosité a été récompensée.

— Ce n'est pas toujours le cas. »

Elle souriait d'un air vaguement malicieux.

« Si la cause du procureur a été servie par ce que j'ai dit, dans ce cas, je m'en réjouis. Ça ne m'a rien coûté de parler, dit-elle. Je plains ceux qui ont perdu des enfants. Surtout la femme qui a parlé le jour précédent, quand la séance a été suspendue. »

Elle retira la cuillère en bois, la tapa contre le bord pour faire retomber les morceaux collés dessus dans la bouillie, puis la reposa. Quand elle eut les mains libres, elle les croisa et murmura une prière. Elle se signa puis recommença à tourner, toujours sur le même rythme.

« Et ce qui lui est arrivé dans la chapelle... et vous-même... »

Je cachai ma main bandée dans la manche.

« Je ne suis pas la plus à plaindre. Et Mme Le Barbier est une femme résistante. Je suis certaine qu'elle guérira complètement de ce que le corbeau... »

Elle m'interrompit brusquement.

« Ma mère, pardonnez mon impertinence, je ne veux pas que vous preniez cela pour un manque de respect, dit Perrine Rondeau, mais ce n'était pas un corbeau. C'était le diable en personne, déguisé et envoyé par Gilles de Rais, pour la punir d'avoir prononcé des paroles dures contre lui. »

Il était toujours étonnant de constater le rôle primordial que jouait la sorcellerie chez les enfants de Dieu.

« Si c'est le cas, madame, nous sommes certainement tous condamnés, car peu de paroles bienveillantes ont été prononcées ces derniers temps. »

Elle recommença à taper sa cuillère, puis à prier, et à se signer.

« Dieu prendra soin de nous », dit-elle, en levant sa cuillère pour souligner son propos.

Une boulette de bouillie retomba dans la marmite.

« Ce n'est pas un mets royal, mais cela remplira bien des estomacs. Mangerez-vous avec nous, ma mère ? Il y en a largement.

— Vous êtes trop aimable, madame. J'ai déjà rompu mon jeûne. Mais si vous pouvez me consacrer un moment, je voudrais vous interroger à propos de quelque chose en particulier, quelque chose que vous avez évoqué hier... la chemise. Vous avez dit avoir vu Prelati sortir avec de la maison de Cahu, à peu près au moment de l'arrestation de monseigneur. »

Elle baissa les yeux vers sa bouillie et fronça les sourcils.

« C'était innommable à voir, insupportable à sentir. Maculée sur tout le devant avec du sang et des excréments. Mais voilà, l'odeur a filtré jusqu'à moi à travers les feuilles et les branches. Seule ma crainte d'être découverte m'a retenue de vomir. »

Elle fit un signe de tête en direction d'un homme qui dormait par terre non loin.

« La distance n'était pas supérieure à celle qui nous sépare, lui et moi. Probablement moins. Deux ou trois pas, tout au plus.

— Alors vous avez dû voir la chemise très nettement.

— Tout à fait. M. Prelati la tenait à bout de bras, à deux mains, pour l'éloigner de lui. Elle se trouvait pratiquement sous mon nez.

— Vous avez mentionné une déchirure au milieu...

— Ce n'était pas une déchirure, mais une entaille bien nette. Elle avait dû être effectuée avec un couteau », dit-elle, en devançant ma question.

La fascination morbide évoquée par Jean de Malestroit commençait à s'emparer de moi et je me sentais très impie.

« Si vous vous en souvenez, madame, à quel endroit de la chemise se trouvait cette coupure ?

— À partir de l'ourlet presque jusqu'au cou. De chaque côté de cette fente, le tissu était trempé de sang foncé, à tel point que les bords du tissu ne s'effilochaient même pas. Mais j'ai remarqué que la partie inférieure de la coupure était irrégulière. »

Je suivais sa description dans mon esprit. J'imaginai le couteau pénétrant dans la chair tendre du ventre de l'enfant. Chancelante, je posai la main sur le bras de Mme Rondeau pour reprendre mon équilibre ; elle me jeta un regard inquiet.

« C'est un simple petit étourdissement, dis-je pour la rassurer. Cela va passer. »

Avant que mon malaise se soit tout à fait dissipé, d'autres images terrifiantes m'avaient traversé l'esprit, dans toute leur crudité. Je pris une profonde inspiration.

« Il paraît difficile de ne pas en conclure que le couteau a découpé la chemise et l'enfant en même temps.

— Oui, ma mère. Quel que soit l'enfant qui ait porté cette chemise, il a été massacré comme un agneau. »

J'essayai d'imaginer à quoi pouvait correspondre cette fente irrégulière mais pas effilochée près de l'ourlet.

« Madame, dis-je, dans quelle direction la tache de sang semblait-elle se répandre ? »

Pendant quelques instants, elle garda les yeux fixés sur la bouillie, la tournant en mesure tandis que son regard allait d'avant en arrière sans se fixer sur un objet quelconque. Puis elle posa la cuillère sur le côté de la marmite.

« Il y avait énormément de sang autour de l'encolure, reprit-elle enfin. Il devait donc s'être répandu vers le haut. »

Elle me jeta un regard inquiet.

« Comment est-ce possible ? »

L'enfant avait été pendu la tête en bas.

Je sentis la bouillie me remonter dans la gorge.

« À votre avis, lui demandai-je quand ma nausée se fut dissipée, quel âge avait l'enfant qui portait cette chemise ?

— Oh, très jeune. Un enfant si petit ne devait pas avoir plus de 7 ou 8 ans. »

Je revis Michel à l'âge de 7 ans, grimpant sur mes genoux et m'entourant le cou de ses petits bras.

« Des bêtes, murmurai-je. Des bêtes impies.

— Oui, ma mère », dit Perrine.

Je la remerciai chaleureusement pour l'information précieuse qu'elle m'avait donnée, puis fis demi-tour et traversai le campement. L'ourlet de mon habit traînait dans la poussière du sol. Il y avait encore davantage de gens que lors de mon arrivée et tous paraissaient avoir les yeux fixés sur moi.

Quand j'arrivai au palais, Jean de Malestroit avait déjà quitté ses appartements privés pour se rendre à la chapelle : je n'aurais donc pas à expliquer tout de suite mes allées et venues. Sinon à frère Demien, qui sortait des appartements au moment où je partais.

« Où étiez-vous ? demanda-t-il. Je m'inquiétais ! Son Éminence vous demandait également. Nous allons être en retard au procès. »

Et manquer par la même occasion un nouveau déballage de malheurs. Je n'arrivais pas à éprouver la moindre déception.

« Je suis allée aux campements pour voir Perrine Rondeau », lui dis-je.

Comme si j'avais été contaminée, le jeune prêtre se signa et murmura une bénédiction en hâte.

« Mais pourquoi ?

— J'avais des questions à lui poser, mon frère. Je voulais avoir des détails sur la chemise qu'elle avait vue. »

Il était inutile de lui expliquer en quoi cela m'intéressait. Frère Demien avait entendu l'histoire de la bouche de Guillaume Karle. Au lieu de cela, il se lança dans une pénible harangue contre la pauvre femme.

« Elle a la maladie du tremblement, ma sœur, et subit peut-être encore l'influence du démon. Vous l'avez vue se secouer comme une romanichelle pendant son témoignage d'hier.

— Elle a réussi à se délivrer du mal qui s'était emparé d'elle. Quand je l'ai retrouvée, elle faisait quelque chose que notre sauveur Jésus fit en son temps, elle donnait à manger aux foules rassemblées.

— Le démon peut se jouer de vous en vous faisant croire à de la fausse bonté. Il est capable de vous montrer la lumière pour vous perdre ensuite dans l'obscurité. Il vous étourdira de fausses promesses et vous persuadera de croire...

— Cela suffit, dis-je en me croisant les bras sur la poitrine. On pourrait croire que vous vous entraînez pour la mitre, frère.

— Il n'est pas besoin d'être évêque pour évoquer les traîtrises du démon.

— Mais cela n'y fait certainement pas obstacle. Ne craignez pas pour mon âme, dis-je. Je suis revenue intacte.

— Dans ce cas, j'espère que vous avez trouvé quelque satisfaction dans ses réponses.

— Autant qu'il est possible pour l'instant, je suppose. »

Comme c'est souvent le cas, les réponses qu'elle m'avait faites avaient soulevé d'autres questions.

Je devrais aller ailleurs pour obtenir des réponses satisfaisantes pour celles-là.

Des nouvelles de ce qui se disait au tribunal avaient transpiré jusqu'aux campements et dans les villages environnants, comme portées par une corde invisible. On ne parlait plus que de cela, comme c'est toujours le cas dans de telles affaires, l'odeur des ordures nous attire plus que le parfum des roses de Dieu. La veille dans l'après-midi, j'avais entendu un bruit d'ailes au-dessus de moi et, en levant les yeux, j'avais vu un petit groupe de pigeons autour d'une des tours. Ils voletèrent tout autour pendant quelques minutes dans la plus complète confusion avant de s'éloigner, chacun dans une direction. Dès que ces oiseaux furent partis, un autre groupe fut relâché. Partout en France et en Bretagne, des princes, des nobles et des hommes d'Église liraient bientôt ces petits morceaux de papier sur lesquels les messages décisifs étaient écrits. Le jour suivant, les oiseaux auraient certainement atteint Avignon, et mon fils, dont les affectueuses pensées étaient restées sans réponse de ma part, saurait à quel point l'affaire avait progressé.

« Le duc Jean doit être impatient d'avoir des nouvelles, me dit frère Demien tandis que les oiseaux s'éloignaient de plus en plus avant de disparaître tout à fait.

— Il est impatient de voir la chute de monseigneur, répondis-je, bien que cela semble avancer lentement, sans tenir compte de son enthousiasme. Je me demande quand il se montrera. Il préférerait se laver les mains de toute l'affaire pour en récolter néanmoins les bénéfices. Cela semble éminemment peu chrétien de sa part. Il est vrai qu'il dispose de nombreux hommes prêts à se montrer chrétiens à sa place. »

À la fin de chaque journée, les nouvelles étaient proclamées par le même crieur sur la Grand-Place de Nantes devant le palais de l'évêque. Il y avait toujours foule pour écouter ses récits d'un réalisme cru, et des pièces volaient dans son chapeau retourné, car c'était un excellent conteur. L'assistance poussait des exclamations et des gémissements, puis agitait le poing en signe de condamnation quand la surprise cédait la place à la colère. Le courroux de la populace montait contre son souverain à mesure que le nombre des enfants disparus augmentait.

Il rendit compte d'autres abominations encore, et relata de nouveaux faits d'intimidation par les hommes de Gilles de Rais.

« Il y a environ six mois, une servante qui travaillait dans le palais me dit qu'elle avait remarqué une petite empreinte de pied sanglante. Elle alla en avertir la gouvernante, mais, quand elles revinrent, la trace avait déjà été effacée. Elle perdit son travail pour avoir parlé... »

Et des récits de bravoure téméraire :

« C'était une nuit sombre et sans lune, et je servais sur le mur du château à Machecoul. Il semblait tout à fait justifié que ces coupables voient leurs abominables activités découvertes. Si un autre était enlevé cette nuit-là, je n'hésiterais pas à appeler les hommes des villages environnants pour conduire monseigneur de Rais aux autorités.

« Hélas, le sommeil m'emporta, et je ne devais

pas dormir depuis très longtemps quand je fus réveillé par un homme frêle qui me mit une dague sous le menton. J'appelai, mais il rit et dit : "Crie tant que tu veux ! Personne ne viendra à ton secours. Tu es mort."

« Je suis certain qu'il avait l'intention de me tuer. Je le suppliai de m'épargner. Par la grâce de Dieu, cet homme eut pitié de moi et me laissa méditer sur cette rencontre, mais je n'avais plus le courage de rester. Je descendis en hâte le long des pierres du mur extérieur et regagnai la route et, malgré l'obscurité, je courus et courus jusqu'à ce que je fusse suffisamment éloigné de cet endroit maudit pour m'arrêter et reprendre mon souffle. Le lendemain, pendant que je rentrais chez moi, je rencontrai le seigneur de Rais en personne, revenant à cheval de la direction de Boin. Il ressemblait à un géant juché sur son cheval, et d'autant plus impressionnant compte tenu de mes activités de la nuit précédente contre lui ! Il me regarda avec grande malveillance et posa la main sur le pommeau de son épée, mais il se contenta de ricaner avec mépris. Il poursuivit sa chevauchée, mais ses compagnons restèrent autour de moi pendant un moment et me bousculèrent. Aucun ne parla, mais leur expression était éloquente. *Nous savons ce que tu as fait, et tu ferais bien de ne pas recommencer.* »

Ce fut tout ce que j'entendis en matière d'horreur ce jour-là. Quand je retournai au tribunal, il y avait une trêve dans le déroulement des opérations, ce que j'accueillis avec plaisir malgré mon désir étrange d'entendre ce qui se disait. Pendant que nous attendions, j'égrenai les perles fraîches et douces du chapelet entre mes doigts pour le simple plaisir du geste, sans même dire les prières adéquates, pendant que Jean de Malestroit s'entretenait avec frère Blouyn et le procureur Toucheronde. Les trois s'étaient rapprochés au point que leurs têtes se touchaient presque et parlaient d'une voix si basse que même les scribes, pourtant assis tout près, ne pourraient pas les entendre.

Cela n'avait pas d'importance, car cette fois Jean de Malestroit écrivit lui-même le compte rendu. Avec l'accord de ses comparses, il rédigea une brève déclaration qu'il tendit à un scribe en lui chuchotant quelque chose. L'homme commença aussitôt à trier ses propres parchemins, puis il se leva et reprit les principaux témoignages, disant qui les avait livrés d'abord et résumant ce que le témoin avait dit.

Quand il eut terminé, le scribe regarda de nouveau Son Éminence, lequel manifesta son approbation pour l'énoncé du final par un signe de tête grave.

Quelles plaintes ont été portées à l'attention des seigneurs Jean, révérend père en Dieu, évêque de Nantes, et frère Jean Blouyn, vice-inquisiteur, les mêmes seigneurs évêque et vicaire ayant été ainsi informés, insistant sur le fait que ces crimes ne doivent pas échapper à la punition, décrètent par la présente et mandatent tous les hommes d'Église pour faire venir le susdit Gilles de Rais le samedi 8 octobre, afin de répondre comme la

> *loi l'exige devant les susdits seigneurs évêque et vice-inquisiteur de la foi, et pour quelles que soient l'objection et la défense qu'il estime devoir être faites, aussi bien que pour le procureur dûment chargé de cette affaire et d'autres affaires de cet ordre.*

Un air anormalement chaud pour un mois d'octobre s'engouffrait par la fenêtre ouverte de la salle à l'étage supérieur. Nous nous étions rassemblés là car la menace d'un soulèvement était devenue trop importante dans la chapelle en dessous. La salle à l'étage était vaste, à la différence de la salle et de la chapelle de l'étage inférieur, mais son avantage majeur pour le moment était que la présence des gardes postés au pied de l'escalier rendait l'endroit inapprochable. L'entrée dans ce tribunal dépendait uniquement du bon vouloir de l'homme sous les ordres duquel la garde était placée.

Bien que notre sécurité semblât assurée, une grande confusion régnait pendant que nous nous replongions dans l'affaire en cours. De nouveaux visages apparurent, dont certains m'étaient familiers. La présence de Pierre L'Hôpital, président de la Bretagne sous le duc Jean, proche conseiller et confident de mon évêque, ne passa pas inaperçue.

« Je vois que le duc a dépêché son chien de garde, dit frère Demien.

— Touscheronde va certainement en prendre ombrage, répondis-je.

— Allons donc, fit frère Demien.

— Au moins, nous avons de la chance que ce

soit plus un homme de loi qu'un politicien au service de notre seigneur le duc, ajoutai-je. Sinon, nous serions constamment en pleine crise diplomatique. »

Des pas résonnèrent dans la dernière partie du couloir. Frère Demien se retourna pour voir qui venait.

« Guillaume Chapeillon », dit-il.

Le mielleux Chapeillon faisait un bon contrepoids au pétulant L'Hôpital. Il s'adresserait uniquement à Jean de Malestroit et ne répondrait qu'à lui. Il apparut vêtu de sa plus belle robe d'avocat avec de grandes manches ondoyantes. Je me demandai avec une pointe d'envie quels trésors pouvaient être dissimulés dans ces amples replis. Une troupe de scribes et de notaires suivait Chapeillon, semblable à des canetons. Tous avaient les doigts tachés de noir et tenaient un faisceau de plumes d'oie, dont la plupart seraient usées avant qu'on en arrive aux conclusions.

Tâcherons et officiels finirent par trouver leur place aux premiers rangs du tribunal, mais la confusion qui régnait déjà avant qu'ils réussissent à s'installer n'inspirait guère confiance. Si remontés que nous puissions être, un reste de peur nous animait encore. Je m'assis dans un des fauteuils à haut dossier qu'on avait apportés en hâte et passai tranquillement en revue ma tenue, rectifiant l'ourlet de ma robe, rentrant des mèches rebelles et arrangeant mon voile, entre autres distractions. Quand tout fut enfin parfait, je fermai les yeux et pensai aux magnifiques pommes qui avaient été remisées dans le cellier, et combien il serait délicieux de mordre dans un de ces fruits par une journée lugubre de janvier. Ma respiration devint plus régulière, et je commençai à retrouver mon calme.

Mais à peine avais-je repris mon souffle que monseigneur Gilles de Rais arrivait sans crier gare et contre toute attente.

28

— J'appelai Moskal quelques jours plus tôt que prévu.

« Je ne comptais pas sur votre appel avant lundi, dit-il, avec son accent de Boston plus prononcé que jamais.

— Je l'ai épinglé, répliquai-je d'une voix triomphante.

— Waouh. »

Il paraissait un peu déçu, ce qui était facile à comprendre. Il le voulait autant que moi.

« Oui. J'ai un mandat contre ce salaud.

— Je me réjouis pour vous. En plus, ça a été vite. »

Mon sourire devait être éloquent, même au téléphone.

« Nous partons le cueillir. Le mandat stipule le crime d'enlèvement de mineur, et plusieurs fois. Je voulais juste vous le dire.

— Pas d'homicide ? »

Il paraissait encore plus déçu.

« Pas encore. Mais il est probable que nous ayons un cadavre. Je ne sais pas si vos journaux locaux en ont fait état…

— Le *Globe* n'est pas exactement un journal local, dit-il, mais je prends aussi le *Los Angeles Times*.

— Alors vous l'avez vu.

— Effectivement. Mais je n'y comprends rien. La victime était noire, ce qui ne colle pas avec votre schéma.

— Nous estimons qu'il s'agissait d'une répétition d'enlèvement.

— Doux Jésus. Il n'a pas eu assez de répétitions ?

— Il y a eu ensuite trois tentatives avortées en une seule journée. Il me provoque.

— Ah, dit-il. Je comprends. Maintenant que vous avez un cadavre, vous pourrez le rechercher pour meurtre une fois toutes les preuves réunies.

— Nous pourrons. Et nous le ferons.

— Très bien. »

Visiblement résigné, Moskal devait parfaitement savoir qu'il devrait supplier pour que Durand réintègre le Massachusetts, ce qui n'arriverait pas avant que la Californie lui ait fait cracher toute la vérité, Dieu merci.

« Comment avez-vous fini par le coincer ?

— Les baskets, dis-je. Il gardait toutes leurs baskets. »

Je l'imaginai, bouche bée devant le téléphone. On aurait dit que la communication avait été coupée.

« Peter ? Vous êtes toujours là ?

— Oui, dit-il dans un murmure. Ne quittez pas un instant. Je vous mets en attente. Ne partez surtout pas. »

Il s'éloigna. Enchaînée à mon bureau par un cordon en spirale, je n'arrêtais pas de me répéter :

Tu m'empêches d'aller cueillir ce salaud...

Une éternité s'écoula avant qu'il revienne. Les deux exemplaires du mandat d'arrêt que je serrais dans ma main étaient tout froissés à présent, mais tellement brûlants qu'ils auraient pu prendre feu. Du coin de l'œil, je voyais mes cinq camarades en train de vérifier leurs armes, mettre leurs gilets pare-balles, et s'assurer que leurs radios avaient des piles neuves. Le rituel tribal préliminaire à la chasse avait commencé, et il faudrait que je les rattrape. Je bouillais d'impatience.

« Désolé, dit Moskal quand il revint au téléphone. J'ai été plus long que prévu. Il fallait que je vérifie quelque chose.

— Quoi, nom de Dieu ? »

La télécopie se déclencha brusquement sur l'étagère à côté de mon bureau. Les premiers millimètres d'une transmission émergeaient de la fente.

« C'est vous qui m'envoyez ce fax ?

— Oui. Je reste en ligne le temps que vous le lisiez. »

Après deux minutes d'un accouchement pénible, la page était enfin disponible. Je la tirai avec l'énergie du désespoir. C'était la version crue, due à un fax de haute densité, d'une des photos se trouvant dans le dossier de l'affaire de South Boston.

Un cercle entourait les pieds nus.

« Fils de pute, chuchotai-je dans l'appareil.

— Quand vous l'arrêterez, si vous voulez bien chercher une paire de baskets noires montantes avec le logo des Boston Celtics... »

Je me ferais un plaisir de le faire.

Les deux équipes de trois prirent chacune une voiture. Je montai dans la première avec Spence et un autre gars pour aller au studio. J'étais contente de pouvoir compter sur eux, car j'étais particulièrement nerveuse. C'était de loin la plus grosse affaire de toute ma carrière, et j'espérais que tout se passerait bien. Il y a tellement de choses qui peuvent tourner mal lors d'une arrestation.

Wilbur Durand n'était certainement pas un rigolo ; quand il était venu nous rendre sa petite visite, c'était sans doute le client le plus cool jamais passé par un commissariat de police. Il devait savoir que nous ne pouvions rien contre lui. Il avait dû consulter un avocat avant de venir. Pas le genre de l'avocat d'affaires que nous avions arraché à son golf au cours de notre perquisition, mais probablement sa célèbre sœur, la vilaine sorcière de la côte Est. Sheila Carmichael devait être au courant de tout, mais quand même, imaginez-vous en train d'annoncer à un autre être humain – surtout quelqu'un de votre propre sang : *Je suis soupçonné d'une série d'enlèvements d'adolescents.* Un silence s'ensuivra sans doute, car votre confident préférera s'abstenir de vous demander si vous en êtes effectivement l'auteur. Imaginez alors la réponse : *Voyons ensemble ce que nous pouvons faire pour t'éviter le maximum.*

Dire que les avocats se demandent pourquoi les gens les comparent à des requins.

Nous allions bientôt débarquer dans l'existence feutrée de Wil Durand pour tenter de tout faire éclater au grand jour, au grand dam des avocats. Il se serait préparé de longue date à ne rien dire s'il était mis en garde à vue, ce qui allait forcément arriver. L'interrogatoire suivant l'arrestation serait éminemment risqué, le pire qu'aucun de nous, Frazee compris, aurait jamais affronté. L'homme serait fin prêt, il aurait été conseillé, il aurait répété.

Et il serait glacial.

« Ça va ? » demanda Spence.

Ça devait pourtant se lire sur mon visage.

« Oui. Non. Peut-être. Repose-moi plutôt la question quand il aura les menottes et pourra aller se faire foutre. »

Il gloussa.

« Tu t'es entraînée au tir récemment ?
— Évidemment.
— Bien. J'aime autant que tu ne me tires pas dessus.
— Personne ne va tirer sur personne. À ce que je sache, Durand n'a même pas de permis de port d'armes.
— Ça ne veut pas dire qu'il n'ait pas d'arme. Ou qu'il n'ait pas cinq ou six gorilles avec des flingues et des permis payés pour faire le sale boulot à sa place.
— Pas son genre. Ça devrait se passer comme sur des roulettes.
— Ouais. Comme toujours. »

Nous étions prêts à tout, entraînés à faire face à l'inattendu. Sauf si j'étais complètement à côté de la plaque, Wilbur Durand ne choisirait pas l'affrontement à tir réel. Ses balles étaient faites de matière grise. S'il nous tirait dessus avec, nous ne nous en rendrions même pas compte.

Il y avait deux voitures garées devant l'entrée

du studio. L'une était une Mercedes profilée d'un modèle récent, d'un noir brillant avec des vitres teintées, l'autre une Jetta VW également noire, qui devait avoir cinq ou six ans. Je communiquai par radio le numéro des plaques d'immatriculation. En attendant la réponse, je vérifiai mon pistolet, au cas où.

À ma grande déception, aucun des véhicules n'appartenait à Durand. La Mercedes était en leasing, ce qui me redonna un peu d'espoir, jusqu'à ce que mon informateur ajoute que le titulaire du leasing était un gros bureau d'avocats du centre-ville. Je griffonnai les numéros dans mon carnet, puis détachai ma ceinture de sécurité.

« Aucune ne lui appartient, ni à sa société.

— Il se peut qu'il soit encore là. »

Il ne l'était pas. M. Culotte de golf et l'assistant répugnant nous attendaient. Tous deux insistèrent sur le fait que Wilbur était une nouvelle fois à l'étranger.

« Il est donc venu en avion de l'endroit où il était pour venir me rendre visite, et il est reparti ensuite aussitôt ?

— Je ne me hasarderai pas à imaginer les motifs qui incitent mon client à se rendre là où il se rend », gémit l'avocat.

Il paraissait beaucoup plus autoritaire sans ses vêtements de golf, mais il ne s'exprimait pas mieux.

« M. Durand est encore perturbé par l'invasion de son studio. Il a un emploi du temps serré, et doit à présent travailler d'arrache-pied pour tenir ses délais.

— Il ne travaillait pas ici quand nous sommes arrivés.

— Il se peut qu'il se soit trouvé quelque part sur un tournage, je l'ignore. En revanche, je sais qu'il ne peut pas travailler dans son studio quand il est dérangé ainsi.

— Il n'avait qu'à nous demander de partir.

— Et vous auriez quitté les lieux ? »

Il cherchait à m'entraîner dans un autre débat, et j'étais en train de me laisser faire.

« Où est-il ? demandai-je.

— Je n'en ai pas la moindre idée.

— Mais vous êtes en contact avec M. Durand.

— C'est une information protégée, inspecteur. »

À bout de frustration, je n'allais pas tarder à exploser. Spence avait dû le sentir car il me toucha le coude.

« Voyez-vous un inconvénient à ce que nous jetions un nouveau coup d'œil dans les locaux ? demanda-t-il pour m'éviter de sortir de mes gonds.

— J'y vois un inconvénient majeur.

— Quand il reviendra, dis-je, voulez-vous bien dire à votre client que j'aimerais lui parler. Oh, vous pourriez aussi ajouter que nous avons un mandat d'arrêt le concernant. »

L'avocat ne demanda même pas l'objet du délit.

Nous ressortîmes et prîmes contact par radio avec l'équipe qui s'était rendue chez Durand. Ils n'avaient rien d'autre à signaler que le garçon avec son charabia incessant, mais pas de Durand.

Il ne nous restait plus qu'à partir. Quand nous sortîmes, un soleil de fin d'après-midi projetait une lumière crue et rasante, donnant au paysage alentour un aspect désolé.

« Quel est le plan B ? demanda Spence.

— Il n'y a pas de plan B, dis-je. C'est tout juste si nous avions déjà un plan A. »

Il me dévisageait, l'air incrédule.

« Allons, Lany, tu as bien un plan B quand tu perds ta lime à ongles.

— Je ne plaisante pas, Spence. Pas de plan B.

— Alors que faisons-nous maintenant, sur notre trente et un, avec personne à épingler ?

— Je n'en sais rien.

— Nous devrions le forcer à sortir du bois.

— Mais comment ? dit Fred. Vous avez dit vous-même que ce type joue sans arrêt les filles de l'air. Et nous ne pouvons pas encore divulguer l'affaire. »

Un couple de gradés et quelques inspecteurs de la division participaient à cette réunion extraordinaire, où j'étais une nouvelle fois en position d'accusée. J'avais intérêt à proposer très vite quelque chose.

« Je connais quelqu'un au *Times*, avançai-je. Je n'ai pas travaillé avec elle depuis quelque temps, mais nous avions de très bonnes relations. En lui proposant quelque chose en échange, nous pourrions lui demander de faire état dans un article de la possible implication de Durand, sans le désigner comme le véritable suspect. Elle pourrait se référer à une source anonyme venant de la police, pour que personne ne subisse les foudres d'en haut.

— Vous lui faites confiance ?

— Oui. Je crois. Comme je vous l'ai dit, il y a un moment que nous ne nous sommes pas parlé, mais elle a toujours été extrêmement correcte. »

Je m'attendais à plus de résistance de la part de Fred, mais il paraissait prêt à tout à présent.

« Cela vaut peut-être la peine d'essayer. Mais

avant que l'article parte à l'imprimerie, j'aimerais bien y jeter un coup d'œil. »

Il devait croire au Père Noël.

« Je ne sais pas, Fred, elle ne va probablement pas être d'accord. Il en va de l'indépendance éditoriale.

— Je ne vais pas lui corriger sa grammaire, Dunbar. Je veux simplement m'assurer que le fond de l'article est bien conforme à ce que nous voulons.

— Elle demandera probablement une info exclusive en échange quand cela éclatera.

— Première interview avec vous, qu'en dites-vous ?

— Et si je ne veux pas donner d'interview ?

— Dur. »

En tout cas, j'avais obtenu ce que je voulais.

Ce fut une négociation en douceur, mais nous arrivâmes à un accord raisonnable, juste nous deux, sans gradés, sans Fred, ni rédacteurs en chef. Elle accepta de rédiger l'article en échange d'informations exclusives sur le procès en cours, quelle que soit la façon dont le reste de la presse était traité. Et je passerais une heure avec elle dès que je pourrais m'arracher à toutes les formalités de l'arrestation, pour que nous puissions parler librement de l'affaire et de ses développements.

Le lendemain matin, c'était la merde.

D'après des sources anonymes de la police, Wilbur Durand, le génie des effets spéciaux et des maquillages à Hollywood, dont la carrière fulgurante compte les films d'horreur les plus juteux de tous les temps au box-office, fait l'objet d'une enquête en relation avec une série de disparitions de jeunes garçons dans la région de Los Angeles. Son plus récent film, Là-bas, on mange des petits enfants, *qui a remporté un énorme succès, est le premier produit par sa propre maison de production Angel Films. Durand, 40 ans, est considéré par de nombreuses stars d'Hollywood comme le meilleur maquilleur de sa génération, bien que ce titre ne recouvre pas toute l'étendue de ses talents. Une actrice, qui souhaite garder l'anonymat, a déclaré : « Lui seul peut me redonner une nouvelle jeunesse. »*

Après ce qu'un enquêteur qualifie de « longue enquête minutieuse », Durand devra répondre à des questions concernant les disparitions de trois jeunes garçons, deux âgés de 13 ans et l'autre de 12, qui furent tous les trois enlevés dans les quartiers ouest de Los Angeles. L'un a disparu depuis près de deux ans, un autre depuis un an environ, et le troisième depuis à peu près deux mois. Des effets supposés appartenir à chacun des trois garçons disparus ont été retrouvés cachés dans l'atelier du studio de Durand et reconnus ensuite par des parents des garçons. Il fait également l'objet d'une enquête concernant une éventuelle implication dans la mort d'Earl Jackson, âgé de 12 ans, dont le corps a été retrouvé la semaine dernière dans un parking abandonné près de l'aéroport.

Durand lui-même n'a plus été vu par les autorités depuis que ces preuves ont été découvertes ; il s'était présenté peu de temps auparavant à la brigade de protection des mineurs et avait protesté auprès des enquêteurs, estimant que la fouille de son lieu de travail constituait une forme de harcèlement. Il exigeait que son espace de travail lui soit restitué. Faisant suite aux informations recueillies au cours de l'occupation temporaire et la fouille des studios de Durand, une série de disparitions de jeunes garçons survenues au cours de plusieurs années et attribuées précédemment à différents kidnappeurs est maintenant considérée comme pouvant être l'œuvre d'un seul individu.

Durand était apparemment suspecté d'implication dans ces disparitions depuis quelque temps, mais, selon des sources policières, il est difficile d'obtenir des informations sur lui. Elles font état de ses tendances à la réclusion bien connues comme principal obstacle à l'enquête.

D'autre part, selon un inspecteur de police proche de l'enquête resté anonyme, la position éminente de Durand au sein de la communauté cinématographique lui a assuré une certaine protection, qui rappelle la circonspection dont on a fait preuve à l'égard d'O. J. Simpson au début de ses ennuis judiciaires. D'après cet inspecteur, il n'est pas rare que des membres connus de la communauté cinématographique de Los Angeles soient traités avec une considération particulière quand ils ont des problèmes. « Les flics ne sont pas différents des autres gens, ils adorent fréquenter les stars. Quelle meilleure façon d'y arriver que de jouer les alliés quand une star a des ennuis. » Pressée de commenter, la porte-parole de la police de Los Angeles, Heather Maroney, a démenti de la façon la plus véhémente, jugeant ces affirmations « irresponsables et sans fondement ».

Des recherches sont en cours dans tout le pays pour retrouver Durand, dont on ignore où il pourrait se trouver. Il n'est probablement pas armé, mais devrait être considéré comme extrêmement dangereux, surtout envers les enfants. Son porte-parole dit qu'il est « à l'étranger », en train de travailler sur un film, une information qui n'a pas été vérifiée. En raison de sa facilité à changer d'apparence, il est peu probable que Durand voyage sous son véritable visage. La police de Los Angeles a mis en service un numéro gratuit destiné aux gens qui pourraient l'avoir vu. L'anonymat est garanti à ceux qui le souhaitent, mais toute personne fournissant des informations susceptibles de permettre l'arrestation de Durand pourra recevoir tout ou partie d'une éventuelle récompense.

Trois minutes après que l'article fut arrivé sur le bureau de Fred, j'étais convoquée chez lui.

« Il n'était nulle part question de cette prétendue "circonspection" dans l'article qu'on m'avait donné à lire. »

Il abattit violemment sa main sur l'article ; il avait dû se faire mal.

« Qu'est-ce que c'est que cette merde ?

— Je vous l'ai dit, ils ont des rédacteurs en chef. Mon amie ne voulait pas dire à son rédacteur en chef que c'était arrangé entre nous, et elle n'a pas pu enlever tout ce qu'elle voulait.

— Conneries. C'est vous qui avez mis tout ça là-dedans. »

Il avait raison, c'était moi. Je l'avais rajouté dans l'article entre le moment où Fred l'avait lu et la dernière mouture du rédacteur en chef. Ça n'avait pas été coupé. Mais on ne connaîtrait jamais la vérité.

« Non, Fred, dis-je en mentant, ce n'est pas moi. Je lui ai donné mon accord sur ce qu'elle avait écrit d'abord, le reste a dû être rajouté ensuite. N'oubliez pas que ces gens sont payés pour avoir de l'imagination, et pour broder à partir des faits.

— Dites-vous bien que, à présent que tout ça est paru, je risque ma tête si nous ne trouvons pas ce type *illico*. Et vous ne valez plus cher. »

Des photos banales de Wilbur Durand s'étalaient à la première page de tous les journaux du pays. Le Mexique et le Canada étaient en état d'alerte maximal pour traquer le génie en fuite, tout comme les pays européens. Comme prévu, son histoire faisait la une partout. C'était le genre d'affaire juteuse à laquelle personne ne semble pouvoir résister, bien que nous soyons rares à l'admettre.

Je n'ai pas honte. Je dois avouer que je suis tout aussi accro à ce genre d'embrouille que n'importe qui. C'est sûrement en grande partie pour ça que je suis devenue flic ; j'ai fait mon temps dans la rue, mais je savais depuis toujours que je finirais inspecteur. Je veux tout savoir. J'avais obtenu certaines réponses à Boston, mais ça n'était pas suffisant.

Par exemple, comment un homme avec une telle fortune et un tel pouvoir, un tel génie hors norme, avec tellement de talent, peut-il tourner ainsi ? Avec son argent et son intelligence, je dirigerais le monde, parce que tout devient possible alors.

Autre chose aussi, comment les parents de ce genre d'enfant peuvent-ils passer à côté et ne pas canaliser ses forces ? L'amener là où il est, et réussir à le bousiller, c'est vraiment criminel.

En fin de compte, j'aimerais aussi que quelqu'un puisse me dire pourquoi, au fond, je ressens de la sympathie pour ce monstre, alors que tout en moi crie : *Faites-le griller* illico, *ce salaud*.

Tout le monde voulut entrer en piste après que l'histoire eut éclaté. Tous les médiums du pays, les experts psychologues, les profiteurs vinrent nous supplier d'accepter leur collaboration. Cette affaire serait une vache à lait pour qui saurait y faire, et ils faisaient la queue, jouant des coudes pour réussir à occuper une place déjà prise par un certain Errol Erkinnen, qui avait depuis longtemps payé son dû dans cette affaire.

Des appels parvenaient par milliers sur la ligne gratuite. Nous devenions chèvres à essayer de les suivre.

Je l'ai vu au drugstore, vous savez, celui qui se trouve à côté de la station d'essence de l'Ultra Mart... Il était devant moi dans la file d'attente du cinéma. J'allais voir Là-bas, on mange des petits enfants, *c'était donc forcément lui, puisque c'est son film...*

Nous l'avons vu à l'aéroport. Il était habillé comme Greta Garbo, manteau de fourrure et tout. Par ce temps, imaginez un manteau de fourrure, personne n'en porte à moins d'être obligé, c'était donc certainement lui...

Il essayait de s'introduire dans les vestiaires du stade de base-ball. Il avait son vieux gant tout abîmé avec lui.

Ou l'usurpation d'identité par excellence : Il était en uniforme. Je l'ai vu traîner avec un couple d'autres flics. Ils ne s'en rendaient pas compte, mais moi, je l'ai bien vu. Je savais que c'était lui...

La presse atteignait le niveau de frénésie qu'elle avait connu pour Simpson. Tous les jours, quand j'entrais ou que je sortais du commissariat, ils étaient là avec leurs paraboles juchées sur des camions, caméra à l'épaule et micro en main. Des femmes parfaitement coiffées et maquillées à cette heure matinale, des hommes en Armani dès l'aube. Qu'est-ce qui pouvait bien les motiver ? L'espoir de recueillir la moindre information susceptible de les propulser au sommet de la célébrité, évidemment. C'était une façon de se retrouver en tête des sondages.

Je suppose que tous les boulots ont leurs « sondages » d'une façon ou d'une autre.

Je me sentais étrangement à l'abri de tout ce cirque, grâce à l'anonymat voulu par Fred jusqu'à ce que nous ayons une plus grande maîtrise de la situation. Pour une fois, je lui donnais raison. Avant que nous ayons identifié Durand, il y avait de bonnes raisons pour laisser le public à l'écart. Maintenant que nous savions que c'était lui, nous avions besoin de l'aide du public, sans pour autant que les gens se mêlent de tout, un équilibre délicat qui dépend de l'habileté avec laquelle sont menées les relations publiques. Pour la première fois de ma carrière de flic, je comprenais ce que Heather Maroney faisait vraiment en tant que porte-parole : elle était en première ligne dans la bataille contre les civils. Il y avait très peu de chance que quelqu'un appartenant à ce service me trahisse, sauf si j'avais eu un ennemi inconnu dans les rangs, ce qui me paraissait peu probable car je m'étais fait un point d'honneur à ne marcher sur les pieds de personne. Fred s'inquiétait plutôt que quelqu'un de chez Durand ne révèle mon identité.

Je fus effectivement trahie, mais pas par quelqu'un du département, ni par la presse. C'est Wilbur Durand lui-même qui finit par révéler qui j'étais.

29

Au plus profond de mon âme, j'admettais maintenant que Gilles de Rais était un monstre, le démon en personne, et, en acceptant de le voir ainsi, j'espérais qu'il finisse par perdre son pouvoir sur moi. C'en était fini de la *mater* en moi, la femme qui avait essuyé les larmes du garçon et l'avait bercé à la place de sa mère. Je ne voulais plus prendre en compte son angoisse, sa souffrance, les terribles horreurs qui lui étaient arrivées quand il était entre les mains de son grand-père, dont personne – ni moi, si ses parents absents – ne pouvait le protéger.

Chut, mon enfant. Elle est partie avec ton père à Pouzages. Mais ne t'inquiète pas, petit, ils reviendront dans moins de deux semaines à Champtocé, et vous vous retrouverez.

Bien sûr, mon jeune protégé ne pouvait pas s'empêcher de remarquer que monseigneur Guy et dame Marie emmenaient souvent René, quand ils partaient à cheval, le plus souvent en direction de Machecoul. J'ai toujours pensé que le plus jeune frère souffreteux, celui qui avait failli mourir au cours de l'accouchement, était plus proche de sa mère. À chaque fois, il y avait des problèmes – peut-être pas au moment de leur départ, mais à la déception suivante, qui ne semblait pourtant pas avoir le moindre rapport avec le sentiment d'abandon qu'il éprouvait. À la moindre provocation, Gilles se lançait sur moi avec ses petits poings et se mettait en rage. Parfois, quand je m'efforçais de le contenir, il levait les bras tout droit et, ondulant tel un serpent, se laissait glisser à terre pour échapper à mon emprise. Alors, il tapait du pied à en faire vibrer les pierres. Ses parents m'avaient interdit de le punir pour ces crises effrayantes survenues en leur absence, bien qu'il aurait dû être sévèrement corrigé. Quand ils étaient présents, la discipline qu'ils appliquaient au garçon pouvait être décrite au mieux comme timorée et inefficace.

Un jour, poussée à bout par cette conduite aberrante, je commis une grave faute, dont les conséquences n'ont jamais cessé de me hanter depuis. J'allai trouver Jean de Craon et l'interrompis dans sa comptabilité. Quand je lui exposai mon dilemme, il posa sa plume d'oie, poussa un juron, et décréta que l'enfant était trop gâté, et élevé comme une fille. J'attendis patiemment qu'il ait terminé sa diatribe, espérant qu'il finirait bientôt pour que je puisse lui demander ce qu'il fallait faire. Ses déclarations obscènes montèrent en intensité si bien qu'il finit par exploser et pousser une série d'horribles jurons susceptibles d'indisposer les saints et les anges.

Il se dirigea tout droit vers la chambre d'enfants, et je le suivis sur ses talons, le suppliant de ne pas lui infliger une correction trop sévère. Le garçon était resté sous la surveillance de la bonne d'enfant à qui je l'avais confié. Ils parlaient tranquillement, et il paraissait tout à fait calme, ce qui me surprit, vu l'état dans lequel il était quand je l'avais mis dans les bras de la fille. Jean de Craon, pensant que je l'avais dérangé sans raison, me foudroya du regard.

Pardonnez-moi, je vous en prie, monseigneur Jean, mais c'est un complet retournement de situation – une bénédiction bien sûr, mais tout à fait surprenante, étant donné que le garçon était dans un état d'agitation extrême quand je l'ai quitté et...

Sans attendre la fin de ma supplique, Jean de Craon fit demi-tour et se dirigea vers la porte, en marmonnant de vagues malédictions. Mais à peine son grand-père avait-il le dos tourné que Gilles recommença. Il se mit à gémir et à pleurnicher à l'intention du vieil homme qui allait l'abandonner comme son père et sa mère. Quelle aberration, quelle perversion, quand un enfant recherche l'attention quitte à être puni, faute de mieux.

En tout cas, la manifestation fut couronnée de succès, car en entendant les pleurs de l'enfant, Jean de Craon revint, le visage déformé par la colère, et se dirigea droit vers lui. Gilles ne se laissa pas démonter : il s'étendit sur le sol et martela celui-ci de ses pieds de toutes ses forces. Le vieil homme, fou de rage, prit mon petit protégé par l'arrière de son col et le laissa retomber sur les pierres, puis bourra le gamin de coups de poing tandis que je lui criais d'arrêter. Terrifiée, la servante s'enfuit de la pièce, me laissant seule pour défendre l'enfant contre la brutalité de son grand-père ; mais celui-ci m'écarta beaucoup plus facilement que je ne l'aurais cru pour un homme de son âge. Il leva la main sur moi et m'aurait battue également, bien que je ne fusse pas sa femme, si un garde alerté n'avait pas frappé à la porte de la chambre.

Pendant que le grand-père renvoyait le garde, je pris Gilles dans mes bras et m'enfuis en courant, tout en suppliant Dieu que mon mari ou quelqu'un d'autre me vienne en aide. Le petit Gilles gisait comme une loque dans mes bras, et il gémissait. J'empruntai le couloir étroit reliant la chambre d'enfants aux appartements de dame Marie. Je connaissais parfaitement ces passages dérobés, car toutes ses suivantes avaient été contraintes de quitter précipitamment les lieux un jour ou l'autre quand Guy de Laval se présentait sans crier gare avec l'intention de profiter des attentions amoureuses de madame. En de telles occasions, il n'était pas question de prendre congé gracieusement, car c'était un coquin exigeant qui ne supportait pas le moindre délai. Il la prenait sur-le-champ, sur un banc, contre le mur, ou debout, sans même attendre notre départ. Aussi nous nous éclipsions et attendions en silence dans notre cachette que monseigneur Guy ait fini son affaire, ce qu'il menait généralement à bien avec une grande efficacité.

De tels incidents, mortifiants à l'époque, me paraissaient anodins en comparaison de ma détresse présente, mais la connaissance des cachettes de l'appartement s'avérait bien utile dans la situation actuelle. Alors que je franchissais la porte de dame Marie, je me retournai et vis Jean de Craon, furieux, s'élancer en avant, dans un quasi-état d'ébriété, pour nous atteindre. Gilles se cramponnait à moi en se tortillant, mais je réussis à libérer ma main et à repousser la porte. Elle claqua bruyamment contre le linteau. Je poussai un grand coup sur le loquet juste au moment où il allait nous tomber dessus. À mon grand soulagement, le loquet glissa en place, et la porte résista. La vieille brute vicieuse se mit alors à cogner contre le battant avec une telle force que les planches commencèrent à bouger et à se fendre. L'enfant serré contre ma poitrine, je me précipitai vers un placard, pendant que Jean de Craon continuait à cogner en vain sur le bois solide.

Un moment s'écoula avant que, à bout de forces, il renonce à cogner contre la porte. Je tremblai de peur à l'intérieur du placard jusqu'à ce qu'il soit parti. Quand nous sortîmes de notre tombeau étouffant, mon corsage était taché de larmes, les miennes et celles de l'enfant. La puanteur qui régnait dans le placard était insupportable, car, pendant que son grand-père nous poursuivait, mon pauvre petit protégé terrorisé s'était souillé de toutes les façons possibles. La honte que je lus sur son visage quand nous retrouvâmes la lumière me fendit le cœur.

Quelques heures plus tard, une fois l'enfant en sécurité et bien bordé dans son lit, je me glissai dans la grande salle pour chercher mon mari qui était parti toute la journée. Je voulais de toute urgence lui raconter ce qui était arrivé. Il était en train de prendre son repas du soir avec ses compagnons.

Au sein de ce groupe jovial, j'aperçus le méchant vieillard qui m'avait terrorisée un peu plus tôt ainsi que son petit-fils ; il paraissait d'humeur gaillarde et conviviale et se levait en titubant sous l'effet de la boisson.

Pendant quelques instants, je restai paralysée, le dos au mur. Il était impossible de l'éviter, d'autant plus qu'il risquait de profiter de son ivresse pour m'affronter. Mon seul espoir était qu'il ait été suffisamment imbibé d'hypocras pour ne pas me voir, et, compte tenu de l'embardée qu'il fit en essayant de marcher, je commençai à croire que ce serait possible.

Tandis qu'il avançait en titubant dans ma direction, je pris mon courage à deux mains et passai à côté de lui les yeux baissés. Je sentis qu'il me regardait. Il me congédia avec un petit grognement dégoûté sans rien dire de plus ; il ne tenta même pas de m'arrêter ou de me parler, comme si l'horrible incident qui s'était produit dans la chambre d'enfants n'avait jamais existé.

J'aurais aimé pouvoir dire que mon mari se montra horrifié quand je lui relatai les événements de l'après-midi, mais il me causa une profonde déception. *Le jeune maître Gilles est le fils aîné d'une noble famille, et il doit apprendre à accepter son rôle de maître. Cela demande de la force d'âme.*

Je ripostai avec véhémence : *Il va devenir violent avec ce qu'on lui inflige.*

La violence est ce qui sera exigé de lui. Ce n'est pas ton rôle de décider ce genre de choses.

Cela mit un terme à la discussion. J'étais terriblement déçue.

Ce jour-là, Gilles de Rais ne se présenta pas à l'audience à huis clos, tel un enfant incontrôlable qui demande à être compris, pas plus qu'il ne se livra à une mise en scène grotesque qu'on aurait préféré éviter. Au lieu de cela, il se montra parfaitement conforme à l'image que le peuple qu'il avait lésé avait de lui avant le début de l'affaire : un homme fortuné et puissant dans la force de l'âge, un grand seigneur disposant du pouvoir d'écraser ses accusateurs à son gré, comme autant d'insectes. Il tenait son rang avec un aplomb suffisant ; le terme « modestie » devait lui être parfaitement étranger. Il était vêtu comme un dieu ce jour-là, dans un manteau rouge du plus beau velours avec des parements incrustés de pierres précieuses et d'or. L'étoffe bougeait avec une incroyable fluidité, tellement flatteuse à l'œil.

« Que Dieu me pardonne, mais quel splendide spectacle il offre », souffla frère Demien.

Effectivement. Gilles de Rais n'aurait pas eu besoin de beauté pour occuper sa position dans ce monde, car sa richesse seule lui aurait assuré le succès s'il ne l'avait pas dilapidée. Mais il avait également reçu la beauté à sa naissance, et elle éblouissait ce jour-là comme un rubis à la gorge d'une jeune fille. Qu'on le voulût ou non, on ne pouvait pas ne pas l'admirer. Pourtant quelque chose à l'intérieur de cet homme était définitivement brisé, bien que ses potions, ses poudres et son khôl eussent parfaitement réussi à le masquer jusqu'à présent. Compte tenu des terribles failles qui commençaient à se faire jour dans sa personnalité, j'étais d'autant plus contente que les projets pernicieux de Jean de Craon concernant l'ascension de monseigneur n'aient pas abouti.

Malgré ses épreuves, Gilles de Rais marchait d'un pas assuré, l'air hautain. Mais sa présence était troublante. En raison des nombreuses audiences tenues par le tribunal hors de sa présence, son existence était devenue quelque chose de purement théorique, comme s'il incarnait une idée du mal et non un homme entièrement soumis à son influence. Sa magnificence rendait presque inconcevable le fait que Gilles de Rais soit accusé de ces crimes. Il semblait plutôt l'égal de ceux qui siégeaient pour le juger.

Il resta là, debout, sans rien dire, comme s'il défiait ces hommes. Jean de Malestroit prit la parole le premier, comme c'était la règle. Il s'éclaircit la gorge une fois, puis appela : « Gilles de Rais, chevalier, baron, seigneur, et maréchal de France. »

Les récits des malheurs, les interminables preuves de juridiction en latin, les mères en pleurs, tout ce qui s'était passé avant parut soudain insignifiant. Monseigneur s'avança sur l'estrade des témoins, le menton haut. Il posa une main gantée sur le pommeau de son épée, et resta immobile dans une attitude pleine de noblesse pendant que les charges contre lui étaient lues par le procureur de Dieu.

« ... que vous avez pris ou amené à être pris par vos fidèles et complices un grand nombre d'enfants... »

Leurs noms furent lus. Je priai pour une autre centaine de fils sans nom depuis longtemps disparus et douloureusement regrettés.

« ... que vous avez abusé d'eux par la sodomie et pratiqué sur eux le grave et mortel péché de sodomie... »

Dans un état d'hébétude total, je me souvins des mots qu'Henriet avait prononcés quand il avait été interrogé lors de son arrestation : *Et monseigneur dédaignait la chambre naturelle des filles, mais, au lieu de cela, prenait son plaisir avec des enfants des deux sexes en mettant son membre entre leurs cuisses, afin de le faire bouger en cadence jusqu'à ce que son désir soit satisfait.*

« ... que vous et vos fidèles en aient appelé aux esprits du mal et offert des tributs à ces mêmes esprits, et ont commis de nombreux autres crimes contre Dieu, en trop grand nombre pour qu'ils puissent être énumérés. »

La confession de Prelati me revenait à présent en mémoire. Les formules d'invocation que nous utilisions étaient les suivantes : *Je vous conjure, Barron, Satan, Belzébuth, par le Père, le Fils, et le Saint-Esprit, par la Vierge mère de Dieu et tous les saints au paradis, d'apparaître parmi nous en personne pour parler avec nous et faire notre volonté.*

« On vous remettra une copie de ces accusations dès qu'il aura été possible d'en faire une, dit Jean de Malestroit à l'accusé. Comprenez-vous les accusations qui ont été proférées contre vous par tous ces citoyens ? »

La voix de Gilles était étrangement calme, presque douce. Il releva légèrement le menton. « Je réfute ces accusations, dit-il, et fais appel pour leur renvoi. »

L'assistance laissa échapper une exclamation :

Mon Dieu ! Personne n'avait prévu un refus pur et simple d'être jugé. Les juges et les procureurs se réunirent en hâte pour discuter entre eux. Quand ils se séparèrent, Jean de Malestroit regarda l'accusé avec un dégoût intense.

« Ces allégations ne sont pas faites à la légère, monseigneur, dit-il. Pas plus qu'elles ne sont le fait de simples d'esprit. Il y a quantité de preuves, dont certaines ne souffrent aucune dénégation, montrant que vous êtes coupable de ces crimes dont on vous accuse.

— Mensonges et calomnie ! professa Gilles d'une voix forte. Je le jure sur mon âme !

— Gardez vos serments, seigneur, à moins que vous ne vouliez mettre votre âme en péril.

— Le diable, dites-vous ! Ces accusations sont totalement infondées. »

Une autre exclamation s'éleva de l'assistance. Son Éminence reprit alors la situation en main.

« Ce n'est pas l'avis du tribunal, seigneur, dit-il. Le tribunal estime possible que ces allégations renferment une part de vérité. Qui plus est, au vu de la nature de cette affaire et le poids des preuves contre vous, ce tribunal juge votre appel bien futile, et propre à nous faire perdre notre temps. Et plus encore, ajouta-t-il, votre appel n'a pas été soumis par écrit. »

Gilles lui-même fut pris au dépourvu et parut désarçonné par cette déclaration.

« Mais… bafouilla-t-il… On ne m'en a pas donné l'occasion ! »

Il tourna ses paumes vers le haut, pour montrer qu'il n'avait ni parchemin ni plume d'oie.

« La loi exige que tout appel soit présenté par écrit, seigneur.

— C'est ridicule !

— Certainement pas, monseigneur, dit Jean de Malestroit en esquissant un sourire. C'est une loi en vigueur depuis de nombreuses années.

— Dans ce cas, tout sera écrit ! cria l'accusé. Et de ma propre main, si nécessaire ! Je vous supplie de me donner le matériel. »

Les juges restèrent silencieux pendant quelques instants.

« Je vous conseille de vous adjoindre les services d'un avocat pour écrire cela, si vous voulez poursuivre dans cette voie, reprit Son Éminence. Je dois vous prévenir que cela ne vous servira qu'à perdre votre temps, car nous ne recevrons pas cet appel, aussi éloquent soit-il.

— C'est parfaitement inacceptable ! »

Jean de Malestroit se leva lentement ; ses mains tremblaient légèrement, ce qui cessa quand il les posa fermement sur la table.

« Peu importe que cela vous semble inacceptable, dit-il d'un ton sévère. Il suffit que cela soit acceptable à Dieu et à notre seigneur le duc. »

Il marqua une pause, puis reprit d'une voix plus calme, soucieux d'expliquer, peut-être même de rassurer.

« Soyez assuré, monseigneur, que nous ne rejetons pas votre appel par méchanceté ou mépris. Nous agissons ainsi car la foi aussi bien que la raison nous commandent de poursuivre diligemment dans la voie que nous avons entamée.

— Mais ce sont des mensonges, des blasphèmes.

Il n'y a aucune raison de continuer. C'est un complot ourdi par ceux qui veulent ruiner ma réputation devant Dieu et mon roi. Ces monstres voudraient s'approprier mes biens. »

C'était la vérité pure et simple, mais elle ne serait jamais reconnue par aucun des juges. Monseigneur Gilles semblait sur le point d'exploser. Son visage devint rouge, et sa main tremblante glissa en direction de la dague dans un fourreau à sa ceinture : à ce geste, les gardes réagirent comme un seul homme en portant la main à leur épée.

« Je réfute la compétence de ce tribunal, dit-il en criant presque, et je retire toutes mes déclarations précédentes, sauf celle de mon baptême chrétien, qui ne peut pas être nié et me donne le droit d'être convenablement jugé devant Dieu ! »

Furieux, Touscheronde se leva et traita monseigneur avec le même dédain.

« Votre jugement se déroulera selon les règles, monseigneur. Et en toute sincérité. Je jure sur mon salut que tout ce qui est contenu dans ces accusations est basé sur des témoignages véridiques. Jurez à présent sur votre salut éternel, monseigneur, que vos propres paroles seront véridiques. »

Seul le silence lui répondit.

« Jurez, vous dis-je !

— Je ne jurerai certainement pas. Je ne reconnais pas la légitimité de ce tribunal.

— Jurez !

— Jamais !

— Sous la menace d'une excommunication, je vous ordonne de jurer ! »

Le silence de Gilles de Rais fut éloquent.

Jean de Malestroit se leva et cogna avec force le maillet sur la table.

« Ce procès est ajourné jusqu'à mardi prochain, dit-il pendant que le bruit continuait à résonner, soit le 11 octobre, date à laquelle vous, seigneur, devrez faire le serment de dire la vérité, ou sinon tout espoir de salut éternel vous sera enlevé. »

Il désignait Gilles de Rais du doigt, lequel lui répondit par un ricanement méprisant. Des gardes s'avancèrent et l'emmenèrent jusqu'à ses appartements, pour qu'il puisse méditer sur sa position de plus en plus intenable.

La nouvelle de cet affrontement se répandit comme un incendie à travers les campements. Les plaignants entamèrent des discussions pour envisager de prendre les choses en main, à la suite de quoi Chapeillon dépêcha plusieurs messages au duc Jean, le prévenant de l'éventualité d'une insurrection. Durant les jours suivants, il y eut d'interminables réunions et conférences entre Son Éminence et une véritable légion de conseillers ; mes sœurs et moi-même passâmes la plus grande partie de lundi à nous procurer tout ce qu'il leur fallait pour que leur programme du lendemain puisse être respecté à la fois en matière de temps et de confort.

Pourtant, malgré tous leurs efforts – qui durent être considérables au vu de toute la nourriture qu'ils réclamèrent –, ils semblèrent n'avoir pas accompli grand-chose, sinon rien. Le mardi suivant, quand le tribunal devait de nouveau siéger, nous nous rassemblâmes une nouvelle fois, attendant avec impatience le prochain drame. Au lieu de cela, à notre grande surprise, un scribe fit cette annonce :

« Cette cour sera ajournée jusqu'au jeudi 13 octobre, à l'heure de tierce, à quel moment nous reprendrons cette affaire et les affaires de cet ordre, comme la loi l'exige. »

En attendant que la foule se disperse, je regardai depuis notre perchoir vers le bas : les gens brandissaient le poing et criaient à pleine voix.

Le soulèvement nous submergerait tous.

Quand je servis son souper à Jean de Malestroit ce soir-là, notre conversation fut couverte par les clameurs qui n'avaient jamais cessé. Les rideaux et les tentures aux fenêtres réduisaient à peine le bruit, même à cette hauteur.

J'écartai un peu un rideau et regardai en bas la foule grouillante.

« Ils me rappellent la foule qui s'était rassemblée pour la Pucelle. »

Son Éminence s'approcha et regarda également.

« On aurait préféré oublier cet épisode. »

Il n'en était pas question, bien sûr. Les fautes restent toujours en mémoire, alors que les plaisirs sont chassés par les malheurs et les soucis. Dieu merci, l'exécution de la Pucelle n'était pas due à une erreur personnelle de Jean de Malestroit. Néanmoins, comme les autres prélats, il ne pouvait pas s'empêcher de regretter la façon déplorable dont cela s'était passé. Je n'étais au service de Son Éminence que depuis quatre ans, trop récemment pour avoir les responsabilités que j'ai maintenant. Jean de Malestroit paraissait avoir trouvé en moi le genre de servante accommodante dont il avait besoin pour le seconder dans les multiples petites tâches de sa fonction, et on ne pouvait pas trouver plus accommodante que moi à cette époque. Aussi, en ce jour terrible de 1431, je me trouvais à un endroit où je n'aurais jamais dû me trouver, profitant d'un point de vue normalement réservé aux puissants.

La douleur consécutive à la mort d'Étienne était encore presque constamment présente dans mon cœur et mon esprit, mais le procès et l'exécution de Jeanne d'Arc me la firent oublier, au moins pendant un moment. Son Éminence jure qu'il y avait de bonnes raisons de croire qu'elle s'était véritablement livrée à la pratique hérétique de la sorcellerie. Je suis certaine que cette croyance découle d'un besoin d'absolution pour complicité dans l'affaire en question. Son péché, jamais confessé peut-être, consista en son inaction.

Dans quel but aurait-elle fait alliance avec le démon ? Certainement pas pour obtenir richesses ou pouvoir, ni pour chasser qui que ce soit de sa propriété ou, pire, lui voler son âme. Si c'était une sorcière, c'était une sorcière guerrière, qui repoussa les Anglais et fit monter le bâtard Charles sur le trône. Nous étions tous marris d'Azincourt, où notre cœur gaulois avait été arraché à notre poitrine par l'arrogant Anglais, et réduit en bouillie comme ce pauvre chat à Saint-Étienne. Si Dieu n'avait pas fourni à la Pucelle les moyens de gagner, c'est le diable qui aurait dû le faire. De trop nombreuses âmes ont déjà été sacrifiées à cette cause, dont celle de mon propre mari.

Et malgré leur compagnonnage légendaire,

monseigneur n'était pas là pour la sauver quand on l'a attachée à ce bûcher. De nombreux témoins qui restèrent là à regarder, horrifiés, cette jeune femme se consumer, avaient gardé l'espoir, comme ce fut mon cas jusqu'à ce que la paille sous elle soit finalement enflammée, que monseigneur surgirait et l'enlèverait pour la mettre en sécurité. Des rumeurs avaient couru, selon lesquelles il aurait eu l'intention de le faire, car il s'était trouvé non loin, à Louviers, et il avait acheté un cheval, des clous et des armes. Ces achats ainsi que sa proximité nous avaient paru autant de signes de préparation pour un sauvetage. Mais rien ne se produisit, et nous ne saurions jamais si un complot avait existé avant d'avorter, car personne n'en avait jamais fait mention depuis. Peut-être monseigneur avait-il fini par croire, comme beaucoup, qu'elle était folle, et que ses voix n'étaient rien d'autre que les divagations qu'une démente entendait dans sa tête, et qu'elle répétait avec une ferveur crédible à des oreilles bien trop disposées à l'écouter.

Jean de Malestroit et moi, nous observâmes sa disparition d'en haut, hors d'atteinte au cas où la foule se déchaînerait. Je n'oublierais jamais cette masse de gens. Certains s'étaient glissés autour de la plate-forme du bûcher qui était protégée par une corde, grimpant les uns sur les autres comme autant de fourmis. La poussière montait telle la vapeur d'un chaudron bouillant. Quand le chariot de la condamnée s'avança à travers la foule, les gens commencèrent à psalmodier : *Sorcière, hérétique, magicienne*. Sans sa spectaculaire armure blanche, elle paraissait toute petite et tellement frêle. Vague après vague, la foule s'ouvrait pour la laisser passer, beaucoup de gens tendant la main pour la toucher. À l'heure de sa mort, ce n'était plus une guerrière, mais une enfant, une enfant qui comprenait qu'elle allait mourir.

Au fond de moi, je maudissais Dieu en lui demandant comment Il pouvait laisser cela se produire. Ce trésor, la force qui avait permis notre réunification, allait se consumer dans les flammes par la volonté de Ses serviteurs et en Son nom. J'aurais voulu crier que nous étions en train d'assassiner la meilleure d'entre nous, uniquement pour que les hommes dont elle avait sauvé la vie par sa bravoure puissent se montrer d'une force et d'une sagesse incontestables.

Mais Dieu apparut ce jour-là. Tandis que les flammes embrasaient ses vêtements, tandis que sa chair commençait à noircir, à grésiller et à se crevasser, tandis que ses paupières se serraient et sa bouche se pinçait sous la terrible douleur, Il fit venir une colombe pour prendre sa place au bûcher. Elle jaillit des flammes et s'envola dans le ciel, alors que ses ailes battaient furieusement l'air au-dessus de la plate-forme vide.

C'est beaucoup plus tard que Son Éminence et moi-même trouvâmes comment parler de ce que nous avions vu et que nous n'osions à peine croire.

Les gémissements de la foule rassemblée étaient assourdissants – pleuraient-ils par crainte pour leurs âmes d'avoir envoyé Jeanne à sa mort, ou hurlaient-ils de joie parce Dieu l'avait proclamée comme étant Sa créature ?

La foule qui se bousculait à présent dans la cour

en dessous de moi n'était pas différente, sinon plus restreinte, chacun poussant des cris et pleurant. Le pouvoir de Dieu et Son influence semblaient les avoir désertés. Peut-être Le suppliaient-ils pour qu'il permette que l'excitation provoquée par l'épreuve de monseigneur puisse durer, au moins encore un peu, et Il était en colère contre eux, leur reprochant un souhait aussi déplorable.

Quoi qu'il en soit, ce souhait serait exaucé.

Ses protestations, bien que passionnées, n'influencèrent en rien ses juges rigoureux. Gilles de Rais était allé trop loin. Nous nous rassemblâmes à neuf heures du matin à la Tour Neuve, dans la salle d'en haut, le jeudi 13 octobre de l'année 1440, la trente-septième année de la vie de Gilles de Rais, sans doute la dernière.

Bien que cela ait provoqué des perturbations, des observateurs furent une nouvelle fois admis au tribunal. Jean de Malestroit savait quelle importance cela pouvait avoir en politique de laisser des témoins constater sa rigueur judiciaire pour que cette information puisse être divulguée. Des gardes furent postés à intervalles réguliers tout autour de la pièce pour maintenir l'ordre, créant un cordon à travers lequel ceux qui entraient devaient passer. Quand la salle fut pleine, plus personne ne fut autorisé à entrer.

Comme s'ils avaient été invités au spectacle, les seigneurs et les dames de Bretagne arrivèrent en force, parés de leurs plus beaux atours, prêts à rivaliser avec monseigneur : celui-ci avait revêtu son plus bel habit pour la première heure de cette session qui devait prononcer son jugement définitif. Sans la moindre honte, je restai bouche bée devant les bijoux et les magnifiques broderies portés par les hommes aussi bien que par les femmes ; je n'avais jamais été parée de telles splendeurs, même le jour de mon mariage.

« Vous ne les quittez pas des yeux, remarqua doucement frère Demien.

— S'il vous plaît, permettez-moi au moins de pécher tranquillement. »

Frère Demien soupira et secoua la tête, sans commenter davantage ma fascination peu glorieuse. Peu de temps après, notre attention fut ramenée à la procédure en cours par le timbre d'une nouvelle voix, celle de Jacques de Pencoëtdic, vénérable docteur de la loi. Il devrait jouer le rôle de procureur en ce jour, avec le consentement de toutes les parties : c'était un homme d'expérience, réputé pour ses jugements tranchés, un excellent choix. Il avait le don de transformer les choses les plus confuses en quelque chose de pur et de simple.

L'endroit résonnait du son de sa voix et de ses paroles pleines de sens, et l'intensité dramatique était à son comble. Grands seigneurs et belles dames tendaient le cou pour écouter, même s'il s'agissait de l'exposé légal, long et compliqué de l'autorité conférée à la cour.

Mais la fascination de la foule monta d'un cran quand les descriptions des crimes commencèrent vraiment.

« ... que ces mêmes garçons et filles furent enlevés par ledit Gilles de Rais, l'accusé, et par ses fidèles... que par eux ces enfants eurent leur gorge tranchée et furent tués et démembrés et brûlés et en d'autres manières honteusement torturés. Que le même seigneur Gilles de Rais, l'accusé, avait sacrifié le corps de ces enfants aux démons d'une façon condamnable. Que, à travers de nombreux autres rapports, ledit Gilles de Rais invoquait les démons et les esprits malins et leur sacrifiait lesdits enfants, parfois après qu'ils étaient morts, parfois quand ils étaient mourants. Que l'accusé déjà cité exerçait de façon horrible et ignoble le péché de sodomie sur ces enfants, dédaignant le canal naturel des filles... Que ledit Gilles de Rais, possédé par les esprits du mal, bien au-delà de tout espoir de salut, enleva, tua et massacra de nombreux enfants, autant par lui-même que par les complices déjà cités. Qu'il ordonna que les corps de ces enfants soient brûlés, réduits ou convertis en cendres, et jetés dans des cachettes... Que, durant ces quatorze années, il s'entretenait aussi avec des magiciens et des hérétiques, qu'il sollicita leur aide de nombreuses fois pour mener à bien ses projets, qu'il communiqua et collabora avec eux, écoutant leurs dogmes, étudiant et lisant leurs livres concernant les arts défendus de l'alchimie et de la sorcellerie... »

Quarante-cinq chefs d'accusation en tout furent lus à haute voix. Vers la fin, plusieurs dames étaient au bord de l'évanouissement. La foule des observateurs, d'abord horrifiée et curieuse, était devenue silencieuse pendant les récits où les horreurs succédaient aux horreurs, et paraissait maintenant complètement hébétée par l'ensemble de ces révélations. Deux personnes particulièrement semblaient ne pas vouloir en rater un mot, deux dames,

Mmes Jarville et Thomin d'Araguin, qui ne paraissaient même pas rassasiées par les horreurs après que l'énoncé eut été terminé. Elles ne quittaient pas monseigneur des yeux, tels des croyants qui fixent l'effigie d'un saint, espérant que sa sainteté déteigne sur eux.

« Scandaleux, dit frère Demien quand il me vit les dévisager. J'ai entendu dire que Poitou a fait venir ces deux-là à Champtocé et leur a permis d'assister à certains assassinats d'une cachette. Elles étaient, paraît-il, particulièrement désireuses de pouvoir assister à ce genre d'activité. »

Je m'enfonçai dans mon fauteuil, consternée : comment une femme, même une dont le ventre n'avait pas donné la vie, pouvait assister au meurtre d'un enfant ? Cela dépassait l'entendement. Et ensuite, ne parlons pas de...

La voix de Pencoëtdic me tira de ma mélancolie : il appela monseigneur par son nom et lui ordonna de se lever face à la cour. Gilles de Rais se déploya de toute sa grande taille et fit face à la rangée de juges sur le devant du tribunal.

« Seigneur, vous allez répondre de ces accusations capitales, dit Pencoëtdic avec gravité. Vous le ferez sous serment et en français, et répondrez à chaque point de ces inculpations. »

L'accusé promena les yeux sur la grande salle, croisant parfois le regard d'un de ses pairs, et s'arrêtant un instant sur ses deux admiratrices. Mieux valait pourtant ne pas soutenir le regard d'un tel homme.

« Avez-vous l'intention de répondre, seigneur ? » demanda à nouveau Pencoëtdic.

La salle du tribunal était tellement silencieuse qu'on aurait pu entendre les mouches voler, et elle le resta, car monseigneur s'abstint de répondre à l'injonction du procureur. Tous les yeux étaient braqués sur le grand maréchal de France. On entendit alors le soupir de déception de Pencoëtdic, et les regards se braquèrent sur lui. Lentement, en raison de la raideur due à son âge, il se tourna pour faire face à Son Éminence et à frère Blouyn. Il leur adressa un très léger signe de tête, une sorte de signal prévu à l'avance, puis s'assit de nouveau dans le fauteuil orné de coussins de velours qu'il avait quitté, redevenant un vieillard muet.

Jean de Malestroit s'inclina légèrement en avant. « Vous devrez répondre, monseigneur », dit-il.

Pourquoi répondrait-il à Son Éminence, un ennemi de longue date, plutôt qu'à Pencoëtdic, qui n'avait pour lui aucune animosité, je l'ignore. Mais c'est pourtant ce qu'il fit. Gilles de Rais regarda Jean de Malestroit bien en face.

« Je ne répondrai pas », assura-t-il avec arrogance.

La foule retint son souffle. Refuser de répondre au représentant de Dieu constituait un acte d'hérésie en lui-même. S'adresser à lui sans employer un titre respectueux était également impensable.

« Je le répète, monseigneur, et je vous conseille de bien considérer l'état de votre âme immortelle avant de refuser, vous devez répondre. »

Gilles de Rais retenait visiblement sa colère, il tremblait presque, bouillant de rage.

Je te le jure, Étienne, j'ai cru qu'il allait exploser : quand il ne pouvait pas avoir ce qu'il deman-

dait, il retenait sa respiration au point de devenir bleu. Et quand il respirait de nouveau, il était fou de rage, comme un jeune taureau qu'on a piqué dans l'œil! Le garçon ne peut pas supporter qu'on lui refuse le moindre de ses désirs... Parfois, j'ai envie de lui infliger le fouet moi-même, si ce n'était pas interdit.

Retiens-toi, Guillemette. Ce n'est pas ton rôle de corriger l'enfant.

Si ce n'est pas le mien, de qui est-ce le rôle? Il faut le faire.

Ce qui se déroulait devant nous maintenant était la conséquence de ces manquements, quelle que soit la personne qui en porte la responsabilité.

« Je ne répondrai pas, jura-t-il de nouveau, débordant d'orgueil et de mépris, en regardant tour à tour Jean de Malestroit puis frère Blouyn. Vous n'avez jamais été mes juges et ne le serez jamais.

— Au nom de Dieu, qui est et sera toujours votre juge, j'exige que vous répondiez aux accusations qui ont été énoncées à votre encontre aujourd'hui. »

Gilles de Rais se mit alors à crier en direction de Jean de Malestroit et de ses compagnons de justice. Sous le coup de sa diatribe, les trois hommes reculèrent comme pour se protéger.

« Vous êtes tous des canailles et des voleurs qui avez accepté des pots-de-vin pour me condamner, hurla-t-il, et je préfère être pendu par une corde au cou plutôt que de répondre à des juges tels que vous. »

Il se retourna et commença à se diriger vers la porte avant d'être arrêté par deux gardes. Il se débattit et, pendant quelques instants, on crut qu'il allait se libérer. Le chaos régnait dans le tribunal. Jean de Malestroit s'était levé et criait pour couvrir le vacarme pendant que Gilles de Rais était ramené de force devant lui.

« Peut-être ne comprenez-vous pas tout à fait en quoi consistent ces accusations contre vous, monseigneur. »

Il se tourna vers un des scribes.

« Répétez les chefs d'accusation en français, pour que le baron de Rais les comprenne, puisqu'il ne paraît pas saisir la gravité de sa situation quand elle lui est exposée en latin.

— Je comprends le latin ! protesta-t-il en vain.

— Trop bien », chuchotai-je à part moi.

Je pouvais à peine lui enlever *Les Douze César* quand il était enfant. C'était un livre dont le contenu me faisait frissonner. Toutes ces choses que ces horribles personnages faisaient au nom de la souveraineté ! De telles histoires auraient pu impressionner un jeune garçon en l'habituant au carnage. Mais Jean de Craon insistait pour que cela fasse partie de son éducation, et Guy de Laval ne voulait pas le contredire.

Le pauvre petit scribe se leva dans l'instant et se lança d'une voix hésitante dans une traduction improvisée. Monseigneur commença à trembler, et nous pûmes tous l'entendre crier : « Je ne suis pas un imbécile ! Je comprends le latin aussi bien que votre crétin. »

Le scribe, terrifié, s'arrêta de parler et regarda mon évêque, mais le regard noir de celui-ci lui ordonna de continuer.

Gilles de Rais finit par cesser ses protestations, et jeta des regards furibonds à Son Éminence pendant que les mots français étaient prononcés en hâte. Il avait cette même expression sur le visage quand il avait atteint sa majorité et s'était débarrassé de la tyrannie de Jean de Craon : une expression glaciale de méfiance absolue. Sa voix couvrit une nouvelle fois la voix timide du scribe.

« Je ne ferai rien de ce que vous me demandez en tant qu'évêque de Nantes », éructa-t-il.

Il toisait les gardes qui le retenaient d'un air furieux, comme pour les intimider. Aucun n'osait le regarder en face. Un autre garde fut appelé à la rescousse, et monseigneur finit par être maîtrisé.

Un silence pesant retomba sur nous pendant que Gilles de Rais faisait un effort pathétique pour retrouver son maintien aristocratique. Il arrangea ses vêtements et lissa ses cheveux, puis regarda tout autour de la pièce. Parmi les observateurs, personne ne semblait vouloir le soutenir.

Puis un grand calme s'empara de lui, comme cela se produit souvent avant une tempête.

J'avais l'impression d'entendre la prière silencieuse de Jean de Malestroit : *Père, si cette coupe peut être éloignée de mes lèvres...* Mais il continua néanmoins, demandant une nouvelle fois au prisonnier s'il répondrait, ou s'il objecterait à n'importe laquelle des accusations contenues dans la longue inculpation.

Et cela continua ainsi à plusieurs reprises. À la dernière des demandes de Jean de Malestroit, Gilles de Rais, épuisé, refusa d'une voix tellement basse et indistincte qu'on l'entendait à peine.

Alors, Son Éminence nous ébahit tous.

« Par tous les saints, Gilles de Rais, à force de multiplier les refus hérétiques, vous allez nous obliger à vous excommunier de la sainte foi catholique. »

Gilles de Rais retrouva alors toute son énergie. Il se leva et proféra de tels jurons contre Son Éminence que je ne peux même pas les répéter de peur de perdre mon salut.

« Je suis aussi familier de la foi catholique que n'importe lequel d'entre vous, cria-t-il. *Et je ne suis pas un hérétique !* Si j'avais commis les crimes dont je suis accusé, je devierais de ma foi. Ce que je ne saurais souffrir.

— Peut-être pas, monseigneur, dit Jean de Malestroit, mais vous semblez souffrir d'insolence et de folie. Vous feignez l'ignorance, mais vos dénis ne peuvent pas être pris en compte.

— Je ne me risquerais jamais à mentir sur un sujet aussi grave que celui-là ! »

Ses paroles ressemblaient plus à une supplique qu'à des affirmations.

« Et je suis stupéfait, continua-t-il, que M. L'Hôpital livre le peu d'informations dont il dispose sur les événements que vous mentionnez devant le tribunal ecclésiastique, et, surtout, qu'il me laisse être ainsi accusé au nom du duc Jean. »

Tout cela n'était que rodomontades. Pencoëtdic se leva de son fauteuil sculpté et se tourna vers les juges.

« Au nom du duc Jean, dit-il, je demande que cet homme soit accusé d'outrage délibéré au tribunal pour son refus, en dépit de notre exhortation canonique de répondre aux accusations dont il fait l'objet. »

À la suite de cette requête, les juges se regardèrent d'un air entendu. Jean de Malestroit prit sa plume et une feuille de parchemin vierge et il commença à écrire dessus, traçant ses lettres rapidement mais avec un soin évident, car les mots que le procureur lut sur cette page quand on la lui tendit étaient particulièrement graves.

« Gilles de Rais, par l'autorité qui nous est confiée par Sa Sainteté le pape Eugène, vous êtes par la présente excommunié de la sainte Église catholique.

— Je fais appel ! Une plume, un parchemin, je vais rédiger mon appel ! »

Ils avaient tout prévu. Jean de Malestroit fit un signe de tête au scribe qui se leva et lut un texte sur un parchemin qui devait avoir été rédigé longtemps auparavant : « Cet appel est immédiatement rejeté en raison de la nature de cette affaire et des affaires de cet ordre, et également en raison des multiples crimes monstrueux dont vous êtes accusé. »

Une exclamation de surprise troubla le silence, puis des gémissements de désespoir, des cris implorant la grâce, des supplices à Dieu pour son salut, et des prières de remerciements, tout cela simultanément. S'ensuivit un moment de désordre comme nous n'en avions encore jamais vu au cours du procès. Pencoëtdic se leva et cria de sa voix la plus forte pour couvrir le vacarme : « Nous allons poursuivre.

— Il n'en est pas question, riposta monseigneur.

— Si, bien sûr, monseigneur. »

Puis une autre preuve d'autorité fut lue, pendant que Gilles laissait éclater sa colère.

« Tandis que, selon l'Apôtre, le démon de l'hérésie se répand comme un chancre et détruit de la façon la plus traîtresse les âmes pures s'il n'est pas extirpé en temps par les soins diligents de l'Inquisition, il est bon et juste de poursuivre avantageusement avec toute l'autorité et la dignité de l'office de l'Inquisition contre les hérétiques et leurs défenseurs, et aussi contre ceux qui sont accusés ou soupçonnés d'hérésie et contre les empêcheurs et les gêneurs de la foi... »

Gilles se débattait dans tous les sens comme un serpent captif. Faisant preuve d'une force inattendue, il échappa à ses gardes et se précipita vers la table des juges. Mon cœur fit un bond : face à ce guerrier, un évêque n'avait aucun moyen de se défendre. De ses seules mains, Gilles de Rais pouvait arracher la gorge de Jean de Malestroit. Les deux gardes se ruèrent en avant, mais ne réussirent pas tout de suite à l'attraper. D'un pli de son vêtement, surgit une dague qu'il brandit comme s'il allait frapper. Son mouvement vers le bas était déjà amorcé quand les gardes arrêtèrent son bras.

Ma poitrine se souleva, et je mis la main sur ma bouche. Tandis que les gardes luttaient avec son attaquant à portée de main, Jean de Malestroit restait assis, sans bouger, sûr de lui-même. Son regard brûlant plongeait dans celui de Gilles, et son message était clair :

Débats-toi tant que tu veux, tu seras vaincu. Mon pouvoir sur toi est total.

Je regardai les gardes emmener monseigneur, pleine de honte et de dégoût pour lui. Ils le traînèrent sur les genoux, une position qu'il ne tolérait que pour recevoir l'absolution. À ce moment, il paraissait plus éloigné que jamais de toute absolution, alors qu'il n'en avait jamais eu autant besoin.

30

Six jours, et toujours pas de Wilbur. Nous avions placé des équipes de surveillance devant la maison et le studio, ses deux repaires principaux, mais personne ne l'avait vu. Des employés allaient et venaient, le tout sous surveillance, du moins dans la limite permise. Le téléphone dans les deux endroits était sur écoute, mais rien que chez Angel Productions, il y avait douze téléphones mobiles en service, et il n'y avait aucun moyen de déterminer celui dont Durand pouvait se servir.

À bout, nous envisagions même d'obtenir une injonction du tribunal pour chacun. Fred nous ramena à la réalité.

« Il s'est probablement déguisé en pute pour se rendre dans un centre commercial et s'offrir un téléphone à cartes dans une boutique spécialisée. »

C'était à vous rendre fou, cette façon dont il pouvait changer d'apparence, même si rien ne prouvait qu'il le fasse – c'était l'absence d'identité parfaite. Mais l'éventualité qu'il se transforme faussait tous les efforts que nous faisions pour le retrouver.

Description du suspect : 1,75 à 1,78 m, corpulence

moyenne à mince. Entre 35 et 40 ans. Blanc. Homme ou femme.

Vingt ou trente millions de gens au bas mot correspondent à cette description aux États-Unis.

Ce soir-là, je décidai de faire plaisir à mes enfants et veillai à ce qu'il n'y ait pas de nourriture trop saine sur la table.

« Maman, me dit Frannie, il faudrait que tu aies de grosses affaires plus souvent. Nous adorons ce que tu nous donnes à manger dans ces cas-là. »

Tout le monde acquiesça, et surtout Evan, qui, en parfait ado, méprisait tout ce que sa mère estimait bon pour lui – comme le sommeil, les devoirs, la touche « ARRÊT » de la télécommande, et les brocolis.

Une fois la cuisine rangée, nous nous installâmes devant la télé pour regarder « La Roue de la fortune ». Frannie nous battit tous à plate couture, réussissant même à trouver un mot à partir des espaces, sans même attendre les lettres.

« *Le Vent dans les saules*, dit-elle. Je viens de lire le livre. Fastoche. »

La conversation qui allait s'en suivre ne fut pas aussi fastoche.

« Evan, dis-je, éteins la télé.

— Mais c'est "Jeopardy !" juste après, dit-il. Tu nous laisses toujours regarder "Jeopardy !" »

Ce qui était vrai.

« Pas ce soir. Il faut que je vous parle, et pour une fois que nous sommes tous réunis, je veux le faire maintenant. »

Un grondement de protestation s'éleva à l'unisson. Julia gémit.

« Oh, non, nous avons encore des problèmes d'argent ? »

L'année précédente avait été difficile : le moteur de ma voiture avait rendu l'âme, ma mère avait dépassé son montant de couverture médicale et fait appel à moi, et Evan avait dû se faire poser un appareil dentaire. Nous avions été contraints de faire attention pendant un moment et nous serrer un peu la ceinture, ce qui avait eu l'avantage de faire prendre conscience à mes gosses des réalités économiques de la vie adulte.

« Nous nous en tirerons, leur avais-je dit », et c'est ce qui était arrivé. Ils avaient compris la leçon. Ils avaient moins peur de l'argent maintenant, et c'était bien, mais ils se seraient volontiers passés de l'expérience.

J'aurais préféré que ce soit aussi simple cette fois.

« Non, dis-je. Au contraire. Je fais beaucoup d'heures sup. Nous aurons droit à de super vacances cette année. »

Cette fois, ce fut une acclamation de joie qui monta à l'unisson. C'était bon signe, cette discussion se passerait peut-être mieux que je ne le pensais.

« Il y a une raison pour laquelle je fais toutes ces heures sup. Vous avez entendu parler de cette grosse affaire avec l'homme qui a réalisé *Là-bas, on mange des petits enfants ?* »

Ils la connaissaient évidemment. Et ils voulaient tous me raconter ce qu'ils en savaient.

« C'est moi qui m'occupe de cette affaire. »

Putain, c'est géant ! Sans blague, maman, tu connais Wilbur Durand ?

Parle-nous de lui. Le tout en une seule phrase, et sans possibilité de distinguer qui avait parlé.

« C'est vrai. Je m'en occupe depuis le tout début. C'est moi qui ai reconnu le mode opératoire. »

D'autres cris d'excitation retentirent. *Attends que j'en parle à Mme Adamy et à M. Forsyth, ils vont trouver ça tellement cool. Où est le téléphone que j'appelle Samantha et que je lui raconte.*

Il fallait les mettre au courant, mais ils ne pouvaient pas aller partout se vanter. À ce point de l'enquête, il n'en était pas question. Je regrettais de devoir tempérer leur enthousiasme.

« Écoutez, je sais que c'est beaucoup vous demander, mais je préférerais que vous n'en parliez pas trop. Désolée, je sais que ça ne va pas être facile. Mais il faut qu'il en soit ainsi pour le moment.

— Enfin, maman, il faut bien que nous en parlions à *quelqu'un*. »

J'allais devoir leur faire comprendre le danger, leur faire comprendre qu'ils pourraient être pris pour cibles.

« Êtes-vous prêts à envisager les conséquences que ça pourrait avoir sur nous si vous en parlez ? »

Silence.

« J'aurais à traiter avec la presse, avec ses fans, avec toutes sortes de cinglés qui ne savent pas se conduire. Des gens pourraient nous suivre. Je serais beaucoup plus efficace dans mon travail sans ce genre d'interférence. Jusqu'à ce que nous attrapions ce type, j'ai besoin que vous travailliez avec moi. Cette fois, je vous demande à tous de vous comporter comme mes adjoints. Ça ne sera pas possible si le monde entier sait qui nous sommes. »

J'avais prononcé le mot magique, *nous*. Mes trésors inclinèrent tous les trois la tête solennellement en guise d'accord.

Deux de mes trésors regagnèrent leur lit. Julia d'abord, puis Frannie. Leurs petites têtes devaient être farcies d'actions glorieuses, des choses incroyables dont leur mère toute-puissante était capable. Bien. Elles devaient avoir une mère brillante comme modèle.

Dans des moments comme celui-là, j'avais tellement l'impression d'être un imposteur.

Une nouvelle fois, Evan et moi, nous nous retrouvions entre nous pour quelques précieuses minutes d'intimité. *Mon Dieu*, priai-je, *faites que ces moments de tendresse ne finissent jamais, faites que je compte toujours autant pour mon fils.*

La vie passe tellement vite. À chaque respiration, les cellules d'Evan se divisaient, ses os s'allongeaient, ses hormones s'activaient, et il s'éloignait de moi. Voilà ce qui arrive quand on les nourrit et qu'on en prend soin. Mais dans des moments comme celui-là, je pouvais encore imaginer ses tout petits bras autour de mon cou comme autrefois, sentir sa douce haleine de bébé, profiter de sa confiance absolue et de son amour, autant de vestiges de l'époque où j'étais toute-puissante, la déesse, la source de sa subsistance et de son savoir.

Me retrouver dans un simple rôle de mère était une telle rétrogradation.

« Maman, dit Evan, les yeux néanmoins tout

brillants d'admiration, je sais que tu ne veux pas que nous en parlions, mais c'est beaucoup trop cool. C'est *toi* qui as tout imaginé – c'est vraiment incroyable. Ton boulot est génial. J'ai réfléchi que j'aimerais peut-être bien devenir flic aussi. »

Quand je serai grand, je veux ressembler à ma mère. Curieux dans la bouche d'un garçon, mais délicieux à entendre. Malheureusement, le métier n'est plus ce qu'il était lorsque j'ai commencé. L'absence de respect vis-à-vis de l'autorité qui gagne du terrain actuellement commençait seulement à sévir à cette époque. Le danger n'était pas aussi grand, la législation pas aussi restrictive.

« Tu devras quand même aller à l'université. Il faut être très instruit. On veut des gens éduqués maintenant.

— Ça me va. De toute façon, c'est ce que je veux faire.

— Je suis flattée, Evan. Ça me fait du bien de t'entendre parler comme ça. Mais tu as encore beaucoup de temps pour décider de ce que tu veux faire de ta vie.

— Autrement dit, tu ne veux pas que je devienne flic.

— Je n'ai pas dit ça.

— Mais tu le penses. Je le sais. »

Je lui ébouriffai affectueusement les cheveux. Il se hérissa.

« Je ne suis plus un gamin, maman. »

Comme si je l'avais oublié.

« Je sais, Evan. Je suis désolée. Écoute, pendant que les filles sont au lit, je veux te parler de quelque chose. »

Il resta silencieux un instant, puis dit : « Je suis au courant, maman. Papa m'a appris tout un tas de trucs sur le sexe l'année dernière. »

Je souris pour cacher ma surprise.

« Ce n'est pas de ça dont je voulais te parler. »

Il parut considérablement soulagé.

« Bon. Mais de quoi alors ?

— Je veux seulement que tu fasses attention. Je ne veux pas que tu aies peur du monde, parce que c'est un endroit merveilleux, et j'espère que tu ne perdras jamais cela de vue. Mais il y a des gens un peu partout, des gens que nous ne pouvons pas vraiment comprendre parce qu'ils ont quelque chose de fêlé. Ils ne se conduisent pas comme les gens normaux. Si quelqu'un te met mal à l'aise, éloigne-toi de lui. Cela vaut pour tout le monde. Si quelqu'un que tu connais et en qui tu as confiance ne paraît pas agir convenablement, tu peux toujours t'en écarter. Et surtout, me le dire. Je t'en supplie. »

Il s'enfonça dans les coussins du canapé et se tut.

« Evan ? »

Son regard croisa le mien, mais il ne dit rien.

« C'est important, mon chéri.

— OK », dit-il d'un air sombre.

Je me retins de lui caresser les cheveux.

« Merci », dis-je.

« Matinée tranquille, dit Escobar. Pour une raison que j'ignore, les requins ne semblent pas rôder trop près. »

Cela faisait dix jours que l'histoire avait éclaté. La fascination du début avait commencé à diminuer à mesure que d'autres histoires importantes se produisaient. Histoire de distraire les médias, une fusillade avait eu lieu dans une école, et des voyageurs avaient été pris en otage dans un aéroport, sans mentionner la parano permanente qui régnait à propos d'éventuelles actions de bioterrorisme. Onze jours passèrent, puis douze ; mes gosses étaient retournés avec leur père, mais téléphonaient souvent, ostensiblement, pour s'assurer que j'allais bien. Mais il y avait une question qu'ils ne formulaient jamais. Quand pourraient-ils commencer à tout raconter à leurs copains ?

Pas encore. Bientôt, mais pas encore.

Le matin du treizième jour, j'étais assise à mon bureau, plongée dans la paperasse démentielle générée par l'affaire Durand. Le téléphone sonna. L'indicatif de la région d'où venait la communication était le 617. Un appel de Boston.

« Tout est calme à l'ouest si je comprends bien, dit Peter Moskal.

— Trop calme, dis-je. Je voudrais tellement que ce type se soit déjà manifesté. Mais c'est un tel caméléon, s'il se montre, ce ne sera pas sous son vrai visage.

— Dommage. Vous pourriez peut-être tirer impunément sur lui s'il apparaissait déguisé en une sorte de chose à écailles vertes. Écoutez, j'ai entendu quelque chose d'intéressant. Une rumeur court disant que sa sœur passe tranquillement la plupart de ses affaires à des sous-fifres.

— Vous avez une taupe dans son cabinet ?

— Oui.

— Bon, c'est toujours bien de connaître l'adversaire. »

Pour une raison que je ne parvenais pas à m'expliquer, je ne voulais pas lui parler.

« Merci beaucoup.

— Ce n'est pas tout. »

Il ne s'agissait pas de racontars, je le sentais au son de sa voix.

« Je voulais vous dire que je vais demander un mandat d'arrêt. »

Cela devait arriver tôt ou tard.

« Je ne peux pas vous en vouloir. Vous avez été rudement patient, Moskal. J'apprécie. Bonne chance. J'espère que vous vous adressez à un juge à la hauteur.

— Un bijou.

— Écoutez, rendez-moi un service si c'est possible. Ne me mêlez pas à ça.

— Je vais devoir citer votre nom dans le rapport. La chaîne d'information passe par vous.

— Vous ne pourriez pas prétendre qu'un inspecteur de police anonyme de Los Angeles vous a fourni l'information ?

— Vous voulez dire comme un informateur anonyme ? Je pourrais sans doute, mais l'affaire n'est déjà pas très consistante. Pouvoir citer le nom d'un inspecteur de référence la renforce. Considérablement. »

S'il mettait la main sur Durand le premier, ce serait parce que je lui avais ouvert la voie. Je comprenais brusquement l'ironie de la chose.

« Y a-t-il la moindre chance de pouvoir vous convaincre d'attendre encore quelques jours ?

— Probablement pas.
— Vous ne pourriez pas nous laisser encore un jour ou deux pour le trouver ?
— Je perds du temps dans ce cas. Je peux envoyer mes hommes le chercher ici.
— Il n'est pas du côté de chez vous.
— Comment le savez-vous ? »

Il n'y avait aucune explication logique, seulement mon instinct.

« L'atmosphère par ici est toujours viciée. »

Je finis par réussir à le convaincre d'attendre « quelques jours » pour me laisser une dernière chance avec Durand. La récompense augmentait à mesure que d'autres familles de garçons disparus venaient se joindre à la chasse à l'homme. Comme on pouvait le prévoir, les appels recommencèrent de plus belle. Remonter les fausses pistes devint une forme de compétition dans la division : c'était à qui pourrait éliminer le plus d'appels fantaisistes en une journée. C'était généralement Escobar ou Spence, tous deux interrogateurs chevronnés, qui allaient très vite au fond des choses. Faute de mieux, nous nous concentrâmes de nouveau sur les aéroports et les hôtels, également parce que le niveau de sécurité élevé à la suite des attaques terroristes rendait la tâche plus facile. Mais il y avait peu de chance que nous trouvions Durand de cette façon : il pouvait facilement louer une maison sous une fausse identité, prendre un jet et griller les contrôles de routine de l'aéroport. Il ne s'était montré ni chez lui ni au studio, même si ses sous-fifres continuaient à aller et venir à leur guise. Nous n'avions aucune raison légitime de les retenir, ce qui ne m'empêchait pas

de crever d'envie de tous les coffrer pour leur offrir une petite démonstration de force. Ils étaient tous associés, peut-être même complices. En tout cas, on pouvait raisonnablement estimer qu'au moins l'un d'entre eux devait être impliqué dans ses manigances, mais nous n'avions aucune preuve formelle de complicité.
Il fallait attendre qu'il refasse surface.

Le téléphone sonna juste au moment où je me préparais à rentrer à la maison. Mon bureau était rangé et ma serviette pleine. J'avais déjà les clés de ma voiture dans la main quand la boîte de Pandore reprit vie sur mon bureau.
La sonnerie avait une façon de vous dire : « Ne décroche pas le téléphone », une tonalité discordante, perçante, artificiellement prolongée qui m'envoya une décharge le long de la moelle épinière. Une assistante du service était à l'appareil.
« J'ai un interlocuteur qui a appelé le 911, dit-elle d'un ton sceptique, mais il vous demande personnellement. »
J'appuyai sur le clignotant rouge pour prendre la ligne.
« Inspecteur Dunbar.
— Lany ? »
C'était Kevin. Il ne m'appelait jamais au bureau. Il semblait complètement paniqué. Je regardai fixement le téléphone. J'avais deviné tout de suite pourquoi il appelait.

Ou du moins je croyais le savoir.
« Bon Dieu, Lany, il devrait être rentré depuis

une heure, et j'ai attendu, attendu qu'il arrive, en gardant son dîner au chaud... J'ai fini par appeler chez Jeff, son père pensait que c'était mon tour d'aller les chercher, alors que je croyais que c'était le sien. J'avais à peine raccroché qu'Evan a appelé. Le père de Jeff était venu les récupérer mais avait dit à Evan de m'attendre parce que j'allais venir le chercher pour que nous allions quelque part. Il a emmené Jeff et laissé Evan poireauter là-bas. Lany, il a emmené Jeff. Seigneur. Je croyais qu'ils avaient passé l'âge pour ce genre de truc, être kidnappé... Jeff est tellement grand, il est plus grand que moi, nom de Dieu...

— Raccroche, lui dis-je. Je te rappelle tout de suite. »

Je reposai le combiné sur son berceau, après quoi le moindre mouvement me parut impossible. Ma paralysie devait être visible car Escobar se précipita vers moi.

« Tu es blanche comme un linge, Dunbar, dit-il. Ça va ?

— Non.

— Dis quelque chose.

— Je crois que Durand a enlevé le meilleur ami d'Evan. »

Le simple fait de formuler cette évidence me tira de ma torpeur. Malgré toutes les situations de crise par lesquelles j'étais passée depuis des années, tout l'entraînement que j'avais subi, effectué justement en état de stress, j'étais incapable de penser à autre chose que : *Oh, mon Dieu, non...*

Les troupes furent convoquées pour une réunion d'urgence dans le bureau de Vuska.

Il m'annonça d'emblée que, pour lui, il n'était plus question que je reste en première ligne et que je ne pouvais pas continuer à diriger une enquête quand ma sécurité ou la sécurité d'un autre inspecteur risquait d'être compromise par une décision hâtive ou prise sous le coup de l'émotion.

« Mais c'est à vous de choisir », dit-il à ma grande surprise. Il aurait pu m'en dessaisir, et aurait probablement dû le faire en principe.

« Pourquoi, Fred ? Vous n'êtes pas obligé de me laisser continuer. »

Il me prit à l'écart, pour que les autres ne nous entendent pas. Il avait les traits tirés et l'air désolé.

« J'ai mauvaise conscience de ne pas vous avoir écoutée, avoua-t-il. Ça ne serait peut-être pas arrivé autrement. »

C'était une façon de me présenter ses excuses. Je les acceptai d'un signe de tête.

« Vous en savez plus sur ce type que nous tous réunis, continua-t-il. Aussi nous avons besoin de vous. Je compte sur vous pour me dire si vous commencez à faiblir, et si c'est le cas, je veux que vous vous mettiez tout de suite en retrait et que vous travailliez avec l'équipe de renfort. Et laissez Spence et Escobar finir le boulot. »

Avant de sortir, je savais que Fred insisterait auprès de mes deux collègues pour qu'ils m'aient à l'œil, quitte à me retenir en arrière si nécessaire.

Quand nous quittâmes le bureau de Fred, je ne sais pas pourquoi, j'avais retrouvé mon calme. Au plus profond de mon cœur, je savais certainement que si Wilbur Durand avait l'intention de tuer le copain de mon fils, je ne pouvais rien faire pour l'instant pour l'en empêcher.

Quand je rappelai Kevin, le numéro était occupé. J'étais sur le point de lui envoyer une voiture de police quand je finis par l'avoir.

Il était complètement hors de lui, jurant, s'excusant, suppliant de pouvoir prendre Evan un autre jour en remplacement.

« Kevin, calme-toi. Respire profondément, dis-je. Essaie de te concentrer et de réfléchir. J'ai tout un tas de questions à te poser...

— Seigneur, Lany, quelqu'un d'autre ne pourrait pas me poser les questions ? »

Ce n'était pas le moment de laisser nos vieilles querelles remonter à la surface.

« C'est moi qui dirige cette enquête, et c'est mon boulot de le faire. Ne nous conduisons pas comme des enfants. Pense à moi comme à un inspecteur. »

J'avais toujours l'habitude d'évoquer mes affaires avec lui, ou plutôt devant lui – il ne devait pas vraiment écouter ce que je lui disais –, mais depuis que nous étions séparés, je n'en avais plus l'occasion. L'écoute mutuelle était un de nos problèmes majeurs. Aucun de nous deux n'était très doué pour écouter l'autre. Vers la fin, il était devenu difficile d'avoir la moindre conversation civilisée avec lui, quelles qu'aient été les difficultés de mon travail. Mais j'avais toujours pensé qu'il verrait aussitôt les risques potentiels de cette affaire. Evan avait été un bon fils, et avait obéi à sa mère – il n'avait raconté à personne ce que je lui avais dit, y compris à Jeff.

Deux heures s'étaient écoulées depuis que Jeff avait été enlevé, et trente minutes depuis que nous l'avions appris. La Honda Accord argent que Durand avait probablement louée pour faire croire à la voiture du père de Jeff avait dû être abandonnée depuis longtemps.

Cela n'avait pas d'importance, il n'aurait bientôt plus besoin de louer une voiture. On ne conduit pas en enfer. Ou bien si. Quand vous êtes coincé dans la circulation sur la 405 à six heures du soir, un vendredi par trente-huit degrés, sans air conditionné, et qu'il se produit un tremblement de terre. Nous avions déjà envoyé des voitures pour recommander à ceux qui faisaient le guet au studio et à la maison d'être particulièrement vigilants et de nous signaler la moindre anomalie. Une description de la voiture fut transmise par la radio de la police, précédée par un code indiquant de changer de fréquence. Une liste détaillée de ce qu'il fallait rechercher, comme des sacs à dos, des objets pouvant servir à immobiliser, des éléments de déguisement, fut communiquée aux inspecteurs en patrouille sur la fréquence dédiée. Dans toute la ville, on arrêta chaque Honda Accord argent relativement neuve, surtout lorsqu'elle avait des plaques de société de location. Comme c'était un véhicule extrêmement populaire, il arriva ce soir-là qu'on en arrête quatre ou cinq en même temps dans la même rue. Certains flics en patrouille prirent même l'habitude de faire une marque au savon en haut à gauche du pare-brise après avoir inspecté une voiture pour éviter de l'arrêter une nouvelle fois. Les Honda Accord de cette couleur qui étaient garées faisaient l'objet d'une rapide vérification quitte à ce qu'on les ouvre au moindre soupçon, par exemple lorsqu'il y avait à l'intérieur un sac de sports ou des vêtements de rechange. À leur retour, les propriétaires étaient soumis à un interrogatoire en règle avant qu'on leur restitue leur voiture. Mais cela ne nous mena à rien.

Le père de Jeff avait envoyé une photo par e-mail, que je fis parvenir au Télétype et transférai sur les ordinateurs à l'intention des inspecteurs en patrouille. Nous diffusâmes également pour la forme une photo de Durand. Pendant les deux heures qui suivirent, je restai assise sans quitter le téléphone des yeux, espérant quelque chose, une nouvelle piste ou n'importe quoi nous permettant d'avancer. L'appareil restait imperturbable devant moi, totalement muet, pendant que la nourriture que quelqu'un avait placée devant moi refroidissait.

Le père de Jeff arriva, sans ses autres gosses.

Subitement, la situation semblait être devenue familière, à un point que je n'aurais pas soupçonné, par le seul fait de me trouver en présence de quelqu'un avec lequel j'étais régulièrement en rapport, dont l'enfant faisait à présent l'objet d'une recherche urgente de grande ampleur car il était aux mains d'un monstre. Son fils avait eu le tort de se trouver en compagnie de mon fils, c'est tout. Jeff lui-même avait-il été visé ? L'aurait-on pris pour mon fils ? Je l'ignorais. Un examen des vidéos de sécurité de Durand pourrait lever ce doute. Kevin avait-il fait le clown avec Jeff en même temps que son propre fils ? Les deux se ressemblaient comme des frères, et Evan aimait beaucoup son père. Durand aurait pu croire que Jeff était notre fils à Kevin et à moi.

Je ne pouvais pas le lui dire, pas encore. Cela n'aurait servi qu'à compliquer les choses.

« Vous devriez rentrer chez vous, rester avec vos enfants, lui dis-je.

— J'avais besoin de venir, riposta-t-il. C'est mon fils.

— OK, dis-je, mais il faut que vous alliez dans la salle d'attente. Je vous promets de venir vous dire dans la seconde si quoi que ce soit se produit. »

Tandis que la porte se refermait derrière lui, le téléphone sonna.

Spence prit l'appel avant moi.

« Le domestique de Durand a quitté la maison dans sa propre voiture, me dit-il. Il a ouvert la porte du garage, est sorti, puis l'a refermée.

— Dans ce cas, arrêtez-le et fouillez la voiture. »

Je criais presque.

Escobar me posa la main sur le bras pour me calmer.

« Et si nous trouvons quelque chose dans la voiture, de quel droit l'aurions-nous fouillée ? » dit-il.

Nous pouvions tout perdre à cause d'une fouille irrégulière ; cela s'était souvent produit.

« Dans ce cas, suivez-le, chuchotai-je. Mais pour l'amour de Dieu, ne le perdez pas. »

Je me retournai vers Escobar.

« Il ne quitte pratiquement jamais la maison. Une fois tous les trente-six du mois. Ça fait des jours que nous ne l'avons vu ni entrer ni sortir.

— Lany, calme-toi. C'est le domestique. Il est probablement sorti chercher du lait.

— Pourtant, il a reçu une livraison ce matin. La camionnette de l'épicier est passée, tu te souviens ?

— Peut-être a-t-il oublié quelque chose.

— Nous devrions appeler les gars au studio pour leur dire de le guetter. »

Escobar s'exécuta. Il leur donna une description de la voiture et du domestique lui-même.

Je l'entendis dire : *1,73 à 1,78 m, blanc ou hispanique clair, mince…*

« Merde, murmurai-je malgré moi. Attendez un instant. »

La voix d'Escobar parvint jusqu'à mon cerveau embrouillé où la réalité commençait à se faire jour.

« D'après eux, quelqu'un correspondant à cette description est parti cet après-midi juste au moment du changement d'équipe. Il a livré des provisions, puis est parti. »

31

Le vendredi 14 octobre, le tribunal fit relâche.
À l'extérieur de notre abbaye humide et froide que nous partagions avec quantité d'étranges vermines vertes dues à l'humidité, le ciel d'octobre désespérément bleu était ponctué de gros nuages en altitude ; ce genre de nuages se contente de passer sans donner une seule goutte de pluie mais leur beauté met les larmes aux yeux. Pendant que je traversais la place en hâte, je m'arrêtai pour lever les yeux vers le ciel ; la chaleur donnait l'impression de vous caresser la peau, comme si c'étaient les doigts de Dieu. J'ôtai ma coiffe et mon voile d'une main et laissai mes cheveux profiter à leur tour du soleil.
Personne ne faisait la moindre attention à moi pendant que je continuais, tête nue. Un nouveau rassemblement s'était constitué autour d'un crieur public. L'excommunication de Gilles donnait lieu à un récit réaliste et particulièrement enjolivé. Je me glissai à la périphérie d'un groupe et écoutai un homme raconter ce qu'il avait entendu dire

quelques instants auparavant au milieu d'un autre groupe identique.

Des os, disait l'homme. *Et des crânes. Ils ont trouvé d'autres crânes.* Quarante-neuf crânes avaient été mentionnés dans les chefs d'inculpation lus la veille, mais ceux-ci avaient prétendument été détruits. J'avais trouvé inconcevable à l'époque qu'il y en ait autant.

À présent, ils disaient qu'il y en avait encore davantage. Et qu'ils n'avaient pas été détruits.

La porte des appartements de Son Éminence était ouverte ; il fut prévenu de mon arrivée par le bruissement de mes jupes sur le tapis.

« Ah, Guillemette... »

J'étais en retard pour les comptes du couvent, et je m'étais dépêchée de les réunir ce matin-là. Je laissai tomber le document sur la table. Surpris, il recula.

« Est-ce vrai ? demandai-je. A-t-on retrouvé d'autres ossements et d'autres crânes à Champtocé ? »

Il ne répondit pas tout de suite, se contentant de me regarder avec une intense curiosité.

« Vos cheveux. Ils sont découverts.

— C'est à cause du vent, dis-je. À présent, qu'en est-il de cette rumeur à propos des ossements et des têtes ? Les gens sur la place ne parlent que de ça. Est-ce vrai ? »

Il ne dit rien d'abord, puis finit par acquiescer.

« Certains ont été trouvés dans les appartements personnels de Gilles de Rais à Champtocé et à Machecoul. Bien cachés, probablement oubliés par ses complices dans leur hâte. Mais quelques-uns seulement, rien par rapport à tous ceux qui ont disparu. On se demande combien avaient été retirés précédemment.

— Je veux les voir. »

Il n'hésita pas un instant.

« Non.

— Éminence...

— Non, répéta-t-il. Je vous le défends.

— Jean, s'il vous plaît...

— Je ne peux pas vous le permettre. Mon rôle de juge dans ce procès serait compromis par une telle exploitation des preuves.

— Ce rôle est-il plus important pour vous que cette douleur permanente dans mon cœur ?

— En posant cette question, vous me mettez en porte-à-faux, compte tenu du poste que vous occupez auprès de moi. Je suis étonné, ma sœur : je vous croyais incapable de ce genre de manigance. »

Je reculai, blessée et troublée à la fois. Il n'y avait plus rien à ajouter après cette dernière déclaration de sa part. Quoi que je fasse, j'étais coupable. Il n'y avait donc aucune raison pour ne pas commettre un péché.

Je regagnai ma petite chambre et tirai la malle contenant les restes de ma vie antérieure de dessous le lit. Malheureusement, les robes étaient démodées et tachées de moisissures. Je n'aurais pas voulu les porter. Il faudrait que je trouve quelque chose d'autre, mais il était difficile de me procurer quoi que ce soit dans l'abbaye sans éveiller les soupçons.

Les campements s'étaient encore étendus à

mesure que l'annonce du procès se répandait dans les environs. La périphérie de Nantes ne comportait plus seulement des fermes et des arbres avec de temps en temps une petite habitation, mais une forêt de tentes et de taudis de fortune dans lesquels les gens de la campagne s'étaient rassemblés. Je trouvai Mme Le Barbier dans un coin relativement décent ; quand je m'approchai d'elle, elle était en train de se restaurer un peu avec du fromage et une coupe d'hypocras clair. Me voyant sans voile, elle mit un moment avant de me reconnaître. Puis son visage s'éclaira, ce qui me réjouit le cœur.

Elle s'inclina légèrement.

« Mère Guillemette, comme c'est bon de vous revoir.

— Et vous aussi, madame.

— Venez, joignez-vous à moi. Je vous en prie – elle me tendit son fromage –, prenez-en un peu. »

Je n'avais pas très faim, mais j'aurais craint de l'insulter en lui refusant. J'en pris un petit morceau et lui rendis le reste.

Elle n'avait plus cet air décharné et ces vêtements trop amples ; elle paraissait beaucoup plus fraîche et plus en chair. J'aurais bien aimé me sentir dans le même état.

« Vous avez l'air d'être en bonne santé et pleine de courage, madame. Cela me fait chaud au cœur.

— Je suis tellement contente que ce procès ait enfin lieu. Cela a pris si longtemps, tellement longtemps ! Cela ne me ramènera pas mon fils, j'en suis certaine, mais justice sera rendue. Et cela me permettra de retrouver un peu de paix. »

La paix. Jusqu'à ce qu'elle prononce ce mot,

je ne m'étais pas rendu compte à quel point j'en avais besoin.

Elle mâchait son repas d'un air pensif tout en me regardant.

« Vous avez perdu votre voile, à ce que je vois.
— Oui. »

Je n'avais pas besoin de prétexter l'excuse du vent avec elle.

« Pour le moment. Et c'est pourquoi je suis venue vous voir. »

Elle passa en revue les quelques malles qu'elle avait apportées, jetant jupes, chasubles et blouses par-dessus son épaule comme autant de chiffons, alors qu'ils constituaient de précieux atours pour quelqu'un comme moi qui en avait été si longtemps privée. Je n'avais pas renoncé à tout cela de mon plein gré, et, à présent, j'éprouvais à leur vue une sorte de soif lancinante, mal définie. Je restai là, stupéfaite, pendant qu'elle me tendait d'abord une robe, puis une autre, pour que je lui donne mon avis : mettait-elle en valeur mes traits ou au contraire leur nuisait-elle ? Le style était-il adapté à ma silhouette ? J'avais complètement oublié que j'avais une silhouette qui pouvait être avantagée par ce qui était drapé dessus.

Je quittai sa tente toujours vêtue de mon manteau, mais, dessous, je n'avais plus mon habit informe. À la place, je portai une robe ordinaire faite d'un tissu uni de couleur bleue. J'avais hâte de trouver un miroir dans lequel je pourrais me regarder, car, pour moi, cette robe simple équivalait à la plus somptueuse des tenues.

Je passai au milieu de la foule sans me faire remarquer. La révolte dans laquelle j'étais engagée, mon péché de désobéissance, tout cela était contenu dans le manteau.

Je sortis mon voile de l'endroit où je l'avais rangé et le remis sur ma tête. Son poids me sembla soudain insupportable, mais je l'endurai en silence. Puis je traversai le palais d'un pas tellement décidé que personne ne se serait risqué à me questionner. Il était évident que je me rendais dans un endroit d'importance, et que je ne devais pas être arrêtée dans mon élan.

Il était si magnifique, si différent de l'abbaye, avec ses murs de pierre sombres et son atmosphère de sainteté. L'occupant du palais avait beau être un évêque, il devenait parfois chancelier et aurait dû être entouré par de belles choses, des objets qui lui rappelleraient quotidiennement l'importance de son travail. Pourtant, les installations étaient tout juste passables en comparaison de celles auxquelles monseigneur de Rais était accoutumé.

Quand je me présentai au garde devant ses appartements privés, disant que j'apportais un message de la part de Jean de Malestroit, on ne me posa aucune question. Pendant des semaines, ces gardes m'avaient vue marcher en silence deux pas derrière mon évêque, et ils n'avaient aucune raison de se méfier de moi. Mes manières étaient discrètes et pleines de déférence ; je leur dis que Jean de Malestroit m'avait chargée d'une tâche importante consistant à apporter un peu de réconfort et de consolation au seigneur de Rais pendant ses heures sombres. Je serrai mon rosaire avec ferveur entre mes paumes, et invitai le garde à prier pour l'âme déchue de monseigneur. Il me laissa passer, mal à l'aise à cause de ma ferveur religieuse.

Il donna un ordre bref à un autre garde, qui prit un air grave à la perspective de devoir me guider par le couloir jusqu'aux somptueux appartements où monseigneur était consigné.

Le garde marchait vite devant moi. Je ne pouvais pas lui reprocher d'avoir peur. Mon cœur battait de plus en plus vite à mesure que nous nous rapprochions de l'endroit.

Je commençais à me poser des questions sur ce qui pourrait se passer, étonnée de ne pas avoir mieux envisagé le face-à-face avant de venir. À peine avais-je pénétré dans le vaste salon que j'éprouvai déjà l'envie de faire demi-tour.

Il était trop tard. Je respirai profondément pour calmer les bêtes sauvages qui me griffaient et me pinçaient l'estomac. L'environnement contribua à me calmer : c'était une pièce spacieuse, ornée de tapisseries et de tentures, avec de somptueux tapis au sol qui venaient de l'autre côté de la mer Méditerranée sur des navires marchands. J'éprouvai aussitôt l'envie d'enlever mes chaussures de cuir et d'enfoncer mes pieds nus dans les fibres épaisses pendant que l'occasion m'en était donnée.

Tandis que j'admirais les lieux, le garde frappa trois fois avec la base de sa lance et se mit au garde-à-vous. D'une autre pièce, j'entendis monseigneur aboyer : « Quoi ? » Tout à coup, je perdis toute envie de plonger mes pieds dans les tapis moelleux ; ils auraient préféré m'emmener loin d'ici.

J'avais vu la reproduction du cœur humain dans

un des livres d'anatomie du jeune Gilles à Champtocé. Sous le dessin, était inscrit : « Le cœur ». C'était merveilleux, et tellement simple, mais je trouvai étrange qu'il y eût deux côtés au cœur de l'être humain. Pour quelle raison y avait-il deux passages distincts par où nos émotions devaient cheminer ?

À cet instant, je compris. Un côté de mon cœur était plein de colère et du désir de vengeance, l'autre d'un chagrin incommensurable.

Le garde annonça d'un ton énervé : « Vous avez une visite, Sire », après quoi il fit demi-tour et disparut en hâte dans le couloir.

Dès qu'il fut parti, je retirai mon voile et défis mon manteau. Je les laissai tomber sur une chaise proche, un meuble exquis sur lequel je n'aurais jamais osé m'asseoir. Quand monseigneur entra dans le salon, je l'attendais debout, moi, une femme ordinaire. Il s'approcha lentement d'abord, jusqu'à ce qu'il me reconnaisse et que son visage s'éclaire. Il se précipita vers moi et m'embrassa. Mais je dus faire appel à toute mon habileté féminine pour refréner le haut-le-cœur que j'éprouvai quand je me retrouvai dans ses bras.

« Madame, dit-il. Oh, madame... pardonnez-moi de ne pas vous avoir reconnue tout de suite. Vous devez comprendre, je traverse une rude épreuve, et je n'ai plus l'habitude de vous voir dans des vêtements de femme. »

Puis il recula un peu, les yeux pleins de méfiance.

« Jean de Malestroit vous a-t-il envoyée pour me parler en son nom ? Qu'il dépêche une femme pour faire son travail... »

Je l'interrompis.

« Il ne m'a pas envoyée. Il sera extrêmement courroucé quand il apprendra que je suis venue vous voir.

— Oh, dit Gilles quelque peu intrigué. Ce n'est pas moi qui le lui dirai. »

La vieille haine était donc toujours vivace.

Sa barbe n'était plus bouclée et bleue, mais sombre et parfaitement taillée. Ce qui ne l'empêchait pas de jouer avec comme il le faisait avec l'autre qui était plus fournie. On lisait dans ses yeux une folie que rien n'aurait pu dissimuler.

« Si vous n'êtes pas venue en tant qu'émissaire de Jean de Malestroit, alors pourquoi ?

— Je suis ici en tant que Guillemette La Drappière, bien que, pour moi, cette femme soit morte depuis longtemps. Il y a des choses que je voudrais savoir. Des questions auxquelles vous seul pouvez répondre. »

À cet instant, j'eus l'impression de le voir se rapetisser.

Il savait donc pourquoi j'étais venue.

Il s'efforça de paraître calme.

« Certainement, madame, vous en savez autant sur moi et sur ma vie que n'importe qui d'autre.

— J'ignore si vous avez ou non tué mon fils. »

Je l'avais dit, enfin. Rien que de m'être exprimée, je me sentais soulagée. J'aurais pu m'en tenir là, mais à présent la réponse elle-même était à portée de main. Je la voulais.

Je plongeai mon regard dans les yeux d'un bleu glacial de mon *fils de lait*. Rarement dans ma vie, j'avais ressenti un tel embarras. Mais soudain, à mon grand étonnement, les larmes lui montèrent aux yeux. Il s'agenouilla devant moi, pressa son visage couvert de larmes contre mes genoux et m'entoura les jambes de ses bras. Je faillis en perdre l'équilibre. Il sanglotait bruyamment comme un enfant.

Puis il se mit à parler.

« Madame, j'ai commis de nombreux crimes innommables : j'ai fait à peu près toutes les choses dont je suis accusé. Mais je n'ai pas tué votre fils, et je suis horrifié que vous puissiez penser cela de moi : suis-je un tel monstre à vos yeux ? »

Il continua à parler pendant que la confusion s'emparait de mon cœur.

« Je ne sais pas ce qui est arrivé à mon véritable frère, Michel, dit Gilles, voulant peut-être m'amadouer, bien que je reste persuadé que c'est ce maudit sanglier qui l'a emporté, le même qui a éventré mon père. »

Il y avait une telle contrition dans sa voix, une telle sincérité dans ses dénis. Je murmurai : « Vous ne l'avez vraiment pas tué ?

— Non. »

Dieu soit loué, je le croyais. Mon soulagement fut immense, bien que le mystère de la mort de Michel me tourmentât toujours. Un chasseur l'avait-il tué pour une raison inconnue ? J'aurais tellement voulu le croire.

« Monseigneur, murmurai-je, Dieu ne vous déteste pas. Dieu vous aime, j'en suis certaine. Il vous pardonnera comme Il pardonne à tous Ses pécheurs, à condition que vous confessiez vos péchés librement et sans hésitation. »

Je posai la main sur sa tête et lui caressai les cheveux, comme je l'avais souvent fait quand il était enfant. Il se cramponnait à moi désespérément, comme il le faisait aussi étant enfant.

« Oui, oui, gémissait-il en m'agrippant. Il le fera. Je suis chrétien, j'ai été reçu en Ses bras par le sacrement du baptême, et, à présent, on me refuse Son pardon. Je vous supplie de m'aider, ma mère... on ne peut pas me refuser les sacrements. »

Il me serrait toujours plus fort les jambes jusqu'à ce que je finisse par le repousser.

« Écoutez-moi, déclarai-je. Je vais vous dire ce que vous devez faire. Vous devez vous rendre au tribunal et répéter en toute franchise ce que vous venez de me dire, et tout ira bien. »

Il leva les yeux vers moi en relâchant son étreinte et essuya ses larmes d'une main.

« C'est vrai ? dit-il d'une voix enfantine.

— Oui, dis-je, redevenue la mère. Levez-vous maintenant. Dieu veillera à ce que tout se passe bien. »

Jean, mon fils bien-aimé,

Pardonne-moi, je t'en prie ; je sais que ma négligence à t'écrire te fait souci. Son Éminence m'a fait part de ton inquiétude via la lettre que lui a adressée le cardinal. Apaise tes peurs. Je suis à présent quelque peu guérie de la cruelle affliction qui s'était emparée de moi et m'empêchait de prendre la plume.

Aujourd'hui, je suis allée voir monseigneur Gilles dans les appartements où il est emprisonné ici au château. Je lui ai posé la question dont tu sais qu'elle me hante – celle concernant les circonstances de la mort de Michel. À mon soulagement éternel, il a nié toute complicité et parlé des chasseurs du duc Jean, ce qu'il n'avait jamais fait précédemment. Je crois qu'il dit la vérité, car, dans le même temps, il m'a confessé avoir commis tous les autres meurtres dont il est accusé.

J'aurais dû être plus stupéfaite par cet aveu de sa part, mais cette stupéfaction a sans aucun doute été quelque peu amoindrie par le soulagement béni de savoir qu'il n'avait pas tué mon fils, ton frère. Pourtant son âme ne connaît pas de répit ; elle est pleine de désolation, et malade de confusion et de douleur telles que je n'en ai jamais vu auparavant et espère ne plus en voir. Je l'ai pressé de confesser le reste de ses crimes demain au tribunal, quand il se présentera une nouvelle fois devant ses juges. Je prie avec ferveur pour qu'il le fasse, car c'est seulement dans l'absolution qu'il trouvera le réconfort.

Tu comprendras sans peine que notre voyage va maintenant être retardé ; j'espère que nous pourrons l'entamer avant que le temps devienne trop froid pour voyager. Mais si nous partons quand le temps menace, peut-être serons-nous forcés de demeurer dans le Sud chaud ! Je peux difficilement imaginer façon plus agréable d'échapper au froid hiver breton que de demeurer en Avignon.

Fils très cher, ne m'oublie pas dans tes prières, comme je le fais pour toi dans les miennes. Je commence à croire de nouveau que Dieu entend mes prières. Je ne m'étais pas rendu compte jusqu'à aujourd'hui à quel point ma foi me manquait.

Comme je te regrette, fils bien-aimé. Je suis tellement heureuse de penser que nous nous verrons très bientôt.

Juste avant de m'endormir, je contemplai la robe bleue qui était accrochée derrière ma porte. Elle ressemblait un peu à celles que je portais quand j'étais une épouse et une mère à Champtocé. Je rêvai cette nuit-là que j'étais étendue auprès de mon mari, que ses mains douces me parcouraient le corps. Quand ils le ramenèrent d'Orléans, ses blessures avaient déjà commencé à s'infecter, et il souffrait trop pour supporter que je lui effleure la jambe, si bien que j'avais dressé un lit séparé à côté du sien. J'aurais tellement voulu me glisser sous la courtepointe avec lui une dernière fois avant qu'il meure. Il délirait tellement vers la fin qu'il n'aurait pas eu conscience que j'étais auprès de lui. Mais moi, je l'aurais su.

Je dormis jusqu'à l'aube. Quand j'arrivai au tribunal, Jean de Malestroit et frère Blouyn étaient déjà assis à la table des juges, plongés dans des parchemins. Son Éminence me regarda d'un air interrogateur quand je gagnai discrètement mon siège à côté de frère Demien.

Je préférai ne pas interpréter son regard.

« Je suis venu vous chercher ce matin, dit-il, mais on m'a dit que vous dormiez encore. Vous êtes souffrante ?

— Non. J'étais simplement fatiguée. »

Je regardai vers l'avant du tribunal.

« Je vois que Chapeillon est déjà là.

— Il était là quand je suis arrivé, avant

Son Éminence et frère Blouyn. Il est plongé dans ses papiers depuis. »

Une rumeur d'excitation s'éleva, car monseigneur, redevenu un véritable paon, était arrivé pour prendre place au milieu des moineaux. Un sentiment de culpabilité m'envahit, et le rouge me monta aux joues quand je le vis. Je me remémorais notre échange, et les choses que je savais maintenant être indéniablement vraies. Je ne pouvais en parler à personne. Je le suivis des yeux, espérant en vain qu'il regarderait dans ma direction.

Quand les chuchotements se furent calmés, Chapeillon se leva.

« Honorables juges, commença-t-il, je vous demande au nom du duc Jean de vous enquérir auprès de l'accusé s'il a l'intention de parler. De plus, je vous demande de le prévenir également que, bien qu'il ait décidé de ne pas parler jusqu'à maintenant, il pourra le faire cette fois, ce qui peut prendre la forme soit d'une acceptation, soit d'une objection aux chefs d'accusation lus précédemment. »

Jean de Malestroit acquiesça et se tourna pour faire face à Gilles de Rais.

« Monseigneur, sur la requête du procureur, je vous demande s'il est dans vos intentions de parler.

— Je ne parlerai pas, dit-il avec un long soupir résigné. Pas plus que je n'émettrai d'objection. »

Pour tout le monde, ce changement d'attitude était parfaitement inattendu, mais pas pour moi.

Chapeillon mit quelques instants à reprendre ses esprits.

« Si cela convient à la cour, dit-il, je demanderai à nos estimés juges de s'enquérir auprès de monseigneur Gilles, ledit accusé, s'il reconnaît bien l'autorité de cette cour sur lui. »

Une nouvelle fois, Son Éminence fit face à monseigneur. « Vous avez entendu la question, monseigneur. Qu'avez-vous à dire à ce propos ? »

Gilles de Rais avait l'air de quelqu'un à qui on vient d'offrir une coupe de ciguë. Il regarda ses deux juges bien en face.

« Je reconnais que ces juges sont compétents pour me juger, répondit-il, et je confirme leur pouvoir juridictionnel sur moi. »

Je ne pouvais pas voir son visage, mais je percevais les larmes dans sa voix. Il baissa la tête.

« J'accepterai n'importe quel juge que vous choisirez de mettre devant moi. »

Il sanglotait sans retenue maintenant.

« Je confesse devant Dieu et cette cour que j'ai bien commis les crimes dont j'ai été accusé, et que j'ai perpétré ces forfaits dans la juridiction de ces juges. »

Sa voix était à peine audible en raison des cris de l'assistance. Je me levai et mis la main autour de mon oreille, ce qui me permit d'entendre ses excuses.

« Je demande humblement et avec ferveur à ces juges et à tous les ecclésiastiques contre qui j'aurais proféré des offenses de me pardonner. »

Jean de Malestroit et frère Blouyn étaient stupéfaits. Ils échangèrent un bref regard et Son Éminence leva la main pour faire taire la cour.

« Pour l'amour de Dieu, Gilles de Rais, vous êtes pardonné », dit-il.

Chapeillon retrouva alors sa voix.

« Si cela convient à la cour, je demande la permission de faire valoir les preuves des crimes contenus dans ces chefs d'accusation, ce que monseigneur a accepté.

— Les documents tels qu'ils ont été soumis ont valeur de preuve et constituent des preuves suffisantes, déclara frère Blouyn d'une voix ferme.

— Dans ce cas, je demanderai à monseigneur de répondre aux différents articles pour confirmer cette preuve. »

Tous les yeux se tournèrent vers monseigneur, qui se redressa. Il ouvrit la bouche comme s'il allait parler, mais Jean de Malestroit leva la main, et il s'arrêta.

« Vous devez d'abord faire le serment de véracité, de jurer que ce que vous êtes sur le point d'avouer est la vérité devant Dieu, et rien que la vérité. »

Gilles de Rais baissa les yeux et contempla ses pieds pendant quelques instants. Puis nous l'entendîmes dire :

« Je le jure, devant Dieu.

— À présent, vous pouvez parler. »

L'assistance observa un silence total pendant que monseigneur Gilles renouvelait son affirmation et son acceptation des articles un à quatre des chefs d'accusation, puis des articles huit à onze, qui tous établissaient l'autorité de la cour et de ses officiers.

« Et je confirme également l'article quatorze. En ce qui concerne l'article treize, je reconnais l'existence d'une cathédrale à Nantes, et que Jean de Malestroit est l'évêque de cette église. Qui plus est, messeigneurs, j'affirme que les châteaux de

Machecoul et de Saint-Étienne-de-Mer-Morte sont situés dans les limites de ce diocèse. »

Il marqua une pause, pendant laquelle nous retînmes tous notre souffle.

La voix de Jean de Malestroit rompit le silence, semblable à la sonnerie d'une cloche.

« Continuez », dit-il.

Gilles s'éclaircit la voix, puis reprit. Mais les mots qu'il prononça ne furent pas ceux que j'attendais.

« J'ai reçu le baptême chrétien. Et, en tant que chrétien, je jure que je n'ai jamais invoqué ou poussé d'autres personnes à invoquer ou à appeler des esprits démoniaques. Pas plus que je n'ai offert quoi que ce soit en sacrifice à ces esprits. »

Chapeillon et Blouyn échangèrent un regard incrédule. L'atmosphère était tendue, ce que Jean de Malestroit ne fit qu'accentuer en disant : « N'oubliez pas, monseigneur, que vous avez juré devant Dieu.

— Je n'ai pas oublié mon serment, monseigneur. »

Il se lança alors dans un discours qui ressemblait à une explication.

« Je reconnais avoir reçu un livre d'alchimie de la part d'un chevalier angevin qui est maintenant en prison pour hérésie, et affirme que j'ai fait en sorte que ce livre soit lu en public devant plusieurs personnes dans une salle à Angers. Je me suis effectivement entretenu avec le chevalier déjà cité au sujet de la pratique de l'alchimie, mais je lui ai retourné le livre peu de temps après. Je me suis effectivement livré à la pratique de l'alchimie avec François Prelati et l'orfèvre Jean Petit, tous deux connus de vous. J'ai engagé les services de ces alchimistes pour changer le vif-argent en or. Nos tentatives sont restées infructueuses. »

Jean de Malestroit le considéra d'un air furieux.

« Il paraît que des fourneaux ont été construits à Tiffauges spécialement pour pratiquer l'alchimie », dit-il.

Gilles parut surpris par cette déclaration, comme si l'existence de ces fourneaux devait demeurer secrète.

« Oui, c'est effectivement moi qui ai fait construire de tels fourneaux, riposta-t-il aussitôt. Mais je me suis ravisé avant de les utiliser.

— N'est-il pas vrai alors, comme on nous l'a dit, qu'ils ont été démantelés surtout parce que le dauphin viennois avait décidé de vous rendre visite, et que vous ne vouliez pas qu'il les voie et vous soupçonne. »

À cette accusation, il se raidit et se mit sur la défensive. « Ce n'est pas vrai, seigneur évêque, je le jure. »

Jean de Malestroit s'enfonça dans son fauteuil et réfléchit à ce qui venait d'être dit. Au bout de quelques instants, il se pencha de nouveau en avant.

« Monseigneur, je vous demande une nouvelle fois de répondre de l'accusation d'invoquer les démons, et je vous rappelle votre serment. »

Gilles de Rais ne se laissa pas influencer.

« Je le nie. Sans la moindre équivoque. Et s'il y a des personnes pour démontrer par leur témoignage que j'ai effectivement invoqué des esprits, je suis prêt à subir l'épreuve du feu pour prouver qu'ils ont tort. Quand ces témoins se présenteront, je me servirai de leur déposition pour faire la lumière sur ma propre position en cette matière. »

Il paraissait absolument certain de son bon droit.

« Une définition plus large de ces sujets en sortira, je vous l'assure. »

Sur cette déclaration d'innocence, Chapeillon se précipita à la table des juges pour conférer avec eux. Tous exprimaient à la fois le dégoût et la frustration, car tout s'était bien passé ce matin jusqu'à ce que Gilles ait une nouvelle fois décidé de les défier.

J'avais espéré que tout irait mieux après notre entrevue d'hier soir. J'avais prié de tout mon cœur pour que monseigneur se présente au tribunal ce matin, reconnaisse son hérésie et accepte son châtiment. Je n'étais plus disposée à haïr et à calomnier cet homme comme je l'étais sous le coup de la fureur : il m'avait dit ne pas être le responsable de la disparition de Michel et je le croyais. Il me tardait qu'il soit soulagé de tout cela, même si cela signifiait qu'il devrait renoncer à la vie. C'était le châtiment préconisé pour de tels crimes. Mais peut-être serait-il autorisé à y renoncer plus facilement, avec moins de douleur. Je n'aurais pas pu supporter de le voir mourir comme Jeanne d'Arc.

Chapeillon s'écarta de la table des juges et fit signe à un ecclésiastique assis dans les premiers rangs, un certain Robin Guillaumet, qui appartenait également à ce diocèse. Chapeillon chuchota quelque chose à Guillaumet qui acquiesça et se dirigea aussitôt vers le fond de la salle. Là, il s'entretint brièvement avec un des gardes. Celui-ci transmit

l'ordre de Guillaumet aux autres qui attendaient à l'extérieur.
Faites entrer les témoins.

L'atmosphère dans la salle du tribunal parut se raréfier. Tout le monde retenait son souffle en cet instant ; nous étions trop occupés à regarder les témoins appelés par l'ecclésiastique Robin Guillaumet. Un par un, ils entrèrent en silence dans la salle, chacun regardant brièvement dans les yeux leur suzerain, Gilles de Rais, non sans éprouver un instant de culpabilité. Quand ils furent tous rassemblés devant la table des juges, Guillaumet demanda à chacun de s'avancer et de s'identifier à mesure que leur nom était appelé.

Henriet Griart ; Étienne Corrilaut, aussi appelé Poitou ; François Prelati, ecclésiastique ; Eustache Blanchet, également ecclésiastique ; Perrine Martin.

Debout, en silence, ils écoutèrent le serment qu'on leur lut.

« ... sur le saint Évangile pour dire, déposer, et attester de la vérité, toute la vérité, et rien que la vérité, dans la mesure où elle est connue de moi, à propos des articles mis en avant et exprimés par le procureur dans l'affaire et des affaires de cet ordre, et aussi pour dire la vérité sur la chose en général, et en particulier non exprimée dans les articles déjà cités...

— Voyez-vous une objection à ce serment de la part des témoins, monseigneur Gilles ? » demanda Jean de Malestroit.

Gilles secoua la tête dans un silence total.

« Consignez dans le compte rendu le consentement

de l'accusé. Je m'adresse maintenant à la fois aux témoins et à l'accusé, continua Son Éminence. Jurez-vous de faire abstraction de toute supplique, amour, peur, faveur, rancœur, haine, pitié, amitié, et inimitié, renonçant à de telles conduites et attitudes pendant ces audiences, pour qu'elles ne soient pas entachées par l'expression de telles émotions entre vous ? »

Tous acceptèrent.

« Monseigneur Gilles, acceptez-vous les dépositions de ces témoins assermentés et de tous les autres que le procureur peut être amené à produire et qui seraient également assermentés ?

— J'accepte, dit-il d'une voix pâle, vaincue.

— Et avez-vous l'intention de défier cette cour en mettant en doute la personnalité d'un quelconque de ces témoins ?

— Je n'en ai pas l'intention.

— Avez-vous l'intention, monseigneur, de les interroger vous-même, comme vous en avez le droit ?

— Je m'en remets à leur conscience pour les guider dans leurs témoignages.

— Dans ce cas, les choses se dérouleront comme prévu, dit Jean de Malestroit. Nous nous réunirons de nouveau lundi prochain 17 octobre, pour écouter leurs dépositions. »

Il tendit la main pour prendre le maillet, et allait mettre un terme à la séance en cognant avec. Mais Gilles de Rais s'avança à cet instant et Son Éminence reposa le maillet.

« Messeigneurs les juges, dit Gilles, en tombant à genoux, je vous supplie en toute contrition de me restituer la possibilité de recevoir les sacrements. Abrogez ma condamnation d'excommunication, je vous en implore.

Je ne peux pas supporter de me voir refuser la consolation de Dieu. »

Son visage était trempé de larmes, et ses épaules secouées par les sanglots.

« Ayez pitié de moi qui suis un enfant de Dieu, et permettez-moi de pouvoir être de nouveau en état de grâce, et cela par écrit. »

Il y eut un moment de silence puis Jean de Malestroit regarda frère Blouyn.

« Donnerez-vous votre accord ? » dit-il.

Frère Blouyn étudia attentivement ses mains pendant quelques instants, envisageant peut-être le mécontentement du duc Jean s'il donnait son accord à une telle requête. Mais à la fin, lui aussi prit pitié. Il signifia son accord par un signe de tête.

« Ce sera donc fait », dit Son Éminence.

Il se mit à parler tout bas à un scribe, qui écrivit consciencieusement sous sa dictée. Quand le texte fut terminé, Son Éminence lut ce qui avait été écrit, puis le signa.

Il le rendit au scribe.

« Faites-en de nombreuses copies, et affichez-les ensuite publiquement, dit-il. Et faites savoir aux crieurs qu'il en est ainsi. »

Je jure devant Jésus que Gilles lui aurait embrassé les pieds s'ils n'avaient pas été séparés par une table. Le maillet tomba.

Le premier, François Prelati évoqua calmement les événements qui l'avaient conduit au service de

Gilles de Rais, la façon dont Blanchet l'avait attiré, et son initiation dans les sciences occultes avec son protecteur. Blanchet lui-même s'avança ensuite et confirma les récits de magie noire et de sorcellerie, ainsi que des invocations hérétiques du diable. Henriet Griart témoigna qu'il avait participé à la recherche et au meurtre de nombreux enfants, et qu'il l'avait fait de son plein gré.

Mais le récit de Poitou fut le plus choquant de tous. Il décrivit une nouvelle fois l'abandon en hâte du château de Champtocé, la façon dont on avait débarrassé et fait disparaître quarante-six corps. Mais il ajouta également un nouveau chapitre à ce récit :

Cela constitua mon initiation aux péchés de monseigneur. Que Dieu ait pitié de moi. Plus tard je conduisis moi-même de nombreux enfants à monseigneur pour qu'il les utilise dans ses débauches, peut-être au moins quarante. Pendant tout ce temps, je savais ce qu'il prévoyait pour eux. Il prenait un tel plaisir dans cette iniquité ; il gémissait et tremblait de désir pendant que les enfants pleuraient.

Parfois, quand les gémissements devenaient si forts que cela l'ennuyait, ou s'il craignait d'être découvert, monseigneur pendait l'enfant par le cou jusqu'à ce qu'il soit presque mort puis le délivrait après l'avoir averti de se taire. Ou il les cajolait de façon à les persuader qu'il n'allait pas leur faire de mal, qu'il cherchait seulement à s'amuser un peu avec eux avec ce genre de plaisirs. Mais il les tuait toujours ensuite, ou me demandait à moi ou à un autre de ses serviteurs de le faire. Nous les recrutions surtout parmi les pauvres demandant l'aumône autour des différents châteaux de monseigneur, mais parfois ils venaient d'un meilleur milieu. Il se vantait souvent de retirer plus de plaisir dans le fait de tuer que dans les activités charnelles, qu'il trouvait sa plus grande satisfaction dans le fait de les voir languir, puis de leur couper la tête et les membres. Souvent, il levait les têtes des enfants qu'il avait tués et nous demandait lequel nous trouvions le plus beau.

Et quand il ne parvenait pas à trouver d'enfants convenant à ses débauches et à ses meurtres, il étanchait son désir de jouissance sodomique avec les enfants de sa chapelle, en particulier les deux fils de maître Briand de Nantes. Mais ces deux garçons-là, il ne voulait pas les tuer – il les estimait pour leur talent de chanteurs, et ils avaient promis de garder le secret sur ses pratiques.

Aucun de nous ne fit le moindre geste pour l'arrêter, et, après l'arrivée de maître Prelati, les choses devinrent encore pires. Quand nous eûmes connaissance des lettres de l'évêque – vers le 15 août peut-être –, je me serais enfui, mais je n'avais aucun endroit où aller. Je n'avais pas d'argent, car je n'avais pas été aussi perspicace que Briqueville et Sille, qui avaient œuvré à leur propre sécurité en volant – peu à peu – une petite fortune à monseigneur. Henriet et moi, en revanche, nous étions restés dévoués à monseigneur en vertu de notre affection pour lui, et à présent son sort sera également le nôtre.

Monseigneur lui-même était chaque jour de plus

en plus abattu et il nous faisait part constamment de son vœu de se racheter par un pèlerinage en Terre sainte des péchés graves qu'il avait commis. Il promit de se détourner de sa vie mauvaise et de venir chercher auprès de Dieu pitié et pardon. Je compris au cours de ces sombres jours que Dieu ne le pardonnerait jamais pour ce qu'il avait fait, pas plus qu'Il ne me pardonnerait pour le rôle que j'y avais joué.

Pourtant, en dépit de ses vœux et de ses promesses à Dieu, monseigneur finit par reprendre ses habitudes de débauche. Il m'incita à obtenir ce garçon – il s'appelait Villeblanche d'après mes souvenirs – auprès de ses parents avec la promesse de faire de lui un page, et ensuite me demanda d'acheter un justaucorps pour le gamin. Je fis ces choses pour lui puis ramenai le garçon au château de Machecoul, où il connut le même sort que tous ceux qui s'étaient innocemment aventurés là avec de vains espoirs d'une vie meilleure. Il fut abusé charnellement par monseigneur, puis tué par moi et par Henriet. Et quand la vie l'eut quitté, nous avons brûlé son petit corps mou, qui disparut dans les flammes, comme tous les autres avant lui. Il fut le dernier, à ma connaissance – en tout cas le dernier pour moi. Je ne voulais plus commettre le mal pour monseigneur. J'ai pleuré cette nuit-là, longtemps, et des larmes amères. Et je pleure toujours, toutes les nuits.

Que Dieu ait pitié de nos âmes.

Plus tard ce soir-là, après notre repas pris sans appétit, la cour se réunit une nouvelle fois, et de nouveaux témoins prêtèrent serment, car mon évêque souhaitait que son simulacre de justice soit terminé pendant qu'il y avait encore un peu de bonté dans ce monde. Le marquis de Ceva, Bertrand Poulein et Jean Rousseau, tous ceux qui s'étaient trouvés avec monseigneur à Saint-Étienne-de-Mer-Morte, furent appelés à déposer. Ils témoigneraient de la violation de l'immunité ecclésiastique perpétrée par monseigneur contre Jean Le Ferron, pasteur de cette église, qui gardait la propriété au nom de son frère Geoffrey. Le mercredi, quand le tribunal se réunirait de nouveau à huis clos, les mêmes témoins révéleraient aux scribes, aux juges et aux quelques observateurs ce que Jean de Malestroit savait déjà de première main par nos expéditions à cheval. Ils confirmeraient que Gilles de Rais, qui refusait le contre-interrogatoire de ces témoins le jugeant futile, avait agressé le serviteur de Dieu sur Terre, Jean Le Ferron, dans une tentative désespérée de réappropriation qui était vouée à l'échec depuis le début. C'était, en vérité, une attaque contre Dieu Lui-même. Dieu était sur le point de riposter.

32

Au cours d'une de mes conversations téléphoniques avec Doc, il avait eu ces paroles prophétiques :

Il se donne un mal fou pour perpétrer ses crimes, met au point des déguisements élaborés et des mises en scène fouillées. Tout ça peut paraître ridicule et complètement insensé. Mais c'est avant tout une question de contrôle, et c'est comme ça que Durand réussit à le maintenir. Pouvoir garder le contrôle est primordial pour lui. C'est souvent le cas chez une personne qui grandit dans un environnement sur lequel il n'a que peu ou pas du tout d'influence ; d'après ce que vous a dit l'ami de la famille, c'est la façon dont se sont déroulées les choses sous le toit des Carmichael. Durant toute sa vie d'adulte, Wilbur a essayé – comme tant de malheureux dans son genre l'ont fait d'horrible façon – de se créer une vie parfaitement contrôlable, où tout est ordonné et structuré exactement comme il le souhaite.

Sinon, il ne peut pas se sentir en sécurité. Pas un seul instant.

Ces mots résonnaient dans ma tête pendant que je me préparais à arrêter l'homme qui avait exercé un contrôle maximal sur les garçons qu'il kidnappait, avec ces baskets immaculées et sur lesquels il pratiquait son art dépravé : à travers eux, il se retrouvait plus jeune, entre les mains d'oncle Sean. Le sentiment d'impuissance qu'il éprouvait, il le compensait en le recréant d'abord chez les garçons, puis en les éliminant. Ce maniaque du pouvoir s'était donné une mission consistant à retrouver sa propre enfance et, en cet instant précis, il avait tout pouvoir sur quelqu'un qui comptait beaucoup pour mon fils.
Et par la même occasion, il avait du pouvoir sur moi. Mais plus pour très longtemps.
Tout autour de moi, il y avait une activité frénétique. Nous étions presque prêts à partir quand le bureau de l'accueil appela. Spence décrocha le téléphone.
« Pour qui ? » demanda-t-il.
Il écouta pendant quelques instants, puis me tendit l'appareil.
Un sac de courses contenant une paire de Nike bleues était en bas.
« Il y a des initiales à l'intérieur, J. S., dit l'assistant. Attendez, il y a également un mot... »
J'entendis le froissement du papier à travers le téléphone.
« Et merde. Voilà tout ce qui est écrit : *Mais*

enlève bien tes chaussures avant d'entrer dans la maison. »

Je raccrochai violemment et lançai une bordée de jurons.

« Quoi ? demanda Spence.

— Il le retient dans la maison. J'avais dans l'esprit qu'il irait au studio...

— OK, dit Escobar, allons-y. »

Il n'était certainement pas conscient de l'électricité qu'il y avait dans sa voix, mais moi, je l'étais. Il y avait de l'adrénaline dans l'air ; elle nous sortait par les pores de la peau à tous. Notre formation et notre entraînement, la répétition de nos procédures et la vérification permanente de notre équipement, tout prenait un sens. Les rituels de combat, pour lesquels nous avions tous été testés, allaient maintenant être mis à l'épreuve. Au bout du compte, notre réussite dépendrait de notre volonté. Et si notre volonté de triompher était intacte, nos capacités et nos dispositifs rempliraient leur tâche comme prévu. Tout était une question d'état d'esprit. Une nouvelle fois, je devenais la chasseresse vêtue d'une peau de lion, mais cette fois, j'étais entourée de chasseurs animés de la même intention. Nous avions affûté nos armes. Nous nous élancions avec nos lances à la main. Nous étions affamés.

Nous allions avoir de quoi satisfaire notre appétit.

Les baskets de Jeff équivalaient à une invitation gravée. Elles disaient : « Venez me chercher. » Tandis que nous roulions à travers les rues du bas de Brentwood, mon cœur se mit à battre plus vite.

Les arbres et les clôtures défilaient à toute vitesse, semblables à du néon dans mon esprit ; des chiens aboyaient au ralenti. Le bruit d'un insecte s'écrasant sur le pare-brise résonna comme un marteau piqueur. Pendant que Spence conduisait, j'essayai de me concentrer sur le plan de la maison.

Réfléchir, réfléchir. Essayer de toutes mes forces d'anticiper ce qu'il ferait. À la fin, j'en arrivai à deux conclusions.

« Il doit le garder dans l'atelier de sa maison. C'est là que nous devons aller d'abord.

— Pourquoi crois-tu ça ?

— Ce type est un malade du contrôle, et il ne ferait pas ce genre de saloperies dans un autre endroit de sa maison. »

Cette pièce avait été fouillée quand nous étions entrés dans la maison la première fois, mais, se trouvant au bout du couloir, elle était une des dernières à avoir été visitée. Une fois les cassettes localisées dans le grand studio, tout ce qui se trouvait dans la maison était devenu accessoire, aussi elle n'avait fait l'objet que d'un examen rapide.

« Je regrette que nous n'ayons pas mieux examiné cette pièce.

— Nous nous débrouillerons avec ce que nous trouverons, dit Spence. Tout s'arrangera.

— Tu crois ?

— Bien sûr. »

Il était moins à l'aise quand il mentait que lorsqu'il interrogeait un suspect.

Des maisons défilaient dans une sorte de brouillard tandis que nous montions dans les collines. Pourvu que Spence ait raison.

À notre arrivée, la rue était encombrée de tout ce que devait compter la police de Los Angeles comme voitures. La porte par laquelle le domestique était passé se trouvait de nouveau fermée. La voiture banalisée de la police destinée à la surveillance stationnait toujours devant la maison, coincée derrière deux rangées de gyrophares bleus en action. Derrière la clôture élevée, se dressait la forteresse dans laquelle ce fou retenait un garçon qu'il prenait pour mon fils.

Escobar était sorti de la voiture et avait plongé dans le coffre avant que je m'en sois rendu compte : il extirpa une pince-monseigneur du fatras de matériel qui s'y trouvait. Il se dirigea résolument vers la porte et fractura la serrure avant même que je sois sortie de la voiture.

Nous nous précipitâmes par l'ouverture et fonçâmes dans l'allée. Une allée en brique menait du trottoir à la porte d'entrée, protégée par un auvent en arc de cercle. Sous le store vert foncé, se tenait un inconnu, plutôt jeune, dont la tenue indiquait qu'il s'agissait sans doute d'un domestique. Comme l'autre, il portait un pantalon blanc et une chemisette. Mais il arborait également un nœud papillon.

Je m'arrêtai et sortis mon arme. Spence ne me quittait pas d'une semelle.

« Tu connais ce type ? » dit-il de derrière.

Je secouai la tête pour lui signifier que *non* et continuai à avancer. Mon revolver était pointé sur le nouveau personnage.

Le pauvre homme tremblait. Les autres restèrent quelques pas en arrière pendant que je remontai toute l'allée. Il n'était plus question d'hésiter. À chacun de mes pas, le domestique écarquillait davantage les yeux de frayeur. Je m'arrêtai juste à l'aplomb de la toile en le tenant en joue avec mon arme.

« Levez les bras et avancez jusqu'au bas de l'escalier », ordonnai-je.

Il tremblait de tous ses membres en abaissant un pied puis l'autre.

« Approchez, dis-je.

— Fais attention, Lany, dit Escobar à droite derrière moi.

— Toujours », dis-je à voix basse.

À ce moment, je fis quelque chose qui surprit tout le monde, surtout le garçon. Je crachai dans ma main gauche et lui enduis le visage de salive tout en brandissant le revolver sous son nez.

« Doux Jésus, Lany... dit Spence.

— Je veux m'assurer que c'est de la vraie peau. »

Le garçon était blême et ne disait pas un mot.

« Où est Wilbur Durand ? » demandai-je.

Il secoua la tête énergiquement.

« Je n'en sais rien, dit-il avec un léger accent, probablement hispanique.

— Est-ce vous qui avez apporté une paire de baskets à la brigade de protection des mineurs il y a à peu près une heure ?

— Non, ce n'est pas moi. »

Il avait toujours le revolver devant le visage.

« Est-ce vous qui avez livré des provisions au studio de votre patron ce matin ? »

Ses yeux s'agrandirent encore un peu plus, et il secoua une nouvelle fois la tête.

« J'ai entendu la porte du garage s'ouvrir et se refermer un peu plus tôt.
— Quelle heure ?
— Je ne me souviens pas.
— À peu près.
— Tôt dans l'après-midi, il était peut-être... »
Je l'interrompis.
« On entrait ou on sortait ?
— Je n'ai rien vu. J'étais dans la cuisine. On peut entrer et sortir de cette maison de différentes façons. Je me mêle de ce qui me regarde. »
Il attendit quelques secondes et ajouta :
« Ils m'ont dit qu'il n'aimait pas qu'on le dérange. Donc je ne le dérange pas. »
Il était terrifié ; nous ne parviendrions pas à lui tirer quoi que ce soit d'intéressant, et nous perdions de précieuses minutes.
« Descendez l'allée et présentez-vous à un des inspecteurs qui attendent en bas », ordonnai-je.
Il hocha énergiquement la tête et se mit à avancer.
Ses yeux ne quittèrent pas le canon du revolver pendant qu'il passait près de moi, toujours les mains en l'air.
Il se jeta littéralement dans les bras d'un inspecteur en uniforme.
Je retournai à la porte et regardai à l'intérieur de la gueule béante de la bête inconnue qui avait englouti Jeff Samuels. *Ne bouge pas, Jeff, tiens bon encore quelques instants, je viens te chercher...*
Je pris mon arme à deux mains. Elle parut soudain peser deux tonnes. Spence et Escobar franchirent la porte juste après moi ; Escobar fit mine

de vouloir passer devant, mais je lui donnai un coup de coude pour le retenir. On entendait des pas au-dehors. D'autres flics cernaient la maison. Une lumière bleue clignotait à travers les volets ; la rue était illuminée. Le braillement de la radio était assourdissant. Si Durand se trouvait à l'intérieur, il pouvait difficilement ignorer nos intentions.

Bien. C'était à son tour d'être terrorisé.

La scène me paraissait tellement irréelle. Je suivais mon instinct : tour à tour, mère, flic, parfois les deux à la fois. Juste en face se trouvait le salon ; la lumière orange de fin d'après-midi se déversait par la grande baie donnant sur le jardin à l'arrière. À mesure que j'avançai dans le couloir, je passai la tête dans chaque pièce et prêtai l'oreille au moindre bruit.

Derrière une porte, j'entendis soudain des voix étouffées. Spence et Escobar, qui me suivaient toujours, avaient dû les entendre également, car tous nos pistolets se retrouvèrent soudain braqués sur le centre de la porte. Nous restâmes sans rien dire à écouter intensément.

D'après le schéma, je savais qu'il y avait deux chambres à coucher de chaque côté du studio. Mais j'ignorais si ces pièces étaient communicantes ou non. Je chuchotai : « portes » et fis un signe de tête dans les deux directions. Ils comprirent aussitôt. Spence se dirigea vers la gauche, Escobar sur la droite.

Mais dès qu'ils se furent éloignés, un trait de lumière particulièrement brillant apparut sous la porte du studio, puis j'entendis une voix d'homme dire : « Action... »

Subitement, j'étais Arnold Schwarzenegger, Clint Eastwood et Charles Bronson réunis. Je donnai un violent coup de pied dans la porte, effectuai un classique roulé-boulé, puis me retrouvai accroupie avec mon *arme fatale* brandie devant moi.

Jeff, où es-tu, nous sommes ici...

Il était là, juste à droite, attaché et bâillonné, mais il y avait du sang sur son ventre. Mon premier instinct fut de me précipiter vers lui, mais, du coin de l'œil, je vis quelque chose bouger. Je regardai vers la gauche, et, malgré la faible lumière, je reconnus Wilbur Durand : c'était bien lui cette fois, en personne, et pas sous les traits du domestique.

Une caméra était braquée sur Jeff avec, derrière, ce monstre en train de filmer cette scène horrible. D'une main, il tenait un objet sombre qui semblait être une sorte d'arme. Il levait le bras lentement et résolument.

Trop résolument.

Que se passait-il en face de moi ? Je ne le savais pas. Et je n'avais même pas le temps de le vérifier. Mais les mouvements étaient trop précis, trop mécaniques, tellement inhumains. Derrière moi, Spence et Escobar criaient, en s'adressant l'un à l'autre et à mon intention également, incapables de comprendre ce à quoi nous étions confrontés.

« Conformément aux règles, conformément aux règles, agissez toujours conformément aux règles. » C'était la directive primordiale pour toutes nos opérations. Aussi je hurlai : « Police, jetez votre arme », espérant contre toute logique que cela aurait l'effet prévu. Mais l'arme continuait à se lever.

Je détestais ce que les instructions m'intimaient

de faire ensuite, mais je n'avais pas le choix. Je braquai mon arme sur Durand et appuyai sur la gâchette. Deux fois.

La fumée et les débris envahirent l'espace clos. Mais tout était faux, complètement faux. Pas de sang, ni de matière grise, juste une pluie d'éclats scintillants. L'arme arrêta de monter, mais au lieu de s'abaisser comme elle aurait dû le faire quand la tête avait explosé, elle resta où elle était, à mi-hauteur, à un angle d'environ quarante-cinq degrés. Figée.

Quand l'écho du coup de feu finit par se dissiper, je n'entendais plus que deux bruits : la pulsation accélérée de mon propre cœur, et un léger petit bruit électronique, comme si une machine était coincée et ne pouvait pas passer à la tâche suivante.

Je ne pouvais plus supporter le poids du revolver ; mon bras retomba sur le côté, et je me relevai. Tandis que je m'avançais lentement vers les restes de ma victime, mes pieds écrasèrent des morceaux de plastique. L'odeur du vinyle roussi se mêlait à celle de la poudre.

« Doux Jésus », dis-je, quand ma main se posa sur l'épaule de l'individu.

Je venais de tuer un Animatronic. Wilbur Durand. Je me précipitai alors vers Jeff – du moins ce que je pensais être Jeff, mais c'était un mannequin à son effigie. Un mannequin dont les entrailles étaient sorties.

Je ne m'attendais pas à ma réaction devant ce spectacle. Tout, absolument tout, devint évident et limpide. Cela avait l'air tellement vrai, tellement parfait. On lisait la douleur sur son visage, et il faisait une grimace horrible. Spence se précipita devant moi. Je ne l'avais jamais entendu jurer comme ça.

« Bien visé, dit-il. Allons cueillir le vrai maintenant. »

33

Avez-vous l'intention de donner, proposer, prétendre, dire ou produire une quelconque justification pour ces crimes, quelque motivation qui nous permette de mieux comprendre ces délits?

Votre Grâce, je ne sais pas quoi dire d'autre que ce que j'ai déjà dit.

Une nouvelle fois, la séance fut ajournée car aucun progrès ne pouvait être fait sans un accord quelconque de la part de Gilles. Sur un coup de maillet bruyant, Jean de Malestroit précisa le jour de la séance suivante, c'est-à-dire le jeudi 20 octobre, où le tribunal se réunirait de nouveau, puis il nous renvoya tous sans cérémonie.

Après quoi, il regagna son havre personnel sans dire un mot.

La soirée était bien entamée quand il appela pour qu'on vienne reprendre le plateau de son souper auquel il avait à peine touché. Il m'apparut complètement ailleurs. J'attendis quelques instants avant de parler.

« Je comprends parfaitement les méandres dans lesquels vous avez dû vous débattre aujourd'hui.

Mais attention à votre santé. Si vous ne mangez pas, vous n'aurez pas d'énergie. Et permettez-moi de vous dire que vous auriez besoin d'un peu plus de repos. Peut-être pourriez-vous vous coucher tôt ce soir...

— Hélas, je ne suis pas près de me coucher. J'ai encore à faire. Je dois m'entretenir avec frère Blouyn avant que nous retrouvions les autres. »

D'autres participants devaient-ils encore prendre place dans cette joute déjà encombrée ?

« Je ne comprends pas. Quels autres ? »

Il hésita un instant.

« Des experts, dit-il finalement.

— Quel genre d'experts ?

— Des experts dans l'art de l'interrogation. »

Je comprenais maintenant l'énoncé *ad nauseam* du mandat de l'Inquisition des sessions précédentes. Ils se chargeraient de rendre cette torture légale.

Et exquise.

Le doigt doit être placé dans l'appareil, Votre Éminence, puis la manivelle doit être tournée. Doucement d'abord, pour lui donner un avant-goût de la douleur, puis plus vite. Quand l'os jaillit de l'articulation, il parlera, sauf s'il s'agit du diable en personne. Et s'il ne parle pas, vous pouvez considérer cela comme une preuve certaine de son alliance avec le Malin.

L'expert serait grassement payé pour ce conseil. Que quelqu'un puisse faire un profit en estropiant un être humain me semblait quelque chose de terrible.

« Mais... la torture...

— Ne s'est-il pas livré à des tortures de la plus vicieuse espèce ? Sur des enfants ? »

Je ne pouvais rien dire.

« Cela sera appliqué seulement s'il refuse d'admettre ce qui a été prouvé par les déclarations des témoins. Il a juré de dire toute la vérité, juré devant Dieu, et, pourtant, il persiste, prétendant qu'il n'a pas commis ces crimes.

Je n'ai pas le choix, ma sœur ; c'est le seul moyen de lui arracher la vérité. Dieu devra s'en satisfaire. »

Dieu doit toujours être satisfait.

J'ouvris les yeux bien avant le chant du coq. La première chose que je vis fut la robe de Mme Le Barbier, accrochée à la porte comme les reliques de quelque crucifixion, impatiente d'être portée.

J'avais décidé de parler à monseigneur Gilles de la torture qui l'attendait. Peut-être avait-il été un héros autrefois, un guerrier capable de supporter toutes sortes de douleurs et de difficultés pour le salut de sa cause, mais son unique cause à présent était de rester en vie, ce qui n'était pas très noble par rapport aux actes épouvantables qu'il avait reconnu avoir perpétrés. Il était devenu faible et vulnérable, et j'espérais que la menace de cette affreuse douleur le ramènerait à la raison, et qu'il se confesserait comme Jean de Malestroit le lui demandait. Pour notre bien à tous, il était temps que cette affaire terrible arrive à son terme. Je murmurai une seule prière ce matin-là, en suppliant Dieu d'influencer monseigneur, et de nous épargner la comédie de sa chute.

La robe glissa par-dessus mes épaules comme une caresse. J'enfilai mon manteau, mis mon voile et me précipitai dans la cour. Je ne rencontrai personne sur mon trajet à travers les couloirs jusqu'aux chambres à l'étage supérieur où Gilles de Rais attendait son sort dans un luxe somptueux. La première sentinelle, qui servait de gardien lors de ma précédente visite, fut prise au dépourvu par mon arrivée ; il avait déjà commencé à dégainer son épée avant de réaliser que les pas qu'il avait entendus étaient les miens.

Il haussa les épaules d'un air contrit.

« Je regrette, madame. On nous a ordonné d'être particulièrement attentifs. Des complots se trament visant à tuer monseigneur, et tout un chacun est suspecté. »

Puis il m'escorta à travers la troupe des autres gardes, mais aucun ne nous prêta la moindre attention. À l'entrée des appartements de monseigneur, il m'abandonna, sans même m'annoncer.

« Ne devriez-vous pas le réveiller, capitaine ?

— Pas nécessairement, madame. Il dort très peu. »

Effectivement, quelques secondes à peine s'écoulèrent entre le départ du garde, l'instant où j'enlevai en hâte mon voile et mon manteau, et le moment où Gilles de Rais apparut dans le salon. Il ne remarqua pas tout de suite ma présence sur le côté de la pièce. J'avais prévu de lui rendre visite pour lui parler de ce qui l'attendait, et essayer de le convaincre qu'il serait préférable pour tous qu'il dise la vérité comme Jean de Malestroit souhaitait qu'il le fasse.

Mais dans mon cœur, j'éprouvais une froideur

comme je n'en avais jamais ressenti auparavant. Peut-être était-ce à cause de l'apparence sordide que Gilles avait fini par prendre : il était débraillé, les cheveux en désordre, avec quelque chose d'un animal sauvage dans ses mouvements. C'en était fini du grand seigneur, du héros ; il avait cédé la place à une bête noiraude et vulgaire.

C'en était fini de l'enfant de mes souvenirs.

Et c'en était fini également de la nourrice compatissante. Sans un mot, je fis demi-tour et m'éclipsai discrètement.

Je regagnai la cour hors d'haleine, où je fus accueillie aussitôt par une jeune nonne, qui paraissait très agitée.

« Calmez-vous, ma sœur, dis-je. Y a-t-il un problème dont je dois être mise au courant ?

— Pas exactement un problème, ma mère, mais vous êtes réclamée d'urgence chez Son Éminence. »

Ainsi mon absence avait été remarquée.

« Quand avez-vous reçu son message ?

— Il n'y a pas eu de message, ma mère, dit-elle timidement.

— Dans ce cas, comment savez-vous qu'on me réclame ?

— Parce qu'il est venu lui-même, répondit-elle. Il est parti il y a dix minutes à peine, contrarié de ne pas vous avoir trouvée. »

Je frappai avec appréhension sur le panneau en bois de sa porte, laquelle s'ouvrit presque aussitôt.

« Vous voici enfin, rugit-il.

— Éminence, pardonnez-moi. Je ne pensais pas

que vous auriez besoin de moi si tôt ce matin, avec tout ce que vous avez comme préoccupations aujourd'hui...

— Si tôt ? Les matines nous attendent. Où étiez-vous à cette heure où vous auriez dû être dans votre chambre ? »

Il ne me restait plus qu'à mentir en espérant qu'aucun de ses espions n'aurait surveillé les campements.

« Je suis sortie pour voir la foule ; il y a beaucoup d'activité de si bonne heure et j'étais parfaitement en sécurité.

— Qu'avez-vous fait précisément ?

— J'ai marché, dis-je. Cela me calme parfois.

— Cela me calme de savoir que vous êtes disponible. Et en sécurité. Je vous en prie, Guillemette, faites attention à vous. Cette foule peut se montrer particulièrement versatile, comme nous l'avons constaté. »

Je baissai les yeux.

« Je m'efforcerai d'être plus prudente.

— Bien. »

Je sentis l'énervement dans sa voix, mais je ne crois pas qu'il me soupçonnait de mentir. Son énervement était dû à quelque chose de complètement différent.

« Les matines, dit-il de nouveau. Partons. »

Je le suivis docilement jusqu'à la chapelle privée ; l'église principale devait être bondée en raison des gens venus des campements, tous voulant profiter de la sainteté qu'ils croyaient pouvoir trouver dans l'impressionnant sanctuaire. Réfugiés dans notre retraite, nous nous délivrâmes de nos péchés imaginaires par le *Kyrie* avant d'être suffisamment purifiés pour que de nouveaux péchés ne risquent pas, au cours de cette journée, de porter atteinte à notre âme. Je murmurai une prière spéciale pour être absoute du mensonge que j'avais commis dans les petites heures de l'aube, puis ramassai mes jupes et me glissai hors du banc.

Comme à l'accoutumée, je m'arrêtai au milieu de l'allée et me signai devant la statue de la Vierge. *Chère Marie, mère de Dieu*, priai-je en silence, *faites que Gilles n'ait pas à subir la cruauté de la torture, et accordez-lui que son pénible procès soit bientôt terminé, pour que je puisse voir mon fils.*

Je fis demi-tour et me dirigeai vers le fond de la chapelle. Un frère inconnu se tenait non loin de la porte. Les rayons du soleil levant soulignaient sa haute taille. Sa silhouette me rappelait quelque chose. Je plissai des yeux en vain dans la faible lumière, incapable de distinguer quoi que ce soit.

« Mère », dit le grand étranger.

Beaucoup de gens m'appellent mère. Mais la voix, cette voix...

« Mère », dit-il de nouveau. Mon cœur fit un bond.

« Jean ? murmurai-je.

— Oui, maman, c'est moi. »

Je me cramponnai à lui de toutes mes forces, le serrant contre moi avec l'énergie du désespoir, à tel point que j'eus peur de lui faire mal.

« Son Éminence ne t'a rien dit ? »

Je me retournai : Jean de Malestroit observait de loin nos retrouvailles.

« Attends ici », dis-je.

Je me hâtai vers le devant de la chapelle. Jean de Malestroit se retourna vers l'autel et fit semblant d'être occupé.

« Vous auriez pu m'en parler », protestai-je.

Il avait un sourire béat.

« J'avais prévu de le faire tôt ce matin. Mais vous m'avez privé de ce plaisir, dit-il.

— D'où votre énervement de ne pas me trouver ?

— En partie. Le reste était une simple question d'inquiétude. Quant à votre fils, lorsque Sa Sainteté a écrit pour demander que les délibérations se passent ici de façon à avoir lieu en temps opportun, j'ai insisté pour que Jean vienne avec les émissaires. Je ne vous ai pas fait part du changement parce que je ne voulais pas que vous soyez déçue si cela ne se passait pas comme prévu. »

Il marqua un temps d'arrêt pour voir ma réaction.

« J'espérais que cela vous ferait plaisir. »

Comment pouvais-je mentir à un homme aussi merveilleux ? La culpabilité m'envahit, et, pendant un très court instant, j'hésitai à lui dire ce que j'avais failli faire ce matin.

Mais cela ne servirait à rien, sinon à susciter sa méfiance.

« Merci, mon frère, dis-je en m'inclinant. Je vous suis profondément reconnaissante de ce que vous avez fait pour moi. »

Il esquissa un sourire espiègle.

Mon évêque me dispensa de mon service auprès de lui, de façon à ce que je puisse profiter pleinement de mon cher enfant avant que le tribunal entre de nouveau en session, dans moins de deux heures.

Nous avions tellement de choses à nous dire – sa position, le voyage, sa santé et son état d'esprit – mais quand enfin nous fûmes rassasiés à force d'effusions, tout ce dont frère Jean La Drappière consentit à discuter fut le procès et les événements qui l'avaient précipité : je passai presque une heure à lui expliquer les choses qu'il voulait savoir, à propos des lettres que je lui avais envoyées.

À mesure que mon récit avançait, il devint peu à peu pensif.

« Mère, dit-il doucement quand j'eus terminé, vous auriez dû me faire part de ces soupçons dès qu'ils sont apparus dans votre cœur.

— Pourquoi ? dis-je. Qu'aurais-tu fait ?

— Je vous aurais au moins apporté un peu de réconfort dans votre détresse.

— Depuis Avignon ?

— Je trouve une grande consolation dans vos lettres, comme j'espère que vous en éprouvez avec les miennes. »

Je l'avais offensé.

« Bien sûr, mon très cher enfant ; je les attends avec impatience et je les dévore dès leur arrivée. Demande à Son Éminence. »

Je cherchai dans ma poche et en sortis la dernière que j'avais reçue.

« Regarde, dis-je. Vois comme elle est abîmée à force de lectures. Je les apprends par cœur pour me pénétrer de tous tes secrets et de tes pensées intimes. »

Il sourit et passa le bras autour de mon épaule. Mais bientôt son sourire s'effaça pour laisser la place à une expression de détresse.

« Mère, j'ai une confession à vous faire à mon tour. »

Je lui avais rarement vu un tel air angoissé.

« Je n'en ai jamais parlé quand Michel est mort, dit-il, mais je dois vous avouer maintenant que j'ai eu des pensées sacrilèges à cette époque.

— Sacrilèges ? Je ne comprends pas.

— Je soupçonnai quelqu'un du crime, quelqu'un auquel je n'aurais jamais dû penser.

— Jean... dis-moi qui...

— Monseigneur Gilles.

— Sais-tu quelque chose à propos de ces événements que tu n'aurais pas révélé ? demandai-je d'une voix à peine audible.

— Rien de particulier. Mais j'avais remarqué chez lui un changement de comportement après. Il avait un air trop jubilatoire.

— Jubilatoire ? Il était *content* de la mort de Michel ?

— Oui, je crois. »

C'était exactement ce que j'avais entendu de la bouche de Marcel.

« C'est à moi de te demander maintenant pourquoi tu n'as jamais fait part de tes soupçons.

— Maman, j'étais trop jeune à l'époque.

— Treize ans, ripostai-je. Presque un homme. Déjà engagé dans les études pour suivre ta vocation. »

Je crus lire sur son visage un semblant de honte, mais pas seulement de honte... de frustration aussi.

« Je n'ai pas eu le courage de prendre position contre lui. Nous ne nous aimions pas beaucoup, encore moins après l'incident avec Michel. Nous ne nous parlions qu'en cas d'absolue nécessité.

— Il arrivait pourtant souvent que vous vous manifestiez de l'amitié, même à l'époque de la disparition de Michel.

— C'était surtout pour vous, mère. Une ruse, par tacite accord entre nous. Notre camaraderie n'était fondée sur rien, sinon ce qu'on nous imposait. Il y avait même une sorte de haine entre nous au moment où nos chemins ont divergé. Je me suis souvent demandé si monseigneur n'avait pas œuvré pour me faciliter les choses en Avignon afin d'acheter mon silence sur le sujet. Ou parce qu'il se sentait coupable. »

Je m'enfonçai dans mon fauteuil, abasourdie.

« Il ne connaît pas la culpabilité, dis-je. En tout cas, il ne la connaissait pas, jusqu'à récemment. »

Il plissa les yeux d'un air soupçonneux.

« Comment pouvez-vous savoir ce qu'il ressent en ce moment ?

— J'ai parlé avec lui. Je l'ai évoqué dans une lettre à ton intention, il y a quelques jours.

— Nos lettres ont dû se croiser dans ce cas. Je ne l'ai pas reçue. »

Je me sentais à l'étroit sur le banc. Je me levai et me mis à faire les cent pas.

« Il y a quelque temps, je suis allée le voir un soir dans les appartements où il est confiné. Ici, au palais. Mais tu ne dois en parler à personne, Jean, dis-je à bout de désespoir. Tu ne dois surtout rien dire à Son Éminence. »

À son expression, je voyais que cela ne lui convenait pas. Mais il accepta quand même, d'un signe de tête.

« Il devait être furieux du rôle que vous avez joué dans sa chute.

— Il ne le sait pas, et ne le saura jamais. L'évêque a accepté d'en prendre la responsabilité et il s'est arrangé pour faire croire qu'il en est la cause.

— Je doute que Jean de Malestroit ait accepté de se trouver mêlé à cela.

— Il ne l'a pas fait pour moi, mais à la demande du duc Jean, qui ne voulait pas se salir les mains dans une telle affaire. »

Je me remis à marcher.

« Cela ne me surprendrait pas que les deux aient signé un pacte avec Dieu Lui-même à propos de l'issue de cette affaire. Mais en ce qui concerne Michel, je suis troublée par ce que tu m'apprends. Au cours de ma première visite à monseigneur, je lui ai parlé de beaucoup de choses, surtout des meurtres d'enfants, et après qu'il eut admis qu'il les avait perpétrés, je lui ai fait part de mes soupçons concernant son rôle dans la mort de Michel. Bien qu'il ait été pris au dépourvu, il a nié avec une grande sincérité y avoir pris part. Il prétend qu'il n'aurait jamais touché à un cheveu de la tête de Michel et qu'il l'aimait comme un frère.

— Il y a toujours des choses non dites entre les mères et leurs fils, mère. Des mensonges, même. Aussi je soupçonnerais que monseigneur Gilles ne vous a pas dit toute la vérité.

— Il sait très bien mentir. Je l'ai toujours observé

quand il était enfant, et je peux t'assurer que je sais quand il est sincère ou non. »

Sa robe brune bruissa quand il se leva du banc pour me rejoindre. La ceinture à glands qui retenait le tissu autour de son corps balaya le sol, enlevant la poussière sur son passage. Il en secoua l'extrémité avant de parler.

« Je dois avouer que j'aimerais rencontrer monseigneur. Je suis curieux de voir ce qu'il est devenu depuis le temps où nous étions jeunes.

— Tu es encore un homme jeune.
— Mère, j'ai 37 ans.
— Comme je le disais, tu es jeune. »

Je marchais à côté de mon fils qui était grand et beau, et sa présence inattendue me fouettait le sang. Mme Catherine Karle n'aurait pas pu me donner de remède plus puissant pour raviver le courage et rafraîchir l'âme. Je remarquai toutefois que sa jeunesse commençait à le déserter. Il y avait abondance de cheveux blancs sur ses tempes, bien que la tonsure contribuât à les dissimuler. Là où autrefois son ventre était ferme et plat, on remarquait une légère rondeur. Il serait, un jour proche, élevé à la position de monseigneur, et serait alors contraint d'adopter une attitude encore plus raide et digne. Il avait beau proclamer que sa vie avec Dieu était pleine de joie, c'était une joie en demi-teinte. Cela me fendait le cœur de savoir qu'il ne connaîtrait jamais certains bonheurs qu'il aurait éprouvés s'il était allé dans le monde comme la plupart des fils aînés le font. Je ne pouvais pas m'empêcher de me demander s'il avait jamais connu une femme au lit. Son affirmation que les garçons ne révèlent pas de telles choses à leurs mères m'avait donné à réfléchir. Quels mystères recelait cet homme, qui était sorti de mon ventre et avait été nourri à mon sein et dans mon cœur ? Quels secrets virils étaient enfouis dans son âme ? Avait-il jamais bu au point d'être complètement ivre, de roter et de péter autour d'un feu de camp, hurlant de rire à chaque plaisanterie stupide de ses camarades, puis de perdre conscience et de dormir comme une souche avant de se réveiller tout courbatu et barbu ? Son père le faisait, même après notre mariage, et quand j'étais enceinte de Jean. Je le réprimandais quand il rentrait dans un tel état, mais Étienne évoquait toujours ces moments avec tendresse, car il aimait l'insouciance et la camaraderie. Jean avait des compagnons, je crois, ressemblant plus à frère Demien – un jardinier sérieux avec un esprit narquois, mais aucun goût pour l'aventure. L'unique frère de Jean avait depuis longtemps disparu, et son frère de lait était devenu un étranger à nos yeux.

Nous montâmes ensemble les quelques marches menant à la salle basse de la Tour Neuve et passâmes au milieu de ceux qui attendaient pour être admis au tribunal. De temps en temps, je me penchais vers une connaissance, que ce soit une sœur ou un frère, pour chuchoter : « Mon fils », ce qui me valait souvent des « Oh ! » d'approbation de la part de ces bonnes âmes. Jean ne semblait pas trouver ces compliments désagréables.

Mais à l'extrémité du couloir, il s'arrêta brusquement, et j'en fis autant : à l'angle, venant d'une autre direction, monseigneur Gilles avait surgi, lui qui, par le seul hasard de sa naissance, avait goûté à tous les plaisirs de la vie, privant Jean de la part qui aurait dû lui revenir. Les gardes qui l'entouraient en formation serrée paraissaient considérer cela comme un honneur, et non comme la prison mobile qu'ils formaient en réalité. En passant, il jetait des regards à ceux qui se trouvaient sur son chemin ; nous étions nombreux et de rangs divers, mais tous silencieux et immobiles. Ses yeux allaient d'un visage à l'autre, ne s'attardant jamais plus d'une ou deux secondes. Il me regarda droit dans les yeux, puis regarda mon fils, sans manifester la moindre émotion ni le moindre signe de reconnaissance.

Les victimes étaient là, bruyantes, ainsi que la noblesse, fascinée. Diplomates et dignitaires étaient assis épaule contre épaule avec ceux qui avaient ressemelé leurs chaussures et baratté leur beurre, tout passionnés qu'ils étaient par les sordides révélations que chaque journée apportait. Que Dieu nous pardonne nos faiblesses. Devant nous se tenait l'accusé Gilles de Rais, qui devait s'être entretenu avec le diable depuis que je l'avais quitté, car il était passé du pire débraillé à une apparence de gloire retrouvée et de toute puissance, et paraissait prêt à faire face à ses accusateurs, animé à présent d'une force incroyable.

Jean de Malestroit et le vice-inquisiteur Blouyn devisaient à voix basse au milieu de toute cette confusion. Quelques instants s'écoulèrent avant que Son Éminence réclame l'attention de l'assistance avec son maillet. Il se leva et chercha Gilles des yeux dans la foule pendant qu'il parlait.

« Demain, nous commencerons à l'heure de tierce, afin d'écouter toutes les objections, défenses, atténuations, ou toute autre parole que l'accusé puisse vouloir énoncer pour sa défense. La cour prend note que le baron Gilles de Rais, l'accusé, continue à manifester son opposition à cela. »

Les scribes commencèrent à griffonner. Des murmures surpris s'élevèrent – cela allait-il remplir toute la journée ? Cela paraissait impossible.

Alors Jean de Malestroit tourna son attention en direction de monseigneur Gilles.

« Nous avons décidé, monseigneur, après mainte considération, à la fois légale et spirituelle, que bien que nous ayons fixé demain comme le jour où vous pourriez faire votre déclaration à cette cour, nous allons continuer immédiatement avec une séance de torture. »

L'assistance tout entière poussa une exclamation. Le maillet retomba à plusieurs reprises sur la table. Quand la clameur s'éteignit enfin, monseigneur était debout, seul, au milieu des observateurs. Ses lèvres bougeaient en silence, comme s'il s'efforçait de comprendre ce qui venait d'être dit. Il devait se répéter : *Torture, je vais être torturé.*

Il n'aurait pas dû être surpris.

J'enfonçai les doigts dans le bras de Jean.

« Il n'est plus complètement lucide, dis-je avec gravité. Il ne fait aucune objection. »

La foule avait également remarqué l'absence de réaction et commença à chuchoter de nouveau. Son Éminence fut une nouvelle fois contrainte d'élever la voix pour se faire entendre.

« Le tribunal devra être dégagé pour la préparation. »

Des cris d'objection s'élevèrent, bien qu'il fût impossible de dire si c'était pour la torture elle-même ou le huis clos proposé pour son déroulement. Dès que l'ordre en eut été donné, les gardes de monseigneur l'entourèrent étroitement. Un autre groupe de gardes s'avança des côtés de la salle et commença à faire sortir l'assistance, dont mon fils et moi.

Je ne bougeai pas, comptant sur mon habit pour me venir en aide, et, mon fils sur les talons, je m'arrangeai pour me trouver parmi les derniers à quitter la salle. À la table des juges, Jean de Malestroit était de nouveau occupé avec les parchemins, les scribes, et frère Blouyn. Monseigneur Gilles était sorti, escorté par ses gardes, avant d'être ramené, le visage blême et visiblement ébranlé.

Un instant plus tard, deux hommes imposants au visage de marbre entrèrent par la porte sur le côté, chacun portant une sacoche. Quand ils les posèrent, leur contenu fit un bruit menaçant ; on imaginait des instruments métalliques, bien aiguisés et précis, susceptibles d'infliger une vive douleur, tout cela au nom de Dieu le Père tout-puissant, qui exigeait de Ses croyants qu'ils disent toute la vérité à Ses représentants sur Terre, ce qui, ici même, n'avait pas été fait par l'accusé.

Gilles de Rais entendit le bruit qu'ils firent en tombant. Ses yeux se reportèrent aussitôt sur les deux colosses qui les avaient apportés. Il les dévisagea avec épouvante, mais ne reçut en retour que des regards froids, des yeux plissés pleins d'indifférence.

Il n'aurait pas besoin d'un magicien pour lui expliquer que ses jours passés à dissimuler la vérité étaient comptés. Je vis son entêtement retomber alors brutalement – la colère déserta son visage, et son attitude n'exprima plus de méfiance.

Rien de tout cela n'avait échappé à Jean de Malestroit, qui manierait l'épée de justice à coups rapides et précis. Accusé et juge ne se quittaient pas des yeux, chacun prenant la mesure de l'autre. Ce fut monseigneur Gilles qui le premier baissa le regard, alors que Jean de Malestroit ne semblait pas décidé à renoncer.

Avec les acteurs du procès eux-mêmes, nous étions les deux derniers à être restés dans le tribunal ; nous nous cachâmes de notre mieux, Jean et moi, derrière une colonne, et nous nous efforçâmes de ne pas être vus. Nous vîmes monseigneur Gilles tomber à genoux, les mains jointes en signe de désespoir.

« Monseigneur évêque, supplia-t-il, remettez cette torture à demain, qui est le jour précédemment fixé. S'il vous plaît, je vous implore de m'accorder cette nuit pour réfléchir à mes crimes et aux accusations portées contre moi. Je vous donnerai satisfaction demain, à tel point qu'il ne sera pas nécessaire de me soumettre à la torture.

— Nous allons poursuivre, dit Son Éminence calmement, comme s'il n'avait rien entendu.

— S'il vous plaît, honorables juges, je vous supplie humblement de prendre le temps de la réflexion avant de poursuivre. Et de plus, je vous implore de permettre à l'évêque de Saint-Brieuc et à l'honorable président de prendre la place de mes juges actuels pour recevoir ma confession, afin que cela soit plus équitable.

— Je vous l'assure, monseigneur, vos juges actuels sont même trop équitables, répondit l'évêque.

— Dans ce cas, pour l'amour de Dieu, si vous le voulez bien, autorisez le changement. »

Jean de Malestroit siégeait à la table telle une statue, le visage fermé. Peut-être était-il déçu que Gilles paraisse décidé à confesser ses crimes, mais à quelqu'un d'autre que lui ; il serait privé du plaisir, pourtant coupable, consistant à écouter Gilles de Rais admettre ses offenses contre Dieu et les hommes, ce qui lui vaudrait la mort.

Cette mort, aussi cruelle qu'elle soit, ne constituerait nullement une réparation suffisante pour les actes monstrueux qu'il avait commis. Mais personne ne nierait que c'était néanmoins un châtiment juste et approprié.

En chacun de nous, il subsiste un étrange désir de respirer une dernière fois, de sentir notre cœur battre une dernière fois, de goûter un dernier mets, de regarder un dernier oiseau traverser le ciel bleu. C'était également le cas pour Gilles, assassin, sodomite, voleur d'âmes, complice des esprits du mal, qui voulait voir une dernière fois le soleil se lever. Il pourrait le faire, très certainement, mais, passé ce jour, il n'y avait plus aucune certitude. Il le savait aussi bien que nous.

« Messeigneurs, je vous en prie, accordez cela, c'est le souhait d'un homme qui renoncera bientôt à son âme. »

Énoncée en ces termes plaintifs, la requête pouvait difficilement être refusée. Le visage de Jean de

Malestroit exprimait une certaine déception d'avoir été privé d'un plaisir défendu.

« Très bien, dit-il. Il en sera ainsi. »

Il se tourna vers les scribes.

« Prenez note. Je nomme l'évêque de Saint-Brieuc et monsieur le président Pierre L'Hôpital comme juge et vicaire de l'Inquisiteur à la place de frère Blouyn et de moi-même. »

Les personnages cités étaient présents, étant donné qu'ils avaient été appelés pour assister à la torture. Au lieu de cela, ils recevraient la confession. Ils se levèrent ensemble pour montrer qu'ils étaient prêts.

« La cour remercie ces hommes honorables pour cet effort, dit Jean de Malestroit, avec un signe de tête dans leur direction. » Puis il se tourna de nouveau vers les scribes. « Plusieurs comptes rendus publics seront faits de cet épisode du procès et dûment affichés. »

Gilles s'effondra dans son fauteuil, tremblant visiblement.

« Merci, merci beaucoup, dit-il, d'une voix chevrotante à peine audible. Je vous en suis profondément reconnaissant. »

Comme s'il ne l'avait pas entendu, Jean de Malestroit se tourna vers l'accusé.

« Gilles de Rais, chevalier, baron de Bretagne, déclara-t-il, vous allez être escorté jusqu'à vos appartements à l'étage supérieur de ce château afin que vos confessions puissent être recueillies sur les sujets déjà cités et les différents articles auxquels vous n'avez toujours pas totalement répondu. Ces confessions commenceront avant deux heures ; si lesdites confessions n'ont pas débuté, alors la torture sera appliquée comme prévu. »

Il jeta un regard déçu aux deux redoutables experts, dont les visages ne trahissaient pas la moindre émotion.

« Et maintenant, nous allons poursuivre, sans plus attendre. »

34

Tous moteurs rugissants, il nous fallut six minutes pour atteindre le studio. Les commentaires d'Ellen Leeds concernant le retard me résonnaient encore dans les oreilles et chaque seconde qui s'écoulait équivalait à un autre jaillissement de sang d'une veine de Jeff ou d'une artère. Le flot des voitures de police qui nous avait suivis depuis la maison convergea sur le parking au moment où nous descendions de notre véhicule. Des portières s'ouvrirent, et une section de flics se mit en position derrière.

Une bande jaune délimitait déjà le périmètre sensible pour empêcher les journalistes de venir dans nos jambes et les protéger du danger. Au-dessus de nous, l'hélicoptère d'une chaîne de télévision faisait un bruit assourdissant ; quel effet ce vacarme pouvait-il avoir sur ce fou de Wilbur Durand ?

J'éprouvais un horrible sentiment de frustration.

« S'il ne sort pas d'ici, je vais finir par aller le chercher », laissai-je échapper.

Escobar bondit à côté de moi.

« Regarde sur quoi il tomberait », cria-t-il.

Une marée de flics.

Des débris et de la poussière volaient partout. Je regardai tout autour, en prenant mon temps. Un inspecteur en civil gisait à terre à une centaine de mètres à l'intérieur de la ligne.

« Oh, doux Jésus, regarde ça... »

Il était couché sur le ventre dans une mare de sang qui s'agrandissait. Son bras tendu se contractait nerveusement, avec son pistolet à un mètre environ de ses doigts recroquevillés qui essayaient en vain de l'attraper. Un infirmier des services d'urgence accroupi passa sous la ligne et voulut avancer vers le flic, mais, avant qu'il ait fait trente mètres, un coup de feu ricocha sur le sol à quelques centimètres de lui. À chaque nouvelle tentative d'un infirmier ou d'un flic, la même chose se reproduisit. Mais ils ne furent jamais touchés, c'était juste un avertissement de ne pas avancer.

« Il doit s'efforcer de tirer à côté », dit Spence de derrière la portière ouverte de notre unité.

Une nouvelle fois, un infirmier s'accroupit et se dirigea vers le flic couché. Cette fois, le tir visa directement l'équipement installé sur le toit d'une des camionnettes de télévision. Des débris métalliques volèrent partout, atteignant les gens à proximité. Tout le monde courut se mettre à l'abri.

« Au moins, nous savons maintenant que ce n'est pas un mauvais tireur », dis-je.

C'était un rêve, un cauchemar, une situation inimaginable, sans le moindre rapport avec la réalité. Heureusement, la logique reprit le dessus sur la folie, et une idée incroyable me vint à l'esprit.

Je me levai lentement, remis le pistolet dans mon

holster en pleine vue, puis m'approchai de la ligne jaune.

Spence tendit le bras pour me retenir, mais j'étais déjà trop loin. Escobar me cria de me coucher. Je me retournai calmement.

« Il ne va pas tirer sur moi, dis-je. Il veut m'attirer. »

Ils protestèrent à l'unisson. Je distinguai les mots « idiot » et « complètement fou » puis « certains de ça. »

« Il veut que je vienne à l'intérieur, répliquai-je, toujours aussi calme. Il ne va pas tirer sur moi avant. »

Lentement, je m'approchai de mon camarade à terre. Arrivée à côté de lui, je le fis rouler sur le côté ; il essaya de m'aider en se hissant sur une main.

« Comment vont ton dos et ton cou ? criai-je pour couvrir le bruit des pales de l'hélicoptère.

— Ça va, dit-il.

— Dans ce cas, je vais te tirer d'ici. Aide-moi si tu peux, sinon, je me débrouillerai toute seule. »

Il acquiesça avec un pâle sourire. Je le fis rouler complètement sur le dos, et l'attrapai sous les bras. Puis je le tirai tant bien que mal pendant qu'il poussait avec ses pieds en gémissant. Quand nous atteignîmes la ligne jaune, une trace de sang matérialisait notre progression épuisante. Dès que nous fûmes à l'intérieur, je le relâchai et me précipitai entre lui et le bâtiment du studio. Deux autres flics et deux infirmiers arrivèrent jusqu'à nous et, ensemble, ils soulevèrent le blessé pour le mettre à l'abri dans l'ombre. Quelques secondes après, l'ambulance démarrait à toute allure dans un brouillard rouge.

Spence et Escobar se précipitèrent vers moi.

« Tu es devenue folle ! Ne recommence jamais un numéro comme ça, ils te sucreront ta plaque pour ce... »

Mais ils avaient tort, et je le savais. J'étais enfin une femme libre. À présent, le pire pour moi, professionnellement parlant, serait d'arriver en retard à la parade donnée en mon honneur. J'avais gagné mon indépendance professionnelle avec un acte de bravoure qui avait probablement été retransmis en direct dans le monde entier.

J'éprouvai un sentiment intense de légèreté, certaine que cet instant précis serait décisif pour le reste de ma vie, si toutefois je devais avoir encore un reste de vie. Je pensai à mes enfants : comment ils se débrouilleraient sans moi, si cela devait arriver. Ils avaient des tantes, des grands-mères, des cousins qui prendraient le relais, et un père qui les adorait.

Le père de Jeff, je m'en aperçus brusquement, ne savait toujours rien. J'espérais qu'il était encore à la brigade, à l'écart de tout ça.

Je regardai Spence. Il paraissait complètement perturbé, à la fois inquiet et terriblement préoccupé. Il ne m'avait jamais vue agir ainsi. Il dut être surpris en m'entendant demander :

« Que quelqu'un téléphone au père de Jeff et lui demande de venir à proximité. Pas ici ; il risquerait de nous distraire. Mais il faut qu'il soit disponible quand nous ferons sortir Jeff.

— Pourquoi ne retournes-tu pas le chercher, Lany ? Nous nous chargerons du reste. »

J'adressai à mon camarade un sourire triste mais reconnaissant.

« Tu auras au moins essayé, dis-je. C'est moi qui mène le bal et tu le sais bien.

— N'y va pas, Lany. Je t'en prie, n'y va pas. »

Je m'avançai à découvert sur le parking inondé de lumière qui entourait le studio d'Angel Films. Je longeai la tache de sang pendant que je m'approchais du bâtiment. Au moment de franchir la porte, je jetai un coup d'œil en arrière. Spence et Escobar me suivaient en empruntant le même chemin. Deux coups de feu retentirent ; aucun ne fit mouche. Ils n'allaient pas tarder à me rejoindre dans l'entrée.

« Avez-vous envoyé quelqu'un comme je vous l'avais demandé ? »

C'est tout ce que je trouvai à dire.

« Oui, dit Spence d'une voix à peine audible.

— Merci. »

Je lui donnai une tape sur l'épaule et souris à Escobar.

« Vous êtes les meilleurs. »

Pendant trois secondes, nous reniflâmes et essuyâmes une larme.

« OK, mettons-nous au boulot, nom de Dieu. »

La porte menant au studio principal était entrouverte. Durand devait penser qu'il serait plus facile pour nous d'entrer sans avoir à tirer dans la serrure. D'ailleurs, c'est surtout quelque chose qu'on voit dans les films. Dans la vraie vie, quand on tire dans une serrure, on récolte un épouvantable fouillis de débris de métal, et, souvent, la serrure tient encore.

L'entrée était déserte, avec une seule petite lampe allumée sur un bureau qui dispensait juste assez de lumière pour nous permettre de traverser la pièce sans trébucher. Il y avait des cartons partout par terre, comme pour un déménagement. Nous nous dirigeâmes vers la porte principale et nous nous arrêtâmes de chaque côté pour écouter. Les sirènes, les radios, et les pales d'hélicoptère étaient à peine audibles d'ici en raison de l'isolation phonique. Je posai l'oreille contre le mur, imitée en cela par mes camarades.

J'entendis un faible gémissement. Peut-être était-ce Jeff. Puis la voix gamine de Durand : *Tiens-toi tranquille, Evan, ta mère ne va pas tarder à arriver pour te secourir, tu n'as rien à craindre. Tout va être bientôt terminé.*

Il avait dit Evan. Pas Jeff. Mais comment pouvait-il savoir, à moins de m'avoir vue avec lui ? Quand ils s'étaient rendus à l'exposition, Kevin et le père de Jeff étaient là tous les deux, et tout le monde avait fait le clown. Comment aurait-il pu savoir ?

« Mal joué, Wilbur », murmurai-je.

J'avais perdu la foi depuis longtemps, mais, à cet instant, je priai plus sincèrement que je n'avais jamais prié de toute ma vie. Pas pour que ça se termine, ni pour que ça ne se soit jamais produit, ce qui aurait été considéré comme des supplications raisonnables même par le plus cruel et le plus jaloux des dieux. Pas pour obtenir l'absolution de mes péchés, ou pour avoir une autre chance de devenir le flic parfait ; il ne restait pas assez de temps pour qu'un de ces vœux puisse être exaucé. Je priai plutôt pour bien viser, pour que les missiles sortant du canon de mon pistolet atteignent Wilbur Durand dans le cœur, le front, le rein et le foie jusqu'à ce qu'il s'éteigne pour toujours. Je pris une profonde inspiration, puis fis signe à Spence et à Escobar que j'allais entrer.

Une nouvelle fois, je donnai un coup de pied pour ouvrir la porte : je voulais garder les deux mains sur le pistolet. Il y avait une grande caisse en bois juste derrière la porte ; j'en profitai pour m'abriter derrière et jeter un rapide coup d'œil tout autour. L'éclairage était incroyablement puissant et il me fallut quelques instants pour m'y habituer après la faible lumière de l'entrée. Cela faisait sans aucun doute partie du plan de Durand.

Une fois mes yeux accoutumés à la lumière, je crus que je voyais triple : trois Jeff étaient attachés, chacun à un poteau, de l'autre côté de la pièce, formant une sorte de demi-cercle. Tous les trois avaient du sang sur le ventre avec des entrailles sorties – mon Dieu, des entrailles. Je ne pouvais pas me rendre compte si c'était vrai ou faux.

Et j'étais incapable de dire lequel des trois garçons était vraiment Jeff.

Avec Evan, je l'aurais su. Mais ce n'était pas Evan, en dépit de ce que croyait Wilbur.

Wilbur Durand se tenait face à eux, derrière une caméra. On aurait dit qu'il riait.

« Je m'en suis bien tiré, n'est-ce pas, inspecteur Dunbar », dit-il en voyant mon trouble.

Je l'ignorai pour m'efforcer d'écouter les

gémissements des enfants, pensant que la voix trahirait peut-être le vrai. Mais sans ses intonations familières, c'était impossible. À cet instant, du bruit me parvint indiquant que d'autres gens entraient dans le bâtiment.

« Restez à l'écart ! hurlai-je à leur intention. Ne vous en mêlez pas.

— Bien dit », remarqua Durand.

Sa sale petite voix me donna la chair de poule. On aurait dit qu'elle avait été transformée électroniquement pour l'occasion.

« Avez-vous apprécié le petit spectacle que j'avais monté à votre intention à la maison, inspecteur ?

— Je ne suis pas restée assez longtemps pour pouvoir l'apprécier vraiment.

— Dommage. C'était une belle réalisation, autant que je puisse en juger moi-même. Un de mes efforts les mieux récompensés.

— Effectivement. Vous m'avez trompée un instant. Comme vous avez trompé beaucoup de mes collègues. À propos, bien joué avec le domestique.

— Merci.

— Mais, comme je viens de vous le dire, je ne suis pas restée longtemps. »

Il me décocha un sourire diabolique.

« Je m'en doutais. Vous ne pouviez pas rester étant donné que l'événement le plus important se passait ici. »

Il fallait que je continue à l'occuper. Spence ou Escobar pourraient peut-être imaginer quelque chose. Il n'allait pas se colleter à eux. Sa proie, c'était moi. Je regardai de nouveau en direction des trois garçons. Leurs mouvements animatroniques ne paraissaient pas mécaniques du tout : ils avaient tous l'air d'être vivants.

C'est à ce moment que je m'aperçus qu'ils *étaient* tous vivants ! Le salaud, il avait engagé des acteurs !

Mais cela pouvait me servir : les vrais gens peuvent être *véritablement* terrifiés.

« S'il vous a dit que c'était une scène d'un film, criai-je, il mentait. Ce sont de vrais pistolets, nous sommes de vrais flics, et il va tous vous éviscérer avant de finir. »

Deux d'entre eux levèrent la tête. L'air terrifié, ils regardèrent les protubérances luisantes et dégoulinantes qui semblaient sortir de leur ventre. Je montrai mon badge. Je me sentais stupide, car on les avait probablement prévenus que cela se produirait. Puis je tirai dans le plafond ; les lustres vacillèrent, projetant du verre partout.

À ce moment-là, les deux sur la droite commencèrent à essayer de défaire leurs liens.

« C'est celui à gauche ! » criai-je.

C'était le seul à être complètement immobile.

Je regardai de nouveau Durand : il avait compris qu'il avait été percé à jour, et que le moment était venu de jouer son dernier atout. Je vis son bras se lever de nouveau. Le pistolet était pointé en plein sur Jeff. Le mouvement était souple, réel et parfaitement crédible. Dans sa main, il tenait une sorte d'arme automatique – s'il se contentait d'asperger ses cibles, il les atteindrait toutes les trois à la fois. S'il en balayait la pièce, il m'atteindrait, ainsi que Spence et Escobar.

Spence surgit soudain, pistolet dégainé.

« Par ici ! » cria-t-il.

Durand réagit d'instinct, son bras tourna et s'arrêta brusquement avec le pistolet braqué tout droit sur Spence. À cet instant, je m'étais relevée aussi, et criais : « Arrêtez, police, jetez votre arme à présent », uniquement parce que la loi l'exige pour que le coup de feu soit jugé légitime. Un exercice pour la forme d'ailleurs, car j'avais bien l'intention de tirer sur lui qu'il s'arrête ou non.

Je pris tout cela en compte en l'espace d'une seconde, mais Wil Durand n'avait pas ce genre d'entraînement. Il avait peut-être travaillé avec une arme, mais il n'avait pas appris à vivre avec comme nous le faisons tous. Il ne s'était jamais réveillé en pleine nuit pour chercher son flingue sous son oreiller parce qu'un chat de gouttière avait renversé une poubelle. Il n'avait pas de bleu sur la hanche à l'emplacement du holster. Il ne se penchait pas vers la gauche pour compenser le poids du revolver à droite qui déséquilibre votre corps. Sans parler de la radio, du *pager*, du badge, et de la matraque. Tenir un pistolet n'était pas suffisant.

Il se mit à hurler pour reprendre l'avantage et, voyant que Spence et moi continuions à avancer, il remonta un peu le siège de la caméra. Celle-ci l'avait abrité jusqu'à présent et elle était assez massive pour nous empêcher de tirer convenablement.

C'était notre dernière chance pour l'atteindre. Instinctivement, je pris la position Weaver modifiée, les deux mains sur le pistolet et les pieds écartés de la largeur des épaules. J'avançai légèrement un pied, de façon à être un peu plus de profil et à offrir une cible plus étroite, la plus difficile à atteindre selon nos sergents à l'entraînement.

Weaver ou pas, de toute façon j'étais une cible facile. Je vis une série d'éclairs sortir du canon de son pistolet automatique avant d'entendre le bruit des tirs, tout cela juste après que j'eus appuyé sur la détente de mon arme sans rien toucher.

« Ses tirs sont allés largement sur la gauche », cria Escobar de quelque part derrière moi.

Je tirai une autre salve qui ricocha contre quelque chose sur le coin de l'énorme caméra, mais, en voyant Durand grimacer et se tenir l'épaule, je compris qu'il avait été blessé, probablement par un éclat de la caméra.

Cela ne l'arrêta pas. Il leva l'arme de nouveau et la pointa dans la direction des garçons. Il y eut une horrible pétarade, puis d'autres coups de feu venant de derrière et vers la droite. Le pistolet de Durand vola à travers la pièce. Du sang jaillit de son bras. J'appuyai sur la détente de mon arme et touchai une nouvelle fois Durand dans le même bras. Et ce fut tout. La fusillade s'arrêta.

Spence se précipita vers Durand, et Escobar se rua vers les garçons pendant que je tombais à genoux. J'avais à peine mangé depuis des jours, mais le peu que j'avais ingurgité revint sous la forme d'une bile verte au goût amer. Je réussis pourtant à trouver ma radio et à parler dedans. Puis je me levai en titubant et courus vers Jeff.

Il me regardait avec une telle terreur dans les yeux, mais il était vivant. Oh ! Seigneur ! Il était encore vivant, et on pouvait maintenant espérer sortir d'ici.

Je m'entendis lui demander si tout allait bien, et je le vis alors secouer la tête faiblement pour dire que non. Je n'arrivais toujours pas à lui enlever son bâillon quand nous fûmes entourés par une équipe médicale d'urgence venue en force avec son équipement, ses chariots. Je savais à quel point ces gens pouvaient être compétents. Ils se mirent tout de suite à l'œuvre et m'écartèrent. Je n'étais plus un flic, j'étais un intime de la victime, l'emmerdeur typique, allant de léger à modéré, mais, en l'occurrence, une véritable menace susceptible de les gêner dans leur sauvetage.

Spence et Escobar me prirent littéralement sous les bras et m'emmenèrent à l'écart.

Je restai en arrière, impuissante, pendant qu'ils s'affairaient auprès du garçon qui avait partagé nos spaghettis à notre table. Il fut rapidement établi que Jeff était le seul des trois garçons à avoir été gravement blessé. Mais les deux autres étaient choqués. L'un voulut se lever. Venant de derrière, j'entendis la voix de Fred.

« Ne bouge pas ! criait-il. Nous devons d'abord dégager la responsabilité de nos inspecteurs en ce qui concerne leurs tirs. Il faut que tu coopères avec nous à ce sujet. »

Le gosse obéit sans poser la moindre question.

Des lumières flashaient sans arrêt. Le cliquetis des obturateurs commença à rivaliser dans ma tête avec le bruit des pales d'hélicoptère. Je regardai Jeff du coin de l'œil pendant qu'on le mettait avec précaution sur une civière, avec des tubes fixés sur tout le corps. Il paraissait tout petit, très jeune, et terriblement vulnérable. Tout tournait autour de moi ; je sentis une main sur mon épaule. Je me retournai et vis Errol Erkinnen.

« Comment avez-vous...

— Toutes les radios et toutes les télés en parlent, dit-il. Votre lieutenant m'a laissé passer quand je suis arrivé. »

Je sentais mes épaules s'affaisser à mesure que l'épuisement me gagnait. C'était comme si sa présence me donnait le droit de me laisser aller.

« Mon Dieu, quel désastre... quel désastre j'ai causé...

— Ne dites rien, dit-il. Ce n'est pas la peine de chercher à justifier quoi que ce soit maintenant. Je reste avec vous jusqu'à ce que vous vous sentiez assez rassurée pour pouvoir rester seule. »

Ce ton détaché, cette assurance professionnelle produisirent à peu près le même effet sur moi que si ma mère m'avait bercée. Je m'abandonnai dans ses bras compatissants pendant quelques instants et me mis à trembler. Puis je m'écartai ; je devais m'occuper de ce lieu. Ce lieu du crime « m'appartenait », et je ne voulais pas qu'on me l'enlève.

Le tourbillon d'activité me donna la force nécessaire pour y plonger de nouveau. Pendant que je montrais les endroits à photographier au photographe, un des membres de l'équipe médicale d'urgence vint me dire qu'ils étaient prêts à emmener Jeff à l'hôpital.

La question à laquelle je ne voulais pas vraiment de réponse sortit malgré moi.

« Trop tôt pour pouvoir dire quoi que ce soit. »

La réponse standard, sans risque. Puis l'infirmier s'éloigna.

Je jetai un coup d'œil rapide tout autour de la scène de crime en plein chaos, en me demandant comment les choses avaient pu à ce point échapper à mon contrôle. Au bout du compte, cela n'aurait pas d'importance : aucune « solution » de l'affaire n'était attendue. Nous savions ce qui s'était passé et qui en était le responsable.

Du coin de l'œil, je les vis s'occuper des intestins de Jeff. Ils entourèrent ce qui était sorti dans du plastique, puis attachèrent le tout ensemble.

Je me surpris à penser, à mon grand étonnement : *Cela ne fait pas tellement, à peine une soixantaine de centimètres, l'intestin est très long, il peut se passer de soixante centimètres.*

L'espoir fait vivre.

J'en avais assez vu. Je me dirigeai vers l'endroit où ils s'occupaient de Durand et observai la scène de loin. Des dizaines de paires d'yeux étaient braquées sur moi, et tout le monde était prêt à se précipiter dans ma direction si je faisais la moindre bêtise. Mais je gardai mes distances, suppliant sans arrêt tous les dieux de l'Univers de laisser Durand mourir. J'aurais tellement voulu que quelqu'un propose d'arrêter de le soigner pour qu'il perde tout son sang et meure sur place. Son bras droit avait littéralement explosé, et il hurlait qu'il était blessé, comme ce salaud de Scorpion dans *L'Inspecteur Harry*, qu'il avait besoin qu'on le soigne et qu'on avait intérêt à le faire parce que c'était d'horribles policiers débordant de violence qui l'avaient *blessé*. Quand il vit que je le regardais, il parvint à sourire et fit ce geste dégoûtant avec sa langue.

Je bondis. Dix mains me retinrent. Durand riait et criait tout en même temps. Je luttai pour me dégager, mais ceux qui m'avaient attrapée me tenaient bien.

« Lâchez-moi, hurlai-je. Je vais le tuer, je vais l'exploser, je vais... »

Durand hurlait encore plus fort. « Elle me menace, elle va m'achever... »

Quelqu'un trouva l'interrupteur correspondant aux plafonniers et les alluma tous d'un coup. La lumière éblouissante me calma. Je me sentis jetée sur le siège arrière d'une voiture. Erkinnen monta à côté de moi. J'entendis le cliquetis d'une ceinture, le vrombissement d'un moteur qui démarrait, puis je sombrai, dans un endroit flou où rien de mauvais n'existait, où rien de mal ne pouvait arriver à un enfant. Ils devraient terminer cette scène sans moi.

Le monstrueux Wilbur Durand fut ligoté sur un brancard avec de nombreuses sangles et transporté à l'hôpital sous double surveillance. Les inspecteurs Frazee et Escobar l'accompagnaient. Je le lirais plus tard dans le rapport, mais je pouvais déjà l'imaginer. Spence serait face à Durand, à quelques centimètres de distance, en train de susurrer : *Tu as le droit de garder le silence, trouduc, mais tu peux parler tout de suite si tu veux, je m'en balance, parce que je vais te clouer le cul au mur quoi que tu fasses.* Escobar ferait semblant de vouloir le soulever, et ils joueraient au bon flic et au mauvais flic dans toute la mesure du possible, la théorie étant que si quelqu'un pouvait tirer les vers du nez de Durand, ce serait le père confesseur.

Ensuite, à l'hôpital, ils l'éloigneraient de nous, car les médecins voudraient l'isoler pour des raisons médicales, et alors, bien sûr, Sheila Carmichael surgirait avec une interminable liste de raisons nous empêchant de lui poser des questions. Bien qu'il ait beaucoup saigné, le pronostic vital n'était plus engagé, et il était sous perfusion. Durand ne risquait plus de mourir de sa blessure, même si son revers ne serait certainement plus le même, bien que cela n'ait pas grande importance en l'occurrence. Il n'y a pas de courts de tennis en prison. En enfer non plus probablement.

Il était, selon tous ceux qui étaient dans l'ambulance, parfaitement lucide pendant le trajet, et avait répondu aux menaces de Frazee par des invectives bien senties et particulièrement vulgaires. Il n'avait plus aucun besoin de cacher la bête tapie en lui. Les déguisements n'étaient plus de mise : c'était Wilbur Durand dans sa nudité, dans sa méchanceté, qui profitait pleinement de ses derniers moments de liberté, se répandant avec force détails sur les plaisirs de la sodomie pédophile et de la jouissance de l'éviscération.

Frazee brûlait d'envie de me le raconter.

« Durand hurlait et criait, racontant que sa sœur allait le sortir de là, et qu'il allait alors retrouver chacun de nos enfants et leur arracher les entrailles, et alors... bon Dieu, je ne peux même pas répéter ce qu'il avait projeté de leur faire. Rien que sa présence me rendait malade. »

Puis il me parla de « l'incident », celui qui serait versé à la légende de notre brigade.

« Au moment où nous sommes sortis de l'ambulance, un des flics de la patrouille s'est lâché sur Durand à coups de poing. »

J'étais réellement ravie d'entendre ça.

« Il y en avait deux. Personne ne se souvient lequel l'a tabassé. »

Aucun des deux hommes ne consigna la moindre information sur le prétendu passage à tabac dans les rapports qu'ils rédigèrent eux-mêmes ultérieurement à propos du trajet en ambulance, bien que Durand se soit plaint à plusieurs reprises d'avoir été victime de brutalités de la part de la police.

Dès que son état fut jugé stationnaire après son amputation, Wilbur fut placé à l'isolement dans une chambre équipée pour le traitement de criminels violents, et attaché au lit métallique avec des menottes aux chevilles et à un bras. Privé de son bras droit, il y avait peu de chance qu'un homme, même doté de ses talents de magicien, puisse réussir à s'échapper. D'autres inspecteurs de notre brigade, qui avaient suivi l'ambulance en route vers l'hôpital, se joignirent à Spence Frazee pendant qu'il interrogeait Durand sur ce qui était arrivé aux autres enfants disparus lors de ses expéditions meurtrières.

Wilbur refusa de parler.

Comment Moskal pouvait-il prétendre que Sheila Carmichael faisait profil bas à Boston ? Elle parut véritablement *imposante* quand, tel un nouveau Johnnie Cochran, l'avocat d'O. J. Simpson, elle déferla sur Los Angeles. Mais évidemment, cette affaire n'allait pas porter sur la culpabilité ou l'innocence de l'homme, étant donné que cela était déjà déterminé. Ce serait un énorme exercice de relations publiques. La seule question en suspens, celle du châtiment, serait tranchée autant par l'opinion publique que dans le cœur et l'âme de douze citoyens ordinaires.

Je commençai à me documenter sur elle. Ce n'était pas aussi frustrant de creuser dans le passé de Sheila Carmichael que ça l'avait été avec son frère, Wil Durand. Il y avait abondance de biographies, des tas de citations, et une quantité d'articles qu'elle avait écrits pour des publications juridiques. La femme avait « Je veux devenir juge » écrit sur son front. Peut-être le penchant de son frère le poussant à mutiler des petits garçons mettrait-il un terme à tout ça. *S'il vous plaît, mon Dieu.*

Elle s'était rendue célèbre dans les milieux judiciaires pour avoir accepté de défendre des accusés pour lesquels personne n'aurait eu la moindre sympathie. C'était exactement ce genre de cas : son frère avait été pris sur le fait, en train d'essayer de tuer un enfant après l'avoir déjà agressé sexuellement. Il avait commis ce crime en partie pendant que quelqu'un qui aimait cet enfant le regardait, moi-même en l'occurrence, qui se trouvait justement être un officier de police confirmé. Il avait filmé l'acte dans son entier, et la cassette avait été légalement confisquée comme preuve. Le plus sensible des jurys le jugerait coupable. Sans oublier qu'un faisceau de preuves l'impliquant dans nombre d'autres disparitions avait été réuni au cours d'enquêtes précédentes et serait probablement jugé recevable.

Sur le plan juridique, c'était l'une des affaires les plus solides dont j'avais été témoin de toute ma carrière. Et on pouvait raisonnablement penser que si Wilbur n'avait pas eu une sœur avocate, il aurait eu beaucoup de mal à en trouver un qui aurait accepté de le défendre. Ce n'était pas une question d'argent, le vrai problème était le karma négatif qu'induit l'association avec un criminel comme Wilbur Durand. Peu d'avocats sérieux auraient accepté de participer à ce genre d'affaire. Étant donné que moi, un flic, j'avais eu des liens plus que passagers avec une des victimes, cela pouvait avoir des répercussions professionnelles pour un avocat : il ne pourrait plus compter sur la moindre coopération de la part de la police. Bien sûr, personne ne voudrait l'avouer, nous sommes censés être au-dessus de tout désir de vengeance. Mais les documents deviendraient plus difficiles à obtenir, les appels seraient différés, des preuves disparaîtraient pour les clients de l'avocat qui défendrait Wil Durand.

Les ventes et les locations des films de Durand triplèrent du jour au lendemain quand la vérité sur la façon dont certains avaient été filmés se fit jour. Des critiques glosèrent sur leur réalisme dérangeant et brillant. Tout cela me donnait envie de vomir. Ma nausée s'aggrava lorsque je vis la magistrale campagne de relations publiques que Sheila Carmichael organisa pour son frère. Les détails sanguinolents de son enfance furent révélés à un point que Kelly McGrath n'aurait jamais pu envisager. Des histoires à propos de l'oncle Sean, les abus auxquels se livrait son grand-père, l'alcoolisme et la maladie mentale de sa mère. J'entendais les chemises se déchirer de Southie jusqu'en Californie. Mais tous les protagonistes étaient morts, alors qui allait protester ?

Le lendemain matin de son arrestation, Wilbur

Durand était traduit en justice sur son lit d'hôpital, et accusé de tentative de meurtre sur un mineur avec agression sexuelle. L'examen clinique révéla que Jeff avait été sodomisé avant d'être victime de ses autres blessures. Il fut également accusé de tentative de meurtre sur un officier de police, d'enlèvement de Nathan Leeds et d'un certain nombre d'autres jeunes garçons, même si leurs corps n'avaient pas été retrouvés. Et quand les preuves seraient analysées, il ne manquerait pas d'être inculpé pour le meurtre d'Earl Jackson. Tous ceux qui étaient en charge des chefs d'accusation s'accordaient à estimer qu'il y avait suffisamment de preuves matérielles pour pouvoir avancer sans avoir retrouvé les corps.

Je traversai toute cette période tant bien que mal. Mes journées n'étaient ni « bonnes », ni « mauvaises », mais plutôt « horribles » ou « vivables ». Une de mes meilleures journées d'après cauchemar fut lorsque le procureur fut nommé. James Johannsen, qui avait transmis mes demandes de mandats au juge, et réussi à le persuader qu'elles devaient m'être accordées, fut assigné à la tâche consistant à veiller à ce que Wilbur Durand soit châtié autant que la loi le permettait pour ses actes abominables. C'était un ancien avocat général, solide, résistant, dont la notion du bien et du mal l'empêchait de continuer à défendre des salopards ayant commis des crimes impardonnables. Il s'était rangé du bon côté il y a huit ans peut-être. Jim était parfaitement de taille à se mesurer à Sheila Carmichael. D'ailleurs, même si le procureur avait été une mauviette, celle-ci aurait encore eu beaucoup de fil à retordre.

Comme on pouvait le prévoir, Sheila plongea bille en tête. Quand Johannsen déposa une motion afin qu'un échantillon de sang soit prélevé pour une analyse d'ADN, elle riposta aussitôt avec un contre-argument fondé presque entièrement sur des questions de droits civiques. La requête de Johannsen fut finalement exaucée, mais son triomphe fut éclipsé dans la presse par la demande de Sheila pour une audition visant à obtenir une mise en liberté sous caution. Le juge écouta tranquillement ses arguments selon lesquels son frère avait de « solides attaches avec la communauté d'Hollywood », l'air franchement dégoûté. Johannsen, qui savait qu'il n'y avait aucune possibilité de caution, fit remarquer que Durand n'aurait aucun mal à réunir un million de dollars. Les flics présents me racontèrent que, lorsque le juge refusa la caution, Sheila piqua une colère telle que celui-ci quitta le tribunal, la laissant maugréer devant un banc vide.

Le test ADN fut expédié en deux jours. Il correspondait à l'échantillon relevé sur Jeff. J'emmenais Evan le voir aussi souvent que possible, mais, rien qu'à le regarder, on avait mal pour lui. Les problèmes physiques auxquels il était confronté étaient terribles. Mais les problèmes émotionnels étaient sans doute pires. Evan se montra un ami loyal, un soutien constant, mais la période difficile que traversait son ami l'affectait terriblement.

« C'est moi qui aurais dû être là, n'est-ce pas ? »

Je ne pouvais pas le nier entièrement, mais on ne pouvait pas en être certain non plus.

« Nous n'en savons rien, lui dis-je. Durand ne veut pas le dire. »

Le sentiment de culpabilité d'Evan n'apparaîtrait sans doute pas avant quelque temps, mais Doc Erkinnen m'avait recommandé d'être vigilante et de rester attentive à certains signes : une attitude de retrait, une humeur maussade, un désir de solitude. L'obsession de choses macabres. C'en était fini des films d'horreur pour mon fils : la réalité les avait largement dépassés.

Jeff ne pourrait plus jamais manger un fruit : son appareil digestif tronqué ne lui autoriserait plus ce plaisir. Pendant quelque temps, il devrait garder en permanence un goutte-à-goutte ambulatoire, car il avait besoin d'un flux constant d'antibiotiques, qu'on changeait régulièrement, pour lutter contre l'infection qui risquait de survenir après que ses intestins eurent été exposés à l'air libre. Ils avaient dû être amputés d'un mètre, la partie qui avait littéralement séché, mais ses parents avaient accepté de laisser les médecins tenter de restaurer une section restée en meilleur état.

Une balle avait traversé son rein droit, et on l'avait retiré en lambeaux. Le jeune garçon avait failli mourir à la suite d'une hémorragie ; des flics s'étaient présentés par centaines pour lui donner leur sang. Mais il avait encore failli mourir, malgré plusieurs transfusions. Même s'il se rétablissait suffisamment pour se déplacer normalement de nouveau, il ne pourrait plus jamais jouer au rugby ou au foot ou à tout autre sport présentant le moindre risque pour son rein valide.

Grâce à Spence et à Escobar surtout, le travail de la police visant à boucler le dossier de l'affaire continuait à progresser. Les mandats étaient faciles à obtenir maintenant. Ils en obtinrent un autre pour la maison, mais, cette fois, ils avaient une idée plus précise de ce qu'ils cherchaient. Dans un des tiroirs à chaussettes de Wilbur Durand, ils trouvèrent un bouton.

Un bouton provenant de la chemise d'Earl Jackson. Durand fut aussitôt accusé d'homicide volontaire avec préméditation, d'agression sexuelle, et d'enlèvement d'un enfant. De quoi lui couper la tête.

35

Ce qui suit est la confession de Gilles de Rais, chevalier, baron de Bretagne, l'accusé, faite de son plein gré, sans la moindre contrainte, et en toute liberté d'esprit l'après-midi du vendredi 21 octobre 1440.

Au sujet de l'enlèvement et de la mort de nombreux enfants, le vice libidineux, sodomique et antinaturel, la façon cruelle et horrible de tuer, et en même temps la supplique et l'invocation de démons, les oblations, immolations ou sacrifices ; les promesses faites ou les obligations contractées avec eux par lui ou d'autres choses mentionnées dans les articles précédemment cités. L'accusé, monseigneur Gilles de Rais, a admis volontairement et librement qu'il avait commis et perpétré d'une façon détestable sur de nombreux enfants les crimes, offenses, et péchés d'homicide et de sodomie. Il a également avoué qu'il s'était livré à l'invocation du démon, à des oblations et des immolations, et fait des promesses au démon et contracté des obligations envers lui et fait d'autres choses qu'il confessa récemment en présence dudit seigneur président et d'autres gens.

Interrogé par ledit révérend père et président, quant à l'endroit et le moment où il commença à perpétrer les crimes de sodomie, il répondit : « Au château de Champtocé. » Il assura ne pas savoir quand et en quelle année, mais avoir commencé à le faire approximativement au moment de la mort de son grand-père, le seigneur de La Suze.

De la même façon, interrogé par le seigneur président pour savoir qui l'aurait incité à ces crimes, il répondit qu'il avait perpétré ces actes en suivant sa propre imagination et ses idées, sans les conseils ou les indications de qui que ce soit, et suivant ses propres sentiments uniquement pour son plaisir et sa jouissance charnelle, et sans aucune autre intention ni but particulier.

Et le seigneur président, étant surpris par le fait que l'accusé ait accompli lesdits délits de son propre chef et sans que personne l'y pousse, demanda une nouvelle fois à l'accusé de lui dire pour quels motifs et dans quel but il avait tué lesdits enfants et brûlé leurs cadavres, et pourquoi il renonçait à son âme pour ces abominables crimes, l'incitant à avouer ces choses complètement de façon à soulager sa conscience et alléger son âme tourmentée et pour s'attirer plus complètement la faveur du plus charitable et clément Rédempteur. Ce sur quoi l'accusé, indigné d'être harcelé et interrogé de cette manière, dit à M. le président : « Hélas, monseigneur, vous vous tourmentez et moi avec ! »

Ce à quoi le seigneur président répondit : « Je ne

me tourmente pas le moins du monde, mais je suis très surpris de ce que vous m'avez dit et ne peux pas m'en satisfaire. Je veux connaître la vérité absolue de votre bouche pour les raisons que je vous ai déjà exposées, à de nombreuses reprises. »

Ce à quoi l'accusé répondit : « En vérité, il n'y avait pas d'autre cause ou d'intention derrière ce que je vous ai dit, ce qui est suffisant pour tuer dix mille hommes. »

Ce sur quoi le seigneur président cessa son interrogatoire de l'accusé et ordonna que François Prelati soit amené dans la salle. Et Prelati fut amené devant Gilles, l'accusé, après quoi lui et ledit accusé furent interrogés par ledit seigneur évêque de Saint-Brieuc à propos de l'invocation des démons et de l'oblation du sang et des membres desdits petits enfants, et les endroits où ils se sont livrés aux invocations et aux oblations, que l'accusé et François venaient de confesser.

Ce à quoi Gilles, l'accusé, et François répondirent que ledit François s'était livré à plusieurs invocations des démons et de l'un nommé Barron particulièrement, par ordre de l'accusé, aussi bien pendant son absence qu'en sa présence, et d'autant plus que ledit accusé reconnut qu'il était présent à deux ou trois invocations, surtout à Tiffauges et à Bourgneuf-en-Reitz, mais qu'il n'avait jamais pu voir ou entendre le moindre démon, bien que l'accusé ait transmis un mot écrit et signé de sa propre main au même Barron par le truchement dudit Prelati, par lequel Gilles promettait d'obéir aux ordres du démon, tout en conservant son âme et sa vie. Et que l'accusé promettait audit

Barron la main, les yeux et le cœur d'un enfant, que François était supposé lui procurer, mais le susdit François ne le fit pas.

Le seigneur président ordonna alors qu'on ramène ledit François Prelati dans la pièce où il était gardé. À quel moment l'accusé Gilles se tourna vers François avec des larmes et des sanglots et lui dit en français : « Au revoir, François, mon ami ! Plus jamais nous ne nous reverrons dans ce monde ; je prie pour que Dieu vous accorde patience et compréhension, et fasse en sorte que, à condition que vous ayez patience et confiance en Dieu, nous nous retrouvions dans la grande joie du paradis. Priez Dieu pour moi, et je prierai pour vous ! »

Après avoir dit cela, il embrassa ce François, qui fut emmené aussitôt.

Mon fils et moi pûmes profiter d'une des premières copies de la transcription de la confession de monseigneur. Elle m'avait été donnée par Jean de Malestroit, qui, n'ayant pas été présent, en avait également une. D'autres copies étaient en train d'être faites en hâte par une petite armée de scribes enrôlés pour la circonstance : penchés sur leurs parchemins, ils traçaient les lettres sur la page aussi rapidement que leurs doigts le leur permettaient.

Je poussai un profond soupir en me plongeant dans la lecture de ces phrases sèches, monocordes.

« Qu'entend-on par *gravement* dans la description de son discours ? demandai-je à mon fils. A-t-il pleuré, comme lorsque je lui ai parlé pour la première fois de ces choses dans la même pièce où cette confession a été enregistrée ? Si c'est le cas, il n'en a pas été fait mention. »

Il me signifia d'un signe de tête qu'il n'en savait pas plus que moi.

« Mère, vous ne devez pas perdre de vue que ces pages ne sont pas censées traduire les subtilités de son épreuve. Elles visent à protéger ceux qui ont ordonné son exécution du courroux de la famille de monseigneur, et rien d'autre. »

L'indignation de sa famille serait probablement aussi sèche et monocorde. René de La Suze pleurerait certainement à peine son frère, mais il déchirerait sa chemise et se couvrirait de cendres pour récupérer les biens que monseigneur avait dispersés au cours de ses débauches. La petite Marie de Rais connaissait à peine son père, et il valait mieux ne pas savoir ce qu'elle avait dû entendre de la part de sa mère, qui avait toutes les raisons de le détester. Là, dans ses somptueux appartements, Gilles de Rais avait-il fini par s'effondrer et livré ses secrets les plus intimes ? Je croyais presque entendre sa voix.

« L'enfant Gilles reprenant ces mots. Ces choses qu'il fit en tant qu'homme n'étaient pas différentes des choses qu'il fit dans sa prime jeunesse, simplement plus graves dans leur genre. »

Jean se leva de son fauteuil et s'éloigna de moi. Il s'approcha de la fenêtre et regarda dans la cour pendant quelques instants. Il paraissait fixer quelque chose ; je savais pourtant à force d'avoir, au fil des années, regardé par cette petite fenêtre qu'il n'y avait pas grand-chose susceptible de retenir l'attention. Quelque chose devait le préoccuper.

« J'aimerais bien connaître tes pensées, mon fils », dis-je doucement.

Je l'entendis vider tout l'air de ses poumons puis prendre une nouvelle inspiration, tout cela très consciemment. Il se tourna vers moi, l'air troublé.

« Mère, dit-il, monseigneur a fait de nombreuses choses très graves dans sa jeunesse. Simplement, vous ne les connaissez pas toutes. »

J'esquissai un sourire. « Tu m'as rappelé récemment que les garçons cachent beaucoup de choses aux femmes qui s'en occupent.

— Dans ce cas, monseigneur n'est pas le seul à en avoir fait autant », dit-il comme s'il éprouvait de la honte.

Je sentis mon estomac se nouer.

« Tu as quelque chose à me dire, Jean ?

— Oui, mais pas en ce qui me concerne, pour mon frère depuis longtemps disparu.

— Michel ? Qu'a-t-il fait qu'il m'ait caché ? »

Jean resta silencieux pendant quelques instants, comme s'il n'arrivait pas à trouver les mots pour le dire.

« C'était il y a tellement d'années, dis-je. Il n'y a rien que je ne puisse lui pardonner, ou à toi.

— Ce n'est pas ce qu'il a fait, mais ce qu'on lui a fait. Ou essayé de lui faire. »

Il me fallut quelques secondes pour commencer à comprendre.

« Continue, murmurai-je.

— Tu sais que, à une époque, nous avons eu une sorte de brouille entre nous, monseigneur Gilles et moi, que je ne voulais plus le fréquenter.

— Oui. Vos chemins commençaient à diverger,

et tes centres d'intérêt étaient très différents des siens. Mais pour moi, c'était seulement une façon naturelle de... »

Il coupa court à mon explication logique.

« Ce n'était pas une rupture naturelle, mère.
— Dis-moi alors pourquoi. »

Mon cœur battait vite, trop vite.

« Et dis-moi pourquoi tu n'as pas trouvé le moyen d'en parler avant, de façon à ce que j'aie été mieux avisée.
— Cela ne vous aurait servi à rien de savoir ces choses. Jusqu'à maintenant en tout cas.
— Mais maintenant, elles vont me servir ?
— Il est important que vous sachiez ces choses maintenant. Je sais que vous avez beaucoup aimé monseigneur, bien qu'il ait gâché cette affection de son plein gré. Il n'était pas l'enfant innocent dont vous vous souvenez. Je sais que, pour vous, il était au mieux un élève moyen malgré l'excellence de ses professeurs, qui ont beaucoup plus bénéficié à Michel et à moi qu'à monseigneur Gilles. C'était une question d'implication ; il avait choisi de s'impliquer autrement. Il y avait en lui un enthousiasme pour apprendre dont vous ne vous êtes peut-être jamais rendu compte, parce qu'il se consacrait à des choses qu'il ne permettait à personne de voir, sinon à quelques proches, dont Michel et moi, ainsi que ses cousins Sille et Briqueville. Je n'ai jamais apprécié ces deux crapules, mais je pouvais difficilement ne pas les fréquenter : ils étaient ses parents, et faisaient partie de ceux avec qui il partageait ses secrets. Il savait qu'aucun de nous ne le trahirait. Michel et moi garderions le silence parce que

nous n'étions pas ses égaux par la naissance, et il avait une grande influence sur vous, notre mère bien-aimée ; il n'y a pas de plus grand pouvoir que cela. Sille et Briqueville se turent parce qu'ils étaient jaloux de lui et avaient peur qu'il ne ternisse leur réputation dans la famille, surtout auprès de Jean de Craon, qui était tellement obnubilé par les progrès de son petit-fils Gilles qu'il faisait à peine attention à ses autres petits-enfants. En vérité, je crois que, avec le temps, ils commençaient à apprécier ce qui se passait. »

J'allais lever la main pour le faire taire. Mais je me retins. Il était déjà trop tard : j'en avais entendu assez pour que ma propre imagination s'en trouve stimulée, et il ne faisait aucun doute que la vérité me serait plus utile.

Je restai donc tranquillement assise à écouter Jean. Il avait un air douloureux, et je m'étonnai qu'un homme aussi entier puisse souffrir autant en révélant un événement remontant à son âge d'innocence.

Je n'allais pas tarder à comprendre.

« Il était... *rapide* dans de nombreux domaines que Michel et moi mettions plus de temps à maîtriser. En particulier concernant des questions physiques. Il arriva de nombreuses fois, mère, qu'il tire son... son... membre viril de derrière son pourpoint et nous le montre. Il commençait par le faire se redresser puis nous demandait de l'admirer. »

Je m'efforçais de ne pas manifester trop d'émotion.

« À quel âge faisait-il ça ?

— Dix ans, peut-être onze ; cela commença peu

de temps avant que monseigneur Guy ait été attaqué par un sanglier. Puis il se mit à s'adonner à des actes d'autosatisfaction devant nous. Il s'enduisait la main de graisse – je me souviens d'une fois où il m'avait fait voler un pot de crème dans votre chambre... »

Cette révélation me stupéfia. C'est un de mes objets favoris, non que la crème ait eu autant d'importance pour moi qu'elle en avait pour de belles dames, dont le teint était toujours l'objet de multiples attentions. Mais le pot lui-même était en ivoire avec un bord en or, merveilleusement sculpté, et j'y tenais car c'était un cadeau de mon mari. *Qui a pris mon pot de crème ?* Je m'entends encore le demander, sans trop de colère toutefois. Je supposais qu'un de mes fils ou mon mari avaient voulu me faire une farce. *Allons, avouez maintenant, je ne vous dirai rien.*

Le pot réapparut, comme par magie, mettant un terme à notre petit drame. Je n'aurais jamais pu imaginer à l'époque qu'il avait été volé dans ce sinistre but. Il était maintenant rangé dans l'armoire en bois près de mon lit, presque à portée de main.

« ... et en utilisa tout le contenu en faisant ces choses sur lui-même. Sille et Briqueville en firent autant. Michel et moi, nous voulions nous en aller, mais il ne nous laissa pas partir. Il ne voulait jamais nous laisser partir.

— Cela s'est produit à plusieurs reprises ?

— Un millier de fois. Mais je ne pouvais pas en parler : j'avais peur de monseigneur, peur de vous décevoir.

— Votre père aurait pu... »
Il m'interrompit d'un ton amer.
« J'en avais menacé monseigneur. Monseigneur s'est contenté de me répondre qu'il s'arrangerait pour que père perde sa position dans la suite de monseigneur Guy si je le faisais. »
Qu'un enfant de 12 ans ait dû garder pour lui un tel fardeau me semblait effrayant. Que cet enfant soit mon propre fils dépassait l'entendement. Je le regardais avec les yeux compatissants d'une mère, mais son visage n'exprimait que culpabilité et regrets, son discours était pénible et lent.
« Je ne pouvais pas risquer que ma famille soit jetée dehors dans des temps aussi difficiles. J'ai donc gardé le silence. Michel en fit autant. »
Il se tut. Des gouttelettes de transpiration s'étaient formées sur son front.
« Puis monseigneur commença à me demander de toucher son membre avec mes mains. »
Je poussai une exclamation et me signai.
« Sille et Briqueville le faisaient déjà, mais il arriva un moment où monseigneur ne se satisfaisait plus de leurs attentions – il semblait se fatiguer d'eux rapidement. J'ai commencé par résister, puis à la fin je fus contraint de m'exécuter. Avec le temps, il m'en demanda plus. »
Je resserrai les bras autour de moi et gémis.
« Oh, horreur sacrilège, quelle douleur...
— Je n'ai fait que ce que j'ai été obligé de faire, mais je le jure, je ne l'ai pas fait de mon plein gré. Ces choses qu'il a exigées de moi et que j'ai faites pour lui sont contre nature, contre tout ce qui est convenable et bon... »

Il tremblait et son visage était déformé par la douleur que lui procuraient ses souvenirs. Je lisais dans ses yeux qu'il y en avait encore à raconter, mais le poids de ses révélations était déjà tel qu'il avait perdu toute volonté de continuer.

« Ensuite, à chaque fois que j'ai pu, j'ai trouvé des prétextes pour l'éviter », dit-il simplement.

Je me remémorai mon fils Jean à l'âge de 12 ans. Un changement s'était produit en lui à ce moment-là. Il s'assombrissait parfois sous nos yeux, mais quand j'exprimais mon inquiétude, Étienne m'assurait que c'était normal pour un garçon de son âge de devenir maussade et de vouloir m'éviter. *J'en ai fait autant, je m'en souviens. Ma propre mère n'était pas particulièrement satisfaite.*

Mais il évite ses camarades, avais-je dit à mon mari. *Ne t'inquiète pas*, m'avait-il répondu, *et mon Dieu, Guillemette, n'essaie pas de le garder dans tes jupes. Il doit bien devenir un homme un jour.*

Si j'avais eu un fouet à portée de main, je m'en serais servi contre moi à cet instant, tellement j'avais honte de mon échec d'antan. J'étais censée être la protectrice de mon fils, et je n'avais pas su le protéger du vol de son innocence.

Ensuite, j'aurais retourné ce fouet contre Gilles de Rais, maudit soit Jean de Craon.

La lassitude, le choc, et un sentiment d'horreur m'avaient envahie, encore accentués par le dégoût de moi que j'éprouvais, moi qui avais permis que tout cela arrive. Mais à mesure que je commençais à réaliser pleinement la signification de ce que mon fils m'avait raconté, après en avoir reçu le choc en plein cœur, une émotion différente s'empara de moi : mon dégoût commença à se focaliser sur une cible plus appropriée. J'étais folle de rage comme jamais, et cette colère s'exerçait surtout contre le seul être qui le méritait, contre Gilles de Rais.

Je ne pris pas même pas la peine de revêtir la robe bleue que Mme Le Barbier m'avait prêtée ; je n'avais plus besoin de passer pour quelqu'un de plus approchable que l'abbesse que j'étais devenue et que je serais sans aucun doute à jamais. Je montai l'escalier menant à la chambre dans laquelle Gilles de Rais attendait à présent la mort qui lui était probablement destinée, sans plus me soucier de savoir s'il avait peur ou s'il se sentait seul pendant ses derniers jours, souhaitant seulement qu'il éprouve ces sentiments de façon intense pendant le temps qui lui restait.

Il ne suffisait pas qu'il ait raconté à ses juges les mauvaises actions qu'il avait faites en tant qu'homme. Je voulais obtenir de lui les détails de ce qu'il avait fait étant enfant. Jamais depuis que j'étais allée au « marché » ce matin-là pour rendre visite à Mme Le Barbier la première fois, jamais je n'avais ressenti un tel calme au fond de mon cœur, une telle assurance dans ma démarche, une telle certitude dans la suite des événements. Le temps était venu de la confession, le temps de se libérer l'âme. Gilles de Rais l'avait fait, plus sous la menace de la torture que de sa propre volonté, comme cela avait été consigné dans le compte rendu ; le monde ne connaîtrait jamais la véritable étendue de sa lâcheté. Jean m'avait livré ses secrets les plus intimes par pur amour filial, le même que celui qui l'avait poussé à protéger la position de son père à ses propres dépens alors qu'il était encore un enfant. Il comprenait que cela ne me servirait à rien de me présenter, le temps venu, devant mon Créateur, entourée d'un tel halo de tromperie.

Je fus à peine consciente du signe de reconnaissance que m'adressèrent les gardes ; pour autant qu'ils le sachent, je ne représentais pas une menace pour leur captif. Le gardien n'avait aucune raison de me soupçonner de cacher des armes, comme cela aurait pu être le cas pour un autre visiteur. Il se contenta de frapper trois fois sur le sol avec sa lance puis s'éloigna.

En entendant ce signal, Gilles de Rais sortit du fond de son appartement.

Je m'efforçai de rester imperturbable.

« Monseigneur, dis-je.

— Ah, mère, dit-il. Votre voix est empreinte de toute la grâce de Dieu. J'en chéris chaque son comme si elle devait être la dernière à parvenir à mes oreilles.

— Voilà qui est sage.

— Votre voix est la première que j'aie jamais entendue ; je ne me plaindrais pas si elle devait être la dernière. »

Il serait comblé. C'était même tout ce qui me retenait de tirer la dague incrustée de perles de ma manche et de le tuer sur-le-champ. Mais les informations que je voulais obtenir disparaîtraient alors avec lui, et l'occasion que j'avais de trouver des éléments d'apaisement serait perdue à jamais.

« Monseigneur, commençai-je, j'ai lu votre confession. Mon cœur se réjouit que vous vous soyez délivré de ces fardeaux.

— Cela n'a pas été facile, dit-il. Regarder ces hommes en face et évoquer ce que j'ai fait, c'est vrai, cela a failli m'arracher le cœur. »

Mon propre cœur s'était endurci ; je n'éprouvais plus la moindre sympathie envers lui.

« Vous avez dit avoir commencé vos actes à peu près à l'époque de la mort de votre grand-père. J'ai été surprise, monseigneur, d'apprendre cela.

— Je suis désolé que vous ayez dû avoir connaissance de ces choses, Guillemette.

— Évidemment, c'est pénible pour moi. Je ne peux pas m'empêcher de penser que mon influence sur vous aurait dû être davantage bénéfique qu'elle ne semble l'avoir été.

— J'étais encore jeune et têtu. Vous ne devez pas vous faire de reproches...

— Durant tout ce procès, j'ai considéré votre conduite dévoyée comme la conséquence de mon propre échec. Mais j'ai cessé à présent de me mettre ainsi en cause. »

Je cherchai dans ma manche et en sortis le pot.

Il regarda l'objet litigieux que je tenais à la main : lui qui avait l'air d'un enfant menteur prit l'expression d'un voleur surpris la main dans le sac. Son embarras m'enchantait. Mais ce n'était pas suffisant.

« Je vais maintenant vous donner l'occasion de

vous soulager encore un peu plus », dis-je, très sereinement.

Ses yeux se posèrent sur le pot, puis se relevèrent pour me regarder en face. Son visage se durcit.

« Il n'y a rien d'autre à ajouter, dit-il.

— Menteur », sifflai-je.

Le diable s'était insinué dans ma voix et Gilles de Rais l'entendit.

« Racontez-moi tout maintenant, sinon je vous promets que vous passerez un très mauvais moment. »

En réponse à ma menace, il se raidit avec une expression de défi. Ce guerrier ne se laissait pas facilement démonter.

« En vertu de quelle autorité ? ricana-t-il. Mes juges sont seuls à disposer de mon destin à présent.

— Si je n'avais pas été là, vous n'auriez pas de juges du tout. »

Il me dévisagea, l'air déconcerté.

« Au risque de vous surprendre, mon fils, vous devez savoir que c'est moi qui ai entamé toute cette enquête. Évidemment, je ne savais pas où cela mènerait. Mais vos juges ont une grande dette envers moi, car, sans ma curiosité, ils n'auraient pas eu l'occasion de vous soumettre à cet enfer. C'est moi qui suis allée voir Mme Le Barbier quand elle s'est plainte de sa perte, et je me suis rendue à Bourgneuf... »

Il garda le silence pendant que je continuais mon discours. Quand j'en eus terminé, je ne pus retenir un sourire de triomphe. Il était inutile de lui dire que seul Jean de Malestroit connaissait mon engagement et qu'il ne changerait pas un cheveu d'une décision pour moi. Il était préférable qu'il s'imagine que je détenais un pouvoir quelconque sur son destin.

Il jetait des regards tout autour de lui comme pour me fuir. Mais il n'y avait aucun endroit où se cacher : les gardes se trouvaient à quelques mètres, et il serait empêché de toute action.

J'approchai le pot davantage, et, quand il détourna les yeux, je le lui mis juste sous le nez.

« Parlez ! ordonnai-je. Dites-moi exactement ce qui s'est passé avec Michel. Sans omettre le moindre détail. »

Sa raideur retomba brusquement.

« Vous savez, mère, combien j'aimais Michel. J'adorais le sol qu'il foulait ; il était tout ce que j'aurais voulu être. Son teint clair, son sourire éclatant, et ces yeux étincelants qu'il avait – c'était un ange sur Terre ! Comment aurais-je pu m'empêcher de le désirer ? Mais il était bon et pur, et il résista à mes avances avec une grande force. Avec Jean, c'était plus facile : il me donna ce que je voulais en partie, car je l'aurais pris plus complètement s'il n'avait pas résisté. Mais Michel, gentil Michel, c'était celui que je voulais être et posséder, et il ne voulait pas se donner à moi malgré mes menaces. Je lui disais les mêmes choses que j'avais dites à Jean, que je veillerais à ce que son père soit ruiné s'il n'acceptait pas. Il ne céda pas pour autant ; il disait que son père préférerait la ruine plutôt que de laisser son fils se faire sodomiser, et que je pouvais bien faire ce que je voulais, car il ne céderait à mes désirs sous aucun prétexte.

« Je le détestais et l'aimais tout à la fois ; je détestais son obstination et admirais sa force de caractère, et je l'enviais d'avoir un père qui l'aimait autant, alors que le mien ne paraissait pas éprouver les mêmes sentiments. Chaque manifestation de résistance renforçait ma détermination de le posséder. J'ai effacé Michel de ce monde, madame, parce qu'il ne voulait pas m'appartenir ici-bas. J'espère de tout mon cœur que je le retrouverai dans l'autre monde, si Dieu le veut bien. Je sais qu'il aura des ailes et une auréole de lumière, comme il le mérite.

« À un moment, j'avais arrêté d'insister pour obtenir ses faveurs ; il n'avait pas peur de moi mais il y avait peu d'espoir que je réalise mes désirs avec sa coopération. Un équilibre fragile s'était établi entre nous, un équilibre qui nous permit de rester camarades, du moins en surface. Si je devais le posséder comme je le voulais, cela devrait se faire par la force ou pas du tout. Je décidai que ce serait par la force, car je ne pouvais pas me refréner. Un jour, je lui dis que je voulais aller à la chasse avec lui. D'abord, Michel ne voulait pas y aller ; il disait qu'il avait des devoirs à faire avant l'arrivée de notre tuteur. Mais cette excuse était spécieuse car notre tuteur était retourné chez lui à la suite de la mort de mon père. Il me fit promettre que je le laisserais tranquille, que je n'insisterais pas pour qu'il me laisse le toucher, et je donnai ma parole. Il parut satisfait. Nous sortîmes ce matin-là, munis de couteaux et de frondes, dans le but de ramener une dinde. On ne nous permettait jamais de sortir sans escorte à cause du danger que représentaient les sangliers. Mes gardiens habituels étant occupés à autre chose, je réussis alors à m'échapper sans eux, et Michel avec moi. J'éprouvais un sentiment de liberté grisant, car je pouvais rarement aller où que ce soit ou faire quoi que ce soit sans quelqu'un à proximité, soit pour me corriger, soit pour pourvoir à mes besoins, pas tant sur ordre de ma mère ou de mon père, ni de vous, gentille nourrice, mais parce que mon grand-père souhaitait qu'il en soit ainsi. »

Il tendit la main et me caressa la joue, mais le bout de ses doigts était glacé comme ceux d'un démon. Je ne bougeai pas.

« Nous allâmes jusqu'au bois de chênes ; le ruisseau était haut et le courant rapide, car la pluie était tombée en abondance. Le sol était encore humide, mais notre marche n'en était pas gênée. Nous étions seuls, comme cela nous arrivait rarement, et bien que j'aie donné ma parole de ne pas m'approcher de lui, je ne semblais pas pouvoir m'en empêcher. En vérité, madame, je ne voulais pas m'en empêcher. Dieu me pardonne, je voulais faire à votre fils les mêmes choses qu'on avait faites avec moi, car j'avais commencé à en ressentir du plaisir.

— Mais... qui ?

— Comment, madame, vous ne le saviez pas ? *Grand-père, naturellement*. Quoi qu'il en soit, Michel marchait devant moi, en train de fourrager dans les buissons pour faire lever notre gibier, et je l'observais de derrière. Quand nous atteignîmes les chênes, j'étais tellement fasciné par ses mouvements, la souplesse de ses membres, le balancement gracieux de ses bras, que je m'approchai derrière lui et l'attrapai. Oh, il était fort pour quelqu'un d'aussi mince ; il s'est débattu de toutes ses forces pour se délivrer de mon emprise et a essayé de m'échapper. S'il se libérait et retournait à Champtocé, je craignais qu'il ne parle de cet incident, et que cela n'ait de graves conséquences. Je ne pouvais pas me permettre que *grand-père* soit mis au courant. Je ne pouvais pas imaginer sa réaction.

« Aussi j'immobilisai Michel ; je n'avais pas le choix. Je resserrai mes mains autour de sa gorge, pas assez longtemps pour le tuer, mais suffisamment pour le maîtriser. Je n'avais pas bien prévu les choses ; je n'avais rien pour l'attacher pendant que je prendrais mon content de lui. Mais je me souvenais des anneaux d'intestins qui sortaient du ventre de mon père quand ils l'avaient ramené, et je savais que Michel n'irait pas loin s'il était attaché avec ses propres entrailles, aussi je sortis mon couteau, et, pendant qu'il s'efforçait encore de reprendre son souffle, je lui ouvris le ventre, à travers sa chemise, pour que le sang ne jaillisse pas partout sur moi. Je sortis avec précaution une poignée de ses entrailles. Un mètre me suffisait pour l'attacher à une souche proche, mais il en sortit davantage ; je ne pouvais pas perdre du temps à essayer de les repousser à l'intérieur. Je le tournai sur le ventre – il essaya de se soulever un peu, à mon avis pour ne pas laisser traîner ses entrailles sur le sol, mais cela ne fit que m'exciter encore plus.

« Ce ne fut pas long ; j'étais jeune et très excité. Je m'attendais à ce qu'il crie, mais il ne me donna pas cette satisfaction. Je ne sais pas à quel point il était conscient pendant que je le pénétrais à coups répétés, mais quand j'en eus terminé et que je le retournai, ses yeux étaient ouverts et tellement pleins de haine que cela me fendit le cœur. Il me méprisait, madame, et je ne pouvais pas le supporter – je l'aimais tellement, et je voulais seulement qu'il me rende cet amour.

« Mais il ne voulait pas sourire. Je remontai les coins de sa bouche vers le haut, mais dès que j'éloignai mes doigts, il me fit de nouveau une grimace. Il n'est pas mort tout de suite, comme je le pensais, bien que j'eusse dû m'en douter compte tenu de ce qui était arrivé à mon père. J'essayai une nouvelle fois de repousser ses intestins à l'intérieur ; le sang était chaud et humide, et j'aurais voulu m'en enduire tout le corps pour garder sur moi son essence. Mais j'aurais été découvert ; j'allais avoir déjà assez de mal pour ôter le sang de mes mains.

« Une heure passa, et il ne mourait toujours pas. Je lui parlai doucement, mais il ne répondait pas grand-chose, seulement que je devrais dire à sa mère, à son père et à son frère qu'il les aimait beaucoup et qu'il les attendrait au ciel. Et de nombreuses fois, il me murmura qu'il me verrait en enfer.

« Pour finir, je lui tranchai la gorge, après quoi il mourut. Mais pour empêcher le sang de m'éclabousser partout, je tins sa tunique contre son cou. Je ne voyais pas ce que je faisais, et je coupai trop profondément. Sa tête était sur le point de se détacher – je n'avais jamais tué avant et je ne connaissais pas ma force à l'époque, à moins que je n'aie été doté cette fois d'une force surnaturelle, peut-être en raison de l'excitation. Elle penchait pathétiquement et, pendant que je tirais son cadavre pour le cacher, elle rebondissait derrière. Je ne pouvais pas supporter l'idée qu'elle risque de tomber, aussi je préférai la détacher. Je l'enterrai lui et sa tête dans un cairn sur la rive du ruisseau, car il y avait là de nombreuses pierres éparses, et l'endroit que je choisis se trouvait derrière un gros buisson, à peu près invisible sauf quand on s'approchait. J'attachai ma propre écharpe autour de son cou, pour qu'il paraisse intact, car je ne pouvais pas supporter de regarder ce que je lui avais fait. J'essayai de me débarrasser du sang qui me couvrait dans le ruisseau, mais je ne parvins pas à tout enlever de mes vêtements. Je sortis la dague et me fis une petite coupure au bras pour me justifier. Quand j'en eus terminé, je retournai en courant au château, en faisant de grands signes à la sentinelle quand je fus en vue. Je me mis à hurler et à gémir que Michel avait été traîné par un sanglier – vous le savez, mère, vous qui étiez dans la cour quand les cavaliers sont partis.

« Le jour tombait, et l'obscurité fut bientôt totale. Les cavaliers furent contraints de revenir, une heure peut-être après le coucher du soleil, et je ne ressortis pas avant le lendemain matin. Je sais au fond de mon cœur qu'ils avaient dû passer à quelques mètres de l'endroit où était enterré Michel, mais ils ne risquaient pas de le trouver – il était trop bien caché, du moins à ce moment-là. Je ne comprendrai jamais pourquoi votre Étienne n'a pas trébuché dessus au cours de ses incursions dans les bois ; il me raconta un jour avec quelle obstination il avait cherché. Peut-être allait-il trop loin – pensant chercher un cadavre qu'un sanglier ou un autre animal aurait traîné. Ce fut un bon moment après que je retournai voir si l'endroit était intact. Certaines pierres avaient été bougées, peut-être par un animal. La tête était en partie découverte, aussi je le découvris complètement. Le beau visage de Michel me souriait enfin. Ne pouvant pas supporter de le laisser là, je l'emportai. »

Mme Catherine Karle et son fils étaient tombés sur Michel avant que monseigneur emporte sa tête. L'arrivée soudaine de Jean de Craon les empêcha de venir raconter ce qu'ils savaient, car ils craignaient qu'il ne révèle certains secrets du passé de madame. Je n'osais imaginer quel secret pouvait être assez précieux pour l'empêcher d'évoquer quelque chose de tellement méprisable. Son fils n'avait pas voulu me le dire, et la dame elle-même était morte, si bien que je ne l'avais jamais su.

Mais, ici, devant moi, se trouvait l'homme qui avait pris la vie de mon fils bien-aimé de son plein gré. Simplement parce que l'idée avait surgi dans son imagination, parce que c'était là pour être fait, et qu'il était là pour le faire.

Je chancelai ; je devais reprendre mes esprits. Je m'assis dans le magnifique fauteuil sculpté sur lequel j'avais posé mon manteau lors de ma précédente visite en ces lieux. Je remis dans ma manche le pot en ivoire qui m'avait permis d'obtenir cette confession de la part de Gilles de Rais, et sentis la dague que j'avais apportée et que j'avais presque oubliée.

Mes doigts en agrippèrent le pommeau, ce qui me redonna une force insoupçonnée. Le pot tomba sans bruit jusqu'au fond de ma poche de manche, et j'imaginai un instant tirer la dague en direction de la lumière.

Était-ce cela que ressentait monseigneur avec le couteau à la main et le cou d'un enfant, ou le ventre blanc sous les yeux ? Il avait dû se sentir fort et tout-puissant devant ces malheureux petits sans défense contre lui ou ses copains tout aussi dépravés. Il avait dû se sentir comme Dieu Lui-même – omnipotent, tout-puissant, le maître de toutes choses à qui on ne pouvait refuser aucun plaisir dont il rêvait ou qui se présentait à lui. Avec des coups terribles et portés d'une main sûre, monseigneur avait ravi la vie d'innombrables petits garçons et d'une douzaine de jeunes filles peut-être, qui avaient eu l'audace d'être présentes quand il désirait leurs frères.

D'un seul coup puissant, je pourrais envoyer ce démon dans les profondeurs de l'enfer pour l'éternité.

Monseigneur se tenait là, les yeux fermés, comme s'il savourait ses souvenirs. Je m'avançai doucement, en tenant ma robe pour prévenir le froissement de l'étoffe. Juste avant de sortir le couteau, je priai de tout mon cœur.

Cher Dieu, pardonnez-moi pour ce que je suis sur le point de faire. Et quand viendra le moment de mon jugement, souvenez-vous que je suis Votre instrument en cet instant, que c'est Votre main qui lève la dague, que c'est Votre volonté qui la conduit. Permettez-moi d'être la main de la justice, qui trouve sa marque dans la gorge de cet être maudit, qui vous offense, Vous et toutes Vos créatures...

Soudain, Gilles ouvrit les yeux et me regarda. Ses lèvres formèrent un O de terreur, et il commença à reculer. Il leva les mains comme pour se protéger le visage.

Mais je n'avais pas encore levé la dague.

« Barron, murmura-t-il, d'une voix à peine audible. Oh, seigneur Barron, pourquoi venez-vous maintenant, quand il n'y a plus aucun espoir ? »

Quelle était cette folie soudaine ?

« Monseigneur Gilles, je ne suis pas Barron...

— Tu mens, démon. Tu mens, comme ils l'ont toujours dit ! Oh, comment ai-je pu être aussi fou pour croire que tu te montrerais véritablement à moi, mais te voici, sous les traits de quelqu'un en qui j'ai toujours eu confiance, mais tu es celui-ci que j'ai cherché avec François... »

Le couteau me parut froid et étrange dans ma main ; ce n'était plus l'élément de réconfort qu'il avait été quelques instants auparavant quand j'avais envisagé de l'utiliser au nom de Dieu. Tout à coup, c'était un objet impie. Pourtant, je ne parvenais pas à le lâcher.

Il me voyait comme le démon qu'il avait si longtemps recherché en vain. C'était la mère en moi qui avait voulu l'épargner, et, maintenant, c'était la mère en moi qui voulait le poignarder pour ses péchés. S'il me voyait comme le diable, ne pouvais-je pas en faire autant pour lui ?

Je le regardai et vis Satan. Mais était-il vraiment fou, et donc non coupable ? Simulait-il simplement la folie pour susciter ma sympathie ?

Cela m'était complètement égal dorénavant. Je tirai le couteau de ma manche et levai le bras très haut. J'avais l'impression de tenir le bâton de Moïse, l'épée de Dieu, avec une puissance défiant l'imagination. Monseigneur Gilles ne bougea pas ; il se contenta de rester sur place, heureux de recevoir ce coup de couteau. Dans ses yeux absents, il n'y avait plus aucune émotion ; peu lui importait que je le tue. Il ne se souciait plus de rien, et surtout pas de moi.

Rassemblant toute ma force dans mon avant-bras, je plongeai la lame vers le bas. Mais avant que le couteau atteigne son but dans le cœur de Gilles de Rais, quelqu'un me saisit par la taille et me fit tournoyer. Je n'avais rien entendu ; monseigneur n'avait pas appelé les gardes, et je n'avais rien fait pour attirer leur attention. Pendant quelques instants, j'eus l'impression de danser dans l'air. Pendant qu'on me maîtrisait, monseigneur fit demi-tour et s'enfuit dans ses appartements.

Puis je me retrouvai par terre dans un fouillis de tissu noir. La dague m'échappa et atterrit sur le tapis, la pointe plantée dans les fibres épaisses, où elle resta fichée, toute vibrante. Je me libérai alors de l'emprise de mon agresseur et, quand je fis volte-face, je me retrouvai les yeux plongés dans ceux de Jean de Malestroit.

Il ramassa le couteau qui tremblait encore et m'attira dans le couloir extérieur. Là, il me mit contre le mur pour que je retrouve mon équilibre. Il n'y avait pas de gardes à proximité ; il avait dû les expédier un peu plus loin dans le couloir, car il ne les aurait certainement pas renvoyés.

« Guillemette ! cria-t-il. Qu'est-ce qui vous a pris ?

— Je... je ne sais pas...

— Comment avez-vous pu envisager pareille chose ? Vous avez perdu la tête ? »

Je le dévisageai pendant quelques instants. Puis je me retournai vers le salon vide.

« Non, Éminence. Je crois plutôt que je l'ai peut-être retrouvée. »

36

On ignorait toujours ce qui était arrivé à treize enfants. Les parents de ces garçons avaient perdu tout espoir de les revoir après avoir été confrontés à la dure réalité de ce qui était arrivé à Earl Jackson et de l'épreuve qu'avait vécue Jeff. La plupart se retournèrent vers les autorités afin que tout soit mis en œuvre pour trouver ce qu'étaient devenus les cadavres.

Wilbur s'était révélé le meurtrier le moins coopératif qui soit, n'hésitant pas à se foutre de nous parfois. Mais nous savions ce qu'il leur avait fait – tout était enregistré. Il se servait de tous les enfants qu'il enlevait comme « acteurs » forcés pour réaliser un horrifiant amalgame comprenant leurs tortures et leurs morts filmées. Au studio Angel Films, un membre de l'équipe médico-légale tomba sur un coffre-fort scellé dans un mur et parfaitement bien dissimulé, dans lequel étaient rangées plusieurs bobines de films différentes des autres. Je me demanderais toujours pourquoi Wilbur n'avait jamais mentionné leur existence à Sheila, ni l'endroit où elles se trouvaient. Peut-être croyait-il dans ses pensées les plus folles qu'il s'en sortirait et pourrait les utiliser.

Wilbur se débarrassait du corps de ses victimes, mais on ne sait pour quelles raisons, il gardait leurs baskets. Et le croiriez-vous, un certain nombre de distributeurs de films vinrent se présenter pour raconter que Wilbur avait discrètement cherché à vendre ces films dont il avait montré quelques extraits. Il avait également proposé d'éventuels scénarios en espérant trouver un acquéreur.

« C'était purement et simplement de la pornographie enfantine violente à peine déguisée, nous raconta l'un d'eux. Pas du tout mon genre. Mais les effets spéciaux étaient absolument incroyables, tout paraissait réel. Je n'avais jamais rien vu de tel », assura-t-il.

Il n'était pas étonnant que les effets aient paru tellement véridiques. Dieu merci, personne ne se risqua à en acheter pour en faire la promotion ou la distribution.

« C'était vraiment trop, trop exagéré, pour des chaînes normales, dit un distributeur. Mais attention, des copies vont sûrement sortir. Il va y avoir un énorme marché noir pour ce truc. »

Il avait raison. Le *Film sans titre* devint un énorme succès *underground* sur les sites porno spécialisés dans des films du genre éventreur et pédophilie extrême. Tout cela faisait partie du vaste plan de Wilbur.

Aucun d'entre nous ne parvint jamais à comprendre pourquoi les baskets avaient tellement d'importance pour lui. Peut-être était-ce la seule chose qu'ils avaient tous en commun, qu'il pouvait cacher au vu et au su de tout le monde pendant qu'il se livrait discrètement à son carnage. Cela devait lui procurer une intense satisfaction que des gens fouillent régulièrement dans ce trésor sans comprendre de quoi il s'agissait. Erkinnen avait raison quand il soutenait depuis le début que les assassins ont tendance à garder des souvenirs de leurs victimes. Jeffrey Dahmer avait un réfrigérateur plein de têtes, et un congélateur bourré de morceaux de corps, pour quand il « voulait un snack ». Ed Gein, le véritable personnage qui avait servi de base au Buffalo Bill du *Silence des agneaux*, n'avait pas hésité à enlever et à tanner des morceaux de peau de ses victimes. Il avait entrepris de se faire une combinaison à partir de ces trésors quand il fut arrêté. Dans le livre qu'Erkinnen m'avait prêté – croyez-le si vous voulez, il est toujours sur ma table de chevet –, j'avais lu quelque chose concernant le chevalier du xve siècle, le noble Gilles de Rais, qui conservait les têtes de ses trois cents victimes supposées afin de pouvoir décider laquelle était la plus belle.

Doux Jésus.

Les baskets étaient restées tout le temps au studio au vu et au su de tout le monde dans un carton ouvert. C'était dangereux et éminemment téméraire, mais Wilbur comptait pouvoir s'en tirer. Ce fut longtemps le cas. À la fin, c'est son désir de garder à portée de main les reliques de ses crimes qui lui fut fatal.

J'ai le sentiment que Wilbur mesurait parfaitement le risque qu'il encourait. *Il voulait probablement être pris*, me dit Doc au cours d'une de nos conversations d'après cauchemar. *Cela ne lui était probablement pas complètement indifférent.* Peut-être une partie de Wilbur Durand détestait-elle ce qu'il faisait. Pourrait-on dire qu'il lui restait un zeste de bon sens qui le poussait à être découvert ?

C'était peut-être le cas, mais cela ne sauta aux yeux de personne le jour où les inspecteurs se mirent à l'interroger pour savoir ce qui était arrivé à ses précédentes victimes.

Quelles précédentes victimes ? leur demanda-t-il alors. Et Sheila intervint : *Nous ne reconnaissons aucune victime précédente.*

Cette posture mettait hors d'eux Spence et Escobar, qui, entre-temps, avaient été officiellement désignés pour s'occuper de l'affaire. L'éventualité d'une réduction de peine s'il révélait l'endroit où se trouvaient les corps fut soulevée avec Sheila Carmichael, qui écouta attentivement, puis répéta une nouvelle fois à la police que son client n'avait rien à voir avec ces disparitions. Mais elle proposa une notification d'opposition, disant que, étant son avocat, elle se sentait tenue d'aller lui présenter toutes les propositions que la police et les procureurs pourraient faire, et que, en conséquence, elle en parlerait avec lui – non que cela serve à grand-chose, étant donné qu'il ignorait absolument tout de ces autres disparitions.

« Vous savez qu'il est fou, ajouta-t-elle, il risque donc de dire n'importe quoi. Je ne peux rien prédire, pas plus que je n'en ai le contrôle. »

James Johannsen reçut les familles des victimes pour leur expliquer les discussions qui avaient eu lieu entre les parties. Il cherchait à obtenir des familles la « permission » d'insister encore davantage sur ce point. Il leur demanda en prenant des gants s'ils accepteraient de retirer la menace de la peine de mort à condition de savoir ce qui était arrivé aux corps.

J'ignore si ma vengeance pourrait être complète si j'acceptais de vivre à jamais avec une telle interrogation. Le secret de ce qui était arrivé à ces petits garçons disparaîtrait à jamais avec Wilbur. L'affaire ne serait jamais close pour treize familles, qui se couchaient tous les soirs en imaginant le pire, ou en espérant ce qui pourrait être encore à peu près tolérable, que l'enfant, par miracle, soit encore en vie, et en train de ramper à travers l'obscurité froide dans un effort désespéré pour regagner la maison, comme un chien perdu. C'était pitoyable, terrible, le pire qui pouvait arriver à une famille. Certaines d'entre elles semblaient avoir honte de se retrouver face à moi, honte de bien vouloir consentir à troquer l'indulgence contre la certitude. Elles voulaient surtout que l'affaire soit définitivement close. Savoir ce qui était arrivé à Jeff était un des cadeaux les plus étranges que m'avait fait la vie. Je n'avais plus besoin d'imaginer quoi que ce soit. Eux, non, et ils ne s'en priveraient pas.

Je respectai ma promesse à mon amie journaliste et ne parlai plus jamais à quelqu'un d'autre de la presse après ça. C'était difficile, car ils me pourchassaient. Mais aucune des familles n'était liée par la même obligation – ils pouvaient parler librement. Certains le firent. Une famille vendit même son histoire à un tabloïd bas de gamme pour une somme indécente. Faire du fric avec cette horrible histoire me répugnait. Inexcusable.

De nombreuses fois au cours des discussions avec Johannsen, j'aurais aimé lui faire part du fond de ma pensée. *Vous ne comprenez pas*, aurais-je voulu dire aux autres familles. *Malgré tout ce que nous savons à propos de ce monstre, vous voulez encore marchander avec lui ? Ce type veut monopoliser l'attention ; il reçoit déjà des lettres d'amour et des offres de mariage de toutes les bimbos cinglées des alentours. Tous les torchons du monde se traînent jusqu'à sa cellule, et le supplient de leur accorder une histoire. Vous ne faites qu'attiser ce feu.*

Mais je ne pouvais pas. Mon éthique professionnelle ne me permettait pas de révéler les détails : cela aurait pu compromettre l'affaire si une partie en était divulguée. Et dans la mesure où certaines de ces personnes vendaient déjà leur histoire personnelle, je ne pouvais pas prendre le risque qu'ils vendent en plus des secrets de l'enquête.

La décision de Johannsen de requérir la peine de mort fut annoncée au cours d'une conférence de presse soigneusement orchestrée. Sheila Carmichael fit peu de commentaires, mais elle réussit à reprendre les propres mots du procureur à l'avantage de son client.

« Nous sommes préparés à défendre Wilbur Durand contre toute accusation en utilisant toutes les possibilités que nous offre la loi », déclara-t-elle dans une interview suivant l'annonce.

Elle s'efforça d'inclure dans le jury les gens les plus bizarres disponibles dans le groupe de candidats potentiels. Elle usa de toutes ses objections pour exclure grands-mères, professeurs, parents, autrement dit toute personne ayant une relation évidente avec des enfants. Évidemment, le jury idéal pour juger Wilbur Durand, un groupe radical de mâles sans enfant, avec une identité sexuelle mal définie, un sens inné de son bon droit, et des mœurs sociales adaptables, pouvait difficilement être rassemblé, même par le plus pointilleux des consultants en matière de jury.

Les douze titulaires et les six remplaçants choisis n'avaient pas « cet air d'acquittement », comme Sheila l'aurait remarqué selon la rumeur. Elle réussit pourtant à inclure dans le groupe deux personnes opposées à la peine de mort.

« Je savais que cela allait devoir suffire, dit-elle au cours d'une interview d'après procès. C'est amusant de voir comment tournent les choses. Vos stratégies ne marchent pas toujours de la façon prévue. »

Dans son préambule au jury, le président du tribunal insista en leur disant qu'ils devaient condamner ou acquitter (il ne mentionna pas l'innocence) en s'appuyant uniquement sur les faits de l'affaire, et que l'éventualité du châtiment suprême ne devait en aucun cas influer sur leur processus de décision. Il prit soin de leur faire remarquer qu'un supplément de preuves serait recherché et examiné dans la phase finale du procès, s'ils devaient décider d'un verdict de culpabilité, et qu'il n'était pas décidé d'avance que tout accusé contre lequel la peine de mort est requise, s'il est condamné, soit condamné à mourir. Il leur demanda également de ne pas laisser leurs convictions religieuses ou politiques sur la peine de mort interférer dans leur verdict, un avertissement toujours formulé, et rarement, et même jamais, respecté.

Je pleurai comme un bébé quand ils le jugèrent coupable et le condamnèrent à mort.

37

Jean de Malestroit me remit aux bons soins d'un garde, en lui expliquant que je me sentais mal et ne devais pas quitter les lieux avant son retour. Puis il disparut dans les appartements de Gilles, comme si de rien n'était. Il en ressortit quelques minutes plus tard, le visage grave et sombre.

« Il m'a confirmé ce qu'on racontait, dit mon évêque. Qu'il vous avait avoué le meurtre de Michel. »

Je l'agrippai et m'accrochai désespérément à lui.

« Il n'a pas arrêté de me narguer avec son récit, avec chaque détail horrible. Et je l'ai écouté ; c'était comme si je ne pouvais pas m'empêcher de l'écouter. Des blasphèmes et des horreurs tels que je n'en avais jamais entendu auparavant... »

Jean de Malestroit se signa et posa la main sur mon front.

« Notre Père qui êtes aux cieux, pria-t-il à haute voix, accordez à cette femme une attention toute spéciale et apportez-lui du réconfort, car elle traverse un moment particulièrement sombre. »

Il me guida dans le couloir jusqu'à l'escalier.

« Je suis allé vous chercher dans votre chambre. Jean m'a dit que vous étiez partie et qu'il se doutait que vous aviez l'intention d'aller voir Gilles. J'étais surpris, mais il m'a dit que vous y étiez déjà allée. Guillemette... est-ce vrai ? »

J'acquiesçai d'un petit signe de tête.

« Mais... pourquoi ?

— Lui seul pouvait répondre à certaines questions. Mais j'aurais préféré que Jean ne vous le dise pas. Cela n'aurait rien changé que vous ne soyez pas au courant de ces visites. »

Il prit son air habituel de désapprobation, que je trouvai étrangement réconfortant.

« Nous en parlerons plus tard, ma sœur ; nous aurons largement le temps de discuter de tout cela. Pour l'instant, je suis heureux qu'il l'ait fait. Dieu seul sait ce que vous auriez pu faire quelques secondes plus tard. Pour une femme de votre rang, agir d'une telle...

— Maudit soit mon rang ! Pourquoi dois-je toujours vivre en suivant les lois de mon rang !

— Parce que ce sont les lois qui nous régissent, et il est bien qu'il en soit ainsi, pour chasser le chaos obscur qui survient en l'absence de lois. »

Il se tut un instant.

« Nous avons vu ce qui arrive, reprit-il, quand quelqu'un veut vivre hors la loi ou, dans le cas de monseigneur, au-dessus des lois. Mais je crois que n'importe quel juge clément vous aurait acquittée pour l'avoir tué dans de telles circonstances.

— Comme ils l'ont fait pour la femme qui a tué son mari, bien qu'il l'ait lui-même presque battue à mort ?

— C'est tout à fait autre chose. Ce que vous avez vécu est bien pire.

— Vous ne connaissez pas la moitié de ce que j'ai vécu.

— *Au contraire*, dit-il, avec une grande tendresse dans la voix. J'en connais la totalité.

— Ce n'est pas possible. À moins que Jean ne vous l'ait raconté.

— Je n'ai besoin ni de Jean ni de personne pour connaître en quoi consistaient vos soupçons. Vous soupçonniez monseigneur d'avoir tué votre fils depuis des mois. Et à présent, vous savez sans le moindre doute qu'il l'a effectivement tué.

— Pourquoi n'en avez-vous pas parlé avant ?

— Au fond de mon cœur, exactement comme vous, je n'étais pas certain jusqu'à présent qu'il l'ait fait. Et étant donné qu'il avait commis tellement d'autres meurtres, celui de Michel n'était pas nécessaire pour le déclarer coupable. Depuis quelque temps, je savais qu'il n'avait pas pu en être autrement. Dans la mesure du possible, je voulais vous épargner cela. »

J'avais voulu, de toutes mes forces, en faire autant pour moi, au point que mon propre esprit avait réussi à m'épargner en refusant simplement de le croire. À un moment donné au cours de la phase de découverte, l'incroyable vérité m'était tombée dessus comme une pluie d'hiver glaciale. Tant que j'avais pu, j'étais restée blottie dans un manteau de tissu ciré pour que les horribles gouttes roulent dessus sans m'atteindre. Et c'est bien ce qui s'était passé – après que Gilles eut juré qu'il n'aurait jamais pu commettre un tel acte, j'avais réussi à mettre tout cela de côté pendant un moment. Pourquoi l'avais-je cru ? Pour ces mêmes raisons qui l'avaient poussé à tuer – à vouloir tuer –, et l'occasion s'était présentée. J'avais voulu le croire, et tout me portait à le croire.

Nous restâmes silencieux pendant que nous descendions l'escalier.

« Merci d'avoir voulu me protéger, dis-je en arrivant dans la cour, mais de savoir la vérité m'a d'une certaine façon délivrée de son poids. J'ai vécu pendant tellement d'années sans savoir ce qui était arrivé à Michel que je vais peut-être regretter de ne plus porter ce fardeau. Je vais éprouver un vide en moi, alors qu'autrefois il y avait de l'espoir.

— Vous trouverez de quoi combler ce vide », dit-il.

Avec une grande tendresse, il glissa une mèche folle sous la coiffe blanche qui retenait mon voile.

« Vous allez être très occupée ici, vous pouvez en être certaine. »

Jean devait avoir suffisamment récupéré pour rejoindre son groupe, car, lorsque nous arrivâmes dans ma chambre, il n'était plus là.

« Je n'ai pas la moindre idée de l'heure, dis-je en m'effondrant sur mon lit. Je n'ai jamais été à ce point épuisée. Je vais peut-être dormir un long moment. Mais avant, je vous en supplie, dites-moi s'il vous plaît ce que vous avez dit à monseigneur pendant que vous étiez là-bas.

— Ce n'est pas le moment de parler de cela.

— Je vous en prie, Éminence, il ne peut pas y avoir de meilleur moment. »

Il tendit la main et ferma la porte, puis s'assit avec précaution dans mon petit fauteuil. Il considéra la robe bleue pendant quelques instants, mais ne fit aucun commentaire.

« J'ai passé un accord avec lui. Monseigneur livrera des aveux plus complets demain. Il confessera avoir commencé à commettre ses crimes dès son jeune âge, et non l'année de la mort de son grand-père. »

Cela faisait partie des droits de Gilles de Rais de dire ce qu'il voulait demain ; cela lui avait déjà été accordé et ne pouvait pas être abrogé. Ce serait sa dernière occasion de s'adresser aux représentants de Dieu pour expliquer ses actes.

« Alors il ne dira pas qu'il a tué Michel.

— Non, je peux le lui demander si vous le souhaitez.

— Non, dis-je doucement. Ce serait un supplice d'entendre tout cela une nouvelle fois. Mais vous êtes resté un certain temps ; vous avez dû parler d'autre chose.

— D'autres décisions ont été prises, mais elles n'ont aucune conséquence pour le moment, et vous ne devez pas vous en soucier. »

Il se leva assez brusquement.

« Je vous laisse donc à vos rêves. Bonne nuit.

— Bonne nuit, mon évêque. »

Je me retrouvai seule face à la vérité amère.

Je me déshabillai complètement avant de me glisser au lit – j'enlevai ma robe, ma chasuble, la chaîne en or que je portais au cou. Je voulais être aussi dépouillée et pure qu'au jour de ma naissance. En agissant ainsi, j'espérais pouvoir m'imaginer délivrée des fardeaux d'une vie. Mais ce ne fut pas le cas. Mon esprit ne se laissa pas faire.

Je fis des rêves d'une noirceur indescriptible. Je me réveillai plusieurs fois, en sueur, avec d'abominables images de mon fils décapité. Parfois, il faisait appel à moi et me poursuivait, et j'essayais de m'échapper, et, dans le rêve suivant, c'est moi qui le poursuivais. Parfois ses entrailles sortaient, luisantes de sang, mais il trébuchait alors dessus, perdait l'équilibre, tombait sur la rive du ruisseau en contrebas du bois de chênes, et restait étendu là, se tordant de douleur, en train d'agoniser.

Au cours d'un autre rêve, je tenais sa tête dans mes bras, mais le reste de son corps n'était pas là. Nous nous penchions au-dessus d'une tombe, peut-être celle d'Étienne, et ses yeux sans vie pleuraient. Les miens également. Je me réveillai le visage mouillé et les yeux tout collés.

De nouveau, monseigneur confessa tous ses crimes, mais cette fois, il compléta la confession qu'il avait faite dans ses appartements privés. Il ne cita pas nommément mon fils Michel, bien que le cas d'autres enfants fût rappelé spécifiquement et en détail, en particulier, le garçon de Vannes dont le corps sans tête avait trouvé le moyen de résister à la destruction et fut finalement poussé dans les latrines par Poitou.

Comme promis, il se montra plus précis quant à l'époque où il avait commencé son terrible règne. Mais il semblait ne pas pouvoir s'empêcher de blâmer quelqu'un pour la route difficile qu'il avait choisie.

« ... depuis mon tout jeune âge. J'ai péché contre Dieu et Ses commandements et offensé notre Sauveur à cause du mauvais traitement que j'ai reçu dans mon enfance, quand, sans freins, je me livrais à tout ce qui me plaisait et me faisais plaisir avec chaque acte illicite.

« ... j'ai péché contre nature de façons qui ne sont pas racontées en détail dans les articles. Que cela soit publié en langue vernaculaire pour tous les hommes, dont la plupart ne connaissent pas le latin, afin qu'ils le lisent et le prennent à cœur. Que ce rapport soit rédigé pour ma propre honte, car c'est à travers cet étalage de mes péchés que j'obtiendrai plus facilement le pardon de Dieu et Son absolution. Tout cela est dû à ma nature délicate étant enfant... »

J'étais assise entre frère Jean La Drappière et frère Demien DeLisle. À eux deux, ils réussirent tout juste à me retenir quand je voulus manifester ma colère.

Je baissai la voix, mais parlai sans détour.

« Il n'a *jamais* été délicat. »

« ... je me suis livré à ces plaisirs et ai fait en suivant ma volonté tout le mal que je pouvais. Je vous en prie, vous tous, pères, mères et voisins de tous les jeunes garçons, je vous exhorte à les élever avec de bonnes manières, en leur donnant de bons exemples et de bons préceptes, à leur enseigner ces choses et surtout à ne pas les laisser tomber dans les mêmes pièges où je suis tombé. En raison de ces passions, et pour satisfaire mes désirs sexuels, j'ai pris et incité d'autres à prendre de si nombreux enfants que je ne peux pas en déterminer le nombre exact. Tous ont été tués, mais pas avant que j'aie satisfait le vice de sodomie en éjaculant du sperme sur leurs ventres, autant après leur mort qu'avant. Sille et Briqueville étaient là avec moi, tout comme Poitou, Henriet, Rossignol, et Petit Robin. Nous leur avons infligé différentes formes de tortures, y compris le fait de les éventrer de bas en haut et de leur couper la tête avec de longs poignards, des dagues et des couteaux. Parfois, nous les frappions sur la tête avec un gourdin ou quelque autre instrument. Il arriva que nous les attachions et les pendions à une patère ou à un crochet et, pendant qu'ils attendaient, je prenais mon plaisir avec eux. Et parfois, pendant qu'ils mouraient, je m'asseyais sur leur ventre et les regardais mourir, et nous nous moquions d'eux, Henriet, Poitou et moi.

« Je prenais ces enfants morts dans mes bras et admirais leurs têtes et leurs membres, afin de déterminer lesquels étaient les plus beaux. J'ai gardé ces têtes, jusqu'au jour où j'ai dû renoncer à conserver la majeure partie d'entre elles... »

Il exhorta les parents à protéger leurs enfants contre la déchéance qu'il avait connue, en les élevant de façon à ce qu'ils l'évitent.

« ... j'incite ceux d'entre vous qui ont des enfants, à leur enseigner de bons préceptes et à leur donner l'habitude de la vertu dès leur plus jeune âge... Veillez sur vos enfants, qui ne devraient pas être trop bien habillés et vivre dans l'oisiveté. Gardez-les de développer un goût pour les nourritures délicates et l'hypocras, car c'est ce goût qui m'a conduit à vivre dans un perpétuel état d'excitation, durant lequel j'ai commis la plupart de mes crimes. »

À la fin, il demanda le pardon de ceux à qui il avait fait du mal.

« J'implore les parents et amis de ces enfants que j'ai cruellement massacrés, pour qu'ils m'accordent leur pardon, et leur concours pour prier pour le repos de mon âme. »

Quand il eut terminé, un silence total retomba, jusqu'à ce que Chapeillon se lève de son siège.

« Décidons d'un jour pour la sentence définitive, dit-il.

— Parfaitement, dit Jean de Malestroit, d'une voix empreinte du même désir profond que celui que je ressentais de voir tout cela prendre fin. Nous nous réunirons demain à cette fin. »

Il donna un coup de maillet puis se leva à son tour. La séance était ajournée.

Ce fut la dernière confession de monseigneur Gilles.

« Je ne pensais pas pouvoir être encore plus perturbée par ses aveux, dis-je à Jean. Mais chaque récit descend un peu plus au fond de mon cœur.

— Nos cœurs sont particulièrement vulnérables en ce moment, en regard de ce qui a été révélé. Savoir qu'il a tué mon frère est la pire blessure qu'il pouvait m'infliger.

— La première blessure qu'il t'a infligée est peut-être tout aussi grave, dis-je. Être à ce point poursuivi, menacé et contraint de toucher... de... se soumettre... »

Je pleurais à l'intérieur de moi, mais je n'avais plus de larmes à verser. Incapable de prononcer le mot, je parvins tout juste à chuchoter.

« De se livrer à la sodomie. Mon Dieu, Jean, je donnerais tout pour revenir en arrière, pour tout reprendre. Nous aurions pu quitter cet endroit maudit et aller ailleurs.

— Pour faire quoi, mère ? Pour cultiver la terre ? Père n'était pas un fermier, pas plus qu'un gardien de troupeau. C'était un soldat, et les soldats sans attache deviennent des bandits de grand chemin pour nourrir leur famille. Je ne voulais pas que cela nous arrive. Tous nos espoirs et nos rêves, mon éducation, l'espoir de Michel de devenir soldat, tout aurait été perdu. »

Il avait raison, bien sûr. Il avait protégé tous ceux qu'il aimait et tout ce à quoi il tenait. Mais il n'aurait pas dû y être contraint. Qu'il vive sa vie d'homme dans un tel état de grâce était miraculeux après ce qu'on lui avait fait.

« Viens », dis-je.

J'abandonnai le banc de pierre sur lequel nous étions assis dans la cour. Le vent de cette fin d'octobre avait fraîchi, et j'avais froid partout, aux doigts, aux orteils, au nez.

« Essayons d'oublier nos chagrins pour trouver la joie. »

À cette fin, nous partîmes à la recherche de frère Demien. Le prêtre arboriculteur nous avait quittés tout de suite après la séance du tribunal pour veiller au tri des pommes. Les plus parfaites seraient conservées dans le cellier froid pour la consommation hivernale. Celles ayant été abîmées seraient envoyées au pressoir pour leur jus, lequel resterait dans des fûts de chêne pendant un moment, jusqu'à ce qu'il ait fermenté. J'aurais tellement aimé boire un verre ou deux de ce délice pour compenser les événements de la journée.

Le cellier sentait merveilleusement bon quand nous y entrâmes, l'air y était beaucoup plus chaud qu'au-dehors, où l'on sentait déjà la fraîcheur de l'automne et les prémices d'un hiver froid. Il y avait des tonneaux et des boisseaux de pommes partout. Frère Demien avait choisi un certain nombre de pommes rouges et les avait mises de côté. J'en pris une et l'admirai.

« Pour le plateau du matin de Son Éminence ? dis-je.

— Et le cellier du duc Jean », répondit-il.

Il regarda tout autour de la grange, surveillant l'avancée des opérations.

« Tout va bien, dit-il, sauf que nous avons été beaucoup dérangés cette année. »

Il prit négligemment une pomme d'un tonneau et la mit dans un autre.

« Je n'ai pas été aussi attentif que j'aurais dû. Bien sûr, les frères et les sœurs œuvrent sans moi, et ils font un travail tout à fait louable, mais mon œil rendrait les choses encore plus réussies. »

En d'autres mots, s'il avait été là pour superviser, il n'aurait pas été obligé de déplacer les pommes d'un tonneau à l'autre.

« Cette récolte a été tout à fait inhabituelle, dis-je. C'est une année exceptionnelle.

— Puissions-nous ne plus connaître de telles années », dit frère Demien.

Il se signa, pour que cela ait encore plus de chance de se réaliser.

« Mais j'oserais dire qu'elle deviendra encore plus mémorable, et bientôt.

— Comment ? demandai-je.

— Il paraît que monseigneur Gilles veut s'entretenir de nouveau avec Son Éminence et L'Hôpital. Il veut négocier.

— Quelle possibilité de marchandage reste-t-il encore ?

— Sa mort.

— Mais il est certain qu'il va être mis à mort. Pour Son Éminence, il ne saurait en aucun cas être question de simple emprisonnement.

— Bien sûr, dit frère Demien. Cela est hors de question. Mais d'après ce qu'on m'a dit, il voudrait modifier la façon dont il sera mis à mort. »

La colère me prit ; j'espérais que cela passe inaperçu. Mais ce ne fut certainement pas le cas car les deux jeunes prêtres, mon fils et frère Demien, se tournèrent aussitôt vers moi pour me dévisager.

Je remontai de nouveau la capuche sur mon voile et, sans un mot, je me dirigeai vers la porte. J'étais dehors en train de courir vers le château avant même que Jean puisse ouvrir la bouche.

Mon fils, grâce à ses jambes plus jeunes, me rattrapa, bien sûr. Mais je ne lui permis pas de m'accompagner chez Jean de Malestroit. En réaction, il se conduisit de la manière la moins convenable pour un prêtre, en proférant des jurons bien sentis et sacrilèges, comme peut le faire un fils en colère pour tenter d'influencer sa mère. Mais je refusai de céder à ses efforts répétés pour me persuader.

Son Éminence avait un plateau de souper devant lui. Des parchemins jonchaient la table ; la nourriture semblait intacte. L'expression inquiète disparut de son visage quand j'entrai, et son accueil chaleureux me parut très sincère.

« Je pensais que vous dîneriez avec votre fils, sinon je vous aurais invitée à vous joindre à moi.

— Je n'ai pas le moindre appétit aujourd'hui. Vous non plus, apparemment, ajoutai-je en désignant son plateau.

— J'ai l'estomac chaviré et ne veux prendre aucune nourriture.

— C'est compréhensible, au regard de ce qu'on vient de m'apprendre. Est-il vrai qu'il va négocier pour obtenir plus de clémence ?

— Oui.

— Et vous la lui accorderez ?

— Seulement si j'y étais obligé compte tenu des circonstances, ce que j'ai du mal à imaginer. À moins que quelque chose d'exceptionnel n'arrive d'ici demain, je le condamnerai à être brûlé sur le bûcher jusqu'à ce qu'il soit réduit en cendres. Et je veillerai ensuite à ce que ses cendres soient éparpillées au vent. »

C'était un sort terrible, inconcevable, pour quelqu'un qui croyait dans une vie après la vie, de savoir que ses restes humains seraient dispersés comme une vulgaire poussière. Mais on ne pouvait pas faire moins.

« Je ne suis pas la seule dont le repos serait perturbé à jamais si on devait avoir pitié de lui. Il n'a pas eu pitié de mon fils, ni de légions d'autres fils disparus.

— Et vous n'êtes pas la seule personne à éprouver de tels sentiments à cet égard, dit-il doucement. Mais je suis obligé de recevoir cette requête, aussi bien en tant que juge qu'en tant qu'homme de Dieu.

— Quand allez-vous le voir ?

— Le verdict et les sentences seront délivrés demain. Il faut donc que ce soit ce soir.

— Je vous donnerais bien le même conseil que celui que vous me donneriez probablement si je devais monter dans sa tanière du diable.

— À savoir...

— Faites attention à ne pas le laisser vous enjôler. Le diable est un menteur et il prend de nombreuses formes, dont l'une se trouve à l'étage. »

Je retournai auprès de mon fils, et nous fîmes semblant de dîner. Nous éparpillions la nourriture autour de nos assiettes ; le bout de nos doigts devint gras mais nos couteaux s'avérèrent pratiquement inutiles. Quand la jeune sœur qui nous avait apporté notre repas revint, elle le reprit, presque intact.

Nous nous rendîmes ensemble à l'office du soir, et, quand vint le moment pour chacun de nous de prier selon nos propres intentions et nos vœux, je priai pour que Gilles de Rais subisse un châtiment rapide et certain.

« Le verdict sera énoncé demain, dis-je en me relevant après m'être agenouillée. Nous serons là, en mémoire de ton frère et de mon fils, et de tous ces enfants qui nous ont été enlevés.

— Amen », dit Jean.

Hors de la chapelle, nous prîmes chacun un chemin différent, lui pour rejoindre ses compagnons, moi vers le couvent. Tandis que je traversais la cour, une jeune sœur s'approcha de moi avec un message : Son Éminence voulait s'entretenir avec moi.

Sans hésiter, je me dirigeai aussitôt vers ses appartements.

Il me pria de m'asseoir, ce que je fis, mais à peine installée, c'est moi qui commençai à lui poser des questions.

« Comment s'est passée votre entrevue ? »

D'après l'expression douloureuse de son visage et ses traits tirés, il était clair qu'il avait accepté.

« Il sera enterré dans une fosse, dit-il doucement. Nous le pendrons d'abord, puis le brûlerons, mais son corps sera retiré des flammes avant d'être complètement consumé. »

Il me regardait dans les yeux, attendant ma réponse.

Je m'accordai un moment de réflexion avant de parler.

« Une immolation symbolique. »

J'étais amère et malheureuse, mais incapable de l'exprimer convenablement.

« Et les autres ?

— Il a demandé qu'on leur permette de mourir après lui, pour qu'ils puissent assister à son exécution et être certains qu'il n'a pas échappé au châtiment : il estime que, puisqu'ils ont été à son service, ils méritent ce traitement étant donné qu'il a été la cause de leurs errements. Il est persuadé que, sans son influence, ni Poitou ni Henriet n'auraient mené une vie aussi méprisable s'ils n'avaient pas été ses serviteurs. J'ai accepté qu'il en soit ainsi. »

Cela semblait une dispense appropriée pour les pages.

« Et il mourra ensuite, comme vous l'avez décrit ?
— Il mourra. »

Je n'essayai même pas de cacher ma déception.

« Vous avez passé un accord avec le diable, Éminence. »

Dégoûtée et furieuse, je me levai et le regardai en face.

« Qu'a-t-il proposé ? La clef d'un coffre-fort plein d'or à livrer au duc Jean ? Une formule de transformation des métaux véritablement efficace ? Le calice de l'eucharistie du Christ ?
— Guillemette, je ne peux pas dire...
— J'en attendais plus de vous. »

Sans rien dire de plus, je fis demi-tour et partis, les yeux pleins de larme devant cette nouvelle trahison.

Je m'agitai et gémis toute la nuit. Je me retournai d'un côté à l'autre et mouillai mes draps à force de transpirer. Le lendemain matin, le tribunal était réuni dans le seul but de déclarer la culpabilité d'Étienne Corrilaut, également appelé Poitou, et d'Henriet Griart, tous deux serviteurs du baron Gilles de Rais, qui étaient condamnés à être brûlés. Tous les deux gardaient les yeux fixés au loin dans le vague, aucun ne dit le moindre mot pour sa propre défense. Ils furent ramenés dans les cachots sombres, répugnants et glacés, dans lesquels ils séjourneraient pendant le bref temps qui leur restait de leur vie méprisable, pendant que leur maître rusé et intelligent dormait dans des fourrures devant un feu. Telle est la justice de Dieu, qui n'est en rien une justice.

38

Le procureur Johannsen eut la bonté de m'appeler avant que la nouvelle éclate.

« Sheila Carmichael a présenté une requête visant à rouvrir le cas de Jeff sous prétexte que vous, en tant que victime supposée, étiez aussi impliquée dans l'enquête, me dit-il.

— Quoi ? »

J'étais abasourdie.

« Je n'ai jamais été une victime. Jeff est le copain de mon fils, pas mon fils.

— Étant donné que vous êtes une "intime" de sa famille – "amie de la famille" équivalant à intime pour elle –, votre zèle à poursuivre Wilbur était plus intense qu'il ne l'aurait été autrement. "Renforcé", je crois que c'est le mot exact qu'elle a employé dans la lettre.

— Seigneur.

— Apparemment, elle a exhumé une vieille affaire dans laquelle le verdict fut annulé car un des flics qui enquêtaient sur celle-ci pouvait également être considéré comme une des victimes. Le jugement a fait état d'une motivation excessive et partiale de la part de l'enquêteur.

— Ça n'a joué en rien. Avant que Jeff soit en cause, je m'étais déjà investie un maximum dans cette affaire.

— Je le sais. Mais on prend des précautions ridicules pour des affaires relevant de la peine capitale.

— Y a-t-il la moindre chance pour que le verdict soit annulé ?

— Pas tous les verdicts.

— Quel est le problème alors ?

— C'est une ruse pour négocier.

— Qu'est-ce qu'elle peut lui valoir ?

— Sa vie. »

Je restai sans voix.

« À mon avis, le juge trouvera cela aussi fou que nous, dit Johannsen. Mais on ne sait jamais.

— Quand cela sera-t-il rendu public ?

— Elle ne présentera pas sa requête avant quelques jours. Elle a dit que c'était par courtoisie qu'elle me tenait au courant.

— Ça me semble une manœuvre stupide. On pourrait penser que c'est plutôt pour vous surprendre, vous prendre au dépourvu.

— À mon avis, Sheila aime le conflit. Et elle aime avoir l'impression de tirer toutes les ficelles. »

J'avais promis à Peter Moskal de le tenir informé de tous les développements concernant Wilbur. L'État du Massachusetts n'avait pas, au vu de la condamnation à mort de Durand, demandé l'extradition. Je ne dormis pas de la nuit et repensai à ce que Johannsen m'avait dit – quelle comédie ce serait si Wilbur s'en tirait. Je le vivrais comme une tragédie personnelle s'il échappait à la chaise électrique.

Quand les premières lueurs du jour commencèrent à filtrer à travers les stores, j'avais décidé d'attendre pour appeler Moskal et savoir ce qui se passait.

Je me rendis à la brigade ce jour-là, ce que je n'avais pas fait depuis un certain temps. Le département m'avait déchargé jusqu'à nouvel ordre d'une grande partie de mes activités, mais Fred m'avait dit que cela n'avait pas d'importance que je vienne ou non – je serais payée de toute façon. Il était presque plus difficile de rester à l'écart que d'être présente : l'endroit et l'agitation qui y régnait me manquaient. Apparemment, je leur manquai aussi, car, lorsque je franchis la porte, je fus accueillie par une vague d'exclamations chaleureuses.

Passé le moment des amabilités, chacun retourna à ses propres affaires. Tout le monde sauf Spence et Escobar.

« Comment ça va, Lany ? demanda Escobar avec une inquiétude sincère. Tu as l'air un peu fatiguée. »

Je m'étais vue ce matin dans le miroir. *Un peu fatiguée* était une gentillesse de sa part.

« Pas trop bien, Ben. J'ai reçu un appel de Johannsen hier soir. »

Je leur fis part de ce qu'il m'avait dit.

« Merde, commenta Spence.

— Zut, dit Escobar.

— Oui. Ce serait vraiment minable. »

Nous restâmes tous assis un moment dans un silence lugubre.

« Écoute, dis-je enfin à Spence, j'ai envie de

rendre une petite visite à Jesse Garamond. Qu'en penses-tu ? » Il me dévisagea un instant, sans comprendre.

« Je crois qu'il est grand temps que je le déloge.
— Lany, c'est vraiment un sale type. Fiche-lui la paix.
— Je veux au moins aller lui parler. »

Il paraissait sceptique mais finit par accepter d'y aller. « D'accord, mais je n'aime pas trop ça. »

Nous empruntâmes la même route pour aller à la prison. En approchant du panneau d'affichage où j'avais vu la pub qui gouttait pour *Là-bas, on mange des petits enfants*, je fermai les yeux. L'affiche ne devait plus être la même maintenant, mais je ne pouvais pas oublier l'autre.

Spence avait son arme, mais la mienne était restée dans un tiroir du bureau de Fred depuis qu'il me l'avait enlevée.

« Vous n'en aurez pas besoin en travaillant à temps partiel », avait-il dit.

Au début, elle m'avait manqué, puis, avec le temps, j'en étais arrivée à apprécier mon équilibre retrouvé. Je marchais plus droit et me sentais plus légère. Mes deux hanches étaient à la même hauteur. Je n'avais plus mal au dos à force de compenser son poids. Le revolver resterait là jusqu'à ce que je reprenne un service normal. Nous passâmes le contrôle de l'entrée d'autant plus vite, ce qui me réjouit. Ils ne relevèrent pas la présence des gants en latex que j'avais fourrés dans mon sac, car on ne risque pas de tuer quelqu'un avec, sinon en les lui enfonçant dans la gorge.

En approchant de la cellule, je me tournai vers Spence.

« Je veux lui parler seule à seul. »

Il s'arrêta brusquement et me regarda.

« Je ne trouve pas que ce soit une bonne idée, Lany. Ce type n'est pas particulièrement aimable.

— Ne t'en fais pas pour moi. J'ai seulement besoin de deux minutes avec lui.

— Mais pourquoi, bon sang ?

— Spence, *s'il te plaît*. Laisse-moi faire. Et il n'est pas question que tu entendes cette conversation, au cas où on te questionnerait à ce propos. »

Il restait inflexible.

« S'il te plaît, répétai-je.

— OK », finit-il par dire, à contrecœur.

J'envoyai à Peter Moskal deux articles du *Los Angeles Times* que j'avais découpés avec des gants. Ils étaient parus à peu près à un mois d'intervalle. Je refermai l'enveloppe en humectant la bande collante avec une éponge et utilisai un timbre adhésif. Je ne mentionnai pas d'adresse de l'expéditeur sur mon envoi.

On lisait dans le premier article :

Wilbur Durand, le tueur en série reconnu coupable de meurtres d'enfants, a été retrouvé mort tard hier soir dans sa cellule de l'établissement correctionnel du comté de Los Angeles, apparemment victime d'un homicide. Durand, qui était précédemment un producteur célèbre d'Hollywood et un expert en effets spéciaux, y avait été incarcéré l'année dernière après avoir été jugé coupable d'homicide avec préméditation, enlèvement, et agression sexuelle sur mineur dans le meurtre d'Earl Jackson, âgé de 12 ans, d'enlèvement et de viol de Jeffrey Samuels, 13 ans, et de nombreux autres chefs d'accusation. Son avocat, maître Sheila Carmichael, qui est également sa sœur, se préparait à soumettre une requête visant à ce que l'affaire Samuels soit rouverte sur la base d'un obscur précédent judiciaire à propos de l'implication d'une victime dans l'enquête concernant un crime. Jeffrey Samuels est un ami très proche du fils de l'inspecteur Lorraine Dunbar, de la police de Los Angeles, dont la ténacité dans l'enquête sur une série de disparitions d'enfants apparemment sans relation les unes avec les autres a fini par conduire à l'arrestation de Durand et à sa condamnation.

Selon une source anonyme de la prison, Durand a été poignardé à de nombreuses reprises dans l'abdomen et ensuite éviscéré. L'administration de la prison n'a retenu aucun suspect pour ce crime et indique que la population carcérale est restée anormalement muette sur cet événement. « Quand quelque chose de cet ordre se produit, il se trouve généralement au moins un type susceptible de venir nous fournir des informations, a déclaré l'adjoint du gardien en chef. Mais jusqu'à présent, personne n'a rien dit à propos de cette affaire. Nous n'avons aucune piste, aucune preuve et, à l'heure qu'il est, aucun suspect. »

Moskal était au courant de tout ça. Mais le second article n'avait peut-être pas été repris par la presse nationale, et je voulais qu'il voie les deux ensemble. Le second disait :

> Jesse Garamond a été libéré aujourd'hui de l'établissement pénitentiaire du comté de Los Angeles à Lancaster sur ordre de la cour d'appel. Il avait été condamné il y a trois ans pour la mort de son neveu, lequel avait été considéré par la suite comme faisant partie des victimes de Wilbur Durand, mort récemment dans la même prison. La condamnation de Garamond avait surpris car le corps de son neveu n'avait jamais été retrouvé. Le procureur James Johannsen dit que des baskets trouvées dans le studio de Durand ont été formellement reconnues par la mère de l'enfant comme ayant appartenu à son fils. Elles figuraient parmi plusieurs autres paires de chaussures que Durand gardait en souvenir de ses victimes. Compte tenu de cette preuve, Johannsen a demandé que Garamond soit relaxé en attendant un nouveau procès, au cours duquel les chefs d'accusation devraient être abandonnés. À l'époque de sa condamnation dans la mort de son neveu, Garamond était en liberté surveillée après avoir effectué quatre années sur les sept auxquelles il avait été condamné précédemment pour une agression sexuelle sur mineur sans rapport avec l'affaire Durand.

Au bout du compte, Peter Moskal finit par récupérer Wilbur Durand. Il alla accueillir son cercueil à Logan Airport.

La dernière fois que nous nous étions trouvés

à cet endroit sur la jetée de Santa Monica, nous avions, Errol Erkinnen et moi, regardé trois petits veinards faire les fous dans le sable en écoutant leurs cris de joie. Je lui avais dit combien mon fils Evan aimait venir là. À présent, on n'entendait plus que le bruit léger des vagues et de quelques mouettes vagabondes, mais, en fermant les yeux et en me concentrant, je pouvais imaginer Evan en train de jouer sur la plage avec ses deux sœurs.

Je souris et profitai de la caresse du soleil sur mon visage. Doc m'observait.

« Quel plaisir de vous voir sourire, dit-il. C'est un très net progrès. Je vous avais bien dit que ce jour-là finirait par arriver.

— C'est vrai.

— Et que vous aviez devant vous des jours meilleurs.

— Vous aviez raison.

— C'est bien pour ça que j'étais grassement payé. »

Il s'était mis en congé de la police pour écrire un livre. L'avance reçue lui avait permis de prendre une année entière. Je me doutais que cela deviendrait permanent ; il ne reprendrait jamais du service.

Je lui pris la main et la serrai.

« Je dois vraiment vous remercier pour tout ce que vous avez fait pour m'aider à traverser ça. »

Il me fit un petit clin d'œil.

« J'ai fait mon boulot, dit-il. Ou ce qui était mon boulot, en tout cas. Dans quel monde nous vivons... qui aurait pu croire que ça finirait comme ça ? »

Le bruit des vagues était apaisant.

« Vous savez, je ne croyais pas que Jesse Garamond le ferait. C'est un salopard, mais ce n'était pas un assassin. Du moins, il ne l'était pas avant ça. Je suis désolée de devoir le reconnaître, mais je suis vraiment contente qu'il l'ait fait.

— Garamond n'était peut-être pas un assassin, mais, pour moi, il a probablement toujours été un survivant. Je ne trouve pas tellement terrible que vous ayez tenu à ce que Durand souffre. »

Il avait effectivement souffert. Les journaux n'avaient pas tout raconté. Durand avait subi ce « traitement » spécial que les prisonniers font subir aux assassins d'enfants. Garamond avait décidé de ça lui-même ; ma seule requête était que, quoi qu'il fasse, il essaierait, avant, d'obtenir des informations sur l'endroit où se trouvaient les corps. De toute façon, il serait sorti à un moment ou à un autre : nous n'avions fait qu'accélérer sa libération. Jesse voulait se venger, car c'était le crime de Wilbur Durand qui l'avait renvoyé en prison au cours de sa mise en liberté conditionnelle. Il avait réussi.

Doc ne connaissait pas tous les détails. Selon notre accord tacite, je lui en dirais juste assez pour que le fardeau ne soit pas trop lourd à porter pour moi. D'ailleurs, je ne pensais pas qu'il tenait à connaître le moindre détail de ce qui s'était passé.

« Ils ont trouvé un autre corps, dis-je. Cela fait neuf jusqu'à présent. »

Compte tenu des informations que Jesse Garamond avait tirées de Durand en pointant un couteau sur son bas-ventre, nous finirions par les trouver tous et les rendre à leurs familles.

Un condor surgit soudain au nord. Il plongea

vers l'extrémité de la jetée et se posa sur un poteau. Puis l'oiseau battit des ailes et s'envola de nouveau, montant dans le ciel ensoleillé. J'imaginai un phénix, le symbole mythique de notre exigence de perfection, l'illusion parfaite. Pire encore que Wilbur Durand.

39

Mon merveilleux fils resta à mes côtés toute la journée du lundi 24 octobre. Je ne pouvais connaître plus grand bonheur que le réconfort qu'il m'apportait ainsi que sa compagnie, ce dont j'avais grand besoin, car le jour suivant verrait la conclusion du procès de Gilles de Rais, chevalier, baron, maréchal de France, jadis l'intime des rois, des ducs et des évêques, à présent plus justement connu comme sodomite, meurtrier, éviscérateur et décapiteur d'enfants.

Bien que sa mort fût attendue avec plaisir, avec impatience même par beaucoup – dont moi – à chaque minute qui passait et le rapprochait de sa mort, j'avais le sentiment que ma propre vie allait s'achever. Une peur glaciale m'avait envahie et me paralysait, m'empêchant de faire quoi que ce soit. J'aurais dû me réjouir de savoir que monseigneur allait mourir pour les crimes qu'il avait commis contre Dieu, contre nature, et, surtout, contre des enfants innocents, qui avaient toujours voulu croire dans la bonté de leurs aînés.

J'ai fini par comprendre, au cours des dernières

heures de sa vie, que j'avais tort de me blâmer pour ses défauts et que cela me rendait malheureuse. Cette détresse n'a jamais quitté mon cœur depuis le début de cette épreuve – et, bien entendu, pendant toute la chute de monseigneur – mais je ne m'étais jamais laissée submerger complètement par elle jusqu'à maintenant. Il ne semble pas y avoir de pénitence adéquate pour mes manquements, mais je m'efforcerai, tant que je vivrai, de faire de bonnes actions, de vivre proprement, d'offrir secours et aide aux jeunes enfants, de distribuer ce que je peux d'aumônes pour que Dieu recommence à me sourire un jour.

Pendant qu'il confessait ses crimes devant le tribunal, monseigneur Gilles ne tarda pas à mettre en avant la responsabilité de ceux qui s'étaient occupés de lui pendant son enfance. Mais s'il avait voulu être parfaitement honnête, il aurait admis son refus éhonté de refréner des désirs dont, rien qu'en imagination, il savait déjà qu'ils étaient de vils crimes contre nature, *a fortiori* quand on s'y livrait comme il l'avait fait. Il ne dit pas à la cour comment il avait appris l'art de la sodomie de la part de Jean de Craon, en étant l'objet du désir sexuel du vieil homme lui-même. Pas plus qu'il ne raconta comment il avait pleuré des larmes amères après chaque rencontre avec le vieux monstre, presque toujours dans mes bras, bien qu'à l'époque je ne comprisse pas la raison de ces larmes. Mais je pense que lui aussi voulait croire dans la bonté de ses aînés, ou, dans le cas de Jean de Craon, de ceux qui étaient plus puissants. Il n'était pas plus disposé à s'exprimer contre son grand-père qu'Henriet contre Gilles lui-même.

Toute sa vie, Gilles avait prétendu avoir gardé des souvenirs marquants de sa mère et de son père, bien qu'il se soit rarement trouvé en leur présence de leur vivant. Il était si jeune quand ils quittèrent cette Terre, tous deux au cours du même mois. Ils étaient d'une indulgence coupable envers lui, une façon, à mon avis, de compenser leurs fréquentes absences. Les cadeaux, l'argent, la permissivité – tout cela était plein d'attraits pour un jeune garçon. C'est ce dont il se souvient, pas des larmes de l'abandon. Mais ces richesses ne lui ont pas profité, de cela j'en suis certaine.

Le 25 octobre à l'heure de tierce, le procureur Chapeillon se leva dans la salle à l'étage de la Tour Neuve et demanda que les débats en viennent à une conclusion. Les juges reconnurent qu'il fallait en arriver là.

« Gilles de Rais », dit Jean de Malestroit.

Monseigneur se leva, tout tremblant et blême.

« Nous vous jugeons coupable selon les accusations portées contre vous d'apostasie perfide ainsi que d'épouvantables invocations des démons. Comprenez-vous ces accusations et nos conclusions ?

— Oui, Votre Éminence, dit-il plein de honte.

— Nous vous jugeons également coupable d'avoir commis et perpétré malignement le crime et le vice contre nature de sodomie sur des enfants des deux sexes. Comprenez-vous ces accusations et nos conclusions ?

— Je comprends, mon seigneur évêque. Que Dieu ait pitié de moi.

— Gilles de Rais, vous êtes solennellement excommunié de la sainte Église catholique et vous ne pouvez plus recevoir ses sacrements. »

J'ignore pourquoi je fus si surprise : tout cela était prévu. Peut-être Jean de Malestroit avait-il insisté sur le petit drame qui se déroulait pour sauvegarder les apparences. En tout cas, monseigneur jouait son rôle parfaitement. Il tomba aussitôt à genoux, et, avec force larmes dévotes et gémissements, il supplia qu'on lui permette de confesser ses péchés à un prêtre pour qu'il puisse recevoir l'absolution avant de mourir.

Jean de Malestroit jouait également bien son rôle : il était l'austère donneur de grâce, le défenseur inflexible de la vraie foi, du moins le temps de produire l'effet recherché. Avec force sentiments, il appela Jean Jouvenal de l'ordre des Carmélites, et lui demanda de recevoir la confession de monseigneur, laquelle fut délivrée avec tant de passion et de sincérité que Son Éminence n'eut d'autre choix que de restituer à Gilles de Rais son rang dans l'Église.

Je me demandai une nouvelle fois quel trésor il avait bien pu offrir pour obtenir cela.

Curieusement, quand cette nouvelle atteignit les campements, elle souleva peu de désapprobation ; plus tard dans la journée, tandis que nous déambulions, mon fils et moi, au milieu de la foule, nous entendîmes très peu de protestations et beaucoup de manifestations de satisfaction. Les gens, las de ce procès, voulaient désespérément croire, eux aussi, à la bonté de leurs supérieurs.

Tard dans l'après-midi, monseigneur fut emmené sous bonne garde au château voisin de Bouffay, où il confessa sa participation à la débâcle de Saint-Étienne-de-Mer-Morte. Pierre L'Hôpital veilla à ce qu'il s'acquitte de son amende finale de cinquante mille écus au duc de Bretagne au moyen du transfert d'une de ses dernières propriétés. Cela étant réglé, il ne restait plus qu'à prononcer sa sentence de mort par pendaison et destruction par le feu, ce qui serait mis en œuvre sans tarder à la onzième heure le lendemain, 26 octobre.
Puis il énonça publiquement la demande à laquelle Jean de Malestroit avait déjà accédé.
« S'il vous plaît, monsieur le président, je vous supplie de permettre à mes serviteurs Henriet et Poitou d'assister à ma mort avant la leur, afin qu'ils sachent bien que j'ai été puni, et qu'ils ne meurent pas en se demandant si cette fin m'a été épargnée. »
Sa requête fut acceptée. Après quoi, la sentence de la cour séculaire fut délivrée.
« En considération de la confession librement consentie par l'accusé à propos des crimes dont il a été accusé, et conformément à sa confession et à sa restitution dans la grâce divine des sacrements, il est solennellement décrété qu'il sera pendu jusqu'à ce que mort s'ensuive, puis brûlé, mais que son corps sera retiré des flammes avant de s'être

consumé, et, après cela, il sera enterré dans un terrain consacré. »

Ensuite, tout aurait dû être terminé. Mais monseigneur émit une autre demande. Il s'adressa directement à Pierre L'Hôpital, qui avait une grande influence sur Jean de Malestroit.

« Qu'il en soit fait selon la volonté des juges et procureurs, il en va de mon grand désir et espoir qu'une procession puisse être organisée, que moi et mes serviteurs puissions garder l'espoir de salut tandis que nous approchons de notre mort. »

Au lieu de ses plus beaux atours, qui seraient bientôt divisés entre les plaignants avec le reste de ses biens terrestres, il fut revêtu d'une simple tunique de lin gris, retenue à la taille par une corde. Il s'avança lentement à travers les milliers de spectateurs qui s'étaient rassemblés pour le voir mourir. Jean de Malestroit marchait à bonne distance derrière les prisonniers, et moi dans ses pas, accompagné de mon fils Jean, qui priait sans arrêt pendant que nous nous dirigions vers la place, où les potences et les bûchers avaient déjà été dressés. L'assistance manifestait les émotions et les sentiments les plus variés envers l'homme qui avait tué leurs enfants : certains réclamaient qu'il soit éviscéré et décapité comme il l'avait fait à leurs fils ; d'autres criaient qu'on ait pitié de lui, disant que c'était mal de venger une vie perdue en en prenant une autre. La façon de se conduire des spectateurs était des plus variées car tous semblaient être pris de folie, chacun suivant la croyance inébranlable qu'il ou elle avait au fond de son cœur.

Il monta les marches menant à la potence de son propre chef, sous le regard de ses serviteurs Poitou et Henriet. Il avait les jambes flageolantes, et il trébucha à un moment, ses mains ayant été attachées dans son dos, ce qui lui faisait perdre son allure élégante et son équilibre. Il secoua la tête pour refuser toute aide. Les larmes coulaient sur mes joues sans que je puisse me l'expliquer, car cet homme, qui avait, étant bébé, tété mon sein, avait cruellement tué mon fils une fois devenu jeune garçon. Je le regardai monter sur l'échafaud et s'avancer sous la corde. Il leva la tête et contempla un instant l'instrument de sa mort, mais ne broncha pas quand le nœud coulant fut passé autour de son cou et resserré. Il garda les yeux ouverts pendant que le sol de la potence se dérobait sous lui. Pendant quelques instants, il se balança et fit des soubresauts, presque comme s'il était poussé par le vent. Peut-être le démon Barron, à qui il avait échappé pendant si longtemps, le tirait-il enfin par les pieds.

La foule resta silencieuse jusqu'à ce que son corps cesse de se tordre et demeure inerte. Puis des cris et des hurlements de triomphe montèrent jusqu'au ciel. Le bûcher fut allumé sous lui, et des langues de flammes commencèrent à lécher son corps qui se balançait. Quand ses vêtements se mirent à brûler, des seaux d'eau furent déversés sur les flammes, qui retombèrent.

Son corps fut déposé dans un cercueil et emporté par les rues de Nantes sur un simple chariot. Les gémissements et les acclamations de ceux qui accompagnèrent cette macabre procession étaient impossibles à distinguer les uns des autres, car il semblait y avoir autant de gens endeuillés que de gens réjouis de cette mort.

J'assistai, complètement hébétée, au service en mémoire de Gilles de Rais qui fut célébré dans l'église Notre-Dame-du-Carmel de l'autre côté de la ville. Après quoi, il fut déposé dans une tombe à côté de gens importants, dont certains de ses ancêtres. Il ne faisait aucun doute qu'ils avaient tous été meilleurs sur cette Terre que lui ; peut-être méritaient-ils la bénédiction d'être si honorablement enterrés.

Ce qui n'était pas le cas de Gilles de Rais. Je restai devant la tombe longtemps après que les autres s'en furent allés se réjouir ou pleurer à leur gré, et j'essayai d'imaginer des façons de la désacraliser. C'est là que Jean de Malestroit finit par me trouver.

« J'ai quelque chose à vous donner », dit-il.

Comment décrire ce que j'ai ressenti en ouvrant le paquet qu'il avait posé devant moi dans sa chambre ? C'était la dernière chose à laquelle je m'attendais, bien que je ne pense pas avoir eu la moindre notion de ce présent. En tout cas, je n'aurais jamais imaginé ce que je découvris quand je défis l'emballage de soie.

« Il l'avait gardé pendant toutes ces années, me dit mon évêque. Il m'a dit que c'était son bien le plus précieux, bien plus même que les grimoires, volumes d'alchimie et d'invocation qu'il avait conservés si soigneusement. Jean de Craon lui avait fait rapporter les restes du bord du ruisseau et était resté auprès de lui pendant qu'il les enterrait. Mais il est retourné à la sépulture finale pour prendre cela. »

Une dent cassée, cette adorable petite imperfection – c'était celle de Michel. Elle ne pouvait pas appartenir à quelqu'un d'autre.

« Il a dit que le reste des ossements serait facile à retrouver, il m'a même dessiné une carte. J'ai déjà envoyé des hommes pour les récupérer. »

C'était donc l'enjeu qui avait servi de base au marché – une mort plus clémente en échange de ma paix. Je berçai le crâne pendant quelques instants avant de pouvoir parler.

« Viendrez-vous avec moi à Champtocé ? demandai-je enfin, à bout de remerciements. Je voudrais l'enterrer avec son père.

— Bien sûr. J'aurais insisté pour y aller même si vous ne me l'aviez pas demandé. Ce n'est pas un voyage qu'on doit faire seul.

— J'aimerais partir dès l'aube.

— Oui », dit-il.

Tard le lendemain après-midi, Jean de Malestroit et moi, nous couchâmes le corps sans tête de mon fils dans une tombe à côté d'Étienne. Un peu à contrecœur, je remis son crâne, avec sa dent ébréchée familière, à sa place. Deux vigoureux soldats de Champtocé m'avaient été alloués par le vieux châtelain Guy Marcel, qui vinrent nous retrouver pour veiller au déplacement des pierres tombales et à leur remise en place. L'évêque de Nantes célébra le service en mémoire de mon fils, un enfant dont la naissance ne lui aurait pas valu une telle bénédiction s'il était mort dans des circonstances plus banales.

Mais il était la première victime de Gilles de Rais – cela lui donnait une certaine importance.

Quant à lui pardonner, je fus certainement la dernière. Et j'y trouvai une certaine paix.

Remerciements

Je suis reconnaissante à mon agent, Deborah Schneider, pour son aide et ses encouragements ; à mon éditeur, Jackie Cantor, pour ses remarquables conseils et sa patience ; et à mon mari et à mes filles, pour leur soutien, prodigué, comme toujours, avec amour et tendresse. De plus, je remercie tous les nombreux officiers de police, dont mon mari, qui m'ont donné des conseils techniques, ainsi que le juge du tribunal pour enfants du Connecticut qui m'a aidée à m'y retrouver dans les arcanes de certaines procédures légales. Le professeur Arnold Silver s'est montré particulièrement généreux en me donnant accès à de précieux documents de recherche tirés de son importante bibliothèque.

Note de l'auteur

Cet ouvrage de fiction est basé en partie sur des événements réels survenus au cours du XVe siècle.

Le seigneur Gilles de Rais, le véritable personnage sur lequel est basé le Barbe-Bleue des contes de fées, a véritablement commis tous les crimes odieux décrits dans la partie historique de ce livre. C'était un compagnon d'armes de Jeanne d'Arc et, à une certaine époque, il possédait une grande partie de la France d'aujourd'hui. Plus que n'importe qui avant et après lui. Il dilapida sa fortune en se livrant à la débauche. Son arrestation, son procès, sa condamnation et son exécution font l'objet de nombreux documents. J'ai essayé, chaque fois que c'était possible, de décrire les événements comme ils s'étaient produits dans la réalité. Les juges, les coaccusés et les victimes sont présentés sous leurs noms réels. La plupart des autres personnages secondaires de la partie historique sont de mon invention. Toutefois, Guillemette La Drappière est le vrai nom de sa nourrice, bien qu'on en sache peu sur elle.

La partie moderne de l'histoire est une totale fiction, mais les inspecteurs de police de Los Angeles et de Boston portent le nom de vrais policiers, certains en activité et d'autres à la retraite.

Ouvrage composé par
PCA 44400 Rezé

Cet ouvrage a été imprimé
En Espagne par
Black Print CPI Iberica
en octobre 2014

POCKET – 12, avenue d'Italie – 75627 Paris Cedex 13

Dépôt légal : novembre 2014
S21696/01